O TESTAMENTO SIRÍACO

Barouk Salamé

O TESTAMENTO SIRÍACO

Tradução de
CARMEN CACCIACARRO

EDITORA RECORD
RIO DE JANEIRO • SÃO PAULO
2012

CIP-BRASIL. CATALOGAÇÃO NA FONTE
SINDICATO NACIONAL DOS EDITORES DE LIVROS, RJ

Salamé, Barouk
S153t O testamento siríaco / Barouk Salamé; tradução de Carmen Cacciacarro. – Rio de Janeiro: Record, 2012.

Tradução de: Le testament syriaque
ISBN 978-85-01-08987-8

1. Romance francês. I. Cacciacarro, Carmen. II. Título.

11-0732 CDD: 843
CDU: 821.133.1-3

TÍTULO ORIGINAL EM FRANCÊS:
Le testament syriaque

Texto revisado segundo o novo Acordo Ortográfico da Língua Portuguesa.

Direitos exclusivos de publicação em língua portuguesa somente para o Brasil adquiridos pela
EDITORA RECORD LTDA.
Rua Argentina, 171 – Rio de Janeiro, RJ – 20921-380 – Tel.: 2585-2000, que se reserva a propriedade literária desta tradução.

Impresso no Brasil

ISBN 978-85-01-08987-8

O primeiro conflito entre muçulmanos ocorreu então na cabeceira do Profeta agonizante. O imame Bukkâri narra assim: "Quando a doença da qual o Profeta viria a morrer mostrou toda sua violência, ele exclamou: 'Tragam-me um estojo e um pergaminho para anotar as palavras que vocês preservarão para sempre do erro.' Mas Omar se limitou a dizer: 'A dor está confundindo o Profeta; nós já temos o Livro de Deus, do que mais precisamos?' Mas o tumulto só fez aumentar, até o momento em que o Profeta exclamou: 'Levantem-se e partam, não quero ver confusão à minha volta.'" Ibn'Abbas assim comentava esse incidente: "Foi uma catástrofe sem igual que nos impediu de conhecer o que o Profeta queria pôr por escrito."

al-Shahrastâni, *O livro das religiões e das seitas.*

PRIMEIRA PARTE

1

Tudo começa em Paris, sexta-feira, 10 de fevereiro

O homem gordo aspirou longamente o pequeno cachimbo de vidro que tinha acabado de preparar. Enquanto seu pescoço, grosso como uma coluna, tombava para trás, sua expiração soltava um longo chiado. Minúsculas cinzas incandescentes flutuaram no ar, com o risco de queimar seu macacão. Uma nuvem branca e pesada envolveu-o por um instante, depois se dispersou preguiçosamente pelo aposento. Através das espirais e circunvoluções leitosas da fumaça, via-se a satisfação no rosto do gigante. Sentado em um pufe no meio da sala, ficou um instante com a cabeça pendendo sobre o torso enorme, entregando-se inteiramente ao prazer da droga.

Seu prisioneiro, Krimo, parecia estar dormindo, mas observava todos os seus gestos, enquanto, às costas, suas mãos travavam uma batalha contra os nós que o imobilizavam.

De repente, o gigante ergueu-se parcialmente e, com os joelhos dobrados, de olhos fechados, começou uma dança bizarra, um giro lento dos braços, como se estivesse imitando o voo de um pássaro. Com essa estranha gesticulação, deu uma volta pela sala resmungando frases obscuras. Parecia em transe, tomado por um espírito diabólico.

As lendas que sua avó contava voltaram à memória de Krimo: evocavam gênios escondidos em corpos de pássaros, planando sobre cemitérios, causando epidemias, impotência e demência. Sua avó Aïcha também dizia que todo homem era acompanhado por um djim, seu companheiro íntimo, espírito benéfico para uns, maléfico para outros. O espírito desse colosso devia ser tão nocivo quanto o napalm.

Será que conseguiria se livrar das amarras? Sentia que suas mãos ganhavam mobilidade. Mas era um trabalho demorado, e a corda de náilon cortava sua pele a cada contorção.

Após um tempo, algumas palavras se destacaram das frases confusas pronunciadas pelo seu agressor, palavras vingativas que eram repetidas de forma encantatória. Sem estar completamente certo do seu significado, Krimo reconheceu as fórmulas corânicas. O árabe não devia ser sua língua materna, pois o homem mastigava as expressões, massacrava a cadência do texto sagrado. Mesmo assim, Krimo distinguiu o sentido dos fragmentos mastigados:

"... *matai os idólatras, onde quer que os acheis...*"

"... *Combatei-os! Deus os castigará por intermédio das vossas mãos...*"

"... *Ó Profeta, combate os incrédulos e os hipócritas, e sê implacável para com eles!*"*

Aqueles versículos terríveis o fizeram lembrar de uma surata declamada na véspera por Fairouz, sua mulher. Com um sorriso amargo, pensou que, para aquele analfabeto, sua sorte dependia desses hipócritas que eram chamados no Alcorão de *Munâftqún*. Indivíduos convertidos ao islã, mas pouco interessados em fazer esforços e prontos para renegar sua fé ante o menor obstáculo. Se ele não estivesse amarrado, explicaria a esse criminoso que a missão do Enviado Maomé fora cumprida, que a Palavra de Alá comportava significações cuja riqueza ultrapassava o entendimento humano; e que seu coração era puro. Será que esse vagabundo participara hoje da oração das sextas-feiras? Ele se teria purificado, como Krimo, na prece coletiva que honrava Deus e suas graças?

Deitado no divã, de mãos e pés amarrados, a boca amordaçada, Krimo estava com medo. Seus ombros e seus punhos o faziam sofrer de forma atroz; se pudesse, teria urrado ao céu como um animal. Mas, apesar do

---

*Alcorão, surata 9, fórmulas extraídas dos versículos 5, 14 e 73.

próprio sofrimento, o estado de Fairouz o preocupava ainda mais: ouvira gritos no banheiro, gritos que lhe haviam partido o coração. Desde então, silêncio. Será que ela tinha desmaiado? Havia sido agredida? O que mais? O que tinham feito com ela? Não ousava pensar no pior, mas o jeito como lhe haviam queimado mostrava que esses indivíduos não se importavam de cometer crime nenhum. Como exigir notícias de sua esposa com aquela mordaça? Ah, se conseguisse se soltar! Pensava na adaga tuaregue, lembrança das férias, que estava numa gaveta da minúscula cozinha. A saída dos dois cúmplices facilitava a tarefa.

Mas por que os outros dois tinham partido?

No início eram três; três homens que pareciam hindus vestidos como ocidentais, com ternos caros de três peças. Na imagem em grande angular fornecida pelo olho mágico, sua aparência escura não tinha nada de inquietante. Não seria ele, um *imigrante* argelino, que recuaria diante de homens morenos. Por que desconfiar de algo, às 15 horas? Sem suspeitar, usando uma *djellaba*, mal saído de uma sesta libidinosa, abriu a porta do seu apartamento de zelador.

Um tornado se abateu então sobre a pequena residência; o gigante, jogando-o no chão, com uma chave de braço; os outros dois precipitando-se pelo quarto e pelo banheiro, onde estava a sua esposa. Estendido no chão, ele a ouvira gritar antes de perder a consciência com a injeção aplicada pelo grandalhão. O efeito foi drástico. Aspiração num sifão, mistura de dor e euforia, buraco negro. Quando saiu do torpor, seu corpo estava amarrado no divã e um homenzinho franzino passava uma luva úmida no seu rosto.

O que mais o preocupava era que eles tinham trocado de roupa. Sobre o terno, vestiram macacões brancos que os cobriam da cabeça aos pés. Máscaras, luvas e pantufas de plástico completavam o conjunto. Daquele jeito, pareciam cirurgiões diante de uma mesa de operação — ou anjos da morte no dia do Juízo Final.

Num francês impreciso, o homem usando luvas disse:

— Viemos pegar o livro antigo, o livro em siríaco...

Krimo não entendeu. Um livro siríaco? Esses cachorros estavam zombando dele? Pensou imediatamente nos salafistas, enviados por causa das fitas cassete do *lelivredeislam.com* que Fairouz estava traduzindo.

Sobre o console, atrás do divã, no meio da desordem habitual, estavam os cassetes e as primeiras páginas da tradução. Pela primeira vez, agradeceu a negligência da companheira, sua incapacidade de manter a casa organizada, o que talvez lhes salvasse a vida. Nenhum deles tinha notado as fitas de pregação fundamentalista; não pensaram em ligar o pequeno gravador que se destacava no meio dos papéis empilhados.

Enquanto os dois outros reviravam o apartamento sem fazer barulho, o baixinho se sentara no divã, ao seu lado. Tinha arrumado cuidadosamente em forma de leque as folhas de contatos fotográficos. Seus gestos, meticulosos e precisos, deveriam ser tranquilizadores, mas o semblante irritado e os movimentos bruscos da mão esquerda em direção à virilha desmentiam essa calma.

Como um policial, o estrangeiro começou o interrogatório.

— Veja estas fotos. São as páginas do livro que estamos procurando. Olhe, tem o seu endereço ali. — Apontou com o indicador enluvado de plástico.

O dedo indicava uma das folhas, do tipo daquelas que ele e Paul usavam para seus arquivos. Ali havia uma dezena de fotos que representavam as páginas de um texto escrito à mão em um papel muito velho, semelhante a uma casca de árvore. A língua desse escrito corria da direita para a esquerda, como o árabe, mas as letras continham apenas uma semelhança com o alfabeto da língua. Krimo conhecia bem a caligrafia árabe e os Seis Estilos, codificados por um vizir abássida. Mas aquela grafia grosseira era desconhecida para ele.

O mais espantoso era que o texto não estava visível em todas as fotos. Em algumas delas, as linhas manuscritas tinham desaparecido sob uma espessa trama de rasuras que só revelavam um fino contorno da escrita residual. Portanto, somente algumas fotos mostravam páginas legíveis; como se só quisessem permitir uma leitura parcial do texto reproduzido. Apesar dessa imperfeição, o conjunto constituía a reprodução de um livro escrito à mão, na certa um antigo pergaminho.

O mais surpreendente, porém, estava em outro lugar e era o que explicava essa visita. Embaixo de cada contato fotográfico, podia-se ler a marca do seu carimbo, "KRIMO, AGENTE FOTÓGRAFO, 7, RUE DU COMTE-HENRI-DE-BOULAINVILLIERS, 75020 PARIS".

Meu Deus, Krimo nunca tinha visto ou fotografado aquelas páginas! Nunca tivera nas mãos tal manuscrito! Então, por que essa marca? Apenas ele e Paul possuíam esse carimbo, e Paul lhe informava de todos os seus passos. O que responder a esse homem falsamente paciente? Tentou falar em árabe, fazer com que vibrasse dentro dele a corda da fraternidade muçulmana. O outro retorquiu, displicente:

— *O Paraíso é alcançado à sombra dos sabres.*

Uma sentença jihadista! Eram jihadistas! Jihadistas que falavam mal o árabe. Sua pronúncia tinha qualquer coisa de artificial. Entre si, utilizavam um falar gutural que ele nunca tinha ouvido, talvez o hindu, se essa língua existisse. Krimo tentou ganhar tempo.

— Olhe, somos dois que utilizamos esse carimbo. O senhor já perguntou a meu amigo Paul Mesure?

— Mas são o seu nome e o seu endereço que estão nesta folha, não os do seu *amigo* — retrucou o homem, enfatizando ironicamente a palavra "amigo".

— Sim, mas somos sócios, pegue a pasta amarela que está dentro da cômoda e o senhor verá.

Apontando para o móvel, o homem magro traduziu o pedido em sua língua e o terceiro trouxe a pasta. Mas o homem guardou-a numa sacola preta sem abri-la! Então a sessão de tortura começou.

Após uma palavra do interrogador, o grandalhão se virou em sua direção. Cortou sua djellaba para liberar a pele em torno dos ombros, enfiou um trapo em sua boca. O terceiro, que nunca dizia nada, se postou atrás dele para impedi-lo de se mexer. Depois o grandalhão acendeu um dos *Gauloises blondes* de Fairouz.

Lentamente, a brasa crepitou em sua pele, cavando várias crateras em cada um dos ombros.

Krimo mordeu o pano até descarnar os dentes, retesou os ombros até distender os músculos. Sua dor era digna da Fornalha prometida aos transgressores. Insuportável, intolerável. A droga deve ter cortado sua resistência, pois, se tivessem exigido, ele teria confessado qualquer coisa, denunciado Paul e sua pesquisa sobre os salafistas, a tradução de Fairouz e mil coisas mais. Para se livrar desse sofrimento, pensou em uma brincadeira boba que se fazia em Ben Aknoun,* na sua juventude em Argel.

Para demonstrar virilidade ou provar amor por uma moça, era costume queimar os antebraços com um cigarro. Numa noite de farra ele experimentou, mas não se lembrava de ter sentido tanta dor. Talvez porque a guimba era encostada bem depressa, sem se demorar como seu carrasco fazia. Também havia a droga que lhe injetaram. Aquelas imagens de uma outra época permitiram que ele suportasse o sofrimento sem se humilhar, sem enlouquecer. Enquanto sua carne queimava, soltando um odor repugnante, o gigante o segurava pelos cabelos e o encarava com seus olhos negros impenetráveis, de órbitas sombrias e profundas.

O magro continuava a falar às suas costas.

— Diga onde está o livro e isso acaba. Ele é cruel, você sabe.

Krimo deve ter perdido a consciência novamente; não viu os outros dois irem embora.

Ao despertar, estava sozinho com seu algoz.

Este preparava um cachimbo sobre a mesa baixa, tirando cristais translúcidos de um saquinho de papel. Ele sabia que era *free-base*, um produto semelhante ao *crack*, que enlouquecia. Misturada com bicarbonato de sódio e amoníaco, a cocaína virava umas pedrinhas tenras e transparentes pelas quais os interessados chegavam a se matar.

Krimo rosnou através do pano para avisar que tinha algo a dizer, mas o outro não se deu ao trabalho de tirar-lhe a mordaça. Sentado no pufe, fumou calmamente seu cachimbo, como se estivesse em casa.

Qual seria o próximo passo dessa operação? Partir tranquilamente, apesar de não terem encontrado o que procuravam. Os amigos dele estão abrindo caminho para uma saída tranquila.

---

*Periferia de Argel.

Tinha que avisar a polícia depois que ele saísse, ou então Paul também receberia o mesmo tratamento bárbaro. Mas Krimo sabia que estava apenas tentando se acalmar. Melhor não contar com a clemência deles, mas unicamente consigo mesmo. Milímetro por milímetro, a corda escorregava como uma lima abrasiva em sua pele. Ele alternava tensão e relaxamento, e suas mãos ganhavam independência; mas era muito sofrimento para cada milímetro conquistado.

O monstro colossal interrompeu seus incompreensíveis passos de dança. Com ar enfastiado, de uma vez só, abriu a parte de cima do macacão mostrando o casaco que usava por baixo. Krimo não acreditou no que viu. Dois estojos gigantescos estavam presos às suas costas, dois coldres, um contendo uma enorme pistola e o outro, um punhal gigantesco.

O gigante esticou os braços para trás, como se quisesse se alongar, e seu braço direito puxou o punhal da bainha presa à axila esquerda. Num instante, estava no ar. A lâmina devia ter bem uns 30 centímetros, com um fio brilhante como prata. Era uma lâmina inspirada no sabre turco, curva para baixo em direção à ponta, mas elevando-se à frente. O aço do guarda-mão, com a espessura de dois dedos, era decorado com um motivo gravado. Ele reconheceu o nome do Todo-Poderoso, as letras de Deus entrelaçadas. Esses loucos tinham vindo para matar.

Jihadistas! Fairouz, o que fizeram com você?! Por que a envolveram nessa missão idiota?

Quando viu, um sorriso feroz animava o rosto amorenado do carrasco. Percebendo que iria morrer, num sobressalto desesperado Krimo tentou rolar pelo chão, mas uma mão de ferro o pegou pela garganta.

O sufocamento desconectou-o da situação.

Imagens antigas o invadiram. A fuga desvairada pela casa no dia da sua circuncisão; o golpe da varinha do taleb nos dedos quando não sabia recitar a surata; a paciência da mãe e como ela o protegia do pai; as corridas endiabradas pelas ruas poeirentas de Ben Aknoun com os garotos do bairro; seu primeiro *kalbelouze** esmagado entre dois *beignets* fumegantes; o gosto de chiclete do Selecto;** a menina cuja mão ele não quis pegar para dançar em um casamento, embora não sonhasse com outra coisa; a casa de banhos e todos os seus arredores de mulheres oferecidas ao olhar; uma caravela saindo do porto de Argel e os chuviscos das ondas batendo em seu rosto; a cabeçada recebida à traição em sua primeira briga; seu fascínio pela França e o desejo de exílio; um cheiro de feto enquanto mergulhava a cabeça entre dois seios flácidos; o serviço militar evitado por pouco; sua primeira máquina fotográfica, uma Minolta Reflex 24x36 toda amassada; seu visto de turista para a França; seus anos como imigrante ilegal; a primeira vez que viu Fairouz, tão linda com seu ar audacioso; seu casamento precipitado para que vivesse legalmente; o último Aïd al-Kébir na casa dos sogros, que faziam questão de sangrar um carneiro à moda antiga no pátio de casa.

O último pensamento de Abdelkrim Belkheir, Krimo para os íntimos, foi sobre a surata IX do Alcorão, chamada *At-Tawba* (Arrependimento), que fora lida na véspera, com ênfase, por sua esposa. Ele não a conhecia ou a tinha esquecido. A declamação irônica de Fairouz o deixara aborrecido e ele a censurou por brincar com a fé. Esse capítulo do Livro consistia numa longa sequência de prescrições imperativas cujo objetivo era conclamar a matar os infiéis e os hipócritas, os judeus e os cristãos, já que eles se recusavam a se submeter.

> *"Se não marchardes para o combate, Deus vos castigará dolorosamente; suplantar-vos-á por outro povo, e em nada podereis prejudicá-Lo, porque Deus é Onipotente."****

Seria possível que Deus, o Misericordioso e Clemente, cuja indulgência e bondade eram lembradas no início de cada capítulo do Santo Livro, tivesse ordenado uma coisa dessas?

---

*Bolo magrebino composto de amêndoas, sêmola e mel.

**Refrigerante argelino.

***Alcorão, surata 9, versículo 39.

2

Nessa mesma sexta-feira à tarde do mês de fevereiro, no XI distrito parisiense, o cruzamento da Rue Jean-Pierre-Timbaud com a Avenue Belleville, na altura da estação de metrô Couronnes, se esvaziava pouco a pouco. Era dia de feira e o cruzamento mostrava os restos de uma atividade comercial intensa. Os canteiros da avenida estavam cobertos de caixotes sujos e de detritos vegetais que os garis empurravam para as valas com fortes jatos d'água. Eram 15h30 e logo o burburinho da manhã não passaria de uma lembrança. Somente alguns velhos se demoravam, apesar do frio, conversando em grupinhos, apoiados num carrinho de compras, pouco preocupados em retornar à sua solidão habitual.

Paul Mesure tinha escolhido aquela manhã para se misturar à multidão. Infelizmente, uma convocação inesperada do banco o obrigara a transferir sua visita para a tarde. O gerente foi irredutível: o saldo negativo deveria ser coberto no mesmo dia. Ele teve de correr ao *L'Ingénu* para mendigar um adiantamento sobre sua reportagem, depois voltar à agência para depositar o cheque. Esses sobressaltos financeiros eram cada vez mais frequentes e também menos suportáveis, tendo em conta que ele possuía um manuscrito antigo que talvez valesse uma fortuna.

A essa hora, sua presença se tornava menos discreta, mais visível. O perigo não o assustava, mas ele gostava de controlar os riscos. Suas idas e vindas pela Rue Jean-Pierre-Timbaud não poderiam ser muitas, como ele pretendia inicialmente. Alertas, seus olhos varreram o cruzamento por uma última vez, e então seguiu pela calçada da esquerda no sentido da ladeira. Os raios de sol batiam no seu rosto, um sol invernal, com calor moderado, mas ofuscante, tornando impossível uma boa visão. Contrariado, apressou o passo.

Seu programa tinha mudado. Precisava entrevistar dois ou três livreiros muçulmanos sobre as fitas do *lelivredelislam.com* que Fairouz acabara de traduzir, tirar fotos em suas lojas e no bairro, fotografar de um ângulo mais baixo a famosa mesquita Omar, com seus devotos prostrados no asfalto das ruas Jean-Pierre-Timbaud e Morand, envolta em uma reputação de mesquita fundamentalista. Tudo isso sem ser notado, pois os militantes islâmicos viviam desconfiados desde o 11 de Setembro nova-iorquino e golpeavam fácil. Em geral, só os seus colegas de origem magrebina aceitavam esse tipo de assunto.

Paul gostava de ter os sentidos à espreita, a intuição aguçada pelo perigo, ver as ruas e as pessoas dotadas de um brilho repentino. Vivia mais intensamente quando o tempo se acelerava na proporção do seu ritmo cardíaco. Ao contrário de muitos de seus colegas jornalistas, o prazer de escrever ou de influenciar a opinião ou os grandes do mundo lhe era indiferente. Paul Mesure buscava a ação, e *a rua*, seu local preferido, era um espaço onde a realidade se estendia como um arco e fazia pulsar suas artérias.

Sonia também apreciava esse tipo de aventura que envolvia fundamentalistas muçulmanos. Quando ele contava suas peripécias para segui-los, para fotografá-los, suas confusões para escapar deles, os olhos dela brilhavam. Parecia menos distante, menos entorpecida pelo papel de irmã mais velha que adotara após ter sido sua amante por um breve período. Ah, ela não gostava dos *barbudos*, era o mínimo que se poderia dizer!

Entre o Boulevard de Belleville e o entroncamento da Rue Moret, cerca de vinte números mais adiante, Paul contou quatro livrarias muçulmanas e várias padarias ou armazéns árabes, o que era um recorde num perímetro tão pequeno. Esse bairro tinha um clima de Oriente Médio muito confuso. Como passar essa atmosfera aos leitores do *L'Ingénu*?

O sol estava menos ofuscante, seria possível tirar as fotos. O melhor seria clicar descendo a rua e cuidar das livrarias depois. Mas nem pensar em pedir autorização, que lhe seria negada automaticamente e o deixaria marcado para uma vingança dos muçulmanos. Tinha que operar com a câmera oculta. Ver sem ser visto. Capturar de surpresa uma bela silhueta velada ou um *barbudo* pitoresco. Seu impermeável, que escondia uma câmera digital Canon bem fininha, tinha talhos em diversos lugares com esse fim. Bastava uma das mãos para guiar a objetiva do aparelho, presa ao seu cinto por uma correia.

Um primeiro candidato subia em sua direção; um bom retrato, se não estivesse superexposto. Um homem minúsculo, enterrado numa parca marrom grande demais para ele, com o capuz sobre os olhos negros fugidios e uma longa barba crespa de profeta, tingida com hena, que lhe devorava o rosto e o torso. Por conta de sua baixíssima estatura, lembrava um duende ou um gnomo, não um fundamentalista, mas era essa discrepância que o tornava interessante. Paul tirou várias fotos, fingindo verificar o número de um prédio.

Mais abaixo, em frente à vitrine de uma livraria, clicou uma versão obscura dos sete anões: sete silhuetas totalmente vestidas de preto, de quem não se via nem mesmo os olhos, alinhadas em escadinha e contemplando com um ar extasiado os alcorões luxuosos cujos ornamentos dourados cintilavam ao sol.

A fotografia não era seu ganha-pão. Mas tinha conseguido convencer Yves Taleb, diretor do *L'Ingénu*, a lhe confiar também as imagens do seu artigo. Sempre tinha dificuldade para explicar aos redatores-chefes que era capaz de fazer suas próprias fotos. Alguns chefes de redação ainda o consideravam um amador porque, no início, ia de jornal em jornal oferecendo artigos acompanhados de fotos. Hoje, sua pequena notoriedade no meio jornalístico lhe permitia assinar as fotos de uma reportagem, mas durante anos teve que adotar um pseudônimo e ocultar-se atrás de um intermediário para vendê-las.

O céu ainda estava muito claro, mas no meio da ponte a luz era ideal. Manipulou discretamente sua máquina digital e lançou um olhar para a imagem que a tela mostrava. À sua frente, um grupo de garotas coquetes e maquiadas passeava falando alto. Três delas envergavam um *hidjab*, mas as duas do meio usavam calças bem largas e camisetas curtas, oferecendo aos olhares a pele sedosa de seus ventres. Pelo frio que fazia, era uma prova de engajamento tão forte quanto o véu de suas companheiras. Ele não podia perder um quadro tão pitoresco.

Paul saiu da calçada em direção à elevação situada do outro lado da rua, cuidando para que sua manobra não despertasse o interesse de ninguém. Uma vez ali, imobilizando a máquina sob o casaco, correu um pouco para tomar a dianteira do grupo de moças e enquadrá-las em plano americano.

De repente, dois homens o bloquearam pelos lados. Paul não podia mais mexer os braços. Seu flanco esquerdo estava imobilizado por um loiro alto que o encarava com um sorriso sarcástico; o direito, por um albino de cabeça raspada usando óculos escuros.

Indicando com o queixo um carro comum, o albino falou:

— Polícia. O senhor pode nos acompanhar?

Eles não tinham cara de policiais, nem roupa. Pulôver grosso, jaqueta e calça jeans, tênis. Nenhuma identificação também. Fisionomias banais, tipicamente magrebina para um, francesa para o outro.

Paul hesitou por um breve instante, apenas alguns segundos. Nem todos os militantes islâmicos usavam barba, seria simples demais. A proximidade da mesquita Morand e sua má reputação pesaram bastante na sua decisão. Não se esquecia das recomendações de Krimo: "Não banque o abusado, muitos salafistas são violentos. Eles não estão de brincadeira. Quebrar a cara de um infiel, cortá-la, não é pecado para eles. São pontos ganhos para o Paraíso."

Fingiu mexer nos bolsos para que os outros relaxassem a pressão sobre seus braços. A seguir, com um movimento violento de ombros, soltou-se e precipitou-se pela rua, abandonando as virgens do Paraíso ao seu destino.

Diante dele havia uma grande entrada com uma placa metálica: "União Fraterna dos Metalúrgicos, CGT Île-de-France". Esse centro sindical, transformado em sala de espetáculos e mais conhecido pelo nome *Casa dos metalúrgicos*, era composto de um labirinto de prédios, salas, corredores, escadas, entradas e saídas. O lugar ideal para se livrar de perseguidores.

Como em um desenho animado, suas pernas roíam o chão. Mas antes de transpor o portão da *Casa dos metalúrgicos* não pôde deixar de mandar uma banana, gritando:

— Venham me pegar se puderem, seus babacas!

Se estivesse um pouco mais à frente, teria mostrado as nádegas para demonstrar o pouco caso que fazia deles.

Enquanto ele escapava, o albino berrou:

— Mourad, fique aqui, nós vamos atrás desse imbecil. *Aia*, Frédo, vamos!

O tom de raiva em sua voz encheu Paul de animação.

3

Quando tocaram a campainha, Fairouz teve um mau pressentimento. Visitantes eram raros à tarde, caso contrário ela não teria aceitado a proposta maliciosa de Krimo. Gostava de ter o seu tempo, não de lhe dar prazer queimando etapas. Com essa campainha, pressentia o incômodo que se prolongaria em lenga-lengas ou numa má notícia.

Em frente ao espelho do banheiro, tornou a amarrar o cinto do roupão, cujas abas tinha se soltado revelando seus seios e o ventre. Aquele penhoar lhe caía admiravelmente bem, sua brancura resplandecente fazendo um belo contraste com sua pele morena. Adorava usá-lo depois do prazer. O brasão dourado dizia *Hôtel Ivoire d'Abidjan*. Fora um presente de Paul.

Examinou o próprio rosto. Diziam que era bonita, mas seu rosto era infantil demais para ser belo. Embora finos e regulares, seus traços ainda eram prisioneiros da redondez da infância. Com água, alisou a franja, que ganhara independência. Como muitos magrebinos, tinha cabelo crespo, mas preferia que fosse liso e esticado, o que implicava em caros tratamentos.

Será que devia interromper seu exame corporal para ajudar Krimo a dispensar o intruso? Seria um chato ou alguém necessitado? Ela sempre se queixava dos empregados por trabalharem de má vontade, mas os Belkheir ocupavam essa moradia em troca do seu serviço como zeladores. Esta semana, segundo os critérios do seu pai, não tinha sido uma boa muçulmana. Era a enésima vez que irrompia de dentro dela o egoísmo típico da parisiense. Sou uma parisiense ou uma árabe nascida em Paris?, pensou avaliando os seios, de proporção bem oriental, através do tecido atoalhado.

Enquanto ainda hesitava quanto à sua identidade, uma algazarra chegou da sala e alguém empurrou violentamente a porta do banheiro. Um homem ruivo entrou e encarou-a como se nunca tivesse visto uma mulher de roupão em toda a sua vida. Tinha uma arma de fogo na mão. Fairouz não gostou de seu olhar estranho, da forma extasiada como os olhos daquele homem percorriam seu corpo.

Ele era de estatura média, magro e tinha cerca de 30 anos.

Não havia por que demonstrar medo, nem gritar. Desistiu de chamar Krimo. Com a algazarra, tinha entendido que eles eram vários. Pelo menos dois, talvez mais.

Pensou na pesquisa de Paul sobre os salafistas, em sua doutrina absurda, que ela traduzia há dois dias. Para os muçulmanos do *lelivredeislam.com*, tudo era *bid'a* (inovação) e, como tal, *haram* (pecado, proibido). Os gestos cotidianos iniciados pelo lado esquerdo, as calças e os cabelos curtos para as mulheres, os queixos imberbes para os homens, a escova de dentes, a peruca, o papel higiênico, os pelos pubianos. Eles se baseavam numa pretensa palavra do Profeta:

"Não há coisa pior que a novidade. Toda novidade é uma inovação, toda inovação é um erro, todo erro conduz ao fogo eterno."

O que esses tradicionalistas complexados não faziam o Profeta dizer! Eram todos uns ventríloquos consumados. Os testemunhas de Jeová também argumentavam de forma estranha quando condenavam a medicina moderna e prescreviam que se confiasse em Deus. Entretanto, ao contrário do que Paul e Krimo pensavam, as frases dogmáticas do *lelivredelislam.com* não apresentavam nada de violento; apelavam para o coração dos fiéis e só conclamavam a uma reforma moral. Não podiam ser eles.

Então, quem eram esses agressores? De que os acusavam? Seria por causa da série fotográfica *Muçulmanos parisienses* de Paul e Krimo? Sonia Boudaoui, sua vizinha, dissera que aquelas imagens nunca poderiam ser publicadas na Argélia nem no mundo muçulmano, pois seriam consideradas ofensivas ao islã.

Para impressionar o homem, dirigiu-se a ele em árabe clássico. Usou uma fórmula ensinada por sua mãe, uma paráfrase do Alcorão sobre a maneira lícita de se entrar numa casa estrangeira. A fórmula despertou sua atenção. O homem não respondeu, mas se olhou no espelho, espanando uma poeira imaginária da roupa escura. Sorria para o espelho, examinava os dentes, puxava a pele do queixo. Procurava, claramente, uma citação tão mordaz quanto a dela.

Fairouz estava quase atrás do homem. Devia pular sobre ele? Se conseguisse dominá-lo, Krimo poderia imobilizar os outros. Ele e Paul gostavam de falar das batalhas campais da juventude. Era o momento de provar sua bravura.

O secador de cabelos não estava longe, pendurado perto do chuveiro; era um modelo antigo, volumoso e metálico.

Mas enquanto se admirava complacentemente, o intruso continuava a analisar o corpo dela através do espelho. Nenhum de seus movimentos lhe escapava.

Por fim, num árabe clássico não tão bom quanto o dela, replicou:

— Sou um *combatente do islã*. Você pertence à raça dos hipócritas. O que pode fazer para se penitenciar? Quer um guia para voltar ao caminho de Deus?

Ele também empregava uma linguagem cifrada. Os *combatentes do islã* eram aqueles que tinham seguido o Profeta Maomé em seu exílio, abandonando bens e parentes para pregar a religião de Deus. Um versículo concedia a eles, de ofício, o Paraíso.

Ela entendeu que o homem estava propondo uma transação, uma espécie de casamento temporário, como o dos xiitas. Sua complacência feminina contra a clemência de um soldado de Deus; o repouso do guerreiro contra o perdão por sua vida de má muçulmana num país de infiéis. Ela, porém, não era ingênua. Iria matá-la após abusar dela, era evidente. Tinha que ficar atenta.

Fairouz se forçou a permanecer impávida. Mas suas mãos mexiam nervosamente no cinto, o roupão se abriu e seus seios brotaram da abertura. Pelo espelho, os olhos do agressor se esbugalharam. Ela arrumou o penhoar sem pressa nem recato excessivo.

Os olhos negros do homem agora estavam risonhos, ele mordia os lábios fazendo ruídos com a boca, coçava a cabeça com a pistola. Quem sabe estava pensando numa forma de concluir o acordo mais rápido? Ela observou suas mãos para medir sua força: mãos finas de intelectual ou de engenheiro, não de um matador.

Um comparsa interrompeu o rito amoroso. Este era mais velho, de ar rabugento. Olhou para a fresta do penhoar e palavras de reprovação começaram a jorrar em rajadas da sua boca. A seguir jogou no chão um macacão branco enrolado e saiu.

Rindo, o agressor empurrou-a para o chuveiro. Depois estendeu na pia o macacão de um branco desbotado; alinhou os acessórios que estavam no seu interior. Havia uma touca, uma máscara, luvas e pantufas. O homem começou a vestir o macacão sobre a roupa, depois pôs a touca no cabelo. Parecia estar vestindo uma roupinha de bebê. Não fechou o zíper da braguilha, deixando-o aberto sobre a entreperna inchada. Ajustou também a máscara, mas deixou-a pendurada sobre o peito. Para calçar as pantufas, teve que se sentar no bidê, que estava mais perto da porta que o chuveiro, e colocar a pistola no chão.

Aparentemente resignada com sua sorte, Fairouz seguia com os olhos o menor dos seus gestos, calculando o espaço e o tempo necessários para o seu plano. Como que por acidente, o penhoar agora estava aberto sobre sua nudez. Quando os olhos do homem flagraram esse desnudamento, seu pescoço se estendeu e seu olhar não se afastou mais daquele corpo. Ela rezou para que Krimo não a visse assim. Seu marido não entenderia seu estratagema e não a perdoaria até o fim de seus dias.

Com uma pantufa na mão, o agressor expôs seu membro, que ondulou fora do macacão como uma serpente. Com um riso abafado, segurou-o ostensivamente e deu uma piscada maliciosa em direção a Fairouz. Ela viu um órgão moreno, circuncidado como os de muçulmanos e judeus, mas também dos americanos, dissera-lhe uma amiga. O instrumento não tinha nada de extraordinário e não merecia essa reverência. Sem dúvida, a virilidade dele não vinha do prazer que esse órgão esponjoso conseguia proporcionar.

Com um sorriso artificial, ela se esforçou para descer o penhoar pelos ombros. Não gostava da sua barriga, muito carnuda para ela, mas a serpente achava o conjunto bastante apetitoso. Saltava da braguilha como um salmão que sobe o rio para fecundar a fêmea.

A situação seria cômica sem os cúmplices e a presença de Krimo. O crápula devia ter esquecido a arma e só pensava na posição em que iria obrigá-la a ficar. Para reprimir a angústia que nascia, ela imaginou seu agressor totalmente nu, fugindo diante de um secador alado dirigido a distância com um controle remoto. Teve que se conter para não cair na risada. Seu sorriso ficou completamente natural.

Sentia-se capaz de neutralizar esse tarado. Seu plano era simples. Manipularia a serpente, seu dono rolaria pelo chão gemendo. Ela então se apoderaria da arma e o manteria sob sua mira. A seguir, improvisaria.

Enquanto o homem se debatia com a pantufa, ela achou que tinha chegado o momento oportuno. Esquecendo o pudor, saltou para o secador de cabelos.

Tudo aconteceu quase como o previsto. Exceto que o grito estridente da vítima atraiu seus cúmplices. Enquanto o imbecil se contorcia de dor, uma mão forte e calosa torceu o braço dela, jogou-a de joelhos sobre o ladrilho e bateu sua cabeça contra o bidê. A dor a cegou. Fairouz pensou que tinham quebrado seu braço, que sua cabeça havia rachado com o choque.

Não vira o mastodonte entrar no recinto. Agora, através de uma bruma cintilante, distinguia vagamente uma silhueta colossal, vestida com o mesmo macacão branco que seus comparsas, com braços longos como tentáculos. Ela estava estendida ao lado do tarado, que xingava em sua língua, quando um tentáculo puxou-a pelos cabelos e a manteve assim, com o penhoar desfeito, as pernas oscilando acima do chão. Cega de dor, os olhos cheios de lágrimas, ela não via mais nada; só uma gargalhada estrondosa, semelhante a um eco zombeteiro, que ressoava em sua cabeça.

4

Levado pelo impulso, Paul Mesure assustou uma velha senhora que vinha com sua sacola de compras, seguiu pelo vestíbulo da *Casa dos metalúrgicos* e precipitou-se pela entrada da esquerda, a do vigia. Os degraus de madeira rangeram sob seus pés enquanto um sorriso iluminava seu rosto. O rapaz sentia a tensão de todos os músculos pelo esforço, a adrenalina agitava seu sangue.

Em três saltos, estava no corredor de uma ala que o levaria até o prédio central. A topografia complicada da *Casa dos metalúrgicos* não era segredo para ele. Seus pais, comunistas cristãos, o levavam para lá, pequeno, quando as manifestações no local eram tão concorridas quanto as da Mutualité.

No fundo desse corredor estreito e sombrio, com paredes marcadas pela umidade, uma porta dava para uma escada. De quatro em quatro, galgou os degraus; um andar, depois dois. No segundo, mais corredores, um emaranhado deles com carreiras de cômodos vazios. A ala estava em obras, totalmente desativada. Entrou pela segunda ramificação e atravessou-a como um bólido, sem responder à interpelação de dois operários confusos. Entrou derrapando nos sanitários, optou pelo banheiro das mulheres e trancou-se no primeiro compartimento.

Ali, soltou o seu precioso equipamento digital, que batia em suas pernas, e enfiou-o num dos bolsos. Mas estava ali por outra razão. Esse banheiro tinha uma janela que dava para um poço parisiense. Subiu na latrina e passou pela abertura. Sem usar o cano, saltou da altura de um andar e caiu suavemente. Seu coração batia rápido, feliz por viver. Uma canção estava sendo tocada em algum lugar acima dele. Ele repetiu as palavras de Quincy Jones, com os lábios para a frente, um microfone imaginário na mão. Seus quadris rebolavam como os de um dançarino de *break*.

Uma portinhola permitiu que saltasse para outro vestíbulo, de cores mais elegantes, com cartazes sindicais. Era o prédio central. Caminhou num passo normal, controlando a respiração, ouvindo barulhos suspeitos. Nessa parte do prédio havia escritórios em uso, mas naquele fim de semana todos os empregados tinham saído. Se sua memória não falhava, estava acima do auditório. Precisava simplesmente encontrar a escada de luxo que dava para o *hall*.

Foi então que viu o albino. No meio de um corredor, ele verificava se os escritórios estavam fechados, girando as maçanetas de porta em porta. O sujeito tinha mais habilidades do que imaginara.

Paul não era o que se poderia chamar de brigão, e sua estatura estava mais para pequena: 1,6m, se tanto. Mas tinha uma excelente condição física e sua cabeça era dura como o concreto. Longe de amedrontar, o contato físico lhe agradava. Enrijecendo o abdome, podia aparar qualquer golpe; com uma cabeçada, afastava todos os provocadores. Não era um dom divino, e sim resultado de anos de exercícios de um adolescente mortificado por sua pequenez. Não praticava nenhum esporte de luta, mas conhecia várias técnicas de autodefesa, provenientes de todas as artes marciais, do *tae kwon do* ao boxe tailandês. Era o bastante para se defender, ou passar ao ataque.

Sem pensar, o jornalista abaixou a cabeça e avançou contra o albino como um carneiro. O outro estava de costas, seria varrido pelo choque. Quando Paul estava quase no alvo, ele se virou bruscamente e ergueu as mãos à frente para bloquear seu impulso. Mas o carneiro tinha mais de um truque na manga. Paul parou bruscamente, apoiou-se no chão e deu uma rasteira com o pé. O homem caiu pesadamente, soltando um palavrão em árabe. Uma queda de fraturar o cotovelo, pensou Paul, sacudindo a cabeça, num pensamento que misturava compaixão e fatalismo. Aproveitando essa trégua, saiu correndo de novo, empurrou a porta à sua frente, pegou outro corredor numa bifurcação de três vias e logo encontrou a escada do auditório. A grande escada de pedra não vibrou quando ele pulou os degraus de pés juntos.

Como a bilheteria e o vestiário, o *hall* estava deserto. A ideia inicial de Paul era usar a porta de emergência do auditório e chegar à escola maternal que se comunicava com a *Casa dos metalúrgicos*. Mas o encontro com o albino o surpreendera. Tinha que levá-lo em consideração. Evitando fazer qualquer barulho, andou até uma porta contígua à bilheteria e abriu-a suavemente. Era uma escada de serviço em espiral que se enroscava até o teto. Sem recuperar o fôlego, galgou os degraus. Chegando ao último patamar, subiu no corrimão e pulou para alcançar a escada presa na parede. No final de seus degraus estava a saída procurada, um alçapão que se abriu sem esforço.

Agora, ao ar livre, uma brisa fria soprava à sua volta. A única saída possível era o topo de uma calha entre dois telhados inclinados. Sem hesitar, aventurou-se por essa fenda. Os braços lhe serviam de pêndulo e, ao pousar os pés, tomava o cuidado de testar antes a resistência da calha. Ao final desse caminho perigoso se encontrava o teto da escola, um telhado pré-fabricado com uma leve inclinação. Saltou sem maiores precauções; o choque produziu apenas um ruído surdo. Agachado para evitar que sua silhueta se projetasse contra o céu, subiu na cobertura de zinco. A seguir, deitado de bruços, observou o beco, vários metros abaixo.

Alguns pais apanhavam seus filhos na creche. Não o esperavam por aquele lado. Muitas vezes ele fumara um baseado nesse telhado, mas sua curiosidade nunca o levara à escola. Procurou um pouco e acabou achando uma janela no lado oposto à rua. Pendurou-se na cobertura e balançou os pés. Os batentes da janela foram ligeiramente empurrados e se afastaram com um rangido.

A sala parecia um departamento administrativo: um monitor sobre a mesa, uma fotocopiadora, pastas, arquivos por todo lado. Ele se esgueirou pelo corredor, feliz como um cachorrinho que acaba de descobrir uma nova brincadeira. Mais abaixo ficavam as salas de aula e a creche. Todos se encontravam nessa área. Desceu cuidadosamente a escada e prendeu a respiração.

No térreo, tinha soado a hora da última saída, reservada para os pais que trabalhavam até as 18 horas. Um vaivém de adultos, sobretudo mulheres, animava o *hall* de entrada da escola. Era o caminho mais rápido. Um funcionário o encarou com um olhar desconfiado, mas hesitou em interpelá-lo. O jornalista sorriu para ele. No meio da ação, Paul nunca hesitava.

O beco da Baleine estava livre. Voltou até a Rue Jean-Pierre-Timbaud em passos de bailarina. Um dos seus agressores havia desaparecido, enquanto o outro lambia o cotovelo ferido. Ele tateou o bolso do impermeável; a máquina estava lá, com as fotos. Aqui está o meu trabalho, regozijou-se. Suas entrevistas com livreiros podiam esperar, faria por telefone.

Enquanto ainda comemorava, o ruído de um motor e buzinadas violentas arranharam sua satisfação.

Merda, o motorista! Eles eram três!

5

Uma noite glacial, sem estrelas nem lua, caía suavemente sobre Paris. Num apartamento luxuoso do IX distrito, na Rue de Chantilly, corpos e idiomas se liberavam após uma semana de trabalho em um clima incomum para os estrangeiros que ali moravam.

Ouviu-se uma conversa.

— Faxina de novo! Numa sexta à noite! Esse tadjique imbecil gosta disso — disse Farouk sem se dirigir a ninguém em particular, e em urdu.

— Esta manhã, Hussain se esqueceu de deixar a chave no lugar combinado — respondeu Ismaïl Zaman.

Farouk Bizenjo, assassino profissional, tinha trocado seu terno escuro pór uma camiseta e um jeans. Seu corpo oliváceo parecia ainda mais musculoso. Ele tinha o torso e os braços desproporcionais, como um gorila. Qualquer um se sentiria nanico perto de Farouk; cada proeminência do seu organismo evocava o vigor físico.

Mas não quando ele usava um *Shalwar Qamiz*, o traje tradicional paquistanês, mais largo. Essa veste tinha o mérito de apagar as desigualdades físicas e até de favorecer os corpos magros. Os Ancestrais sem dúvida pensaram nisso ao conceber o *Shalwar Qamiz*. Era o pensamento que ocorria a Ismaïl nesse momento. Se fosse o comandante, teria imposto a toda a equipe a obrigação de usar *Shalwar Qamiz* durante as horas de serviço.

O gigante estava na soleira da grande sala de visitas, atrás do empregado tadjique que lavava o assoalho com um líquido saponáceo espalhado generosamente em toda a superfície próxima à porta, exalando um forte cheiro de pinho artificial. O homem empurrava a camada de água espumosa com um esfregão e parecia ignorar sua presença. Dando uma piscada para Ismaïl, Farouk fingiu bater no traseiro dele, como se fosse uma bola.

— Ele vai inundar a sala! Quer que o expulse?

Feliz tadjique, que não entendia o urdu! Mas Ismaïl Zaman tinha o dever de distrair o assassino, sempre imprevisível. Ele gostava de dormir em lençóis limpos, de ter uma geladeira sempre cheia e de duas refeições por dia. Esse criado com certeza fora enviado pelo seu contato na embaixada.

— Ele acha que é a única forma de limpar uma casa — respondeu Ismaïl. — Venha ver TV comigo. Não corremos risco nenhum aqui.

Afundado no sofá retangular e fundo, ele estava fitando uma tela plana de 16/9 que transmitia a programação de uma rede árabe por satélite. Enquanto falava, franzia amigavelmente os traços para dissuadi-lo de passar à ação.

— Não entendo árabe, *Sir*. Não estou fingindo, *Sir* — replicou o gigante, sarcástico.

Ismaïl tentou ser conciliador.

— Você conhece suas suratas, já é muito. Mas se não tentar, nunca vai saber. Foi assim que aprendi francês. Assistindo a filmes no Centro Cultural francês de Islamabad.

— Cada qual com seus defeitos — respondeu Farouk.

Tinha pulado o esfregão de água espumosa e boxeava um adversário imaginário ao lado da TV.

Seus deltoides e seus grandes peitorais ondulavam sob a camiseta, ao ritmo dos murros, num encadeamento de ganchos e *uppercuts*. Podia-se ver o cabo de um punhal preso em suas costas, que saltitava a cada um dos movimentos. Um sorriso sanguinário iluminava seu rosto quadrado, e os olhos profundamente encovados nas órbitas negras brilhavam com um clarão maligno. Ele não estava fingindo, cada um dos seus golpes poderia matar um homem.

— Uau — fez Ismaïl, com falsa cumplicidade.

Os carrascos também têm gostos e desejos banais, limitações e fraquezas humanas. Tanto que Ismaïl não conseguia esquecer seu passo em falso com a zeladora naquela tarde. Um mês que não tocava em uma mulher! Como os outros faziam? O mais desagradável desse incidente, sem consequência para a operação do dia, era a imagem imperfeita que passara de si mesmo. Queria que Farouk e Hussain o tivessem como um verdadeiro chefe, não como um homem escravo de seus desejos.

Enfim, um chefe em potencial, pois, até segunda ordem, o chefe era Mohammed Ali Khan. Um chefe que nunca estava em campo, diga-se de passagem. Que sempre buscava um pretexto para se ausentar do cenário parisiense de suas operações. Ismaïl via com clareza por seu comportamento. O comandante Ali Khan temia ser apanhado em flagrante em território hostil, e para eles Paris era uma cidade sem apoio nem aliados. Era mais seguro operar em Peshawar, Bombaim ou Kabul quando se é herdeiro de uma grande família paquistanesa, daquelas que partilham o país. Em caso de prisão, um filho de boa família tinha a certeza de ser libertado em troca de um agente inimigo ou de um bom resgate, enquanto soldados rasos como ele podiam apodrecer durante décadas em um cárcere, quando não eram executados na mesma semana para acalmar a população.

Farouk acabou interrompendo a demonstração e veio sentar-se ao seu lado. Na tela desfilavam as imagens do noticiário da Al-Jazeera, a rede quatariana. Imagens comoventes se sucediam com um fundo musical fúnebre, mostrando populações muçulmanas, na Palestina, no Iraque ou no Afeganistão, maltratadas por soldados que só podiam ser israelenses ou americanos. Uma expressão de tristeza alterou a fisionomia do seu companheiro de equipe, que só a notou tarde demais, após seu próprio salto reflexo quando o brutamontes subitamente enfiou uma faca a 20 centímetros do seu ombro, no revestimento do sofá.

— Como podem deixar nossos irmãos e irmãs sofrerem desse jeito? — queixou-se o ogro. — O que os nossos governos estão fazendo?

Paralisado, Ismaïl não se mexia. O gesto fora tão rápido que ele não viu a lâmina sair do estojo. Dentro do peito, seu coração se debatia como um animal desvairado.

Sua ideia de diversão não era das melhores.

O ruído do tecido rasgado alertou o tadjique e, agora, com os olhos fixos na faca plantada no sofá, com o torso ainda curvado, ele saiu do recinto de costas.

Isto vai passar, pensou Ismaïl, cuja pulsação recuperava o ritmo normal. O viciado tem uma sensibilidade exacerbada, seu sentimentalismo é despropositado. Ele já tinha visto isso com seu irmão Ansar, também viciado, que se tornou um farrapo, espectro ou demônio conforme o dia, na Pequena Bangladesh de Karachi. Ansar tinha os mesmos arrebatamentos inexplicáveis, típicos do comportamento de um dependente.

Ele recuperou o sangue-frio.

— Vá preparar algo para comermos — disse em inglês ao tadjique, que os observava escondido atrás da porta.

Ouviram o empregado se precipitar para a cozinha.

Com a cabeça entre os braços, o gigante fungava ruidosamente, como se estivesse perdido os pais.

Ele observava o colega. *Farouk, o matador.* Teria inspirado um belo argumento aos roteiristas de Bollywood. No plano que engendrara para finalmente sair do anonimato, o gigante era indispensável. Mas será que estaria à altura? A droga não abateria sua moral? Não estaria perdendo suas referências em Paris? Os dois zeladores eram devotos, afinal de contas, muçulmanos como eles. Seu assassinato equivalia a declarar guerra aos muçulmanos; não era mais o *jihad*, e sim a *fitna*.* Para ele esse detalhe era indiferente, mas não para todo mundo. Precisava falar sobre isso com Farouk, sondar sua firmeza. Seu plano não teria o menor erro; seus superiores só respeitavam os vencedores.

*Guerra civil entre os muçulmanos.

Ismaïl assumiu um tom grave.

— Eles pagarão por tudo, meu irmão, cem vezes mais. Os tempos são duros para o islã, mas a comunidade dos muçulmanos vencerá, está escrito.

O assassino recolheu a faca sacudindo a cabeça.

Talvez não fosse a droga que tornava Farouk imprevisível, mas a hereditariedade, *o sangue quente de sua raça*, como dizia um poema urdu. As origens exatas de Farouk eram obscuras. Segundo alguns colegas, seu clã balúchi fora dizimado pelo exército paquistanês e um oficial sem filhos o havia recolhido quando era bebê. Para outros, seu clã era escravo dos wahabitas na costa de Oman e seria para esconder essa origem servil que ele se dizia órfão. De qualquer modo, era um balúchi, e os habitantes dessa província arruinada pelo deserto eram conhecidos por seu gosto imemorial pela guerra.

Ismaïl tentou representar o papel de irmão mais velho. Apresentou uma falsa questão, que sempre surtia efeito em seus colegas.

— Você faz a prece do viajante? A prece não é só um dos cinco pilares, ela também acalma o coração — disse em tom sentencioso.

— Eu nem mesmo sei de que lado fica Meca nesta cidade! Como quer que eu ore? Sou um soldado, o Todo-Poderoso é misericordioso, ele levará isso em conta na Recompensa Final.

Num árabe que feriu os ouvidos de Ismaïl, começou a recitar:

> *Os fiéis, que migraram e sacrificaram seus bens e suas pessoas pela causa de Deus, obterão maior dignidade ante Deus e serão os vencedores.**

Esses versículos eram célebres em todos os movimentos islâmicos; muitas vocações ao sacrifício tinham sido inspiradas por essa promessa. Todos os camicases os reliam antes de dar sua vida a Deus. A memória do balúchi confundia Ismaïl, pois, como muitos muçulmanos não falantes de

---

*Alcorão, 9, 20.

árabe, Farouk aprendera essas frases ignorando o sentido de cada palavra, contentando-se com o significado aproximado da passagem. Ismaïl Zaman, por sua vez, imitava os oficiais superiores da sua agência, cheios de desprezo pelo fervor com que lidavam todos os dias, identificando-o com a superstição: ele nunca abrira o Alcorão. Para essa elite a que ele sonhava pertencer, a promessa citada por Farouk era um estratagema do Senhor para aumentar seu partido.

— Mas então vamos perguntar a Hussain a direção de Meca! Ele deve saber, tem sempre seu pequeno Alcorão à mão e os atributos de Deus na ponta da língua.

— Ele é devoto — disse Farouk, dando de ombros. — Mas não devia ler tanto, o tique dele vem daí.

Hussain Naziz, que completava a equipe, era um homem magro, originário de Lahore, de pele quase negra, com uma cabeça grande, constantemente perturbada por um tique facial. Era um tique muito engraçado, os outros tinham dificuldade em não rir na frente dele.

— Ele não é devoto, é um *fonda*, um fundamentalista — disse Ismaïl. — Lê o Alcorão até durante uma missão. Foi por causa dele que perdemos o comerciante de arte. Você não o viu quando eu estava no encalço do comerciante! Eu tinha procurado em todas as ruas e, quando voltei para o carro, o que descobri? O gentil Hussain lendo seu pequeno Alcorão dourado como se fosse um mulá, em vez de vigiar a entrada do prédio. Mas pode acreditar que ele ouviu poucas e boas. Se estivesse realmente de guarda, teria visto a direção tomada pelo infiel e nós o teríamos interceptado. Falei sobre isso com Ali Khan. Ele não pode mais sair em missão com o Santo Livro.

— O que Hussain achou? — disse Farouk, brincando. — Ele não ameaçou se queixar ao ministro de assuntos religiosos?

Ismaïl tinha mencionado deliberadamente essa impropriedade, conhecida de toda a equipe e já antiga, para testar o assassino. Queria saber como ele julgaria seu descuido com a zeladora, se via nisso um erro ou se já havia esquecido aquela fraqueza carnal.

— E onde está Hussain agora? — continuou Farouk. — Para passar o tempo, devíamos pedir para ele nos falar sobre as expedições do Profeta.

— O que você acha? No quarto. Lendo o Alcorão ou escrevendo para a mulher e os filhos.

— Pelo menos está se ocupando. Já eu fico entediado, sinto o tempo vagaroso, esta missão não avança. Se ao menos pudéssemos sair, ver o mundo, nos divertir um pouco...

Ismaïl imaginou Farouk, com seu corpo de gorila e seus dois coldres, sua mentalidade arcaica de balúchi, solto numa boate parisiense... Quanta risada! Se não fossem as ordens... Procurou um meio de demonstrar sua amizade ao assassino.

— Você não quer ver TV comigo? Eu traduzo...

Agora o canal árabe divulgava imagens entediantes de uma conferência internacional, em algum lugar do Oriente Próximo, dedicada a esse eterno pomo da discórdia que era a situação de Jerusalém, cidade santa de três grandes monoteísmos. Ismaïl traduziu como pôde o comentário da voz em *off*, mas Farouk fez um sinal para que parasse. Andou até uma das janelas duplas. Olhando para a noite sem estrelas, perguntou:

— O siríaco é a língua de qual país?

6

A sorte, contudo, continuava a sorrir para Paul Mesure.

Saindo do beco de la Baleine, deu de cara com o carro dos seus agressores, que obstruía a ruela. Os olhares furibundos que o motorista lhe lançou e sua buzinada de advertência revelaram que ele estava esperando seus cúmplices para abordá-lo. Em seu lugar, o jornalista teria saído do carro, mas o fundamentalista preferiu dar o alarme. Paul, então, saltou por cima do capô e prosseguiu a fuga em direção à alameda lateral da Rue Jean-Pierre-Timbaud.

Um táxi estava deixando um passageiro na altura da escola Saint-Paul. O chofer era um homem grandalhão, vigoroso, usando uma roupa de couro, com uma cara engraçada, que devia ter a mesma idade que ele. Paul se precipitou para dentro do táxi e pôs sua segurança nas mãos do motorista. Sem mais perguntas, este último pisou fundo. Apesar da velocidade permitida, de dois faróis vermelhos e de uma contramão, o carro era teletransportado entre a torrente de automóveis anônimos que circulavam pela Place de la République. Seus agressores agora estavam longe.

Enquanto uma rádio religiosa despejava uma versão *rock'n roll* dos salmos bíblicos, Paul dava os detalhes das circunstâncias de sua agressão.

Levantai-vos, Senhor! Salvai-me, ó meu Deus!
Feris no rosto todos os que me perseguem,
*e quebrais os dentes dos pecadores.**

Eddy, o motorista de táxi, lhe explicara com um ar satisfeito que ele também lutava pela liberdade de opinião. Procurando febrilmente uma estação no rádio, insistiu em fazer uma demonstração ao jornalista do que dizia.

Embora fosse judeu sefardita, sua mania era "azucrinar" as rádios judaicas da capital parisiense. Ele pediu que Paul dissesse se chamar Martin. O alvo de Eddy era um programa de uma rádio livre.

— Alô, Frequência Sião, estou no ar? Gostaria de perguntar se vocês são uma rádio livre, uma rádio que permite a liberdade de expressão a todos os judeus... Mesmo aos judeus ateus?... Sim, eu disse ateus!... Vocês não têm nada contra os ateus?

Paul representava com prazer o papel que lhe fora dado. Enquanto falava, ouvia o som da sua voz na rádio, retransmitida pelo aparelho do carro. Sua própria voz lhe parecia a de um estranho; em compensação, a convicção que tinha dado à pergunta era bem sua. Ele também andava irritado com o aumento do poder da religiosidade em todas as comunidades. Parecia que não estávamos mais numa república laica e que o idiota do Malraux tinha razão em sua previsão sobre o século XXI, de que ou seria religioso ou não seria. Já era difícil suportar os muçulmanos, que descobriam que tinham uma grande religião, mas, se judeus e cristãos se metessem também... cada um iria querer converter seu semelhante, impor seus tabus, de forma que o planeta logo se tornaria inviável.

Ouviu o ruído abafado de um conciliábulo no estúdio da rádio e a resposta hesitante de sua interlocutora:

— Por que está dizendo isso...?

Paul fez uma pausa, tempo para que Eddy lhe soprasse o texto.

*Salmo 3, versículo 8.

— Porque tenho um amigo, Lucien, e toda vez que ele liga para defender sua descrença, vocês o censuram. Por que não o deixam falar? O fanatismo é mais perigoso que o ateísmo.

Ao ouvir o nome de Lucien, ela desligou imediatamente e a rádio anunciou um intervalo musical. Aquele nome era temido como o diabo.

Paul balançou a cabeça e disse:

— Seu pseudônimo Martin está queimado. Menos que Lucien, mas não muito.

— Imbecis! E chamam isso de rádio livre! Mas vamos começar de novo. Desta vez você não diz Lucien nem Martin, certo? Você dá seu próprio nome, pede para falar e me passa o aparelho. Me dê o celular, vou trocar o *chip*; eles não vão reconhecer o número.

— Acontece que chegamos à minha casa e tenho que descer... Podemos deixar isso para outra vez, se você quiser... Você me fez um grande favor.

— Sem problema. Para chatear os devotos de qualquer religião, estou sempre disposto. Tome, aqui está meu cartão.

Estendeu um cartão de visita barato, do tipo daqueles obtidos em máquinas automáticas nas estações de metrô ou de trem.

O cartão dizia:

"Eddy Benoudiz, ateu, membro fundador dos Libertários Descrentes."

Paul começou a rir. O grupelho dos Libertários Descrentes era citado regularmente nos meios de comunicação. Suas ações eram tão notáveis quanto cômicas: interrupção de missas oficiais que contrariavam a separação entre Igreja e Estado; vandalismo em locais de culto considerados fundamentalistas, fosse mesquita, igreja ou sinagoga; interferências em transmissões religiosas televisivas ou radiofônicas; pirataria de *sites* prosélitos. Seu currículo era considerável e, graças à sua popularidade, o grupo dispunha de recursos significativos. Paul cumprimentou calorosamente Eddy pelas ações da sua associação e se preparou para descer.

O carro estava entrando na sua rua, uma curva que rodeava um quarteirão de imóveis no XX distrito, acima da Place Gambetta.

Como ele, Eddy gostava que a realidade batesse à sua porta. Tinham se divertido enquanto o pequeno Opel Zafira ziguezagueava da République até a Nation. Para se certificar de que não estavam sendo seguidos, o táxi rodara várias vezes em volta da Place de la Nation, depois subiram pela Rue des Pyrénées blasfemando contra todos os deuses inventados pelos homens.

Eddy era um fanático muito legal. Em seu carro, como som de fundo, ele ouvia R&B e *world music*. Sua atividade de taxista parecia a última de suas preocupações. Esquecera de pôr o taxímetro para rodar e, quando Paul quis pagá-lo, simplesmente recusou. Paul apreciava os encontros casuais e as amizades trazidas pela sorte. Em outras circunstâncias, teria convidado seu salvador para uma noitada, mas precisava terminar rápido a reportagem. Os dois novos amigos prometeram se reencontrar na semana seguinte.

Estava escurecendo. O Opel iria deixá-lo na frente do seu prédio. Paul estava enfiando discretamente duas notas de 10 euros no porta-luvas, quando vários carros da polícia parados no meio da rua, com as luzes piscando, impediram o táxi de prosseguir. As viaturas estavam vazias, mas atrás delas havia uma multidão e, em frente ao número 7, onde Paul Mesure morava, havia uma ambulância estacionada na diagonal.

7

Paul abriu caminho entre os curiosos e vizinhos aglomerados na frente de um cordão de policiais que interditava a entrada do edifício. Quando mostrou sua identidade, um agente imponente como um lutador de sumô anotou seu nome numa caderneta e pediu que esperasse na calçada.

Ficou junto com outros moradores do prédio. A professora de ginástica lésbica do seu andar, o casal insípido com o filho-tirano infernal do quarto, os sírios do segundo, com seus três filhos sem graça, o aposentado rabugento do primeiro etc. Só não viu as únicas pessoas que lhe eram queridas: Sonia, que trabalhava na imprensa como ele, Krimo e Fairouz, cujo terrível fim ignorava. Sabendo que ele era jornalista, fizeram-lhe muitas perguntas, como se sua profissão implicasse em um dom divinatório. Acossada pelo frio que vinha com a noite, a maioria dos vizinhos acabou por se refugiar num café ao lado do edifício. O último a sair foi o casal do quarto andar, cujo pequeno monarca lourinho teimava em querer ver os cadáveres.

Mais obstinado, Paul permaneceu ali e cercou o policial que anotava os nomes. Queria saber o que havia acontecido e, a bem da verdade, não tinha desistido de entrar em casa. O oficial obeso se entrincheirava atrás de uma ordem recebida da Polícia Judiciária. Ele não dizia "polícia judiciária", e sim "PJ", girando as duas letras na boca como um bombom. Não se permitia transgredir as ordens vindas dessa velha e célebre instituição. Mas ao menos ele sabia de alguma coisa? De todo modo, seu porte, semelhante a um barril, era incrivelmente adequado à função. O homem obstruía totalmente a entrada do prédio e Paul estava desesperado para encontrar um meio de entrar.

— É o Maigret quem está lá? — acabou dizendo, irritado.

— É como se fosse — respondeu o outro, que tinha mais humor que o esperado. — É o comissário Sarfaty quem está lá.

— Quem é ele?

— Um poeta e filósofo. Resolve os casos citando Espinosa e Antar.* Se o senhor é jornalista, seria bom se informar melhor — disse o policial corpulento, que parecia ter alguma instrução.

Depois retomou sua conversa com o colega.

— O comissário Safarty vai ficar furioso. Ele não é fácil. Seus inspetores deixaram um suspeito escapar. O cara se livrou de três inspetores e feriu um deles... Isso aconteceu em Belleville, Rue Jean-Pierre-Timbaud. Para mim, é ele o assassino! Ninguém foge quando não tem culpa. Também acharam uma mensagem corânica... Os loucos de Alá estão de volta.

Paul começou a antever um ridículo engano. Seria melhor se não tivesse se apressado na Rue Jean-Pierre-Timbaud.

Um motorista da ambulância interrompeu os policiais. Queria uma mão para fazer o veículo pegar. Talvez fosse a oportunidade esperada. Paul fingiu que ia para o café. Tranquilos, os dois policiais se dirigiram para a ambulância.

Sem esperar, o jornalista esgueirou-se furtivamente pelo *hall*. Ao passar pela portaria, percebeu logo que não era o momento de incomodar Krimo e Fairouz. Pela porta entreaberta, via-se o recinto cheio de policiais e funcionários da polícia técnica, identificáveis pelo macacão branco. Essa presença despropositada deveria ter alertado Paul, mas ele não tinha qualquer razão para pensar que seus amigos pudessem ter alguma ligação com a presença daqueles homens. Estava mais preocupado com a reportagem do que com o significado da informação e contava com os Belkheir para ter um relatório detalhado.

Enquanto subia para o sexto andar, o silêncio incomum do prédio o envolveu. Repassou mentalmente a sequência da Rue Jean-Pierre-Timbaud.

---

*Célebre poeta árabe da época pré-islâmica.

Então, aqueles homens eram policiais! Não se perguntou o motivo. Acompanhara tantos casos judiciais nos últimos anos e empregara tantos estratagemas para obter informações confidenciais que, volta e meia, era alvo de intimações para que identificasse suas fontes.

Mas no quarto andar uma voz familiar o deteve. Sonia estava em casa!

Ouviu o nome "Belkheir" e a palavra "degolados", que ela repetiu várias vezes seguidas, com violência. Sonia Boudaoui era mais que uma amiga. Ele podia bater e entrar.

No entanto, hesitou. Não queria dar-lhe a impressão de estar sendo assediada. Mas seus soluços atravessavam a porta. Ele bateu apressadamente.

Um policial entreabriu a porta e pediu sua identidade. Pela fresta, ele avistou Sonia sentada numa cadeira. Seu belo rosto estava em prantos, e ela parecia uma madona.

Ao vê-lo, ela se levantou, afastou o agente que estava no pequeno vestíbulo e se atirou em seus braços. Ele a abraçou com ardor. Entre soluços, disse:

— Degolaram Fairouz e Krimo como animais! Está ouvindo, eles os *degolaram*. Os fundamentalistas são uns monstros! Monstros sedentos de sangue!

O cabelo da mulher lhe acariciava o pescoço, ele sentia seu perfume açucarado, a maciez do seu corpo. Como entender o que ela dizia? Há duas semanas sonhava em tê-la novamente abandonada em seus braços. A flecha da verdade o atingiu, mas atravessou-o sem deixar marca.

Como ele não dissesse nada, Sonia deu um passo atrás e o encarou. Paul estava com um ar tão radiante que ela perdeu o fôlego. Dando meia-volta, correu para o quarto e deixou-o com os policiais.

Ganhando uma repentina velocidade, a verdade subitamente atingiu a superfície da sua consciência. A alegria em que flutuava não era mais possível.

Teve um acesso de pânico que o fez lembrar a morte de seus pais. Como um demente, interpelou os policiais.

— Os Belkheir?!

Os rostos consternados não podiam ser mais expressivos.

Subiu cambaleando para sua casa.

Uma vez lá, caiu na cama, puxou a colcha por cima da cabeça e começou a soluçar intensamente.

8

Ismaïl explicava a Farouk a origem do siríaco. Feliz por poder exibir um conhecimento extraído da *Encyclopaedia Britannica*, edição de 1911, acessível gratuitamente pela internet, ele matava o tempo e destilava informações:

— É uma língua muito antiga, que atualmente está morta. Era falada no Iraque, na Síria e até no Irã.

— Quão antiga?

— Antes da Hégira de Maomé. Com a vitória do islã, graças a Deus, o árabe a substituiu. Mas os judeus e cristãos a guardaram para o seu culto. Alguns escritos siríacos valem uma fortuna devido à sua raridade.

Com os polegares nos bolsos de trás do jeans, pensativo, Farouk ouvia o pequeno discurso.

— Por que o Paquistão está interessado em um livro raro? Você não acha que seríamos mais úteis na Caxemira ou com os talibãs?

O comentário aborreceu Ismaïl. Os homens sempre tinham que discutir a pertinência da missão. Como se tivessem alguma noção de geopolítica ou de estratégia internacional. Ele se sentia diferente de agentes como Farouk, de horizonte limitado. Não ignorava que a política não era feita de ações pontuais. Desconfiava que esse livro siríaco não passava de moeda de troca para adquirir alguma coisa mais importante para o país: uma centrífuga para enriquecer urânio com fins militares, uma arma não convencional, um voto na ONU contra a Índia ou linha de crédito oficiosa. Seu lugar era longe destes capangas, seus superiores não tardariam a perceber.

Agora mesmo, se o comandante Ali Khan conseguia ter contato diário com o general sem sair do quarto, enquanto sua equipe não contava com um decifrador ou um técnico em informática, era graças a um procedimento de codificação que Ismaïl desenvolvera às pressas. As mensagens eram enviadas pela Web dissimuladas em fotos banais de indianos visitando Paris. Em troca, Karachi enviava imagens digitalizadas que imitavam fotos de família, mas que continham suas instruções. O tipo de codificação mudava conforme o dia da semana, mas o princípio permanecia o mesmo. Graças a essa técnica, chamada *esteganografia*, os mecanismos de informática dos serviços americanos ou franceses não podiam interceptar suas comunicações. O fato de que a Índia, inimiga declarada do Paquistão, servia de cobertura para uma das equipes da ISI (Inter Services Intelligence), a agência de informações do exército paquistanês, era um insulto para Ismaïl. Todos os paquistaneses se lembravam da caça aos muçulmanos organizada pelos idólatras indianos após a divisão da Índia em 1947. Como dizia um velho *slogan* nacionalista, *Crush India* (Vamos esmagar a Índia)!

— E quem garante que o general não está nos usando para seu interesse pessoal? — perguntou Farouk bruscamente.

Um alarme soou na cabeça de Ismaïl Zaman. O matador tinha acabado de expressar em voz alta o que cada um deles pensava. Estavam em terreno escorregadio. As particularidades desta missão eram realmente bizarras. O prêmio prometido era excepcional, mas o resto também fugia do normal. Estavam sem ordem oficial, sem o equipamento habitual, sem nenhuma instrução do superior imediato. Eles nem mesmo pertenciam à mesma seção. Todos tinham sido contatados nas férias, por um oficial da ISI que possuía os códigos necessários, mas que nunca tinham visto antes. Para um funcionário habituado à rotina como Hussain — e ele se queixou disso —, tratava-se de uma transgressão preocupante das regras da Agência. Para Ismaïl, era um enigma cheio de promessas.

Seu faro lhe dizia que alguém importante na ISI apoiava o general, mas sem se comprometer oficialmente, mantendo a possibilidade de um recuo discreto. O general, apesar de ter sido reformado, mantinha o apoio dos oficiais mais graduados da ISI, os nacionalistas mais intransigentes. Ninguém dirige a todo-poderosa Inter Services Intelligence durante dez anos sem ter ligações privilegiadas com suas principais engrenagens. Que discurso sustentar com Farouk Bizenjo? Era cedo para explicar a situação.

— Deixe disso! O general é um grande nacionalista e um grande muçulmano, na linhagem de Ali Jinnah, que a paz esteja com esse santo homem que fundou nossa nação para reunir os muçulmanos. Quando a presidente Bhutto o tirou do comando da ISI e todos os serviços tiveram que interromper suas operações contra a Índia, quem arriscou seu dinheiro e seu posto para que fosse mantida a pressão sobre a Caxemira? Quem financiou um grupo de jihadistas da Caxemira? Quem, hoje, se opõe com veemência à extradição dos paquistaneses exigida pelos americanos? Eu poderia passar a noite falando dos atos patrióticos desse grande homem.

— Sim, mas o presidente não o quer mais. Ele não tem mais função oficial, nem mesmo na ISI.

— É política. A carreira do general não terminou, muito pelo contrário!

Nessa noite, a discussão não foi mais longe. Bem cedo Ali Khan os reuniu e tiveram que repassar a sequência da missão. Ismaïl havia traduzido o arquivo roubado na casa do zelador e garantia que o livro siríaco estava escondido na casa de Paul Mesure. Seu endereço foi descoberto nas Páginas Amarelas. Muito surpresa, a equipe constatou que ele morava no mesmo prédio que o zelador. Um detalhe que Ismaïl não podia prever quando deixou o casal de magrebinos nas mãos de Farouk. Um detalhe que iria atrasá-los. Com toda certeza, o prédio estaria cercado pela polícia local e seria vigiado durante dias.

Como toda vez que alguém fazia uma bobagem, Ali Khan emitiu um comentário severo sobre seu trabalho. Quando os planos tinham êxito, ele se contentava em aprovar com a cabeça, como um governante; mas se alguma coisa dava errado, não havia insultos que bastassem. Ismaïl não aguentava mais, os dias de Mohammed Ali Khan estavam contados.

Durante a refeição paquistanesa servida pelo tadjique, Hussain lembrou outra singularidade da missão, conhecida por todos: em geral, as equipes no exterior eram acompanhadas por uma ou duas equipes de apoio, mas eles estavam sozinhos nesta ação. Será que havia outro comando? Uma equipe de prontidão? Mas como essa equipe saberia se precisassem de reforços? Estariam eles sob vigilância? Quando se instalaram nesse grande apartamento luminoso do IX distrito, na Rue de Chantilly, tinham revistado o local procurando microfones ou câmeras escondidas.

Não encontraram nada, mas isso não significava muita coisa.

Havia diversos meios de se controlar uma equipe à revelia.

9

Na fachada do número 7 da Rue du Comte-Henri-de-Boulanvilliers, só o apartamento de Paul Mesure continuava na escuridão. Por toda parte as janelas brilhavam na noite, enquanto a luz alaranjada dos sinalizadores das viaturas e a luz pálida dos sinais luminosos bloqueando a rua se refletiam nos primeiros andares. No interior do edifício, um rumor confuso, composto de interpelações, agitação, cochichos e gritaria, toques de telefone ou de campainhas, subia até o seu andar, misturado ao barulho abafado do tráfego que passava ao longe.

Um cheiro de cuscuz frio pairava deixando Paul desconsolado. O prato estava sobre a minibancada da cozinha, onde fora deixado por Farouz na véspera.

O rapaz não conseguia assimilar a morte de seus amigos. "DE-GO-LA-DOS." As quatro sílabas passavam pela sua cabeça como uma faixa publicitária luminosa sem significado.

Quem ganharia alguma coisa ao matá-los? Os imames editores das fitas cassete, revoltados com o mundo contemporâneo? Era a segunda vez que Paul se confrontava com a morte de pessoas próximas. Mas seus pais tinham morrido num acidente de automóvel. Isto tornava a morte deles menos cruel. *Maktub*, dizia Krimo, quando abordava o assunto com ele, sempre com mil cuidados. Encolhido na cama, sentia-se novamente órfão.

Imagens de vingança substituíram a faixa luminosa DEGOLADOS. Ele se via pegando os assassinos, cortando-os em pedaços, ainda vivos, jogando seus órgãos vitais em uma privada. Uma doce euforia o invadia.

A campainha soou bruscamente. Paul se levantou sem acender a luz. Assim que entreabriu a porta, um empurrão violento o projetou para trás. Era o albino da Rue Jean-Pierre-Timbaud, com o braço direito imobilizado numa tipoia e uma carteira de "polícia judiciária" na ponta dos dedos. Seus dois colegas o acompanhavam, de arma em punho, com um terceiro homem, grande e barrigudo, que permaneceu na entrada encarando-o com um olhar inquiridor.

Alguém acionou o interruptor da sala.

— E então, seu idiota, entramos na sua toca — disse o albino. E tirou os óculos escuros. Seus olhos eram claros, mas sem cor definida.

Paul recuou em direção à janela-balcão sem tentar se defender. Reconhecera o loiro longilíneo, que se chamava Frédo. O outro devia ser o motorista, Mourad, que tentara cercá-lo com o automóvel no beco de la Baleine.

— Você vai direto para o xadrez. Ofensas e ferimentos a um agente no exercício das suas funções, é assim que isso se chama — prosseguiu o albino. Então, todos viram seus olhos vermelhos, seus traços inchados.

— Você não me mostrou sua identificação na Rue Jean-Pierre-Timbaud — disse Paul com uma voz altiva.

— Mas dissemos que éramos da polícia, não?

— Qualquer um pode falar isso. Eu estava fazendo uma reportagem... sobre os fundamentalistas muçulmanos...

Relaxados, os outros policiais se sentaram no colchão que servia de sofá. O rapaz continuou de pé diante do albino, que se tinha escarrapachado numa cadeira.

O clima enlevara.

Paul não esperou outras perguntas para fazer aquela que lhe queimava os lábios. Sabia a resposta, mas queria que ela tivesse mais peso, que lhe doesse ainda mais.

— O que houve com Belkheir e a esposa?

— Uma carnificina — disse Madjid, encarando-o com seus olhos desbotados. Seu amigo foi torturado, depois sangrado como um carneiro junto com a esposa. Encontramos uma mensagem corânica, as fitas cassete do *lelivredelislam.com* e a tradução. Foi por isso que o interpelamos na Rue Timbaud. Você não atendia o celular. Queríamos vê-lo imediatamente.

Ele não perguntou como a polícia conseguira localizá-lo tão rápido. Também não percebeu que o oficial o tratava por "você", a despeito do regulamento. Sentia uma dor muito forte no peito, maior do que podia imaginar.

— E Fairouz... — ouviu-se dizendo, com a voz insegura.

— Eu já disse, foi uma carnificina! Quer ver as fotos?

10

Bateram novamente na porta do apartamento de Paul Mesure. Um homem grande, de cabeça raspada, com cerca de 50 anos e uma envergadura atlética empurrou a porta entreaberta. Usava um terno preto elegante, sapatos de verniz e uma gravata amarelo-ouro sobre a camisa branca. Seu passo era estranhamente mecânico, alguma coisa de pesado que contrastava com o molde perfeito do seu corpo. Na mão direita trazia um grande envelope de papel *kraft*. Os policiais se levantaram à sua chegada, exceto o albino, que esboçou uma careta mostrando o braço na tipoia. O homem, porém, atirou-lhe o envelope, que o outro apanhou habilmente com a mão boa.

— Comissário Sarfaty, da DNRAPB, Divisão Nacional para Repressão de Ataques a Pessoas e Bens.

Perguntou se todos estavam presentes. Diante do silêncio, declinou a identidade dos três homens e deixou que o quarto homem se apresentasse.

Num tom abatido de criança pega em flagrante, este último disse:

— Comissário Valentin, assessor especial do prefeito de Paris.

Os três outros eram inspetores da PJ subordinados à DNRAPB.

O olhar do comissário Sarfaty passou pelo jornalista, a seguir se deteve no ambiente minúsculo, nos pôsteres na parede, na pilha de jornais e revistas amontoados no canto direito, na pequena escrivaninha com o computador à esquerda e os alfabetos árabes e siríacos por cima, na lareira fechada sobre a qual repousavam os CDs e as fitas cassete, no aparelho *hi-fi* no chão, ao lado da TV. A sala de estar era tão exígua que a presença de seis pessoas a deixava completamente lotada. Ninguém podia se mexer. Recusando um lugar no sofá improvisado, Sarfaty ficou de pé, encostado na porta de entrada.

Esse rosto oval, de um tipo mais italiano, levemente marcado pela idade, bem barbeado, com um sinal de nascença que se antevia atrás da cabeça, não era desconhecido de Paul. Onde vira aqueles vivazes olhos azuis?

De repente lembrou quem era o famoso comissário Sarfaty. Ele o tinha visto no jornal das 20 horas, na TF1, quando um cronista judiciário o entrevistava. O apresentador o chamara de comissário-filósofo. A verdade é que esse policial coloria todas as suas exposições com citações filosóficas ou poéticas. O que mais surpreendeu Paul foi que seus autores prediletos pertenciam à cultura árabe ou eram apresentados como tais. Naquela noite, o comissário havia citado uma frase de Espinosa sobre a religião, chamando Espinosa de *o último grande filósofo árabe*. Segundo Krimo, a comunidade magrebina se encantara com o comissário e os meios de comunicação recorriam a ele para qualquer assunto criminal que envolvesse muçulmanos. O ministro do interior, ou sua assessoria de comunicação, escondia-se atrás dele a fim de que seus abusos nos subúrbios passassem despercebidos.

O jovem jornalista desconfiava dos especialistas que apareciam na televisão. Nas instituições e nos meios de comunicação, ele acreditava no princípio de Peter, professado por Tom, o seu mentor: *todos tendem a ser promovidos até o seu nível de incompetência*. Para ele, um comissário de polícia com um nome israelita tirando proveito do patrimônio árabe e dos delitos cometidos pelos magrebinos parecia uma boa ilustração desse princípio.

O comissário-filósofo dirigiu-se aos subordinados:

— Rapazes, desta vez não vão me dar o golpe de esquecer de preencher o formulário do Salvac. Quem se habilita?

Ao dizer isso, ele passava a mão na nuca, como se dar uma ordem o deixasse contrariado. Paul já tinha visto esse gesto num filme. Não era coincidência; os homens públicos são muito cabotinos.

— Os inspetores Kerriou e Albertini — disse Madjid, o albino, agitando ostensivamente o braço direito ferido.

— Mas, chefe, são pelo menos cem páginas para preencher, 168 rubricas, uma coisa de louco — disseram os dois interessados ao mesmo tempo. — Além do mais, isso é para crimes não resolvidos. Neste, temos uma boa pista, suspeitos...

O assessor especial sorria com um ar compreensivo.

— Não estou gostando deste caso — cortou o comissário Sarfaty. Vocês viram o local? Um crime ritualizado, mas sem vestígios. Poderíamos dizer que os assassinos estão se divertindo em nos enganar degolando as vítimas. Não será pelo *livredelislam.com* que acharemos alguma pista... Vamos lá, ao trabalho, o formulário está lá embaixo.

A voz de Valentin interrompeu-o.

— Com todo o respeito, comissário, o senhor está chegando agora, mas nós temos uma pista salafista muito quente nas mãos. Por que o senhor a descarta? Eu posso explicar. Pelo meu instinto, deveríamos correr até eles imediatamente.

O rosto do comissário adquiriu um ar contrariado. Sentia-se uma espécie de tensão no ar. Os dois outros inspetores se levantaram, como se a objeção não lhes dissesse respeito. Madjid Bessaih balançava a cabeça como se também achasse que uma boa pista estava sendo negligenciada.

— Senhor assessor especial, não estou descartando-a, mas não quero que todos os esforços se concentrem nessa direção — respondeu o comissário Sarfaty com falsa doçura.

E, após um silêncio, acrescentou:

— Eu conheço essa editora. Não consigo imaginá-la mandando capangas por estarmos investigando suas atividades. Seu proprietário é inofensivo. A editora tem objetivos puramente comerciais.

Paul sabia de tudo isso. Fairouz tinha explicado o equívoco. Até Krimo se enganara. O título jihad escrito em destaque sobre o cassete do *lelivredelislam.com* havia inspirado a ideia dessa reportagem, tema que o chefe do *L'Ingénu* aceitou imediatamente. Quando perceberam o erro, era tarde demais. Paul precisava de dinheiro e o assunto ainda era apreciável. Agora ele se perguntava se aquelas antologias anódinas não esconderiam outras prédicas mais violentas. A coincidência era perturbadora: ele investigava a *lelivredelislam.com* e duas pessoas envolvidas nessa investigação tinham sido degoladas.

Tentara descobrir por diferentes meios o endereço da *lelivredelislam.com* para a reportagem, mas não conseguiu. Essa editora não constava de nenhuma lista, não era membro do Sindicato do Livro e as livrarias muçulmanas que vendiam suas obras só dispunham de uma caixa postal e um número de conta bancária. Era bem misterioso para uma editora *inofensiva*!

Observou o inspetor albino, que parecia igualmente cético. De origem magrebina, ele sem dúvida estava em melhor situação do que esse comissário catódico para avaliar a periculosidade do editor muçulmano.

Sentindo a dúvida pairar à sua volta, o comissário Sarfaty prosseguiu, sem se dirigir a ninguém em particular.

— Acabei de chegar, mas tive tempo de examinar a cena do crime. Os agressores eram dois ou três, porque precisavam agir rápido. Não foi nem por vingança nem por contrato; eles estavam procurando alguma coisa. Caso contrário, o homem não teria sido torturado. São profissionais, pois é impossível não deixar vestígios atrás de si, sem um bom equipamento e treinamento. Deviam estar usando macacões da polícia técnica ou um equipamento similar. Os vestígios de sua passagem foram apagados. É por isso que as toalhas de banho estavam espalhadas pelo chão. Viram o secador de cabelos? Estava todo amassado. Alguém, sem dúvida a mulher, pois seu corpo foi encontrado no banheiro, tentou se defender com ele. Mas eles o limparam também, estava brilhando. Portanto, estamos lidando com especialistas, o que os golpes nas vítimas já sugeriam. Assassinos profissionais em busca de alguma coisa, objeto ou informação. Essa *alguma coisa* deve ser única, pois os profissionais custam caro. Se adivinharmos que coisa maravilhosa eles vieram procurar, teremos o motivo e a solução dos homicídios.

Enquanto falava, os olhos de Sarfaty escaneavam a sala de Paul, como se procurassem elementos para sustentar sua análise.

Boquiabertos, todos fitavam o comissário. A reconstituição os impressionara. O inspetor Albertini tomou notas em um caderninho. Até mesmo Madjid Bessaih ruminava aquelas palavras. Mas Paul reteve apenas a palavra "tortura". Estremeceu, depois afastou uma imagem que tentava se impor, uma imagem representando Krimo martirizado como Cristo.

— Terão encontrado o que procuravam? Esta é a questão — continuou o comissário. — Em caso positivo, dificilmente poremos as mãos neles. Do contrário, vão tentar de novo e aí teremos mais chances de agarrá-los. Mas para deixar tudo mais claro, precisamos esmiuçar o passado das vítimas, suas relações, laços familiares etc. O trabalho cuidadoso e paciente de sempre. É por isso que o seu depoimento é vital, Sr. Mesure — terminou fixando seu olhar nele.

A voz do assessor especial veio interromper o silêncio meditativo que havia se instalado.

— E quanto aos salafistas, o que fazemos?

Enquanto falava, encarava o comissário com um olhar provocador.

— De fato é preciso resolver este ponto — disse Sarfaty. — Senhores, o que quer dizer a palavra *salaf*, que deu origem a salafista e salafismo?

Pelo que Paul conseguia avaliar, Sarfaty pronunciava muito bem o árabe. Teve que admitir que não sabia o que significava exatamente a palavra. Nos meios de comunicação, era empregada para designar os terroristas islâmicos. Mas sua corporação sofria do mal do mimetismo, então aquilo não era uma referência.

O comissário esperava uma resposta. Farejando a armadilha, ninguém interveio.

— *Salaf* significa "ancestral, predecessor". O salafismo consiste em seguir o caminho dos ancestrais, subentenda-se os fiéis ancestrais do islã. O *salafi* imita o Profeta Maomé e seus companheiros; considera seu comportamento um modelo. Imitando-os, espera voltar ao islã original, purificar a religião de seus desvios.

O assessor especial fez um sinal indicando que sabia de tudo isso. Mas o comissário continuou seu discurso, voltando-se para ele.

— Valentin, você acharia certo descer até a rua e prender todas as mulheres de véu, todos os homens de túnica, solidéu e barba, como os primeiros muçulmanos? Nem todos os salafistas são jihadistas, seria simples demais. Se fosse assim, encheríamos as prisões com todos aqueles que repudiam os malefícios da modernidade. E todos os movimentos religiosos que têm nostalgia de suas origens: os reformistas muçulmanos, os judeus lubavitchs, os quakers, os pentecostalistas, os testemunhas de Jeová... Sem esquecer os adeptos de Rousseau e Tolstói. Os próprios rastafáris são salafistas à sua maneira.

A equipe de Sarfaty balançava a cabeça. Valentin cedeu, mas sem perder o ar obstinado.

Os dois inspetores de serviço deixaram o apartamento para preencher o formulário Salvac, enquanto Sarfaty mostrava a Paul um maço de contatos fotográficos. Eram os negativos que Krimo conservava em casa. Em alguns, seu retrato, em outros, ele enlaçando Fairouz e fazendo careta. Havia também a série *Muçulmanos parisienses*.

Paul teve que explicar por que Krimo tinha fotos suas. Falou durante muito tempo. Um pequeno aparelho gravava seu depoimento.

— Sabe, fico me perguntando se o alvo não seria o senhor — disse Sarfaty, que permaneceu em pé durante todo depoimento. — Acha que está faltando alguma foto?

— Eu precisaria verificar, mas fizemos tantas chapas — respondeu, surpreso com a pergunta.

De repente o assessor especial voltou à carga, como se acabasse de ter uma iluminação.

— E a mensagem corânica deixada pelos assassinos?

11

O rosto do comissário ganhou um súbito ar de cansaço. Mas Paul achou a intervenção razoável. Ninguém havia mencionado essa mensagem até ali.

— O senhor leu a mensagem corânica? — perguntou Sarfaty. — Viu a quem era endereçada?

— Não... não entendo árabe — disse Valentin, dando de ombros.

— Pois eu entendo — retrucou Sarfaty, com cara de poucos amigos. — A carta não tem nada a ver com os homicídios. Está endereçada a uma moradora do edifício.

Sarfaty começou a dar voltas pela sala com seu passo pesado. Parecia o andar de um urso.

— Eu estava com uma ideia na cabeça e me fugiu. Você me fez perder o fio da meada com suas perguntas idiotas. Vejamos, tinha a ver com seu escritório, Sr. Mesure.

O homem da prefeitura empalideceu. Mas Sarfaty não tentou se retratar. A polícia era intransigente, parecia evidente. O que não era favorável para o desenrolar da investigação, pensou Paul.

O comissário-filósofo parou diante da escrivaninha, examinou os livros que se encontravam ali, depois ligou o computador.

— O senhor me permite? — falou educadamente. — O senhor não é suspeito, mas era próximo das vítimas. Abdelkrim Belkheir era seu zelador, amigo e agente. Três boas razões para encontrarmos alguma pista em seu apartamento.

Pôs uns óculos pequenos sobre o nariz e inclinou-se para a tela. Em voz alta, leu a lista dos arquivos que se encontravam dentro do computador.

— Dinheiro, Social, Previdência, Mali, Bósnia, Iraque em Paris, Afegan em Paris, Salafista, *lelivredelislam.com*, Islã, Argélia, Siríaco, fotos de clientes. Você faz muitos trabalhos sobre o Islã* e os países em guerra, Sr. Mesure? — prosseguiu, ainda inclinado sobre a tela.

— Sou *freelance*, os temas da atualidade são o meu ganha-pão. Mas nem sempre me mandam ao exterior; às vezes tenho que encontrar perspectivas para tratar dos assuntos de Paris.

— *Argélia, Siríaco*... Ah, aqui está a excentricidade que reparei ao entrar, este alfabeto siríaco — disse Sarfaty, mostrando na parede os dois silabários que se encontravam lado a lado. — O senhor se interessa pelo siríaco? O árabe, eu posso entender, mas o siríaco... Não é um passatempo comum. Vejo que tem este dicionário na escrivaninha, *A compendious Syriac dictionary founded upon the Thesaurus Syriacus* de R. Payne Smith, Oxford University Press, 1903, *reprinted in* 1998. Também não é uma obra comum. Quem se preocupa com a existência do siríaco hoje em dia?

— É justamente para o artigo. Um interesse muito passageiro — respondeu Paul, pouco à vontade.

— Posso abrir este arquivo?

— Como queira — respondeu, sem convicção. — É um conjunto de fontes para ler os textos digitalizados em siríaco.

Como o arquivo estava demorando a abrir, Sarfaty não insistiu. Ele fez mal, pois continha inúmeras pastas bem instrutivas. Numa delas, intitulada "Papiro", Paul tentara transcrever palavra por palavra as primeiras linhas de seu códice siríaco. Um trabalho que não estava avançando. O dicionário do reverendo Payne Smith era de manuseio difícil, ele nunca encontrava a palavra que estava procurando.

---

*Islã com maiúscula designa os países de cultura muçulmana onde geralmente coabitam outros credos; islã com minúscula designa apenas a religião muçulmana.

— O senhor é cristão do Oriente?

— Não, nasci em Paris, em 20 outubro de 1983 — disse Paul num tom mecânico.

— E seu amigo Krimo, era cristão? Era um cristão convertido? — perguntou Madjid de repente.

— Não, ele ia à mesquita todas as sextas-feiras. Era um muçulmano praticante.

— Que pena — disse o inspetor. — Poderíamos ter pensado que alguém o fez pagar por sua apostasia. Abandonar o islã tem a morte como punição entre os fundamentalistas. Seria um motivo.

— Ele era argelino — respondeu Paul. — Não há conversões ao cristianismo lá.

— Há, sim, algumas. Eu já vi — retrucou Sarfaty. — O inspetor tem razão.

Depois acrescentou:

— Madjid, você sabia que a escritura árabe vem do alfabeto siríaco utilizado pelos cristãos do Oriente?

— O senhor está brincando, chefe — disse o inspetor, incrédulo.

O assessor especial parecia perdido. Essas referências lhe escapavam, e ele se sentia excluído da conversa.

— Não, não estou. São os grandes eruditos muçulmanos que dizem isso, entre eles Tabari e Yâqût, que viviam na época dos abássidas. Eles dizem que a escrita árabe nasceu em Hira, uma cidade de cultura siríaca situada no meio do Eufrates. Antes deles, no século IX, Abû Zyad Balkhî, um livre-pensador, foi ainda mais longe. Causou um escândalo ao sustentar que os nomes divinos que encontramos no Alcorão foram todos tomados do siríaco.

— Ah, chefe, não comece a me massacrar com sua sabedoria na frente desses brancos. O islã é a última grande religião monoteísta... portanto, é necessariamente a melhor! Sou um verdadeiro muçulmano, não um *kafir** — disse, rindo.

*"Infiel" em árabe.

— E eu sou um *zindiq** — concluiu Sarfaty, batendo na mão que Madjid lhe estendia.

Fascinado, Paul acompanhava esse diálogo em silêncio. A erudição do comissário o surpreendia; e mais ainda a capacidade desses homens de esquecer o horrível duplo assassinato cometido no edifício duas horas antes. Como se o destino das vítimas lhes fosse indiferente.

Para ser notado, o assessor especial Valentin disse:

— O senhor fará um relatório diário sobre o avanço da investigação, comissário? O prefeito tem muito interesse nos processos de caráter religioso.

— Veremos — respondeu Sarfaty.

Bateram à porta. O comissário-filósofo abriu.

Era o inspetor loiro e longilíneo, Frédéric Albertina.

— Já terminamos lá embaixo — disse Frédéric.

— E o formulário Salvac?

— Preenchido.

— Bem, lacrem o apartamento e evacuem o local. — Apontando para Paul, continuou: — Sigam-no por toda parte. Vou convocá-lo para uma conversa complementar. Mas, enquanto isso, quero alguém colado nele 24 horas por dia, como medida de proteção. Frédéric, Mourad e você, Madjid, vão se revezar até que eu consiga mais pessoal. Algo me diz que o alvo era ele. Faça o que for preciso, Madjid, por favor.

Como Paul estava abrindo a boca para protestar, o comissário acrescentou sem olhar para ele:

— Se o Sr. Mesure não estiver satisfeito, mostre-lhe as fotos de seus amigos. Vendo como é um degolamento, ele vai se acalmar. Depois desse espetáculo, a interação com um inspetor de polícia vai lhe parecer mais suave.

*"Herético", também em árabe.

12

Uma residência em Karachi, Paquistão

O salão de recepção do general não tinha mudado desde a sua última visita. A decoração e a mobília Luís XVI, o imenso lustre ridículo no meio da sala, o grande jogo de xadrez em mármore de Carrara num canto, com uma partida em andamento. A única novidade era uma tela de TV extraplana de 16/9 diante do quadrado de poltronas que ocupava a parte oeste. Seu pai sempre tivera um gosto terrível que era motivo de chacota na alta sociedade de Karachi, para a qual a *Old England* e a Companhia das Índias formavam a única estética admitida. Nas esplêndidas vilas de Clifton ou Hawkes Bay, o que prevalecia era o mobiliário colonial inglês, com suas formas exóticas e madeiras raras. Era preciso admitir que isso tinha mais elegância que uma imitação do estilo Luís XVI. Somente o mulá Omar podia ter tanto mau gosto.

Mas ela não podia censurar seu pai por sempre ter tido mais atração pela política do que pelo requinte aristocrático. Se não fosse essa fraqueza, ela não teria tido educação política, à semelhança das filhas das grandes famílias do Sindi, que conheciam melhor a Inglaterra ou os Estados Unidos que sua terra natal. Ela se aproximou com nostalgia do pretensioso jogo de xadrez. Quando jovem, para lhe demonstrar sua inteligência, assim que entrava na sala, ela corria até o tabuleiro e tentava uma boa jogada contra as peças brancas, cor preferida por ele. Essas criancices haviam passado, e agora tinha que lutar contra a sua propensão a salientar os defeitos dele.

Eram tantas as fofocas horríveis que circulavam sobre seu pai que acabou aceitando que este não era o herói nacionalista que ela havia reverenciado durante a adolescência.

Fazia apenas uma semana que estava em Karachi e já sentia um grande mal-estar. Era sempre assim quando voltava ao país natal. Os primeiros dias eram passados na alegria dos abraços familiares, das festas nas pomposas residências ou nos clubes fechados da cidade. Depois, um passeio de carro pelas ruas populares, cheias de escombros e poeira de tijolo, e a miséria do Paquistão, sua sujeira, seu imobilismo lhe subiam à garganta, como comida estragada. Havia motivos para se desesperar com esse país, sobretudo em Karachi, a cidade mais atraente do Paquistão, porém minada pelos conflitos étnicos e religiosos. Como seu pai podia querer tão apaixonadamente orientar a política dessa nação enquanto a imprensa o arrastava regularmente para a lama, ela não conseguia entender.

Não sabia por que ele a fizera vir da Grã-Bretanha, deixando tudo de lado. Desde a sua chegada, o motivo da viagem ainda não fora abordado. Para complicar ainda mais, decidiu se hospedar na casa da irmã mais velha, que seu pai se recusava a ver porque era casada com um inglês. Embora naturalizado paquistanês e convertido ao islã, o marido dela não era um sindi, e esse defeito já era suficiente para tornar maldita a união.

Quando o general a chamara de Londres, alegou como pretexto, alternadamente, a doença, o desejo de abraçá-la antes de morrer e sua preocupação por não vê-la casada depois dos 30 anos. Ela sabia que não passavam de pretextos. Os Gurasi nunca admitem uma fraqueza e costumam morrer de pé, sem avisar. Quanto a seu celibato, há muito tempo seu pai a considerava um homem, ou não teria feito de tudo para que ela se tornasse oficial superior do serviço de informação. O que ele queria era pedir-lhe alguma coisa que não podia falar por telefone, mesmo em uma linha protegida.

Estaria temendo por sua vida? Desde que o presidente vendera o Paquistão aos Estados Unidos, a influência do general tinha diminuído seriamente na ISI; muitas das grandes famílias que agora estavam no poder até sonhavam com seu desaparecimento. No exterior, ele assustava o Pentágono a tal ponto que sua organização política na Caxemira tinha sido colocada pelo Departamento de Estado americano na lista dos grupos terroristas!

Um empregado de turbante veio lhe servir um suco de frutas numa bandeja de couro. Era novo, ela não o conhecia. O turbante indicava que era um balúchi, como todo o pessoal do seu pai, que evitava empregar pessoas da província de Karachi, o Sindi, de onde ele era originário. De grande porte, pelo menos 1,90 metro, e constituição de lutador, ele tinha um rosto delicado, incoerente com essa massa. Desde a morte de sua mãe, seu pai tinha a mania de se cercar de rapazes bonitos e vigorosos. O doméstico evitava encará-la. Ela lhe perguntou em inglês desde quando estava a serviço do general, mas ele fez uma cara de criança desolada para indicar sua ignorância da língua. Devia ser analfabeto como metade da população do país. Irritada, ela o dispensou.

A espera a aborrecia, tinha perdido o costume. Através da vidraça, observou o grande parque, as palmeiras imperiais que saíam do terraço e ladeavam a relva. Ao longo da alameda que serpenteava seguindo a cerca da propriedade, dois soldados armados com kalachnikov marchavam em passo regular. Para além dos grandes muros, encontravam-se Clifton, um dos bairros residenciais mais grã-finos da cidade, e, bem perto, a residência dos Bhutto, família cujo pai, Ali, e a filha tinham governado o Paquistão por um tempo. Por que o general lhe dera o nome da filha do seu inimigo mortal, para cujo enforcamento contribuíra em 1980? Era um mistério que ela nunca conseguiu esclarecer.

Finalmente seu pai entrou na sala e caminhou para ela de braços abertos, com um grande sorriso iluminando os lábios bem desenhados. Apesar dos seus 70 anos, continuava enérgico e sedutor. De pele escura, bem moreno e ereto, todo vestido de branco, ele usava o solidéu dos sindis, a camisa longa paquistanesa e uma calça larga de algodão. Seus óculos pretos sobre o nariz aquilino o assemelhavam ainda aos atores e cantores da moda, que desfilavam pelas redes via satélite indianas. Apertou-a contra si com afeto, recuou e assobiou olhando para o seu *tailleur* Chanel, cujo comprimento era um pouco curto. Ela fez um gesto na direção do xador sobre uma poltrona para indicar que aquela indumentária não era sua aparência pública. Com a idade, o pai tinha se aferrado a esses detalhes que antes lhe eram indiferentes. Bem ajustado, o véu podia expressar uma sensualidade delicada, mas Benazir detestava que lhe impusessem o seu uso.

Ele empurrou a porta de correr e conduziu-a pelo terraço. Duas poltronas reclináveis os e refrescos esperavam, O tempo estava ameno e o céu, sem nuvens, tinha um azul magnífico. Contrariamente ao prognóstico das suas tias, ele não falou de casamento. Nesse aspecto seu pai era singular no Paquistão.

— Você leu a entrevista ao *Asia Times* que mandei? — disse ele.

— Sim. Também li que você tem dado coletivas de imprensa nos últimos tempos. Além de influenciar a política, você se mete a analisá-la — respondeu ela perfidamente.

— Não é propaganda, sou um homem sério — replicou, de cara fechada. — Os americanos estão preparando um golpe desastroso contra nós. O Afeganistão e o Iraque foram apenas aperitivos, os peões que comeram para que pudessem ocupar o centro do terreno e contar seus aliados. A Coreia é um engodo; a verdadeira guerra começou com essa operação militar no Irã. Os iranianos estão demorando a responder militarmente. É um erro, pois os americanos vão recomeçar. Não foi uma advertência, e sim um primeiro passo. Logo a seguir seremos nós, o Paquistão. Com as bases aéreas que instalaram no Afeganistão, no Quirguistão e no Uzbequistão, os americanos podem bombardear qualquer país da região sem maiores preâmbulos. O ataque à usina iraniana de Natanz foi uma demonstração disso. Infelizmente não houve nenhuma vítima. A reação dos muçulmanos foi morna. Esses malditos americanos são os novos cruzados, querem subjugar todos os países verdadeiramente muçulmanos. Os créditos concedidos ao governo são uma armadilha para permitir que as ONGs metam o nariz em toda parte e nos obriguem a desnuclearizar o nosso armamento.

— A arma nuclear é uma prioridade? Eu partilho seu ódio contra os Estados Unidos, você sabe muito bem, mas nosso país está arruinado e devastado pela discórdia — disse ela com ar cansado. — Não seria melhor reconstruí-lo antes de entrar numa corrida armamentista com a maior potência do mundo?

Benazir sabia que era a única pessoa que podia falar assim com ele. Na família, ou entre seus colaboradores, ninguém ousava contradizê-lo.

— A arma nuclear é a única defesa que pode deter o demônio americano! Houve um tempo em que você só rezava pela cartilha da Al-Qaeda — disse ele com uma expressão irônica. — Ainda usa uma camiseta com a foto do Bin Laden sob o *tailleur*?

— E você, não era aliado dos Estados Unidos? — questionou, enrubescendo.

— Os tempos mudam, e nós mudamos também. A guerra fria acabou; os russos saíram do Afeganistão. Agora, os que querem curvar o mundo aos seus desejos não são os russos — replicou num tom tranquilo.

— Eu também evoluí. Acho mais importante reformar a comunidade dos muçulmanos do que aterrorizar o Ocidente. Sobretudo porque nossa luta é internacional, ocorre tanto em Londres quanto em Islamabad.

— A *Charia* não é construída no ar. É preciso ter um país para se construir alguma coisa. Veja o mulá Omar: por ter esquecido essa regra, entregou seu país aos americanos. Eu fiz parte da delegação paquistanesa enviada para convencê-lo a abandonar Bin Laden. Aquele camponês não tinha nenhum senso geopolítico, só falava da sua honra. Se o chefe da delegação, o general Mahmud Ahmed, tivesse me escutado... Havia outros chefes afegãos mais perspicazes do que aquele zarolho ignorante.

Estaria sugerindo que propusera matar o mulá Omar? O general tinha a arte da alusão ameaçadora. Mas não adiantava tentar aprofundar; ele sempre evitava as questões embaraçosas.

— Ouça, papai, não vamos voltar a esse debate. Você conhece minha convicção. Quando as massas muçulmanas forem mais conscientes, os dólares e os exércitos americanos não terão tanto peso. E os lacaios do Ocidente serão varridos.

— Você é o primeiro agente formado pela ISI que se demitiu por uma discordância de ordem estratégica — disse ele com ar magoado. — Espero que essa "corrupção" pare por aí.

— Por que me fez vir até aqui? — perguntou secamente.

— *Baz*, como deve se lembrar, você deve a sua ONG e seus fundos a mim. Quero lhe pedir que faça um serviço.

Ele não a chamava assim desde a sua demissão da ISI. *Baz* significa "falcão" em persa. Ela fechou a cara. Até agora, seu pai nunca a associara às suas operações, e era melhor assim. Havia construído sua reputação sozinha. Tudo bem, fora uma simpatizante de Bin Laden, mas era um pecado da juventude. Aquele entusiasmo romântico partilhado por milhões de muçulmanos a quem Bin Laden devolvera a honra nunca chegou a virar um engajamento concreto.

Ele a deteve com um gesto.

— Não, não é um favor pessoal, e a palavra serviço também está incorreta. Também não é uma missão militar. É a grandeza do islã que está em jogo, os fundamentos da fé. Vou lhe dar a oportunidade de cumprir seu dever de muçulmana.

— Você agora fala como um mulá?

Quando criança, o pai a educara com frases emprestadas de Alexandre, Napoleão e dos grandes mongóis. Mas os tempos realmente tinham mudado. Agora, ele só citava o Profeta e seus seguidores, em particular o califa Omar, pois a pele do grande conquistador era escura como a sua. No entanto, quando ela tinha 20 anos, era ele quem ria de sua fé, de sua aplicação em jejuar ou se prostrar cinco vezes por dia diante do Senhor.

— Não brinque, estou falando muito sério. Você já ouviu falar de um testamento do Profeta, que seu nome seja louvado?

Benazir o encarou perplexa.

Como todos os muçulmanos educados, ela conhecia a vida do Profeta graças aos seus inúmeros biógrafos, que detalhavam até os nomes de suas espadas e de seus camelos. Maomé não tinha deixado testamento. Só sendo do povo inculto para acreditar naquele tipo de tolice. O povo ingênuo que se extasiava com os pedaços de manto ou os fios da barba do Mensageiro expostos nas grandes mesquitas do mundo.

Será que seu pai estava ficando gagá?

A menos que se tratasse de uma falsificação, como as supostas cartas diplomáticas que o Mensageiro teria enviado aos monarcas do seu tempo para convidá-los a se converter ao islã. A cada vinte anos surgia uma nova carta, redigida sobre um pergaminho antigo, com o selo do Enviado de Deus. Os sírios tinham-se tornado mestres nesse tipo de mistificação. Todas as vezes, especialistas examinaram o documento e o consideraram tardio e apócrifo, mas sempre havia um príncipe saudita disposto a comprá-lo por uma soma maluca e levá-lo triunfalmente para o seu país.

— Esse testamento nunca existiu — disse ela num tom tranquilo.

— É o que diz a Tradição. Mas releram os cronistas para mim: *ele tinha a intenção de ditar um!* Os testemunhos, como o do tio do Profeta, são precisos. Dizem que ele foi impedido. Mas como acreditar que o Enviado de Deus, que seu nome seja louvado, pudesse ter sua autoridade desrespeitada? O texto nunca foi encontrado, isso é tudo.

Benazir ignorava esses detalhes. Sentiu-se culpada por seu primeiro pensamento. Apesar de todos os defeitos, da devoção exagerada vinda com a idade, seu pai sempre fora muito bem informado. Mesmo na reserva, sua rede de informantes cobria o planeta como uma imensa teia de aranha. Ela nunca o flagrara em um erro.

— Você quer dizer que é como Lênin, cujo testamento só foi revelado em 1956? Mas quem teria tido a imprudência de cometer essa barbaridade?

— Existe um pergaminho siríaco que parece ser esse testamento. Se for autêntico, sua posse vale mais que a bomba atômica. Todos os muçulmanos virão comer na minha mão, sejam eles sunitas, xiitas ou caridjitas, de origem árabe, asiática ou africana!

A notícia era de tal forma extraordinária que ela se levantou e inclinou-se em direção ao pai para beijá-lo à moda ocidental. Com as mãos nos braços da cadeira, deu dois beijos sonoros em suas faces. Sentiu um perfume parisiense.

— *Allure Homme*, da Chanel.

Ele teve o mesmo reflexo, pois com os olhos semicerrados, o nariz em alerta, a velha raposa respondeu.

— *Samsara*.

E se ele tivesse razão?

Apoderar-se de tal documento significaria ver, enfim, todos os paquistaneses unidos e em concórdia. A comunidade mundial dos fiéis definitivamente reunida, comungando o mesmo fervor como durante o *hajj*, a grande peregrinação anual a Meca. Não havia restado nenhum manuscrito do Profeta. Será que um gênio político como Maomé poderia ter partido sem redigir um testamento, enquanto, segundo o Livro de Deus, era obrigação de todo muçulmano fazer um antes de morrer?

13

— Por que o texto está em siríaco? — perguntou Benazir, novamente desconfiada.

— Conta-se que, no tempo do Profeta, que Alá o abençoe, o siríaco era tão usado quanto o inglês é hoje. Era a língua internacional do Oriente. O Enviado de Deus, que o Senhor o abençoe, talvez quisesse que suas últimas vontades fossem conhecidas pela Terra inteira.

— E onde está esse testamento?

— Em Paris. Quero que você vá procurá-lo.

Ela se retesou. Então, ali estava o motivo da sua convocação. No fim das contas, teria preferido falar de casamento. Trabalhar para o pai lhe dava medo.

— Por que não envia os seus próprios homens, ou uma equipe da ISI? Eles não podem se recusar a fazer isso por você.

— Já tenho uma equipe lá, mas estão indo muito devagar. O tempo é curto. Outras pessoas importantes já estão sabendo, chefes de Estado, chefes militares, milionários árabes.

Tirou uma folha de papel dobrada em quatro da camisa e sacudiu diante dela.

— Tenho aqui a lista de todas as pessoas que receberam amostras desse escrito sagrado por fax. Vai dos argelinos aos turcos, passando pelos sauditas. Todos os grandes do mundo muçulmano já sabem. Com a ciberpatrulha que têm, talvez até mesmo os americanos já estejam informados. A nossa sorte é que muitos acham que é uma fraude e não estão levando esse pergaminho a sério.

— Mas o que há nesse documento?

— É difícil determinar. Pelas fotos, ele está bastante incompleto. O texto foi riscado à tinta. Somente as primeiras páginas estão legíveis. Mas isso basta para convencer. Com certeza é o famoso testamento que o Profeta redigiu antes de morrer. É um documento de oitenta páginas!

— Então não é um testamento, é uma epístola, um tratado teológico — disse ela, brincando.

Não ousava dizer "um outro Alcorão", mas este pensamento lhe ocorreu.

— São suas últimas recomendações. Talvez ali dê conselhos para a Conquista e a conversão de outros povos. Você lembra daquela parábola do Profeta, que seu nome seja louvado, que Maudûdi,* paz para sua alma, gostava de citar?

— Qual? — perguntou, sem entusiasmo.

Fora ela quem apresentara o pensador paquistanês ao pai, que antes de se voltar para Deus só lia sobre estratégias indianas ou americanas.

— Eis o que dizia o Enviado Maomé, glória a ele — anunciou: *Recebi a ordem de combater os homens até que eles digam: "Nenhum deus, exceto Alá." Aquele que diz: "Nenhum deus, exceto Alá" preserva seus bens e sua pessoa do meu ataque.*

Ela já desconfiava. Não havia nada de novo ali. Maudûdi defendia a vocação universal da religião muçulmana, seu direito de dominar o mundo. Segundo ele, diferentemente do imperialismo americano ou europeu, o islã busca o bem de toda a humanidade, não o de uma nação ou classe social. Benazir concordava com o conteúdo, porém os meios preconizados por Maudûdi lhe pareciam perigosos. Mas não queria polemizar com o pai.

*Jornalista, depois exegeta do Alcorão, o paquistanês Abul A'la Maudûdi morreu em 1979. Era e continua a ser uma referência sagrada para os muçulmanos fundamentalistas do seu país. Ele traduziu e comentou o Alcorão em urdu, fundou o movimento da *Jamaat-e-Islami*, que inspirou o general Zia Ul Haq em sua aplicação integral da *Charia* no Paquistão, ao final dos anos 1970. Sua primeira obra, *A jihad no islã*, que legitima a guerra santa, data de 1920.

— Seria lamentável que esse escrito do Profeta dissesse que seu filho adotivo Ali é quem deveria tomar a direção do califado. Os xiitas dançariam de alegria, os iranianos reivindicariam a direção da Liga Islâmica Mundial e a guerra civil recomeçaria ainda mais intensa entre nós.

Pouco interessado em considerar um cenário tão desfavorável aos paquistaneses, seu pai fez um gesto vago com o braço.

— Veremos, veremos. Primeiro, é preciso obter esse documento sagrado. De qualquer forma, seu valor é inestimável. O país que expuser essa relíquia verá peregrinos e doações afluírem em números muito maiores do que na bem-aventurada cidade de Meca. Como primeiro país muçulmano, o primeiro Estado a ter aplicado a *Charia*, o Paquistão tem direito sobre essa relíquia. O homem que oferecer esse escrito santo à nação paquistanesa será mais popular que Mohammed Ali Jinnah, o fundador do país.

— Quem você colocou nessa operação?

— Mohammed Ali Khan e quatro homens, entre eles um infiltrado. Você será a única a conhecer o infiltrado, que só obedece a mim.

A jovem fez uma careta ao ouvir o nome de Ali Khan, pois ele a cortejara por muito tempo. Durante um tempo, deixou que o rumor do relacionamento entre eles se espalhasse.

— Tenho escolha?

Seu pai podia ser impiedoso, como já tinha demonstrado com sua irmã mais velha. Sem o seu apoio, só lhe restaria dizer adeus à sua pequena ONG e ao encanto da vida londrina. Precisava de mais dois anos antes de ser capaz de se sustentar. Viver de novo no Paquistão, que pesadelo! Preferia trabalhar por seu país em uma capital europeia.

— Você tem carta-branca, todos os recursos possíveis em armas e homens. Diga o que quer da ISI ou de outro lugar, e terá. Podemos até tirar alguém da prisão se você achar útil. Abri várias contas para você, sob diversos nomes, no Habib Bank. Seu orçamento é considerável.

— Se ele está à venda, por que não compra o documento? Seria mais fácil — disse ela, com simplicidade.

O general fez uma careta. Ele tinha uma atração bizarra por caminhos tortuosos. Para ele, nada devia ser feito de forma simples.

— Uma relíquia venerável como essa não tem preço. Se abrirem para leilão, os sauditas o levarão inevitavelmente. Não posso sair humilhado de algo assim.

— Por que não dar um pouco de tempo a Ali Khan? Ele é esperto, conhece bem a Europa.

O pai exibiu um ar preocupado.

— Ele conhece Londres, mas não Paris. Imagine esse testamento abençoado nas mãos dos americanos! É preciso agir rápido, muito rápido. Raciocinar como um europeu, ter o poder de fogo da CIA e a fé de um muçulmano. Você é a única pessoa que reúne essas qualidades. Meu informante em Paris falou que Ali Khan está trabalhando mal e porcamente... Ele é capaz de espalhar cadáveres por toda parte sem chegar a nada.

O coração dela se apertou. O pai estava tocando num ponto sensível. Ao mesmo tempo que a arrogância dos ocidentais a deixava irascível, estava cansada dessa reputação de país bárbaro, de Estado terrorista, que os meios de comunicação do mundo inteiro atribuíram ao Paquistão.

— Você quer me ver assumindo uma tarefa que você faria melhor. Mas ando desgostosa com a política.

— Nenhum inocente está arriscando a vida neste caso. As pessoas que estão com esse livro são seres vis que comercializam nossas crenças. Isso não tem nada a ver com as operações da ISI na Caxemira, no Afeganistão ou na Índia. Esta operação não é política. Ela é... *teológica*. É a nossa *fé* que está em jogo, sua renovação, seu poder.

Ela fechou os olhos.

— Eu vou fazer. Mas, com ONG ou não, será minha primeira e última operação para você.

14

Apartamento da Rue de Chantilly, Paris

Ali Khan, em seu traje de noite, falava com os membros da equipe enquanto circulava em volta do grande sofá onde estavam sentados. Via-se a fúria estampada em seu rosto, e havia um tique nervoso nos seus lábios.

— Então, ninguém tem alguma ideia? Vocês vão ser humilhados por uma mulher?

Não houve resposta.

Os três homens tiveram o mesmo pensamento ao mesmo tempo.

Era público e notório, na Agência, que Ali Khan havia pedido a filha do general em casamento. O fato de pertencer a uma das maiores famílias punjabi do país, sua formação numa grande escola americana e sua fortuna lhe davam motivos para ter esperança. Mas os boatos também diziam que essa moça excepcional, mais ardilosa que um político e perigosa como uma cobra, preferia permanecer virgem para se dedicar melhor à nação.

O que era certo é que ela tinha a patente de coronel do serviço de informações. Era, portanto, capaz de usar uma arma de fogo, fabricar uma bomba, matar um homem com as próprias mãos e comandar uma equipe de agentes secretos indisciplinados. Por que se levantar às 5 da manhã para preparar os *chapatis* do marido quando se é mais preparada que um homem?

No interior da ISI, onde não havia muitas mulheres, Benazir Gurasi era uma lenda viva. Não foi à toa que os indianos a mantiveram presa por cinco anos. Sua demissão estrondosa após a libertação só fez aumentar essa aura. Agora dizia-se que ela dirigia em Londres uma ONG islâmica, trabalhando em segredo para o governo paquistanês.

— Basta você entrar no computador desse Paul Mesure! Agora! Ganharíamos tempo.

— Ele tem um Macintosh, o que torna impossível qualquer invasão a distância. As patrulhas estão vigiando o edifício. Não dá para estacionar num raio de um quilômetro sem que os policiais venham nos abordar.

A fronte de Ismaïl — era ele quem acabara de falar — se crispou quando Ali Khan o encarou. Mas os outros aprovaram vigorosamente o chefe. Estavam desanimados e trabalhavam com um efetivo insuficiente, o que era sempre perigoso numa missão.

Bateram à porta e a cabeça do tadjique se insinuou pela fresta. Apesar da hora tardia, ele apontou a mesa com os restos da refeição e perguntou em inglês se podia tirar.

Exasperado, Ali Khan respondeu em urdu que fosse para o inferno e lhe atirou o chinelo. O tadjique saiu sem pedir tradução.

Foi então que Farouk, que não tinha dito uma só palavra, interveio. Estava com a arma branca que nunca largava. Brincando maquinalmente com o polegar na correia do boldrié, disse:

— Temos que usar um homem sozinho, que se faça passar por operário. Ele entra por um edifício que se comunique pelo telhado com o número 7 da Rue Boulainvilliers. Pelo teto, penetra no apartamento de Paul Mesure. Pega tanto o livro quanto o proprietário e volta pelos telhados. Um carro o apanha embaixo do edifício por onde entrou.

— E a polícia o prende em flagrante delito, imb... — retorquiu Ali Khan. Mas não foi até o fim na sua ofensa. Farouk não era homem de se deixar insultar em público. Nem por um oficial superior.

O gigante fingiu que não ouviu e terminou.

— Na melhor das hipóteses, haverá um ou dois policiais no edifício... Eu posso fazer isso. Eles não estão esperando um homem sozinho.

15

No dia seguinte ao duplo homicídio da Rue du Comte-Boulainvilliers, Serge Sarfaty acordou com a cabeça pesada, o hálito repulsivo. Um pesadelo que o visitava depois de cada homicídio inexplicável havia perturbado seu sono. Era o fantasma de sua companheira que voltava, mas com a aparência da última vítima. Esta noite, Iris estava usando o vestido florido de que ele tanto gostava, mas tinha a pele opaca de Fairouz Belkheir, seu busto despido e a cabeça quase separada do tronco. Com todas as drogas que consumia, ele nunca sonhava à noite. Mas o maldito sonho viera assombrá-lo novamente.

Vestido com uma *galabiya* egípcia, abriu a vasta vidraça do apartamento e aspirou o ar. O frio tinha desaparecido, o tempo estava cinzento, mas ameno, sem muita umidade. O bairro de Ménilmontant parecia adormecido, envolto em um silêncio surdo. Sábado de manhã era sua hora preferida em Paris. As ruas perdiam sua trepidação e reencontravam uma quietude agreste. Se estivesse com a moto, sua felicidade seria completa. Em baixa velocidade, teria circulado à procura de um bar acolhedor para degustar café com leite e *croissants,* folheando uma obra de ciências religiosas ou uma coletânea de poesia.

Com a falta da moto, entregue a um mecânico que levava o seu tempo, a preguiça o dominou e ele comeu em casa. Depois, para pensar em outra coisa que não fosse o duplo homicídio da Rue du Comte-Boulainvilliers, que ameaçava envenenar seu dia, decidiu se gratificar telefonando para Hankache Radî. O arameu lhe daria suas impressões sobre o programa gravado diretamente na France-Inter no mesmo momento em que os Belkheir eram assassinados tão selvagemente. Seu amigo nunca perdia esse tipo de programa, fosse pelo rádio ou pela televisão. Ele tinha uma livraria especializada em civilização árabe-muçulmana e precisava se manter atualizado sobre as últimas publicações.

Conversar com esse poço de saber que era o arameu constituía um raro prazer para Sarfaty. O homem tinha um espírito poderoso, um sentido de irreverência que inoculava bom humor e simplificava as questões mais confusas. Embora crente e praticante (frequentava a igreja maronita da Rue d'Ulm), Hankache colocava sua fé acima das manipulações humanas, que são o apanágio de todas as religiões.

Se esse homem não fosse tão sovina, seria um amigo perfeito. Infelizmente, sua avareza era irredutível. Nos vinte anos que o conhecia, Sarfaty nunca o vira *dar* alguma coisa, enquanto o comissário já o fizera vezes sem conta. Para um libanês aquilo era uma falta imperdoável, pois a generosidade sempre esteve entre as mais altas virtudes árabes.

Nos primeiros anos, ele achava o amigo atarantado, sobrecarregado de trabalho. Depois entendeu e passou a tratá-lo de Harpagão, pão-duro, unha de fome, muquirana, sovina, mão de vaca, ganancioso e muitos outros nomes agradáveis. Brigaram durante um tempo, depois se reconciliaram. O apelido definitivo de *arameu* foi dado a Hankache por Sarfaty. Vinha do personagem bíblico *Labão, o arameu*, um velho demoníaco, astuto e tolo ao mesmo tempo, que explorou o trabalho de Jacó durante vinte anos, mudou dez vezes o valor de seu salário, deu-lhe em casamento sua filha Léa no lugar de Rebeca, a prometida, e só deixou o genro partir para Canaã após uma intervenção enérgica de Deus.*

Bom jogador, Hankache aceitou o apelido e até o divulgou em seu meio, pois também designava uma das mais belas línguas orientais e o povo semita mais antigo do Líbano.

*Cf. a Bíblia, Gênesis, 29-31.

Mas como sua avidez era incorrigível, o livreiro insistia em dizer que seu negócio estava periclitando. Sarfaty via que a editora publicava cada vez mais, que a loja de livros usados e raros estava sempre cheia. Como um camponês manhoso, o arameu não queria admitir essas coisas.

O telefone não tocou por muito tempo.

— *Lelivredelislam.com, salam aleikum* (que a paz esteja convosco)...

Sarfaty tentou disfarçar a voz.

— *Aleikum salam*, aqui é o secretário dos Irmãos Muçulmanos. Gostaríamos de encomendar mil exemplares das *fatwas* de Abdallah Azzam.*

— Deixe de brincadeira, Serge. Você está usando o número da minha editora. Está bloqueando a linha. Tenho clientes que me ligam no sábado. Telefone para a linha da loja.

Rindo sozinho, Sarfaty marcou o outro número.

— Olá, vigarista. Liguei para saber as novidades. Você ouviu o meu programa?

— Sim, sim... Vou falar sobre isso... Mas houve uma coisa grave, eu ia telefonar para você.

— O quê?

— Estou sendo ameaçado.

— Tem certeza?

— Sim, recebi um pequeno caixão de madeira com a frase "Feche sua loja ou Alá o punirá".

Sarfaty ficou aliviado. Essa ameaça não visava a atividade de informante que Hankache exercia para ele.

— Onde a encontrou? Quando?

— Ontem, na caixa postal do *lelivredelislam.com*. Fui ao correio buscar minha correspondência e encontrei esse embrulho detestável.

O comissário ficou aliviado pela segunda vez. Não deviam saber o endereço do amigo.

*Conhecido como o "Imame da jihad", era o teórico da Al-Qaeda. Nascido em 1941 na Cisjordânia, foi assassinado em 1989 em Peshawar.

— Você avisou a delegacia do bairro?

— Que delegacia? Você é a polícia, Serge! É você quem tem que me proteger, colocar agentes na frente do meu apartamento, vigiar minhas lojas.

— Espere, calma. Alguém o incomodou por telefone?

— Não...

— Viu alguém rondando suas lojas? Tentaram intimidar você?

— Não.

— Ótimo. Isso significa que eles não sabem seu endereço. Têm somente a caixa postal da editora. Posso muito bem pedir uma proteção, mas o *lelivredelislam.com* não ficará mais incógnito. No X distrito as pessoas observam, fofocam. Você será o centro de todas as conversas. Vão perguntar o motivo dessa proteção.

— Mas, então, o que faço? Não vou ficar esperando que alguém venha me degolar!

Sarfaty se perguntou por que o outro estaria falando em degola. Havia muitas outras formas de matar alguém.

— Por que se imaginou sendo degolado?

— Mas você não sabe que é assim que eles fazem?

— *Eles* quem?

— Ora, os jihadistas!

Sem querer, o policial associou os acontecimentos da véspera a essa notícia.

— Diga-me, você conhece os Belkheir?

— Qual a relação? Não, o nome não me diz nada.

— Abdelkrim e Fairouz Belkheir, pense bem...

— Conheci uma Fairouz, mas seu sobrenome não era Belkheir.

— Não era Fairouz Merad?

— Sim, essa. Fairouz Merad, sim, uma moça encantadora. Boa tradutora. Séria. Mas faz pelo menos cinco anos que não trabalho com ela.

16

Sarfaty suspirou. Devia ter previsto essa hipótese, ainda que a probabilidade fosse ínfima. Sua mão se crispou sobre o telefone.

— Por que ela... não trabalha mais para você?

— Bem, você sabe, os tradutores vão e vêm. Além do mais, agora publico mais em árabe do que em francês.

O tom estava desenvolto demais. Havia alguma outra coisa.

— Hankache, escute bem. Você é meu amigo...

O outro cortou bruscamente.

— Como pode dizer isso? Nós nos conhecemos há vinte anos, Serge, eu sou mais que seu amigo! Sou seu irmão!

— Muito bem, você é meu irmão. Mas houve um duplo homicídio no XX distrito. Sua fita sobre o jihad estava no apartamento das vítimas, um casal de zeladores, os Belkheir. Eles foram assassinados, degolados para ser mais preciso. Estou considerando interrogar você; um homem do prefeito está convencido de que você está na jogada. Meu adjunto não parece pensar diferente.

Houve um silêncio, um vazio que se prolongava.

— Está me ouvindo?

— Eles mataram Fairouz... Então, são eles... Serge, isso é muito grave.

— Ouça bem, Hankache Radî. Um policial é como um confessor. Para que seja eficaz, é preciso contar tudo a ele.

Silêncio.

Decididamente, a investigação estava comprometida. O comissário opinava que um policial, assim como um médico, não devia operar nos casos em que pessoas próximas estivessem envolvidas.

— Estou ouvindo, Hankache. Quer que eu vá até a loja?

— Não... Tenho clientes hoje... muitos clientes...

— Então fale, senão eu vou assim mesmo — irritou-se Sarfaty. Valentin fora mais perspicaz do que ele, e isso o irritava.

— Bem. Tive um relacionamento com Fairouz. Antes que ela se casasse. Eu a conheci muito jovem, como estagiária.

— O que estava fazendo ontem por volta das 15 horas?

— Mas não a vejo há cinco anos! Nunca, juro por Deus. Ela dizia que era melhor para o seu parceiro.

— O que estava fazendo ontem por volta das 15 horas?

— Ora, estava na loja como sempre. Você suspeita de mim?

— Os clientes podem confirmar isso?

— Sim, tenho cheques e tudo. Mas, fale, você pensa que eu posso ser o culpado?

Seu tom era inexpressivo, mas Sarfaty ficou aliviado ao saber que ele tinha um álibi. Aquele interrogatório era penoso.

— Hankache, um inspetor irá vê-lo. É meu adjunto, o inspetor Bessaih. Ele é chato, para poder fazer bem o seu trabalho. Vai encher você de perguntas, é o procedimento. Isso não muda em nada a minha amizade ou minha confiança em você. Nem nossa colaboração, espero.

— Ah, a polícia é engraçada. Quando você precisa de informações, sou muito bom, sou valioso. Mas quando aparece um pepino, fico na mão.

— Hankache, por favor. Não torne a situação ainda mais difícil. E, depois, suas informações sempre foram pagas de uma forma ou de outra.

Tentou contar mentalmente todos os vistos que já havia arranjado para o arameu, depois desistiu. Era ridículo. Em compensação, teve uma ideia. A ameaça que ele tinha recebido talvez fosse um blefe. Dois anos antes, Sarfaty tivera que solucionar um homicídio no meio dos editores magrebinos de fitas de música *raï*. Um meio que não tinha nada a ver com os gigantes das gravadoras. No final, sua divisão descobriu que se tratava de um contrato para matar a vítima por uma dívida. Aqueles produtores ainda estavam no estágio do capitalismo primitivo. Por que o meio editorial muçulmano seria diferente? Pelo que sabia, esses editores de livros religiosos não respeitavam nenhum *copyright* e se plagiavam uns aos outros.

— Bem, deixe para lá esse assunto do homicídio. Voltemos à sua ameaça. Veja, Hankache, seus negócios estão indo bem. Por que não poderia ser um concorrente?

— Ah, não vamos exagerar. O meio editorial é sempre precário. Os livreiros demoram a pagar. Muitos pedem concordata, então você pode esquecer sua fatura, e os livros voltam estragados. Os muçulmanos veem muito os canais árabes por satélite. Pregadores incultos que pretendem explicar o islã. Por isso não leem mais os clássicos.

Sarfaty ficou contente com a sua dispersão. O arameu tinha voltado a ser ele mesmo.

— Por favor, Hankache, não comece a fazer esse seu número. Estamos falando sério. Eu quero resolver seu problema. Os concorrentes poderiam estar atrás de você? Teve algum grande lucro nos últimos tempos?

— Talvez...

— Hankache, assim vou deixar você se virar sozinho.

— É que... ainda não tenho os números...

— Desembucha!

— Existe uma nova técnica, uma cola extraordinária, aprimorada na Itália. Pode-se imprimir grandes volumes, de quinhentas a mil páginas, sólidos, por quase nada, se for uma tiragem considerável.

— E daí?

— Eu reeditei os clássicos muçulmanos em um único volume, em versão bilíngue. Metade do preço de mercado. O *Sahih* (o "Autêntico") de Boukhâri, o *Muwatta* (o "Caminho nivelado") do imame Malik... Vendem muito bem. Tenho pedidos todos os dias.

Sarfaty riu da inteligência comercial do arameu. Essas obras ofereciam o essencial da *Sunna* (Tradição), ou seja, do direito e da história religiosa dos muçulmanos. Do século VIII ao IX, os autores reuniram todas as palavras e os episódios mais confiáveis sobre o Profeta, rejeitando todos aqueles que lhes parecessem falsos ou suspeitos. Para os devotos, essas obras eram a referência absoluta. Mas, apesar de todo o esforço dos sábios medievais, uma porção ínfima de suas tradições (hadiths) podia aspirar à autenticidade. Pouquíssimos muçulmanos sabiam hoje que esse conjunto foi radicalmente questionado por historiadores ou filósofos dentro do próprio Islã. Ibn Khaldon calculava que, em um século, o número de palavras autênticas do Profeta havia passado de 17 para trinta mil.* Sim, de 17 testemunhos para trinta mil! A imensa maioria desses testemunhos tinha sérios anacronismos, que revelavam seu caráter imaginário. Tanto como de Moisés ou de Jesus, não se sabia quase nada de mais consistente sobre Profeta Maomé. Quer se tratasse da sua legislação ou de sua vida, a lenda tinha devorado tudo.

— Está me ouvindo? — perguntou o arameu, que esperava uma reação.

— O que mais? — retorquiu maquinalmente o comissário.

— Ei, isso já é o bastante! São tiragens consideráveis, assumi um grande risco. Estou esperando o retorno do meu investimento para lançar outros volumes.

— Ah, então, aí está. Acho que temos aí uma pista séria. Os concorrentes devem estar tentando intimidar você. Preciso que me dê o embrulho com a caixa para investigar. Espero que não o tenha manuseado muito.

— Não, não. Tomei cuidado. Lembrei das luvas de látex que você tem sempre consigo. Quando posso lhe entregar?

— Segunda-feira, na PJ.

— E o que faço até lá?

**Discours sur l'histoire universelle*, livros I, VI, 11, tr. fr. Vincent Monteil, Sinbad Thésaurus, 1997, p. 710.

— Nada. Vamos pegá-los logo. Ou não sabem o seu endereço verdadeiro, ou estão lhe dando um prazo. Vamos aproveitar essa trégua.

— Não poderia me conseguir uma autorização para porte de arma enquanto isso?

— Escute, Hankache, é assim que acidentes acontecem. Você poderia entrar em pânico.

— Deve estar brincando. Atuei em uma milícia falangista no Líbano, esqueceu?

Sim, Sarfaty tinha esquecido. O arameu sabia usar uma arma de fogo. Era até possível que já tivesse uma em casa e quisesse uma segunda, por medida de segurança.

— Bom, vou perguntar na PJ. Verei o que posso fazer.

Ele esperava que esse desejo de se armar passasse logo.

17

— Quer que eu fale do seu programa de rádio?

— Puxa, tinha esquecido completamente — respondeu Serge Sarfaty com hipocrisia.

Já fazia um bom tempo que estava ao telefone com Hankache. Mas, homicídio ou não, era sempre assim entre eles. Passavam horas ao telefone.

— Desculpe por dizer isso, mas fiquei decepcionado.

— Por quê?

— Porque nunca se aborda o tema da origem da religião muçulmana. Você tinha uma bela ocasião para falar a verdade. Mas recuou diante dos ataques que lhe fizeram. Por que não parte para cima deles, em vez de tomar todas essas precauções?

— O que você quer dizer? Estavam todos contra mim, até o jornalista. Eu não podia monopolizar a palavra.

— Você é da polícia, ninguém deveria assustá-lo. Eles não tinham nada de interessante a dizer, então por que deixá-los falar? A redação do Alcorão é um problema secundário. Ninguém quer saber que foi escrito em dois séculos. Explique aos muçulmanos a verdadeira origem da religião deles e tudo vai melhorar. Para todo o mundo. Até para os cristãos como nós...

Sarfaty desatou a rir. Poucas vezes vira o arameu tão alterado. Mas já sabia para qual debate ele o queria arrastar. Apaixonado pela história das religiões, Hankache tinha uma ideia fixa: a origem cristã do islã. Estava convencido de que a religião muçulmana foi uma heresia cristã antes de adquirir autonomia; e fazia anos desejava que Serge Sarfaty escrevesse com ele um livro sobre essa questão. Conforme o dia, essa heresia — na origem do islã — era docetista, arianista, ebionita, nestoriana ou jacobita. No fundo, pouco importava; Hankache achava que a falta de documentação o impedia de ser mais preciso. Tal imprecisão histórica, por sua vez, incomodava muito Sarfaty e não lhe permitia aderir ao projeto.

Ainda mais porque a tese não tinha nada de original: era uma ideia obsoleta sustentada pelos orientalistas do século XIX Renan, Sprenger e Wellhausen. Eruditos que conheciam melhor os estudos bíblicos que o islã; e a quem se podia atribuir uma boa dose de etnocentrismo. Sua abordagem, exclusivamente filológica, envelhecera muito e não merecia mais qualquer interesse. Não bastava encontrar concordâncias entre o Alcorão e a Bíblia, por mais pletóricas que fossem, para estabelecer semelhante filiação. Seria preciso uma estreita malha de provas materiais, papirológicas, epigráficas, arquiteturais, rituais etc. Se Hankache tivesse passado por uma formação universitária, compreenderia essas objeções.

Mas havia outra coisa. Os cristãos do Oriente tinham uma propensão atávica para sustentar a tese de uma origem cristã do islã. Durante a Idade Média, acreditavam na lenda do monge Sergius com esse único objetivo; um monge que teria sido o inspirador de Maomé. No século XX, não passou uma geração de eruditos sem que um árabe cristão não publicasse um livro escandaloso para defender novamente a mesma tese. Que o islã seja devedor de Cristo seria uma grande revanche para todos os cristãos com o *status* de *dhimmi** (tributários) em terra muçulmana.

— O que está acontecendo com você?

— Ontem à noite assisti a um documentário que me irritou profundamente. Imagine que esse filme, que está passando nas grandes redes, oferecido gentilmente pelo diabo do meu sobrinho, explica que Jesus Cristo

*Contrato de proteção outorgado pelo direito muçulmano às minorias não muçulmanas em troca de um imposto específico e de uma inferioridade jurídica.

não era cristão, mas judeu; que ele só acreditava na religião de Moisés. Que foi São Paulo quem inventou o cristianismo, e ainda por cima sem querer. Segundo eles, Cristo só pretendia reformar o judaísmo, trazer-lhe um suplemento de alma, e não instaurar uma nova religião. Mas sabemos de tudo isso há mais de um século, não era necessário um filme. Por que voltar lá atrás? Por que é sempre o cristianismo que fornece a matéria principal dos estudos históricos? Já era tempo de se fazer o mesmo com o islã.

— Você quer que eu diga que Maomé era judeu ou manipulado por um rabino — disse Sarfaty para provocá-lo.

Também era uma antiga lenda, desta vez inventada pelos bizantinos. Muito popular entre os fundamentalistas cristãos, essa "teoria" voltava regularmente à baila sob diferentes roupagens.

— Que Deus me preserve dos seus sarcasmos e do complô judeu. Não, estou falando sério. Eu não posso... Mas você, os meios de comunicação o convidam... você é policial...

— O problema é que é mais fácil de demonstrar isso em relação ao cristianismo. Com o islã é um buraco negro, existem somente hipóteses, toneladas de hipóteses. É muito complicado explicar pelo rádio...

— Como assim, hipóteses? É uma certeza. Temos todos os elementos, você sabe tão bem quanto eu. Os primeiros muçulmanos não conheciam o reformador Maomé; nem o islã nem o Alcorão existiam antes do século IX! O islã é uma invenção dos abássidas*! Antes, só tínhamos os conquistadores árabes pertencentes a uma seita cristã que recusava a Trindade.** Os omeyyades*** eram cristãos dissidentes, é preciso clamar em alto e bom som!

— É sedutor. Mas nessa teoria falta o equivalente a São Paulo. Quem foi o fundador do islã senão esse Enviado de Deus chamado Maomé?

Houve uma pausa na torrente de palavras do arameu, pois o islã primitivo era tão pouco documentado, tão opaco, que não era fácil prosseguir

*Segunda dinastia do império muçulmano, que reinou de 750 a 1258.

**Dogma do cristianismo dominante, segundo o qual Deus compreende "três pessoas em uma natureza": O Pai, o Filho e o Espírito Santo.

***Primeira dinastia do império, no poder de 660 a 750.

com a argumentação. Sob qual califa a religião dos árabes teria se afastado de suas raízes cristãs? Mas a dificuldade era deter Hankache. *Nada mais inconstante que uma ideia fixa.* Bulímico por leituras, ele tinha um novo argumento a cada dia. Embora fosse professor titular de filosofia, doutor em ciências das religiões e dominasse as grandes línguas semíticas, o grego antigo e o latim, Sarfaty tinha de admitir que, ainda que faltasse rigor a Hankache, ele demonstrava uma amplitude de visão acerca dos três grandes monoteísmos que o superava. Além disso, sua audácia iconoclasta não tinha limite. Na semana anterior, ele afirmava que expressões como "mãe das cidades", "Mekka" ou "Bekka" não designavam Meca no Alcorão, conforme afirmavam gerações de comentadores, mas Jerusalém! Um mês antes, tinha tentado demonstrar que a *Sîra*,* biografia tradicional do Profeta, era codificada, encobria informações sobre as fontes cristãs da sua pregação. Algumas dessas "teorias" eram friáveis, mas o arameu tinha intuições brilhantes. Como no dia em que o convenceu que o cristianismo praticado na Etiópia permanecera como um "conservatório" do cristianismo primitivo porque conciliava os mandamentos do judaísmo (circuncisão, sabá etc.) com os do cristianismo. Por conseguinte, para compreender o islã antigo era preciso estudar o cristianismo etíope.

Sentia que o amigo se precipitava rumo a uma nova hipótese espantosa.

— Para mim, está claro. Foi um califa abássida, e o mais racionalista entre eles, que inventou o islã. O califa al-Mamun, que via Aristóteles em sonhos e quis impor o racionalismo pela força! Com a cumplicidade de alguns teólogos, ele reescreveu a história e se desembaraçou dos arquivos incômodos. Foi ele quem encomendou a primeira biografia de Maomé! Você não acha estranho que a vida do Profeta tenha sido registrada por escrito pela primeira vez sob o reinado dele? Como puderam esperar tanto tempo?

*Parte histórica da *Sunna*, a Tradição muçulmana, que relata a vida do Profeta e sua luta para instaurar o islã.

Sarfaty não se sentia com forças para discutir essa pista, por mais estimulante que fosse; não depois de três assassinatos e ameaças de morte. Respondeu mecanicamente:

— Não há elementos históricos suficientes para esboçar uma descrição pacífica do surgimento do islã. A princípio, o que você está dizendo concorda com o mecanismo de nascimento das religiões. Nenhuma religião surgiu *ex nihilo*, uma nova religião sempre está enraizada em um culto mais antigo. Mas você sabe muito bem que poderíamos sustentar com muitos argumentos convincentes que o islã se inspirou nos judeus de Medina e não numa seita cristã. E aí, quem tem razão? Além de demonstrar que a Tradição muçulmana é mentirosa, não temos nada de positivo a propor. Seria preciso uma verdadeira descoberta arqueológica para voltar a essa questão. Enquanto esperamos, por que não deixamos o islã para os muçulmanos?

— Ora, porque os muçulmanos nos provocam, é por isso. Até a mim, que tanto fiz por eles, eles ameaçam. O islã enlouquece as pessoas. Se essa religião fosse menos irreal, se conhecesse suas origens cristãs, ela deixaria de colocar bombas, de impor seus mandamentos retrógrados, de proibir seus lugares sagrados a outros devotos. Desde a minha infância tenho vontade de conhecer Meca e Medina. Por que não posso? É escandaloso! Isso é racismo!

— Converta-se ao islã!

— E o que mais? Tenho o meu Deus, que é mais antigo que o deles e se chamava *Allah* (Deus) e *Rab* (Senhor) antes deles.*

— Então peça uma exceção por serviços prestados. Os sábios muçulmanos bem que lhe devem isso.

Sarfaty fazia alusão ao catálogo do *lelivredelislam.com*, que apresentava os teólogos mais intolerantes, aqueles que defendiam uma leitura literal do Alcorão e a aplicação integral da *Charia*. Eram os autores que mais vendiam, com seu pensamento simples e belicoso, muito eficaz para consolidar

---

*Alá é a palavra que designa Deus na Bíblia traduzida em árabe.

identidades vacilantes. Como bom comerciante, Hankache seguia o gosto da clientela e os reeditou fartamente, tanto em francês como em árabe.

— O que você quer dizer? — resmungou.

— Você sabe muito bem do que estou falando. Se publicasse os místicos sufis,* talvez os muçulmanos franceses fossem mais abertos. Há também livres-pensadores no islã clássico, eles são interessantes.

— Mas tenho tudo isso no meu sebo.

— Sim, mas são livros antigos, vendidos a preços exagerados. Só os infiéis vão a essa loja. Estou falando de livros populares, baratos, distribuídos em grande número.

— Ah, mas não sou responsável pela estupidez humana! Também preciso ganhar meu pão. Bem, na segunda-feira levo o embrulho à PJ. Pense no meu porte de armas. Preciso ir, estou com muitos clientes — disse, desligando.

Hankache era muito suscetível em relação às obras do seu catálogo. Ele encerrava qualquer discussão que se atrevesse a questionar suas escolhas editoriais. Sarfaty reconheceu, porém, que estava sendo injusto, pois o arameu evitava divulgar obras que fizessem apologia à guerra santa ou que convocassem a matar judeus e cristãos. No fundo, não era mau sujeito. Era melhor que esse trabalho de reedição fosse feito por ele do que por um salafista jihadista.

*Místicos e ascetas do islã, geralmente indiferentes aos dogmas e cujo pensamento é favorável às outras religiões.

18

Nesse mesmo sábado, à noite, Paul Mesure resmungava ao subir de novo até sua casa. Nunca vira um apartamento tão desprovido de material de informática quanto o de Sonia Boudaoui, que no entanto era diretora de redação de uma revista. Os três aposentos dela eram bem mais confortáveis que seus dois quartos de empregada transformados em apartamento por um proprietário engenhoso, mas seu computador era da época do dilúvio, a impressora não era usada há meses e não havia provedor de internet. Era a terceira viagem que fazia entre a sua casa e a dela; para buscar um programa de tratamento de texto, um cabo e agora um cartucho de tinta. Tinha proposto trabalhar na casa dele, mas ela se recusou para poder ficar perto do filho.

Sonia adorava Nadir, um menino muito bonito de 8 anos. Rei da casa, o menino levava a mãe como queria, exceto quando os limites que só ela conhecia eram ultrapassados. Então ela explodia numa cólera estrondosa que impressionava até os adultos e a terrível criança abaixava a crista. Fora isso, era um menino divertido, bom na escola e curioso por tudo. Várias vezes, o rapaz havia tomado conta dele para que a mãe pudesse sair. Foi estabelecida uma cumplicidade entre esses dois seres impulsivos. Mas a essa hora ele estava dormindo.

Paul ficou contente de sair da promiscuidade de seu apartamento. Não faziam nem 24 horas que dividia seu espaço com os inspetores da PJ, e a situação já lhe parecia insuportável. A cada oito horas chegava um novo policial para substituir um deles. No sábado eram apenas dois se revezando, os inspetores Kerriou e Albertini. Mas a partir de segunda-feira, dois outros se juntariam a eles.

O clima exaltado do jogo de futebol PSG-Lens podia ser ouvido no andar debaixo. Paul bateu na porta do apartamento. Com um ar irritado, o inspetor Mourad Kerriou veio abrir e voltou imediatamente para o *seu* quarto, para se jogar na *sua* cama e continuar observando a evolução dos jogadores na tela da *sua* televisão. Perguntou o placar e ouviu a resposta irritada: "1 a 1". Há várias semanas o PSG estava na berlinda, e os maus resultados acumulados podiam levar o clube a um rebaixamento para a segunda divisão. A imprensa popular e esportiva só falava dessa possibilidade e todos os torcedores do PSG, incluindo Mourad, estavam desesperados.

Como terminariam as coisas?

Foi graças a esse jogo que Paul conseguiu recuperar provisoriamente as fitas do *lelivredelislam.com* e as folhas manuscritas de Fairouz, levadas como elementos de prova pela polícia judiciária. Em troca da promessa de assistir tranquilamente ao jogo, Mourad se encarregou de tirá-las do Quai des Orfèvres. O jornalista suspeitava que os inspetores não estavam levando a sério a possibilidade de um retorno dos assassinos formulada pelo comissário Sarfaty. Desde que este começou a correr os estúdios de rádio e televisão, seus prognósticos andavam em baixa. Para o inspetor Kerriou, aquela vigilância era um trabalho de rotina.

Paul, por sua vez, não sabia mais o que pensar quanto à responsabilidade direta ou indireta dos salafistas do *lelivredelislam.com* na morte de seus amigos. Em geral, confiava no próprio faro ou no de Krimo. Muitos dos amigos de infância do amigo tinham passado para o lado fundamentalista, e ele conhecia bem a mentalidade deles, assim como modo de operar. Mas Krimo não havia pressentido o menor perigo — e encorajou Fairouz a traduzir as fitas. Ele pensava que aquela literatura salafista provinha de grupos de imames autoproclamados, que agiam em território francês. Uma corja perniciosa se chegasse ao poder, como por pouco não aconteceu na

Argélia, mas inofensiva num país como a França. Paul, por sua vez, não sentiu aquele sinal que se acendia toda vez que, numa reportagem, o ambiente se tornava ameaçador ou hostil. Em geral, sentia o perigo a distância, por meio de variações infinitesimais no comportamento da vizinhança. Então mudava de hotel, de informante ou de bairro, e a ameaça impalpável desaparecia. Na Argélia e na Costa do Marfim, esse sexto sentido o havia tirado de situações perigosas.

No momento, porém, seu faro estava embotado; não captava mais nada. Tudo o que podia dizer era que o quarteirão de casas onde ficava o edifício estava controlado por duas patrulhas da polícia. Uma viatura móvel percorria as ruas do quarteirão, rodeando o edifício em suas rondas concêntricas; uma caminhonete comum, estacionada na rua, vigiava todos os vaivéns. Com um dispositivo conectado por rádio à PJ, a atitude de rotina dos policiais encarregados da sua proteção era compreensível.

Ninguém tinha dúvida de que havia sido por um edifício da Avenue Gambetta que o ogro decidira se aproximar de sua presa na Rue du Comte-Henri-de-Boulainvilliers. A operação fora cuidadosamente preparada por Ismaïl e Hussain. Identificaram o dispositivo de vigilância, ficaram na escuta das viaturas policiais, estudaram a topografia. Os dois edifícios se comunicavam pelos telhados, bastava passar de um para o outro, depois entrar na casa do cristão por uma das janelas ou pela porta que dava para o seu andar. Um fone de ouvido mantinha Farouk a par de qualquer deslocamento suspeito nas ruas vizinhas.

Por um momento, devido às drogas que consumira, o ogro teve medo de sentir vertigem. Mas Ali Khan lhe deu uma cápsula contra enjoo que se revelou muito eficaz. Além disso, Ismaïl disse que um jogo de futebol importante estava atraindo todas as atenções. Farouk interpretou esse acontecimento como uma confirmação divina do seu projeto. No Paquistão, o esporte nacional era o críquete, mas isso dava no mesmo. Suas mais belas operações, aquelas que tinham construído a sua reputação, sempre foram realizadas durante grandes manifestações coletivas, encontros esportivos ou passeatas sindicais pelas ruas.

O ar estava frio e um vento cortante soprava em suas orelhas. Ele se vestira de telhador para ter um álibi caso o surpreendessem no telhado ou usando uma escada. A língua seria um entrave se tivesse que se explicar, mas sua intenção não era explicar. Antes de usar um passe de carteiro para entrar no edifício da Avenue Gambetta, beijou uma medalha que continha seus versículos preferidos da surata *Arrependimento*.

Sentia-se um combatente no caminho de Deus.

Ao pensar nos falecidos, um nó de emoção bloqueou a garganta de Paul. A ausência dos Belkheir tinha aberto um grande vazio na sua existência. Até alguns dias antes, ele os visitava diariamente. Todas as noites, às 20 horas, assistia aos noticiários com Krimo, discutiam eventuais projetos, falavam de tudo e de nada. Depois do jornal na TV, Fairouz fazia sempre a pergunta ritual:

— Ponho um prato para você?

Ela sabia que o vizinho comia muito irregularmente e descobrira sua falta de gosto pela culinária (não era difícil, sua geladeira estava sempre vazia). Quando voltava de alguma reportagem, ela se oferecia para fazer uma limpeza. Se fazia algum doce, levava-lhe um prato. Em resumo, ela o mimava como uma criança. Ele reprimiu as lágrimas.

Na sala-escritório de seu apartamento de dois cômodos, Paul hesitou: seria melhor se antecipar à incapacidade da impressora de Sonia levando a sua ou se contentar em levar um cartucho Stylus C 62 como ela tinha pedido? Para não contrariá-la, pegou um cartucho novo sob a escrivaninha e saiu para o corredor. Mas jurou que, no próximo contratempo, desceria com todo seu equipamento de informática.

Ao sair, em vez de tornar a fechar a porta, bloqueou-a com a corrente de segurança. Esperou por um instante para ver se o inspetor Kerriou reclamava e depois, não ouvindo nenhuma reação, desceu rapidamente.

Sobre o telhado de zinco, Farouk corria agachado. O remédio era milagroso: nenhuma vertigem perturbava a sua percepção apesar da distância assombrosa que o separava da avenida por onde circulavam minúsculos automóveis. Virou-se para o sul e contemplou a cidade iluminada. As luzes eram muito mais numerosas que em Islamabad, envolviam até a torre Eiffel. Paris era uma cidade magnífica.

Conforme o previsto, passou sem dificuldade de um edifício para o outro. Agora precisava encontrar a segunda porta. Ismaïl havia traçado um plano, que ele memorizou. Dez passos a sudoeste ligavam as duas saídas. Ele olhou para a bússola fluorescente no pulso e guiou-se por ela. Era um brinquedo americano destinado a crianças, mas muito resistente; a ISI inteira era equipada com aquilo.

A segunda porta estava fechada por dentro. Ele tirou um pequeno pé de cabra e atacou a abertura; a fechadura rangeu e cedeu. Com muito cuidado, ergueu o caixilho. O clima exaltado do jogo subiu até ele. Percebendo que a porta de um apartamento estava aberta, sorriu. *Alá velava por seu soldado.* Seria muito fácil. Via-se, abaixo, uma escada de metal presa à parede. Só precisava deixar os pés penderem para tocar nos seus degraus metálicos.

Para ficar totalmente silencioso, enrolou suas ferramentas num pano e deixou-o num canto para pegar na volta. As armas é que iriam falar agora. Verificou as presilhas do punhal, o soco-inglês, a pistola e o material de vídeo. As luvas sujas de zinco foram substituídas por um novo par; vestiu o macacão branco asséptico. A ordem quanto ao uso desses macacões era bem estrita. Quando ia fechando a metade do zíper, verificou se podia ter acesso rápido aos seus boldriés. Estava tudo em ordem.

Enquanto terminava de se vestir, ouviu um movimento no corredor. Baixou uma fibra óptica. A câmera mostrou um homem branco, pequeno, que saía do apartamento visado. Seu rosto escapou da objetiva. Seria um policial ou o alvo? Impossível dizer. Mas tinha saído do apartamento certo; e a porta ficara entreaberta. Se fosse o alvo, voltaria para casa. Era só uma questão de paciência.

Alá protege os pacientes.

De volta à casa de Sonia, Paul encontrou-a debruçada sobre a impressora Epson, com a cabeleira negra em desalinho, lutando com as teclas do aparelho. Estava usando uma djellaba azul sem sutiã, que ficava entreaberta nos recortes, mostrando os seios opalinos cuja fragilidade atraía irresistivelmente o olhar. O contraste entre a pele nacarada e os cabelos cor de azeviche a deixavam muito sedutora. O nariz grande, os olhos claros, o oval aveludado de suas faces, o liame frágil do pescoço, sobre o qual o esforço imprimira um rubor, não lhe tiravam nada, muito pelo contrário.

Paul precisou lutar contra as imagens que lhe vinham à mente, cenas de duas semanas apenas, de uma noite em que Sonia se atirara sobre ele com voracidade. Uma noite fascinante, que ele estava longe de esquecer. Infelizmente, com a chegada do sol, Sonia atribuiu esse apetite à maconha do Zaire que tinham fumado juntos. Para tornar a vê-la, ele teve que jurar que eram apenas amigos, que não estava apaixonado e que não tentaria reviver aquela situação. Paul também teve que jurar (pela vida de seus pais) que nunca mais voltaria a falar do assunto com ela, e que ninguém mais saberia daquela aventura de uma noite. Embora quase velha — tinha dez anos a mais que ele —, ela era o que se poderia chamar de uma bela mulher; e ele tinha dificuldade para manter o juramento.

Ela deve ter sentido o olhar, pois puxou a aba da djellaba e lhe perguntou se estava pensando em ficar ali sem fazer nada. Para ela era um problema mecânico, uma tecla emperrada. Para ele havia um problema de *driver*, o computador não reconhecia o periférico. Tentou intervir, mas ela fez da coisa uma questão pessoal.

— Estou lhe dizendo que a usei há uma semana. Pode deixar, eu vou conseguir — disse ela, tirando-lhe o cartucho das mãos.

Estavam numa sala grande, clara, decorada com gosto, com máscaras africanas e tecidos berberes. Enquanto esperava que ela desistisse, Paul explorou suas prateleiras à procura de uma obra que lhe havia prometido.

Ao contrário dele, que não conservava livro nenhum, Sonia possuía uma pequena biblioteca pessoal. Muitos livros sobre mulheres e feminismo, incluindo o indefectível *O segundo sexo*, de Beauvoir; belos livros ilustrados sobre a Argélia; obras sobre publicidade; inúmeros romances europeus ou americanos; romancistas argelinos, Assia Djebar ou Leila Sebbar; um pouco de filosofia francesa. Mas nada sobre o islã. Em vão, procurou um Alcorão. No entanto, dois dias antes, ela lhe prometera um livro sobre o salafismo para enriquecer seu artigo.

Não era a primeira vez que Paul desconfiava que Sonia mentia. Mentira era uma palavra muito forte para o caso, mas o jornalista tinha uma concepção estrita do verdadeiro e do falso. A menor mentira já o desestabilizava. Ora, Sonia era generosa em exageros, meias verdades, pequenos ardis. Nunca nada de grave: afirmações sem grandes consequências, mas suficientes para perturbá-lo. Como aquela história de erva afrodisíaca em que ele não conseguia acreditar. Desde quando uma moça ia para a cama com um rapaz por causa de um baseado?

— Onde está o estudo sobre o salafismo?

— Ah, infelizmente para você, eu o emprestei — respondeu com displicência.

— Mas você tinha me prometido.

— Desculpe, esqueci completamente.

— Você não tem outro livro sobre o islã? — perguntou, admirado.

— Olhe, nem todos os argelinos são carolas — disse rindo. — Como vocês dizem na França, *ratos de sacristia*...?

— Sim, isso mesmo.

— Bem, eu não sou. Minha memória me basta. Tive uma verdadeira educação religiosa, meu pai era muito devoto. Não se preocupe, posso explicar tudo o que você precisa saber sobre os salafistas!

Pronto, ele tinha razão. Ela não tinha mais esse livro sobre o salafismo, ou talvez nunca tivesse tido. Mas sabia o suficiente sobre o assunto para não precisar recorrer a um livro. Era típico de Sonia.

Ele praguejou internamente. Para os leitores, a memória religiosa de Sonia não servia como referência. Como podia ser diretora de redação e ter uma concepção como essa a respeito de documentação? Não era de surpreender que trabalhasse na *L'Ingénu*, uma revista mais sensacionalista do que séria, sem grandes nomes, cuja reputação era execrável. A filosofia da casa deve ter acabado por influenciá-la. Se não fosse seu tumulto finan ceiro, Paul jamais teria *batalhado* por esse jornal.

Sonia puxou uma alavanca imaginária e disse "*yes*" com um gesto de antebraço, indicando que tinha conseguido. Um mostrador vermelho acendeu, uma série de sons mecânicos se ouviram, enquanto a cabeça de impressão deslizava pelo trilho e o carregamento de tinta se iniciava. A impressora estava pronta para funcionar.

Mas agora ela tinha um aspecto consternado que anunciava que a coisa ainda não havia acabado.

— Não tenho mais papel...

Paul olhou para o relógio, eram quase 22 horas. Ainda não tinha decidido a orientação que daria ao seu artigo. Tinha passado a maior parte do dia esperando que lhe entregassem a tradução de Fairouz. Que ângulo enfocar? Seria melhor intitulá-lo "Os salafistas ameaçam a França" ou "*lelivredeislam.com*, inofensivos e arcaicos"?

Mas como protestar? Somente Sonia sabia árabe; ela lhe servira um generoso *tahine* de frango e citrinos e conversara longamente com ele sobre os Belkheir. Com um passo resignado, retornou ao seu apartamento.

Enquanto estava na escada, ouviu ser fechada a porta que deixara aberta. Depois, enquanto atingia o seu andar, o barulho que indicava o fim do jogo chegou até ele de forma ensurdecedora. Sons estridentes de buzinas e apitos saíam de sua casa como se o jogo estivesse acontecendo lá dentro. O policial estava abusando. Ele subiu mais depressa.

Um pouco antes, enquanto empurrava a porta lentamente, Farouk ouviu, sem entender, uma voz vinda do quarto:

— Idiotas! Idiotas! Levar um gol a cinco minutos do final!

Ele provavelmente se encontrava na sala de estar, uma peça minúscula que também servia de escritório. O alfabeto siríaco sobre o computador logo atraiu a sua atenção. Estava ao lado de um alfabeto árabe. Em Karachi, tinham-lhe ensinado essas letras estranhas, tão parecidas com o árabe. Ali Khan lhe dissera:

— Procure traços de siríaco, não importa o quê. Precisamos descobrir se ele está mesmo com o livro.

Sua missão já estava dando frutos.

O jogo continuava ainda mais alto. O som encobria seus movimentos como uma bolha protetora. Farouk não resistiu ao impulso de examinar o escritório para ver se, por milagre, o manuscrito siríaco não se encontrava sobre a mesa.

Pousou sua automática turca de marca *Sarsilmaz*, uma Kilinc 2000, e pegou um a um os volumes que estavam ali. Havia somente obras modernas, mas o terceiro volume era um dicionário de siríaco. Retirou o alfabeto siríaco da parede e dobrou-o dentro do dicionário. Quando quis enfiar o livro no bolso frontal da sua roupa de trabalho, esta o atrapalhou. Tentou então erguer a parte de cima do macacão, mas, ao lutar contra o zíper, o dicionário caiu no chão.

Por prudência, voltou a empunhar a arma e não se mexeu mais. Nada. O barulho do jogo continuava mais alto do que nunca. Tornou a pousar a Kilinc 2000 e se abaixou para pegar o livro.

Mas uma voz às suas costas deu uma ordem.

— Não se mexa, você está na minha mira. Principalmente, não faça nenhum gesto em direção à arma.

Pela entonação, Farouk percebeu que era um policial. Não fez nenhum gesto brusco e, ao contrário, ergueu lentamente suas grandes mãos vazias. Sabia que o homem atiraria se esticasse o braço para a pistola.

— Vire-se devagar, mantendo as mãos na cabeça.

Fez exatamente o que foi pedido. Não porque houvesse entendido a frase, mas porque as normas de segurança são as mesmas no mundo todo. Só que, ao se virar, agarrou o punhal e mergulhou contra o homem.

O policial estava esperando o ataque. Estava colado na porta. Impelido pelo impulso, Farouk tombou na horizontal contra o estrado da cama, com a cabeça para a frente. Isso ia doer.

O ogro fechou os olhos.

O choque foi extremamente brutal, seu crânio vibrou longamente e mil estrelas vieram se colar em seus olhos. Ele se estatelou de bruços sobre as dobras do tapete que cobria o assoalho. Meio atordoado, todos os seus músculos se descontraíram.

Quando o policial se inclinou sobre ele, Farouk virou-se de repente. Guiando-se sobre o eixo do braço do policial, distendeu o cotovelo como uma mola. Seu punho se esgueirou até o peito inclinado, e a longa lâmina penetrou até o cabo. Houve um barulho de sucção, um tanto obsceno, que o fez sorrir, e um jato de sangue o borrifou. Se não fosse a luva, teria sentido o calor do fluido vital que brotava daquele peito. Pelo peso repentino, soube imediatamente que o homem estava morto. A lâmina devia ter cortado a aorta de um lado ao outro.

Cada um tinha feito o seu trabalho, mas ele melhor que o outro. Observou que os traços do policial eram árabes, o terceiro que matava na semana.

Que sinal Alá estava lhe enviando?

Ao lado dele, com um murmúrio regular, um filete de sangue corria sobre o tapete. Apesar do esforço que isso exigia, Farouk mantinha o homem numa posição oblíqua com a força do antebraço. Com uma expressão satisfeita no rosto, não procurou verificar se o policial estava sozinho. Um sentimento de invencibilidade o dominava.

Com sua ação, aplicara instintivamente uma tática de combate ensinada por um instrutor árabe da ISI. Seus colegas de turma, muito impetuosos, tinham dificuldade para compreender, mas em sua tribo essa tática era aplicada desde sempre e sua invenção era atribuída ao Profeta do islã. Uma tática chamada em árabe *Kan wafarr*, que significava "retorno e fuga". Uma carga furiosa de cavalaria, seguida de uma falsa retirada e um brusco retorno ao combate.

Era este o sinal, o aluno superando o mestre.

Nada poderia detê-lo.

Ele era a espada de Deus.

Após girá-la na ferida, retirou a lâmina com um gesto seco. O corpo caiu sobre o tapete já sujo de sangue. Ele enxugou o punhal na camiseta da vítima, limpou um pouco o macacão e preparou um cachimbo de *freebase*.

Com o cachimbo aceso no beiço, abriu a janela-balcão para arejar e começou a inspecionar silenciosamente o quarto.

Como se um peso a tivesse deslocado, Paul encontrou a porta do apartamento entreaberta. O jornalista gritou o nome de Mourad, depois berrou "abaixe a TV", agachando-se sob a escrivaninha para pegar uma resma de papel. O inspetor devia estar no banheiro contíguo ao quarto. Irritado com o barulho ensurdecedor, repetiu mais alto a reclamação, mas Mourad não respondeu nem com um resmungo. Cansado de esperar, entrou no quarto.

O espetáculo deixou-o pregado na soleira.

Somente a cabeça do inspetor Mourad Kerriou era visível, ao lado do colchão jogado no chão, enquanto o travesseiro tinha sido todo rasgado. Por um breve e pavoroso instante, Paul pensou que o haviam degolado.

Precipitou-se para a cabeça cortada.

Tinha sido um engano, a cabeça continuava bem presa ao pescoço, mas o corpo estava escondido pelo colchão, todo recoberto de roupas íntimas e livros. Essa superposição é que fora responsável pela pavorosa ilusão de óptica.

O rosto opaco do policial exibia uma contração estranha, uma expressão aturdida, como se não pudesse acreditar na última cena que sua retina havia registrado.

Paul levantou o colchão. Estendido, com os braços em cruz, seu guarda-costas fora atingido no lado esquerdo do peito. Uma larga e espessa auréola escura ensopava sua camiseta; o sangue tinha manchado o chão, as roupas e os livros espalhados. O policial estava morto. Sua mão direita ainda segurava a coronha de uma pistola inútil. Lembrando-se que nada deve ser alterado no local de um crime, Paul estendeu a roupa de cama sobre o cadáver. Mas os objetos pessoais que ali estavam já tinham escorregado para o chão e se misturado àqueles que permaneciam no assoalho, sujos de sangue.

A estante e a cômoda tinham sido esvaziadas de todo o seu conteúdo. Revistas, cuecas, calças, folhas de papel, fotos, faturas, pequenos objetos, estava tudo espalhado pelo local. No meio dessa desordem, ao pé da cama, um par de botas estilo *country* se mantinha em pé, alinhado, em posição de sentido. Eram do inspetor assassinado.

Como o inspetor da polícia judiciária tinha se deixado surpreender? Por que havia tanto sangue por toda parte, sobre o tapete, no assoalho, em seus objetos? Não estava entendendo grande coisa, mas agora compreendia melhor a sagacidade excepcional do comissário Sarfaty, essa mistura de lógica, experiência e imaginação que o tornava capaz de reconstituir um assassinato a partir de um quadro incoerente como aquele.

A janela da sacada estava aberta e o ar fresco da noite dissipava um odor pesado e acidulado de tabaco queimado. Paul só fumava haxixe; aquele cheiro azedo era desconhecido para ele e, para dizer a verdade, não lhe dizia nada.

Na tela da TV, dois comentaristas esportivos debatiam a respeito do resultado do jogo, uma derrota do PSG, enquanto em segundo plano as arquibancadas se esvaziavam lentamente. Com o coração acelerado, embrutecido pelo som do televisor, a cabeça de Paul Mesure girava desnorteada em todas as direções.

Era ele que estava sob ameaça, agora estava claro. Mas por quê? Um vento de terror soprou em seu rosto.

Teve vontade de ir para a cama e convocar o mundo inteiro para socorrê-lo, mas o estupor o paralisava.

19

Como um torpedo, com as feições pálidas e o terno amarrotado, o comissário Sarfaty corria pelas escadas e corredores silenciosos do Quai des Orfèvres, enquanto os relógios de parede marcavam 9 horas num domingo de manhã. Sua convocação não pressagiava nada de bom. Uma sanção administrativa se projetava no horizonte. Uma repreensão? Uma suspensão? Mais? Não queria pensar nisso. Tinha um favor a pedir à diretora, e o contexto já lhe era bastante desfavorável.

Passando em frente à guarita dos guardas, captou no ar uma conversa que indicava que a notícia do assassinato de Mourad já estava em todas as bocas. O assassinato de um membro da polícia judiciária nunca era um incidente qualquer. O prestígio dessa instituição, o espírito de corpo dos policiais, a mentalidade desconfiada dos sindicatos e a curiosidade mórbida dos meios de comunicação, todos esses fatores contribuíam para agravar o fato e amplificar todos os detalhes. Embora fosse domingo, a ansiedade surgira imediatamente no Ministério do Interior: a unidade do inspetor Kerriou foi intimada a fornecer uma explicação, o perfil de um culpado. Dentro dessa unidade, o comissário Sarfaty era o bode expiatório ideal, pois seu esquema de vigilância não respeitava nenhum dos procedimentos em vigor.

O secretário o introduziu imediatamente no gabinete da diretora, um gabinete mais amplo que todos os cubículos dos comissários sob as suas ordens juntos. Uma tela plana, impressionante pelo tamanho, exibia o jornal de LCI. Enquanto lançava um olhar para as notícias, a diretora Julienne Mussot falava ao telefone e respondia com um bajulador "sim, senhor prefeito, claro, senhor prefeito etc.".

Pelas janelas se divisava uma série de vistas do Sena e da ponte Saint-Michel. Uma barcaça vermelha deslizava pela superfície prateada do Sena diante dos edifícios de linhas quebradas, numa atmosfera pesada digna de uma tela de Dubuffet. Mas essa paisagem não tinha graça aos olhos do comissário convocado. Muito nervoso, Sarfaty tamborilava os pés em frente a uma das janelas, à espera da colisão.

O duplo homicídio da Rue du Comte-Henride-Boulainvilliers o contrariava desde o início. Um caso liso como sabão. Um desses casos em que logo se pressente o risco de que seja classificado como sem solução, por falta de suspeitos — ou de talento. Agora era pior: haviam matado um de seus homens e talvez não pudesse fazer nada para encontrar o culpado.

Se a vítima não fosse um inspetor da PJ, ele estaria em casa e mergulhado numa depressão fecunda, um buraco negro que traria ao seu estado de superfusão todos os aspectos do caso. Essa melancolia o deixava afásico, espantava suas amantes, distanciava dramaticamente amigos e parentes, mas era a condição necessária para que a sua imaginação se libertasse.

A diretora não queria entender que resolver um crime era uma operação tão delicada e fugidia que o investigador nunca estava muito tranquilo. Era verdade que, em tempos normais, sua equipe gozava de uma certa paz mas, com a morte de um policial, a administração iria pressioná-lo, convocá-lo diariamente para prestações de contas inúteis. A polícia das polícias talvez se envolvesse no caso. Totalmente o contrário da serenidade que lhe fazia falta.

Entretanto, sentia claramente que a solução estava no eixo Belkheir-Mesure. Havia, na relação entre eles, uma incógnita que provocara o primeiro duplo homicídio, e depois o de Mourad. Qual era essa incógnita? O próprio Paul Mesure parecia ignorá-la, o que tornava o caso mais difícil. Mas Sarfaty tinha certeza de que estava muito perto da solução, e a morte de Kerriou era a demonstração trágica de que estava certo.

Então se virou para a sua superior.

Cinquentona esportiva, bem bronzeada, cabelos oxigenados, com um *tailleur* de grife e o indefectível lenço Hermès, Julienne Mussot era só luxo, autocontrole e eficiência. Se não fosse tão estereotipada, talvez sua elegância fosse mais sensível, embora no meio policial se dissesse que tinha muita classe. Neta de militar, filha e esposa de policial, ela pretendia que a PJ fosse uma instituição modelo, impermeável a reveses e falhas, uma máquina de guerra. Detestava acontecimentos ou pessoas imprevisíveis. No seu caso, sabia que ela tinha uma série de críticas guardadas. Nunca aceitou sua saída da Divisão Antiterrorista, já que lá acumulava sucessos. Não conseguia entender que ele considerasse aquele posto muito político.

Por trás disso, ele vislumbrava uma razão mais obscura, ligada à sua notoriedade. Se suas aparições na TV não tivessem agradado o alto escalão, ela lhe teria lembrado oficialmente seu dever de ser reservado — e teria fechado todas as portas dos meios de comunicação. Contaram-lhe que ela achava que suas aparições midiáticas o afastavam da equipe. As revistas e os jornais estampavam regularmente o retrato dela. Sim, mas aí era para o bem da casa, ela era a embaixadora da PJ, *sua vitrine*, como repetia com frequência.

Por que tinha vindo? Não devia ter atendido à convocação. Ela ficaria furiosa, mas, com uma licença médica, conforme as regras, não teria nada contra ele. Após ficar uma semana de molho, voltaria com a solução e ela esqueceria tudo. A resposta estava ao alcance da sua mão, ele pressentia. Tinha-se impregnado o suficiente do apartamento de Paul Mesure para isso. Se os assassinos tivessem deixado um indício que fosse, já teria entendido. O que o bloqueava era a esterilidade da cena do crime. Uma página em branco.

Mas como explicar que estava quase conseguindo, se não tinha nada, nem motivo nem suspeito para apresentar? Ela riria na sua cara. Teve vontade de ir embora.

A conversa telefônica estava terminando, ela estava ainda mais bajuladora, garantindo ao prefeito que *tudo* seria feito para encontrar os culpados.

Quando finalmente terminou, sentou no sofá e o convidou a juntar-se a ela.

— O senhor é a estrela do dia, comissário Sarfaty. Só falam do senhor, ou melhor, da sua equipe. Ou, melhor ainda, do inspetor Mourad Kerriou.

Após esse comentário ácido, observou com indulgência sua aparência cansada. Ele esperava o momento propício para revidar aquela convocação em forma de ultimato e expor suas condições. Não estava com humor para aguentar por muito tempo sua autoridade bipolar. Tinha passado a maior parte da noite examinando a cena do crime com o pessoal da PTC (Polícia Técnica e Científica) e sendo questionado por Madjid. Ao chegar em casa, por volta das 4 horas da manhã, não conseguiu dormir. O fantasma de sua companheira, mascarado pelo rosto de Mourad, o atormentava sem parar. Esta noite, segundo o rito muçulmano, corria o velório do corpo na família Kerriou. A cerimônia o horrorizava. No sábado de manhã, ele mesmo telefonara para a esposa de Mourad explicando que seu marido precisava participar de uma proteção especial, que não tinha perigo e que isso não se tornaria um hábito. Onde encontraria forças para encarar os olhos dessa mulher e de seus dois filhos?

Mussot deve ter sentido sua agitação interna, pois lhe pediu que falasse sobre a morte de Mourad. O tom sensível ao pronunciar seu nome o acalmou um pouco. Parecia comovida.

Ele adotou um registro impessoal.

— O legista acha que Mourad Kerriou morreu por volta das 22 horas. Um golpe de punhal no coração, um só, muito violento. O local foi revirado, mas, segundo o locatário, Paul Mesure, nada foi levado.

— Um profissional como Mourad não se defendeu? Ele foi drogado?

— Estava assistindo ao jogo de futebol, a porta estava aberta, o jornalista ficava indo e voltando de um apartamento do quarto andar.

Sarfaty tirou do bolso um bloco de notas e acrescentou:

— Paul Mesure estava trabalhando na casa de uma vizinha, Sonia Boudaoui. Segundo ele, um artigo urgente que tinha de entregar.

Omitiu a informação de que o jornalista investigava o *lelivredelislam.com* e que elementos de prova tinham sido retirados da PJ. Se mencionasse esse fato, ela faria uma cara horrorizada. Nunca se exaltava de forma ruidosa, mas sua fúria fria era mais preocupante. Seu rosto se encrespava com rugas profundas que davam medo de ver. Sua voz ficava quase inaudível, e no entanto esse filete de voz era o bastante para humilhar o interlocutor com o desprezo que continha. Deu um ligeiro sorriso ao pensar nisso. Ela percebeu, enganou-se quanto ao motivo do sorriso e o observou com desconfiança.

— Como esse jornalista poderia pensar em colocar o artigo antes da segurança quando, dois dias antes, um duplo homicídio, de uma rara selvageria, tinha acontecido no edifício? E o inspetor de guarda assistindo TV! Deixando a porta aberta! Diga que é brincadeira!

— Ninguém podia imaginar que esses homicídios teriam uma sequência. Tive a intuição de que Paul Mesure era o alvo, mas nada de concreto sustentava isso. Meus homens não acreditaram o suficiente para se prevenir.

Ela fez uma careta indecisa.

— Se o senhor fosse mais presente, teriam mais confiança. Sua equipe entenderia melhor sua forma de trabalhar. É verdade que ainda não há suspeitos?

Logo iria invocar a obrigação de resultados. Mas ele nunca imitaria seus colegas, que fabricavam suspeitos tirando-os do arquivo de reincidentes ou dos islâmicos procurados em outros países.

— Este crime é profissional... Assim como a revista que fizeram no apartamento... Isso vai demorar. Seria preciso...

— Vocês não são profissionais?

De repente sentiu uma grande lassidão ante essa conversa tão caricatural. A banalidade das reprimendas o desconcertava. De que adiantava se esforçar por uma chefe tão obtusa? Por que não encontrava frases que pudessem obter uma semana de prazo, sem informes de serviço nem reuniões? Será que seu relógio biológico estava evitando o obstáculo? Em alguns dias faria dez anos que estava na PJ e nunca tinha ficado numa função além desses fatídicos dez anos. Mas precisava aguentar. Tinha uma dívida com Sanhadja, a esposa de Mourad.

Meu Deus, onde estava com a cabeça quando criticou o espírito vingativo de seus colegas, quando um policial da narcóticos foi morto no ano passado? Ao denunciar esse estado de espírito, tinha transformado em inimiga toda a PJ.

A diretora lhe deu uma cotovelada. Com o cansaço, tinha quase esquecido a presença dela.

— Mostre-me as fotos da cena do crime! — disse ela, de repente.

Poderia ter acusado a lentidão da sua própria administração, letárgica no fim de semana. Mas era culpa sua, ele tinha esquecido.

— Ficaram na zeladoria do edifício.

Como se tivesse sido picada por uma vespa, ela deu um pulo no sofá. Levantou-se, deu três passos em direção à janela e voltou-se para ele, medindo-o de cima a baixo. Usava sapatos adaptados que a deixavam mais alta uns bons 10 centímetros.

— O senhor está pensando que é um caso como os outros, que é rotina — balbuciou em tom glacial.

Ele não respondeu.

— Nesse novo homicídio, houve um erro grave da sua parte e uma espécie de impotência de todo o seu pessoal. Quero que o senhor peça o que for, lembrando-se do axioma de um ilustre predecessor: "Todo contato deixa marcas."

Ele não estava acreditando no que ouvia. Quando ela mencionou a cooperação de todos os departamentos, quando ele entendeu que o caso de Mourad se tornara tão prioritário que várias centenas de policiais e técnicos deveriam dedicar toda a energia a ele, teve vontade de tomá-la nos braços.

O assassino vivia seus últimos dias de liberdade.

— Suas ordens serão seguidas à risca, senhora diretora.

20

— Espere, ainda não é tudo — prosseguiu Julienne Mussot. — Gostaria de ter algumas explicações sobre a parte anterior deste caso, o homicídio dos zeladores.

O policial não ia sair dessa assim tão fácil; ela estava assumindo um risco ao não puni-lo. Afinal, se tivesse respeitado o procedimento, o inspetor Kerriou ainda estaria vivo. A PJ toda devia sentir que o assassinato de um inspetor era prioritário, mas não a qualquer preço.

— O que a senhora quer saber?

— Creio ter entendido que o senhor andou descartando pistas interessantes, como aquela do *lelivredelislam.com*, ou os versículos corânicos deixados como assinatura.

Ela sentiu que havia tocado num ponto sensível. Soubera por acaso da existência dessas pistas.

— Por onde devo começar?

— Os versículos corânicos.

— Para dizer a verdade, eles não foram deixados pelos assassinos. Infelizmente, o caso chegou aos ouvidos de um locatário, que falou com um jornalista cujo jornal fez um escarcéu. Note que ele foi o único, pois todo o resto da imprensa entendeu que esse aspecto estava completamente desconectado do assassinato.

Para ele era fácil. Afinal, não era para ele que o ministro ligava toda vez que um artigo questionava a PJ.

— Não estou pedindo que o senhor analise a reação da imprensa, e sim que me explique concretamente do que se trata.

Viu que ele estava prestes a explodir, mas não estava preocupada com isso. Se ele ousasse criticá-la, voltaria atrás em sua promessa. Tinha sido calculadamente conciliadora no início. Esse sujeito já a tratava com arrogância há muito tempo. Ela não valia menos que ele, muito pelo contrário. Quem pensava que era? Achava-se mais competente porque era homem?

— O envelope estava no chão, alguém o enfiou por baixo da porta. Mas a carta era endereçada a uma locatária do edifício, a Sra. Sonia Boudaoui.

— Era uma carta ou os versículos corânicos?

— Um versículo corânico em árabe, numa folha branca, sem qualquer outra indicação. O versículo dizia: *"Falama taqtulhum wa läkinna-Illäha qatalahum"*, *"Vós não os aniquilastes; foi Alá quem os aniquilou."**

Ela não pôde deixar de sorrir. Gostava que seus subordinados dominassem línguas estrangeiras. Cinco anos antes, no caso do "Exército dos Justos", quando ainda pertencia à Brigada Antiterrorista, Sarfaty havia localizado um membro desse grupinho minúsculo jihadista graças ao versículo do Alcorão que utilizavam como assinatura. Sua prisão permitiu desmantelar a organização, responsável pela morte de sete pessoas no metrô. Os terroristas tinham envenenado o sistema de ventilação de uma estação. Em seu esconderijo foram encontrados os mapas das tubulações de dez outras estações, bem como de importantes reservas de gás. O caso foi muito noticiado e consagrou seu nome e o de Sarfaty nos meios de comunicação. Único efeito perverso: o presidente da República sabia agora quem era o comissário Sarfaty, e o Palácio do Governo às vezes o chamava diretamente.

— Desta vez, não precisamos de tradutor. A casa está equipada. Estou ouvindo suas explicações.

---

*Alcorão, 8, 17.

— Segundo a Tradição muçulmana, essas linhas fazem alusão à primeira batalha vencida pelo Profeta Maomé. É a batalha de Badr, um grupo de poços a um dia de caminhada da cidade de Medina, onde ele encontrou adeptos. Os homens do Profeta eram 350 combatentes; seus inimigos, de Meca, um milhar. Os mecanos, porém, foram derrotados e perderam uma enorme quantidade de homens. Em si, tratava-se de uma pequena escaramuça sem importância, como havia com frequência na Arábia. Mas, na Tradição muçulmana, esta batalha de Badr é contada como uma grandiosa epopeia e recebe o nome de Dia Decisivo.

Ela adorava os relatos de batalha e as questões de estratégia com as quais seu avô a ninava quando criança.

— Como os medinenses conseguiram bater os mecanos, um inimigo três vezes superior em número? É uma lenda?

— A senhora sabe o que Hegel diz sobre o gênio? — Sarfaty perguntou.

— Qual é a relação?

Por que ele sempre precisava exibir sua cultura? Ela era normalista e professora de história e geografia. Também havia lido Hegel nas aulas preparatórias.

— *O gênio é o homem mais endividado do mundo.* Maomé imitou muito seus vizinhos persas e bizantinos, em todos os campos. Ao que parece, ele teria introduzido na Arábia a forma greco-romana de combater. Uma arte da guerra racional, com as primeiras fileiras cerradas, como os legionários romanos, e os arqueiros atrás, cobrindo-os e dizimando os adversários com suas flechas. Antes dele, os árabes lutavam desordenadamente, sem plano, cada um por si. Mas a Tradição muçulmana é mais poética; ela conta que o Profeta soltou uma maldição sobre seus inimigos: as nuvens e as montanhas tremiam sob o galope dos exércitos enviados por Deus em auxílio do seu Apóstolo. Daí o versículo: *Vós não os aniquilastes; foi Alá quem os aniquilou.*

Apesar da irritação, ela o deixou falar. O conhecimento do islã tornara-se indispensável nas altas esferas do Estado. Ele quis citar outra passagem do

Alcorão que indicava aos muçulmanos como combater, na qual se baseava a sua hipótese.* Mas ela voltou ao sentido do versículo apresentado.

— Seria preciso interrogar a destinatária, Sonia Boudaoui. Ou o remetente. A frase pode querer dizer muitas coisas. A força dos textos religiosos está no fato de que se adaptam a todas as situações.

— Explique melhor.

— Se a intenção do remetente for ameaçadora, ele pode significar: Deus sabe tudo; não há refúgio além de Deus; ninguém escapa à vingança divina etc. Se for amigável, poderia ser uma forma de tirar a culpa de alguém, ou de se justificar diante de uma acusação. O versículo também pode ser uma maneira de anunciar uma grande vitória.

— E o que a Sra. Boudaoui diz?

— Diz que não reconhece a escrita e que não sabe por que lhe enviaram esse texto. Acha que é uma brincadeira. Temos as impressões e uma cópia da grafia, o laboratório verá.

— Acha que ela está dizendo a verdade?

— Não sei de nada, mas pouco importa. Essa carta não tem nada a ver com os homicídios.

— Bem... passemos adiante... Há também a pista do *lelivredelislam.com*. O senhor a descartou? Mas era uma pista de ouro!

Por que ele ficava amuado? Ela estava contente de conversar com ele sobre um caso, mas ele, aparentemente, não. Queria que houvesse mais cumplicidade entre ambos. Um gesto de sua parte poderia mudar tudo, mas ele nunca tinha feito esse gesto. Desde que se afastara da Brigada Antiterrorista, estava mais distante do que nunca.

— É simples. Eu conheço pessoalmente esse editor. Ele atua como meu informante nos meios islâmicos. É libanês, mas, a senhora vai rir, um libanês cristão, um maronita. Ao chegar à França, fugindo da guerra civil em seu país, encontrou esse filão de publicar fascículos sobre os profetas e sobre questões religiosas, a prece, a jihad, a sexualidade, a educação etc.

*Alcorão, 61, 4: "Deus aprecia aqueles que combatem em fileiras por Sua causa, como se fossem uma sólida muralha."

Depois, com a evolução tecnológica, passou a fazer fitas cassete e CDs. Seu comércio vai muito bem, mas se descobrirem que ele é cristão, vai à falência. Eu preciso dele porque me informa da temperatura religiosa, tem contato com muitas livrarias e associações muçulmanas. O *Tabligh*,* por exemplo, aprecia muito essas obras.

Apesar da irritação que sentia, ela novamente sorriu com a explicação. Agora ria exageradamente. Somente Sarfaty para ter amigos assim! Os outros comissário frequentavam as putas ou a malandragem; este, os editores religiosos! Ela enxugou uma lágrima e retomou a seriedade.

— A troco de que ele trabalha para o senhor?

— Eu anulo algumas multas, obtenho vistos para sua família. É um velho amigo. Temos os mesmos gostos. Trocamos livros. Aliás, tomo a liberdade de lhe dizer que ele foi ameaçado de morte recentemente. Levei ao laboratório a ameaça que ele recebeu.

Ela memorizou o nome de Hankache, pensando que uma pequena e discreta investigação poderia se revelar útil.

— Isso não o dispensa de interrogá-lo sobre os seus horários. Quero ler o depoimento dele esta semana — disse, indicando que estava terminando a conversa.

*Movimento de pregação, cuja sede fica no Paquistão, muito dinâmico na França.

21

De volta ao escritório, o comissário encontrou os inspetores Bessaih e Albertina dormindo em suas mesas, com todos os telefones desligados. Numa época normal, ele os teria poupado, afinal era domingo. Mas o vazamento sobre o *lelivredelislam.com* o deixara furioso.

Acordou-os bruscamente. De olhos inchados, os inspetores tinham uma aparência tão ruim quanto a sua. Seus rostos interrogativos esperavam um relatório da reunião com a "chefe", mas ele se absteve de atender a essa expectativa. Não disse qualquer coisa sobre a traição deles. Queria que lembrassem quem era o chefe.

— Quero a cópia dos depoimentos dos moradores do edifício Boulainvilliers e de toda a vizinhança para ontem. Quero um relatório de quinze em quinze minutos da equipe de ronda no quarteirão. Quero as fotos da cena do crime e um vídeo panorâmico. Quero todos os vestígios do local analisados fibra por fibra, pelo por pelo, partícula por partícula. Quero a autópsia do legista e uma análise minuciosa do ferimento, que me diga o formato e a marca da faca, se o assassino era canhoto ou destro. Quero as fichas e as contas bancárias de Paul Mesure e Sonia Boudaoui, assim como toda a sua vida pregressa detalhada, com suas últimas viagens ao exterior e interrogatório de todas as suas relações. Quero também esses dois idiotas, que a partir de agora são suspeitos, em meu gabinete. Tudo para amanhã de manhã. Apoio total da direção e de todos os departamentos. Avisem ao resto do grupo. Mãos à obra.

Eles o olharam com olhos arregalados.

O comissário os acostumara a mais cumplicidade nas relações hierárquicas. Seus berros eram famosos, mas sempre os compensava com uma grande generosidade. Suas ordens não tinham em si nada de originais, eram o procedimento normal para uma investigação, mas o prazo era simplesmente impossível. Com muitos recursos, era coisa para uma semana de trabalho. Claro, um inspetor como eles fora assassinado, e o apoio incondicional da direção permitia pensar em milagres. Mas, por isso, precisava infernizar suas vidas?

Saíram da sala sem dizer nada.

A traição consumia Sarfaty como uma ferida infeccionada. Essa ferida precisava ser cauterizada com cuidado. Talvez fosse melhor não se exaltar e tentar reconquistar a confiança deles. Mas se recusava a pensar nisso.

Depois que seus subordinados saíram, pendurou um letreiro na porta.

PP*

Não incomodar

Na mansarda que partilhava com dois de seus homens, ele se sentou à mesa e remexeu nas gavetas. Procurava uma garrafa de bebida ou, quem sabe, um entorpecente para se acalmar. Sabia que o inspetor Albertina mantinha um pouco de resina de erva entre suas coisas. Esta droga, que era fumada, tinha a vantagem de ser totalmente inodora. Mas não encontrou nada. Restava a leitura.

O escritório era muito pequeno para comportar uma biblioteca, mas ele tinha adquirido o hábito de trazer livros e deixá-los para os dias difíceis.

*Prisão preventiva.

Por experiência, sabia que a morte era mais bem suportada com devaneios fantásticos sobre a vida do outro lado. Os livros sagrados das grandes religiões possuíam um poder tranquilizador considerável. Um mito vale mais que o vazio.

Na primeira gaveta, encontrou o *Tao Te King*, uma antologia taoista, e a *Bhagavad-Gita*, que não lhe pareceram adequados. Hesitou um pouco em relação a uma edição egípcia em formato grande do *Livro dos mortos*, que se encontrava na gaveta seguinte. Afinal, foram eles, os egípcios, que inventaram a noção de Juízo Final bem antes de judeus e cristãos. Mas seu ritual era muito formalista: entre as provações, o defunto precisava invocar, pelo nome secreto, 42 deuses infernais. Se o morto se enganasse, seria imediatamente devorado.

Na mesma gaveta havia uma tradução de *Bardot Thödel*, o livro dos mortos tibetano. Sua concepção tinha muito mais sutileza, pois os tibetanos imaginavam que o morto caminhava durante 49 dias por mundos intermediários, onde era confrontado com divindades alternadamente pacíficas e maléficas. Mas esses deuses não tinham existência fora de sua consciência, só faziam personificar seu universo mental, seus sentimentos e suas tentações mais secretas. Era muito engenhoso, pois, afinal, o moribundo só tinha que lutar contra os seus próprios demônios; nenhum poder externo decidia a sua sorte.

Criado no islã, fiel não praticante, Mourad não apreciaria que se lesse outra coisa que não uma página do livro de sua religião. Em geral, lia-se a surata 36, *Yâsîn*, à cabeceira dos agonizantes. Uma bela surata, "o coração do Alcorão", segundo os sufis. Só que Mourad já estava morto, aguardando seu Julgamento.

Sarfaty se contentou, então, com uma antologia de Roumi, o grande poeta sufi. Começou a ler um poema sobre a morte, em voz baixa, depois adormeceu sobre a obra.

Na sua cabeça, os versos se entrelaçavam e giravam como numa anamorfose:

Um punhado de pó diz: "Eu era os cabelos".

Um outro punhado diz: "Eu era os ossos".

Um punhado diz: "Eu era velho".

Um outro punhado diz: "Eu era jovem".

Um outro punhado de pó te dirá: "Alto lá, eu era alguém, que foi também filho de alguém". Estás aturdido e, de repente, chega o Amor

Que te diz: "Aproxima-te, sou Eu o Ser eterno."

22

Oh, sentinela, desconfia: não convém que a sentinela durma

Três horas depois de receber as ordens de Sarfaty, suando, o inspetor Bessaih estava de volta ao escritório, seguido por um técnico da IJ que trazia vários arquivos. A Identidade Judiciária ficava ao lado da Polícia Judiciária, no mesmo perímetro da Île de la Cité, assim como o Palácio da Justiça e a Prefeitura.

Acordado de supetão, Sarfaty escondeu o texto de Rumi debaixo de uma pasta, mas o gesto não escapou aos subordinados. Para disfarçar o constrangimento, começou imediatamente a examinar as fotos da cena do crime. Ignorando o técnico, dirigia-se a Madjid Bessaih:

— Curiosa esta janela aberta em pleno inverno. Mourad era friorento, não? Você perguntou aos agentes se estava aberta quando eles chegaram?

— Sim, chefe. Estava aberta quando chegaram. Mas não havia impressões digitais nos vidros. Também mandei examinar o telhado, e nada. Difícil dizer por onde vieram.

Sarfaty pensava que Bessaih era o responsável pelo vazamento. Seu fatalismo o enervava.

— Mande desmontar essa janela, para entregá-la ao laboratório! Que eles usem toda a tecnologia, a fumigação, o laser de argônio, todos os meios. Que raspem também o pó na face interna dos vidros; com um pouco de sorte, algum produto terá se depositado ali e saberemos por que estava aberta. A necropsia?

O maxilar do subordinado ficou tenso. Ele não suportava bem a agressividade de que estava sendo alvo.

— A lâmina foi movimentada na ferida várias vezes após o golpe. É impossível determinar sua forma. Mas o ferimento é muito profundo; o médico disse que a lâmina mede pelo menos 30 centímetros. O assassino é destro e, tendo em vista a força do golpe, vigoroso, grande e robusto, pois é preciso uma senhora mão para usar uma lâmina tão longa. Ele também disse que a junta de proteção da arma deve ser lavrada, pois a violência do golpe deixou um hematoma, como um desenho em cruz sobre a pele. Mas está muito incompleto para ser decifrado — disse Madjid estendendo o desenho para o comissário.

Este último observou o esquema reproduzido. Um entrelaçado de serpentinas ou de videiras cortadas. Motivos desse gênero existiam em todas as culturas, da bizantina ao neoclassicismo contemporâneo. Sua identificação não ia ser fácil. Mesmo assim, enfiou o desenho no bolso.

— Bem, em relação ao assassino, estamos progredindo. Sua descrição é quase um retrato falado. Quanto à faca, punhais lavrados não são comuns. Mande compararem esse desenho com a base de dados das grandes marcas de cutelaria. Consulte também um traumatologista especializado em ferimentos de arma branca e faça-o se debruçar sobre os assassinatos à procura de um vínculo. E os resultados da investigação na vizinhança?

— Entre 20h30 e 22 horas, o gerente do bar viu passar quatro boêmios, homens, de uns 50 anos, filipinos meio bêbados; dois casais de adolescentes; um encanador; os habitantes do edifício e os vizinhos, que voltavam para casa, a maioria para assistir ao jogo.

— Um encanador? Estranho naquela hora, não? — perguntou Sarfaty.

— Em bairros populares como esse, muitos trabalham por fora, além do trabalho oficial. Fazem horas extras.

— Quero o retrato falado dele e o máximo possível de informações antropométricas: raça, idade, tamanho, corpulência etc. Se corresponder a um grandalhão, você vai mais fundo. Se for preciso, chame a Identidade Judiciária para ter reforços. E os dossiês de Paul Mesure e Sonia Boudaoui?

— O jornalista esteve em Mali há dois meses. Foi sua última viagem. A passagem foi paga pela revista *Géo*. Quanto à moça, ela esteve na Argélia no último verão. Tem família em Argel. Nenhum movimento bancário suspeito. Mesure está no negativo, parece ser crônico. Ela, tudo bem, tem economias.

— Bem, vai ser preciso interrogar suas relações. Quero saber tudo sobre eles. Para quando você os intimou?

O rosto de Madjid Bessaih mostrou-se inquieto. Sarfaty ficou impaciente.

— Para quando?

— Desapareceram ontem à noite após o depoimento — disse. — Deixaram um bilhete... dizendo que precisavam espairecer depois de todos esses assassinatos, que entrariam em contato assim que estivessem em lugar seguro. Besteira.

E estendeu o bilhete.

— Mas são *suspeitos*! — berrou Sarfaty, fora de si, jogando o bilhete no chão.

— Fique calmo, vou procurá-los intensamente, já divulguei as descrições físicas deles por toda parte. Os telefones celulares de ambos estão sob vigilância — disse o inspetor, apanhando o bilhete.

Bessaih estava arrasado e isso não incomodava o comissário Sarfaty. Sua raiva era real, mas não se direcionava a ninguém. No entanto, sentia prazer em exercitá-la contra o subordinado.

23

Nesse mesmo domingo de manhã, algumas horas antes, o aeroporto de Roissy estava calmo graças à hora, mas também porque era o meio das férias escolares de fevereiro.

Um avião chegara de Londres e havia poucos funcionários verificando as bagagens dos passageiros. Foi para se beneficiar desse relaxamento da polícia francesa das fronteiras que Benazir Gurasi fez um desvio pela capital inglesa, embora tivesse embarcado com sua equipe em Karachi. Transportava consigo um enxoval de alta tecnologia que teria alarmado até o fiscal aduaneiro mais negligente.

Eram 7 horas, ela se sentia em plena forma e até ligeiramente eufórica. O agente de fronteira abriu-lhe um grande sorriso sedutor ao devolver seu passaporte diplomático e isso a deixou de bom humor. Viajando com sua verdadeira identidade, assumia um risco considerável; mas se queria negociar com os serviços franceses, esta concessão à legalidade era indispensável. Fez um sinal discreto para os dois companheiros de equipe que viajavam ao seu lado e acelerou o passo para ser uma das primeiras pessoas a conseguir um táxi.

Seus saltos crepitavam no solo, o tecido do jeans se roçava a cada passada, seus braceletes tilintavam nos pulsos e a pequena mala de rodinhas seguia essa correria aos solavancos. Ela mesma estava admirada com a própria empolgação. O que havia de divertido em agir sob a pressão de uma ameaça econômica? E obedecer a um general que não se sabia se era um grande homem ou um criminoso monstruoso? Se, além do mais, esse indivíduo ambíguo era seu pai, não havia por que se alegrar! Sim, mas já fazia mais de cinco anos que não participava de uma missão, e estava em Paris! A cidade das artes e das letras! Uma metrópole cujos costureiros continuavam inigualáveis! Seu pai fora generoso em verbas de representação e ela pretendia se regalar nas compras.

Olhou sua silhueta na vitrine de uma loja e se achou elegante, apesar da dificuldade que tinha de gostar de si mesma. Era volumosa, com formas muito agressivas. O caráter ridículo desse complexo não lhe escapava, e isso influía na sua postura, ainda que contra a sua vontade. Que postura adotar? Bem ereta, com as costas arqueadas e os seios para a frente? Tinha pavor de parecer uma *playmate*! Mas não iria se curvar para esconder os seios! Encontrar um equilíbrio entre a discrição e a exibição era um problema insolúvel. Ou não ligava, e os homens a seguiam com o olhar, ou se retraía e tinha a impressão de não existir.

Hoje, toda as suas roupas eram da grife Max Mara, os jeans, o suéter de caxemira, o casaco e a estola. Esperava oferecer o espetáculo de uma *executive woman* que iria manter reuniões profissionais o dia todo. A imagem trouxe um sorriso aos seus lábios, pois nessa manhã iria mesmo encadear os encontros, só que sua primeira reunião seria com um amante que planejava surpreender saindo da cama.

Cruzou com um grupo de paquistaneses rindo espalhafatosamente em punjabi. Ela ficou surpresa com sua indiferença. Era como se eles a ignorassem. Depois, entendeu. Na capital francesa, ninguém vira sua foto nos jornais, enquanto em Londres nenhum membro da comunidade paquistanesa ignorava sua identidade. A temporada nas prisões indianas, o processo ruidoso, sua troca por agentes indianos e sua demissão lhe haviam conferido uma notoriedade digna de atriz indiana. Agora, na Grã-Bretanha, a comunidade seguia todos os seus feitos e gestos. Por não ser casada, era considerada uma ave rara pela diáspora, cuja curiosidade insaciável a fazia evitar os bairros mais frequentados pelos paquistaneses. Nem falemos de se exibir com um amante, isso estava fora de questão; suas luas de mel sempre se desenrolavam fora de Londres. Afinal de contas, ela podia agradecer ao pai. Essa estadia em Paris representava algumas semanas de liberdade absoluta, uma licença com que todas as paquistanesas independentes sonhavam.

Sim, mas ainda era preciso evitar os cadáveres, o que nunca é fácil numa missão, quando a violência é sempre o instrumento mais persuasivo. Quase sempre evitou abater civis, nunca aceitou um único abuso de sua equipe e pretendia manter essa linha de conduta. Se pudesse evitar qualquer morte, esta missão seria muito agradável. Mas se tivesse novamente que ser responsável por uma matança, não se conformaria. Não acreditava mais no jihad militar, e a perspectiva de matar um inocente a deixava fisicamente doente.

Sua passagem pelas prisões indianas lhe permitiu refletir sobre todas essas questões, como nunca antes tivera oportunidade. Observou muito a sociedade em miniatura que se forma numa penitenciária, devorou muitos livros e compreendeu dois ou três princípios essenciais.

Não está demonstrado que a violência seja o meio mais eficaz para se restabelecer a dignidade dos explorados, o que era o único objetivo do socialismo islâmico a que seu coração aderia sem pertencer a nenhuma organização. Por meio da *ahimsa* (não violência), Gandhi libertou a Índia dos ingleses e forjou as bases de um país bem mais próspero hoje que o Paquistão. Ao contrário, todos os movimentos revolucionários belicistas que o dominaram, do bolchevismo aos talibãs, viram sua ação violenta se voltar contra a população. Isso não foi acidental. Quando se tem desprezo pela vida, quando se assume um direito divino sobre a existência humana, a sua e a dos outros, mais frequentemente a dos outros que a sua, aliás, qualquer recuo é impossível. *Iblis* (o diabo) assume o controle da sua alma e o exercício do poder é acompanhado por uma insensibilidade bestial ao sofrimento dos outros. O Alcorão não dizia que *matar um homem é atentar contra toda a humanidade?*

Foi devido a essa questão que ela se distanciou do pai e pediu demissão estrondosamente da Agência após sua libertação, em janeiro de 2000. O pai bem que tentou exaltar a visão geopolítica do fundamentalismo muçulmano, mas já fazia um bom tempo que as torpezas de seus partidários a haviam afastado dessa doutrina.

Jovem oficial, ela acreditara no discurso revolucionário da *Jamâ'a al-Islamiyya* e até na legitimidade da *Charia* para reconstituir o país. Mais que o pai, que na época só jurava pelos EUA. Mas ao ver o que o general Zia e sua cambada tinham feito do Paquistão, ela progressivamente foi caindo na realidade. Na prisão, também descobriu pensadores muçulmanos mais generosos e menos guerreiros, como o poeta paquistanês Iqbal. Se o fundamentalismo tivesse razão, o Paquistão deveria ser hoje um país próspero e civilizado como a Grã-Bretanha.

24

O motorista do táxi era um fundamentalista musculoso, com uma longa barba de profeta cheia de *hena*, os olhos escurecidos com *khol* e uma bela *galabiya* branca. Por tomar Benazir por uma infiel, estava sendo arrogante e desagradável. Ela o colocou em seu lugar ao perguntar em árabe se ele tingia a barba para obedecer a uma suna do Profeta, que impunha aos muçulmanos que se distinguissem dos outros devotos pela tintura. O homem confirmou, feliz por ela ter percebido esse detalhe, e se desmanchou em desculpas. O resto do trajeto foi perfeito; ela pôde até mesmo ouvir a Rádio França Internacional como tinha pedido.

Um pouco de cultura religiosa sempre causava um certo efeito com os muçulmanos. Ela não conhecia mais que dez sunas, e não muito mais que isso de versículos corânicos, mas, bem colocadas, essas frases sagradas iluminavam uma conversa. Evitavam longos discursos, sufocavam as críticas e conciliavam os corações.

Em Paris, como sua pele era muito escura, quase negra, de uma tonalidade azulada, sempre a tomavam por uma indiana politeísta. Como se o Paquistão não tivesse 50 anos; como se todos os asiáticos fossem hinduístas.

Na Grã-Bretanha, os *pakos* estavam por toda parte e era diferente. Escritores e cineastas tinham colocado a cultura paquistanesa na moda. Naturalmente, os ingleses esqueceram que, outrora, colonizaram essa terra e executaram os rebeldes. Pensavam que sua língua materna era o urdu, não diferenciavam os paquistaneses de origem dos muçulmanos chegados após a divisão da Índia, identificavam o país com Bengala, que fez a secessão em 1971. Mas, enfim, sabiam situar o Paquistão num mapa e não confundiam os mongóis com os mogóis.

Ainda no carro, telefonou para Mohammed Ali Khan e marcou um encontro. Por sua voz hostil, ela entendeu que seu pai já havia explicado a ele o objetivo da sua vinda. Era previsível. Sua família punjabi tinha grande importância na ISI e no Exército. Mas isso não a preocupava. Já havia preparado tudo. Saberia convencê-lo a cooperar.

O táxi andava pela Rue d'Assas. Ela reconheceu o edifício moderno e pediu ao motorista que parasse.

25

Carregando uma grande sacola de jornais, um jovem bem moreno estava entrando no edifício com seu passe. Benazir entrou atrás dele. Enquanto ele distribuía dois ou três jornais nas caixas de correspondência, ela viu que fora instalada uma fechadura no elevador. Agitando suas pulseiras, cantarolou uma antiga canção nostálgica em urdu e o jovem se voltou subitamente. Era um paquistanês; já tinha notado que em Paris seus compatriotas eram numerosos entre os entregadores de jornais. Pediu-lhe para usar seu passe para chamar o elevador sob o pretexto de fazer uma surpresa a uma amiga. Ele concordou sem questionar.

Só no andar, com a mão encostando na campainha, teve medo de uma decepção dolorosa. Se Pierre-Yves estivesse com uma mulher, o que era bem possível num domingo de manhã, ela queria saber. Ele a fizera sofrer muito quando seu *affair* estava no auge.

E pensar que ela achava que todos os ocidentais eram feministas! Foi preciso topar com um pervertido que não conseguia deixar de explorar toda e qualquer saia que passasse pela frente. Na primeira vez que o surpreendeu na cama com uma amiga sua, exigiu uma explicação; era doentio, ele era incapaz de agir de outra forma.

Não tinha sorte no amor. Jamais tivera uma relação simples com um homem. Às vezes lamentava o seu corpo cheio, seus quadris e nádegas muito redondos, seus seios pesados. Todos esses atrativos deixavam os homens dependentes, mas aquilo não durava muito e seus encantos não convidavam ao romantismo, nem à fidelidade. Se fosse mais esguia, mais próxima aos cânones ocidentais, quem sabe teria sido mais amada?

Abriu a maleta e tirou uma bolsa esportiva cheia de material de alta precisão. Era um estojo profissional dado por seu pai. Com esses apetrechos, ela podia efetuar várias operações complexas de informação ou incursão fora do alcance dos meros mortais. Todos esses instrumentos eram americanos e de exportação proibida, mas o material que os compunha permitia que ela atravessasse sem dificuldades os raios X das portas de controle.

Pegou o detector EAR-3000, aplicou a ventosa contra a porta e colocou os fones nos ouvidos. Era uma tecnologia *heart beat detector*, que revelava até batimentos de coração através dos obstáculos. Podia ser acoplado a um detector a distância de armas de fogo. Após alguns instantes, ouviu um sinal sonoro binário que codificava o resultado. Duas entidades biofísicas se encontravam no apartamento.

As lágrimas lhe vieram aos olhos. Por que tinha sempre que se desapontar? Pierre-Yves não tinha cachorro e, num domingo de manhã, a uma hora dessas, não podia ser sua mãe!

Com raiva, chutou a parede e machucou o pé. Saltitou, mordendo os lábios. Que canalha! Que canalha! Ele a fazia pagar por seu silêncio. Fechou os olhos e inspirou bem fundo.

Depois, retocou a maquiagem, esforçando-se para sorrir.

Contente com a própria fachada, ligou para ele do celular.

O telefone tocou por bastante tempo.

— Benazir! *Saalam aleikum*. É você, minha querida! Há semanas que não tenho notícias suas. Onde você está ?

Sua voz estava rouca. Não devia ter dormido muito.

— *Aleikum saalam*. Ouça, Pierre-Yves, espero ir a Paris dentro de alguns dias, você pode me hospedar?

— Mas é claro, você sabe que será um prazer. Nem entendo por que estaria preocupada com isso.

— Você não tem ninguém?

Por razões de segurança ligadas à missão, ela trocara o número do telefone e não avisara ninguém da viagem ao Paquistão. Foi o bastante para que Pierre-Yves a substituísse. Teria sido a primeira a aceitar, se ele fosse honesto com ela. Sua vida dupla não lhe permitia ser uma amante perfeita.

— Estou num deserto, querida. O deserto do Cholistan. Estou esperando você como o viajante espera um oásis.

— Em que você está trabalhando no momento?

Ela o deixou contar seu último colóquio de arabistas, depois tocou a campainha saboreando antecipadamente o embaraço do amante.

26

Com um pijama mal abotoado e um celular no ouvido, um homem alto e magro abriu a porta. Pierre-Yves em pessoa. Usava óculos redondos, tinha um rosto comprido e um corte de cabelo arredondado como os Beatles no início. Benazir, que fizera todos os seus estudos em Londres, às vezes se perguntava se a semelhança dele com John Lennon não tinha algo a ver com a atração que sentia.

A estupefação estava estampada no rosto dele.

— Pensei que você viria daqui a uma semana.

Enquanto ela tentava beijá-lo, Pierre-Yves a evitava. Seu olfato era muito acurado e ele sabia. Mas, na segunda tentativa, conseguiu encostar os lábios no seu pescoço. Ele cheirava a sono, mas também a mulher e a sinais de amor. Apesar dos óculos, ela já tinha notado em seus olhos o olhar saciado de um animal satisfeito. Havia uma mulher no apartamento. Ela sentiu uma dor no peito, mas não podia se entregar a ela. Estava em missão. Ele ia pagar por isso. Entretanto, precisava dele.

Pierre-Yves parecia não ter pressa em convidá-la para entrar, mas ela o empurrou com firmeza pelo corredor atulhado de pilhas de livros, puxando secamente a alça da mala de rodinhas. Com os olhos inquietos, ele a seguiu até a sala. Benazir entrou no aposento cujas paredes eram forradas por uma imensa biblioteca.

Ali havia uma verdadeira fortuna, pois muitas dessas obras eram raríssimas ou encadernadas em couro e douradas em ouro fino. Sem a renda proveniente de seus pais, Pierre-Yves nunca conseguiria reunir uma coleção de livros sobre o islã como essa. Toda a literatura do *al-Maghâzi wa l-Siyar* (expedições e gestos do Profeta), do *tafsir* (comentário literal do Alcorão) e do *ta'wil* (comentário alegórico do Alcorão), do *kâlam* (teologia racional) e da *falsafa* (filosofia), sem esquecer a *tasawwuf* (mística) ou o *fiqh* (direito muçulmano), a história e as ciências, estava reunida ali. Os principais pensadores do islã, de Ibn Ishâq a Abdelmadjid Charfi, estavam dispostos nas prateleiras, assim como os trabalhos de todos os grandes orientalistas, de Louis Massignon a Alfred-Louis de Prémare, de Suliman Bachear a Hichem Djaït.

Essa biblioteca também tinha o seu Inferno, nas prateleiras mais inacessíveis: os exegetas modernos, que tinham dado origem aos movimentos extremistas contemporâneos, de seu compatriota Maudûdi ao egípcio Hassan al Banna, o tribuno dos Irmãos Muçulmanos, ou o teórico da Al-Qaeda, o palestino Abdallah Azzam. Todos os iluminados sectários, mais ávidos por poder que por Deus, que interpretavam o Alcorão de forma retrógrada, mas cujo discurso simplista fascinava as multidões, também estavam ali.

O conjunto desses livros seria sufocante não fosse o despojamento da sala marroquina e da pequena varanda virada para oeste que o mantinha iluminado. A mobília se reduzia a dois bancos de madeira vermelha cobertos de almofadas adamascadas e uma mesa redonda com tampo de cobre. Sua coexistência com a biblioteca dava uma fisionomia pitoresca ao lugar.

Agarrando-o pela camisa do pijama, ela varreu o recinto com os olhos para verificar a presença de um casaco feminino ou de uma bolsa. Sobre a mesa baixa havia uma garrafa de bebida pela metade, um copo sujo de batom e um cinzeiro grande cheio de pontas de cigarros mentolados. Pierre-Yves não fumava. Quando viu uma calcinha preta perdida sob a mesa, não se conteve mais.

— Onde está a puta?

— *Habibi*, minha amada, do que você está falando? Não tem ninguém aqui! Eu juro!

— Não jure, eu o conheço bem. É mais forte que você, seu porco no cio!

Com uma expressão indignada, ela ergueu a roupa íntima com a ponta do sapato. Pierre-Yves ficou vermelho como a almofada. Ela fingiu que queria explorar os outros cômodos que se distribuíam ao longo do corredor do apartamento.

— Onde ela está? Responda! Vou botá-la para a rua eu mesma.

Ele não sabia que ela praticava várias artes marciais, mas não ignorava que o seu vigor físico equivalia ao de um homem. Já conhecia bem seus jogos amorosos.

Abrindo os braços, ficou diante da porta. A camisa do pijama se entreabriu. Ele tinha uma pele magnífica, dourada e acetinada. A presença dessa intrusa deixava Benazir fora de si. Se estivesse sozinho, ela o teria devorado.

Ao longe, uma voz feminina chamava Pierre-Yves. Ele voltou a cabeça para o corredor a fim de sugerir que a puta tomasse um banho. Benazir chutou-lhe desajeitadamente as nádegas. Devia ter calçado as botas de esqui para ir encontrar com aquele canalha!

— *Benti*, você não responde às minhas cartas há duas semanas.

Era verdade, mas ele não tinha nem celular nem secretária eletrônica, e quando ela telefonava ele nunca estava. Por que não tinha um celular como todo mundo?

— Que cartas? Seus cartões postais em estilo telegráfico? Você chama aquilo de carta?

Ele cochichou.

— Por favor, Benazir, me dê uma hora e eu a mando embora.

Tentou abraçá-la, mas ela o repeliu sem delicadeza. E aumentou ainda mais o tom de voz.

— É muita humilhação. Estou cheia de trabalho, de polêmicas com religiosos, venho até aqui para encontrar um refúgio de paz e o lugar está ocupado.

— Me dê meia hora — ele pediu.

Parecia sincero.

— Eu tinha que ver o superior da mesquita de Paris às 8 horas; adiei esse encontro para lhe fazer uma surpresa. Deus me castigou.

— Eu lhe peço, minha querida — disse ajoelhando.

Seus olhos estavam fixos no decote do *chemisier* que ela usava. Benazir fechou os dois botões que estavam abertos. Ele não estava fingindo. Esperava despi-la quando a outra partisse. Bem, ele que salivasse então. Não ia conseguir nada.

Por que causava tanto efeito sobre ele, com todas as mulheres que tinha? Porque sua pele era escura como a noite? Porque tinha nádegas que ele achava impudicas? Porque era muçulmana? Ou porque sua ausência a tornava ainda mais desejável? A psicologia masculina a deixava confusa.

Seu tom tornou-se conciliador.

— Vou ao encontro com o superior e volto em uma hora. Não quero encontrá-la aqui.

— Sim, sim — disse ele, como se essa solução lhe salvasse a vida. E lhe entregou um molho de chaves.

Ela deu meia-volta e se dirigiu para a saída, sem dar atenção ao equilíbrio frágil das pilhas de livros ao longo do corredor, que balançavam perigosamente.

No vestíbulo, chamou o elevador. Deixando a porta aberta, descalço, ele a seguiu.

— Quais são as notícias da primeira nação muçulmana? E seu pai, sempre apaixonado pela política?

Ele sempre chamava o seu país assim, pois o Paquistão era o primeiro Estado moderno a ter inscrito o islã na sua Constituição. Ela nunca soube se era de forma irônica ou afetuosa. Quanto ao pai, sabia que Pierre-Yves o considerava um fanático perigoso. Riu disfarçadamente da hipocrisia.

— Não mude de assunto, estou zangada. Venho de Londres para ver você... Que insulto!

— Foi um acidente, *Benti*. Não a verei mais, nunca mais, juro. Diga, como você está?

Ela fez um ar cansado.

— Olha, não há nada de interessante em Londres no momento. As dificuldades econômicas estão ocupando toda a minha energia. As ONGs estão com os orçamentos em queda. Ah, sim, está havendo alguma coisa espantosa nos meios religiosos. Só se fala num testamento do Enviado de Deus, um documento do início do século VII.

— De novo outra falsificação síria...

— Não, esse documento foi testado com carbono 14. Os ingleses estão falando em comprá-lo.

— Não, não acredito!

Ele tinha esquecido a mulher da noite anterior e a discussão. Sua segunda paixão ocupou o lugar. Era também essa paixão que a havia seduzido. Apostou consigo mesma que, em cinco minutos, a ereção dele desapareceria.

Contratado pelo CNRS, Pierre-Yves Delmare era especialista em teologia clássica muçulmana e dominava todas as complicações das ciências corânicas. Para melhor compreendê-las, havia-se convertido ao islã e realizado a peregrinação coletiva a Meca. Falar com ele sobre o islã era uma alegria para uma devota como ela. Apresentado com o rigor ocidental, o islã que ela conhecia de um modo maravilhoso e apologético adquiria uma nova forma. Sua fé se fortalecia, pois com as palavras de Pierre-Yves a religião adquiria uma riqueza vertiginosa. Em um ano de relação conturbada, Benazir aprendera mais sobre certos requintes do islã do que durante toda a sua escolarização, embora esta não tivesse sido econômica em educação religiosa.

Estavam diante do elevador, que já tinha chegado. Ela entrou e virou-lhe as costas. Ele apertou o botão para que o elevador permanecesse no andar.

— Fale mais sobre esse texto — disse.

— Você acha que é possível? — ela perguntou num tom indiferente, sugerindo que o documento era suspeito.

Observou a reação dele pelo espelho do elevador. Seu rosto passava da surpresa à perplexidade, do entusiasmo à indecisão.

— O que esse testamento contém?

Ela fez um ar indiferente.

— Não sei mais nada. É um suposto testamento de Maomé, que se estima ter sido escrito entre 600 e 650 depois de Cristo.

Ela logo se arrependeu da frase, pois o Profeta morrera em 620. Precisava dar mais peso ao documento se quisesse que ele se envolvesse.

— Você trabalha demais — disse ele, enlaçando-a com os dois braços.

Ela se lembrou que já tinham feito amor naquele elevador, no início do relacionamento.

27

Embora não quisesse deixá-lo, ela se desvencilhou rudemente. Se fosse perdoá-lo pela mentira, isso se daria somente depois da pequena síntese que estava aguardando... e de uma punição.

— Responda à minha pergunta, seu porco lascivo. Seja útil, já que é incapaz de domar seus instintos. Esse testamento pode ter consequências para a minha ONG e para o status das mulheres muçulmanas?

Ele entendeu o que ela esperava e começou a desenrolar à sua frente o fio de sua incrível erudição. Sua preleção parecia preparada de antemão, por mais que ela soubesse que era natural para ele.

— Muitos tradicionalistas dizem que Maomé queria escrever um testamento, mas que seus próximos não permitiram. Todos esses testemunhos provêm de seu tio Ibn Abbas, que é considerado um divulgador confiável. Você quer que eu dê uma olhada em Ibn Sa'd ou Wakidi? São os cronistas mais objetivos dos episódios incômodos envolvendo Maomé.

— Veja isso quando eu sair, agora só quero saber se é concebível um documento assim. Conheço essas tradições.

— Você está escondendo alguma coisa...

O rosto de Benazir voltou a ficar colérico; ela saiu do elevador e tentou entrar novamente no apartamento. Ele se escorou com força para impedi-la de passar. Ela lutava como se sua necessidade mais urgente fosse desafiar a desconhecida que tomara seu lugar.

— *Haoula*, meu mel, peça o que quiser.

— É um texto de oitenta páginas escrito em siríaco! Isto é possível, sim ou não? Você pode me ser útil uma vez na vida!

A menção ao siríaco teve efeito. Ele inspirou, como se esse parâmetro desse peso ao documento; depois falou novamente como professor.

— O siríaco, sim. É bem possível. Sabe-se que, entre os secretários de Maomé, alguns aprenderam o siríaco e o hebraico. O próprio Profeta, sem dúvida, falava uma espécie de siro-árabe, uma mistura de árabe e siríaco usada pelos comerciantes do Oriente Médio. Muitos termos corânicos vêm do siríaco: todos os nomes dos profetas bíblicos, o nome *Issa* (Jesus), a palavra surata (*sûrat*), a palavra *hannif* (temente a Deus), a denominação *Rahman* (o Compadecido). Até mesmo a palavra Alcorão (*Qur'na*) vem do siríaco *qeryana*, que significava "leitura" ou "relato", a leitura das Escrituras durante a missa cristã da Síria. E, veja bem, para alguns filólogos, a própria palavra *Allah* vem do siríaco *Allaha*. Antes do islã, não se empregava *Alá* em árabe; dizia-se *Ilâh* para designar a divindade.

— Por que todas essas apropriações?

— O árabe tinha um vocabulário religioso muito primário; foi preciso que Maomé encontrasse essas palavras técnicas em algum lugar. Aliás, honra lhe seja feita, pois para escrever o Alcorão ele teve que criar uma língua totalmente nova.

Ela devorava avidamente todos esses dados históricos, esquecidos ou negados pela Tradição do islã.

— Você já tinha ouvido falar de um texto assim?

Queria ter certeza de que seu pai não estava caindo numa armadilha. Ele tinha muitos inimigos.

— Não, mas isso não quer dizer nada. Todos os arquivos do islã antigo foram perdidos. Os raros documentos que sobreviveram foram reescritos e deformados pelas gerações seguintes, para valorizar a nova religião, uma família, um clã ou um país. A menção a esse testamento pode ter sido suprimida de algumas crônicas.

— Mas tratava-se de uma civilização oral, era bem normal que não houvesse escritos, não é? Por que o Enviado teria redigido um testamento?

— Você está enganada. Oralidade não significa ausência de escritos. É verdade que não havia livros públicos na Arábia medieval. O livro de hoje, que é vendido e circula de mão em mão, não existia. Mas havia livros de uso privado, sumários ou cadernos de notas, como quiser.

Flautas iraquianas começaram a se ouvir no apartamento. A ordinária havia terminado o banho e colocado uma música. Benazir imaginou-a procurando a calcinha pela sala; tomara o cuidado de limpar as solas dos sapatos sobre ela.

— Olha, vamos continuar esta conversa mais tarde? *Ela* pode aparecer. *Ela* vai perguntar o que estamos fazendo diante da porta.

Como resposta, com um gesto lento, Benazir ergueu um dos sapatos de salto agulha.

— O que mais você quer saber? — perguntou ele precipitadamente.

— No tempo do Profeta, o que havia como livros privados?

— Havia literatura judia e cristã em árabe. A Bíblia foi traduzida em siríaco, mas sem dúvida também em árabe. Meca era cheia de estrangeiros judeus ou cristãos; o litoral do Golfo Pérsico, do Kuwait a Oman, era coberto de monastérios onde o Evangelho era lido o dia todo. Uma tradição conta que as mulheres de Maomé, Hafsa e Aïcha, mandaram copiar a História de José e o *Livro de Daniel*. Não imagino as mulheres do Enviado lendo em hebraico, aramaico ou grego; portanto, eram versões em árabe. O islã não nasceu num deserto cultural.

Ouviram-se ruídos no corredor. A puta estava ficando impaciente. Mas Benazir não esperou nem que ela viesse, nem que Pierre-Yves protestasse de novo. Bateu a porta do apartamento.

Ele pensou que ela queria se isolar para abraçá-lo e colou-se ao seu corpo. Ela o esbofeteou. Seu lábio começou a sangrar, mas ele não protestou.

— Então, havia livros. Como saber se esse testamento é verdadeiro?

— Além de uma análise material e estilística do texto, é impossível saber — disse ele, passando a língua nos lábios.

— Segundo o mulá com quem tenho contato, esse escrito foi ditado pelo Profeta. Ele o teria ditado o seu secretário Zaït ibn Thâbib.

Os olhos de seu amante se arregalaram.

— Inacreditável! Você sabe que foi Zaït ibn Thâbib quem controlou o estabelecimento do texto corânico sob o califa Othman? Foi ele quem supervisionou a reunião das suratas! A escolha das melhores versões, sua organização! Foi ele o *editor* do Alcorão, o responsável pela vulgata atual!

Benazir se lembrava vagamente que Zaït ibn Thâbib era um dos secretários do Mensageiro do Islã, mas só isso. Jamais imaginara que o Santo Livro tivesse sido escrito necessariamente por um homem.

Pierre-Yves prosseguia, incrivelmente empolgado.

— Se foi Zaït ibn Thâbit quem escreveu esse texto, então certamente se trata de um proto-Alcorão! Um esboço do Alcorão escrito em siríaco! Não, você não percebe? Para mim, que nunca acreditei nessa hipótese, é uma verdadeira revolução!

Enquanto ia falando, ele andava puxando tufos de cabelo; parava pensativo, depois recomeçava a discorrer, virando para todos os lados. Assim, de pijama, parecia um louco em liberdade.

Ela fez um gesto de irritação. O Alcorão fora revelado em árabe, estava escrito. Como então pode ter sido concebido em siríaco? Era impossível! Enquanto ele ficava na extravagância, não se incomodava. Mas se os dogmas que codificavam a existência do Alcorão, transcrição instantânea da Palavra de Alá, fossem questionados seriamente, ela se aborreceria. Era como se a sua religião estivesse ameaçada. Sabia que era ridículo, mas não conseguia evitar.

— Preciso ler esse texto, Benazir. Tenho que ler, quero ler — dizia, implorando.

Ele se pôs de joelhos, pegou suas mãos. Ela nunca o vira nesse estado.

— É a maior descoberta dos últimos cem anos. Perto disso, os manuscritos gnósticos de Nag Hamadi* não são nada.

— Talvez seja uma falsificação.

Essa empolgação a incomodava, a hipótese a contrariava. Ele tinha um ponto de vista contrário ao dela. Seu pai não pensou que esse texto sagrado poderia ser uma descoberta infeliz e que o maior serviço a prestar ao islã seria destruí-lo.

— Me dê o endereço desse mulá, vou entrar em contato. Ele vai precisar de especialistas para autenticar o documento... — suplicou.

Ela não esperava tanto. Uma vez que tivesse o manuscrito nas mãos, Pierre-Yves de fato poderia ser útil.

— Preciso ligar para Londres. Posso conseguir uma cópia para você. Mas isso vai exigir tempo. O mulá é desconfiado.

Ele se levantou e olhou-a com um sorriso beatificado, como se Benazir possuísse as chaves do paraíso. Tinha se acalmado. Esperava que ela lhe desse as ordens.

Ela o conhecia bem. Levou a mão a seu órgão viril, que estava mole após aquela orgia de erudição, e o apertou maldosamente em sinal de despedida.

O elevador desceu e ela deixou-o ali.

Esse códice siríaco estava ficando de repente muito real. Sua existência tornava-se embaraçosa. Contanto que não arruinasse a grandeza do Alcorão... A única forma de saber era encontrá-lo. Subitamente, teve pressa em pôr as mãos nele. Seu pai tinha feito bem em chamá-la, esta missão era a mais importante de sua vida.

---

*Importante conjunto de manuscritos coptas, datados do século 4, exumado em Nag Hamadi (Alto Egito) em 1945. Essa descoberta transformou completamente o conhecimento do cristianismo primitivo.

28

A retirada ou fuga de duas testemunhas para Milly-la-Forêt, que deixara Sarfaty tão furioso, tinha sido ideia de Sonia Boudaoui, e foi ela também quem levou Paul Mesure até lá no dia seguinte ao assassinato do inspetor, em seu Peugeot 307.

— Felizmente, é domingo — comentou ela no caminho —, pois Nadir adora a escola. Ele não aceitaria faltar por nada!

O menino concordou com a cabeça, com um ar sério. Não tinha percebido a manobra de distração que visava desviar sua atenção para os seus sucessos escolares e afastá-lo das perguntas que ele não parava de fazer desde a partida imprevista.

Por que se levantar às 6 da manhã sem poder ligar a TV? Por que esperar no *hall* durante tanto tempo? Por que não se despediram dos senhores da polícia que estavam na casa de Paul, se sempre o repreendiam quando ele se recusava a cumprimentar as visitas? Por que não pôde escorregar pelo corrimão como sempre? Por que sua mãe tinha descido primeiro para pegar o carro? Por que saíra correndo do prédio com Paul?

Sonia fingia se divertir com aquele interrogatório, dando motivos fantasiosos, procurando a cumplicidade do jornalista. Seriamente abalado pelos últimos acontecimentos, Paul não conseguia participar do jogo.

Ela deu algumas informações sobre o refúgio para onde se dirigiam. Era a casa de Héloise Hodgson, pintora de profissão, que passava em sua casa de vez em quando. Uma loira grande, bem nutrida, sempre vestida como um coringa, às vezes simplesmente com um macacão de trabalho.

Sua residência não era comum. Situada nos arredores da vila de Milly-la-Forêt, em pleno bosque, ficava próxima à colossal estátua chamada Cyclop. Um monumento em aço de 22 metros de altura que representava uma cabeça monstruosa saindo da terra. Composta por 350 toneladas de materiais reciclados, a escultura de linhas disformes e irregulares era tão misteriosa quanto absurda na floresta. Parecia que o artista pretendera rivalizar com aquelas estátuas religiosas — virgens marianas ou cruzes cristãs — isoladas no meio de um matagal com o único objetivo de lembrar a presença do invisível no coração da natureza.

"Casa" era uma palavra imprópria para designar a residência de Héloise, pois se tratava de um conjunto de trailers, que serviam de ateliê, casa e quarto de hóspedes. Ela alugava o conjunto por uma ninharia à associação que administrava o Cyclop, realizado pelo artista suíço Serge Tinguely e concluído por sua esposa Nicki de Saint-Phalle. Aos trailers se somava um hangar, e o conjunto servira de habitação para o artista durante a construção do monumento, entre 1969 e 1994. Depois que o Estado aceitou sua doação e se encarregou da manutenção, o Cyclop passou a ser cercado e vigiado por um circuito de vídeo conectado à delegacia de Milly, por já ter sido vandalizado várias vezes no passado. De maio a outubro, o Cyclop era aberto a visitantes e muito frequentado; no resto do ano, o local ficava fechado. A vantagem, no momento, era que Héloise se encontrava na Alemanha para uma exposição e eles estariam sozinhos.

Sob o choque dos assassinatos, Paul concordava com todas as explicações de Sonia. Assim como Fairouz, ela tinha um raro talento para fazer com que suas ordens se passassem por sugestões. Ele, normalmente tão voluntarioso, se sentia apático. Seu caráter exuberante tinha desaparecido. Não conseguia mais falar sem fazer um esforço. Quando Sonia ou Nadir lhe dirigiam a palavra, ele sorria, mas hesitava sobre o sentido de perguntas banais.

Antes do assassinato do inspetor Kerriou, tinha refletido sobre sua parte de responsabilidade na morte violenta de Krimo e Fairouz, mas sem se culpar. Se os culpados eram os jihadistas, ele não era responsável por sua existência, ninguém podia prever que uma investigação levaria a uma reação tão sanguinária. Agora as coisas apareciam em uma nova perspectiva. Saltava aos olhos que era ele o alvo principal. Cada assassinato levava a ele em linha direta.

E no final dessa linha estava a merda daquele manuscrito siríaco cuja existência ele tinha escondido dos amigos. Não para ser o único beneficiário, mas porque queria que a surpresa deles fosse total no dia da venda. E pensar que, se os Belkheir soubessem, certamente não teriam sido mortos! Krimo poderia ter confessado aos agressores onde ele estava e salvado sua vida e a da esposa.

Essa evidência lhe ocorrera na véspera, em seu apartamento invadido pelos policiais liderados pelo inspetor Madjid Bessaih. Enquanto o cadáver ainda estava no quarto e os funcionários de macacão branco se ocupavam de colher impressões e vestígios, o encarregado lhe pediu que procurasse o que faltava em suas coisas. Para essa inspeção, providenciaram para ele um macacão e sapatos da polícia científica.

Diante da desordem, a resposta não era fácil. Paul começou examinando o escritório. Parecia mais vazio que o normal, despojado. Após um momento de incerteza, entendeu a causa dessa sensação: o alfabeto árabe-siríaco tinha desaparecido da estante da parede. Procurou o dicionário, mas ele também não estava.

Logo, havia um elo entre esse assassinato e o manuscrito em siríaco; mas será que devia contar? Isso exigiria inúmeras explicações. Desembuchar tudo, a descoberta do manuscrito, sua compra mais ou menos ilegal, a passagem clandestina pela fronteira de Mali. Paul hesitou longamente enquanto percorria a casa à procura de outros objetos desaparecidos. Mas deixou o apartamento sem revelar nada à polícia, e também sem dizer nada a Sonia.

Decidira ele se calar deliberadamente, esconder um indício importante dos investigadores? Com o risco de ser cúmplice dos assassinos?

Na verdade, não. Não tinha motivo para fazê-lo. Para dizer a verdade, ficou bloqueado pela hesitação. Ao ver a cabeça decapitada do inspetor Keriou, um parêntese maluco se abriu dentro dele, devorando qualquer impulso de ação. Nunca tinha passado por um estado de prostração assim.

Foi esse abatimento, tão surpreendente para quem conhecia seu caráter, que motivou Sonia. Ela não teve dificuldade para convencê-lo de que precisavam mudar de ares, que um pouco de exílio não faria mal nenhum enquanto a investigação progredisse.

Paul era grato a ela. Decidiu confiar na sua iniciativa.

Não conhecia Sonia Boudaoui há muito tempo, apenas há alguns meses. Foi no último verão, durante um jantar organizado por uns amigos dos Belkheir em Porte de Montreuil. Único francês entre argelinos que tinham mil coisas para conversar, ele vagava pelo pequeno jardim com um pedaço de carne engordurada nas mãos. Foi ela quem o abordou ao saber que era jornalista.

Ela já trabalhava no *L'Ingénu* como chefe de publicidade, mas tinha metido na cabeça que queria se tornar diretora de redação, pois fora radiojornalista na Argélia. A seu pedido, ele ofereceu alguns conselhos, manhas da profissão. Em contrapartida, ela propôs chamá-lo caso o *L'Ingénu* oferecesse artigos bem pagos. Uma semana mais tarde, deu-lhe uma série de artigos interessantes. Logo depois, Paul avisou-a do apartamento do quarto andar que ia ficar vago e ela se instalou no imóvel. Sonia tinha habilidade para ser prestativa e sua personalidade era cativante. Houve também aquela noite fantástica que ele não conseguia esquecer.

Mas, além da paixão, ele sentia uma personalidade forte, resistente. Embora falasse pouco de si mesma, ela tinha vivido e superado momentos difíceis graças a sua determinação. Raramente mencionava sua vida na Argélia, mas ele entendeu que tinha se recusado a obedecer aos islamitas e sua cabeça foi posta a prêmio nas mesquitas. Um dos raros episódios que contava era o divórcio de um marido islamita que ela citava para mostrar seu conhecimento dessa "erva daninha".

O automóvel corria pela estrada A6, Sonia dirigia depressa e o tráfego era fluído, típico de um domingo de manhã. Com a cabeça pendendo no peito, preso pelo cinto de segurança, Nadir dormia no banco de trás. De vez em quando, ela verificava se estavam sendo seguidos e Paul fazia o mesmo pelo retrovisor externo da direita. O tempo estava cinzento, com nuvens sombrias que manchavam o céu pálido. A meteorologia, porém, tinha anunciado um fim de semana primaveril.

Estavam rodando pela autoestrada há 45 minutos, quando, pouco antes das 8 horas, pegaram a última saída antes do pedágio, que tinha o número 13. Seguiram as placas indicativas ao longo dos limites de floresta, dos campos de trigo, atravessaram alguns povoados de Essonne e chegaram a um cruzamento. À esquerda, uma placa indicava Milly-la-Forêt, à direita, o Cyclop. Quando o 307 entrou na via asfaltada que penetrava na floresta espessa, Paul decidiu que contaria tudo a Sonia.

Imediatamente se sentiu melhor.

29

O relato de Paul a Sonia ou como encontrar um tesouro esquecido

Aconteceu durante uma reportagem sobre Tombuctu, em outubro passado. Um pedido da revista *Géo*, que ia publicar um número especial sobre as cidades santas do Islã. Aterrissei em Bamaco decidido a ir para a cidade do deserto pelo rio Níger, pois suas margens permanecem quase virgens, semelhantes às que o explorador René Caillé conheceu por volta de 1820. O barco não é um meio de locomoção muito empregado pelos malineses. São necessários cinco dias para se chegar a Tombuctu pelo rio, e é muito caro se quisermos uma cabine. Mas o barco continua sendo indispensável para os que vivem nos pequenos povoados que beiram o curso do Níger até Gao, 1.200 quilômetros abaixo, na fronteira com a Guiné.

Consegui tomar um barco *in extremis*, no dia seguinte à minha chegada. As partidas ocorrem dois dias por semana apenas, a 60 quilômetros de Bamaco, numa vila chamada Koulikoro. O barco, aliás, se chamava *O Koulikoro*, uma espécie de *ferryboat* muito cansado. Não havia mais lugar nas cabines, nem mesmo nas de terceira classe, de oito pessoas, em camas superpostas. Tive de me contentar com a "classe ponte", uma esteira e a necessidade de levar o que comer a bordo.

Eu temia o desconforto e a sujeira, mas a viagem foi maravilhosa. Tinha um aparelho de som portátil para me fazer companhia e ele me foi muito útil durante toda a travessia. Os jovens se aglutinavam em torno do aparelho para ouvir música. Toda vez que eu precisava de alguma coisa, um jovem se apresentava para me ajudar. Havia ali adolescentes com a família, outros sozinhos, como Kali, um rapaz nativo de Tombuctu, e um grupo de moças, entre as quais Fatou, que tinha uma filha de 1 ano, medidas atraentes e porte de rainha. Todos esses jovens levavam a sério meu trabalho fotográfico, sugerindo algumas tomadas e servindo de interlocutores junto aos viajantes que reclamavam para sair numa foto. Sua conversa era jovial e sua curiosidade, insaciável. Eu falava da França, eles me explicavam Mali e todos os dias me traziam alguma coisa para comer. Todo cruzeiro cria laços particulares, e este teve como consequência uma relação amorosa entre mim e Fatou. Ela me falou de sua religião muçulmana, sobre a qual tinha uma visão muito aberta, e disse que, à minha maneira, eu era um bom muçulmano, pois era um "homem submisso ao Bem".

Assim, o barco passou por Segou, a metrópole bambara, pelas eclusas de Markala, por Mopti, a Veneza de Mali, pelo lago Debo — um mar interno que todo malinês quer ver antes de morrer, local de residência de poderosos gênios, negros e pagãos, ou de brancos e muçulmanos, estes os mais poderosos — e por povoados assoreados, como Aka e Niafounké. Finalmente, Tombuctu surgiu sobre um letreiro, só o nome, pois a cidade mítica se localizava longe do rio.

A maioria dos jovens havia descido antes; ficaram somente Kali e Fatou, com a filha. Todos me alertaram sobre a cidade de Tombuctu, infestada de guias e mosquitos. Uma brincadeira sobre esses guias circula no local. Os malineses os classificam em três categorias: os verdadeiros *guias*, que têm uma formação dada pelo Estado ou por uma instituição internacional; os *guiadores*, incultos, que se contentam em acompanhar os turistas aos locais históricos e às lojas que os remuneram; e os tipos mais perigosos, os *guitares*, escroques cuja atividade consiste em esfolar o estrangeiro com um refrão hipnótico. O que eu desconhecia era que Kali pertencia à corporação dos *guitares* e que cobiçava meu aparelho de som e meu material fotográfico. Eu estava apaixonado por Fatou e não passava um dia sem que ele facilitasse essa relação. Ela, por sua vez, se mostrou distante enquanto seus amigos estavam a bordo, mas depois que eles partiram vinha ter comigo todas as noites, quando sua filha estava dormindo, em uma cabine que foi liberada em Mopti e que permutei com o capitão por uma garrafa de uísque.

Mas o cruzeiro tinha de acabar. Assim, desembarcamos em Korioumé, um cais que substitui o verdadeiro porto de Tombuctu, a cada ano um pouco mais assoreado. Tombuctu fica a 10 quilômetros. Kali insistiu que fôssemos em um "quatro por quatro" cujo preço era exorbitante. Eu recusei, mas no cais reinava um clima hostil e ameaçaram nos abandonar em Korioumé, que não tem hotel nem uma birosca onde se possa comer. Bisbilhotando, descobri uma caminhonete coberta com um toldo, caindo aos pedaços e cheirando a gasolina, por um preço acessível. Chamei Fatou, que tinha ficado com a filha, junto com minhas sacolas. Ela me puxou de lado e explicou que, se eu queria ter paz, deveria dar algum dinheiro a Kali. Por sua insistência, aceitei a contragosto e partimos na caminhonete. No caminho, ela me confessou que, sem esse presente de despedida, Kali não teria me deixado sair sem me ter aliviado, à força, dos meus bens.

Nos antigos relatos de viajantes, Tombuctu é descrita como "a cidade do ouro e da luz", "a cidade dos 333 santos", uma cidade opulenta e refinada, digna das *Mil e uma noites*. O que descobri foi uma fornalha, uniformemente cinzenta, sem encantos, poeirenta e muito suja. Os guias, ou pretensos guias, zumbiam como vespas junto dos turistas. Em cada esquina havia crianças exigindo presentes ou tuaregues que nos abordavam, com um ar ameaçador, para que comprássemos uma joia. À noite, quando o sol atenuava seu bombardeio de raios mortais, as ruas ficavam mergulhadas na mais completa escuridão e um odor de urina macerada subia em direção ao céu.

Eu sentia saudades do cruzeiro no *Koulikoro*, pois Fatou tinha desaparecido, ido encontrar sua família materna, na periferia da cidade. Instalado num hotel apenas correto, o único que servia bebida alcoólica, eu tentava levar minha reportagem a bom termo. Visitei as mesquitas de Djingareiber, Sankora e Sidi Yahiya; entrevistei notáveis; tentei me encontrar com imames. Mas a cidade santa se esquivava; nada parecia justificar essa denominação. Seu esplendor tinha desaparecido há muitos séculos. Pouco a pouco me dei conta de que as pessoas interessantes viviam fora dali, em Mopti, Bamaco ou na Europa. Eu estava arrancando os cabelos, temia não poder escrever o artigo. Passei a detestar o chefe de redação que tinha me enviado para aquele lugar pseudossanto. Após inúmeras dificuldades, consegui telefonar para a redação em Paris. Expliquei a situação. Finaud, o responsável pelo número, me citou uma frase de Gilles Deleuze: *É preciso trabalhar com suas impossibilidades.*

— Aí está a sua abordagem: o passado desaparecido de uma cidade santa. Você começa descrevendo toda a grandeza histórica da cidade, suas mesquitas, santos, teólogos, cultura e fausto. Depois, volta ao tempo presente e faz um quadro da situação atual: êxodo da população, arquitetura tradicional em ruínas, peregrinação abandonada, pilhagem de suas riquezas, poluição, etc. Algumas causas explicando essa decadência e seu artigo está fechado.

Mais calmo, passei a ver a cidade com outros olhos. Agora que podia expressar toda a minha desilusão, ela me aparecia de outro modo. Além disso, também reencontrei um antigo conhecido, um jornalista inglês, Thomas Abemethy, Tom para os íntimos, um veterano especialista em África há trinta anos. Nós nos encontrávamos em todas as refeições e sua experiência me era muito útil. Foi nesse período que teve início a nossa verdadeira amizade.

— Após alguns dias de decepção — explicou ele —, a gente se acostuma em Tombuctu, e a avidez dos seus habitantes passa para segundo plano.

Foi então que reencontrei Fatou, que tinha deixado a filha na casa da avó. De volta à casa paterna, sem a criança, ela tinha todos os dias livres. Soube por Tom, que o conhecia um pouco, que o pai tinha sido outrora um importante chefe religioso.

A casa dele era uma típica casa de Tombuctu, muito grande, toda em blocos de calcário, assoreada ao nível do chão, constituída de vastos cômodos de lajes nuas ou revestidas de tapeçarias surradas. Sobre o telhado, um terraço imenso onde toda a família dormia nas épocas de muito calor.

O surpreendente é que esses cômodos estavam vazios, exceto pelos tapetes e colchões de espuma espalhados por todo lado. Não havia nem mobília, nem prateleiras, nada a não ser paredes nuas de calcário. A exceção era um cômodo onde, sobre uma cadeira de madeira, reinava uma televisão muito barulhenta, ligada o dia todo.

Pedi para falar com o pai dela, mas ele só aceitou cumprimentar-me vagamente com a cabeça, sem me dar a mão, alegando o obstáculo da língua para evitar uma conversa. Passava o dia todo num quartinho atulhado de alcorões, coleções de hadiths, iluminuras e gravuras *naïves*, entre as quais a de Mammi-watta, deusa do rio em todos os cultos politeístas da África. Mais tarde, Tom explicou que o pai de Fatou desconfiava dos ocidentais e tinha adotado como regra de vida a orientação de um mestre sufi, célebre na região de Mopti:

Não olhe para o branco e, enquanto você for vivo, o branco não o olhará.

De dia, eu procurava com Fatou um universitário ou erudito capaz de me falar do passado glorioso da cidade e das razões de sua decadência. Ao anoitecer, passeávamos na suavidade da noite, cruzando com os habitantes que tomavam chá em frente às suas casas ao som de uma música beduína ou do *hit* local. Fatou não tinha medo de ser vista comigo; disse a quem perguntou que me servia de guia. Em contrapartida, embora seu marido tivesse abandonado o domicílio conjugal, ela se recusava a passar da porta do hotel. Mas quando chegava a noite, por uma janela que dava para um beco deserto, ela entrava sorrindo no meu quarto, como uma sereia saída do rio, ainda molhada do banho que acabara de tomar. Eu estava louco por ela, por seu humor, seu entusiasmo e, também, por sua beleza polpuda.

Para mim, a mulher muçulmana tinha uma imagem austera, sofrida, fechada aos prazeres terrenos. Mas Fatou era brincalhona, provocante e sem tabus quando os olhares de sua comunidade não podiam nos alcançar.

A única sombra nesse quadro eram seus contínuos pedidos de dinheiro. Um dia era a criança que precisava de sapatos; no dia seguinte, sua avó não tinha mais gás; depois era a aposentadoria do pai que atrasara etc.

Eu me informei sobre a tarifa local de um *fixeur*, essa mistura de guia e informante que permite ao repórter fazer seu trabalho. Era quase o que ela me custava por semana, mas meu amigo Tom, familiarizado com os costumes africanos, me alertou: ela devia estar pensando que meu salário era alto e havia o risco de que ela me exigisse um presente à altura quando eu me fosse. Segundo ele, era melhor que eu esclarecesse a questão do pagamento para não haver discussão na véspera da minha volta a Bamaco.

Diante de um sorvete de limão, contei essa conversa a Fatou. Foi aí que ela me propôs um negócio. Disse que queria abrir uma *loja de rua* em Bamaco e viver ali com a filha para evitar que o pai tornasse a casá-la com um velho que já tinha duas mulheres. Percebendo que eu não era rico, ela me fez uma oferta. Um *velho livro* em troca da minha ajuda financeira para se instalar na capital. A biblioteca de seu pai estava cheia de velhos livros; ele já tinha vendido alguns por uma soma considerável. Sua biblioteca continha outros, que ele guardava cuidadosamente, mas dos quais os professores da universidade tinham vindo fazer cópias. Havia livros em todas as línguas: francês, inglês, árabe, bambara, mas também em persa. Livros que seu pai salvara de um antigo madraçal (escola corânica) que desabou quando ele era chefe do distrito. Eu escolheria o que mais me agradasse, exceto os escritos em árabe, avisou, pois estes tinham forçosamente relação com a religião e ela não queria se arriscar a ir para a Fornalha por ter vendido escritos sagrados.

Fiquei dividido entre ajudar Fatou e roubar seu pai. Além do mais, não sou rico... Fatou foi ficando mais insistente, mais carinhosa... Escandalizado com o destino que a esperava, aceitei o negócio. Rodei a cidade até encontrar um colaborador francês que, em troca de um cheque, concordou em me dar a soma pedida: cerca de um mês de meu salário.

Mas Tom, de novo, me alertou:

— A África é generosa em imitações e falsificações. Vendem-se falsas máscaras, falsos ídolos, falsas armas antigas, falsos manuscritos etc. Você deve ser muito cuidadoso!

Em seu quarto, Tom tinha obras sobre a cidade, a *Viagem a Tombuctu*, de Caillé, a *História de Tombuctu*, as *Viagens*, de Ibn-Batouta e de Leon, o Africano.

Folheamos esses livros para ver se era plausível que houvesse incunábulos, obras anteriores à tipografia, na cidade. Era muito provável. Do século XII até a conquista pelos marroquinos em 1591, início de seu declínio, Tombuctu tinha sido um centro cultural florescente, um ponto central entre a Andaluzia, o Magreb, o Egito e a África subsaariana. Assim, a mesquita de Djinguereber teve sua construção confiada a um arquiteto árabe vindo especialmente da Andaluzia; a mesquita de Sankoré era uma universidade considerada por eruditos e letrados, que atravessavam o continente; e, segundo Leon, o Africano, um comércio lucrativo se desenrolava entre bibliófilos e copistas. Durante esses séculos, os madraçais e as bibliotecas privadas transbordavam de manuscritos, e a cidade santa era célebre por seus miniaturistas, que historiavam alcorões enviados de toda a África. Os *velhos livros* de Fatou tinham, portanto, todas as chances de ter valor.

30

Continuação do relato de Paul

Por volta das 10 da manhã, estou num determinado ângulo de sua rua. Um braço nu me faz um sinal; é ela. Avanço, levando uma sacola. Ela está triste e magnífica, vestindo uma túnica azul combinando com o turbante, o que valoriza seus quadris e seu colo. Trêmula, ela diz que nunca roubou ninguém, nem recebeu um homem na casa de seu pai. E me faz jurar que não vou abusar da situação.

Subimos até o quartinho. No meio da escada talhada na pedra, tento abraçá-la. Ela rejeita enfaticamente, dizendo que eu tinha jurado e que ela não poderia tocar nos livros santos se *estivesse cheia de desejo*. Diante do aposento do pai, o quartinho dos alcorões, uma surpresa desagradável nos aguarda. A porta está fechada à chave. Ela bate nos quadris, desesperada. Mas tenho no bolso um canivete multifuncional; forço a porta, prometendo consertá-la. A fechadura cede facilmente; meu arrombamento quase não é notado na madeira.

Entramos no lugar, mergulhado em semipenumbra. A única janela está escondida por um tecido vermelho. O lugar é minúsculo como um quarto monástico. À esquerda, uma cômoda pintalgada, com o retrato de Mammi-Watts, e acima o de um anjo, talvez o anjo Gabriel; à direita, uma pequena cama emoldurada por uma viga de madeira. Sob a janela, um tapete de oração, com duas bacias para as abluções.

Ela indica a cômoda pintada com motivos *naïf*.

— Estão ali.

O móvel também está fechado. Quero forçá-lo, puxando pelos dois batentes, mas ela me afasta. Curva-se com uma leveza espantosa, pega uma pequena chave enferrujada sob a cama e abre a cômoda sem dificuldade.

Olhamos, em silêncio, para as prateleiras. As três primeiras estão cheias de livros encadernados ou em brochura, todos de uma idade respeitável; a última, de documentos empilhados em desordem. Vindo da rua, ouvimos o zurro de um asno e um estalido de boca. Ela me faz sinal para não falar alto.

Delicadamente, com um murmúrio indistinto nos lábios, apanha uns livros que parecem alcorões, mostra para mim, depois os coloca sobre a cômoda. Há muitos, de todos os estilos, de todos os formatos, em árabe e em francês. Um volume data dos anos 1920, os outros são mais recentes. Quase sempre há o nome de Alá sobre a capa ou na borda. Ao terminar, declara:

— Os *livros antigos* são os outros.

Há uma velha edição de Montesquieu, *Os grandes tipos da humanidade, de Moisés a César*, em dois volumes, por P. Laffitte, o *Curso de filosofia positiva*, de Comte, em oito volumes muito frágeis, um *Sistema de Aristóteles*, por Hamelin, uma *Vida de Jesus*, de Renan, *O declínio do Ocidente*, de Spengler. Nada que enlouqueça um salão de vendas. A edição mais antiga deve ser das *Obras completas* de Montesquieu, datada de 1815, mas os dois tomos estão muito danificados. Nenhum desses livros está encadernado; todos sofreram muito com o tempo.

Fico surpreso por encontrar essas obras no centro de uma antiga cidade santa. Mas não vejo os manuscritos raros que tinham sido anunciados. Fatou se espanta com meu desinteresse. Ela me repassa as obras desbotadas, uma a uma, para que eu verifique novamente seu valor de mercado. Mas Tom me explicou o que devo procurar: incunábulos, livros escritos à mão, e em árabe.

— No início do século XX foram descobertos manuscritos muito raros em Tombuctu, mas não houve um inventário sistemático entre os particulares. Hoje, os pesquisadores estão começando a inventariá-los nas famílias; pode haver milhares deles, às vezes abandonados em baús insalubres. Os especialistas dizem que as bibliotecas privadas do deserto escondem verdadeiros tesouros.

Consegui explicar a Fatou que seus *livros antigos* valiam algumas dezenas de euros, não mais.

Com a fisionomia preocupada, ela começa a esvaziar a cômoda. Dobrada em duas, com o busto bem abaixado, as nádegas para o alto, vai tirando obras amareladas e ressecadas que pareciam não ser lidas há muito tempo.

Na terceira prateleira os textos são mais literários, conheço alguns de reputação. *Um divã ocidental-oriental*, de Goethe, encadernado com uma *Vida de Maomé*, por Carlyle, coabita com uma coleção incompleta da tradução das *Mil e uma noites* de Mardrus; *O sofá*, de Crébillon, em 10/18, próximo de uma edição *art déco* do *Rubayat* de Khayyam e das *Ghazels* de Haffîz; *O campo perfumado*, de al-Nafzâwî, ao lado de um *Ensaio sobre a história dos árabes antes do islamismo, durante a época de Maomé e até a dominação de todas as tribos sob a lei muçulmana*, de Caussin de Perceval, em cinco tomos. Folheio *O campo perfumado* por causa das gravuras. É um manual erótico. Tem muito de "conjunção" com o homem e sobre a "porta" da mulher. Mostro uma ilustração escabrosa para Fatou, que me faz uma careta.

Incapaz de me dobrar em dois como ela, fico de joelhos. Fatou exala uma mistura de incenso e outra coisa, um perfume muito agradável. A última prateleira, a mais baixa, tem cartas antigas, dois volumes de estatísticas malinesas da época colonial, um estatuto da alfândega, uma geografia da África ocidental francesa, uma correspondência com a administração. Tudo isso remonta a uma ou duas gerações, não mais.

Nossas mãos estão pretas de pó. O pequeno cômodo é abafado. Eu me levanto e sento na cama, desanimado. Fatou endireita-se apoiando as costas. Tem gotas de suor em torno dos lábios e seu rosto está inquieto. Digo a ela que seu pai vendeu tudo. Ela protesta, dizendo que não é possível, inclina-se novamente e começa a esvaziar freneticamente o móvel, sem nem olhar o que sai de lá. Seu corpo está inclinado como se estivesse trabalhando a terra, com as dobras da túnica em uma das mãos. Através das mangas muito largas posso ver os seios apetitosos que balançam ao sabor de seus movimentos. São cor de caramelo como sua pele, mas os bicos são bem escuros, quase negros.

Os últimos documentos caem aos meus pés.

— Espere, veja — diz ela.

Um fragmento de tábua quebrada da última prateleira está em sua mão. Entre o móvel e o chão de pedra ainda há muitos documentos esquecidos. A esperança reanima nossos rostos, desperta nosso entusiasmo. Infelizmente, novamente não passam de velhos papéis sem valor. Ela não está mais febril, e sim irascível. Sem consideração por sua antiguidade, vai jogando aos meus pés folhas que nem sequer examinou. Certidões de nascimento caligrafadas à moda antiga, fotos sépia de um ancestral com uniforme de atirador, faturas estampadas com uma bela tipografia obsoleta, um diploma escolar, um talão. Por cima dos seus ombros também passam revistas, antigos números de *L'Illustration*, do *Petit Journal*, do *Magasin pitoresque*, jornais malineses. Aos meus pés se forma um amontoado heterogêneo.

Olho tudo isso com melancolia. O tempo está correndo, sua família vai voltar. É preciso arrumar tudo.

Pensamentos inconfessáveis me atravessam o espírito, apesar do alinhamento conspirativo de alcorões sobre a cômoda. Sua posição curvada, as aberturas da túnica, a visão de sua nuca, suas nádegas roliças acima da cabeça não me deixavam indiferente. O problema é que jurei não tocá-la. Sou um traidor?

Para pensar em outra coisa, remexo o monte de velhos impressos inúteis, pego um marroquim de couro vermelho que parece uma grande pasta. Tem um bom peso. O couro envelheceu, a cor desbotou, mas é todo entalhado e deve ter sido bonito. Ele se abre sozinho. Presa por tiras largas de couro, a pasta contém uma centena de páginas de um papel espesso. Um papel rugoso, cor de casca de árvore, que estala entre os dedos como uma folha seca. As páginas são abertas por uma escrita manuscrita que parece árabe, sinais elegantes que correm em linhas cerradas, linhas incompreensíveis para mim. Através dessa escritura, os traços horizontais e verticais se cruzam na filigrana da página, como se o papel fosse resultado de uma tecelagem. Parece um papiro antigo. Uma alegria intensa toma conta de mim.

Seguro o braço de Fatou e lhe mostro o marroquim com as tiras.

— *Bismillah*, graças a Deus, é o livro em persa — grita ela com as mãos para o céu.

Atiramo-nos nos braços um do outro, e saio com Fatou numa dança endiabrada. Depois estendemos as páginas sobre a cama. É mesmo papiro. Há uma pequena centena de folhas, com uma numeração exótica que não é a utilizada no Ocidente. Fatou me faz olhar a última página, que contém um parágrafo escrito em outra língua, muito bizarra, com bastonetes. Ela garante que é a língua dos tuaregues aponta para o anel que comprei na cidade, que traz os mesmos caracteres.

Para me persuadir de que o texto não está em árabe, abre cerimoniosamente um Alcorão e compara as páginas. De fato, as letras são diferentes. No manuscrito faltam os pontos colocados acima ou abaixo das letras, sinais típicos da escrita árabe. As letras também têm uma forma diferente. Fatou sabe um pouco de árabe.

Em três tempos, o aposento está arrumado e limpo. Uma vez fora dali, corro à procura de Tom. Pelo exame do manuscrito, ele me confirma que vou poder recuperar meus gastos. Segundo ele, não se trata de persa, mas de um texto em árabe *hidjâzî*, uma caligrafia do primeiro século do Islã, que não utilizava pontos sobre as letras. Mas é incapaz de me dizer se é poesia, texto jurídico ou escrito religioso.

Abrevio, na sequência, minha relação com Fatou, que recebe a soma prometida e jura gratidão eterna. Volto a Bamaco de carro com ela e a filha. Mas venho sozinho para Paris.

Após entregar o artigo, com o título "Tombuctu, a cidade santa submersa", fui visitar um negociante especializado em arte e livros muçulmanos antigos: David de La Bruyère.

Sua loja fica perto do museu d'Orsay. Um estabelecimento muito chique; nada ali é vendido por menos de mil euros. Ele me recebeu muito gentilmente, mas com ironia, pois eu havia anunciado pelo telefone uma peça muito rara. Levei o original e folhas de contato fotográfico. Em nosso primeiro encontro, ele de cara me ofereceu 3 mil euros, sem nem sequer procurar entender de que texto se tratava; simplesmente tocando na textura do papel. Com essa soma eu poderia recuperar meu investimento e teria um pequeno lucro. Mas Tom tinha dito que aquilo valia muito mais. Habituado aos salões de vendas, ele insistiu no fato de que esse manuscrito *hidjâzî* podia valer uma verdadeira fortuna. Também me deu conselhos sobre como negociá-lo.

Alguns dias depois, o mesmo negociante me telefonou oferecendo dez vezes mais, ainda sem avaliação. Eu recusei de novo, fazendo-lhe uma proposta sugerida por Tom. Queria que ele financiasse uma avaliação e se contentasse com 15% de comissão sobre a venda. Tom tinha razão, pois o homem aceitou. Pediu-me um fragmento de uma folha do papiro, as folhas de contato fotográfico do manuscrito e um prazo de duas semanas para a avaliação. Menos de dez dias depois, ligou novamente. Segundo ele, era um grande negócio: o exame mostrara que o incunábulo datava da primeira metade do século VII d.C. E o manuscrito era ainda mais raro porque os textos dessa época eram em geral em couro apergaminhado e não em papiro. Em contrapartida, não tinha conseguido decifrá-lo, pois, segundo ele, não estava escrito em *hidjâzî*, mas em siríaco.

Uma outra dificuldade era que os compradores capazes de pagar uma alta soma estavam todos no exterior, nos Emirados Árabes, na Turquia ou na Índia. Em geral, suas compras eram feitas por impulso, e essas pessoas ricas estavam acostumadas a que alguém fosse até elas para apresentar o objeto à venda. Eu me recusei firmemente a fazer qualquer viagem com o papiro, guardei-o num cofre de meu banco e esperei. Segundo Tom, a paciência é a chave do sucesso nesse gênero de negociação. Ele tinha razão novamente: pouco depois, em 2 ou 3 de janeiro, La Bruyère me propunha organizar um leilão internacional. O ano novo não podia começar melhor.

31

Benazir Gurasi era uma mulher que agia rápido. Enquanto seu interlocutor ainda pesava os prós e contras de uma decisão, sua determinação já havia encontrado o caminho da realização. Essa rapidez em geral lhe garantia a supremacia.

Assim, nesse domingo de manhã, tão logo verificou que o pai não estava sendo objeto de uma mistificação (e reconheceu o caráter incurável da erotomania do amante), partiu para outro ponto-chave da sua missão. A logística, isto é, a destituição da equipe precedente.

O *Wepler*, local que ela tinha escolhido para essa tarefa delicada, não havia mudado. Era a mesma *brasserie* parisiense típica, com sua decoração de cobre e madeira, o balcão resplandecente e a vasta vidraça com vista para a Place de Clichy.

Ela conheceu esse endereço em um curso de literatura em Londres. Segundo seu professor, era lá que começava a *Viagem ao fim da noite* de Céline. E garantia que o estabelecimento continuava idêntico ao que era frequentado pela boemia parisiense dos anos 1920. Ela também tinha a impressão de que várias cenas de *Dias de paz em Clichy*, um dos romances biográficos mais ousados de Henry Miller, também se desenrolavam ali. Sorriu pensando naqueles anos. Com um nacionalismo exacerbado, ela se recusava a falar com os estudantes ingleses, que desconheciam a literatura asiática, pois logo descobriu que, enquanto tinha lido o melhor das letras europeias, eles ignoravam tudo da literatura indiana ou paquistanesa. E, no entanto, o *Mahâbhârata* e os *Râmâyanna* valiam tanto quanto a *Ilíada* e a *Odisseia*!

Ainda não eram 10 horas, mas os empregados já preparavam as mesas para o almoço. Alguns casais terminavam o *brunch*. Por provocação, procurou a mesa de Henry Miller. Depois, falando com um empregado, se deu conta de que estava confundindo aquela *brasserie* com a *La Closerie des Lilas*, em Montparnasse. O *Wepler* não tinha mesas batizadas com nomes de escritores.

A pretexto de ir ao toalete, inspecionou o estabelecimento. Mohammed Ali Khan não era tão astuto a ponto de armar uma cilada no primeiro encontro, mas os RG ou uma agência americana podiam segui-la discretamente. Dois ou três anos antes, seu nome fora inscrito em todos os bancos de dados internacionais sobre o círculo islâmico. Um golpe perverso da ISI em resposta à sua demissão. Seu pai precisou intervir para que fosse feita uma retificação, sem a certeza de que todos os países envolvidos haviam entendido que ela não era uma terrorista.

Terminada a inspeção, pediu um Vittel-menthe, colocou o fone de ouvido sob a echarpe rosa de seda selvagem que lhe servia de *hidjeb* e marcou um número.

— Tudo certo?

Acompanhada de ruídos, ouviu a voz de Selima.

— Estamos em posição. O tadjique está lá em cima. Ele fez um sinal. Está tudo ok.

— Não vou poder deixar meu fone ligado. Ficaremos desconectadas. Mas vou dar um jeito de ir ao toalete e religá-lo.

— *Inch allach*, se Deus quiser.

— *Allah ouekbar*, Deus é grande, Selima.

Ela fechou o aparelho e abriu o livro em francês emprestado por Pierre-Yves:

Écrire et transmettre dans les débuts de l'islam
[Escrever e transmitir nos primórdios do islã]
Presses Universitaires de France, Collection "Islamiques".

Segundo ele, essa obra mudava radicalmente a representação da oralidade no islã antigo, demonstrando a coexistência de uma cultura oral e práticas escritas privadas; fato que ela tinha dificuldade em admitir. Mas, rapidamente, fechou o livro, com todos os pensamentos gravitando em torno de Mohammed Ali Khan.

Iria reconhecê-la? Eles não se viam fazia... quase dez anos, agora.

Antes ela pensava que o tempo não mudava as pessoas, depois viu que estava errada. As pessoas mudavam continuamente sem perceber. Ao cabo de um tempo, percebemos que nos tornamos outra pessoa totalmente diferente sem nos darmos conta. Era esse processo imperceptível, reforçado pela ausência, que criava o mal-entendido... e a decepção. Quem poderia pensar, por exemplo, que Ali Khan seria responsável por três assassinatos inúteis?

Ela leu as notícias da França durante o voo e percebeu que os homicídios da Rue du Comte-Boulainvilliers eram obra da equipe dele. As técnicas da ISI transpareciam nesses três assassinatos. Como Mohammed tinha deixado que uma coisa dessas acontecesse? Por que conjunção de circunstâncias sua equipe tinha assassinado civis inocentes? Os agentes da ISI em geral eram extremamente brutos, mas cabia a eles, oficiais, controlar suas ações e impedi-los de ceder à facilidade. Pela força, se necessário. Ali Khan havia falhado em seu papel. Ela esperava que ele tivesse uma boa explicação a dar.

A amizade entre eles terminara com o pedido de casamento. Seu pai, porém, teria aplaudido de pé essa união, ainda que o genro não fosse sindi. Mas ela não acreditava em felicidade conjugal em território paquistanês. A família e as tradições pesavam muito sobre os casais. Se achasse que ele seria capaz de viver no exterior, teria aceitado. Era filho de uma família de boa casta e inteligente, com um belo físico moreno, o que constituía uma vantagem a mais. Mas era muito dependente da família, totalmente permeável a seu meio punjabi; um fraco.

Ali Khan empurrou a porta e procurou-a com os olhos. Tinha engordado, mas ainda era o mesmo homem. Continuava muito bonito, com a pele quase clara. A seu lado, Benazir parecia uma negra. Ele estava com um terno inglês, como no tempo da sua juventude de estudante. Será que se vestia assim em Islamabad, ou usava o traje tradicional paquistanês, que tinha voltado à moda com a fé de seus compatriotas?

Antes de fazer qualquer gesto, ela guardou o livro histórico na bolsa. Era inútil deixá-lo com uma pulga atrás da orelha. Ele só sabia de uma coisa: que estava procurando um livro muito antigo escrito em siríaco. Isso era suficiente. Ignorava que a obra tinha alguma relação com o islã e seu Apóstolo. O general não era louco.

Deram um beijo à moda ocidental e se olharam longamente antes de falar. Ela viu em seus olhos que ele ainda a desejava. Após esse período de observação, ele se manifestou primeiro, com uma autoridade nova.

— Não diga nada. Já sei o que você vai me pedir. A resposta é *não.*

— O que você sabe?

— Vai me pedir para cooperar com você. Sem restrição nem vergonha, eu devo me colocar às suas ordens. Pôr meu especialista, meu matador, meu chofer à sua disposição. Não é isso?

O tadjique abriu suavemente a porta do seu apartamento da Rue de Chantilly e atravessou o hall em direção ao da equipe de Ali Khan. Nenhum dos homens suspeitava que ele era vizinho, que todas as conversas estavam sendo ouvidas de um apartamento contíguo. Ao entrar, fez o mínimo de barulho possível. O carpete abafava seus passos. Era melhor ser prudente, afinal não estava lidando com crianças. Na véspera, executara o único plano possível, imaginado por Benazir: um hipnótico de efeito retardado colocado na comida da equipe, exceto na de Ali Khan. O efeito retardado deu aos homens tempo suficiente para saborear a refeição e assistir a um filme indiano em vídeo antes de adormecerem pesadamente. O hipnótico era potente o suficiente para mergulhá-los, por umas 20 horas, num estado comatoso, uma situação de impotência que permitiria que as mulheres os dominassem.

O apartamento estava escuro, as cortinas fechadas. Ele se certificou de que os três homens estavam bem adormecidos. Nesse apartamento de cinco aposentos, cada um tinha seu quarto, mas, às vezes, iam de um para outro a fim de conversar ou jogar cartas; e dormiam numa esteira diretamente no chão. Não esta noite. Ele passou em revista por todos os quartos. Farouk, Hussain, Ismaïl, estavam todos mergulhados num sono profundo.

No *Wepler*, Ali Khan não fazia ideia do que estava sendo tramado. Ainda acreditava no seu jogo, sem saber que caminhava inexoravelmente para o xeque-mate.

— Mas não preciso da sua equipe, nem de nenhum de seus homens. Tenho o que preciso — respondeu Benazir tranquilamente.

— Fico contente por saber. Isso vai facilitar as coisas, pois não tenho a intenção de ficar sob suas ordens — insistiu Ali Khan. — Não se esqueça de que você não é mais coronel da ISI, mas apenas a administradora de uma pequena ONG londrina.

Ela fez um ar pensativo, enquanto tudo transcorria como previsto.

— Conheço os argumentos que você vai apresentar para me convencer a mudar de opinião — continuou ele, seguro de si.

— Não é muito difícil, não jogamos na mesma categoria — interrompeu Benazir.

Sem entender, ele continuou.

— Você vai me dizer que esta missão não pode ter êxito sem os franceses, que será preciso negociar com os RG ou com a DGST. E que você está mais apta para essa negociação graças a seus contatos. Também vai dizer que o seu disfarce é ideal.

— Exato — disse ela.

— Só que esta missão não é comum, apesar do esforço do general para que nós pensássemos que é. Veja, pesquei umas informações *muito,*

muito alto — disse ele, adotando um ar satisfeito. — Sei de coisas que até você ignora.

— Ah. Estou ouvindo, não devemos fazer nada sem pensar.

— Seu pai quer se apoderar de um manuscrito que está à venda. Primeira extravagância. Isto se chama roubo. Depois, ele está usando uma equipe da ISI de maneira oficiosa, e nossas ordens são falsas. Segunda extravagância. Isto se chama prevaricação. Se souberem que ele usa os homens e os recursos da Agência para resolver seus assuntos pessoais, fabricando documentos falsos, corrompendo oficiais, acho que, apesar da patente, do respeito que temos por suas ações em favor de nosso país, ele certamente acabará diante de um tribunal militar. Os tempos mudaram. O presidente quer sanear as instituições, modernizar o Paquistão. Aceitei a missão em consideração a você, mas seu pai não merece.

Ele terminou e se encostou na cadeira, saboreando sua declaração.

— Sinto que você vai me fazer uma proposta — disse ela.

Postadas diante do *hall* do edifício, as duas mulheres tinham dado ao tadjique 15 minutos para que ele verificasse o sono dos homens. Chegado o momento, elas subiram e avançaram pelo apartamento de Ali Khan, aproveitando que a porta fora deixada aberta. Tinham-se trocado no hotel Nikko e vestido uma roupa de *jogging*, sapatos flexíveis e fechados. Suas vestes escondiam suas armas e diferentes pequenos acessórios, como algemas, fita adesiva reforçada, uma bomba de gás lacrimogêneo e corda.

Esse traje esportivo acentuava suas características físicas. Selima Syed parecia quase monstruosa, tão larga quanto alta, o que era injusto, pois era forte, sua corpulência se devia à musculatura e ela media 1,80m. Mas a roupa de jogging não lhe caía bem. Suas coxas ganhavam em espessura e sua bunda se prolongava como um promontório. Karima Jilani, por sua vez, boiava dentro de roupa, que sublinhava sua silhueta miúda, muito feminina, com a pele morena e os traços finos.

Na sala, após indicar os quartos, o tadjique viu que elas faziam uma rápida reunião. Nunca tinha trabalhado com mulheres. Mas entre os chechenos, próximos de sua etnia, os mártires eram as mulheres. Deviam ser boas combatentes.

Elas dividiram os objetivos. Selima se ocuparia de Farouk, Kalima, de Hussain e Ismaïl, com a ajuda do tadjique. Como não era possível ensaiar, ele teve uma certa ansiedade e insistiu para que Farouk fosse o primeiro a ser amarrado. Seguiram para o quarto do balúchi. Ele roncava alto, com seus longos braços abertos, os pés fora de uma cama muito pequena para ele e um lençol cobrindo seu torso majestoso. Era uma cama de solteiro, com uma cabeceira de metal pintado de vermelho, destinada a uma criança.

O tadjique e Karima estavam prontos para intervir, de arma apontada, sem a trava de segurança. Mas a manobra se desenrolou com uma facilidade desconcertante. Um nó corredio foi passado em torno do pescoço de Farouk e preso à cama. A seguir, Selima, que realizava a operação sozinha, amarrou os pés do assassino e prendeu cada uma de suas mãos à cabeceira da cama com um par de algemas. Depois, para maior segurança, aplicou-lhe uma injeção.

— Você não parece preocupada com minha descoberta — falou Ali-Khan com ar surpreso.

— Qual? — respondeu Benazir.

— A de que seu pai está trabalhando por conta própria.

— Acho que você está se supervalorizando. Primeiro, aceitou a missão e só depois descobriu os inconvenientes. O que significa trabalhar por conta própria na ISI? Nós dois sabemos muito bem que o governo raramente está de acordo com os métodos da ISI. Mesmo assim, se o Paquistão ainda está de pé contra o gigante indiano, é porque generais como meu pai estavam lá. O presidente, como quase todos os chefes de Estado paquistaneses, passou pela ISI e sem ela não estaria onde está. Uma vez no poder, é comum renegar a Agência, seus métodos e dirigentes. Mas se meu pai fosse um punjabi, e não um sindi, ele estaria à frente do país.

Ali Khan indicou não entender a alusão. O pai de Benazir era o único sindi de alta patente, e os punjabis sempre dominaram o exército.

— Não está entendendo? Você se demitiu da ISI. Agora, faz apologia a ela.

— Estou defendendo meu pai, isso é normal.

— Não quer saber qual é a minha proposta?

— Qual o risco para meu pai?

— O tribunal militar, simplesmente.

— E o que você quer?

— Você sabe dos meus sentimentos.

— Não... não comece de novo.

— Não, estava brincando. Tem alguém em sua vida?

— Não que eu saiba.

— Ainda dorme com infiéis?

Ele estava sendo claro, diga-se a seu favor. Não se podia afirmar o mesmo dos que lhe eram próximos. Os jornais a tinham apelidado de *A virgem combatente* para elevá-la à categoria de heroína nacional, apesar do seu celibato. Por causa dessa imagem popular, muitos paquistaneses, até na sua própria família, pensavam que, passados trinta anos, seu hímen estava intacto e que ela nunca tinha apalpado o instrumento de um macho. Mas nos círculos da burguesia, era o contrário. Tinha a reputação de uma verdadeira prostituta. Se estivesse acompanhada por um homem com idade para ter uma ereção e cruzasse com um compatriota em Londres ou Paris, já lhe atribuíam um novo amante. O boato, então, cruzava os oceanos, sobrevoava o vale do Indo mais rápido que a luz e ia se inscrever no grande livro das adúlteras dos burgueses de Karachi e Islamabad. Felizmente, sua fama limitava essa maledicência a um círculo restrito.

— Você ainda frequenta as putas? — replicou ela.

Ele riu de sua franqueza. Se suas visões de mundo não fossem tão divergentes, talvez pudessem ter sido bons amigos, até amantes. Como se tivesse lido seus pensamentos, ele respondeu:

— Nossa velha amizade não vai me fazer mudar de opinião. Vou continuar na missão. Quando eu conseguir o *livro*, seu pai terá que me explicar o que pretendia fazer com ele e dividir comigo os ganhos da operação.

Proponho que você fique como reforço. Mantém sua equipe se quiser e nos dá assistência caso seja necessário. Mas sou eu quem dirige a missão.

Sua mão direita avançou timidamente em direção à dela. Parecia sincero. Era uma vantagem que ela não podia perder. Decidiu não maltratá-lo, mas retirou a mão.

— É impossível. Você não tem ideia do que está em jogo neste caso. Não posso contar mais nada. Mas, a partir de agora, você está destituído da missão. Sua equipe está fora de serviço. Lamento. Vamos ligar para o tadjique, você entenderá.

O rosto de Ali mostrou choque.

Reprimindo o riso provocado por essa expressão de espanto, ela se inclinou para pegar o telefone na bolsa.

Fez a ligação enquanto, incrédulo, o homem olhava o recinto como se temesse que uma armadilha se fechasse sobre ele. Ela sabia o que o deixava apavorado. Seu pai supostamente não conhecia a identidade desse doméstico contratado em Paris. Sendo assim, como ela poderia estar a par de sua etnia? De como era chamado?

Falou brevemente ao telefone e passou-lhe o aparelho.

— O que está acontecendo? — perguntou Ali Khan, com uma voz pretensamente autoritária.

À medida que o tadjique falava, ele empalidecia. Devolveu o telefone.

— Quer que ele envie uma foto de seus homens acorrentados?

— Você está louca! Seu pai sabe disso?

Ela tirou da bolsa uma passagem da Paquistan Airlines, um bilhete de ida para Islamabad, de primeira classe.

— Não interessa. A alternativa é a seguinte. Ou você aceita tomar tranquilamente o avião esta noite, e seus homens o seguirão dentro de alguns dias, em ordem aleatória, ou você se recusa e nós os entregamos à polícia francesa. Acho que ela ficará feliz com o presente. O casal de zeladores magrebinos foi uma coisa hedionda. Mas o policial foi realmente uma grande idiotice.

Fez uma pausa para tornar a pergunta mais solene.

— Por que você matou essas pessoas? Me dê uma razão para eu não o entregar. Uma só!

Ele evitava o seu olhar.

— Você estava com seus homens?

— Bem...

Como ela não tinha pensado nisso antes! O valente Mohammed Ali Khan, filho de uma nobre família punjabi, deixava seus homens de rédea solta. Nem ao menos estava no centro das operações.

— Você me enoja!

Ele franziu as sobrancelhas, ergueu o queixo.

— Seu pai disse "sem testemunhas"!

— ISTO NÃO É VERDADE!

Um garçom parou no meio do salão, com a bandeja na mão. Cabeças se viravam em direção à mesa. Ela falara muito alto. Ou teria gritado? Sim, era isso, tinha soltado um grito. Fez um gesto de desculpas em direção aos curiosos. Mas toda a sua atenção ia para o pai. Seria possível que seu pai fosse tão monstruosamente indiferente à vida humana?

32

Em um trailer, no coração dos bosques de Milly-la-Forêt, Paul terminava a história de sua descoberta do manuscrito em Tombuctu. O relato tinha sido econômico em detalhes mais íntimos, mas, enquanto falava, imagens muito precisas, e até odores, voltaram a sua memória. Por que não tinha respondido às cartas de Fatou?

Eles estavam no aposento principal do *trailer* onde Héloise morava, que parecia uma vasta caravana, de um modelo muito antigo. Era uma cozinha e, ao mesmo tempo, servia de sala de estar e sala de jantar. Um corredor estreito ligava esse espaço ao quarto onde Nadir dormia. Para se lavar, precisava ir a um dos outros três trailers, convertido em lavabo. Sentados em banquetas com aros de cobre diante de uma mesa de madeira cujos pés eram soldados no chão, os dois estavam frente a frente.

Durante o relato, ouviram do lado de fora um coro ameaçador de ruídos metálicos, semelhante ao mecanismo de uma metalúrgica em pleno trabalho. No início ele não disse nada; depois ficou inquieto e quis sair para verificar se não estavam levando um pedaço do Cyclop. Mas Sonia o tranquilizou: era apenas o vento que soprava na estátua.

Como uma boneca russa, o Cyclop continha outras obras insólitas, criadas por artistas amigos do criador. Essa imbricação de obras de arte também fazia a fama do monumento. Entre essas obras se encontrava uma amostra de *arte cinética* dos anos 1960-1970, instalada sobre uma plataforma externa. A escultura consistia num pequeno bosque de longas hastes metálicas suspensas, como um móbile de tamanho humano. O visitante era convidado a se embrenhar nessas hastes e, conforme suas dimensões, produzia uma "música" que lhe era própria. Ora, nesse período do ano, o único visitante era o vento e sua intrusão nas hastes é que produzia aquela balbúrdia metálica. Um barulho que lembrava as experimentações de um grupo de *thrash metal* e que bandas como Metallica ou Nirvana poderiam imediatamente ter reciclado em um álbum.

Paul sentia que essa estadia lhe fazia bem. Sonia tinha razão, sua ferida estava cicatrizando.

Durante a narração, ela se limitou a sorrir em alguns momentos escabrosos, sem nunca interrompê-lo. Quando terminou, sua primeira pergunta foi:

— Você pode me mostrar o manuscrito?

— Não tenho o original aqui, mas tenho fotos.

Apresentou os dois jogos de contatos fotográficos que lhe restavam, um intacto e outro rasurado. E lhe explicou por que as versões que emprestava para consulta estavam rasuradas. Tinha sido ideia de Tom. Se esse papiro continha dados históricos importantes, conservá-los inéditos lhe dava um valor adicional. Se fosse publicado por alguém desonesto, o manuscrito teria um valor menor.

Vendo o idioma desses fragmentos, Sonia também se surpreendeu com sua semelhança ao árabe. Como na língua árabe, a escritura ia da esquerda para a direita e as vogais consistiam em acentos colocados sobre as consoantes. Em contrapartida, a forma das letras era diferente e, sobretudo, os pontos característicos do árabe quase não existiam. Ela tinha contado oitenta páginas, mas na realidade havia quarenta. As folhas de papiro eram escritas nas duas faces. Como ele, também reparou na página do título e no colofão, escritos numa outra língua, feita de círculos e traços. Foi David de La Bruyère quem explicou a ele o que era um "colofão" no jargão dos bibliófilos: uma nota final que dava diversas informações sobre a obra e seu redator. Essa nota muitas vezes permitia aferir sua autenticidade. O estranho, nesse caso, era que ela fosse redigida em uma língua diferente do texto.

A segunda pergunta foi:

— E agora, o que o David acha? Ele está sabendo dessa sequência de massacres?

Paul fez uma cara preocupada.

— O problema é que David desapareceu.

— Não!

— Sim, há dez dias ele não responde minhas ligações. Cheguei a ir até lá. Sua loja estava fechada, os vizinhos não sabem para onde ele foi. Mas não estão preocupados. Para eles, foi um arroubo passageiro. Uma paixão súbita por um cara, que ele teria levado às Seychelles. Não seria a primeira vez.

— Na véspera de uma grande operação comercial? É estranho. Acredite, já fui comerciante também. Nessa profissão, une-se o útil ao agradável; sem isso, é melhor mudar de atividade. Você avisou a polícia?

— Mas já lhe disse que a posse desse papiro é ilegal! Quase um roubo. Eu não tenho certificado de venda e nem o declarei quando saí de Mali. E, depois, não sou da família de David. Mas desde a morte do inspetor isso está me martelando aqui dentro — disse ele, batendo com o indicador na cabeça.

— Você acha que existe uma ligação entre esse desaparecimento e os assassinatos?

— Exatamente. Eu voltei de Mali há dois meses. David devia ter montado o leilão no início de janeiro, talvez não imediatamente, mas logo, pois estava de fato entusiasmado. Vamos pensar em 10 de janeiro, mais ou menos. Em 1º de fevereiro exatamente, quando passei na loja, ele havia desaparecido. A seguir degolaram Krimo, cujo nome constava nas folhas de contato fotográfico. Depois reviraram todo o meu apartamento, roubaram um dicionário e um alfabeto siríacos, apunhalando, de passagem, um policial que teve o azar de estar lá. O elo entre todos esses fatos é sempre meu manuscrito siríaco. Como explicar esses acontecimentos de outra forma?

— Você disse a seu *marchand* que era siríaco?

— Não, o siríaco não era a especialidade dele. Tive medo de que abandonasse o negócio, ou retardasse o leilão. Mas, de fato, ele acabou descobrindo sozinho, graças a uma edição do Novo Testamento que possuía nessa língua. Até me disse que era uma forma muito rara de siríaco.

— Ah, vejo que você também tem veia de comerciante. Sabe mentir quando é preciso!

— Não mesmo, se você visse o estado da minha conta no banco... Teria sido melhor aceitar a oferta de 30 mil euros. Eu passaria uns dias tranquilo.

Sonia deu de ombros e arrumou o cabelo para o lado graciosamente. Um sorriso profissional envolvia seu rosto.

— Pense bem. Você teria uma vida boa por um ano, só isso.

Paul ficou surpreso de que ela não incluísse os assassinatos na balança. Era isso que o atormentava. Sua inconsequência tinha causado a morte de duas pessoas, talvez três. Essa culpa o torturava. Quanto mais repassava os diferentes aspectos do caso, mais se sentia responsável pelas mortes. A única solução parecia ser contar tudo à PJ.

Mas ela começou a defendê-lo.

— Como se diz entre nós, *Mektoub*! Estava escrito no grande livro do destino. Você não deve se sentir culpado. Ajudou uma mulher necessitada e tentou recuperar seu investimento, isso é completamente normal. Depois, se existem monstros neste planeta, é outro problema. Você não é responsável pelo mal na Terra. Tinha o direito de pensar em sua felicidade.

Paul ficou grato por ela afastar a culpa que o sufocava. Ainda se sentia responsável, mas estava menos dolorido.

— Bom, e a polícia, o que digo a eles? Estou escondendo um aspecto importante da investigação, um aspecto que poderia levá-los a encontrar os culpados. Podem me acusar de cumplicidade...

— Ei, espere aí! Você construiu todo um argumento com seu papiro, mas talvez os assassinatos não tenham nada a ver entre si, talvez se trate de outra coisa. Você nem mesmo sabe o que aconteceu realmente com David. Nem em relação a Krimo e o policial! Quem os matou? Por quê? Terá sido o mesmo assassino? Isso ainda tem que ser demonstrado. Para mim, a pista salafista ainda é a melhor, até que provem o contrário.

— Mas você confirmou o que Fairouz dizia! Que os salafistas do *lelivredelislam.com* entendiam o jihad num sentido moral, que não conclamavam à luta armada. Que eram apenas uns reacionários grosseiros.

Ela passou a ponta vermelha da língua pelos lábios, pegou um copo de água na mesa.

— De fato, nas fitas do *lelivredelislam.com*, a palavra *jihad* é empregada no sentido de "esforço" e não de "guerra". Mas a palavra é secundária. Existem versículos muito claros no Alcorão sobre a sorte reservada aos infiéis e aos muçulmanos que os sirvam. Nunca lhe contei isso, mas sou uma *hafîz*, alguém que *trazia o Alcorão no peito*, como dizemos entre nós. Sou de Constantina, e lá somos muito praticantes. Meu pai me fez aprender o Alcorão de cor.

Ele a encarou com olhos incrédulos. Pensava que esse tipo de proeza pertencesse a uma época desaparecida.

— Mas como você fez?

— Surata por surata, versículo por versículo, começando pelo fim, onde as suratas são mais curtas. Esse trabalho tomou seis anos de minha vida, entre os 6 e os 12 anos. Não esqueci nenhum versículo, às vezes ainda os recito antes de dormir. Gosto do vigor dessa língua. É preciso conhecer o árabe para entender. O Alcorão é de uma grande beleza, apesar dos horrores que recomenda.

Ela devia ter uma memória excepcional. Paul quis testá-la.

— Então recite a passagem sobre o jihad!

Ela deu um sorriso esquisito.

— Não existe uma passagem, mas sim centenas de versículos em todo o Alcorão. A guerra pela religião é um mandamento do islã. Posso escolher a mais importante, se você quiser. Mas, cuidado, se eu recitar a surata do

Arrependimento você nunca mais vai falar com um muçulmano. Ficará com medo deles e vai passar a evitá-los.

Ele via que ela não estava falando da boca para fora. No entanto, nem Krimo nem Fairouz haviam mencionado essa surata. Eles sempre diziam que o Alcorão era um livro de sabedoria e paz. Segundo eles, *jihad* não significa "guerra santa", mas o trabalho que cada um realiza em si mesmo para rejeitar as forças negativas, a ira e a cupidez. Maomé era como Jesus, alguém que recusava a violência e não respondia às provocações dos inimigos. Era também um feminista, que havia desposado somente uma mulher virgem, Aïcha. Todas as suas outras esposas eram viúvas ou divorciadas.

Ele custava a acreditar, e Sonia percebeu. Ela se levantou e começou a declamar em árabe.

Fa'ida-nsalaha-l'ashuru-lhurumu fa-qtulu-lmusrikyna haytu wajadttumuhum wa huduhum wa-hsuruhum wa-q'udu lahum kulla marsadin.

Era fascinante, como um chamado a abandonar tudo por Deus. Ela marcou uma pausa, depois recitou outro trecho, também lancinante.

— São duas passagens da surata do *Arrependimento*, a surata 9, a mais terrível, a única que não inclui a fórmula de clemência *Bismi-Ilâhi-al-rahmâni al-rahimi*, "Em nome de Alá, o Benfeitor misericordioso". Por causa de sua violência. É uma declaração de guerra contra os não muçulmanos. Esses versículos dizem:

*Mas quando os meses sagrados tiverem transcorrido, matai os idólatras, onde quer que os acheis! Capturai-os! Acossai-os! Espreitai-os!**

*Combatei aqueles que não creem em Alá e no Dia do Juízo Final, nem se abstêm do que Deus e Seu Mensageiro proibiram, e nem professam a verdadeira religião daqueles que receberam o Livro, até que, submissos, paguem o imposto.***

*Alcorão, surata 9, versículo 5.
**Alcorão, surata 9, versículo 29.

— Estou citando o Alcorão porque é o primeiro fundamento do islã, mas a *Suna* está cheia de ditos racistas contra os infiéis.

— Racistas?

— Sim, racistas! Você ouviu bem. Os hadiths que mandam não cumprimentar os judeus e os cristãos, por exemplo. Podemos encontrá-los nas coletâneas religiosas que estão à venda em todas as livrarias muçulmanas da França. Mas só conheço de cor o Alcorão. Quer outro exemplo da forma como os muçulmanos devem tratar os judeus e os cristãos?

— Diga — disse Paul, surpreso com o que estava aprendendo, assim como com essa performance.

Ela voltou a declamar em ritmo hipnótico. A língua corânica era realmente espantosa, de uma beleza selvagem. As sonoridades tinham a dureza do metal, com fulgurâncias que resplandeciam como se as palavras fossem seixos se entrechocando. O ritmo dessas frases era instantâneo, fora do tempo. Parecia um ditado sobrenatural, a língua de um deus terrível. Embora essencialmente ateu, Paul pensou que, se existisse, Deus certamente não seria um deus de amor; era nessa linguagem imperiosa que devia se dirigir aos homens. Só um deus terrível poderia pretender governar o mundo assustador em que vivemos.

(...)

Que Alá os combata! Como se desviam!!

— É mesmo o Alcorão que está recitando? — ele perguntou, desconfiado.

— Sem dúvida. Pura literatura corânica. Surata 9, versículo 30. Você pode ver. Mas não é a única passagem desse gênero; as suratas *A vaca* e *Os espólios* são semelhantes. Por toda parte está escrito: *wa-qâtibu fi sabyli-llâhi*, "combatei no caminho de Alá". É uma obrigação de todos os fiéis. O sexto pilar do islã, um pilar que permanece secreto para não assustar os não muçulmanos. Ouça:

Se não marchardes para o combate, Alá vos castigará dolorosamente;
Ele vos substituirá por outro povo, e em nada podereis prejudicá-Lo,
*porque Alá é todo-poderoso.**

— Mas por que ninguém nunca cita essas passagens? E como fazem os muçulmanos praticantes na França?

— Esquecem essas declarações de guerra e pensam em outros versículos, que fazem elogios a Abraão, Maria ou Jesus.

— É mesmo?! Há coisas assim no Alcorão?... Não estou entendendo mais nada...

— Tem de tudo no Livro de Alá. Nesse mesmo capítulo, intitulado *Arrependimento*, está escrito:

*Os beduínos são mais incrédulos e hipócritas.***

— Percebe? Maomé fala dos beduínos, das tribos com as quais ele se encontrava no mercado, com as quais fez alianças, comemorou casamentos. Sua ama de leite era uma beduína... Esse versículo me exaspera, não suporto que insultem os árabes.

— E é verdade?

— O quê?

— A descrença dos árabes do deserto?

Ela riu francamente.

— Não sei, mas meu pai sempre sorria quando lhe falavam da piedade dos sauditas. Ele fez a peregrinação a Meca várias vezes e viajou ao Iêmen, frequentou os beduínos nômades, aqueles que vivem no deserto. Esses beduínos não respeitam as cinco orações; eles rezam somente duas vezes por dia, ao nascer do sol e ao anoitecer. Também conheceu uma tribo do

---

*Alcorão, surata 9, versículo 39.
**Alcorão, surata 9, versículo 97

Sul, chamada Saar, que nunca rezava ou jejuava. Embora muçulmanos, os saar sustentam que o Profeta dispensou seus ancestrais dessa prática, por mais que a oração e o jejum sejam dois pilares do islã.

— Todo mundo é repreendido com severidade — disse Paul, confuso.

— Sim, ninguém escapa. Muitos muçulmanos dizem que o islã é tolerante; isto é verdade, mas desde que se reconheça sua superioridade e se submeta totalmente a seu Deus. O islã é uma religião de terror, e seu Mensageiro é um profeta da guerra.

33

Ele não sabia o que pensar. Todas as religiões não eram intolerantes e violentas? Apesar de professar um Deus de amor, a Inquisição católica e romana havia torturado e queimado vivos todos os que considerava heréticos. Em nome da caridade cristã, as cruzadas também tinham matado milhões de pessoas. Será que Sonia não estava exagerando? Ela tinha sofrido muito por causa dos islamitas.

— É por isso que sou ateia — continuou ela, com veemência. — Para mim, a paz é preferível à fé! Considero o respeito ao próximo mais importante do que todas as ameaças do Inferno.

Ele a olhou surpreso. Nunca um muçulmano havia feito semelhante declaração de descrença a ele. Sempre pensara que todos os muçulmanos eram fiéis, o que era uma bobagem, evidentemente. Apesar de sua virulência, o rosto dela permanecia espantosamente impassível. A luz da lâmpada enaltecia seus traços, seu busto e seus braços nus, ligeiramente aveludados com uma penugem sombria. A imagem daqueles seios muito brancos, opalinos, voltou-lhe à memória. Ele não ousava pensar em seu ventre, mas uma palavra rara atravessou indolentemente seu espírito, uma palavra que representava para ele o segredo complicado do erotismo: "lanuginoso".

— Não me vanglorio disso, pois tenho amor a minha vida e a dos meus filhos. Mas sou ateia.

Enquanto falava, ela se levantou e, abrindo os braços, o peito agressivo, começou a gritar em direção ao teto, como se desafiasse o próprio Deus.

— ATEIA, ATEIA, ATEIA.

A exclamação ressoou no aposento como um eco. Durante essa declaração, um brilho pareceu irradiar de dentro dela, como se fosse iluminada. Sua silhueta se destacava na noite, terrivelmente atraente. De onde vinha essa luminosidade? Parecia que seu invólucro carnal, a pele aveludada de seus braços, tinha ficado fluorescente. Depois, deve ter pensado na criança e se calou. O halo de luminosidade se apagou de repente, como uma miragem.

Ela tornou a sentar, dizendo:

— Sou uma boba, não?

Paul pensou no artigo para o *L'Ingénu*. Uma ideia genial brotava dentro dele. Animado, disse:

— Vou contar tudo isso em meu artigo sobre o *lelivredelislam.com*. Vai dar um bendito estímulo a esse artigo chato.

— É preciso que alguém conte algum dia, pois muitos muçulmanos só conhecem a *fatiha*, o capítulo de abertura do Alcorão. Mas o *L'Ingénu* não me parece o melhor lugar.

— Por quê?

— Porque esse jornal é dirigido por um judeu e não tem boa reputação. Todo mundo diz que é de direita, ainda que no fundo não passe de populista.

— E se eu assinar o artigo com um pseudônimo, só para lançar o debate?

— Ainda assim, *não*. Suplico que você não faça isso. Por mim e pelo meu filho. Espere até que eu tenha saído da revista. Quer que eu tenha problemas com toda a minha família em Argel?

Enquanto falava, a ansiedade podia ser lida em seus traços.

— Bem, não vou insistir — disse Paul, com pesar. — Mas o artigo está muito chato, seu patrão vai ficar furioso. Não há nada de interessante nas fitas do *lelivredelislam.com*.

— Azar — disse ela, dando de ombros. — Foi ele quem pediu. E vai pagar e mandar o artigo para o lixo, como acontece toda semana.

— Sim, mas vai pagar muito pouco, o mínimo do sindicato. Porém, se eu lhe der um furo, o pagamento será considerável; estou começando a entender como o taleb funciona. E eu poderia fornecer uma matéria realmente exclusiva. Ninguém lê o Alcorão na França!

Sonia se levantou, irritada. Por um breve instante, o halo opalescente brilhou de novo sobre ela. Talvez fosse a raiva que a deixava tão luminosa.

— Ora, pare de ser assim tão ávido, por favor. Você tem um manuscrito antigo que vale ouro. Vamos achar um jeito de negociá-lo.

— Ah, o negócio interessa — disse, aliviado por não estar sozinho com sua consciência.

— É interessante...

— E se eu lhe desse uma porcentagem? — perguntou, temendo que ela estivesse brincando.

— Quanto?

— Quanto você quer?

— Digamos, 10%.

— Eu proponho 15% se você me ajudar a sair desta situação. David vai levar 15%. Com seus 15, me sobram 70%. Se essa obra vale uma soma importante, vai ser muito bem paga. A quanto você acha que um papiro antigo pode chegar?

— Não sei exatamente, mas li na *Gazette de l'hôtel Drouot* que um manuscrito bizantino foi vendido por 10 milhões de dólares na Christie's. Datava do século V e contava a vida do filho natural da imperatriz Teodora. Era um exemplar único. Seu manuscrito é único?

— Como quer que eu saiba? Peguei emprestado um dicionário, mas não consegui traduzir nem uma linha... Mas você lê a *Gazette de Drouot*, Sonia?

— O *L'Ingénu* tem uma assinatura. Às vezes folheio para ver o preço dos móveis. Quem sabe eu descubro uma bela cômoda no Mercado das Pulgas...

Paul sorriu. Assim como a fé na alma gêmea, a existência de um tesouro escondido devia ser a crença mais bem partilhada da Terra. Todo mundo imagina que há um tesouro enterrado esperando em algum lugar. Um tesouro que permitiria uma existência fácil, dedicada unicamente às paixões. Os nomes desse tesouro são muitos: quina, corrida de cavalos, loteria, pôquer, roleta. Para Sonia, era um móvel negociado no mercado das pulgas. Para ele, um manuscrito encontrado em Tombuctu. Pensou se não seria mais razoável contar tudo à polícia.

Mas Sonia embarcava em seu sonho e o fazia existir. Com avidez, ele descobria como uma convicção ganha força a partir do instante em que outra pessoa aceita partilhá-la.

— Imagine que seu texto seja único — disse ela. — Se ele for do século VII, pode render entre 5 e 10 milhões de dólares... Não, é um texto africano, portanto vale menos, digamos 2 ou 3 milhões. No câmbio é quase a mesma coisa em euros.

Paul começou a fazer divisões e multiplicações na cabeça. Não era fraco em cálculo mental.

— Vou ficar com a pior das hipóteses, 2 milhões de euros, é mais prudente. 15% disso renderão a você mais de 220 mil euros, um milhão e meio de francos.

— *Hamdoulila,* graças a Deus — disse ela, com o rosto radiante.

Ambos acreditavam firmemente nesse tesouro siríaco.

— O que você vai fazer com esse dinheiro?

— Hum — disse ela, com os lábios entreabertos. — Férias incríveis, depois imóveis. Um belo apartamento em Paris. Com essa soma, posso obter um crédito para o imóvel dos meus sonhos. Não aguento mais os preços dos aluguéis em Paris. Mas, como se diz na minha casa, "o otimismo é um precipício". Primeiro, responda, o que precisamos fazer?

— Me tirar desta confusão. Encontrar um novo *marchand.* E um meio de pararmos de arriscar nossa vida.

Ele observou a reação da mulher. Estava reconhecendo sua fraqueza e assumia o risco de se desvalorizar perante uma mulher que sonhava reconquistar. Mas seu ponto forte era a ação, não a negociação. Nessa história, era preciso rebolar entre a polícia, os comerciantes e os assassinos. Complicado demais para ele. Sem uma razão muito clara, ele adivinhava que ela era capaz de livrá-lo da confusão. Sonia tinha dez anos a mais que ele, havia deixado a Argélia porque não aceitava a lei dos fundamentalistas, reconstruiu com sucesso a vida na França numa época em que tudo era feito para desencorajar os migrantes. Superar os obstáculos com habilidade era um modo de vida para ela.

Ela lhe estendeu a mão, com a palma aberta.

— Aperte aqui.

Ele apertou.

Após o almoço, Sonia obrigou Nadir a fazer uma sesta. Levou muito tempo até fazê-lo dormir. Depois disse a Paul:

— É chato não contar tudo o que você sabe aos investigadores. Mas é preciso pensar bem na forma de apresentar a descoberta de seu papiro... e o acordo firmado com esse David. Tudo é uma questão de apresentação. Seria trágico ver você acusado de roubo ou mesmo de receptação. Por outro lado, seria lamentável entregar o manuscrito. O seu *marchand* deve ter um advogado, essa profissão está sempre no limite da legalidade. Precisamos contar tudo a ele.

— Mas ele desapareceu! De-sa-pa-re-ceu — disse Paul ressaltando cada sílaba, com a expressão abatida.

— É verdade, mas será que foi isso mesmo? Precisamos ter certeza. E falar com um advogado mesmo assim.

— Quem?

— Vou tentar encontrar o *marchand*, se não o achar vou ver um jurista amigo meu. Você fica aqui com o Nadir. Não atenda o telefone, não ligue o celular e, quando ele acordar da sesta, não o perca de vista. Se acontecer alguma coisa com ele, mato você... Ele tem o *Game Boy* e alguma leitura na mochila; se ficar entediado, deem uma volta. Até a Maison Cocteau, por exemplo, que fica em Milly. Tem comida na geladeira, é só esquentar;

um guisado de cordeiro. Volto à noite. Diga que tive uma emergência no *L'Ingénu*, ele já está acostumado, coitado.

— Mas hoje é domingo.

— As lojas de antiguidades abrem domingo. E também o comércio de arte. Quanto ao jurista, é a vantagem dos amigos: podemos chegar sem avisar. Ele é professor em Nanterre, confio nele.

Calçou os sapatos, vestiu um casaco de couro e pegou as chaves do carro. Ele a acompanhou até o lado de fora, revigorado pela forma enérgica como ela encarava os obstáculos. Sonia caminhava em direção ao Peugeot 307.

— E o texto, está em segurança?

— Claro, o que você acha?

— Ótimo — disse ela. — Me dê um jogo de fotos.

— Certo, mas por quê?

— Para o jurista! Como você quer que ele leve a sério essa história, se eu não tiver nada para mostrar?

— É verdade... sou uma besta.

Foi procurar os contatos fotográficos, o jogo rasurado. Mas, por ordem de Sonia, teve de voltar e pegar o jogo bom, totalmente legível. Segundo ela, a história desse texto já era bem complicada; seria inútil, ainda por cima, acrescentar uma cópia rasurada. Mas prometeu não deixar esse exemplar com ninguém, exceto com um tradutor em quem pudesse confiar totalmente. O jurista, se ele aceitasse cuidar do caso, ficaria com o jogo rasurado.

Paul abriu o portão da cerca e ficou ao lado da entrada. O pensamento de que podia estar só no mundo com o filho de Sonia atravessou seu espírito.

O cascalho fazia um estalido lento e contínuo sob os pneus, amplificado pelo silêncio da floresta. Em meio ao ronco do motor, com o braço para fora da janela, ela repetiu:

— Cuide bem de Nadir!

O motor acelerou bruscamente o Peugeot patinou um pouco, depois subiu pelo caminho florestal que levava à estrada Nacional. Despedindo-se com um aceno, Paul teve a impressão de que ela havia mandado um beijo.

SEGUNDA PARTE

34

— Então, nada de novo, não estamos avançando — disse Madjid Bessaih dando voltas pelo pequeno escritório na mansarda. — Além disso, Paul Mesure e Sonia Boudaoui ainda não foram encontrados.

Eram 10 horas da manhã de segunda-feira. O inspetor não tinha descansado no fim de semana e, no entanto, ainda estava esperando os resultados das análises confiadas aos diferentes laboratórios da PTS e do Instituto Médico Legal. Somente a análise do Salvac havia chegado.

Sua divisão não tinha parado desde o assassinato do colega, no sábado à noite. Procedimentos administrativos no tribunal para obter carta precatória, buscas de indícios no edifício, apreensão de elementos de prova, audiências com a vizinhança e as patrulhas em serviço, investigações, verificações, nada fora negligenciado — exceto sua saúde.

Frédéric Albertina, por sua vez, encarava aquela espera com bom humor e lamentava que o colega não fosse capaz de fazer o mesmo. Segundo ele, o mais delicado era respeitar os procedimentos administrativos, já que qualquer prova obtida por meios ilegais poderia anular um longo trabalho.

Três anos antes, quando tinha acabado de entrar na PJ, assistira à libertação do assassino de uma criança, apesar de uma prova irrefutável da sua culpa, porque tinham encontrado um indício durante uma investigação realizada após as 21 horas na casa dele. O filho da mãe fugiu imediatamente para o exterior. Frédéric nunca mais esqueceu aquele erro. Por isso, gostava dos tempos livres, que combinavam com seu temperamento sonhador e permitiam verificar se tudo tinha sido feito de acordo com as regras. Mas Madjid Bessaih funcionava de outra forma, era dinâmico, não suportava esperar. Ah, se fumasse a erva mágica, ele seria mais *legal*.

— Você está exagerando. Apesar de tudo, já avançamos, relacionamos os homicídios com um outro caso.

Frédéric falava sentado atrás de uma escrivaninha atulhada de pastas de todas as cores, relatórios, notas de serviço e revistas.

— Um pouco de paciência, Madjid, vamos conseguir — acrescentou Marina Godin, que estava de costas para ele, com as nádegas encostadas na mesa.

Frédéric notou que sua colega da divisão Antidrogas se dirigia a Madjid com muita afeição. As fofocas diziam que os dois tinham uma relação. Era uma loira graciosa, que devia ter uns 25 anos, um pouco anoréxica, mas firme onde as proporções eram desejáveis. A delicadeza de suas feições era notável, assim como seu pescoço e seus pulsos. Tinha cabelos cor de mel, muito lisos, que usava curtos, cortados acima dos ombros. Era bonita sem ser enfadonha, tinha graça e personalidade. Todo mundo na PJ reconhecia que era uma boa policial e que era agradável trabalhar com ela.

— Um desaparecimento! Você acha que é com um desaparecimento que vamos resolver um assassinato? — indignou-se Madjid. — Nunca entendi a utilidade do Salvac.

— Estamos numa segunda de manhã, sei muito bem que um policial foi morto, mas era sábado à noite. Não podemos ir mais rápido que a música — defendeu-se Frédéric. — Empregamos todos os meios, a Identidade Judiciária está conosco 100%, os outros serviços também. É preciso dar tempo ao tempo, mais vale um pássaro na mão do que dois voando.

— *A bird in the hand is worth two in the bush* — cantarolou Marina balançando os quadris.

Madjid lançou-lhe um olhar irritado, mas Frédéric adorou o provérbio: *Um pássaro na mão vale mais que dois voando*. Ele voltaria a usar essa frase. Será que Marina gostava de provérbios como ele? Provérbios ingleses, ainda por cima! Saindo da França, sua coleção era pobre. Ele se lembrava apenas de um provérbio italiano, que achava muito profundo. *Se non è vero, è bene trovato — se não é verdade, foi bem inventado.*

Embora Sarfaty não gostasse de provérbios, Frédéric tinha conseguido surpreendê-lo com esse. O comissário até indagou a fonte. Ele o ouvira pela boca de uma bela italiana. Sarfaty, que não fazia nada como as outras pessoas, o havia lido em Proust.

Uma imagem passou diante de seus olhos. Marina nua sob os mesmos lençóis que ele, apoiada em almofadas, seus pequenos seios empinados, e os dois dialogando por meio de provérbios depois do amor. Um sorriso de beatitude surgiu em seu rosto.

Adorava sentenças, frases feitas, provérbios, adágios, ditados ou máximas. Via neles uma razão profunda para aceitar o mundo tal como é. Para ele, a sabedoria popular era uma lição de otimismo. Infelizmente, o comissário Sarfaty detestava o que chamava de "as frases estereotipadas de Frédéric". Aquilo era profundamente injusto, pois seu superior não perdia uma oportunidade de se deleitar com citações de filósofos e poetas. Tudo bem, as frases dele eram mais originais. Mas por que não dar crédito à banalidade? Os enunciados simples tinham um encanto muito próprio.

— Atenção, estou ouvindo os passos de Sarfaty. Quando ele souber em que pé estamos, vai chiar — preveniu Madjid.

O comissário tinha um temperamento sanguíneo. Tinha muito respeito por seus homens, mas também a fraqueza de se exaltar facilmente. No início era difícil entendê-lo, pois ele podia alternar, num período muito curto, uma amabilidade extraordinária e xingamentos de um brutamontes.

E ele, de fato, abriu a porta com vigor. Seu terno preto muito bem cortado e a gravata adornada com um alfinete destoavam da bagunça e do desgaste do gabinete. Frédéric adorava aquela elegância e não hesitava em lhe pedir endereços. Ele se levantou precipitadamente da mesa do comissário.

O primeiro gesto de Sarfaty foi beijar a mão de Marina. Sua galanteria obsoleta era a alegria da ala feminina na polícia.

A inspetora explicou em poucas palavras que a Divisão Antidrogas a enviara como reforço.

— Encantado em vê-la entre nós, querida amiga — disse ele, inclinando-se.

Madjid fez uma careta. Aquele era um aspecto do chefe que ele achava ridículo.

— Serge, você sabe muito bem que todas as mulheres sonham em trabalhar a seu lado. Você estimula a curiosidade — disse Marina contorcendo-se em seu jeans.

Sarfaty deu-lhe uma piscada e foi se sentar no lugar que Frédéric ocupara.

— O que temos sobre a morte de Mourad? — disse negligentemente, manuseando a correspondência que estava em sua mesa.

— Não se apresse, chefe — disse Madjid —, não há nada de novo. Mas Marina fez um sinal para Frédéric intervir.

— Acionamos o *software* Salvac na unidade de Nanterre — disse ele. Fora de todos os prazos habituais! Os dois homicídios têm relação com uma outra cena de crime, mas se trata de um desaparecimento...

— *Pelo silêncio e pelo vazio, atingimos nossas permanências*, dizia Lao-tsé. Que vazio vocês encontraram?

— Bem, como ele disse, chefe, trata-se de um desaparecimento. Os homicídios têm parâmetros similares aos de um desaparecimento — explicou Madjid.

— Talvez seja uma pista — disse Sarfaty sem erguer a cabeça. — Tudo depende de como se deu esse desaparecimento.

Fez um gesto de estímulo a Frédéric, continuando a abrir os envelopes.

— Sim, vários parâmetros combinam: a hora, a ausência de pistas, os rasgos feitos com uma arma branca de lâmina alongada em um sofá e o consumo recente de cocaína em forma de cigarros. É pouco, mas o coeficiente dessas variáveis compensa a sua quantidade. Segundo o técnico de informática, temos uma probabilidade interessante.

— Consumo de cocaína — repetiu Sarfaty endireitando a cabeça. — Mas, meninos, isto é importante! Veja, Marina, se isto se confirmar, estaremos lidando com o tráfico! Sua divisão vai ficar contente.

Albertini ficou empolgado com a ideia de uma apreensão que lhe daria novas oportunidades de recompor suas reservas. Observou o comissário. Suspeitava que o chefe gostava de um pouco de drogas de vez em quando. Algumas amostras tinham sumido do gabinete como por encanto. Ele não falava nada, pois também se aproveitava, mas não era bobo. Quem mais ousaria se apoderar de uma amostra de entorpecente selada com o carimbo da PJ?

Sarfaty se levantou e tentou andar pela sala. Mas quatro pessoas em pé eram demais para o aposento. Tornou a sentar, praguejando contra a exiguidade de seu gabinete. O comissário tinha a mente volátil.

— Como vocês descobriram isso? — disse, alternando o olhar entre Madjid e Frédéric.

— Foi graças a mim — interveio Marina Godin, com a mão nos cabelos, numa pose de *pin-up*. — Tenho um *contato* no laboratório...

— Espere aí, chefe, a ideia de desmontar a janela do zelador foi sua, comissário — disse Madjid com firmeza.

— Em suma — disse Frédéric, cortando os dois —, descobrimos um pequeno resíduo oleoso que não deixa dúvidas. Segundo o técnico do laboratório, fumaram cristais de coca no local. Não *crack*, mas *free-base*. Não me pergunte como, mas ele consegue calcular quando a fumaça se espalhou pela superfície envidraçada. Isso corresponde à hora do crime, sempre.

— Fantástico. Bem, e quem é o desaparecido? — retomou Sarfaty.

— Um *marchand* de arte oriental. David de La Bruyère. Uma bela loja ao lado do museu d'Orsay. Especialista em oriente muçulmano, ele compra e vende manuscritos, autógrafos antigos, pergaminhos ou papiros medievais, cartas e tratados diplomático, etc.

— Meu Deus — disse Sarfaty com o rosto iluminado. — Frédéric, pegue o endereço e vamos até lá. *Allâhu akbar*.

35

O Mégane sem identificação policial abriu caminho pelo cais da margem esquerda com o auxílio do sinalizador que Frédéric colocou sobre o capô. Como sempre, era ele quem dirigia. O comissário falava sozinho, tamborilando no painel. Ainda não tinha desvendado que ligação aquele antiquário de arte oriental podia ter com a investigação. Frédéric, ao contrário, evitava manifestar sua impaciência.

— O fio, está faltando puxar um fio! Eu sabia.

O inspetor dirigia o Mégane perigosamente, como uma moto. Os automóveis se desviavam obedientemente daquela sirene barulhenta e luminosa.

— Ainda não tenho um decodificador, chefe. O senhor precisa explicar.

— O quebra-cabeça está tomando forma, está começando a surgir um desenho. A cocaína já era um sinal positivo.

Dizendo isso, tirou do bolso o esquema que representava um desenho dividido em dois e virou-o em todos os sentidos. Era o desenho gravado na bainha da faca assassina da Rue du Comte-Boulainvilliers.

— Ah, é? — exclamou Frédéric, que não suportava mais aquela espera e descarregava seu nervosismo no automóvel.

Ia tão rápido que o veículo começou a chacoalhar. Talvez a velocidade tirasse do comissário o gosto pela digressão. Mas este se limitou a colocar o cinto de segurança.

— Sim, um toxicômano é um ser dependente, fraco, em suma: humano. Esses homicidas ficam personificados. Olhe, aposto com você que o dicionário de siríaco da casa de Paul Mesure desapareceu, certo?

Frédéric tirou o pé do acelerador e o motor voltou a uma velocidade razoável. Então olhou para o comissário como se examinasse as mãos de um mágico na esperança de encontrar o segredo do seu truque.

— Como foi que adivinhou, chefe? — disse, dando um soco no volante. — Eu estava esperando para lhe contar.

— Mas isso é óbvio.

— Claro...

— Naturalmente. O siríaco é como o latim, uma língua morta, ou quase.

— Não sei o que é o siríaco, comissário.

— Uma variedade do aramaico, a língua semita falada no Oriente Médio na época dos persas. Cada região tinha seu dialeto aramaico; o da cidade de Edessa era o siríaco, mas esse dialeto se impôs para além de Edessa, como o latim falado na Île-de-France se impôs em toda a França. Quem fala em siríaco fala em Edessa, e Edessa nos remete à *Escola dos Persas*. É este o fio condutor: um antigo manuscrito em siríaco! Sem esse desaparecimento, passaríamos longe desse detalhe. Ah, o *software* Salvac é uma bela ferramenta!

— *Escola dos Persas*? — perguntou Frédéric, que estava ficando tonto.

— Sim, assim como falamos da *Escola de Toledo*. Mas, nesse caso, era Edessa, na Pérsia sassânida, antes da chegada do islã. Expulsos de Atenas e da Alexandria, perseguidos como hereges, os padres nestorianos* e os filósofos neoplatônicos encontraram refúgio em Edessa. Para prosseguir com sua reflexão, eles fundaram novas escolas de filosofia; para ganhar seu pão, traduziram as obras gregas para o siríaco. Graças a eles, a herança

*O nestorianismo foi uma heresia cristã muito difundida na Arábia, no litoral pérsico e na Pérsia. Segundo essa doutrina, Cristo era apenas um homem e não um deus, ideia que também existe no islã. Essa corrente religiosa ainda subsiste no cristianismo oriental.

erudita dos gregos sobreviveu. Mais tarde, quando o árabe substituiu o siríaco como língua culta, todas essas traduções foram transpostas para o árabe, em Bagdá. Sem essas duas escolas, de Edessa e Toledo, com Bagdá no meio, a Renascença, o humanismo clássico e até mesmo o iluminismo, nada disso existiria.

Frédéric hesitou, pois havia muita informação naquelas palavras. O ideal seria que Sarfaty repetisse mais devagar o que acabara de dizer. Sem dúvida, ele corria o risco de passar por um retardado mental. Mas se queria entender o motivo dos homicídios, e ter algo mais que um papel secundário na investigação, não havia escolha.

Sem nenhuma irritação, Sarfaty reformulou sua exposição. Dessa vez, Frédéric absorveu o essencial. Entendeu que havia ocorrido um *Milagre árabe* na Idade Média, da mesma forma que se falava de um *Milagre grego* na Antiguidade. Que o siríaco havia sido o pivô desse milagre árabe. Será que o comissário não estava exagerando, levado por sua paixão pela civilização muçulmana? No curso de cultura geral que fizera para o concurso de inspetor, nunca tinham mencionado esse aspecto do Islã. A contribuição dos árabes se limitava às conquistas e às *Mil e uma noites*.

— Um manuscrito antigo! Essas coisas têm algum valor?

— Alguns valem uma fortuna, mais que um Picasso ou um Van Gogh. Tudo que é raro é caro.

— Mas, então, não fica clara a relação com Paul.

— Nada indica que seja ele o assassino. Eu o vejo mais no papel de proprietário do manuscrito. É ele que estão querendo, e vai ser a próxima vítima... se continuar a nos enrolar. Ele teme por sua vida, mas uma esperança ainda mais poderosa o impede de nos contar tudo.

— E os salafistas?

— Você ouviu as fitas?

Frédéric sacudiu os ombros e se concentrou na direção.

— São apenas hadiths classificados por tema. Não há nada de delituoso naqueles discursos. A não ser que você queira atacar a *Suna* por machismo, homofobia ou xenofobia. Delitos de que todas as religiões são culpadas.

— Espere aí, comissário, não zombe da religião muçulmana. O senhor sabe que existem devotos na equipe — disse Frédéric, maliciosamente, pensando em seu colega.

Madjid detestava os fundamentalistas, mas fazia questão de deixar claro que era muçulmano praticante.

— Eu sei. Também fui devoto. Mas quem disse à Mussot que eu estava negligenciando a pista do *lelivredelislam.com*?

Frédéric enrubesceu até as orelhas, o que lhe dava um aspecto muito vermelho, pois tinha a pele muito branca de todos os loiros. Com os olhos fixos na estrada, resolveu explicar que aquela diretora era a encarnação de Maquiavel. E ela estava sempre à espreita, com suas orelhas pontudas como radares para pegar suas menores dúvidas.

— Espere, chefe, o senhor tem que saber o que aconteceu. Ela nos ouviu discutindo em frente à máquina de café. Quando percebemos, era tarde demais. Eu queria lhe contar, mas não tive oportunidade. Ela acabou com o senhor?

— Exato — disse Sarfaty, que olhava pela janela.

Frédéric se virou para ele.

— Sentimos muito, chefe, mesmo.

Sarfaty parecia aliviado.

— Ninguém o criticou, chefe, juro.

— De qualquer forma, o *lelivredelislam.com* não tem nada que o condene. Vamos interrogá-los por condescendência, isso é tudo. Em compensação, o siríaco... é esse o motivo.

— Então o senhor também já foi devoto, chefe? — disse Frédéric para mudar de assunto.

Ele nunca tivera oportunidade de falar de religião com o comissário, que os meios de comunicação consideravam um especialista. Tinha a intenção de levá-lo à confidência.

— Há um ditado sufi que diz: *Quando você descreve o mel a alguém que nunca experimentou, mesmo que use todos os meios para se fazer entender, nunca vai conseguir fazê-lo sentir o gosto que o mel tem.* Sou cético ou ateu, dependendo do dia, mas para estudar a fé precisei tentar acreditar, e acho que consegui.

— Por quanto tempo?

— Por alguns segundos de cada vez, mas sempre foi muito intenso. Compreendi o que significava a expressão "voltar-se para Deus". É uma experiência que a gente não esquece.

O telefone do carro tocou. Sarfaty ouviu um relatório e deu instruções.

— O senhor pretende prender Paul Mesure pessoalmente, chefe?

— Já cometemos muitos erros. Acabei de mandar que fiquem vigiando o esconderijo dele e esperem as ordens.

A investigação estava adquirindo um novo ritmo. Frédéric deixou de lado a fé e seus mistérios, e preocupações mais terrenas invadiram sua mente.

O telefone tocou outra vez. O comissário atendeu de novo. Ouviu atentamente, depois disse:

— Mantenha-o na PJ, cozinhem ele um pouco.

— Pegaram o Paul Mesure, chefe?

— Não, foi um tal de Ali, um adolescente que estava rondando o edifício da Rue du Comte-Boulainvilliers. Ele se diz filho de Sonia Boudaoui, mas está vestido como um beduíno.

— Bem, a verdade está vindo à tona — disse Frédéric. — Deus é grande, como o senhor diz.

— Eu não tinha previsto este ponto, mas se você está dizendo... Lá está, pegue à direita e desligue a sirene.

Enquanto fazia a manobra para estacionar, Frédéric viu uma mulher de cor, muito corpulenta e forte, sair engatinhando de uma loja cuja porta de correr estava três quartos abaixada. Devido a seu porte, a operação não estava sendo fácil, e ela se contorcia desesperadamente, como uma raposa prisioneira de um cão de caça. Frédéric riu daquela imagem que evocava suas férias infantis em Champanhe, sem se dar conta de que aquele estabelecimento devia ser o de David de La Bruyère, o comerciante de arte.

Esse quadro cômico girou por um instante em sua mente antes de adquirir um sentido. Já Sarfaty nem mesmo tinha notado a cena. Com a cabeça virada para a rua, ele observava o trânsito, temendo uma colisão com o Mégane.

Nesse instante, o telefone tocou pela terceira vez.

Quando Frédéric entendeu que aquela grandalhona de *jogging* estava saindo da loja onde havia ocorrido o desaparecimento registrado pelo Salvac, loja que estava lacrada pela polícia, não hesitou. Sem terminar a manobra, com o Mégane apenas meio estacionado, desligou o motor, saiu e correu em direção à mulher.

36

Para Paul Mesure, também era segunda-feira de manhã em Milly-la-Forêt. Bem cedo, Sonia tinha partido de carro para Paris, a fim de deixar o filho na escola e ir para o jornal. Segundo ela, se a polícia precisasse de uma testemunha, procuraria a pessoa em cuja casa o inspetor tinha sido assassinado, não ela. Portanto, não corria nenhum risco se reaparecesse. Ela precisava ir a Paris de qualquer forma, pois tinham decidido confiar o manuscrito siríaco a um tradutor. Paul lhe entregara o jogo de fotos sem rasuras.

Ele puxara uma espreguiçadeira para fora e, com uma xícara de café na mão, pensava na sua situação. À sua frente estava o portão gradeado, com a massa brilhante do Cyclop que se podia adivinhar através dos carvalhos e pinheiros. À sua direita, a trilha cortava a vegetação espessa. Mais adiante, via-se a estrada principal, com seu fluxo de veículos e caminhões, cujo barulho chegava até ele.

Paul estava sozinho há apenas duas horas e já se sentia entediado na *casa* de Heloise. Os três trailers não tinham nada de especial e eram destinados exclusivamente ao trabalho. Não havia sequer uma TV para acompanhar o noticiário! Ele realmente tinha dificuldade em imaginar Heloise morando ali sozinha durante semanas. Aquela moça devia ser uma santa — ou uma bruxa.

A visita de Sonia ao seu amigo jurista tinha sido positiva. O professor de direito civil telefonara para um amigo especialista, que confirmou a raridade dos papiros siríacos do século VII. Seu códice tinha, portanto, grandes chances de valer uma quantia atraente, sobretudo se fosse um texto tido como perdido. Essa quantia era difícil de precisar, a variação era muito grande, mas dois milhões de euros pareciam facilmente concebíveis.

Em contrapartida, o jurista achava o caso grave no aspecto penal e aconselhava Paul a se entregar à polícia o quanto antes. Corria o risco de ter que entregar também o manuscrito, se exigissem. No mais, ele se prontificava a fazer um estudo sobre o direito malinês para avaliar as chances de Paul conservar o códice. Tudo dependia do conteúdo do texto: se tivesse alguma relação com Mali, suas chances diminuiriam. Caso contrário, Paul não precisava citar sua origem. Sonia havia contado ao amigo jurista que o livro tinha sido adquirido de um tuaregue em Tombuctu.

— De agora em diante — disse ela a Paul —, você deve dizer que o manuscrito foi descoberto no mercado das pulgas de Montreuil. É um mercado menos profissional do que o de Clignancourt; é uma história plausível, sobretudo se você afirmar que estava num lote de livros ou revistas.

Será que ele podia confiar em Sonia totalmente? Domingo à noite, descobrira um aspecto da personalidade dela que nunca tinha imaginado.

As fotos estavam espalhadas diante deles, sobre a mesa de madeira bem iluminada por uma lâmpada de 100 watts.

— Você fez muito bem em conservar estas cópias. Do contrário, só nos restaria chorar — disse Sonia.

Ela flutuava dentro de um macacão de trabalho de Heloise, manchado de riscos vermelhos e amarelos de acrílico. Embora o macacão fosse muito grande, Sonia conservava todo o seu charme. Seus olhos brilhavam olhando as páginas.

— Comecei a desconfiar quando David de La Bruyère desapareceu. Pensei que podiam estar querendo me dar um golpe. No mesmo dia, escondi dois jogos de fotos sob a banheira e guardei os originais no banco. O papiro é um papel muito frágil. Ele se desfaz facilmente.

— Como você teve a ideia do cofre? Achei que você fosse menos previdente — disse ela, rindo.

— Isso me ocorreu quando eu estava conversando com o gerente. Ele tinha me chamado para falar mais uma vez sobre meu saldo devedor. Queria fixar um patamar que não fosse ultrapassado, mas também queria que eu adquirisse produtos do banco. Perguntei se tinham cofres. Ele me olhou com surpresa. Aluguei um cofre e o gerente ficou muito satisfeito. Para ele, era melhor do que me vender produtos do banco.

Ela o olhava quase com ternura.

— Para mim, o que me dá medo são as frases em *targui* no final.

— *Targui*? Você quer dizer a língua dos tuaregues? É verdade o que Fatou disse?

— Sim, é tuaregue, uma escrita que pode ser encontrada no Saara. Os berberes a adotaram para rivalizar com o árabe. Dizem que é bem mais antiga que o árabe.

— O que preocupa você?

— Imagine que essas duas linhas digam: "Eu, fulano de tal, rei de Tombuctu, mando transcrever esta epopeia em siríaco para educar meus súditos". Seria como um título de propriedade, a prova de que o Estado malinês é proprietário do manuscrito.

— Mas, já que o comprei no mercado das pulgas de Montreuil... — disse Paul, querendo mostrar que estava aprendendo depressa.

— Se esse papiro vale a fortuna que esperamos, haverá artigos, especialistas e *tutti quanti*. Muita gente vai se debruçar sobre ele. Esse colofão não escapará a ninguém.

— Você acha?

— Com toda a certeza — disse ela. — E se cortarmos esta parte?

Ele percebeu que ela era a favor de soluções drásticas. Mas ele não estava disposto.

— Nem pensar. Seria ir longe demais.

— Pense nisso, em todo caso. Corremos o risco de ser presos ou de perder a vida. E, depois, é apenas uma cópia.

Seu rosto era puro, para além do bem e do mal. Em seus olhos negros não havia nenhum cálculo, nenhum traço de maquinação. Somente a marca de uma fatalidade assumida.

— Se mudar de opinião, ligue para mim no jornal. Caso eu não esteja em minha sala, deixe uma mensagem, algo como "é preciso cortar os cabelos de Nadir".

Ela também mostrou a página inicial com a lupa.

— Está vendo esta linha? Isto parece árabe. Parece a fórmula com a qual todas as suratas começam: "Em nome de Deus, o Clemente e Misericordioso". Espero que não seja um Alcorão, pois nesse caso não teremos como sair da enrascada.

— O que muda com isso? — perguntou Paul, bocejando.

Estava começando a ficar com sono.

— O Alcorão foi revelado *em elucidativa língua árabe*,* por isso o árabe é uma língua sagrada para os muçulmanos. Se este documento mostrar que existiu um Alcorão em siríaco, teremos todos os fiéis nos nossos calcanhares.

Paul sentiu que Sonia também teria riscado aquela frase e todas as que evocassem o Alcorão. Ela o olhou, hesitou, depois se inclinou novamente sobre a página com a lupa.

Paul não sabia grande coisa dos sofrimentos que ela tinha vivido na Argélia, mas deviam ter sido terríveis. Domingo, antes do jantar, uma frase de Nadir também o havia chocado. Enquanto ele escolhia as melhores passagens salafistas para ilustrar o seu artigo e Sonia arrumava a cozinha, Nadir reclamou que estava entediado. O trailer não era grande coisa. Lá fora, a chuva caía, e o menino havia esgotado seu interesse pelo *Game Boy*. Queria brincar com o computador, mas Paul precisava dele para terminar o artigo. Então Nadir declarou: "Ah, se meu irmão mais

---

*Alcorão, surata 26, versículos 195-196.

velho estivesse aqui"! Como ninguém se manifestara, repetiu a frase várias vezes, percorrendo o trailer a passos largos.

Bruscamente, Sonia deixou o canto da cozinha e deu-lhe um tapa. Ele fugiu para o quarto, gritando: "Tenho um irmão mais velho, tenho um irmão mais velho". Paul perguntou o que havia com ele, mas Sonia encerrou a discussão com a frase: "Este menino está mentindo e sabe que eu não gosto disso."

O tempo estava mais claro, os raios de sol se intensificavam. Decidiu ir até Milly-la-Forêt para tentar retirar um pouco de dinheiro e fazer compras. Quando estava entrando em casa, um barulho de carro chegou até ele. A trilha era um beco, e a visita ao Cyclop, impossível. O que queria esse visitante? Abriu rapidamente a porta de entrada e olhou pela janela.

Era uma grande picape vermelha, dessas chamadas de "*hard-top*", um veículo utilitário com cabine traseira fechada. O que chamou sua atenção foi que os vidros eram opacos, cobertos de um preto insondável. Por precaução, decidiu se esconder e observar os intrusos. Pulou pela janela que desembocava na floresta.

Escondido num canto, esperou. Diante dele, sobre os troncos e galhos frondosos, milhares de pequenos fogos-fátuos dançavam, vindos do Cyclop. Era o reflexo do sol sobre os milhares de fragmentos de espelho que recobriam a estátua de metal.

A cabeça colossal se erguia no meio das árvores, brilhante e enigmática. Parecia uma sentinela postada na fronteira da floresta. Numa época mais antiga, teria sido adorada como uma divindade, um deus zelando pelos limites da civilização. Seu tamanho exagerado só podia evocar o medo, ou a esperança.

37

Em Paris, no quarteirão do museu d'Orsay, mais ou menos no mesmo instante, o inspetor Albertini corria em direção à moça imponente, que finalmente tinha conseguido se libertar da porta de metal e sacudia a poeira do *jogging* azul. De longe ele a havia tomado por uma negra, mas sua pele era mais caramelo que negra, uma nuance difícil de descrever. Era a pele escura de uma asiática, de uma indiana, pensou. Como se tratava de uma mulher, ele não esperava encontrar grande resistência. Queria prendê-la rapidamente, para evitar um escândalo na via pública e se antecipar a um eventual cúmplice. O comissário Sarfaty ficaria bobo com sua eficácia. A investigação iria progredir a passos de gigante.

Apesar de sua corpulência, a mulher reagiu com uma vivacidade surpreendente. Enquanto Frédéric lhe mostrava o distintivo, ela pôs os punhos em guarda, com o joelho direito levantado, como à espera de um golpe. Essa posição de combate o desconcertou. Estava equipado para encarar os duros golpes das ruas, com acessórios totalmente proibidos pelo regulamento interno da polícia francesa. Mas utilizar esses acessórios contra uma mulher lhe parecia desonroso. Então, também se pôs em guarda.

A mulher tinha um sorriso que não o agradou. A posição de suas mãos e seu jogo de pernas não mostravam nenhuma falha. Seus olhos negros não desgrudavam dos próprios movimentos. Quando ele se deslocava, ela também se mexia, às vezes trocando a perna de apoio, mas sempre conservando um joelho no ar. Ficaram se observando assim, multiplicando os movimentos, numa pantomima marcial. Aquele joelho suspenso tinha algo de risível, mas o instinto dizia a Albertini que era uma defesa perigosa. Ele ouvira dizer que no boxe tailandês um golpe de joelho podia atingir a força de muitas toneladas.

Sentindo que aquela mulher poderia ridicularizá-lo, Frédéric sacou sua arma de serviço, o bom e velho revólver Manurhin, modelo 357, e mandou que ela se identificasse. A mulher asiática não respondeu à ordem, mas baixou a guarda. Será que entendia sua língua? Seus olhos oscilavam entre ele e o chão, como se tivesse perdido alguma coisa. Frédéric notou o envelope de papel *kraft* 24 por 19 centímetros jogado à esquerda da porta da loja. Então era por isso que ela não tinha fugido! O inspetor a fez recuar com o 357 Magnum e inclinou o tronco para pegar o envelope.

Mas enquanto se abaixava a mulher gigantesca realizou uma série de movimentos fulgurantes. Um golpe rodopiante com o pé fez sua Magnum voar longe. Caindo sobre o mesmo pé, ela agarrou sua cabeça com um grito bizarro e lhe cravou o joelho esquerdo no peito. Com a boca aberta, incapaz de respirar, o homem soluçou com as mãos no tórax.

De olhos semicerrados, ela o segurou pela roupa e lhe desferiu uma cabeçada. Já asfixiado, Frédéric foi projetado contra a parede, depois caiu de forma lastimável no chão, com a cabeça tomada pela dor. Sem pressa, a mulher pegou a arma e o envelope *kraft*. Só lhe faltava fugir. Mas dois passantes tinham parado diante da cena e ela perdeu alguns segundos preciosos.

Semiconsciente, esquecendo seus princípios, Frédéric pulou sobre ela e a golpeou secamente com seu soco-inglês. A arma atingiu-a do lado esquerdo da cabeça. Aturdida, ela caiu sentada. Apesar dos fartos cabelos pretos, tinha sido atingida em cheio; o couro cabeludo devia estar rasgado. Esse gesto lhe devolveu a confiança. Ele sacou as algemas num rompante. Mas a asiática era insensível à dor. Soltando um grito estridente, a mulher rodopiou como um pião e lhe deu outra rasteira circular. Enquanto o soco-inglês lhe escapava das mãos, outro pontapé atingiu seu ombro e o desequilibrou. Ela então desferiu uma sequência de golpes diretos com os punhos. Esquerda, direita, esquerda, direita, o rosto dele se transformou num saco de pancadas. Sentia o gosto de sangue nos lábios e sua pálpebra direita se recusava a abrir. Sem a arma e sem esperança de neutralizá-la, já com um dos olhos fechados, tentava proteger a cabeça. Foi um erro. Ela o agarrou pelos cabelos, inspirou profundamente e quando soltou o ar dos pulmões, soprando como uma nadadora, seu joelho o atingiu selvagemente no plexo. Ele cambaleou diante dela como um bêbado. Fazendo uma última volta completa sobre si mesma, seu cotovelo se projetou contra ele a toda velocidade, batendo furiosamente em sua têmpora direita, num movimento ao qual não faltou coragem. A arcada de Frédéric estourou e o sangue jorrou. Ele desabou.

Uma série violenta de pontapés na barriga, acompanhada de barulhos com a boca, sucedeu sua queda. Ela não sorria mais, seu rosto tinha uma expressão dura. Não havia gostado do soco-inglês. Enrolado em si mesmo, sobressaltando-se a cada impacto, o inspetor só pensava em se proteger. Ela acabou parando a série mortal e ficou em guarda a sua frente, com os pés ágeis. Ele não se mexia mais, apesar do cassetete e da bomba de gás lacrimogêneo que trazia consigo. Inútil lutar contra uma máquina que possui a leveza de um animal. Quando a mulher percebeu que ele não se levantaria mais, pegou o soco-inglês e caminhou em sua direção. Pensando que iria receber o golpe de misericórdia, ele fechou os olhos, mas ela se contentou em lhe cuspir na cara.

A mulher o tinha destruído, enquanto ele pensava que levaria vantagem em alguns minutos. Agora, ela ia embora. Usando a última reserva de energia que todo organismo contém, ele apoiou os cotovelos no chão e gritou em direção ao automóvel. O grupo de passantes tinha aumentado, eram cinco ou seis fazendo perguntas. Com um atrevimento incrível, a mulher atlética agarrou-o pelas costas da roupa e o ergueu só com a força de um braço, dizendo: "*My fucking husband. He's drunk again.*" Ele tentou falar, mas ela o esbofeteou, gritando: "*Where is my money? You drink all my money?*" Os curiosos gargalharam diante daquela cena conjugal inédita.

As mulheres encorajavam sua algoz, mas ninguém levava a sério aquela discussão.

Enquanto ela aproveitava para revistá-lo, o policial virou o olhar zarolho em direção a Sarfaty. Era sua última cartada. Mas, sentado no Mégane, com a porta aberta e uma perna para fora, o comissário ainda estava ao telefone, como se conversasse com o presidente da República. Frédéric não acreditava no que o seu olho bom estava vendo. A única coisa que o comissário fizera fora estacionar o carro. E, no entanto, estava a apenas 20 metros. E forçosamente tinha visto a luta. Por que não intervinha?

Sarfaty acabou saindo do carro e se aproximou como se fosse um passante atraído pela aglomeração. Em vez de intervir imediatamente, pareceu hesitar. A seguir, sacou sua arma e ordenou que os curiosos se afastassem do local. O inspetor recuperou a esperança. Quando o círculo à sua volta se dispersou, o comissário dirigiu-se à mulher em inglês anunciando que iria fraturar um de seus joelhos. Surpresa, ela largou a vítima, que desabou na calçada pela terceira vez. Mas também estava armada. Sarfaty tinha a reputação de ser muito bom no arremesso de faca, mas com um revólver?

Quando caía, Frédéric teve o reflexo de se agarrar à calça do *jogging* de sua agressora. Tinha uma ideia em mente.

A mulher corpulenta deu-lhe cotoveladas na cabeça, mas ele não largou a calça, que descia irresistivelmente, revelando uma imponente calcinha vermelha, pernas grossas como pilares e uma pele áspera.

O rosto da mulher ficou sombrio; aquela exibição a deixava muito constrangida. Pegou o soco-inglês e ergueu o braço para dar mais potência ao movimento. Frédéric encolheu o pescoço entre os ombros e puxou com ainda mais força o *jogging*, que escorregou até o chão. Ela ainda poderia machucá-lo bastante, mas iria se enredar nos próprios pés, com toda a certeza.

Ouviu-se um disparo. O comissário havia atirado para o alto. De calcinha, com as pernas imobilizadas, a mulher se assustou e largou tudo o que tinha nas mãos. O inspetor largou a calça. Ela rapidamente a vestiu, com uma olhadela embaraçada para o homem que se encontrava a seus pés, com a cabeça sob sua intimidade. Frédéric exultava.

Passando os olhos ao redor, a amazona ponderou a situação; não estava mais em posição de vantagem. Então, em passadas curtas, partiu como se estivesse terminando sua corrida diária. Sarfaty não tentou persegui-la.

Com a ajuda do comissário, Frédéric se aprumou, balbuciando "eu a peguei, eu a peguei". Recusando-se a ir para o hospital, apoiou-se no colega e caminhou até um café-tabacaria que ficava ali perto.

Apesar da oferta insistente, não quis ser acompanhado e cambaleou até o banheiro.

— Não será uma garota que irá me derrubar! — afirmava enquanto descia, com cuidado, os degraus que levavam ao subsolo.

38

Embora estivesse preocupado com seu subordinado, Sarfaty se conteve para não segui-lo. O inspetor Albertini gostava de briga e não era a primeira vez que o via ferido numa interpelação física.

Pegou as luvas de borracha que sempre trazia consigo, colocou-as e abriu o envelope de papel *kraft*.

Ele continha um jogo de contatos fotográficos digitais impressos em papel de boa qualidade. Outrora, lembrava, seria preciso ter um laboratório ou pedir a um profissional para fazer contatos fotográficos analógicos. Com o desenvolvimento da fotografia digital isso não era mais necessário. Um simples *software* de tratamento de imagens podia gerar aquelas folhas de contatos.

As fotos reproduziam o conteúdo de um manuscrito antigo, mas de forma bizarra, já que várias imagens tinham sido cuidadosamente suprimidas com uma tarja preta.

Contou ao todo nove folhas de contatos. Em cada uma se encontravam nove imagens legendadas, exceto a última, que compreendia duas. O fotógrafo tinha feito um bom trabalho. As duas primeiras imagens representavam a encadernação da frente e do verso: um estojo de couro vermelho gasto, que devia ser estampado ou incrustado com fios de ouro. Depois vinha o texto manuscrito, do qual somente a primeira e a última página não tinham sido rasuradas. As linhas dessas duas páginas eram impossíveis de decifrar naquele formato, pois a escrita era minúscula, mas as letrinhas lembravam indiscutivelmente o oriente.

O coração de Sarfaty acelerou, seus neurônios entraram em ação. Ele se viu de novo na Biblioteca Nacional da França, então instalada na Rue des Archives, no IVº distrito. Sentado na sala dos manuscritos orientais, durante a redação da sua tese, consultava a rica coleção de pergaminhos e papiros muçulmanos acumulada pelo Estado francês a partir do século XVII. Muitos eram parecidos com aquele texto.

A existência do inspetor Albertini foi se apagando lentamente de sua mente.

A julgar pelas fotos, aquele manuscrito era um *codex* (livro), não um *volumen* (rolo), o que significava que era posterior ao século II, até mesmo ao século IV, data em que a técnica do livro suplantou definitivamente os rolos.

Cada foto devia ter 3 ou 4 centímetros de altura. Pôs os óculos de leitura e colou o nariz nas fotos.

Na página de abertura, o estilo das primeiras linhas lembrava vagamente o *hidjâzî*, a caligrafia do primeiro século do islã. Mas, se sua dedução estivesse correta, devia ser siríaco. A última página, em contrapartida, mostrava uma outra língua, feita de bastonetes e flechas, desconhecida por Sarfaty. E não era uma língua semita.

Além da identificação da escrita, a leitura também era impossível. Seria preciso uma lupa.

As legendas das fotos, porém, estavam completamente visíveis. Era sempre a mesma, inscrita sobre cada contato, feita por uma função automática do *software* de tratamento de imagens.

Nome do arquivo: manuscrito Tombuctu.
Tamanho da imagem: 2304X3072
Nome do dispositivo: Canon DIGITAL IXUS 900
Data/hora da foto: 13 novembro
Tempo de exposição: 1/60

Abertura: 0
Correção da exposição: 0
Foco (película 35 mm): 0
Flash: ativo

Sob os contatos, também havia a marca de um carimbo:

"KRIMO, AGENTE FOTÓGRAFO, 7, RUE DU COMTE-HENRI-DE-BOULAINVILLIERS, 75020 PARIS."

Um grande sorriso de satisfação iluminou o rosto do comissário Sarfaty. Graças a essas menções, ele tinha mais informações do que esperava obter naquele ponto da investigação. As datas da viagem correspondiam e, ao revistar o apartamento de Paul Mesure, se empenharia em encontrar um aparelho digital Canon modelo Ixus 900.

Agora precisava descobrir por que o manuscrito era um objeto pelo qual havia homens dispostos a matar. Uma lupa, rápido. "Rápido, rápido", cantarolou, enquanto se dirigia para a seção parte de tabacaria.

A vendedora, uma trintona gorda, toda vestida de couro preto, muito maquiada, respondeu com mau humor a sua pergunta.

— Qual é, vovô, onde você pensa que está? Aqui não é a casa do Sherlock Holmes. Não tem lupa. Há um bazar aqui perto, vá ver lá.

O sangue lhe subiu à cabeça. Fez um esforço para permanecer calmo, mas "vovô" era demais. Realmente, devia estar com um ar muito cansado. Pôs sua carteira de comissário a 5 centímetros dos olhos da vendedora e lhe disse num tom cortante:

— Aqui estão 50 euros. Você tem cinco minutos para me trazer uma lupa, uma boa lupa. Em dez minutos, uma brigada da alfândega estará aqui para passar um pente fino nas suas contas, seus charutos e suas bebidas.

Sem esperar resposta, voltou a se sentar. Pretendia passar esses cinco minutos tentando entender se era *hidjâzî* ou siríaco, mas teve que ficar ouvindo o dono do café, que veio apresentar suas desculpas pela atitude da esposa. Escondeu os contatos fotográficos sob o envelope de papel *kraft* e balançava a cabeça enquanto ouvia o proprietário se queixar da falta de educação dos consumidores. Quando se preparava para contar uma agressão sofrida pela mulher, Sarfaty o dispensou. A lupa estava chegando, junto com a nota e o troco, que ele deixou para a vendedora. Ela agora lhe falava baixando os olhos carregados de rímel.

O instrumento era imitação de um modelo antigo, com um falso cabo de madeira e prata, mas sua capacidade de aumento era considerável. Ele leu atentamente a primeira linha e reconheceu o velho siríaco. Era uma fórmula tradicional, com a qual alguém se colocava sob a proteção de Deus.

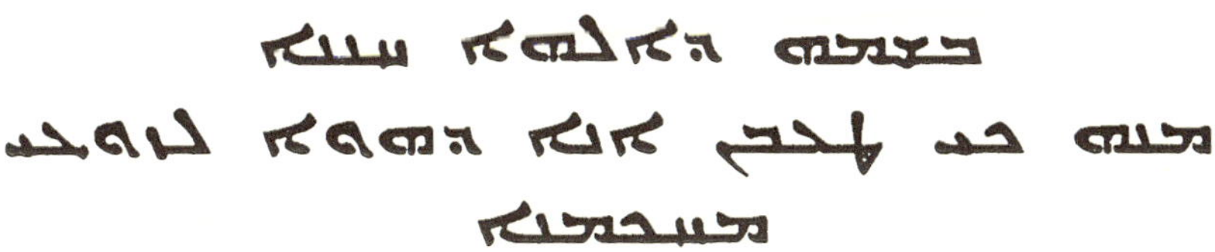

A frase era tão estereotipada, como todas as fórmulas de bênção, que ele não teve nenhuma dificuldade em traduzi-la.

"Em nome de Deus Clemente e Misericordioso, Senhor, contamos somente com Deus".

O problema é que isso não dizia nada sobre a época, nem sobre o redator. Os cristãos, assim como os judeus e os muçulmanos, empregaram tais fórmulas durante toda a Idade Média. Até mesmo os pagãos que evoluíam para o cosmoteísmo* na Antiguidade tardia poderiam ter escrito uma declaração assim. Para que aquele pequeno prólogo trouxesse algum ensinamento, seria preciso entender a sequência do texto. Mas ele era incapaz.

*Crença num deus-mundo que manifesta suas diferentes dimensões através de uma multiplicidade de deuses particulares. Essa concepção era corrente nos primeiros séculos da nossa era.

39

O café era muito frequentado e até um tanto ruidoso devido à proximidade do museu d'Orsay. As línguas da Europa e do mundo inteiro se intercambiavam entre os grupos de turistas que vinham admirar a arte do século XIX. Mas Sarfaty não ouvia essa torre de Babel, tinha esquecido Frédéric e seus ferimentos. Com a lupa, seguia os traços e as formas do siríaco para tentar decifrar o resto da página, que era mais complexo do que imaginara. Usava seus conhecimentos de aramaico, mas também de grego antigo, árabe clássico e hebraico. Todas essas línguas tinham coabitado durante muitos séculos na mesma área geográfica e se misturaram, como o francês, o inglês e o italiano. Embora os alfabetos fossem diferentes, seu vocabulário era muito próximo e às vezes idêntico, quando se tratava de palavras abstratas.

O sentido da segunda frase lhe escapava estranhamente. O da frase seguinte também. Teria esquecido o siríaco?

Dois nomes próprios, porém, lhe saltaram aos olhos, como se as letras que saíam das páginas atravessassem suas órbitas e fossem grudar no córtex. Havia dois enunciadores do manuscrito: um, o autor propriamente dito, e o outro, um escriba que tinha anotado o que fora ditado pelo primeiro. Essa complicação deixava a sintaxe do início mais sutil.

O primeiro nome era o do Profeta Maomé e o segundo, o de Zaid Ibn Thâbit, ou seja, Zaid filho de Thâbit.

Um texto ditado pelo Profeta Maomé a *Zaid Ibn Thâbit*? Impossível! Sarfaty tirou do bolso um pedaço de papel e reescreveu os dois nomes em árabe para ter certeza de que não estava enganado.

Zaïd Ibn Thâbit, o secretário do Profeta e dos três primeiros califas "bem dirigidos". O homem a quem Maomé ditara as revelações feitas pelo anjo Gabriel.

Zaïd Ibn Thâbit, a quem o califa Othman havia confiado a revisão do texto corânico e coberto de honras pela execução dessa tarefa.

Zaïd Ibn Thâbit, um dos três homens mais ricos do império muçulmano sob Othman. Ao morrer, conta o cronista Masudi, deixou uma fortuna colossal, barras de ouro e prata que foram quebradas a golpes de machado, terras e propriedades por um valor de 100 mil dinares.*

Era o personagem-chave da redação do Alcorão e de seu estabelecimento como texto sagrado. O responsável científico pela Vulgata usada até hoje pelos muçulmanos do mundo inteiro, sejam eles sunitas ou xiitas.

Era também a única testemunha disso, todos os relatos sobre a escritura do Alcorão convergiam para ele.

E eis que esse homem redigiu um outro escrito, também ditado por Maomé, diferente do livro sagrado dos muçulmanos. Nada a ver com as cartas diplomáticas estereotipadas de Maomé, endereçadas aos reis da época para anunciar o reino do islã. Só podia ser um texto importante. Talvez a primeira edição do Alcorão ou um proto-Alcorão, o Alcorão antes do Alcorão, pensou Serge Sarfaty sonhando...

Impossível! Impossível!, repetia, incrédulo. Se aquilo não fosse uma falsificação, nem um texto apócrifo, era uma descoberta inacreditável, tão inacreditável quanto os *Manuscritos do Mar Morto*, que tinham revolucionado os estudos bíblicos; tão surpreendente quanto os manuscritos budistas encontrados no deserto de Gobi.

---

*Cf. Maçoudi, *Les Prairies d'or*, tr. fr. Barbier de Meynard, imprensa imperial, 1865, tomo 4, p. 253.

O fato de que o texto estava em siríaco e não em árabe só o surpreendia em parte. Segundo a escola orientalista francesa, o árabe vinha do siríaco, tomando dele sua escrita e uma parte do vocabulário. Os escribas do Profeta do islã escreviam em siríaco. Árabe ou siríaco, era a mesma cultura.

Tratava-se, portanto, de um achado de consequências incalculáveis para o estudo do islã primitivo, que carecia de monumentos e de arquivos. Um achado que podia inovar completamente o conhecimento sobre o Império árabe e suas fulgurantes conquistas, relatadas nas crônicas de muitos séculos posteriores, sempre acusadas de manipulações ou ilusões retrospectivas.

Ressurgia nele o sonho de estudante: decifrar o perfil histórico de Maomé, filho de Abdala, da família dos Banu Hashim, do clã dos Quraishitas; descobrir o homem oculto atrás da lenda. Que a história da pregação muçulmana contada pela *Suna* seja mítica, assim como o Êxodo dos judeus ou a Paixão de Cristo, era coisa que a maioria dos eruditos tinha certeza. Os historiadores haviam desistido de traçar um retrato verídico do homem que desencadeara o movimento das Conquistas; a escola orientalista soviética chegava a sustentar que esse indivíduo era pura ficção. Mas o islã não havia nascido sozinho, nem o Império árabe! O imaginário muçulmano se enraizava dentro de fatos históricos! O doutorando Sarfaty havia acalentado a ambição de ser o primeiro historiador a escrever uma biografia verdadeiramente histórica de Maomé, citando para isso apenas fontes externas ao islã e resultados de escavações arqueológicas.

A figura do Profeta dos Árabes sempre o fascinara. Apesar da lenda, ou por causa dela, com suas histórias de mulheres e de vingança, sua personalidade sensual e vingativa, seus extraordinários dons de poeta e comandante de guerra, o homem era muito mais palpável que outros fundadores de religião. Para os historiadores ocidentais, colocava-se aquilo que um velho mestre chamava de "o problema da sinceridade de Maomé". Eles não conseguiam acreditar que aquele homem pudesse ter sido, ao mesmo tempo, um "temente a Deus" e líder de um bando armado que partiu para a conquista da Arábia. Sarfaty tinha suas ideias sobre a questão, mas por falta de acordo com seus professores nunca pôde levar seu projeto a um termo. A universidade obrigou-o a se voltar para o estudo do sufismo. Pois bem, agora o destino lhe trazia a possibilidade de realizar aquele sonho de juventude.

Adormecida pelos anos na polícia, por centenas de investigações prosaicas, a *libido sciendi* de Sarfaty despertava subitamente.

Será preciso ser erudito ou pesquisador para compreender os efeitos dessa *libido sciendi*, esse desejo de saber, essa curiosidade que impulsiona o conhecimento? Um provérbio muçulmano da África afirma que *existem nesta Terra duas criaturas insaciáveis: o homem da ciência e o homem do dinheiro.*

Quando esse desejo invade um indivíduo, é mais forte que a fome ou o sono, o conforto ou a solidão; ele move montanhas. Na história das ciências, casos ilustres, de Aristóteles ao casal Curie, demonstram que esse desejo, se for estendido como um arco, leva o cientista a arruinar seu corpo, destruir sua carreira, abandonar a família, perder seus bens, sua liberdade e sua vida. Para encontrar uma lei ou um princípio que governe o mundo, para compreender o funcionamento de uma cultura ou de uma faculdade da mente são necessários tantos fatos, tentar formulações, enfrentar tantos preconceitos, que somente uma força arcaica, uma pulsão obscura e insaciável pode pretender isso. Uma força indiferente à integridade e à felicidade daquele que ela invade.

Serge Sarfaty sabia de tudo isso, mas, tendo a possibilidade de esclarecer um mistério que havia atormentado seus anos de jovem historiador das religiões, se entregava sem freio a essa pulsão.

Estava num momento de virada na vida, no fim de um de seus fatídicos períodos de dez anos, e de repente a sorte lhe apresentava um novo desafio, mais difícil que os outros mas, ah, bem mais estimulante. Esse papiro podia ser a chave de um santuário que permaneceu vedado à inteligência humana: a personalidade de Maomé. Desde o teólogo cristão Jean Damascène, no século VIII, centenas de teorias foram elaboradas para explicar suas motivações, mas nenhuma delas se baseava em documentos da época.

Uma vez demonstrado o caráter fictício da Tradição muçulmana, entrava-se no desconhecido. Era esse o limite da escola da desconstrução, um pequeno grupo de eruditos que revolucionou a história do antigo islã, encabeçado por John Wansbrough,* nos anos 1970-1980. Mas *só destruímos aquilo que substituímos*, disse Auguste Comte. O ponto fraco da Escola da desconstrução é que ela não tinha nada a propor para o lugar do mito sagrado e fazia tábula rasa de todos os indivíduos reais que o haviam inspirado. Seus argumentos alternativos não passavam de hábeis suposições, hipóteses engenhosas, mas abstratas, nas quais todos os atores eram anônimos. Com esta descoberta papirológica, tornavam-se homens e mulheres que surgiam do passado para lembrar sua existência. Mesmo que o tirassem do caso, agora ele iria até o fim e penetraria no segredo de Maomé. Custasse o que custasse.

Graças a esse manuscrito, um material tangível era oferecido de repente aos estudiosos — e aos devotos, se entre eles houver alguém dotado de uma fé sólida o bastante para aceitar a verdade. Uma verdade sem dúvida dolorosa, mas livre das pérolas fabulosas que a Tradição acumulou em torno de si. Uma verdade que muitos Estados islâmicos, baseados nos aspectos mais intolerantes da Tradição muçulmana, não poderiam deixar que se espalhasse pelo mundo.

* J. Wansbrough (1928-2002) é o autor de *Quranic Studies* (1977) e de *The Sectarian Milieu* (1978).

40

Um tapinha nas costas o fez saltar. Era o inspetor Albertini.

Apesar dos esforços, o valente policial não estava muito apresentável. Todos os botões do seu casaco de veludo tinham sido arrancados, o pulôver estava amarrotado e o colarinho da camisa pendia em frangalhos. No seu rosto, era difícil reconhecer o nariz no montículo deformado que o substituía. Ele tinha o olho direito fechado por um estranho inchaço, as duas orelhas inflamadas e um galo enorme na testa.

— Está tudo bem, nunca me senti melhor, foi só um arranhão — disse, antecipando-se a qualquer pergunta.

Sentou-se e bebeu de um só gole a cerveja que fora servida a Sarfaty.

— Mas não tenho nada a lhe agradecer, comissário!

— Como assim, meu velho?

O olho bom do policial estava sério.

— O senhor poderia ter interferido antes. Não sou campeão mundial de defesa pessoal. Não exigem isso para se entrar na PJ. Aquela mulher é um *alien*, eu não tinha chance alguma. Devia ter atirado. Com uma bala na perna, ela estaria algemada agora.

Como muitos jovens inspetores da PJ, Frédéric não sabia que, apesar das aparências, o comissário Sarfaty não tinha mais a condição física exigida a um agente de polícia. Durante seu primeiro ano no Quai des Orfèvres, um erro dramático do *aquário* (a central da PJ) deixou-o sozinho em uma operação contra um acampamento cigano. Espancado a golpes de barra de ferro, ele conseguiu preservar o rosto, mas todos os seus membros foram desarticulados. Após um ano no hospital, o que saiu foi um corpo atravessado por brocas e articulado por meio de próteses. Os médicos o remendaram para que ele pudesse se mover e realizar os gestos cotidianos de forma autônoma, mas na época a técnica médica ainda não tinha avançado a ponto de lhe devolver a leveza necessária para um corpo a corpo. Graças à solidariedade do sindicato e do diretor da época, esse acidente de trabalho não fora anotado em seu prontuário. Juridicamente, porém, suas deficiências poderiam levá-lo a uma aposentadoria antecipada. Mais grave ainda para um policial, Sarfaty recusava o contato físico.

— Não atiro numa mulher pelas costas. De qualquer forma, havia muitos transeuntes.

— Não é verdade — disse Frédéric, enxugando o olho fechado com um lenço de papel.

— Acho que sou a favor da não violência...

— Droga, o senhor podia ter me dado uma ajuda. Ficou com medo de sujar seu belo terno?

— Eu estava ouvindo uma mensagem. Depois, fiquei pensando.

— O senhor está de sacanagem!

— Frédéric, não se pode observar e agir, ser espectador e ator. Se eu fosse em seu socorro, ela fugiria. E eu teria perdido isto — disse ele, sacudindo o envelope de papel *kraft*.

— É a foto dos assassinos? — perguntou o outro, num tom de lamúria.

— Bem melhor que isso: é o motivo de toda essa agitação, que está apenas começando, se quer a minha opinião. Aliás, é por isso que estão nos tirando da investigação.

— Não! — disse o inspetor arregalando o olho cego. Depois do assassinato de um colega!

— Sim, foi esse telefonema que me deteve no carro. Era Antonin Lancelot, dos RG. A ordem vem do ministro. As razões do Estado prevalecem.

— O que há no envelope?

— Você conhece a história do islã? — perguntou Sarfaty, arrumando os contatos fotográficos no envelope.

— Está brincando, chefe?

— Você tem dois colegas muçulmanos. Ou melhor, tinha dois.

— Sim, e daí?

— Nunca se perguntou quem era esse profeta que fundou a religião deles?

— O senhor está falando de Maomé?

— Sim. Em árabe se pronuncia *Muhammad*. Conhece a vida desse homem? Sem isso, você não vai entender nada sobre o conteúdo deste envelope.

— Nunca me atrevi a perguntar a Mourad e Madjid. Mas, para mim, é uma religião pacífica que não tem nada a ver com esses islamitas degenerados.

— Nunca se perguntou por que os xiitas e os sunitas ficam se matando no Iraque ou no Paquistão? Por que os camicases se lançaram contra as Torres Gêmeas gritando *Allahou akbar*?

— Comissário, o senhor sabe que os loucos furiosos querem impor suas crenças em toda parte. Sempre existiram fanáticos. Até no esporte! Mas por que é preciso saber tudo isso?

— Eu conto mais tarde — disse Sarfaty. — No momento, você precisa recuperar o fôlego.

— Mas estou bem, comissário, perfeitamente bem. O senhor me deixa com água na boca e depois... nada ?

— É uma longa história. Vou ser obrigado a voltar no tempo.

— Melhor ainda, assim vou pensar em outra coisa — disse ele, levando a mão ao rosto lesado.

— Já que você insiste, vou lhe contar uma história surpreendente, de um caravaneiro que se tornou o maior escritor de todos os tempos.

41

Paul Mesure teve uma boa intuição, pois assim que pulou a janela viu dois homens de uniforme militar e fuzil nos ombros escalando a grade do parque. Um deles era um negro corpulento e o outro, pequeno, um tipo mais asiático.

Caiu no chão engatinhando. Seu coração estava aos pulos. Uma casinha de cachorro, deixada ali após a morte do animal, lhe pareceu um esconderijo apropriado. Escondeu-se atrás dela.

Claro que, durante o fim de semana, tinha conversado com Sonia sobre a eventualidade de uma visita e combinado uma estratégia. Se fosse a polícia, eles a acompanhariam sem discussão. Se fosse alguém rondando, pediriam socorro, resistindo o maior tempo possível. Felizmente, as pequenas moradias também eram controladas por vídeo pela delegacia de Essonne, encarregada do Cyclop. Na cozinha de Heloise ficava a caixa do alarme conectado à polícia.

Além disso, por viver isolada e temendo intrusos, Heloise era uma colecionadora um tanto perversa e acumulava armas mais ou menos ofensivas adquiridas no mercado das pulgas de Milly. Sua coleção continha um bastão de beisebol, dois facões africanos afiados, uma besta de competição, uma pistola de tiro, uma carabina Spencer com a câmara na coronha, uma atiradeira, um *nunchaku*, dois pares de algemas e alguns tubos de gás lacrimogêneo.

Paul tinha-se preparado. Deixara no quarto de Sonia seu celular em posição de envio, com um texto para a PJ. Na cozinha, uma bomba de gás lacrimogêneo, o bastão de beisebol e a besta. O resto das armas estava no outro trailer, onde ele dormia.

Deveria ter pego um facão ao sair para saborear seu café. Mas o domingo estava tão pacato que ele esquecera a possibilidade de uma visita hostil.

Agora o interior da casinha era seu único abrigo. Quando Sonia lhe pediu que a limpasse se ficasse entediado, a perspectiva não lhe agradara, pois o cachorro de Heloise tinha morrido de uma doença desconhecida. Agora, nada lhe daria mais prazer do que estar agachado lá dentro, mas a casinha se encontrava no campo de visão dos dois homens.

Paul observou-os. Com as pernas flexionadas, o asiático cobrindo o africano, os dois avançavam varrendo o terreno com o cano da arma. Cinquenta metros os separavam das habitações. O vento assobiava entre as árvores do parque. Tateou um dos bolsos da calça e sentiu a atiradeira que havia tomado de Nadir. Talvez fosse sua chance.

Armou a atiradeira. Escondido pela casinha de cachorro, disparou contra uma árvore encostada à grade. O golpe provocou um ruído. Os dois homens pararam imediatamente. O asiático protegeu o colega, que voltou para revistar o matagal. Paul aproveitou o intervalo para empurrar a cortina de plástico que protegia a entrada da casinha e sumir lá dentro.

Dessa vez, deu graças a Deus por seu pequeno arsenal. Mas o cheiro fechou sua garganta. Um odor de animal misturado com um mofo mais adocicado, algo como o cheiro da morte, pensou ele enjoado. Toda vez que se mexia, *alguma coisa* caía em placas das paredes da casinha, fazendo cócegas em seu rosto. Sentiu nos lábios as partículas felpudas. O interior estava forrado de pelos do animal morto! Abaixou a cabeça e tentou se estender no chão. Uma dor aguda atingiu seu traseiro. Passando as duas mãos, percebeu a ponta de um osso arranhando sua nádega direita e, sob a esquerda, uma vasilha de metal, angulosa e desconfortável. O mundo inteiro estava contra ele!

De qualquer maneira, conseguiu afastar esses objetos. Mas sua situação não iria melhorar. A cada movimento, batia a cabeça contra o teto e os pelos voltavam a cegá-lo, penetrando em seu nariz e em sua boca. O único jeito era se mexer o menos possível. Apertou os lábios de repulsa, encolheu-se ainda mais e esperou.

Os dois homens armados passaram sem vê-lo e desapareceram. Não precisava se desesperar. Da janela que tinha pulado, chegavam exclamações. Uma conversa entre várias pessoas. Em inglês americano. O que americanos estavam fazendo naquela confusão? Também estariam em busca do manuscrito ou seria um ataque ao Cyclop? Havia, no monumento, obras de arte caras, algumas delas leves o suficiente para serem carregadas num veículo utilitário. Será que suspeitavam que sua chegada tinha sido filmada? Paul não estava com medo, mas se sentia terrivelmente impotente. Se tivesse outra arma além da atiradeira, a situação seria diferente.

O tempo passou. Pelo barulho, percebeu que estavam revistando a casa. Na casinha, com uma vontade de espirrar cada vez maior e os músculos quase paralisados, ele não aguentava mais. Chegara o momento de fugir, tomando o caminho inverso ao dos dois ladrões. Precisava se safar o mais rápido possível. Mas não teve tempo de se preparar.

Ouviu passos sobre o cascalho, que pararam perto da casinha. Deram três batidas secas contra a parede de madeira. Uma voz perguntou:

— Sr. Paul Mesure, imagino? Somos amigos. Seu *marchand*, André de La Bruyère, está conosco. Viemos negociar o manuscrito siríaco. Nossa oferta é bem considerável.

A voz falava em francês, com um forte sotaque anglo-saxão.

O rubor tomou conta do seu rosto.

Seu casaco e seus documentos tinham ficado dentro da casa.

Paul se sentiu ridículo. Soltou um belo espirro e saiu engatinhando do abrigo. Um homem loiro, de sardas, mais parecendo um garotão, o encarava sorrindo, com um pequeno revólver brilhante na mão. Bem constituído, estava usando uma roupa cara. Jeito tipicamente americano, como nas séries de TV. O homem o intimou educadamente a avançar em sua direção.

Na casa, Paul encontrou seis pessoas, cinco homens e uma mulher.

Três homens, usando um mesmo uniforme de combate azul, se empenhavam em limpar a casa com pequenos aspiradores e polir todas as superfícies. Uma breve olhada bastou para perceber que tinham desconectado o sistema de alarme. O visor do aparelho estava apagado.

Seu *marchand* La Bruyère se encontrava entre eles, ao lado de uma mulher negra, vestindo um uniforme de homem. Sentados à mesa, estavam consultando sua cópia rasurada do códice siríaco.

Paul deu um olhar em direção ao portão. O veículo utilitário tinha entrado. Era um Toyota Hilux.

Sem manifestar surpresa, La Bruyère levou-o até o quarto. Os dois se sentaram na cama. Ele não era mais o homem afável que ele tinha conhecido. Ainda tinha o cabelo oxigenado, a roupa da moda, a linguagem pedante, os gestos afeminados. Mas tinha perdido o sorriso malicioso e a confiança em si mesmo. O brilhante comerciante sofisticado tinha dado lugar a um especulador inquieto. Até sua voz havia mudado. Estava suplicante.

— Não posso lhe explicar tudo, demoraria muito. Eles são clientes americanos. Representam seu país e estão muito interessados no códice. Oferecem uma soma fantástica...

Paul ainda estava sob o impacto da humilhação de ter se escondido numa casinha de cachorro. Além disso, seus melhores amigos estavam mortos, assim como um bravo inspetor inocente. Não tinha intenção de cooperar. Enquanto escutava, brincava nervosamente com o celular que pegara no quarto. Na defensiva, respondeu:

— Preciso explicar tudo. Houve o assassinato de um homem...

— Eu sei, é lamentável. Eu também teria o mesmo destino. Mas agora acabou, estamos em boas mãos.

— Sim, mas precisamos explicar tudo à polícia. Em breve serei o principal suspeito no caso...

O *marchand* fez um gesto de irritação e hesitou. Depois revelou a Paul um fato que ele estava longe de esperar.

— O senhor pôs as mãos num texto muito antigo, um documento que põe em xeque tudo o que se sabe sobre as bases do islã. O códice pode arruinar a crença de milhões de muçulmanos.

Paul estava assombrado. Como um livro poderia ter tal poder?

— Você mandou traduzi-lo?

— Sim, e essa tradução bastou para eu entender que se trata de uma bomba cultural. Se for divulgado nos países muçulmanos, o texto produzirá uma espécie de Hiroshima.

— Você tem essa tradução?

— Não comigo. Mas logo o senhor a terá!

— Olhe, você deveria fazer uma avaliação do documento e preparar um leilão. Por sua causa, meus amigos estão mortos e minha vida corre perigo!

— Não sou responsável por essas mortes. Uma equipe de assassinos paquistaneses está em Paris para recuperar o texto. Eles não querem pagar por ele, querem obtê-lo à força. E não vão parar por aí. Sua missão é pegar o códice... O senhor não estará em segurança em parte alguma.

— Para mim, é simples. Se você ainda quer sua comissão, vamos juntos à PJ.

La Bruyère deu um sorriso cansado.

— Meus clientes exigem máxima discrição. Esse documento é muito explosivo. Confie neles, eles têm tudo o que é preciso: advogados, dinheiro, seguranças...

— Pensei que fosse eu o seu cliente.

— Digamos que não tive escolha. Para continuar vivo, tive de aceitar um conflito de interesses. Quero dizer, Sr. Mesure, que entramos numa zona de turbulências onde as regras do direito passam para segundo plano.

Paul nunca confiou na lei. Não tentou se aprofundar na legalidade daquele curioso arranjo.

— Diga-me o que há no texto.

Ele não respondeu.

— Mas o documento é meu!

— Quanto menos souber, melhor.

Seu tom de voz estava se elevando. Atraído pela discussão, o americano loiro surgiu na fresta da porta. Bateu no relógio indicando a hora para o *marchand*. Paul ainda brincava com seu celular, mas na realidade já tinha enviado a mensagem destinada ao gabinete de Sarfaty.

Por medida de segurança, ou porque aquele tique o deixava nervoso, o americano tirou o telefone das suas mãos e disse:

— Olhe, nós nos informamos a seu respeito. O suficiente para saber que você faz parte desses altermundialistas ingênuos que desconhecem a nocividade do islã. Mas é a liberdade do ocidente que está em jogo.

Paul riu, sem se dar ao trabalho de contradizê-lo.

— Sei que meu discurso liberal deve lhe parecer engraçado. Mas sabe qual é a força do islã? — prosseguiu o americano, com convicção.

Paul não respondeu.

— Sua fé extraordinária, sua devoção, que está enraizada no Alcorão. Todos os muçulmanos acham que o Alcorão é o Verbo Divino e não há nada que contradiga essa fábula. Já a Bíblia, existem versões antigas que permitiram aos partidários do ateísmo demonstrar que esse texto sagrado é obra humana. Nada parecido foi possível com o Alcorão. Mas se conseguirmos demonstrar que também se trata de uma escritura humana, sua fé se enfraquecerá inexoravelmente.

— Você é otimista...

O americano estava inflamado, sacudindo o telefone de Paul como uma baguete.

— Seu texto contém as últimas palavras do falso profeta do islã. Essas palavras contradizem a unidade mítica da pseudo-Revelação muçulmana.

Fez um intervalo, depois acrescentou:

— Pode rir, mas eu não quero ver crianças de 10 anos trabalhando, mulheres sendo apedrejadas, homens condenados à morte por apostasia. Seu original está em segurança?

— Não se preocupe. Não corre nenhum perigo.

— Tudo o que queremos é verificar sua autenticidade. Depois você decidirá se nossa oferta financeira lhe convém.

— Olhe, vou contratar outro intermediário — disse Paul. — Deixe comigo o seu cartão e eu entrarei em contato.

Irritado, o americano balançou a arma e o fez sair do quarto.

Na sala de estar, todo e qualquer traço de ocupação humana havia desaparecido. Os aspiradores tinham devorado tudo. Pela porta aberta se viam, aglomerados diante da entrada do chalé, de fuzil a tiracolo e revólveres na cintura, os outros homens esperando ordens. Somente a mulher de uniforme tinha ficado na sala. O americano lhe disse duas frases de explicação.

A mulher, então, se dirigiu a Paul pela primeira vez. Tinha o costume de comandar.

— Você irá conosco até a embaixada. A presença de um representante oficial deverá tranquilizá-lo.

— Não, prefiro ficar aqui. Agradeço o convite.

Todos os rostos se fecharam. O americano loiro fez um sinal para dois homens, que encostaram seus fuzis no parapeito da varanda e se dirigiram para ele. Eram os dois policiais que haviam escalado a cerca.

Paul entendeu que não tinha escolha. No entanto, tentou fugir novamente pela janela. O afro-americano corpulento o apanhou pelo colarinho e torceu-lhe o braço nas costas. Mas aquilo era apenas um estratagema; Paul queria retardá-los para que sua mensagem tivesse tempo de produzir efeito.

42

O retorno do comissário e do inspetor à PJ ocorreu numa velocidade razoável, apesar de todas as más notícias que haviam se abatido sobre eles. Era Sarfaty quem dirigia, contando a história do caravaneiro árabe que mudou a fisionomia do Oriente. Ele avisara a Frédéric que, apesar das aparências, iria relatar uma *história santa*, um mito, não a verdade histórica. Seu relato, portanto, se ajustava perfeitamente aos dados da Tradição muçulmana, assim como os historiadores ocidentais, que acreditaram na veracidade dessa história lendária durante vários séculos.

Sua única infração à ortodoxia foi insistir no gênio poético de Maomé. Ele explicou a Frédéric que a Arábia pré-islâmica, sem recursos naturais, não conhecia as formas de arte cultivadas pelas outras nações, como a pintura, a escultura, a arquitetura ou a grande música. Em compensação, os árabes enalteciam a única forma artística que contava para eles: a arte do verbo, a poesia e a eloquência. Podia-se perfeitamente pensar que se tratava de um povo refinado bem antes do islã.

Assim, Sarfaty ensinou a Frédéric que o lirismo amoroso foi inventado pela cultura árabe no século V. Essa poesia amorosa se difundiu mais tarde, com a conquista da Espanha pela França e pela Itália.

— Os *árabes foram os inventores do amor louco!*

— Pois é! Stendhal justificava essa origem árabe da poesia amorosa lembrando que, antes do islã, a mulher era igual ao homem entre os beduínos nômades. Para sobreviver num modo de vida baseado em saques, só a igualdade garantiria a cooperação das mulheres.

Sarfaty citou os versos de Imru Al-Qays, o "príncipe-poeta", uma figura lendária que viveu um século antes do Profeta, considerado pela tradição como o inventor da poesia lírica.

Sê faceira, Fátima, mas sem tanto exagero!
Se decidiste deixar-me, faz isso com zelo!
Esqueces o amor que me mata, longe de mim?
E este coração, preso aos teus desejos sem fim?
Se não te satisfaço assim como sou,
Deixa o meu coração partir, liberto do teu!

Descreveu como quinhentos anos antes da Laura de Petrarca ou da Beatriz de Dante, um beduíno inspirado da tribo dos Banu 'Amir inventou o personagem de Laila e o tema do poeta que ama até perder a razão, em *Majnoun-Layla* (o "Louco de Laila").

— *Os árabes foram os inventores do amor louco?*

— Pois é! Há três séculos, os beduínos glorificavam a mulher, a beleza do deserto e a bravura. Cada tribo tinha seu próprio estilo poético, e os poetas itinerantes vendiam sua arte cortesã nos pequenos principados da Arábia setentrional, aliados dos bizantinos e dos persas. Na feira anual de Okaz, perto de onde viria a ser Meca, as justas poéticas decidiam os melhores poemas, que eram pendurados no santuário local.

Esse aspecto da sociedade beduína, explicou ele, é importante para entender o súbito surgimento do islã. Maomé conquistou seus primeiros discípulos com sua prosa rimada e cadenciada, que rivalizava com o esplendor do *Cântico dos cânticos*, dos *Salmos* do rei Davi e com o vigor das diatribes do apóstolo Paulo. Uma mensagem divina desprovida de arte não teria convencido os árabes antigos, que já conheciam de cor todas as histórias bíblicas, dos patriarcas judeus e do filho de Maria. Se Maomé transmitia a Palavra de Deus, como sua palavra poderia ser menos sublime do que as das outras religiões?

— Está brincando, chefe? Maomé era um grande poeta? Não posso acreditar! Que o senhor diga que ele era um homem santo ou sábio, tudo bem, mas poeta! Se fosse verdade, nós saberíamos.

— Você concorda que um poeta cria emoções inéditas, uma nova maneira de ver o mundo?

— Claro...

— É o mesmo com a religião. Uma religião nova sempre tem como origem um novo gênero de literatura, uma nova maneira de falar dos temores e esperanças terrestres. Se os escribas judeus não tivessem inventado as lendas patriarcais de Abraão e Jacó, se Jesus não tivesse elevado a parábola a sua perfeição, se Paulo não tivesse sido um virtuose do paradoxo, nem o judaísmo nem o cristianismo teriam conquistado o mundo. Transformando a retórica árabe, Maomé permitiu ao islã aspirar a um destino planetário.

— Claro...

— Maomé não era apenas grande como Dante ou Shakespeare. Se medirmos a grandeza de um poeta pelos milhões de pessoas que se alimentam de sua arte, então Maomé é o maior poeta que já existiu.

— Eu já disse, o senhor está de brincadeira comigo, chefe. Pelo que dizem, a Bíblia é bem mais poética que o Alcorão!

— É uma questão de gosto. Prefiro me ater a critérios objetivos. Todas as escrituras sagradas, como a Torá, foram redigidas por grupos de escribas durante várias gerações. Os evangelhos também têm vários autores, enquanto o Alcorão é o livro de um único homem. Com base nesse livro ditado por um só homem, uma religião, três cismas e várias civilizações foram fundados. Você conhece algum poeta que tenha tido um sucesso semelhante?

O avô de Sarfaty, que tinha sido grão-rabino de Argel, devia estar maldizendo o neto em seu túmulo, mas isso não tinha importância. Se fosse sincero, ele mesmo teria reconhecido o fato.

— E Jesus?

— Os evangelhos dizem que Jesus escreveu somente uma vez, na areia. Ele é autor somente de parábolas, não de evangelhos.

— E o Alcorão é mesmo tão bonito?

— O Alcorão de hoje faz de tudo para afastar os estetas e desencorajar os curiosos. É um livro cujas inspirações poéticas foram misturadas ao acaso, sem preocupação com a coerência ou a beleza. Houve uma vontade deliberada de mascarar a suntuosidade da sua prosa rimada para torná-la mais verossímil. Mas sabe-se que há versões antigas que não apresentavam a arquitetura atual, como a de Ali, filho adotivo do Profeta, que era também um grande poeta. Essas versões foram queimadas. Um califa deve ter pensado que um livro excessivamente poético não ajudaria a impor o código muçulmano. Então, inseriu as passagens jurídicas no início e escondeu os textos mais líricos no final. Um outro califa acrescentou os versículos que lhe convinham, como aqueles sobre a guerra santa. Para assegurar a continuidade e tornar tudo coerente, multiplicaram-se as repetições desnecessárias. Desse modo, a Vulgata atual é uma obra indigesta, repetitiva e tediosa. Em contrapartida, se alguém ler o Alcorão ao contrário, como se tivesse sido escrito só para ele, começando pelas últimas suratas, degustando cada fragmento como uma totalidade, o gênio excepcional de seu autor vai lhe saltar aos olhos.

— Ah, é?

— Ouça:

Em nome de Alá, o Benfeitor misericordioso.
Prega, em nome do teu Senhor que criou!
Que criou o Homem de uma argila viscosa.
Prega! Que teu Senhor é Generosíssimo
Que ensinou através do cálamo,
*Ensinou ao Homem o que ele ignorava.**

*Surata 96, numa tradução de Régis Blachère revisada.

— Foi o primeiro poema ditado por Maomé. No Alcorão atual, ele está no final, com as últimas suratas.

Sarfaty prosseguiu:

— Não podemos negar ao fundador do islã uma inspiração fora do comum. Mesmo que tenha herdado a longa tradição poética dos árabes, ele forjou uma língua e inventou a poesia em prosa. Pense que, no ocidente, o poema em prosa começou com Baudelaire!

— Então por que os muçulmanos nunca falam da poesia do Alcorão? Seria uma boa publicidade para eles!

— Porque ninguém lê o verdadeiro Alcorão! O texto autêntico é escrito em pequenos fragmentos autônomos, que tem 1400 anos de idade e emprega palavras de hebraico, grego, siríaco e geês.* Um texto tão polissêmico, rico e ambíguo quanto os fragmentos de Heráclito ou o último Joyce. Pense que, no árabe usado pelo Profeta, as letras B, T, TH, N, Y não são distinguidas, não há pontuação nem vogais!** Um falante de árabe atual, confrontado com o árabe corânico, tem dez vezes menos recursos que um francófono lendo o francês arcaico. Cada versículo do Alcorão abre um abismo de significações. Como se situar? Como tirar dele uma regra de vida? Um princípio para o culto? Para a vida em sociedade? Essa liberdade era perigosa e angustiante. Para remediar isso, os califas fabricaram uma paráfrase acessível e apta a servir de base para a *Charia*. Mas essa paráfrase não tem nada a ver com o Alcorão original, que é um jogo de artifícios, de símbolos. Seria preciso rever todas as edições disponíveis para oferecer o texto verdadeiro aos devotos.

---

*O geês ou etiópico clássico foi falado e escrito até o século XIV. Hoje, é a língua litúrgica da Igreja Cristã da Etiópia.

**O árabe é uma língua "consonântica", pois só possui consoantes, que são a base das palavras. As vogais são acrescentadas em forma de acentos, para evitar ambiguidades. Hoje, somente os textos infantis são vocalizados; os livros e a imprensa árabes são apresentados sem vogal. A estrutura gramatical e o contexto permitem encontrar o sentido.

Apesar dos machucados, apesar do ressentimento, o inspetor Frédéric Albertini deixou-se levar pelos relatos e versos do comissário. De olhos fechados, o corpo largado contra o encosto de cabeça do Mégane, seu rosto oscilando de vez em quando para dar sinal de que estava acompanhando.

Sarfaty deixava à solta sua erudição, pois sabia que iam chegar tarde demais. Os RG tinham precedência sobre eles; iriam se apropriar da investigação sobre a morte de Mourad. Embora não fosse fatalista, o comissário era adepto de um otimismo trágico segundo o qual de nada adiantava se opor a certos acontecimentos inevitáveis.

43

Não se tinha enganado.

Já na escada, ouviram a voz da diretora da PJ, maltratando sua equipe para que esta reunisse mais rápido as peças do inquérito da Rue du Comte-Boulainvilliers.

No corredor, cruzaram com o adolescente chamado Ali, que estava esperando. Faltava espaço na PJ, e não era raro que os depoentes fossem deixados em um corredor, esperando a vez de serem ouvidos. Sentado num banco, o filho secreto de Sonia Boudaoui era submetido aos disparos contínuos da conversa de Marina Godin. Irresistivelmente magnetizada pelo adolescente, meio maternal, meio ávida, ela girava em sua banqueta, devorando-o com os olhos.

É verdade que o jovem não tinha nada de banal. Era um rapaz atlético, com uma bela pele morena e uns olhos negros com cílios muito longos, quase femininos. Seus olhos eram sublinhados por um traço de kajal e a penugem da barba era perfumada. Suas roupas, sobretudo, eram estranhas; parecia um beduíno saído de uma litografia orientalista do século XIX, das litogravuras de David Roberts, por exemplo. Estava usando uma *gandura* de pelo de cabra sobre uma *djellaba* bege-clara aberta na altura do seu peito imberbe e presa na cintura com um cinto. Nos pés, babuchas marrons da mesma cor que a *gandura*, mostrando os calcanhares e tornozelos. Um turbante bege enrolado na cabeça completava o conjunto. Aquele era o vestuário do *Tabligh*, um movimento missionário que surgiu na Índia em 1927, muito atuante na França a partir dos anos 1980, a ponto de lhe atribuírem a quase totalidade das conversões ao islã. Por mais que Sarfaty soubesse disso, a roupa caía tão bem no rapaz que ele até esquecia seu significado doutrinário. Em qualquer outro, teria parecido ridícula, mas não naquele belo adolescente.

O mais estranho, porém, não era isso, mas sim a luz que emanava do adolescente. Seu rosto resplandecia com uma luminosidade insólita, como se estivesse maquiado. Toda a sua figura exercia um magnetismo que incitava a falar com ele e, sobretudo, a fazê-lo falar. A reação de Marina não tinha nada de surpreendente. Se tivesse tempo, Sarfaty também teria procurado conversar com o jovem Ali. Mas o relógio não estava a seu favor e, após um primeiro momento de surpresa, deixou de lado a contemplação do jovem beduíno. Confiando Frédéric às mãos de Marina, que soltou gritinhos ao ver seu rosto intumescido, sugeriu que fosse levado à enfermaria e saiu ao encontro da diretora da PJ.

Assim que ele abriu a porta do gabinete, Julienne Mussot começou a xingá-lo copiosamente por ter colocado um adolescente sob custódia, sem mandado. A seguir, perguntou se sempre demorava tanto para encontrar um inquérito na sua divisão.

Bastou dar uma olhadela para o comissário entender a situação. Sua equipe estava fazendo “operação padrão”. Hostil à ordem de transferir a investigação aos RG, seus homens fingiram obedecer, mas na realidade tinham confiado a busca do inquérito a um novo estagiário. Como ele ignorava os procedimentos pelos quais as peças eram identificadas e a forma de classificá-las, estava fazendo uma enorme confusão no gabinete, sob o olhar zombeteiro do inspetor Madjid Bessaih, que fingia terminar a digitação de um relatório urgente. Desconfiando que estava sendo tapeada, a diretora viera acelerar a transferência do inquérito. Embora concordasse com essa manobra inesperada, o comissário Sarfaty foi obrigado a ordenar a Madjid que parasse com a encenação.

A seguir, levou a diretora para longe da equipe.

— Senhora, temos novos elementos. Dê-nos duas horas e eu lhe prometo que teremos avançado tanto que os RG serão obrigados a deixar a investigação por nossa conta.

— Que elementos?

— Bem... — disse Sarfaty, que hesitava em mencionar o texto em siríaco antes de ter certeza de que ela estava do seu lado. — Olhe, esse rapaz que está no corredor, precisamos interrogá-lo, é essencial.

— Não vejo no que isso pode ajudar. A Identidade Judiciária já verificou a identidade dele. Não há nada que o desabone e, além disso, ele é menor.

— Mas ele alega que é filho de Sonia Boudaoui. Ora, nós levantamos o estado civil dessa mulher e ela tem apenas um filho, de 8 anos.

— Não creio que isso mude alguma coisa. Um dos dois está mentindo, mas esse fato não tem nenhuma relação com a investigação. É questão de reagrupamento familiar. Mande um relatório para a delegacia do 20º distrito.

— Ouça, essa Sonia, não sei. É uma testemunha foragida, estou procurando por ela.

— Você pretende encontrar essa moça por intermédio do filho que ela não reconheceu? De qualquer forma, estão nos tirando da investigação.

— Diretora, a senhora sabe que Mourad Kerriou era um inspetor notável. Ele teria dado a vida pela PJ e foi por causa dela que morreu. O mínimo a se esperar seria que a investigação sobre o seu assassinato fosse conduzida pela PJ. Imagine a desmoralização de todos os serviços quando souberem que a investigação foi abandonada por razões de Estado.

— Ninguém pretende largar a investigação, comissário. Simplesmente existem agentes estrangeiros hostis à França envolvidos no caso. É normal que os RG sejam encarregados. Eles têm meios e informações de que não dispomos.

Sua voz vibrava quando se tratava da segurança do Estado francês.

— A senhora sabe muito bem que, se os RG ou a DST se envolverem, o assassinato de nosso inspetor passará para segundo plano. Pode até ser classificado como "dano colateral", se uma negociação diplomática exigir.

Inquieta, ela amarfanhava seu lenço Hermès. Sarfaty não tirava os olhos dela. Hoje, pensou ele, Julienne Mussot, chefe da Polícia Judiciária, estava usando um conjunto de couro que lhe dava um ar de velha cafetina.

De repente ela rompeu o silêncio.

— Venha até meu gabinete. Vamos ligar para o ministro.

Antes de sair, Sarfaty indicou ao inspetor Bessaih que levasse o adolescente para casa e continuasse fazendo-o falar. Seria preciso preparar uma intimação segundo todas as regras para que o depoimento dele fosse válido.

Na sala de espera do gabinete da diretora, uma péssima surpresa o aguardava. Já estava lá o capitão Antonin Lancelot, dos RG, contemplando o Sena pela ampla janela do meio. Ele saudou Sarfaty com um movimento irônico de braços que teria sido completo se ele tivesse um chapéu, como os cortesãos no tempo da monarquia.

Os dois homens se conheciam há muito tempo. Lancelot tinha trabalhado na PJ com Sarfaty, na DNAT (Divisão Nacional Antiterrorista), antes de integrar o serviço de Registros Gerais e se tornar o número dois. Com um porte mais para grande, embora com algo de frágil na silhueta, um começo de calvície, sempre vestido corretamente, o capitão tinha um aspecto e uns modos falsamente afáveis que sempre irritaram Sarfaty. Apesar da sua inegável competência no RG, Lancelot representava para ele a própria imagem da falsidade.

A diretora não pode deixar de receber o ex-colega em primeiro lugar.

— O Estado não pode esperar — disse o capitão, fechando a porta atrás de si.

O comissário teve que aguardar na sala de espera, enquanto o secretário lhe dirigia um olhar irritado. Queria mostrar que, uma vez que não estava na agenda de compromissos da diretora, sua espera seria um distúrbio. A conversa já durava uns 15 minutos. A porta acolchoada não deixava ouvir o que era dito, mas Sarfaty podia observar os telefonemas que pontuavam a conversa, pois era o secretário quem fazia as ligações.

Notou que ligavam para os RG, para uma sala no Palácio do Governo, para o gabinete do ministro do Interior, e até para o gabinete do Ministério da Justiça. À medida que o tempo passava, sentia suas chances diminuírem. A diretora jogava com cautela. Vendo que o ministro do Interior ainda não fora chamado pessoalmente, o comissário percebeu que tinha perdido a parada. Desistiu de esperar mais tempo.

Subindo a passos lentos a escada que levava à sua sala, considerou a hipótese de pedir demissão. Não tinha certeza de estar pronto para voltar à vida civil. Mas seria possível uma contraofensiva? Estava pensando nessa eventualidade quando encontrou Madjid Bessaih todo animado em sua sala. Ele não tinha obedecido a sua ordem.

— Chefe, temos uma novidade. Uma outra pista, grandiosa.

— O quê? — perguntou Sarfaty, desanimado.

— O garoto acabou de me contar que foi ele quem deixou os versículos corânicos na casa de Sonia Boudaoui. Para reconciliá-la com o pai. O senhor tinha razão, comissário.

— Bom, e daí? — disse Sarfaty.

A seguir, por reflexo profissional, perguntou:

— Mas, e o pai, temos o endereço dele?

— Ele não soube me dizer porque conhece muito mal Paris!

— Ah. Ouça, Madjid, acho que este caso não tem nada a ver com os homicídios.

— Mas, chefe, o senhor sempre diz que precisamos puxar todos os fios, mesmo os mais insignificantes. E depois, pode ser um bom argumento para que Sonia Boudaoui seja mais cooperativa. Ela não parece levar a lei muito a sério.

— Não temos tempo de brincar de assistentes sociais. Vá com ele até a casa do pai para descobrir o endereço e grampeie o apartamento. Saberemos melhor quando a mãe reaparecer.

— Grampo legal? — perguntou o inspetor, dando uma piscada.

— Como você quiser, o que for mais simples.

— Sua cara não está nada boa, comissário.

— Estão nos tirando da investigação.

— Não! Eles não podem fazer isso! O que vamos fazer?

— Estou pensando em tirar uma licença, uma longa licença... sem remuneração.

Madjid Bessaih olhou-o com incredulidade. Devia estar imaginando uma reação coletiva, um abaixo-assinado ou um vazamento para os meios de comunicação. Não aquela deserção.

— O que vocês encontraram na loja do *marchand*? Frédéric me falou de um envelope de papel *kraft*. O que havia dentro dele?

— Um texto em siríaco. Vai ser preciso mandar traduzir. Vou tirar uma cópia e depois anexamos aos outros elementos de prova. Leve o garoto.

O inspetor partiu com o menino e o comissário logo a seguir preparou seu pedido de licença sem remuneração.

Quando a diretora da PJ veio lhe comunicar que a investigação tinha sido entregue aos RG com a garantia do gabinete do ministro de que o assassinato de Mourad Kerriou não ficaria impune, ele lhe entregou o pedido de licença.

A diretora acusou o golpe.

— Você não quer mais me ver frente a frente?

— Sou um simples comissário. Mas se a senhora realmente precisar de mim, é só me chamar em casa.

— Vocês deixaram todos os elementos de prova? — perguntou ela, num tom neutro.

— Vou cuidar para que a minha equipe não esqueça nada...

— Pelo menos esta semana, quero lhe pedir que fique em Paris — disse ela. — Nunca se sabe. As coisas podem mudar.

44

Ao sair do edifício, Sarfaty sabia que não iria largar a investigação sem uma última cartada. No pátio, tinha reparado num carro de luxo que destoava dos automóveis de seus colegas. Também não era preto, como os da frota de prefeitura. Ao se aproximar, identificou o motorista de aspecto marcial, típico dos militares contratados pelos RG. Aquela 607 cinzenta devia ser o carro oficial de Lancelot.

Sem pedir licença, instalou-se no banco de trás explicando que era um amigo de Antonin. O motorista não reagiu. Sentado confortavelmente no assento de couro, Sarfaty aguardava a saída do número dois.

O departamento não regateava com os recursos destinados aos seus agentes. A parte traseira da 607 era muito bem equipada. Havia um pequeno bar, uma TV embutida, um telefone e um computador. Passando o dedo pela porta, perguntou ao motorista se o modelo era blindado.

— Claro, senhor.

Sarfaty ligou o computador.

— É preciso a senha, senhor — disse o motorista, educado.

Na página de abertura da tela, um rosto feminino lhe sorria e pedia que inserisse um número em sua testa.

Lancelot chegou e interpelou-o pela janela.

— Eu tinha certeza que você não me deixaria assim tão facilmente.

— Que comissário abriria mão de uma investigação em que um de seus homens foi morto?

O ex-colega entrou e se sentou no banco de trás ao lado dele. Disse ao motorista:

— Alain, você não gostaria de tomar um café?

— Claro, senhor.

O homem saiu do carro, deixando seu quepe e seu casaco sobre o assento. Alto e vigoroso, tinha a cabeça raspada como Sarfaty. Devia ter também a função de guarda-costas, a julgar pelo coldre pendurado no cinto.

— E então? — perguntou Sarfaty.

— Impossível imaginar uma razão mais imperiosa, Serge. A ordem veio do topo da pirâmide.

— Do presidente?

— Isso mesmo.

— E por que um manuscrito siríaco poderia interessar-lhe?

— Ah, estou vendo que você ainda é muito bom. Já sabe do que se trata! É verdade, o comissário Sarfaty lê siríaco assim como nós todos lemos francês. Você encontrou o manuscrito? — perguntou ele, sondando.

— Ainda não, só uma amostra.

— Hum, sei, a primeira e a última página. Nós também. Todas as pessoas importantes do mundo árabe tiveram essas páginas nas mãos. Poucas levaram o manuscrito a sério.

Sarfaty não sabia realmente o que o manuscrito continha. Mas tentou um blefe.

— Pior para eles, pois não é todo dia que nos apresentam um proto-Alcorão.

As sobrancelhas de Lancelot se contraíram, num sinal de embaraço.

— Eu preferiria chamá-lo de *Testamento do Profeta*. Mas pouco importa, nossos especialistas acreditam que se trata de uma descoberta única. Um documento explosivo.

Sarfaty registrou duas informações capitais: o texto era suficientemente autêntico para preocupar os RG, e não se tratava de uma versão primitiva do Alcorão.

— Você pretende encontrar sozinho o manuscrito completo?

Lancelot deu uma risadinha, acariciou o assento de couro.

— Temos mais recursos que a PJ.

— Os recursos não são tudo.

— É o que dizem. Um homem sozinho e brilhante, como você, talvez possa chegar ao mesmo resultado. Mas depois é preciso administrar a descoberta e, para isso, os recursos são essenciais. Vou lhe dar um exemplo. A sua investigação da Rue du Comte-Boulainvilliers não está avançando porque os homicídios são muito perfeitos. Você é obrigado a cavar o motivo, o manuscrito, na esperança de que este o leve até os culpados.

— O que está querendo dizer?

Sarfaty sentiu que um elemento essencial tinha-lhe escapado desde o início. No mesmo momento, viu Mussot atravessar o pátio. Encolheu-se no Peugeot.

— Assassinatos perfeitos significam agentes perfeitos. Não foram fanáticos que mataram seu inspetor, foram agentes estrangeiros. Depois do 11 de setembro de 2001, a circulação dos agentes orientais passou a ser vigiada, assim como os fluxos de dinheiro ou o contrabando de armas. Mas isso não era suficiente. Em todos os casos dos últimos anos, foi decisiva a intervenção de funcionários ou de diplomatas estrangeiros partidários das ideias fundamentalistas. Uma das nossas propostas aos americanos foi incluir no arquivo internacional sobre terrorismo a lista dos diplomatas pertencentes a zonas de risco como o Paquistão, a Península Arábica ou o Sudoeste Asiático. A ideia era acompanhar seus deslocamentos como se eles fossem terroristas. É um arquivo ao qual você não tem acesso. O patrocinador está nesse arquivo e talvez também estejam os assassinos, confie em mim.

— Só que o que lhe interessa é o manuscrito siríaco, não os culpados.

— Não se iluda. Se agentes estrangeiros podem matar impunemente funcionários franceses em território francês, para que servem os RG? Você acha que o governo não nos cobrará?

Sarfaty não havia considerado a hipótese de uma rede internacional como origem dos homicídios. No entanto, devia ter pensado nisso e entrado em contato com os RG.

— Escute, Antonin, você tem uma dívida comigo?

Seu interlocutor fez um ar cansado e cortou-o.

— Quando entrei nos RG, eu lhe propus que viesse comigo. Eu lhe disse que, uma vez nos RG, eu não poderia mais lhe pagar na mesma moeda. Você lembra? Seu problema é que você não quer servir ninguém.

Sarfaty mordeu os lábios. Era verdade, mas o que iria fazer nos RG? A agência servia à segurança nacional, mas também às baixarias do poder. Por nada no mundo aceitaria esse papel. Não tinha deixado a brigada antiterrorista para pedir um cargo nos RG.

— Bem, mas mesmo assim você pode me dizer como souberam da existência desse manuscrito.

— Muita gente está sabendo, eu lhe disse. Muito mais do que você imagina. A informação veio dos serviços argelinos. Desde o início de fevereiro, um comerciante de antiguidades parisiense está tentando vender um texto que teria sido ditado por Maomé, o fundador do islã. Imagine o quanto essa notícia agitou os palácios do Eliseu e Matignon. Pois, segundo nossos especialistas, o manuscrito poderia ser autêntico. Uma vez na França, as autoridades examinariam a conveniência, para o Estado, de exercer seu direito de preferência. Os conselheiros discutiram acaloradamente. Alguns achavam que essa aquisição seria um reforço para as coleções do Louvre e atrairiam um novo público ao turismo francês. Outros opinaram que essa apreensão de uma relíquia sagrada do islã seria um convite ao terrorismo islâmico para agir na França. Havia também o valor ideológico do texto. Se ele questionasse o islã atual, talvez não fosse oportuno torná-lo público...

Temendo, de repente, jamais ter acesso ao manuscrito, Sarfaty não pôde deixar de exclamar, com emoção:

— Mas por quê?

— A estabilidade é mais importante que qualquer coisa. Esse escrito poderia desestabilizar os países de fé muçulmana, e alguns deles são nossos aliados. O caso é muito delicado, delicado demais para deixá-lo nas mãos da PJ — concluiu, com um sorriso malicioso que Sarfaty achou insuportável.

— Você não acha que cabe aos próprios muçulmanos decidir o que fazer com essa descoberta?

Serge Sarfaty perguntava de má-fé. Tudo o que queria era satisfazer sua *libido sciendi*.

— Se os povos estivessem suficientemente maduros para decidir o seu destino, assim seria — replicou Lancelot num tom sentencioso. — De qualquer forma, nem sabemos ainda o que esse texto contém. Estamos falando no escuro. O mais urgente é encontrá-lo.

Sarfaty tentou apostar tudo numa única jogada.

— Será que o islamólogo que eu sou pode lhe fazer um pedido?

— Diga...

— Se o manuscrito cair em suas mãos, você me envia uma cópia? Pura curiosidade de orientalista. Para quitar sua dívida.

— Você me enche a paciência com essa dívida. Não estamos entre árabes, nem entre judeus, Sarfaty. Estamos na França. As dívidas de honra não são um costume daqui. Não posso prometer nada, mas veremos.

Antonin inclinou-se em direção à porta e chamou o motorista.

— Desculpe, mas estão me esperando no gabinete do ministro.

45

Nas dependências da PJ, o exotismo de Ali Boudaoui tinha causado seus efeitos em todos os funcionários que se encontravam no caminho. Desse modo, quando Madjid desceu para acompanhá-lo, foram seguidos por um concerto de assobios e gracejos vindos das janelas do edifício. Nesse alvoroço, as exclamações de admiração eram tão numerosas quanto os insultos, com apupos femininos se misturando a gritos masculinos de despeito.

Caminhando atrás dele com um passo leve e obstinado, o inspetor Bessaih conhecia o sentido original da palavra "carisma", que significa "dotado de um dom divino". Apesar da vigilância e da torrente de perguntas que lhe tinham infligido, o jovem não havia desistido de manter um estado de ânimo quase alegre. Aquele adolescente não tinha nada de comum: aos 15 anos, aparentava 18, e seu rosto mostrava a serenidade de um velho, apesar da sua anacrônica roupa de beduíno. Madjid adoraria que seu filho de 10 anos, muito emotivo, tivesse aquela tranquilidade interior. Nunca tinha visto semelhante mistura de vitalidade e sangue-frio num adolescente.

Uma vez dentro do veículo policial sem identificação, trafegando pelo Boulevard du Palais, a fisionomia de Ali não revelou qualquer alívio por ter deixado as dependências da polícia. Ele gostava de falar o dialeto argelino com um sotaque típico do Leste, enquanto o do inspetor era mais próprio da cidade, colorido pelo oeste do país. A pedido do rapaz, que queria praticar, passaram a falar em francês. Madjid dirigia devagar para que ele pudesse contemplar Paris. Pelo que disse em seu interrogatório, 15 dias após ter chegado à França, ele ainda não vira nada da capital, a não ser duas mesquitas, a de Belleville e a da Rue du Comte-Henri-de-Boulainvilliers.

— Como você faz para ir da sua casa à Rue Boulainvilliers?

— Vou de metrô. Saïf me mostrou como me localizar — respondeu ele, exibindo seu sorriso indefinível.

Pegaram a avenida que ladeava o Museu de Artes e Ofícios. Madjid descreveu para ele as máquinas extraordinárias que estavam expostas lá e contou a história de um ladrão que conseguiu ficar lá dentro durante a noite para roubar o pêndulo de Foucault.

Mas, bruscamente, o rapaz o interrompeu e perguntou em seu francês capenga:

— Você crê em Deus, o Todo-Poderoso?

Madjid começou a rir.

— Claro, por quê?

— Meu pai diz que só existem infiéis neste país, que todos os muçulmanos franceses são apóstatas.

— Que Deus me livre da apostasia! — prosseguiu Madjid rindo. — Seu pai é salafista? Wahbita?

— *Salafi*... Como você sabe? — perguntou Ali, virando o rosto em sua direção.

— São os salafistas que dizem que nós somos maus muçulmanos.

— Mas vocês fazem as orações? A caridade?

Madjid bateu com a mão direita no volante. Aquela pergunta sempre o irritava, mas era impossível se aborrecer com aquele adolescente. Vasculhou o porta-luvas e pegou uma fita cassete. *Allahou Akbar*... Um majestoso chamado de muezim se ergueu dentro do carro, a voz clamava por Deus, seu poder e sua grandeza. O fervor contido na tessitura da voz era excepcional. Era um cantor iemenita.

— Tudo, irmão, as cinco orações! Os cinco pilares! Aos 35 anos, já fiz a peregrinação à Meca com minha mulher. Você conhece muitos argelinos da minha idade que tiveram essa oportunidade?

— Meu pai também já fez — respondeu ele tranquilamente. — Tenho água de Zem-Zem* no meu quarto. Mas seus filhos são fiéis?

— Meus dois filhos também. Meu filho e minha filha vão à mesquita, fazem suas abluções e todo o resto. Com 10 anos, meu filho já quer fazer o ramadã, eu é que o estou impedindo. Seu pai está falando bobagem.

— Não diga isso. Meu pai é muito respeitado entre nós.

O adolescente corrigiu-o calmamente, como se tivesse acabado de falar um absurdo. Madjid percebeu que ele idealizava o pai.

— Então por que seu pai o impede de ver sua mãe? Por que você fica rondando a casa dela? — perguntou, malicioso.

Uma sombra dolorosa passou pelo rosto de Ali. Era a primeira vez que perdia a serenidade.

Abaixou a cabeça.

— Vamos, conte-me, amigo — disse Madjid, com uma cotovelada afetuosa.

Um fio de voz minúsculo respondeu.

— Sinto falta dela...

— De que forma seu pai é respeitado? — perguntou Madjid para mudar de assunto e proteger a intimidade do garoto.

Ali exclamou:

— Todo mundo o cumprimenta em Belcourt. Homens como Saïf obedecem a ele, e todos os *mudjahidin* o reverenciam.

O veículo policial disfarçado travou em seco no sinal vermelho. Belcourt era um bairro muito popular de Argel, famoso por seu time de futebol, mas também por seus fundamentalistas e sua "mesquita de Cabul", uma mesquita extremista. Entre 1993 e 1998, nos anos negros da Argélia, muitos de seus colegas de Argel tinham sido mortos naquele bairro. Mas foi a palavra *mudjahidin* que sobressaltou o inspetor; como se lhe tivessem falado de *homem-bomba*. Os fundamentalistas armados se designavam com esse termo, que evocava a guerrilha. A noção de obediência fora de um quadro institucional também o tinha chocado; para ele, isso só podia

*Poço sagrado de Meca, situado próximo à Caaba.

lembrar uma coisa, inscrita no Código Penal: um delito classificado sob o título "associação de malfeitores".

Percebendo que tinha cometido um erro, o menino corrigiu a frase, desta vez em árabe.

— Não falo bem o francês, queria dizer emigrados (*muhâdjirun*), os que vivem na França... Meu pai conhece muitos. Quando eles chegam a Argel, vêm cumprimentá-lo.

O adolescente queria reparar o lapso. Mas as duas palavras não tinham a mesma raiz, ele não podia ter-se confundido. Além do mais, esta última palavra não era comum. Era um termo que, no Alcorão, designava os combatentes de Deus.

Madjid retomou a conversa. O carro entrou no Boulevard de Belleville. No número 65, ele estacionou e observou o edifício, sua entrada escura embutida entre um açougue e um restaurante *kosher*.

— Eu também vou subir. Quero cumprimentar seu pai.

O adolescente não pareceu alarmado. Se o pai fosse chefe de uma rede, como Madjid começava a suspeitar, ele teria manifestado relutância, teria inventado uma desculpa para recusar. Mas não, achava normal que um inspetor da polícia, ao acompanhá-lo até sua casa, quisesse ver seu pai. Aquilo não seria paranoia sua em relação a seus compatriotas?

Seguiu Ali, que estava contente de reencontrar seu universo familiar. A entrada do edifício, porém, era sombria, forrada de papéis engordurados, em parte obstruída por grandes lixeiras verdes que exalavam um fedor de carne e sangue. As caixas de correio estavam abarrotadas de folhetos publicitários. O jovem fez uma careta indicando com o queixo uma porta blindada à esquerda, atrás da qual devia se encontrar o açougue judaico. Caminharam por um corredor iluminado apenas pela luz do dia, cuja parte superior era pintada de cor de sangue. No fundo, após terem passado por uma primeira escada, subiram uns degraus estreitos de madeira, gastos e escurecidos por gerações de populares.

No terceiro andar, Ali mostrou a porta da direita, pintada de marrom sujo, com uma claraboia. Ele bateu, mas não houve resposta.

— Você tem a chave? — perguntou Madjid num tom mais seco do que pretendia.

— Não, em geral sempre tem alguém. É só esperar.

O artigo "delito em grupo organizado" dançava na cabeça do policial. Muitas prisões importantes resultavam de coincidências como aquela. A retificação de Ali da palavra *mudjahidin* não o convencera. Ele não tinha mandado judicial, mas havia uma certa tolerância na justiça francesa quando o assunto eram jihadistas. Madjid decidiu tomar uma iniciativa ousada.

— Sou obrigado a revistar o apartamento. Ou você abre ou arrombo a porta — disse, num tom severo.

Ali fez uma expressão contrariada.

— Mas não estou com a chave, veja — disse abrindo as mãos vazias.

— Então vou ter que arrombar a porta — disse o inspetor com o rosto duro.

— Saïf não vai gostar. É ele o responsável pela casa. Um irmão está nos emprestando.

— Se tudo estiver em ordem, eu pago a fechadura.

Ali fez um gesto fatalista.

O inspetor Bessaih mediu a distância no corredor, avaliou a madeira da porta, que não parecia sólida.

— Fique na escada.

O adolescente obedeceu a contragosto e Madjid apoiou-se na entrada do apartamento oposto para tomar impulso.

— Agora — disse ele e se lançou para a frente.

Foi então que o inferno começou.

Uma bola de farpas e lascas de pintura brotou do centro da porta e uma *coisa* colheu-o em pleno arranque. Ele viu claramente o centro do retângulo de madeira explodir, um monte de detritos brotar dali, o clarão, mas não viu o que penetrou em sua carne. No entanto, era bem real, e aquela *coisa* continuava a atingi-lo, em golpes repetidos, levantando-o do chão.

A cada impacto, seu corpo estremecia, como que atravessado por uma corrente elétrica de altíssima voltagem. Ele não sentia dor, somente aquele arremesso contínuo, que o desarticulava e o impedia de empunhar sua arma. Mesmo sem conseguir recuperar o domínio de seu corpo, Madjid estava perfeitamente consciente do que lhe estava acontecendo. Era evidente, mas tão inesperado, que se recusava a acreditar. Alguém o estava metralhando com uma arma automática através do painel da porta. A arma devia estar munida de um silenciador, pois os tiros faziam um barulho abafado. Quase suspenso no ar pelo impacto das balas, via suas roupas se salpicarem com seu sangue. Era irreal.

As rajadas finalmente cessaram. Ele caiu de joelhos. Pelo buraco que as balas escancararam na porta, viu uma silhueta branca e duas mãos de praticante de luta livre segurando uma Uzi. Não era o modelo de pistola automática que ele havia imaginado, mas uma Micro-Uzi IMI (Israel Military Industries), uma arma automática reconhecível por sua coronha desdobrada e porque o homem a segurava com as duas mãos. Será que as armas não têm religião? Aquele fundamentalista não se constrangia de usar uma arma criada pelo inimigo jurado dos muçulmanos?

Com um ruído metálico, o homem encaixou um novo carregador. Madjid calculou que havia recebido entre vinte e 32 balas. Mas isso era importante? Ele raciocinava como se estivesse em treinamento, enquanto assistia à própria morte. Se não fizesse alguma coisa, seus filhos iriam perder o pai.

Conseguiu penosamente tirar seu revólver Manurhin MR-73, um Magnum 8 polegadas calibre 357. Na polícia francesa, diziam que era uma arma excepcional. Nunca a usara fora do treinamento. Era seu batismo de fogo. Seus dedos besuntados de sangue armaram o revólver. Estava enfraquecido. Seria sangue ou suor o que escorria sobre ele? A camisa e a calça estavam úmidas, sentia a umidade na pele. Mas sua testa estava encharcada de suor e sulcos de líquido salgado escorriam pela face.

Aquele assassino não sabia com quem estava lidando. No clube de tiro da PJ, ele era um dos melhores, um dos que representavam a casa nas competições com o Exército. Não precisava de arma automática. Seis tiros eram suficientes para livrar a humanidade daquele filho da mãe.

O corredor tinha voltado à calma, uma calma extraordinária após os tiros. Através da porta, uma voz rouca falou em árabe.

— Espere por mim lá embaixo, Ali.

Madjid tinha esquecido do rapaz que exalava serenidade. Virou lentamente a cabeça para ele, mas sua vista se turvou, a escada se inclinava como a torre de Pisa. Pensou ter ouvido um murmúrio de prece, aquela que é recitada na cabeceira dos moribundos.

Dirigiu o olhar para a porta esburacada, arregalou os olhos. Um rosto o observava através do buraco escancarado. Inclinado para a frente, com o busto dobrado, um homem de traços grosseiros, marcado por cicatrizes, o examinava. Madjid aproveitou o tempo para mirar, como no estande de tiro. Suas pernas fraquejavam, mas ele se esforçava para manter a posição regulamentar. Com as duas mãos agarradas à arma na altura da cintura, os pés paralelos, as pernas separadas, ele tinha na mira a cabeça do seu agressor. Esse ajuste lhe exigiu um esforço sobre-humano; um desejo irreprimível de dormir invadia seu corpo. Mas, estendendo o pescoço e deixando a cabeça bem erguida, conseguiu repelir a languidez. O gatilho do Manurhin estava na junção entre a primeira e a segunda falange de seu indicador direito. Nunca o gatilho lhe parecera tão macio. Ergueu a alça de mira e puxou o gatilho para trás.

Antes que terminasse a pressão, o inferno começou de novo. Sentiu a pele do rosto se rasgar, os ossos arrebentarem. Uma papa sanguinolenta encheu sua boca, seus olhos escureceram. Pensou que seus miolos iriam se espalhar pelo chão sórdido daquele edifício e que não gostaria que seus filhos o vissem assim. Teve tempo de admitir para si mesmo que tinha cometido um erro de iniciante, como o inspetor Mourad Kerriou.

Depois um grande clarão o ofuscou; estava perdendo contato com o planeta Terra. Será que contemplaria o trono de Deus? Quando criança, contavam-lhe que esse trono era de uma beleza inimaginável.

46

Escritório do L'Ingénu, *VIII distrito de Paris*

Um espaço de trabalho do tipo americano, com diversos escritórios abertos, separados somente por paredes de vidro. Uma arquitetura que permite verificar com uma olhada se todo mundo está trabalhando. O clima é de fechamento da publicação. Num canto afastado da porta, o departamento de publicidade, que não é muito importante. A imagem *trash* do *L'Ingénu* não atrai anunciantes.

Sonia procura Samia Mokfir. Ela está em sua sala, atulhada de revistas e pastas. Com o telefone na mão, vai passando as páginas do computador a sua frente. Está gracejando com um cliente como se fossem velhos amigos. Ao telefone, aquela mulher desengonçada, tímida, malvestida, desprovida de autoconfiança, se transforma. A distância a deixa desinibida, permite que ela se solte, que alcance a dosagem sutil que seduz o cliente: a seriedade e a confiabilidade, mas também a leveza, flexível ao capricho de último minuto, sem esquecer o charme e o humor que tornam o trabalho agradável. Depois de Sonia, claro, é a melhor representante comercial do departamento.

Sonia espera em pé. Pega o *Le Parisien* que está sobre a mesa. No alto da primeira página, o duplo assassinato da Rue Boulainvilliers é noticiado com o título: "Os islamitas recomeçaram a guerra?" Ela procura a página do artigo: estão participando o seu desaparecimento e o de Paul. Só seu primeiro nome é citado. O estupor congela suas feições.

Samia desligou. Ela se vira para as outras mesas, para ver se alguém as observa, e abaixa a voz.

— O que houve com você, está fugindo?

— Claro que não, você conhece a imprensa, está sempre dramatizando. Eu conto tudo, mas antes tenho que lhe pedir um favor urgente.

— Nada de ilegal, *benti,* minha filha?

— Claro que não, o que está pensando?

Samia sacode o jornal.

— Com você, não dá mais para saber. Dois assassinatos em seu prédio e você desaparece! Ficou louca, ou o quê?

Ela a pega pelo pescoço.

— Foi aquele seu marido degenerado que voltou?

— Samia, deixe-me falar! — Sonia irrita-se.

— Então fale, minha filha, fale.

— Você pode ficar com o Nadir?

Samia se vira para suas faturas, com um ar subitamente pouco disponível.

— Por que não o deixa com Isabelle? Ela tem um menino da idade dele, um marido. Eu estou com um cara novo, nossa lua de mel está começando. Minha casa é muito pequena e ele está em processo de divórcio.

— Escute, Samia, você acha que estou gostando de me separar de meu filho? Acabaram de me ligar de Argel, Soltani está em Paris. E não veio para fazer compras nas lojas Tati. Ele vai tentar roubar Nadir de mim. Mas, quanto aos dois assassinatos, não foi ele. Ainda não estava na França quando aconteceram.

Através do vidro, Sonia viu Yves Taleb, o chefe do *L'Ingénu*, que circula entre as mesas. O tempo é curto.

— Eu não entendo os franceses: por que deixam fundamentalistas como ele entrarem no país? Quantas pessoas o MIA matou na Argélia? E no mundo? Seu marido não está com a Interpol atrás dele?

— Meu ex-marido, não meu marido. E então? O que você vai fazer com meu filho?

— Vou arriscar a vida nessa história!

— Vai me ajudar ou não? Se não existir solidariedade entre as mulheres, onde vamos parar? Na pior das hipóteses, ele sequestra Nadir e pronto.

— Por que não vai à polícia?

— Olhe, Samia, quando você tem problemas amorosos, fico a seu lado. Quando você precisa de dinheiro, fico a seu lado. Quando você se sente sozinha, vem dormir na minha casa. E então?

— Por quanto tempo?

— Não sei dizer... não muito.

— Em uma semana, no máximo, eu o devolvo a você. E não quero ver o degenerado do seu marido, senão chamo a polícia na hora.

Sonia pula e lhe abraça o pescoço.

Depois se esgueira entre as divisórias para evitar o chefe, mas é difícil. Esses escritórios são feitos para vigiar todo mundo.

Está contente por ter encontrado abrigo para Nadir. Ficar calma, um problema de cada vez, não se afobar. Fazer como Descartes, dizia o pai: *Dividir as dificuldades em quantas parcelas puder e em quantas forem necessárias para melhor resolvê-las.* Seu pai sempre lhe dizia que, na espiritualidade e na arte, nada superava o islã; mas, nas questões práticas, era preciso seguir os ocidentais, sua racionalidade. Ela se agarrou a isso.

Sexta-feira de manhã, sua mãe lhe telefonara: "Tire umas férias, Soltani está indo para Paris; ele tem visto e está levando Ali." Uma mistura de alegria e angústia a invadira. Alegria de talvez rever seu filho mais velho, que não abraçava há cinco anos. Angústia de saber que seu marido estava em Paris, medo de que lhe tomasse Nadir, que a desfigurasse ou, por que não, a matasse! Ele já havia matado o pai de Nadir, embora a polícia não tivesse conseguido provar nada.

Abdallah Soltani era capaz de todos os horrores. Não suportava ser contrariado, nem qualquer obstáculo diante de seus desejos. Sonia o havia conhecido quando ele era trotskista, membro do minúsculo PTA (Partido dos Trabalhadores Argelinos). No início, seu engajamento fora sincero. Era um idealista, sedento de justiça, muito envolvido no trabalho militante. Aos 20 anos, rapaz bonito, orador brilhante, revoltado, estudante de informática, ele a seduziu e se casou com ela grávida de Ali. Mas a inutilidade das lutas internas entre os grupos esquerdistas argelinos e o pouco caso da população o desestimularam. Ele compreendeu, a partir do sucesso dos *mudjahidin* afegãos e da revolução iraniana, que o fervor popular ia em direção ao Profeta Maomé, e não na direção de Trotsky ou Marx. A revolução não era mobilizadora num país de cultura muçulmana.

Progressivamente, foi se aproximando dos movimentos religiosos fundamentalistas, já que era primo de um célebre oposicionista islâmico a Boumediene. Quando da criação da FIS (Frente Islâmica da Salvação), em 1989, tornou-se um dos seus primeiros adeptos. Foi nessa época que mudou de nome, de *Abdallah* (servo de Deus) para Abdu, pois, segundo ele, toda a criação está a serviço de Deus e ninguém poderia pretender ter o monopólio desse cargo. Era pretensioso ter Deus no nome. Muito inteligente, ele se especializou em problemas de logística e armamento, pois o verdadeiro poder se encontrava aí. A política oficial, aquela em que é preciso atrair os eleitores, brilhar nos meios de comunicação, submeter-se aos líderes do partido, fazer acordos com o Estado, não lhe agradava muito. Preferia o recrutamento de homens, a fabricação de documentos falsos, a organização de esconderijos, o tráfico de armas, as manipulações financeiras, em suma, a política subterrânea. Na Argélia esse caminho tortuoso combinava com a religião. Soltani mergulhou fundo nessa união bizarra. O início da guerra civil, em 1993, não o surpreendeu, e tinha se preparado para essa eventualidade e até rezado para que ela se concretizasse. Havia formado um pequeno grupo armado que mantinha um jogo perigoso com o ELN (Exército de Libertação Nacional) e os serviços secretos, um jogo de três ou quatro lados em que não se sabia mais quem manipulava quem. Regra única: desconfiar de todo mundo e ficar sempre ao lado do mais forte.

Hoje ele fazia parte dos *arrependidos*, os homens perdoados pelo presidente em troca do abandono da luta armada. Tinha uma vila imponente em Hydra, bairro residencial de Argel, guarda-costas e negócios florescentes. Segundo a mãe de Sonia, ele até mesmo se tornara místico, afirmando que tivera uma revelação que confirmava a sua jihad passada. Dizia que Deus havia consagrado a guerra civil, julgando-a necessária para reislamizar a Argélia.

Sonia não acreditava nesse arrependimento. Para ela, Soltani estava mais ávido de poder que nunca, e ainda mais hábil para servir a um lado tanto como ao outro. Desde o fim do GIA, suspeitava que ele estabelecera ligações com a *Al-Qaeda do Maghreb*.* Como tinha conseguido visto de entrada na França?

De qualquer modo, ele estava lá, e sua presença a apavorava. Foi o que a fez decidir partir para Milly-la-Forêt. Ajudando Paul, queria somente proteger a si mesma, pois sabia que o jornalista era corajoso. Não pensava em se envolver numa outra relação, talvez mais complicada que a primeira.

Yves Taleb bloqueou sua passagem quando ela ia entrar no elevador. Ele sacudiu o *Le Parisien* à sua frente.

— Estão esperando por você no meu escritório.

— A quem devo tanta honra?

— Duas pessoas dos RG.

— Não são da PJ?

— PJ ou RG, para mim tanto faz. O que me chateia é o artigo que você entregou à minha secretária. O que significa essa matéria angelical sobre os salafistas?

— Olhe, você tem que ver isso com Paul Mesure. Foi ele quem escreveu.

— Ele está sumido. Como foi você quem trouxe o artigo, estou me dirigindo a você.

Ela ficou em silêncio.

*Ex-GSPC (Grupo Salafista de Pregação e Combate) ligado à Al-Qaeda.

— Vai ser preciso refazer este artigo, estabelecer um elo entre os salafistas e os assassinatos da Rue du Comte-Boulainvilliers, a sua rua, Sonia Boudaoui. Escute, é maravilhoso. Um repórter faz uma matéria sobre os salagistas e três pessoas são assassinadas em seu prédio, dentre as quais um inspetor da PJ. É preciso realçar isso. Não há uma só palavra sobre esses homicídios no artigo.

— É porque não existe nenhuma relação, Sr. Taleb. Os salafistas do *lelivredelislam.com* são contra a inovação, como os Testemunhas de Jeová. É só isso. A luta armada não é com eles.

— Pouco me importa! Encontrem uma ligação. Sempre dá para encontrar com um pouco de boa vontade.

— Vou dizer isso a Paul Mesure.

— Então você sabe onde está aquele filho da mãe. Ele me levou um adiantamento razoável prometendo um furo de reportagem e, em troca, me entrega uma matéria água com açúcar. Isso não vai ficar assim. Vamos acertar essa história com os RG, e logo depois você me traz Paul.

47

Corpulento, mas ativo, Yves Taleb não parava de falar, trotando em direção ao escritório. Reclamava do público ignorante, da conjuntura, do fisco, do Código Civil e dos tribunais, para voltar a Paul. "Aquele traidor que me entregou um artigo que era pura pieguice, embolsando um adiantamento bem generoso." Sonia estava com dor de cabeça. Todo mês ela pensava em largar aquele impostor, sua concepção duvidosa da imprensa, mas todo mês um prêmio generoso ou um dossiê politicamente incorreto do *L'Ingénu* a mantinha lá. Afinal, eram eles que publicavam assuntos sobre os quais ninguém ousava falar. Seu único erro era não dar aos jornalistas os meios de verificar suas informações.

— Entenda, Sonia, não estou pedindo para ele dizer que os salafistas mataram duas pessoas que lhe eram próximas. Estou pedindo que faça *new journalism*, que se coloque em cena e conte o que aconteceu a seu redor enquanto investigava.

— Mas mesmo assim é uma impostura, a técnica da imprensa sensacionalista. *Johnny Hallyday está doente* na manchete; no artigo, ficamos sabendo que ele está "doente" porque um primo distante vai se submeter a uma cirurgia de câncer.

— Nada disso, é ser como Tom Wolfe em *Acid Test*: ele conta o que se passa ao seu redor enquanto acompanha o ônibus de Ken Kesey em suas atribulações californianas — disse ele, empurrando a porta de madeira revestida do seu escritório.

Como nas poucas vezes anteriores em que havia entrado naquele antro do anão da imprensa, Sonia sentiu dor nos olhos. Do chão ao teto, em todas as paredes, se desdobrava um afresco imenso, uma confusão de paisagens e retratos num estilo *naïf*, de cores gritantes.

Desordenadamente, viam-se ali os portos da Alexandria e de Istambul, de Argel e Tunis, de Tel-Aviv e Beirute, identificados por um cartão que dizia seus nomes em hebraico, árabe e francês. Em primeiro plano, percebiam-se faluas e veleiros de três mastros que deslizavam entre as ondas, enquanto, à beira-mar, se sucediam cenas típicas sem preocupação com a coerência.

Mouros se banhavam nus entre palmeiras e oliveiras, observados por crianças que cuidavam de carneiros e cabras. Mais adiante, uma caravana de camelos seguia pelo litoral escoltada por bravos beduínos com os fuzis erguidos. Em outra parte, via-se uma caçada de tigres num cenário tropical, com uma fera devorando um zuavo sob o olhar inquieto de um pequeno árabe escondido entre avencas exuberantes. Sem transição, surgia o interior de uma sinagoga, detalhado com tal minúcia que era possível contar o número de candelabros. Depois havia uma medina oriental, com suas ruelas tortuosas, lojas encovadas nas paredes, mendigos, mulheres de véu, aguadeiros e fumantes de narguilé.

No mesmo estilo primitivo, dezenas e dezenas de cenas típicas se correspondiam de uma parede a outra. A mais espetacular estava atrás da escrivaninha. Um imenso monte Sinai, iluminado por uma grande estrela judia, brilhante como um sol, mostrava o próprio Yves Taleb, vestido de judeu antigo, trazendo nos braços uma guirlanda desfraldada, sobre a qual se lia:

Amarás teu Deus Eterno com todo o coração.

Poucos visitantes saíam ilesos daquele espetáculo. Tantas imagens apresentadas em tal desordem, com cores tão brilhantes, causavam vertigem. Sobretudo, era difícil não se mijar de rir do papel que Yves Taleb se atribuiu, a meio caminho de Moisés e Jeová. Ninguém sabia de onde saíra o artista; um aluno desajeitado do *douanier* Rousseau que não assinara aquela obra-prima de mau gosto. O redator-chefe do *L'Ingénu* era o único a achar o conjunto magnífico. Explicava:

— É o gênio do oriente. Toda a vitalidade semita está aí. Não podemos esquecer nossas raízes. É a melhor resposta ao antissemitismo.

Naturalmente, após ver aquilo, o visitante quase não notava os objetos e o mobiliário. O que era uma pena, pois algumas peças eram magníficas. Ofuscados pelo afresco monumental, havia belos *kilims* e baús sírios delicadamente nacarados. Mas Taleb possuía tanto o senso das diagramações *impactantes*, como dizia, que estimulavam o olhar do leitor mais indiferente, quanto uma veia estética patológica.

Dois homens à paisana estavam esperando sentados no amplo sofá em couro bordô. Via-se, por suas feições, que aquela decoração os perturbava e que tinham pressa em deixar a sala. Ambos levantaram quando Sonia e Taleb chegaram. Terno preto, corpulência média, uma rigidez um pouco militar nos gestos.

— Capitão Antonin Lancelot, dos RG, senhora — disse um deles dirigindo-se a Sonia. — Estou falando com a Sra. Boudaoui?

— Sim — respondeu Sonia.

— A senhora está presa.

O homenzinho gorducho deu um salto e ameaçou-os com o dedo em riste.

— Vocês me disseram que só queriam conversar com ela!

— Sinto muito, senhor, mas estamos em serviço. Um homem foi assassinado. Ou as testemunhas cooperam ou são colocadas sob custódia.

Taleb olhou-a dando uma piscada.

— É que estou precisando dela. É dia de fechamento do jornal.

— Se não houver nada que a comprometa, ela estará aqui amanhã de manhã.

— Mas é amanhã que sai o jornal. Não posso esperar — disse Taleb.

Sonia não estava acreditando.

— Deixe-me ao menos falar com ela por alguns minutos, para me inteirar da diagramação — implorou ele.

O capitão Lancelot virou-se para o homem mais atrás que não havia se apresentado.

— Não acho que seja uma boa ideia, senhor chefe de gabinete.

Taleb encarou o homem. Sua memória parecia escaneá-lo. Bruscamente, caminhou em sua direção.

— Sr. Le Lièvre! Sr. chefe do gabinete do ministro do Interior! Eu o estava tomando por um subalterno! É uma honra — disse ele avançando com as duas mãos estendidas.

O homem se empertigou um pouco.

— Por favor, estou aqui incógnito.

— Tudo bem, tudo bem. Estamos entre cavalheiros. Faz tempo que eu queria encontrá-lo para fazer uma matéria sobre o seu trabalho. Deixe-a comigo por dez minutos — disse ele, enlaçando Sonia pelos ombros.

O chefe de gabinete concordou, apesar da impaciência de Lancelot.

Sonia se assustou porque a mão tinha deslizado de seus ombros para o peito. Quando ele lhe deu um tapa no traseiro para fazê-la avançar em direção à saída, ficou vermelha e precisou fazer um esforço para não responder com uma bofetada.

Eles cruzaram a porta. Ela respirou fundo, mas não sabia o que o velho matreiro estava tramando, pois Taleb não precisava dela para a diagramação, que ele mesmo finalizava toda semana.

Pegando-a pela cintura, ele a levou até a escada de serviço.

— Desculpe-me por essas intimidades, Sonia, mas se pensarem que você é minha amante vão ser mais gentis com você. Sou um cara importante.

Na escada, acrescentou:

— Salvem-se e me tragam uma bela história. Vinte laudas, pelo menos. Contem tudo o que aconteceu com você e com Paul. Quero tudo por escrito, do início ao fim. Título: "Os RG em guerra contra os salafistas". Para a próxima semana. Assine o artigo junto com Paul Mesure, se preciso. Mas não se esqueça: não quero nada açucarado, hein? Algo mais palpitante!... Sangue e lágrimas!... Pense no *new journalism*, Sonia...

48

Continuação do encontro entre Benazir e Ali Khan

Na véspera, pela manhã, Mohammed Ali Khan ainda não acreditava na traição do tadjique nem no sequestro de sua equipe. Para convencê-lo da derrota, Benazir propôs que ele fosse à Rue de Chantilly, no IXº distrito.

Flashback.

O táxi deixou-os em frente ao edifício. Ali Khan estava de cara fechada, e nela transparecia a imagem do adolescente que não gostava de perder no críquete. Quando perdia um jogo no fim de semana, ele voltava para o liceu segunda de manhã com aquela cara emburrada (isso antes que o presidente Bhutto instituísse a sexta-feira como dia de descanso, para atrair os fundamentalistas que mais tarde iriam enforcá-lo).

Benazir, por sua vez, estava atormentada com a confissão de Ali Khan. Seu pai realmente dera a ordem desprezível de eliminar todas as testemunhas? Recusava-se a discutir isso com ele novamente, mas interrogaria os membros de sua equipe. Eles falariam, nem que fosse à força.

Se seu pai fosse o bárbaro descrito por Ali Khan, ela reconsideraria sua promessa.

Observando a janela do terceiro andar, viu que as cortinas tinham ficado fechadas. Deveriam estar abertas em caso de sucesso, era a instrução que dera ao tadjique. Tinha falado com Selima pelo telefone e esta confirmou que tudo havia corrido bem. Certa desse resultado positivo, Benazir a mandara para revistar a loja do comerciante de arte. Será que a situação poderia ter mudado em tão pouco tempo? Era impensável. O tadjique devia estar com a cabeça em outro lugar, apesar de seu pai ter falado bem dele.

Na escada, porém, segurou a mão de Ali Khan e se afastou para que ele a precedesse. Surpreso com o gesto aparentemente terno, sua expressão se descontraiu. Mas praguejou em urdu contra os ardis femininos. Benazir entrou no jogo e respondeu com um provérbio sobre o egoísmo dos homens.

Quando ele girou a chave na fechadura, a discussão tinha-se tornado obscena. Os dois gargalhavam trocando frases indecentes. No vestíbulo, falavam sobre a porta da mulher, descrita como uma armadilha mortal, e do instrumento do homem, tido como um arpão infalível. Seus risos ecoaram pelo apartamento silencioso.

Na entrada da sala, Ali Khan parou bruscamente. Atrás dele, Benazir não via nada. Ela, porém, sacou sua arma, uma das menores automáticas do mundo, uma Baikal IZH-71, pistola russa capaz de perfurar um colete à prova de balas feito de kevlar. Hipnotizado pelo que estava vendo, seu colega não se mexia. Deslocando-se, ela constatou que nada tinha saído conforme o previsto.

— Se eu atirar, perfuro os dois — disse uma voz num inglês ruim. — *Ninguém se mexa.*

O homem que falava estava vestindo uma simples calça de algodão, com o torso nu. Um de seus pés descalços repousava sobre um corpo inanimado.

Era inacreditavelmente musculoso. Seus braços compridos reforçavam a impressão de vigor que ele emanava, dando um toque animal. No corpo a corpo, devia ser um adversário muito duro. Sua pele cor de oliva estava listrada de arranhões e cortes, com um rastro de sangue que partia do pescoço e descia até a barriga. Um ar de loucura dançava em seus olhos fundos, de órbitas muito escuras. Não parecia estar em seu juízo perfeito. Seu rosto era típico de um balúchi, sobretudo pela forma da cabeça e da longa cabeleira.

Ela percebeu que era Farouk Bizenjo. Segundo o tadjique, aquele agente era extremamente perigoso. Mas a fama da sua etnia podia ter influenciado. Os balúchis tinham uma reputação de guerreiros terríveis. Como os *vikings*, suas canções eram cheias de heróis que queimavam o inimigo vivo e usavam seu crânio para tomar vinho.

O balúchi tinha feito uma barricada, empurrando o sofá para a frente da porta da sala, e estava esperando por eles sentado numa cama de criança, deslocada naquela sala de estar impessoal. Empunhava uma grande automática na mão direita, da qual pendia uma algema quebrada. Sua outra mão estava presa a um pilar da caminha por outro bracelete metálico. O corpo a seus pés era de Karima. Ela ainda estava respirando, graças a Deus. Por um ângulo, dava para ver outro corpo, imóvel para sempre numa posição esquisita. Era do tadjique, com a nuca atravessada por um longo punhal, que permaneceu cravado no ferimento.

Em volta do homem, a sala estava devastada. Uma televisão 16/9 tinha a tela estilhaçada, uma mesa e várias cadeiras estavam viradas no chão, pedaços de louça cobriam o assoalho. Todos aqueles cacos podiam explicar os cortes no peito do homem.

Benazir pensou a toda velocidade.

Selima tinha seguido sua ordem; foi à loja do comerciante de arte. Portanto, uma hora antes estava tudo em ordem. Mas por uma razão desconhecida o soporífero tinha funcionado apenas parcialmente naquele mastodonte e ele se libertou. Os outros homens de Ali Khan ainda deviam estar dormindo em suas camas, pois do contrário estariam visíveis. O tadjique estava morto, Karima, fora de combate, talvez por muito tempo. Portanto, ela tinha perdido dois membros da equipe; era preciso mudar de tática. Não podia realizar a missão com um homem só. Desistiu, portanto, de empurrar Ali Khan para cima daquele brutamontes, como pensara fazer a princípio.

Libertando-se suavemente dos dedos de Benazir, crispados em seus ombros, Mohammed Ali Khan virou-se para ela com ar triunfante.

— Eu diria que não sou eu quem vai tomar o avião esta noite. — Deu dois passos em direção do homem ensanguentado.

— Bravo, Farouk!

— Eu disse *não se mexa* — disse o gorila em seu péssimo inglês.

Ali Khan, porém, continuou a caminhar para ele. Contornou o sofa.

Benazir teve uma súbita apreensão.

— Acabou, Farouk, você restabeleceu a situação. O *mushrif* está retomando as coisas em suas mãos — cantarolava Ali Khan.

— Eu disse *não se mexa* — repetiu o homem, feroz.

Fios de suor escorriam por sua pele acinzentada. Sua mão armada tremia levemente e, com ela, a algema partida. Parecia não reconhecer ninguém. O fato de que ele falasse em inglês enquanto Ali Khan tinha usado o urdu e depois o punjabi para se comunicar mostrava que os estava tomando por inimigos.

Quando se misturam com outras moléculas, os hipnóticos têm efeitos colaterais importantes. Sem dúvida ele tinha bebido muito álcool, ou consumido um entorpecente. A mistura o havia deixado louco e furioso.

Ela quis avisar Ali Khan, mas era tarde demais.

Desprevenido, este se precipitava sobre seu acólito para tomá-lo nos braços.

Quando Ali Khan se aproximava, com o rosto radiante, Bizenjo deu dois tiros. Durante uma eternidade, Benazir só viu o dedo avançando para o gatilho da enorme automática. Quando a falange fez seu clique fatal, e antes que a mira da arma pudesse girar em sua direção, deu um salto mortal para trás a fim de alcançar o vestíbulo.

Os botões de sua blusa e todas as costuras da calça estalaram ao mesmo tempo, com o esforço muscular. Um barulho ensurdecedor atingiu seus tímpanos. Naquele espaço fechado, a arma do brutamontes tinha o volume sonoro de uma bazuca.

Quando ela se ergueu, aturdida pelo som, Mohammed Ali Khan tinha sido arremessado entre as duas janelas da sala de estar. Ele atingiu a parede como um projétil, depois desmoronou lentamente no chão.

Benazir mergulhou no chão, com seu Baikal na mão, gingou os cotovelos e os joelhos, o medo na barriga. Um ruído estridente a perseguia, de um instrumento metálico que raspava o assoalho. Deu um olhar para trás. Impedido pela cama a que estava preso, Farouk Bizenjo se debatia para alcançá-la. Quando chegou junto ao sofá que lhe barrava o caminho, apoiou a arma sobre o encosto e mirou nela.

No mesmo instante, ela tirou a chave da porta e se jogou no corredor. Febrilmente, trancou a porta com duas voltas. Encostada na parede, aspirou com força, depois inspirou várias vezes para retomar um ritmo cardíaco normal.

No prédio, porém, nenhum morador tinha-se manifestado. O apartamento devia ser isolado acusticamente. Mas sua aparência estava mais que indecente; um vizinho podia vê-la assim, com a camisa em frangalhos e a calça aberta. Foi para o apartamento do tadjique.

Com a porta fechada, teve uma crise de choro, breve e reconfortante. Poucas vezes sentira tanto medo.

O Anjo da Morte passara a seu lado.

Meteu a cabeça embaixo d'água, penteou-se e se maquiou com cuidado.

Depois tentou entrar em contato com Selima. Sua mão tremia; ela ligou para dois números errados antes de acertar. Sua colega não respondia.

Farouk ficou aliviado ao ver aquela agressora fugir. Estava num estado considerável de confusão mental, mas em algum lugar da sua mente permanecia intacta uma parte dele que tinha consciência da confusão. Tudo isso acabaria quando tivessem passado os efeitos da porcaria que lhe haviam injetado. No momento, o que queria antes de tudo era fumar seu cachimbo.

Estava em estado de abstinência.

De olho na porta da sala, que ficara entreaberta, deixou a pistola turca cair na cama e, com a única mão livre, tirou do bolso de trás do pijama seu material de fumar, que conservava sempre consigo. Deixou a bolsinha ao alcance da mão esquerda e pegou de novo a Kilinc 2000 com a direita. Tirou o cachimbo, o isqueiro e o saquinho de papel com os cristais de cocaína. Com a destreza de um maneta, colocou os minúsculos cristais no cachimbo de vidro. A seguir se abaixou para pegá-lo com a boca e acendeu-o ainda agachado. Fumou em pé, vigiando a entrada com a Kilinc na mão.

O produto lhe fez um bem incrível. Uma nuvem de flocos o ergueu e transportou para o céu. Por um breve instante ele dominou a Terra e os homens, confundiu-se com o divino. Estava convencido de que agora conhecia a última estação mística dos sufis. O *flash* fora muito curto, mas a descida não era desagradável, muito pelo contrário. Sua razão voltou pouco a pouco. Os efeitos do narcótico se dissiparam. Olhou para a sala, viu o tadjique, o corpo de Ali Khan, a mulher sobre o tapete, e conseguiu reconstituir o que havia acontecido.

Foi a abstinência que o despertou por volta das 10 da manhã. Ele se viu com as mãos algemadas na cama, os pés amarrados e um nó corredio em torno do pescoço. Com a mente confusa, não sabia onde se encontrava, por que estava preso. O vento da imbecilidade soprava em sua mente. Um estado que ele já conhecia. Pensou que estava novamente no treinamento, naquelas sessões em que, entupido de anfetaminas, insensibilizado à dor e ao cansaço, precisava enfrentar uma multidão de agressores que se precipitavam sobre ele, um após o outro. Sempre saía vencedor daqueles exercícios. Era por isso que toleravam sua toxicomania.

Mas tudo o que ele sabia, com uma certeza mais forte que todas as pressões, era que seu sangue gritava pelo produto salvador. Precisava da sua droga! Não tentou entender a situação. Retesou os músculos. Sua mão direita tinha mais liberdade que a outra. Mas o nó corredio em torno de seu pescoço o estrangulava a cada movimento. Estava esperneando para todos os lados, quando, debaixo das costas, através do colchão, sentiu a esperança de uma libertação. Torceu dolorosamente a mão direita, explorou o espaço entre o estrado e o colchão e sorriu. Seu punhal tinha ficado escondido sob o colchão.

Os carcereiros só lhe haviam tomado sua arma de fogo, que estava bem visível sobre o criado-mudo. Contorceu-se, puxou o boldrié e pegou o canivete que acompanhava o punhal. Com as mãos algemadas, utilizando ora uma, ora outra, cortou o nó corredio do pescoço e as cordas dos pés.

Esforçava-se em vão com a fechadura das algemas, quando o tadjique entrou no quarto. Surpreso de vê-lo sem amarras, o homem levou trinta segundos para reagir.

Largando o canivete, Farouk se levantou bruscamente, jogou os braços para trás e segurou os montantes da cama. Imprimindo um hercúleo movimento de balanço na pequena cama, atirou-se de joelhos. O conjunto da cama, armação, estrado e colchão, passou por cima de sua cabeça. O tadjique tinha sacado sua arma, mas era tarde demais. A cama já se esborrachava sobre ele.

Para encaixar a tração sobre seus punhos, Farouk estendeu os antebraços. Poderia ter fraturado um osso, mas com o choque foi uma das algemas que cedeu, libertando uma das mãos e dando folga ao conjunto. Pegando o punhal, ele mirou na cabeça do tadjique, única parte do corpo que emergia dos destroços. A lâmina partiu sua nuca.

Mas Farouk não parou com essa vitória; seu instinto lhe dizia que o agressor não estava sozinho. Com um golpe seco na algema esquerda, puxou a cama de criança para si e ergueu-a só com um braço, como um escudo. Para ter outros projéteis, desatarraxou os pés da cama.

Quando a mulher magra entrou no recinto, atirou os pés da cama contra ela, que, atingida na cabeça, desabou no chão. Na queda, ela largou um revólver ridículo, um Smith & Wesson *Ladysmith*, que quase desaparecia em sua enorme mão. As balas não deviam causar muito estrago, e o tambor continha apenas cinco cartuchos. Ele precisava de outra arma.

Após recolocar a cama em sua posição normal, gritou para ver quantos intrusos se encontravam no apartamento. Um pensamento reflexo, quase mecânico, comandava suas ações. Seus chamados não tiveram nenhum eco; ele era o único sobrevivente. O desejo pela droga o atormentava. Mas outros inimigos poderiam chegar; precisava controlar a sala de estar, centro do apartamento. Febril, pôs os dois corpos sobre a cama e arrastou tudo até a sala. Na sua impaciência, foi derrubando tudo que estivesse atrapalhando a passagem.

Deus protege os pacientes.

Sua automática turca, uma Kilinc 2000 de 18 tiros, estava sobre a mesa onde o grupo costumava comer. Examinou o carregador: intacto. Agora, ele estava operante. Desconfiado, porém, atirou no televisor para verificar o estado de funcionamento da arma. A tela explodiu, projetando cacos fumegantes por toda parte e sobre seu peito, mas ele não sentiu a dor, tão vazio estava com a ausência da droga.

Ia preparar o cachimbo quando dois novos agressores chegaram, como no treinamento.

Foi assim que ele matou seu oficial superior, Mohammed Ali Khan, filho de uma das maiores famílias do Penjabi.

49

Mais tarde, quando Benazir e Selima se esgueiraram pelo apartamento onde Farouk Bizenjo se encontrava, com todos os sentidos aguçados, armadas até os dentes e usando coletes à prova de balas, um ronco estrondoso interrompeu seu avanço.

Na sala de estar, não muito longe dos três corpos inanimados, atravessado sobre a cama de criança, com uma das mãos ainda presa a um dos montantes, Farouk dormia com um cachimbo na boca. Sobre o enorme torso, que se erguia ao ritmo da sua respiração, uma grande pistola semiautomática as encarava — entre dois pés peludos —, com o cano ameaçador apontado para elas.

Sem combinar, ambas soltaram uma gargalhada nervosa.

50

Uma semana se passou. O comissário Sarfaty estava de licença. Na PJ, alguns sentiam saudade de sua competência; Marina Godin, por exemplo, teria adorado vê-lo de volta na investigação da Rue du Comte-Boulainvilliers.

A Cité du Labyrinthe, onde o comissário morava, no XXº distrito, dava, de um lado, através de um pórtico à moda antiga, para a Rue de Ménilmontant, pitoresca e comercial, e, do outro, para a Rue des Panoyaux, uma rua sinistra que cortava uma fileira de blocos de habitações inóspitas, com os filhos de imigrantes pegando frio diante dos vãos das escadas. Entre essas duas artérias contrastantes, a ruela caprichosa da Cité du Labyrinthe escondia, em seus meandros, residências de artistas administradas pela cidade de Paris e pequenos edifícios charmosos, de dois ou três andares, imersos na vegetação. Era essa ruazinha de nome predestinado que abrigava o enigmático Sarfaty, pensava Marina enquanto digitava o número do apartamento.

Ninguém do seu conhecimento jamais tinha sido convidado à residência do comissário-filósofo. Foi preciso que sua equipe fosse dizimada e que ele tirasse uma licença sem vencimentos para que um membro da PJ descobrisse seu modo de vida. No Quai des Orfèvres eles costumavam se frequentar, pelo menos no interior dos departamentos. Mas Serge Sarfaty era especial, sua cultura incomodava, sua notoriedade intimidava e sua reserva passava por arrogância.

A moça atravessou um corredor decorado com uma estátua de estuque e grandes plantas verdes. Só três caixas de correio enfeitavam a parede. O elevador era minúsculo, assim como a escada. Ao apertar o botão do terceiro andar, ela se olhou no espelho. Havia feito um esforço: brincos extravagantes combinando com uma bolsa anos 1930 verde-esmeralda, sapatos amarelo-canário, um casaco de couro preto, um *top* audacioso que revelava seu umbigo e comprimia seus seios sem sutiã, que ela escondia sob um pulôver bem quente.

Farejou a lã do pulôver, que cheirava forte a Samsara; talvez demais, pensou ela. Na verdade, não era uma roupa adequada após a morte de dois colegas. Mas não estava de serviço, estava usando sua RTT (redução do tempo de trabalho). Seria só para agradá-lo? Os rumores diziam que Sarfaty era viúvo e ninguém sabia se tinha alguma outra relação. Mas ela duvidava que um homem tão bonito estivesse sozinho.

Não era esse o problema, entretanto; não queria seduzi-lo; queria fazê-lo falar, o que era muito diferente. E também reconfortá-lo pela morte de Madjid. Dois inspetores mortos em menos de duas semanas. Ele tinha seus motivos para estar abatido. Quem sabe também conseguiria convencê-lo a voltar à PJ? A situação havia mudado totalmente em poucos dias. Ela acalentava o sonho de deixar a divisão Antidrogas e integrar definitivamente o grupo do comissário. Apesar dos reveses que estavam sofrendo no momento, ela previa que isso não duraria. Com seu jeito desenvolto, Marina era ambiciosa. Queria ir longe. Mas não muito rápido, sem queimar etapas.

Quando o comissário abriu a porta, ela notou que ele estava usando um terno claro muito chique (Armani?), com sandálias de plástico (Prada?) e, em lugar de uma camisa, uma camiseta de manga comprida, cintilante de tão branca. No serviço, Serge Sarfaty estava sempre bem vestido, mas, em casa, um toque de desenvoltura se somava à elegância costumeira, e isso o deixava ainda mais encantador. Sobretudo, estava com uma fisionomia luminosa e alegre.

Tão alegre que talvez ainda não soubesse nada de Madjid, pensou ela com tristeza.

Anunciar uma morte, é o que mais detesto!

Ela o seguiu por um corredor pintado de branco, com uma forma senoidal que impedia de ver o interior do apartamento. Caminhando atrás dele, sentiu seu perfume, uma fragrância refinada à base de couro que lembrava uma longa viagem luxuosa ou uma aventura a cavalo pela estepe. Desembocaram numa imensa sala de estar.

Ela esperava ver estantes com livros subindo até o teto, mas não havia livros à vista. À direita havia uma boa cozinha americana; no centro, uma longa mesa de madeira, e à esquerda ficava a sala de visitas. Um espaço que se desdobrava em duas partes, com uma segunda sala numa reentrância da primeira. O sofá e as luminárias deviam ser assinados por marcas caras de *design*, mas a arca e as poltronas, onde a madeira se combinava com o nácar, pareciam mais antiguidades orientais. As dimensões, os tons equilibrados e a abertura envidraçada que iluminava o lugar, tudo isso compunha um ambiente magnífico, quase intimidante.

— Hum, nada mau para um comissário da PJ.

— Fortuna familiar — disse displicentemente Sarfaty, que já tinha sido verificado pelo fisco e pela IGPN (Inspetoria Geral da Polícia Nacional, a polícia das polícias).

Na época, quando ainda era seu começo na polícia, ele circulava num Alfa Romeo, e sua paixão pelos motores potentes lhe valeu alguns dissabores com a administração. Todos os colegas riam dessas coisas.

Ela procurou alguma pista de presença feminina, roupas, fivela de cabelo ou acessórios de maquiagem, mas não viu nada.

Passaram diante da longa mesa de maneira clara, coberta de papéis. Um volumoso dicionário árabe-francês e um bloco de notas estavam no centro, cercados de folhas cobertas de anotações, naquelas letrinhas tão características da língua árabe. Será que ele estava escrevendo um livro em árabe? Tudo era possível com aquele estranho homem.

Ele levou-a para um canto da grande sala, onde havia uma mesa baixa com bancos embutidos. Folhas de contatos fotográficos e uma lupa repousavam sobre um grande envelope de papel *kraft*.

— Madjid tinha me mandado recuperar as provas. Por que você não atende o telefone?

— Eu estava acabando um artigo urgente. Sinto muito.

— Ao menos você sabe de Ma...

Ele acusou o golpe. Já estava informado, isso a deixava aliviada.

— A PJ me avisou.

— E de Paul Mesure, seu suspeito.

— Li no jornal de hoje.

Ele parecia menos perturbado pela perda da testemunha. No entanto, Paul levara consigo informações relevantes.

— Isso não o faz pensar em voltar para a PJ?

— Para quê? Eu jamais teria meios de vingar meus homens. Tome, aqui estão as provas — disse ele, passando-lhe o envelope. — Não se preocupe, nada foi alterado.

— E aquelas ali?

Mostrava os contatos que tinham ficado sobre a mesa baixa.

— Fotocópias que vou conservar comigo.

— Não sei se os seus superiores vão gostar — disse ela, falsamente ameaçadora.

— Pode contar à IGPN.

Com um gesto audacioso, ela se inclinou em sua direção, pôs a mão esquerda, aberta, sobre seu peito e ergueu-se até o pescoço para beijá-lo no rosto. Sentia-se forte e esperta.

Ele corou muito levemente e, como que para proteger-se daquele contato, ofereceu um café.

Enquanto ele o preparava na cozinha, a moça pegou um dos contatos e o examinou com a lupa. Os negativos mostravam as páginas de um manuscrito em árabe. Não era sua área de competência. Recolocou o contato no lugar.

Diante dela, pendurado na parede, um quadro continha uma impressionante coleção de facas de combate, modelos antigos da Grande Guerra. Mais entendida em armas que em idiomas, tentou identificar algumas peças. Identificou facilmente as facas baionetas por causa do botão destinado à fixação no fuzil. Havia vários tipos. Reconheceu também as *clous* e as facas-serpente da guerra de 1914-1918, uma especialidade francesa. Eram facas de trincheira fabricadas com barras de metal e que, segundo a lenda, serviam para acabar com os feridos. Na realidade, os *poilus* (peludos) as usavam sobretudo para cortar salsichão. Entre os modelos estrangeiros, reconheceu uma especialidade britânica, inspirada, dizem, nos malandros ingleses: a *knuckle knive,* a "faca-soco-inglês". Um punhal cujo cabo trazia um soco-inglês.

À medida que examinava, ia acariciando com o dedo o metal das armas. Atrevendo-se, apanhou uma faca mais curiosa que as outras. Parecia uma adaga, não fosse por sua empunhadura muito grossa e seu guarda-mão. A lâmina, fina como alfinete grosso, não era mais longa que sua mão e estava fixada de modo perpendicular ao eixo do cabo.

— É uma *push dagger* — disse Sarfaty voltando com uma bandeja. — A forma é bizarra, mas é muito perigosa.

Parecia falar por experiência própria. Ela se perguntou se Sarfaty levava um daqueles punhais nas operações. Seria capaz de vingar Mourad e Madjid com uma "adaga de empurrar"?

— Que coleção! Deve valer uma pequena fortuna.

— Meu pai a iniciou em Argel, por quase nada, na época. É por isso que muitas armas são da Primeira Guerra.

— Ouvi dizer que o senhor era um campeão de arremesso de faca. Mas nunca pensei que as armas brancas pudessem ser sua paixão.

— Eu queria compensar minha fama de intelectual. Quando integrei à PJ, tirei a coleção do baú.

A mulher fez uma expressão cética.

Ele estava brincando? Sabia que podia ser ardiloso. Os chefes de divisão perceberam isso tarde demais. Marina teria preferido que lhe confessasse que gostava de armas, como ela. Mas seu gosto pela perfeição na certa o impedia de admitir uma paixão tão mórbida.

Enquanto respondia às perguntas, ele arrumava a bandeja e os acessórios sobre a mesinha. Serviu o café em xícaras minúsculas de porcelana. Ela desistiu de saber a marca do café. Só podia ser uma mistura muito cara, inacessível para o seu bolso; assim como a cafeteira de porcelana. Recusou os bolinhos que ele ofereceu, mas se inclinou para ver a marca da cafeteira.

De que adianta tanto requinte, pensou, quando não se recebe ninguém em casa? A menos que ele só convidasse a elite, pessoas de seu meio, refinadas como ele.

Sarfaty pegou a *push dagger* com a qual ela estava brincando e colocou-a de volta no lugar.

— A senhorita está se integrando bem ao grupo?

— Estou indo bem, mas não sei se me apoiam.

— Quem está me substituindo?

— Ora, sou eu, comissário Sarfaty. Fiz a escola de comissários, não se esqueça. No momento, somos só dois, mas estão previstos novos recrutamentos. Somos Frédéric e eu. Dois e meio, pois tenho um estagiário para as compras. É um arabista; isso pode vir a ser útil, como o senhor nos ensinou. Aliás, sobre isso, quero lhe pedir um conselho.

— Vá em frente, minha cara.

— Em relação aos homicídios da Rue Boulainvilliers, o que o senhor faria no meu lugar?

51

— Não estou no seu lugar! — disse ele, rindo.

— Mas bem que poderia me dar uns conselhos! Qual é seu método?

Marina ergueu o peito.

O comissário esticou as pernas e passou a mão na cabeça.

— Não existem receitas.

Ela se fez de carinhosa, pousou a mão em seu braço.

— Só uma dica, não estou pedindo todos os seus segredos.

— Gosta de romances policiais, Marina?

— Como todo mundo.

— O que você lê?

— Higgins Clark, Cornwell, P. D. James, Brac...

— Os policiais femininos...

— Desculpe-me por ser mulher, comissário. Não diga que é machista, eu não acredito.

Ao dizer isso, ela desejava o contrário. Preferiria um belo macho, com as exigências previsíveis. A perfeição era desestimulante. Principalmente no domínio moral.

— Conhece Edgar Poe, Conan Doyle, Agatha Christie, Dashiell Hammett, Raymond Chandler, Simenon?

— Está me perguntando o que eu leio ou o que já li? Quando era adolescente, li todos os clássicos, e até reli na escola de comissários. O professor de literatura gostava.

— Numa investigação, você tem as aparências e a realidade. As aparências são a *cena do crime* e todos os elementos do processo. A realidade é a forma como as coisas realmente aconteceram, como e por quê.

— Mas nunca conhecemos exatamente a realidade!

— É verdade, mas precisamos dessa hipótese. Sem ela, a técnica não teria sentido. As reconstituições não teriam importância.

— Exato — disse Marina, que sempre se surpreendia com os resultados de uma boa reconstituição.

— Um investigador cerebral, como Poirot, pensa que por trás das aparências anárquicas a realidade é lógica e categórica. É por isso que procura primeiro reconstituir a realidade, sem perder tempo ajeitando uma cena de crime confusa. Um intuitivo, como Maigret, acha que num caso tudo é ilógico, exceto o coração humano. Por isso, vai se impregnar do ambiente do crime para chegar a um estado de empatia com o assassino. Um detetive instruído, como Sherlock Homes, acha que tudo é lógico, tanto na cena do crime como no assassino. Uma observação minuciosa lhe permitirá restituir o encadeamento das causas que levaram ao assassinato. Um bruto, como Marlowe, pensa que nada é lógico ou inteligível. Este é o mais cético de todos. Ele se joga na confusão da ação para que o crime seja resolvido diretamente, diante de seus olhos. Ele se vê como a faísca que iluminará a verdade.

Marina não estava achando enfadonho, embora normalmente não apreciasse aulas solenes. Tinha ido pedir ajuda, talvez flertar, mas aquele curso de filosofia a estava agradando. Apesar disso, ela provocou.

— Tudo isso me parece muito abstrato.

— Vou voltar para o concreto. Num romance, o escritor dá a seu herói um caso adaptado a sua técnica de investigação, e é por isso que o investigador sempre se sai bem. Eu não tenho essa sorte. Em cada crime, tenho que tatear sua textura, farejar sua composição química. E então decido o método a ser utilizado. O difícil é aplicá-lo até o final, pois com muita frequência você tropeça na burocracia, no ministro, nas pessoas próximas à vítima, nos jornalistas. Toda essa boa gente tem suas próprias ideias sobre a melhor forma de conduzir a investigação.

Marina se perguntou se ele estava falando sério ou queria levá-la na conversa.

— Por que entrou na polícia, Sr. Sarfaty? O senhor era pesquisador na Escola Prática de Altos Estudos.

— Quando minha mulher morreu, rompi com todo o meu ambiente profissional, pois ela era islamóloga como eu e trabalhava no mesmo departamento. Cada colega, cada curso, me fazia lembrar dela.

— Como ela morreu?

— De forma violenta.

— Não quer me contar como?

Exceto aos pais de Íris, ele nunca tinha relatado as circunstâncias daquele assassinato. Mas às vezes, como se sabe, é mais fácil desabafar com um desconhecido do que diante de uma pessoa próxima.

— Estávamos numa boate com um grupo de colegas e estudantes. Eu tinha acabado de discutir com Íris. Ela estava dançando sozinha na pista. Um bêbado começou a incomodá-la, ela fez sinal para mim, mas não dei atenção. Vi que ela o dispensou e achei que o incidente tinha terminado. Eu era orgulhoso demais para procurá-la e muito requisitado pelos colegas. Ela saiu para tomar ar ou para evitar os assédios, não se sabe; o canalha a seguiu e tentou estuprá-la. Como ela reagiu, ele a espancou selvagemente. Quando a vi, estava com o rosto inchado como um boxeador. "A cabeça bateu contra uma pedra", disse o médico legista, "ela morreu na hora." Foi o porteiro quem trouxe seu corpo. O assassino nunca foi encontrado. Não era um frequentador, nenhum cliente foi capaz de dar uma descrição precisa. Havia uma câmera que filmava o estacionamento, mas a fita foi roubada naquela mesma noite. O assassino devia ser um profissional de segurança.

Ficou ali, sem olhar para ela, fitando a vidraça. Ela foi tomada por uma repentina compaixão. Teve vontade de pegá-lo nos braços e consolá-lo.

52

— Como o senhor vê este caso da Rue du Comte-Boulainvilliers? — perguntou Marina para romper o constrangimento que se abatia sobre eles.

Sarfaty ergueu a cabeça, seus olhos brilharam um pouco. As investigações deviam ser um poderoso estimulante para ele, sua desforra contra o assassino. Ela entendia muito bem esse sentimento. Um bom caso apagava tudo: aborrecimentos financeiros, problemas familiares, sofrimento de amor, decepção profissional. Era como uma droga. Poucos inspetores eram capazes de reconhecer isso, mas ela sabia por instinto. À sua maneira, Julienne Mussot, a chefe da PJ, dizia a mesma coisa. Ela repetia: "Vocês são caçadores, e um caçador está sempre à espreita, não dorme nunca." Seus colegas insistiam no lado social do trabalho, mas esses discursos não eram contraditórios. A profissão conciliava coisas incompatíveis: o prazer da caça e a defesa do oprimido, a agitação da violência e a gratificação de servir ao próximo. Era sua força. Seu risco também. Alguns assumiam isso de tal forma que perdiam cônjuge, filhos, amigos e parentes.

— Vejo dois casos entremeados. Um, muito grande, de natureza cerebral. Outro, pequeno, ilógico, para um investigador intuitivo. Os dois estão misturados. Mas o maior tem consequências que nos ultrapassam.

Chegara o momento de Marina mostrar seu trunfo. Num tom que pretendia ser solene, anunciou:

— Todas as divisões da PJ estão prontas para nos ajudar a prosseguir com a investigação. Eles não concordam com a forma como os RG se apoderaram do inquérito. O senhor não quer voltar, comissário?

Ele endireitou os ombros largos, intrigado, talvez atraído. Não existia direito de greve para a polícia. Mas outras formas de ação sindical eram possíveis para incomodar a instituição e Sarfaty as conhecia, assim como Marina.

— É por causa da relação com Madjid que a senhorita não aceita deixar o caso?

Ela corou, pois achava que o relacionamento entre eles continuasse secreto. Mas no Quai des Orfèvres se sabia de tudo. Isso, porém, não era sua motivação principal.

— Então, está havendo uma rebelião interna? O que Mme. Mussot está achando?

— A diretora está isolada. Ela ainda não sabe de nada. Mas será obrigada a nos dar cobertura. Todos os serviços estão dispostos a nos ajudar, todos sem exceção. Se ela se opuser a nossa vontade, terá que pedir demissão. Nosso único limite é o tempo: as divisões estão nos dando uma semana apenas.

Ele refletiu um pouco. Aquele instante pareceu interminável.

— O casal de zeladores e Murad foi obra de profissionais, é o grande caso cerebral. Há agentes estrangeiros envolvidos, espiões de alto nível. Só a DST e os RG têm meios de encontrá-los. É preciso que alguém ajude vocês com isso. Madjid é obra de amadores, provavelmente islâmicos fanáticos. Eles não vão muito longe, temos que recorrer a nossos informantes no movimento radical. Faça contato com os argelinos, eles devem saber alguma coisa.

Não era a resposta que ela esperava. Mas se surpreendeu de que ele já tivesse uma ideia sobre o assassinato de Madjid. O homicídio tinha ocorrido ao mesmo tempo que sua saída da PJ. Uma segunda-feira, dia 13. E ainda era quinta.

— O senhor foi ver a *cena do crime*, aposto — disse ela, balançando o indicador.

— Sim, Belleville fica aqui ao lado. Havia uma bala Uzi 9 milímetros ainda encaixada no degrau, a porta estourada como se tivessem atirado com um morteiro... O caubói que fez aquilo não é um profissional.

— O senhor não quer se juntar a nós? — insistiu ela.

— Quero dar um tempo. A perda dos meus dois inspetores me afetou demais.

Ela nunca tinha visto um comissário com tais escrúpulos. Sentiu pena dele.

— Você não pode carregar os erros dos outros nas costas. Madjid era muito audacioso. Eu o amava por isso, mas foi por causa dessa audácia que ele morreu.

— Para mim, isso não serve de justificativa. Aquele abusado trabalhava para mim, sob minha responsabilidade. Fui eu quem o mandou levar Ali, sem lhe prevenir. A propósito, você está *hospedando* aquele adolescente de quem tanto gostou?

— O jovem Ali? Não, ele desapareceu junto com o assassino — disse ela, sem devolver a farpa. — Mas o retrato dele está em todas as delegacias; ele vai acabar sendo preso.

Sarfaty começou a arrumar as xícaras na bandeja. Ela sentiu que seu tempo estava esgotado.

— Não tem mais nada a me dizer? — perguntou, apanhando a bolsa e o casaco. Queria dar a impressão de que era ela quem estava encerrando a conversa.

Ele se levantou para acompanhá-la e disse, como se estivesse falando consigo mesmo:

— Sonia Boudaoui é a ligação entre os dois casos. Ali é filho dela; Paul Mesure era seu amigo. Ela sabe mais do que diz. Capture Sonia e terá um fio condutor nas duas séries de homicídios, e, ainda por cima, uma luz sobre a morte de Paul Mesure carbonizado.

Ela saltitou várias vezes e beijou-o no rosto. Fechando a porta do elevador, lamentou não ter sido mais incisiva. Por que não tentou beijá-lo na boca?

53

Serge Sarfaty ficou tocado com o descontentamento que unia todas as divisões da PJ e as mobilizava para encontrar os assassinos de Mourad e Madjid. Mas não havia contado toda a verdade a Marina. O fio condutor dos homicídios não era Sonia Boudaoui, e sim Paul Mesure, mesmo morto. Era preciso partir de seus objetos pessoais para encontrar a explicação dos assassinatos. Dentro de sua casuística, porém, achava que tinha sido honesto com ela. Afinal, sozinho como estava, era normal que contasse com alguma vantagem para agir. Investigar uma morte é a coisa mais difícil que existe.

Enquanto lavava a louça, relembrava a visita de Marina. O que ela ia contar da conversa que tiveram? Aceitando recebê-la em casa, queria fazer uma aliada, manter uma cúmplice na PJ. Frédéric Albertini não era um inspetor astuto o suficiente para esse papel. Sua intuição lhe dizia que o inquérito iria se ampliar.

Mas desde que conseguira decifrar o fragmento do manuscrito que estava em sua posse, só pensava em decodificar o resto. Primeiro, o colofão em líbico-berbere, para o qual precisava de um tradutor; depois o resto, as outras partes do testamento de Maomé, que precisava encontrar. Sua única hesitação era quanto à ordem das operações: devia encontrar primeiro um especialista para transcrever a página em líbico-berbere ou se lançar na pista de Paul?

A tradução do siríaco não tinha sido fácil, apesar de seu conhecimento do idioma. Certamente jamais confessaria que precisara de dois dias para traduzir uma pequena página de sírio-aramaico, cujo conteúdo era límpido. Foi um golpe no seu amor-próprio.

Na mesma noite da descoberta do manuscrito rasurado, ele mergulhou no trabalho, excitado por sua *libido sciendi*. Na mesa da sala de jantar, instalou-se com uma resma de papel e seu *Dicionário siríaco-francês*, do padre Louis Costaz, editado pela Gráfica Católica de Beirute em 1963. Esse pequeno léxico o acompanhara durante todos os seus estudos de línguas semitas. Pensou que seria uma brincadeira e que a tradução estaria acabada em menos de uma hora. Mas não, não mesmo! Assim como acontecera antes, no café, ele virava as frases em todos os sentidos, mas nenhum significado saía dali, exceto os dois nomes próprios que havia identificado. Pensando que o dia tinha sido muito carregado de acontecimentos, deixou a tradução para o dia seguinte.

Mas, mesmo após uma longa noite e um bom banho, as linhas do manuscrito ainda lhe opunham a mesma resistência obstinada. No entanto, era o aramaico oriental, o siríaco, ele reconhecia as letras, Olap, Bêt, Gômal, Dôlat... A própria caligrafia não tinha nada de complicado, eram caracteres *estrangelo*, a forma mais antiga, derivada da escrita hebraica, por intermédio do palmiriano. Mas as palavras se recusavam à sua compreensão e até soavam como não siríacas.

Pensou então em um texto codificado. Como encontrar a chave? Não era sua especialidade. Sua única chance era que ele, Serge Sarfaty, estava ali 15 séculos após a concepção daquele código e que agora a chave certamente era algo muito banal. Como o procedimento de codificação inventado por Júlio César para se comunicar com seu exército, que hoje divertia os colegiais. Consultou várias enciclopédias, passou muito tempo na internet anotando os procedimentos de codificação mais difundidos na Idade Média oriental. Tentou um por um. Em todas as tentativas o texto se transformava numa grande confusão.

O tempo ia passando.

Na terça-feira à noite, ele não tinha avançado um milímetro. Não atendia mais o telefone, nem respondia e-mails; não se barbeava mais, tinha abandonado a ideia de tomar banho.

Na quarta-feira sua fúria era tal que explodiu contra o computador e quebrou o teclado. Teve que passar o dia inteiro consertando-o. Pensou então em chamar um especialista em codificação dos RG. Com seus programas, um profissional poderia fazer isso com rapidez. Infelizmente, não seria um amigo. A pessoa correria riscos demais a seu serviço e a história acabaria chegando aos ouvidos de Lancelot.

Foi andar pelo quarteirão de Ménilmontant para se distrair.

Encontrou a solução na volta, certamente por ter ouvido uma conversa em árabe num café. Uma frase de Proust lhe veio à memória: *Batemos em todas as portas que não dão em nada, e na única por onde podemos entrar, e que procuramos em vão durante cem anos, esbarramos sem querer, e ela se abre.*

O texto estava escrito em letras siríacas, mas a língua anotada não era o siríaco... Era árabe! O manuscrito estava escrito em *garchouni*! Uma escrita medieval que consistia em utilizar o alfabeto siríaco para transcrever o árabe. Da mesma forma que Maimônides redigiu o *Guia dos perplexos* em árabe, mas empregando o alfabeto hebraico. O que havia paralisado a sua compreensão era que se tratava de um emprego não convencional do *garchouni*, de uma forma arcaica.

No entanto, o siríaco utiliza 22 consoantes, enquanto o árabe possui 28. Para transcrever o árabe com a ajuda do alfabeto siríaco era preciso, portanto, dar um segundo valor a determinadas consoantes siríacas. Tradicionalmente, o *garchouni* acrescentava um ponto embaixo de algumas letras, um ponto acima de outras, e o *Taw* e o *Dôlat** representavam duas letras ao mesmo tempo. Mas, neste caso, o escriba não havia modificado qualquer letra; tinha-se contentado em utilizar o alfabeto siríaco tal e qual, apesar dos riscos de ambiguidade. Era uma transcrição fonética do árabe com as letras siríacas.

*O equivalente ao T e ao D no alfabeto siríaco.

Uma vez entendido este princípio estilístico, a tradução ficou relativamente fácil. A primeira página do manuscrito tinha o seguinte conteúdo:

"Em nome de Deus Clemente e Misericordioso, Senhor, contamos somente com Deus."

Saibam que, a pedido de Amin Ibn Abdallah al-Ghazaoui, chamado o Profeta *desejado de Deus* [Maomé], aqui está o que relata Zaid Ibn Thâbit, escriba de Yathrib, como viático destinado aos Verdadeiros Fiéis, tratando da sua Profecia e de suas vontades antes da Vida Última.

Foi em doze do mês *rabi primeiro*, 15º ano da Hégira [segunda-feira, 8 de junho de 636], que o Profeta se recolheu para se purificar e fazer um testamento.
Após dez dias de febres violentas, que atribuía a um envenenamento, o Apóstolo se sentiu melhor. Da concessão de Aïcha, de onde uma porta dava para a Mesquita, Ele seguiu a prece da manhã, conduzida por Abu Baker, encontrando forças para se dirigir aos Fiéis e alertá-los:
"*O fogo se inflamou. As dissensões e provações se aproximam como fragmentos de uma noite escura. Temo por vós neste mundo, onde podereis rivalizar na busca de bens terrestres.*"

54

Essa página dizia pouco e muito ao mesmo tempo.

Para um leitor muçulmano comum, o texto era banal. Não dizia nada que fosse desconhecido da Tradição: Maomé achava que havia sido envenenado; morreu em Medina (Yathrib era o antigo nome da cidade) e, antes de morrer, tinha confiado a condução da prece a Abu Baker, gesto interpretado pelos sunitas como a entrega do califado em suas mãos. O alerta final contra as divisões já se encontrava, em termos bem próximos, na *Crônica* de Tabari.

Para um velho historiador das religiões como Sarfaty, porém, o texto preenchia grandes lacunas históricas. A *História santa* do islã dava lugar à História verdadeira. Primeiro, ele informava o verdadeiro nome do Profeta e sua origem geográfica, a saber, Gaza. Era uma coisa enorme, pois até agora só se conhecia a alcunha "Maomé" e a lenda de que ele era membro dos Coraixitas, o clã dominante de Meca. Como esse nome *Coraixita** não deixara nenhum vestígio arqueológico ou epigráfico, era impossível fazer uma pesquisa genealógica.

Agora, ao contrário, a menção a Gaza permitia ampliar a pesquisa sobre suas origens sociais. Nenhum historiador árabe jamais dissera que ele era

*Palavra que significa Reunir ou Tubarão, segundo os filólogos.

originário de Gaza, o porto mediterrâneo no ponto de junção entre a África e a Ásia, muito ativo durante toda a Antiguidade tardia, terminal da rota do incenso que partia do Iêmen. Sabia-se que seu bisavô tinha morrido em Gaza e que a família possuía uma nesga de terra naquele oásis à beira-mar. Esse fato era mencionado por alguns biógrafos antigos, mas os historiadores nunca suspeitaram que o fundador do islã pudesse ter crescido em Gaza.

Será que essa origem tinha alguma influência na personalidade do Profeta? Sem dúvida, pois Gaza, no século VI, era um episcopado cristão importante, habitado essencialmente por cristãos bizantinos. A familiaridade de Maomé com o cristianismo se tornava mais compreensível. A importância de *Myriam* (Maria) no Alcorão, apresentada como uma virgem fecundada pelo Santo Espírito e citada nada menos que 34 vezes, era mais compreensível agora. No mesmo momento, entre os bizantinos, a *Theotokos* (mãe de Deus) era a potência protetora do império. O imperador Heráclito pendurava sua efígie no topo dos mastros de sua frota militar e o patriarca Sérgio fazia procissões com sua estátua para defender as muralhas de Constantinopla contra os bárbaros. No culto ortodoxo, a imagem da *Théotokos* estava em toda parte.

A concepção muçulmana do poder, segundo a qual o califa era o *tenente de Deus* na Terra, tinha aí sua fonte. Era calcada no estatuto do *basileus* (rei) bizantino, que era ao mesmo tempo chefe do poder político, chefe dos exércitos e chefe religioso, dotado de uma dimensão sagrada; uma herança da monarquia romana. A vantagem dessa concepção era que ela permitia arrancar o poder supremo das antigas famílias de aristocratas. Se o califa, ou o basileu, tinha sido eleito por Deus, pouco importava sua origem, podia ser do povo ou da nobreza.

Esse documento também dava um argumento de peso aos eruditos, que negavam que Maomé fosse iletrado, como pretendiam os tradicionalistas, para reforçar a origem divina do texto corânico. Hoje, Gaza evoca apenas uma aglomeração gigantesca e pobre, cheia de refugiados miseráveis e mal armados. Há uma expressão israelense que diz "Vá para Gaza", significando "Vá para o diabo". Mas no século VI a cidade se destacava por seus famosos vinhos e era um centro intelectual próspero, com uma escola de retórica grega muito ilustre. Poetas como Jean de Gaza, gramáticos como Timóteo e teólogos cristãos como Procópio pertenciam àquela brilhante metrópole e enriqueceram sua fama. Era, portanto, mais do que provável que o Profeta do islã conhecesse o grego e o siríaco, além do árabe.

Esse fragmento trazia uma explicação precisa para a vasta cultura demonstrada pelo Alcorão. Não havia dúvida de que, trabalhando nos arquivos bizantinos de Gaza, nas estelas funerárias e inscrições antigas da cidade, os pesquisadores poderiam reconstituir a família do Profeta, e talvez até mesmo sua formação.

Além disso, o texto fornecia uma data precisa no calendário muçulmano. Essa notação, aparentemente insignificante, era por si só uma revolução, pois até então o mundo científico aceitava a opinião da Tradição que afirmava que o Profeta havia morrido em 8 de junho de 632 e não, como no manuscrito, em 8 de junho de 636. Quatro anos de diferença não constituíam uma distância fenomenal, mas na história do islã antigo esse intervalo era decisivo.

Em quatro anos, os árabes haviam passado de sociedade tribal a Estado, de território desértico a império riquíssimo, abrangendo o Iraque, a Pérsia e a Síria-Palestina. A data sugeria que o Profeta conhecera todas essas conquistas e até que as havia planejado, enquanto os historiadores atribuíam a Conquista ao califa Omar. Essa datação confirmava, assim, a validade de duas *Crônicas* antigas, uma síria e outra do Khuzistão, que relatavam que Maomé ainda vivia em 634 e que estava à frente dos exércitos conquistadores. Essas crônicas sempre foram consideradas pouco dignas de confiança por terem sido escritas por cristãos.

O islã antigo era, portanto, uma religião messiânica que pretendia promover a salvação terrena do homem pela violência. Essa descoberta o contrariou. Sarfaty sempre pensara que a guerra santa era uma prescrição tardia, incorporada pelos califas para mobilizar os beduínos. Então, tudo o que a *Suna* contava sobre o Profeta era verdade? A mistura da fé com a guerra, com os assassinatos coletivos, os assassinatos políticos, a introdução de interesses pessoais nas questões do culto?

Se a sequência do manuscrito mantivesse o tom daquelas linhas, a imagem do islã seria totalmente subvertida.

Não era mais a impaciência que o dominava, era a raiva.

55

No momento em que Marina Godin deixava a Cité du Labyrinthe, Sonia Boudaoui se levantava após uma longa noite no Bab-Ilo, uma casa noturna onde a elite da diáspora argelina em Paris se encontrava. Fora até lá para ver Merheb, que costumava marcar seus encontros de negócios no lugar. Depois, como era costume entre os argelinos, notívagos por natureza, a noite foi se esticando até de madrugada, entre bebedeiras, cantos e discussões sobre a capacidade do presidente de reconstruir o país ou o ataque dos Estados Unidos ao Irã.

Ela estava com dor de cabeça devido ao álcool consumido na véspera e, sobretudo, pela ansiedade que a torturava. Como Nadir estaria se comportando? Será que estava comendo direito? Tinha ido dormir cedo? Logo a seguir afastou essas preocupações ridículas, pensando que Soltani era capaz de sequestrá-lo, como fizera com Ali, tirando a vida do pai de seu filho mais velho, e que ela não teria mais que se preocupar com o sono nem com a alimentação dele. Além disso, fazia mais de dois dias que não tinha notícias de Paul.

Precisava do jornalista. Ele teria coragem de defendê-la contra Abdallah Soltani, se fosse preciso. Tinha até sonhado, um mês antes, após um relato de Krimo ilustrando sua coragem, que Paul matava Soltani. Um sonho bizarro, meio erótico, do qual não se orgulhava, pois no final se oferecia a seu salvador como uma costureirinha. Mas, exceto por esse final, que atribuía a um período de castidade forçada, tinha ficado com a certeza de que Paul era capaz de protegê-la.

Não era ingrata, saberia lhe agradecer. Aquele códice siríaco também não devia ser desprezado, se precisasse mais uma vez refazer sua vida em outro lugar. Mas o que teria acontecido com Paul? Sem ele, não podia se entregar aos RG, e seriam pregados cartazes de busca em todas as cidades da França.

Sentada na cama, ela sacudiu a cabeça. Tudo estava confuso, nada era muito coerente ou honesto. Não estaria se envolvendo demais em todas essas confusões? Mas se a vida não era indulgente com ela, fazer o quê? Nunca pudera contar com Merheb, ele era apenas um caso eventual. Não o pai que gostaria de dar a seus filhos. De qualquer forma, ele detestava crianças.

Sonia desceu para pegar o jornal, com um pulôver grande sobre o penhoar de cetim azul que havia trazido. O frio a fez tremer na escada. Seu amante cineasta recebia o *Le Parisien* toda manhã, por um portador; lia o *Libération* no café e o *Le Monde* em sua produtora. Ela gostava desse hábito, pois sempre preferiu a imprensa popular.

Na pequena cozinha, preparou o café silenciosamente. Merheb ainda estava dormindo. Ela não tentou acordá-lo, precisava de solidão. Saboreando sua xícara de café, folheou distraidamente o jornal, a matéria sobre a queda do presidente nas pesquisas, o caderno internacional, sempre tão trágica, o Irã que acusava os USA a um tribunal internacional, a seção de notícias locais... Não conseguiu reprimir um grito ao ler, enquadrado abaixo da indicação Essonne (91):

INCÊNDIO NO CYCLOP, UM MORTO

O artigo relatava a destruição, pelo fogo, das construções próximas ao célebre monumento erguido pelo artista Tinguely. Graças à vigilância com câmeras, os bombeiros puderam intervir rapidamente e impedir que esse tesouro da arte contemporânea fosse atingido. Mas as dependências do monumento, três trailers e um hangar, tinham sido totalmente queimadas, com o jornalista Paul Mesure em seu interior. A redação manifestava suas condolências, e algumas linhas lembravam a carreira do jornalista.

Sóbria e factual, a matéria não estabelecia nenhuma relação com o triplo assassinato da Rue du Comte-Boulainvilliers, que o jornal havia noticiado alguns dias antes. A polícia devia ter filtrado a informação.

— *Habibi*, o que está acontecendo? — disse uma voz sonolenta vinda do quarto.

Ela não respondeu. As lágrimas corriam por seu rosto. Tinha perdido um amigo íntimo e o círculo estava se fechando em torno de si. Não aguentava mais. Ela se esforçava para passar uma imagem voluntariosa e incansável, mas agora se sentia mais frágil que a mais emotiva de suas amigas.

A silhueta de Merheb Alloua apareceu. Era pequeno e sem charme. A túnica árabe mascarava seu corpo rechonchudo. Mas sua franqueza, seu espírito ágil e seu dinheiro compensavam a falta de *sex appeal.* Havia muitas mulheres em volta dele.

— O que está havendo?

Sonia não respondeu.

— Você está com problemas, já vi.

— Estou cheia, cheia, cheia — disse ela.

O homem passou os braços em torno dos seus ombros, beijando-lhe o cabelo.

— O que foi, o que foi? Quero ajudar você.

Essa mentira aumentou seus soluços.

— É *tudo*, Abdallah Soltani, a polícia, o assassinato de Krimo e Fairouz, a morte deste amigo...

Ao ouvir o nome de Soltani, Merheb retirou os braços como se tivesse sido picado por um escorpião. Conhecia a periculosidade daquele homem, que era de domínio público, mas também alguns delitos que poucas pessoas sabiam. Por exemplo, que ele havia sequestrado o filho de Sonia.

— Ele está em Paris?

— Sim...

— Denuncie à polícia.

— Vão encontrar tudo em ordem. É sempre assim. Ele tem muito apoio.

— Ele a ameaçou?

— Sim, com versículos corânicos que mandou colocar em minha caixa de correio.

— Você acha que ele veio buscar Nadir?

— Tenho certeza!

— E onde você o escondeu?

— Na casa de Samia Mokfir. Você não a conhece, uma colega de trabalho.

— Bem, então, ele também não a conhece. Seu filho não está correndo perigo. É só esperar que ele vá embora. E você pode ficar em minha casa.

Era a primeira vez que ele propunha que ela ficasse em sua casa.

— Ele não vai esperar, vai agir.

— Então, vamos agir também. Vamos contratar alguém para matá-lo, você vai ver...

Ela virou em sua direção a face desfigurada pelas lágrimas. O rosto meio delicado do seu amante estava endurecido. Ela se perguntou o que pensar daquela bravata.

Merheb tinha relações capazes de aceitar um "contrato" desse tipo. Amigos de infância de Bab el Oued, imigrantes como ele em Paris, que tinham seguido um caminho diferente. Para provocar, às vezes convidava um deles para um coquetel chique. Ela já tivera a oportunidade de avaliar esses homens, uns vadios sem eira nem beira, que admiravam Merheb, sua popularidade, suas relações com atrizes e atores. Mas será que ele queria mesmo embarcar numa aventura assim? Ela levou um tempo para entender, mas Merheb era de um egoísmo notório; só o seu próprio bem-estar lhe importava.

Sem saber mais o que fazer, contou a ele a história do manuscrito siríaco, o valor financeiro do texto, o trato que tinha feito com o jornalista, sua morte perto do Cyclop, que só podia ter sido criminosa. Explicou que Paul tinha certeza de que todos os assassinatos ocorridos no edifício estavam ligados àquele documento antigo.

O valor do manuscrito interessou bastante a Merheb, que se saiu com esta frase cínica:

— Está vendo, tudo se arranja: já temos até com que pagar uma verdadeira equipe de matadores. Vamos nos livrar de seu ex-marido, não se preocupe. Você sabe onde está esse tesouro?

Sem dizer onde se encontrava o manuscrito, ela confirmou. Depois mostrou a ele o jogo de fotos que permitia uma leitura completa do texto. Paul tinha morrido, então o conteúdo daquele manuscrito não tinha mais sentido para ela.

Ele manipulou os contatos fotográficos com um respeito religioso, surpreso com a semelhança do siríaco com o árabe. Depois, lembrou de um maronita, velho amigo seu, que devia conhecer aquela língua. Prometeu ir visitá-lo com ela no mesmo dia.

Sonia recuperou a esperança.

56

No meio daquela manhã de quinta-feira, Abdou Soltani saía de seu esconderijo.

Um táxi, um Renault Espace com a lanterna acesa, o esperava na Rue de Flandres, embaixo do edifício onde estava escondido. Soltani rodeou o Renault para verificar se era mesmo o homem que disseram. O motorista era corpulento e correspondia à descrição: *djellaba* imaculada, uma grande barba encaracolada, barrete sobre a cabeça raspada. Voltou, abriu a porta de trás e entrou. Antes que tivesse tempo de falar, o homem lhe disse, num francês perfeito, que o táxi estava ocupado.

Abdou explicou em árabe que era com ele o encontro marcado e que sua roupa ocidental era um disfarce. Num árabe moderno muito correto, o homem agradeceu a Deus e anunciou que estava a sua disposição. Imitando o falar do Profeta, Abdou respondeu:

— Por intermédio daquele que tem sua alma nas mãos, você irá para o paraíso por ter-se doado, e a seus bens, ao combate no caminho de Deus.

Encantado com essa retórica, o homem se voltou e, num movimento furtivo, beijou-lhe a mão.

Só restava subir novamente para pegar seu filho e Saïf.

Ao contrário de muitos outros combatentes, Abdou nunca utilizava tecnologia rastreável, telefone celular, e-mail ou cartão bancário. Mesmo quando estava na legalidade. Isso não simplificava sua vida, nem a tornava confortável, mas graças a essa precaução ainda estava em operação após duas décadas de ativismo. Quantos mudjahidins tinham sido reconhecidos, localizados e presos por intermédio de seus telefones? Teria preferido enviar o motorista ao apartamento, para poder vigiar ele mesmo a rua, mas a roupa de *tablighi* era muito ostensiva.

No edifício da Rue de Flandres, subiu dando graças a Deus. Estava contente por deixar aquele apartamento. Ele mesmo tinha acelerado a saída ao saber que estavam morando ao lado de um cemitério judeu.

Entalado entre os edifícios, sem acesso pela rua, o cemitério estava fechado ao público e não era usado há muito tempo. Abdou soube de sua existência por acaso. Um gerente de café lhe contou que, durante todo o século XVIII, um estalajadeiro havia aceitado sepultar clandestinamente os judeus em seu pátio, pois na época eles não tinham direito a uma sepultura em Paris. Mais tarde, a comunidade judaica portuguesa comprou a concessão.

Da janela de sua habitação, Soltani tinha verificado: viam-se claramente as lajes fúnebres afundadas no matagal, entre cadeiras e mesas largadas, e sobretudo dois túmulos monumentais, com inscrições de letras hebraicas em relevo, que formavam a parte visível do pequeno cemitério.

Abdou participava da crença de alguns de seus correligionários, que acreditavam que os judeus possuíam uma magia muito antiga, obtida de Deus por Salomão e seu pai Davi. Os sábios diziam que se tratava de superstição popular, mas o Alcorão mencionava esse conhecimento de Salomão, seu poder sobre os ventos e os metais, seu anel mágico, "por meio do qual ele era senhor do universo". Ainda que os judeus tivessem retido somente migalhas desse poder, isso já era suficiente para evitar seus mortos. O sono de Abdou naquela rua tinha sido conturbado, e evidentemente era por causa dos judeus que estavam enterrados ali. Mesmo após a morte, a *raça suja* era maléfica.

Subiu os degraus de quatro em quatro. No terceiro andar reconheceu Saïf, que esperava sua volta no corredor. Apressadamente, ele se identificou em árabe.

— Sou eu, Abdou. O carro está lá embaixo.

— Graças a Deus — respondeu o outro.

Saïf não economizava no gatilho, como havia demonstrado nos últimos dias. E o talento de Abdou para se disfarçar era tal que seu discípulo nem sempre o reconhecia.

Hoje, havia escolhido uma roupa descolada, calça branca, um pulôver de lã preto, casaco de couro, tênis Vuitton. Tinha raspado o bigode e, com sua pele branca e traços finos, ninguém podia adivinhar que era argelino.

Saïf e Ali saíram do apartamento com mochilas na mão. Ele trancou a porta e os seguiu.

O táxi tomou a direção de Ménilmontant. Tinham encontrado um apartamento na Rue des Panoyaux. Não era muito longe do endereço onde Saïf havia matado o inspetor, mas justamente por isso não pensariam em procurá-los tão perto do lugar do assassinato. De qualquer forma, a polícia não tinha qualquer pista, exceto as balas de uma Uzi, que vinham da Libéria. Antes de deixar o local, ele tivera tempo de limpar o apartamento e apagar suas digitais. O que o preocupava, porém, era o interrogatório de Ali.

Abdou Soltani observou o filho. Com o rosto contra o vidro, o rapaz iluminado observava a Place du Colonel-Fabien e a arquitetura modernista do Partido Comunista, que tinha a sua sede ali. Depois do assassinato do policial, ele o havia proibido de sair. O adolescente não se queixava. Passava os dias lendo o Alcorão e orando. Seu filho era místico desde os 7 anos. Deixando de lado sua reserva inicial, Abdou agora via nele um sinal de escolha divina.

No início não passava de uma criança precoce. Aos 4 anos, apesar das recriminações da mãe, ele o levava aos grandes comícios organizados pela FIS (Frente Islâmica da Salvação) em Argel, na época em que o partido, mesmo sendo apenas tolerado pelas autoridades, tinha vencido as eleições municipais. Em todos os comícios, diante da mesquita Es Sunna de Bab el-Oued ou na Place du Premier Mai, após os discursos de Abassi Madani e Ali Belhadj, o menino era colocado no palanque, vestido como um pequeno príncipe beduíno. Seu papel era se dirigir à assembleia com versículos guerreiros, o que ele fazia com uma dicção perfeita e um entusiasmo contagiante. Cada uma de suas aparições levava a multidão ao delírio. As pessoas erguiam as mãos para o céu, agradeciam a Deus por ter-lhes enviado um jovem tão piedoso; as mulheres choravam e o mostravam aos filhos como exemplo; queriam tocá-lo, carregá-lo, beijá-lo.

Era uma verdadeira atração popular. Mesmo os mais reticentes à doutrina salafista da FIS, muito puritana para seu gosto, mesmo os hipócritas, muito céticos por suas certezas, corriam para as reuniões para ver o jovem prodígio. Assim, a infância de Ali havia transcorrido em meio à veneração popular, até a dissolução do partido de Deus e a interrupção do processo eleitoral em 1992. Abdou passou, então, para a clandestinidade e, temendo que sua mulher Sonia aproveitasse sua ausência para recuperar o filho, deixou-o com um imame de sua família, em Dellys, na Grande Cabília. Durante quase oito anos, mergulhado na luta armada, Abdou só via o filho durante breves interrupções. Quando o reencontrou, após a anistia, ele tinha mudado e se proclamava santo, *amigo de Deus.* O imame a quem confiara o filho — só soube mais tarde —, chocado com a guerra civil, tinha-se voltado para o sufismo e a leitura espiritual do Alcorão.

Abdou nunca se deixara levar pelo esoterismo dos místicos. Tinha educado o filho numa ótica *tabligh*, pois apreciava as ramificações mundiais do movimento, sua simplicidade doutrinária, seu engajamento missionário e sua rejeição feroz ao ocidente.

Mas seu filho tinha passado a falar como um *wali* (santo) e a menção ao amor divino saía da sua boca cem vezes por dia. Abdou agora lamentava aquelas manifestações populares em que o filho tinha sido aclamado como prodígio. Fora essa adulação que havia imprimido nele a crença na sua santidade.

Hoje, ao se apresentar a um muçulmano, seu filho Ali tinha um discurso assim:

Antes de nascer, no ventre da mãe, Deus honrou os dons mais maravilhosos do espírito e da santidade. À idade de 7 anos, quando aprendi o Alcorão inteiro, Deus me mostrou o que havia nas alturas e seu trono; à idade de 9 anos, descobri o enigma do Talismã celeste e encontrei na primeira surata do Alcorão a letra que atira os homens e os demônios na consternação; aos 14 anos eu era capaz de mover o que era imóvel e o que se move.

Nenhum muçulmano devoto, vendo Ali, duvidava da sua relação privilegiada com o divino, de seu conhecimento das verdades metafísicas e espirituais, nem das faculdades miraculosas que logicamente deviam decorrer disso. Diferentemente do cristianismo, a santidade muçulmana é resultado de uma autodesignação. Quando se sente escolhido por Alá, o santo se proclama como tal e adota um estilo de vida ascético. Essa escolha arbitrária de Deus é uma decisão que pode atingir tanto mulheres como homens, em qualquer idade.

Era preciso reconhecer que o adolescente tinha uma imponência e uma palavra dignas de um *amigo de Deus*. Os acontecimentos dos últimos dias confirmaram isso mais uma vez: ser levado até a delegacia e sair como se tivesse ido até lá para pedir uma informação; assistir a um fuzilamento e não entrar em pânico nem questioná-lo; mudar de apartamento a cada dois ou três dias sem se queixar. Esse comportamento não era de um adolescente comum. Nada lhe importava, a não ser sua submissão a Deus. Como ele mesmo dizia, pertencia por inteiro a Alá, era um *filho do instante*, sem ligar para o passado nem para o futuro.

Assim, Saïf, desde que ouvira as palavras inspiradas de Ali no dia em que este chegou a Paris, beijou seu albornoz e prometeu obediência total àquele adolescente. Abdou teve dificuldade para recuperar sua autoridade e explicar àquele ignorante que, antes de ser um *wali*, o menino era seu filho.

O carro parou na Rue des Panoyaux. O prédio era uma caixa de concreto sem alma. O motorista pegou as mochilas e levou-os até o apartamento. Grande e maciço como Saïf, daria um bom recruta. Ele abriu a porta. Era uma moradia qualquer, assim como o prédio, mas com uma sala mobiliada à moda oriental.

Ali anunciou que iria orar, o que irritou Abdou, pois ele sabia que Saïf iria acompanhá-lo. O motorista quis ficar e orar com eles, mas Abdou ordenou que se fosse. O homem, que se chamava Omar, fez algumas recomendações em relação ao lugar, pegou a chave do apartamento anterior e se foi. Abdou deixou o filho conduzir a oração na sala e se refugiou no primeiro quarto a fim de refletir calmamente.

O assassinato do inspetor o deixara desestabilizado. Precisava rever todo o esquema logístico planejado para sua estadia parisiense e encomendar um novo jogo de documentos de identidade. Tinha passado três dias nessas mudanças. Desde então, ficou se perguntando se não seria melhor cancelar sua estadia na França. Agora, a não ser que encontrasse algum estratagema, a investigação da polícia acabaria vindo em sua direção.

Abdou mandou que Ali lhe contasse detalhadamente o interrogatório na prefeitura e sua conversa com o inspetor magrebino. Como todas as pessoas que conhecem o Alcorão de cor, seu filho tinha uma memória fora do comum. Portanto, Soltani tinha total confiança no que ele tinha relatado. Seu filho não podia mentir, sua devoção o impedia.

Segundo o seu testemunho, tinha declarado que era filho de Sonia Boudaoui e Abdou Soltani. Que necessidade havia de fazer essa confissão, se o registro de Sonia não o mencionava? Se os policiais levassem as investigações até Argel, acabariam descobrindo que Soltani era um arrependido famoso, e não somente um próspero homem de negócios em viagem profissional a Paris.

Quando a brigada criminal francesa estivesse com seu dossiê na mão, emitiria um mandado de busca contra ele. Tentou calcular o tempo que poderia levar. Tinha dois ou três bons protetores nos serviços de informações de Argel, e seu prontuário criminal fora limpo recentemente. Mas não tinha só amigos na Argélia. Alguns sindicalistas que infestavam a polícia estavam até mesmo à espera do menor passo em falso de sua parte. Se os policiais franceses dessem com a pessoa certa, poderiam ser informados bem rápido. Isso lhe dava entre uma e duas semanas de prazo. Mais do que isso, Deus teria que intervir para que seu combatente continuasse invisível.

Portanto, restavam-lhe três ou quatro dias para agir. Nada mais. Depois disso, seus rostos seriam exibidos em todas as delegacias. Para ele não era problema. Mas seu filho se recusaria a se disfarçar: segundo ele, não era necessário porque um escolhido de Alá tinha o poder de mudar de forma quando quisesse.

A clandestinidade não assustava Abdou. Mas havia aceitado aquela missão em Paris para matar dois coelhos com uma cajadada: executar uma tarefa lucrativa e levar a rebelde de volta para a Argélia. Ora, Sonia vivia na França há muitos anos e para as argelinas a vida ocidental possuía um atrativo sem par, desconhecido na sua terra natal: a liberdade. Se, ao menos, ela estivesse em condições materiais difíceis, poderia recuperá-la facilmente e passar uma esponja sobre sua fuga. Mas sua mulher tinha construído uma vida agradável e não deixaria a França por sua própria vontade. Precisaria transportá-la num avião particular. Mas como alugar um avião com a cabeça a prêmio? Ele não via como resolver esse impasse.

E se entregasse Saïf aos franceses? A polícia teria um culpado e as buscas terminariam. Saïf era o principal responsável pelos seus problemas. Seu erro tinha custado seis meses de trabalho. Se não fossem suas relações privilegiadas com os membros do *Tabligh*, que não faziam perguntas, ele já teria que ter voltado para a Argélia. Era graças ao *Tabligh* que tinha conseguido evitar a catástrofe; seus comandantes nem mesmo sabiam de seus problemas. Enfim... até que alguém entrasse em contato com a polícia argelina. Mas podia ficar sem Saïf? Essa era a questão. Se soubesse algo mais sobre sua missão, poderia avaliar melhor a utilidade dele. Infelizmente as instruções que o obrigavam a ir todo dia à mesquita Othman estavam demorando a chegar.

Olhou para o relógio. Eram apenas 10 horas. A mesquita ficava no subúrbio. Decidiu ir até lá para ver se havia alguma novidade.

57

Paris, Place de la Concorde, na mesma manhã

Da sacada de seu apartamento de luxo, via-se a ponta do obelisco da Place de la Concorde e a volta dos automóveis que se dirigiam para os Champs-Élysées ou os Invalides. Após ingerir o café, David de La Bruyère levou-o até a sacada para reiniciar a negociação interrompida.

Com amargura, Paul pensou que estava detido contra a sua vontade a poucos metros da Assembleia Nacional e da embaixada dos Estados Unidos. Localizado no quinto andar, constantemente vigiado por dois homens, o apartamento tornava qualquer fuga impossível.

O comerciante estava de bom humor. Apoiado no parapeito da sacada, apontava o Obelisco.

— Veja só, o orientalismo francês começa com aquele monumento egípcio trazido por Bonaparte...

— Não me interessa — disse Paul.

— Bem, o que você acha da proposta dos americanos? Seis milhões de dólares é uma bela soma!

— Seria perfeita se eu estivesse livre. Estou farto de ser drogado. Ontem eu tinha algumas reservas em relação a seus amigos. E, bum! Eles me meteram num tratamento de sono, e acordo esta manhã sem saber onde estou. Acho que nos EUA isso é um crime muito grave.

Molhava os lábios ostensivamente como se ainda sentisse o gosto amargo da bebida na língua.

— Veja, Sr. Mesure, pare de resistir a seus guardiões e eles o deixarão em paz. Três mortos, isso não basta para o senhor? Quer ser o próximo? O senhor precisa entender que eles têm que garantir nossa segurança, e a deles. Quanto a mim, tenho que arriscar a pele nesta negociação. A maioria dos *marchands* que conheço já teria abandonado.

— Bem, relaxe. Encontrarei outro intermediário.

— Hei, calma, estou nessa venda há semanas. Fechei minha loja para me dedicar melhor a ela. Quase me mataram. Haveria uma bela nota de despesas se você me dispensasse agora. Lembre-se que você assinou um contrato de venda.

A armadilha estava bem montada. Paul pensou em suas dívidas e na sua conta zerada. Por que não aceitar alguns milhões de euros dos americanos? Eles lhe deviam isso. Graças a ele, conheciam o conteúdo do códice siríaco.

David de La Bruyère voltou a seu discurso.

— Como pode não confiar neles? Os Estados Unidos da América, a primeira potência mundial! Eles têm todos os meios...

— É isso o que me incomoda... Pela sua proposta, eu não tenho nenhuma garantia. Entrego o meu manuscrito e fico esperando... É isso?

— O que quer como garantia?

Até então, Paul tinha recusado qualquer discussão sobre o preço enquanto não estivesse livre para agir.

— Não tenho sua experiência. Preciso telefonar, pedir conselhos.

David começou a rir.

— Quem você quer avisar? A PJ? Seu jornal, talvez? A não ser que sejam os Repórteres sem Fronteiras...

— Estou falando sério. Não consegue entender que eu preciso de ajuda?

O comentário acertou no alvo. O *marchand* ficou pensando. Não por muito tempo, ele era esperto. Estendeu para Paul uma agenda Gallimard e uma caneta Mont Blanc.

— Faça uma proposta para os americanos e forneça uma lista de números telefônicos. Eles escolherão o que for conveniente.

— Legal!

— Devo lhe confessar uma coisa que está me incomodando um pouco, você precisa saber. Mas, atenção, eu não lhe disse nada... Certo?

— Vamos, fale. No ponto em que eu estou...

— A NSA (National Security Agency) maquiou seu desaparecimento para enganar aqueles que estão em seu encalço. Eles incendiaram os trailers do Cyclop e colocaram um cadáver falso em Milly-la-Forêt. Estão lhe devendo uma nova identidade. Eu sei, é um pouco radical, mas...

Atordoado, Paul encarava David e a bandeira dos Estados Unidos que tremulava mais adiante, exibindo orgulhosamente suas estrelas. Aqueles estúpidos imperialistas tinham decidido riscá-lo do mapa!

Balbuciou algumas sílabas obscuras, depois decidiu que precisava digerir aquela informação. De nada adiantaria se rebelar.

Estendeu a mão, e David lhe entregou o caderno e a caneta.

Paul anotou três números: o do jornal *L'Ingénu*, com o ramal de Sonia. O de Sarfaty, que ele havia guardado com seu cartão de visita. E o de Tom Abernethy, em Londres.

David destacou a folha e entrou no apartamento para telefonar.

A espera foi longa. A escolha deles finalmente recaiu sobre Tom. David trouxe um telefone fixo e Paul pôde conversar com seu amigo inglês. Pelo eco que havia no aparelho, Paul percebeu que estavam ouvindo sua conversa em outro lugar. Não mencionou sua situação de prisioneiro, mas sim uma negociação em fase final e as últimas garantias que precisava obter. Falou da sua mudança de identidade "por motivo de segurança". Tom, que era um curioso incurável, não fez perguntas. Em tempos normais, iria querer saber de tudo, o nome da sua última namorada e os honorários da reportagem em andamento. Sem dúvida tinha percebido que a situação era grave. Como de costume, deu conselhos preciosos.

Quando Paul desligou, não pôde deixar de dizer a David:

— Esses gringos agem como doidos! Isso não o assusta?

— Seu códice tem um grau de periculosidade que você nem imagina, meu amigo.

— Talvez seja o momento de me explicar o que há dentro dele, não acha?

David assumiu um tom seco de advogado.

— Você pode me indicar suas exigências em matéria de garantia? Já é quase meio-dia, tenho medo que os americanos acabem perdendo a paciência.

Paul Mesure não existia mais desde a véspera, este era um ponto a ser considerado. Se ele se recusasse a cooperar, poderiam eliminá-lo sem problemas, uma vez que já estava morto. Talvez até mesmo dentro do apartamento. David desempenhava seu papel de especialista com civilidade, mas depois que o ameaçaram de morte havia escolhido um lado.

— Bem, aqui está o que eu quero:

- uma identidade nova, com um passaporte e uma carteira de imprensa francesa;
- uma declaração dos americanos explicando que são responsáveis por meu suposto desaparecimento, com minha anuência, se eles quiserem;
- a tradução juramentada do papiro;
- uma declaração autorizando a divulgação científica de seu conteúdo;
- as fotos não rasuradas do original, que vocês me tomaram;
- metade dos seis milhões numa conta aberta com minha nova identidade, com um adiantamento de 30 mil euros em notas de 50 e 100, pagos imediatamente;
- depósito bancário do saldo, a fim de que eu tenha certeza de que vou ter o restante da soma após a entrega do documento.

O *marchand* ia anotando as exigências à medida que ele falava.

— Está pedindo muito por um documento espoliado de Mali.

— É meu preço, é pegar ou largar.

— Muito bem, vou transmitir. Mas, em relação aos documentos, com certeza vai levar alguns dias.

Pegou seu celular e entrou novamente no apartamento.

— Eles terão o códice quando essas condições forem atendidas... *todas* essas condições — repetiu Paul.

E ficou na sacada saboreando o sol. Uma vida nova estava começando para ele.

Depois cansou.

Na sala de estar que dava para a sacada estavam o asiático e o afro-americano de Milly-la-Forêt. Ele ainda não sabia seus nomes. Estavam lendo revistas em inglês. O afro-americano não parecia bravo por causa do dente quebrado.

Paul se lembrou do comentário de David.

— Você pode dar uma volta por aí com a proteção deles. Estão com dinheiro para lhe pagar um novo guarda-roupa. Mas, atenção, eles não vão sair de perto.

— *Let's go shopping, misters* — disse Paul com um sotaque ridículo.

— *Well...* — começou o negro. Depois riu e disse num francês passável:
— Vamos. Nós também estamos precisando esticar as pernas.

58

Após a enésima releitura do fragmento, uma crise de ceticismo atormentava Sarfaty. E se aquele testamento fosse falso? Não seria a primeira vez; apócrifos datados dos primeiros séculos do islã não eram raros, muito pelo contrário. Alguns eram até de produção muito antiga. No passado, na esperança de enganar a administração otomana, os monastérios do Sinai, da Síria ou do Iraque possuíam variações supostamente ditadas pelo próprio Profeta. Todas tinham o objetivo de liberar os monges da obrigação da capitação, a taxa imposta aos não muçulmanos.

Por ter sonhado demais com a exploração científica do testamento profético, agora Sarfaty tinha uma dúvida. Será que esse documento não seria uma fraude finamente trabalhada para botar água na boca dos amadores? Precisava ter certeza disso antes de entrar na trilha de obstáculos que levava ao manuscrito.

Precisava encontrar uma boa biblioteca arabista e passar um dia examinando os primeiros cronistas e os grandes tradicionalistas. Um manuscrito assim, se fosse autêntico, teria deixado rastros. Não teria viajado de Medina ao Sahel sem que nenhum erudito o mencionasse.

Aonde ir? Não estava mais inscrito em nenhuma biblioteca universitária.

O Instituto do Mundo Árabe? Sim, era um bom lugar, suas estantes deviam conter os livros que procurava e a entrada era livre.

Estava se preparando para sair quando o telefone tocou. Deixou quem ligava se apresentar na secretária eletrônica antes de atender. Era Hankache Radî. Serge não estava com humor para falar com ele, mas se alguém tinha a erudição necessária para poupá-lo de um dia na biblioteca, esse alguém era o arameu. Seria coisa de uns 15 minutos. Não queria dizer a ele que possuía o início do testamento do Profeta, mas podia associar o documento ao meio dos bibliófilos arabistas.

Atendeu.

— E então, seu escroque, continua enganando os pobres muçulmanos?

— Comissário Sarfaty! Preciso lhe agradecer por seu inspetor. Que cara chato! Um verdadeiro *pit bull*! Queria saber tudo sobre as minhas relações com Fairouz Mered.

— É um bom policial.

— Certo, mas ainda assim temos direito policial nossa intimidade. Ele queria saber quando saímos juntos, o número de vezes que nos víamos! Em que lugar. Se o marido dela sabia. Se eu tinha tentado revê-la. O interrogatório durou três horas! Por causa de uma relação de cinco anos atrás! Ele não queria mais ir embora. Precisei pegar agendas antigas, mostrar nossos encontros. Depois ele olhou meu catálogo de editor, meus livros, minhas fitas cassete. Perguntou se eu era muçulmano. Tem certeza de que ele não vai dizer nada aos jornalistas?

Sarfaty sorriu em segredo. Experiente, o livreiro estava pensando na publicidade desastrosa que o caso poderia lhe custar. Como cristão, estava brincando com fogo ao comercializar as santas tradições do islã.

— Não, eu abafei o caso. E depois, o inspetor Bessaih foi morto na segunda-feira.

— Isso não é verdade!

Depois dessa explanação, houve um longo silêncio. Hankache prosseguiu:

— Que descanse em paz, coitado. Quem fez isso?

— A PJ está em cima.

— Bem, comissário, eu não passo de um pobre mortal, mas você tem alguma notícia? Estou esperando os resultados do laboratório! O que vocês encontraram?

Sarfaty tinha passado a caixinha para o laboratório de identificação judiciária, mas, como todos os serviços estavam ocupados com a morte dos colegas, a análise não ficaria pronta antes de dez dias.

— O laboratório está sobrecarregado. Você recebeu outras ameaças?

— Não, mas isso não quer dizer nada. Aquela correspondência só tem cinco dias.

— Apesar de tudo, é um bom sinal. Um verdadeiro fanático teria enviado uma caixinha por dia.

— E meu porte de armas?

— Aí você está sem sorte; ando com problemas com meus superiores. Tirei uma licença sem remuneração...

— Mas isso é coisa fácil, Serge! E é a minha vida que está em risco! Como vou me proteger se um fanático invadir a loja?

— Você não tem uma arma em casa?

— Nada, absolutamente nada. Não posso ficar assim. Eles vão me degolar como um carneiro.

Sarfaty notou que seu interlocutor estava assustado. Ele não costumava ceder aos caprichos de civis que queriam se armar. Mas Hankache tinha bons motivos para temer por sua vida. Não dava para descartar a eventualidade de que seu papel de informante tivesse sido detectado nos meios jihadistas. Devido à sua aliança com a extrema-esquerda no passado, o fenômeno sociológico dos convertidos, os fundamentalistas muçulmanos tinham antenas por todo lado, em todos os meios, todas as comunidades.

Sarfaty tinha conservado o Manurhin oficial da PJ, o que o deixava com duas armas de fogo. Por que não ceder a Hankache seu Sig Sauer automático, modelo P226 X-Five? Uma versão "percurso de tiro", com um carregador de 19 balas 9 milímetro. O comprimento do cano tornava a arma intimidante, e seu carregador levava muito mais balas que a média das automáticas. Uma vantagem para quem não tinha prática.

— Olhe, vou lhe emprestar uma arma de treinamento. Só por duas semanas, tempo para que o laboratório encontre uma pista. Mas não fale sobre isso com ninguém. Se você ferir um inocente, não darei cobertura. Vou dizer que você pegou a arma na minha casa sem que eu soubesse.

O tom de Hankache ficou alegre.

— Tudo bem, comissário. A que horas vai trazê-la?

— Espere! Tenho uma pesquisa urgente para fazer na biblioteca... para um colega... uma pesquisa difícil sobre o islã.

— Do que se trata? Meu sebo vale mais que as melhores bibliotecas. Tenho *tudo* sobre o islã.

— Não, acho que não. É uma peça única...

Sarfaty provocava o orgulho do outro.

— Comissário, minha livraria é a melhor da Europa.

— Preciso saber se é possível que Maomé tenha deixado um testamento, sim, o Profeta do islã. Um livro ditado por ele. Em meio a suas vastas leituras, o mestre Hankache não teria se deparado com isso?

"Mestre" era um título reservado aos rabinos ou aos mulás. Mas aquele autodidata o merecia, apesar de sua avareza. Tinha lido tudo e, fato excepcional na sua idade, retido tudo. Hankache adorava ser chamado assim, ainda que o saber não seja tão valorizado no cristianismo do oriente quanto nos círculos ortodoxos do judaísmo e do islã.

— Ah, você sabe, é uma velha lenda xiita, essa do testamento de Maomé. Os autores xiitas sempre afirmaram que Maomé havia deixado segredos a seu filho adotivo, Ali Ibn Abu Talib. Um ou dois apócrifos foram fabricados a partir dessa informação.

— Esqueça os apócrifos. É só uma lenda?

— Uma lenda que deve ter algum núcleo de verdade, como muitas lendas muçulmanas. Mas os sunitas a negam sem discussão, e os eruditos orientalistas acham que ela justifica muitas coisas no xiismo. Sobretudo porque os gnósticos sustentaram a mesma coisa em relação a Jesus. A tendência é, portanto, apresentar esse fato como forjado de cabo a rabo.

— E o que diz essa lenda?

— Que Maomé teria deixado um saber esotérico para sua família. Ora seria sob forma oral, ora seria um livro.

— Um livro é mais preciso que um ensinamento oral. Nada obrigaria os tradicionalistas a mencionar um livro.

— Exato. Mas não é o caso de Jesus; podemos, portanto, pensar que essa fábula esconde um fato histórico. Mas qual? Aí está o problema. As lendas são ambíguas, é preciso uma chave para desvendá-las.

Sarfaty sentiu que Hankache iria sacar seu tema favorito. Contrariando a lógica, já que ele admitia que a *Suna* era lendária, o arameu sustentava que ela tinha um duplo sentido, pois encerrava um sentido oculto que entregava aos iniciados os segredos do islã. Os autores dessa escritura oculta seriam os primeiros compiladores muçulmanos, pois estes não eram árabes, que estavam muito ocupados com a Conquista e com o enriquecimento; pertenciam aos países conquistados e, em geral, eram escravos libertos. Em relação a este último ponto, ele tinha razão, mas essa era a única informação indiscutível da sua "teoria".

— Não tenho essa chave — disse ele, irritado. — Quais são os autores xiitas que mencionam essa lenda?

— Ah, preciso verificar. Minha memória não é tão boa quanto antes.

Será que Hankache havia sentido sua irritação? A menos que houvesse outra razão, de natureza pecuniária. Aquele desplante o irritou.

— Você quer uma arma ou não?

— Espere, Serge... espere... minha memória está voltando.

— Continuo ouvindo.

— Não são autores xiitas que é preciso encontrar. Quase todos declararam que o Alcorão atual estava incompleto e que Maomé havia deixado outros escritos. Mas existe um hadith xiita que você deve conhecer. Fazendo alusão aos sunitas, esse hadith diz: *O Livro de Deus, eles modificaram; a Caaba, eles a destruíram; e a família do Profeta, eles mataram ou dispersaram*.

— Você não tem nada mais preciso?

— É bom levar os vencidos a sério. Eles quase sempre têm razão. O xiita Al-Kulayni menciona dois escritos secretos de Maomé confiados a Ali. Até dá os títulos: o *Djafr* e a *Djâm'ia*. Ele afirma que Fátima teve seu próprio livro, transmitido pelo Profeta antes de morrer: o *Mashaffâtima* (o livro de Fátima).

— Você acha que ele é confiável?

Al-Kulayni* não era um historiador, e sim um teólogo. Em sua obra *O suficiente*, reuniu as palavras de imames sagrados do xiismo para que os xiitas tivessem, além do Alcorão, uma Tradição escrita que lhes fosse própria.

— O problema é que ele esclarece e obscurece ao mesmo tempo. A descrição desses livros mostra que não têm nada de real, são obras fictícias.

— Então, esse testamento é uma falsificação!

Mas Hankache forneceu uma nova indicação que mudava tudo.

— O curioso é que autores sunitas também mencionaram um livro de Maomé. Pessoas pouco suspeitas de falar mentiras e desconfiadas em relação a lendas.

— Quem?

— Ibn Sa'd...**

— Ibn Sa'd fala de um livro de Maomé!

Era uma revelação. Ibn Sa'd foi um sunita, mas suas informações sobre o Profeta eram numerosas, precisas e muitas vezes incômodas para a imagem do fundador. Tão incômodas que os muçulmanos mais ortodoxos desaconselhavam sua leitura. Sarfaty tivera a oportunidade de consultar seu *Livro das gerações*. Ele se lembrava, em particular, de uma história que o fez refletir sobre a brutalidade dos costumes do século VII.

Após uma razia longe de Medina, os companheiros do Profeta estavam cobiçando as prisioneiras, pois não tinham mulheres há semanas. Mas o

---

*Iraniano morto em Bagdá em 940. Seu túmulo é venerado pelos xiitas e sua coletânea está situada entre os quatro livros canônicos do xiismo iraniano.

**Tradicionalista iraquiano (784-845) cujo avô foi libertado pela família de Maomé. Seu Livro das gerações compreende uma biografia do Profeta e de seus companheiros.

costume determinava que, se as engravidassem, os escravos seriam libertados. Em termos financeiros, se eles cedessem aos seus impulsos, aquele butim de prisioneiras perderia muito do seu valor. Por isso, pediram a Maomé permissão para utilizar a técnica do *'azl* [*coitus interruptus*]. O Profeta deu sua bênção. A forma complacente como Ibn Sa'd relatava essa história era o mais perturbador.

— Sim, sim, o grande Ibn Sa'd. Ele afirma que Ali possuía um livro onde estava explicado o sentido profundo do Alcorão, herdado de Maomé.

— É impressionante.

— E o próprio Ali?

— Ele não fala de livro, apenas de um ensinamento oral.

— Tem certeza? Se Maomé tivesse dado seu testamento a Ali, este deveria mencioná-lo em algum lugar, nem que fosse por meias-palavras.

— Não é o caso, tenho certeza, fiz uma edição em francês desses escritos. A coletânea vende muito bem... Mas me ocorre uma outra lembrança. Um comentário curioso de Jâhiz.

— É? — disse Sarfaty, atraído pela lembrança desse escritor satírico para quem nada era tabu.

Jâhiz era o Diderot muçulmano. Sob títulos enganadores, como o *Livro dos avarentos* ou *Livro dos animais*, esse iraquiano de Bassorah, que viveu entre os séculos VIII e IX, escreveu antologias enciclopédicas cheias de histórias subversivas sobre a civilização árabe-muçulmana. Seu pensamento era tão original que muitos autores afirmavam que ele era o fundador de uma escola teológica que tinha um só discípulo: ele mesmo.

— Sim, no *Livro dos animais*. No capítulo dedicado à arte do livro, ele menciona a dificuldade de se retificarem os erros numa obra já em circulação. Nesse ponto, ele menciona a história do testamento de Maomé, cuja redação os parentes do Profeta se empenharam em impedir. Ele explica que, por meio desse escrito, o Profeta queria corrigir os versículos do Alcorão corrompidos pela transmissão oral. A seguir, como se fosse um fato muito conhecido, Jâhiz afirma que, segundo uma tradição de

Sâlman, o persa,* esse testamento foi ditado a um escriba e ficou em poder de Aïcha,** que se recusava a torná-lo público. Sempre achei que esse relato era uma forma indireta de afirmar que a edição do Alcorão era incorreta e, assim, defender a tese racionalista de seu caráter criado.*** Como você sabe, a existência desse Sâlman persa não é unânime. Mas agora que está me fazendo pensar, eu me pergunto: será que não existe nesse relato um indício de um testamento real?

— Genial! Mas agora eu preciso ir.

— Antes, diga, comissário, estou disposto a comprar esse testamento se ele for autêntico.

— Veremos — disse Sarfaty, desligando.

O telefone tocou imediatamente. Ele sabia que era Hankache, mas atendeu.

— Não importa o preço! — gritava o arameu.

Desligou novamente.

Tinha economizado um dia de biblioteca. As informações do especialista libanês davam peso à existência histórica do testamento. Se a autenticidade ainda não era indiscutível, sua existência havia deixado um rastro de palavras e história. Era tudo o que precisava para se certificar.

Não seria a primeira vez que uma descoberta de importância aconteceria graças a uma fábula. Não tinha sido por se deixar guiar pelas descrições do poema épico *A Ilíada* que Heinrich Schliemann exumou o sítio arqueológico de Troia, em 1878?

---

*Companheiro de Maomé.

**Esposa preferida do Profeta.

***Tese que advém da doutrina oficial dos califas abássidas de 833 a 848. Segundo essa ideia racionalista, o verdadeiro Alcorão está no céu; o Alcorão material não passa de uma cópia imperfeita e perfectível. Para a ortodoxia muçulmana, ao contrário, o texto do Alcorão é incriado, é um atributo de Deus.

59

Em seus dias de folga, aquela que os meios de comunicação paquistaneses haviam apelidado de *Virgem combatente*, que também qualificavam de Mulher-Maravilhsa por sua vontade de poupar os civis, não tinha descansado. Ela reconstituiu uma equipe com os cacos da sua e da equipe de Ali Khan e elaborou um plano de ação. Tal como Sarfaty, ela também achava que a boa pista para chegar ao códice era Paul Mesure, e decidiu tirar o melhor partido possível do patrimônio do defunto.

Paris, Rue Ernest-Lefèvre, XX distrito, quinta-feira à tarde.

— Você não podia ter escolhido um carro menos chamativo? — disse Benazir Gurasi.

Desde que entrou no veículo que viera buscá-la na Rue de Chantilly, ela oscilava entre o riso disparatado e a irritação. Enquanto Farouk Bizenjo dirigia, ela não fez nada, querendo observar como ele se saía na grande metrópole cuja língua lhe era estranha. Mas Farouk se saiu muito bem e os levou sem problema do IX ao XX distrito, passando por Pigalle, Jaurès, Rue des Pyrénées e Avenue Gambetta. Ele tinha aprendido sem ambiguidades os nomes dos grandes eixos parisienses e memorizado os sentidos únicos. Sua condução era fluida, prudente, quando ela esperava uma pilotagem brusca e acidentada.

Um crescendo lírico, sustentado por um harmônio, invadiu o automóvel. Ele tinha colocado um cassete da glória nacional, falecida em 1997, Nusrat Fateh Ali Khan, que cantava com virtuosismo *vocalises* dedicados a Alá. Benazir se perguntou se ele havia escolhido aquela música sufi para impressioná-la. Embora tivesse passado por um período de popularidade no Paquistão, ele não era mais um cantor famoso; somente as elites continuavam a ouvi-lo.

— A senhora disse *um carro de artista* — disse Farouk, passando a mão pelo painel incrustado de nogueira.

— *Artista*, para mim, é um Smart ou um pequeno Ford, não um Mercedes classe S. É chamativo e pretensioso. Estamos num bairro popular, aqui.

— Mas tem Mercedes em qualquer lugar, mesmo entre os pobres, e depois, ele é potente. Um Smart não nos permitiria fugir. Enquanto este...

Reclinado no banco, empurrava o volante com as duas mãos, imitando uma direção em alta velocidade.

— Se passar um carro da polícia, o Mercedes vai atraí-los. Eles nos farão abrir o porta-malas.

— Não vamos ficar esperando — disse ele, fazendo, com a boca, o barulho de um motor roncando.

— Acha que vai conseguir despistar os policiais parisienses?

— Se Deus quiser, nós o faremos — respondeu em tom sentencioso.

— *Stop showing off** — gritou Benazir, saindo da S 430 metálica.

Tinham parado no alto da Rue Ernest-Lefèvre, que era perpendicular à Rue du Comte-Boulainvilliers.

Apesar das suas reclamações, ela sabia que um Smart tinha um porta-malas muito pequeno e o técnico Ismaïl Zaman nunca poderia se esconder dentro dele. Mas, nesse caso, deveriam ter escolhido um quatro por quatro, um Toyota ou um Chevrolet. Mas não pensaram nisso. Seu maldito gosto os impeliu, irresistivelmente, na direção do símbolo paquistanês da riqueza.

Ela foi até a parte de trás, pôs a câmera em cima do porta-malas e, com o pé sobre o para-choque, arrumou a tira de um dos seus sapatos de salto.

*Deixe de idiotice.

Estava com uma roupa simples, mas suficientemente elegante para o papel. Um jeans *delavé* justo, uma camisa branca quase transparente, com gola de renda, sob um casaco acolchoado escuro vagamente semelhante a uma túnica chinesa, mas cuja criação era de um grande costureiro japonês. Se não fosse sua pele muito morena e os cabelos pretos muito finos, presos num coque, ela pareceria uma *yuppie* numa roupa descontraída.

Enquanto estava abaixada, arrumando o sapato, murmurou em seu microfone para o técnico escondido no porta-malas:

— Então, conseguiu?

Um murmúrio respondeu em seu ouvido:

— Vai dar certo, existem poucas redes sem fio nesta região. Estavam estacionados não muito longe do edifício de Paul Mesure, cujo apartamento estava sob lacre judicial. O plano era piratear o computador dele para encontrar indicações que permitissem chegar ao livro siríaco.

Para invadir um computador a distância, dois métodos eram possíveis. Pela internet, encontrando o número identificador do computador ao escanear as portas livres. Este método tinha a vantagem de poder ser executado a longa distância, mas para um Macintosh exigia uma grande experiência e a intervenção de um especialista, o que eles não tinham em Paris. Ou então se aproximando geograficamente do local onde estava o computador, num raio de 500 metros. Esta última técnica de invasão era rudimentar e estava ao alcance de qualquer um. Duas condições, porém, deveriam ser preenchidas: o computador invadido tinha que possuir um sistema Wi-Fi, e este não podia estar protegido. Era uma ideia que Ali Khan havia cogitado, mas sua equipe tinha achado muito perigosa com as viaturas da polícia patrulhando o edifício. Além disso, a probabilidade de que o jornalista possuísse um sistema sem fio não protegido lhes parecia mínima.

Mas diante de uma mulher, a equipe foi obrigada a esconder seus temores. E Benazir pensou com lógica. Como fotógrafo, Paul Mesure possuía um equipamento sofisticado de informática. Mas, como ele mesmo havia feito a instalação, seu computador não devia estar protegido.

Para enganar as patrulhas policiais, ela escolheu a técnica da "carta roubada". Todos os colegiais ingleses conhecem a novela policial de Edgar Allan Poe na qual o detetive amador Dupin encontra uma carta que os luminares da polícia parisiense tinham fracassado em descobrir. Simplesmente porque ela estava a sua frente, sobre a escrivaninha do suspeito. Benazir empregou essa ideia como estratégia de camuflagem: iria se esconder ficando tão visível que ninguém pensaria mais nela.

É por isso que, agora, munida de uma câmera digital e acompanhada por um assistente, ela estava filmando as fachadas das ruas vizinhas, a fim de obter planos para um documentário sobre o XX distrito de Paris. Equipado com um fotômetro, Farouk era seu assistente, um assistente que só falava inglês e que, de qualquer forma, tinha instruções de ficar calado.

Ela apoiou os cotovelos sobre o porta-malas, com a câmera entre as mãos, o olho no visor, filmando a fachada diante da qual estavam estacionados. Tinha-se documentado um pouco para poder desempenhar seu papel até o fim. O edifício tinha o estilo dos Trinta Gloriosos, mas com uma filiação anos 1930: revestimento de pedras trabalhadas sobre uma fachada lisa, com ângulos arredondados, sem ornamentos inúteis.

Enquanto filmava, continuava a conversar com o agente Zaman.

— E aí?

— Identifiquei um sistema Wi-Fi que não está protegido. Os outros têm nome de empresas. Deve ser o dele.

— Vamos logo.

— Se Deus quiser.

Como eles a irritavam com aquele *inch Alá*! O Alcorão recomendava que não se realizasse nenhuma ação sem se dirigir a Deus, mas também dizia, no *Livro que não mente jamais* que os homens tinham livre-arbítrio e que Deus não interferiria nessa liberdade. Ela desconfiava que eles repetiam essa fórmula tradicional para colocá-la em seu lugar.

Pousou a câmera e deu alguns passos para verificar os arredores. Sua calcinha fio dental a estava irritando e ela amaldiçoou a ideia de adotar o visual de uma realizadora inglesa da moda até os mínimos detalhes. Os policiais, certamente, olhariam as suas nádegas. Mas será que notariam que, na realidade, não havia nenhum tecido desfigurando as curvas harmoniosas do seu traseiro?

Foi até Bizenjo, que tinha ficado ao volante e ainda ouvia o Pavarotti nacional, acompanhando-o com palmas.

Em inglês, disse a ele:

— Você é um operador de câmera. Vamos, abra a porta e exponha o equipamento. Veja a luz, tire fotos. Faça o seu papel, por Deus!

Ele aquiesceu brandamente e colocou uma perna para fora do carro. Mas, com seu terno Hugo Boss e sua estatura, parecia mais um guarda-costas ou um cafetão do que um operador de câmera. Emanava dele uma brutalidade à qual não faltava charme, mas que o tornava suspeito para qualquer policial um pouco mais observador. Benazir tivera dificuldade em fazê-lo ir sem o punhal, e ele se recusou a se separar da sua pistola turca de cano muito longo. Havia, na certa, uma faca escondida em seus sapatos, mas ela preferia não saber. Quanto a ela, tinha optado por não usar arma. Numa fase de observação, qualquer arma convida a um deslize, é uma confissão de fraqueza e incompetência. Não se imaginava abrindo fogo contra um policial francês. Em caso de interpelação, preferiria usar seu passaporte diplomático.

Os demais ignoravam seu *status* diplomático, ele era seu salvo-conduto. Não achava a equipe de Ali Khan muito confiável. Apesar de suas ameaças, eles haviam dado cobertura ao general, garantindo que os zeladores eram agentes muito perigosos. Aquilo era mentira, mas mantinha uma dúvida quanto à culpa do seu pai. Evidentemente, tinham combinado uma história que resistisse a perguntas insidiosas. Quanto ao policial morto, Farouk jurou que tinha sido em legítima defesa. O inspetor da PJ queria liquidá-lo sem aviso. Já que não tinha acesso à pasta do inquérito, Benazir precisava fingir que acreditava neles, aguardando novos elementos.

Por que tinha conservado Farouk? Poderia tê-lo matado enquanto dormia, ou o denunciado à polícia francesa. A forma como ele escapara de sua emboscada a deixou admirada. Mas não era só isso; havia alguma outra coisa que não conseguia explicar. Embora fosse considerada uma grande calculista, ela seguia muito a intuição.

Ele a atraía ou era seu atrevimento que a fascinava?

Disfarçadamente, observou-o brincar com o equipamento de medição óptica. Ele tinha muita classe em seu terno; seu físico maciço estava contido, mas emitia uma irradiação de rocha indestrutível. Não, ele não a atraía; era rude demais, ignorante demais para satisfazer seu orgulho. Mas sentia que aquele bruto invencível poderia ser de grande utilidade. A forma como tinha se introduzido no apartamento de Paul Mesure mostrava isso. A única coisa que a incomodava era a sua dependência, pois desconfiava dos toxicômanos.

Pensando em seu físico, ela sorriu, pois parte da representação consistia em se passarem por casal de amantes. Estava combinado que, se uma patrulha os surpreendesse no carro, os dois *fingiriam* se beijar. Ela tinha insistido no fato de que fingiriam, mas não fixou limites para a representação. Não sabia como reagiria se ele a acariciasse realmente, se enfiasse suas mãos grossas sob sua camisa ou dentro de sua calça. Será que lhe daria um tapa? Preferiu não imaginar essa eventualidade. Se o deixasse agir, sua autoridade seria questionada, a missão ficaria ameaçada. Por outro lado, se sua reação fosse muito ríspida, atrairia os policiais e o plano fracassaria.

A missão não era simples. Não apenas lhe faltava treinamento desde que passara a se ocupar exclusivamente da sua ONG, mas, além disso, não havia escolhido a composição da equipe.

Preferiu abandonar esses pensamentos derrotistas e voltar a falar com o agente Zaman.

— E aí? — perguntou ela.

— Tudo bem, já estou no computador dele.

— Tem certeza? — perguntou, surpresa.

— Encontrei um artigo com sua assinatura. É dele. Estou copiando todo o disco rígido.

— Por quanto tempo?

— Tem muita coisa... Vinte minutos, talvez...

— É muito...

— É mais rápido do que fazer uma triagem. Tinha um arquivo com uma fonte siríaca, já peguei.

— Sairemos em vinte minutos.

— Ok.

Benazir voltou para a frente. Eram 18 horas, estava escurecendo. Aquele disfarce não funcionaria por muito mais tempo.

— Deixe eu ficar na direção — disse a Farouk. Este saiu e deu a volta pela frente. Era corpulento demais para passar por cima da alavanca de câmbio. Ela se instalou ao volante e olhou de novo para o relógio.

Subitamente, teve um sobressalto. O homem tinha colocado a mão em sua coxa e a pressionava brutalmente. Virou-se para ele. Seus olhos indicaram o retrovisor. Pelo espelho viu que um carro da polícia subia a ladeira naquela direção.

60

Na tarde de quinta-feira, vencido o seu ceticismo, Serge Sarfaty tirou com dificuldade sua moto BMW R 1150 GS da garagem do prédio. Com 240 quilos e estribo elevado, aquele veículo era difícil de manejar, e o risco de vê-lo se desmantelar no chão era real. Uma vez com a moto no lado de fora, subiu sem dificuldade. Sarfaty demorava e exagerava o cerimonial da partida para verificar se a rua não estava sendo vigiada.

Quando o botão de arranque foi acionado, o motor roncou imediatamente, sem as engasgadas que o sacudiam três semanas antes. O modelo tinha mais de dez anos, era um dos primeiros da série, do tempo em que o fabricante considerava o conforto tão importante quanto o desempenho. Rachel, sua mecânica especialista em BMW, tinha garantido que rodaria ainda uns dez anos mais. Uma acelerada confirmou que o motor girava perfeitamente. Como sempre, Rachel fizera um bom trabalho. Ele pôs o capacete, vestiu as luvas, tirou a máquina do apoio e saiu em baixa velocidade.

Objetivo: o MRB, o Movimento pelo Renascimento Berbere, e a seguir uma visita ao arameu, pensou. Tinha pressa de encontrar um tradutor para o colofão do manuscrito. Hankache o libertara da dúvida. Mas antes de sair em busca do original, tarefa que o obrigaria a passar um tempo em Milly-la-Forêt, queria dissecar todas as peças que estavam em seu poder. O colofão era o último fragmento a ser decifrado.

Quem poderia traduzir para ele aquele texto em líbico-berbere? Tinha pensado no INALCO (Instituto Nacional de Línguas e Civilizações Orientais), chamado mais familiarmente de *os Línguas'O*, mas não conhecia ninguém de lá. Depois se lembrou de um professor de *tifinah*, um dos alfabetos da família líbico-berbere, que o havia ajudado a resolver um problema administrativo. Ele dava cursos no MRB, cuja sede ficava a dois passos de sua casa. Por que não tentar lá? Não se lembrava muito bem do nome do professor, mas isso não era muito problema. Veria no local.

Se fosse mais prudente, teria começado por deixar a arma com o arameu. O Sig Sauer fazia um volume grande em sua roupa. Não era uma arma para passear pela cidade e Hankache podia precisar dela.

As dependências do MRB ficavam na Rue Alfred-Michiels, tão perto que ele poderia ter ido a pé. Mas a moto precisava rodar. Por isso, pegou o Boulevard de Belleville para chegar à Place du Colonel-Fabien e voltar para a Rue Michiels. A avenida estava deserta. Ainda assim ele evitava rodar muito rápido, por causa das crianças que corriam à vontade naquela zona muito popular de Paris. Sentia a moto leve sob os movimentos de seus braços, dócil aos balanços das pernas. Dirigir a moto o relaxava como nenhuma outra atividade.

Durante o trajeto, esqueceu Hankache Radî e a ameaça que pairava sobre ele.

A entrada dava para um *hall* quadrado, tendo à frente um único gabinete aberto, que parecia ser a recepção ou a secretaria. Nos outros lados, todas as portas estavam fechadas. Deviam ser salas de estudo, pois os ruídos de aula atravessavam as paredes. Era um local típico das associações, mínimo, sem banco nem assentos, mas cheio de cartazes e painéis de pequenos anúncios. Sarfaty se dirigiu para a sala aberta. Uma mulher de uns 50 anos, usando um vestido estampado, trabalhava num computador. Tirando o capacete, Sarfaty pediu para ver o responsável pelo curso de língua berbere.

— O senhor é associado?

— Não, mas preciso reencontrá-lo, é um amigo.

— Há muitos professores. Qual o nome dele?

— Esqueci.

— Então, não venha me dizer que o conhece! Não se costuma esquecer o nome dos amigos!

— Diga o nome dos professores e vou me lembrar. É o especialista em *tifinah*.

— Não posso, é confidencial. Primeiro é preciso tirar carteirinha.

À direita, ouviu-se um coro de ruídos de cadeiras e mesas, e uma onda de alunos saiu da sala. Eram jovens, com fichários e apostilas embaixo do braço; muitos pareciam de origem francesa. A porta ficou aberta. Sarfaty perguntou se era o curso de berbere.

— É um dos cursos de berbere, senhor, o grupo 1.

Ele podia tentar entrar à força, mas se a associação fizesse uma queixa...

Como se tivesse lido seus pensamentos, a senhora lhe deu um olhar desconfiado.

— A escrita *tifinah* é o grupo 4.

Sarfaty sentiu que ainda não havia triunfado. A mulher era uma rocha.

— Desculpe, minha senhora, mas só desejo encontrar um de seus professores, não é um sacrilégio.

— Olhe, o senhor não é sócio, não está inscrito no curso de língua e quer encontrar um professor cujo nome não sabe. Não é possível. O senhor precisa se tornar sócio, são trinta euros. Ou vir à jornada de portas abertas, que é em outubro.

O rosto de Sarfaty ficou sombrio com a ideia de ter de esperar sete meses para descobrir o conteúdo do colofão. Se aquela mulher soubesse do que ele era capaz para satisfazer sua *libido sciendi*, ela tremeria.

Uma exclamação entusiasta soou na sala que repentinamente tinha-se esvaziado.

— Mas é extraordinário! É o *tifinah* mais puro e mais antigo.

Ele reconheceu a voz do homem que acabava de pronunciar aquelas frases. Tinha um sotaque cabila tão cortante que o fez sorrir. Seu nome, de súbito, lhe veio à mente, devia ser Meziane. Ele o disse para a mulher, estendendo trinta euros. Ela fez um repentino ar zangado.

— Ouça, não foi o que eu disse. Se o senhor conhece o professor Meziane...

A voz na sala prosseguia, num crescendo:

— Veja, esta sequência de signos quer dizer "Tombuctu" e aqui, o nome "Mansa Musa", o mais célebre dos soberanos do império de Mali.

Ao ouvir o nome "Tombuctu", Sarfaty se sobressaltou. A legenda dos contatos fotográficos trazia a menção "manuscrito Tombuctu".

— Eu insisto, minha senhora, sou um apaixonado pela causa berbere, prepare minha carteirinha — disse Sarfaty, febril.

E imediatamente jogou as notas sobre a mesa e entrou na sala.

As carteiras escolares estavam dispostas de forma retangular, como nos seminários que ele frequentava quando era estudante. No fundo da sala, um homem pequeno e magro, vestido de forma impessoal, comentava um documento colocado à sua frente. Era Meziane.

Ao vê-lo entrar, o professor o reconheceu e lhe fez um sinal. Um homem e uma mulher o cercavam. A mulher, uma bela morena de uns 30 anos, estava usando uma espécie de poncho colorido sobre um jeans e, com os olhos abaixados, observava intensamente o documento. Não ergueu a cabeça quando ele entrou. Serge Sarfaty identificou imediatamente Sonia Boudaoui, a vizinha de Paul Mesure. O homem ao seu lado, um desconhecido, o encarou com olhar hostil. Era baixo como o berberista, porém mais gordo e vestido de forma mais requintada.

Ignorando a hostilidade muda daquele homem, Sarfaty se instalou numa mesa um pouco afastada, perto da porta, como se esperasse a sua vez. Só o acaso, que os romanos chamavam de "fortuna", podia ter-lhe dado tamanho presente. Não apenas Sonia Boudaoui, procurada pela polícia francesa, se encontrava diante dele, mas além disso havia grandes chances de que o texto traduzido por Meziane fosse o colofão em líbico-berbere.

— Aqui é uma data, "1325" — retomou o professor Meziane. — Acho que corresponde ao período em que Mansa Musa fez sua grande peregrinação a Meca.

Sarfaty viu o homenzinho gorducho deixar bruscamente o grupo e caminhar em sua direção. Agora tinha a impressão de já tê-lo visto em algum lugar.

Num tom agressivo, mas em voz baixa, o homem indagou a razão da sua presença. Sarfaty tirou a carteira profissional da jaqueta. Com o gesto, a longa pistola de treinamento apareceu em seu coldre. Assustado, o homem fez menção de sair. Sarfaty o agarrou pelo braço.

— Sonia Boudaoui é procurada. Eu o aconselho a cooperar. — Forçou-o a sentar-se ao seu lado. O homem obedeceu, mas seus olhos queimavam de raiva.

No fundo da sala, Meziane continuava suas explicações, que Sonia estava devorando. Nenhum dos dois tinha percebido o pequeno incidente que acabara de acontecer.

— Sabemos muitas coisas sobre esse rei graças ao *Tarikh es-Sudan* ("História do país dos negros"), de Abderrahman es-Saadi. É uma crônica árabe, muito literária, muito bem escrita, sobre Tombuctu e sua região.

Sarfaty não se lembrava de que Meziane também dominava o árabe. Tiveram a sorte de se deparar com um verdadeiro letrado, pois muitas vezes os berberistas manifestavam um antiarabismo primário.

— Então, aproximadamente, a tradução poderia ser:

Em nome de Deus, o Todo Misericordioso, o Muito Misericordioso.

Graça seja dada a Deus e a bênção seja dada à melhor das suas criaturas, Maomé e toda a sua família. Este é o Testamento de Maomé, comprado em Medina durante a grande peregrinação de Mansa Musa, que começou em 1324, e levado para Tombuctu em 1325, para glória maior daquela cidade. Esta compilação pertencia a Baybars, após ter pertencido a Salah ad-Din*

*Para simplificar, usamos as datas do calendário gregoriano.

al-Ayyub [Saladin], depois de al-Ma'mûm [Mamun], que o obteve do pai, Harun al-Rashîd [Harun Rachid], depois de Abd al-Malik, que o obteve de Ali ibn Abi Taleb, que o adquiriu de Zaid Ibn Thâbib. Só deve ser mostrado aos sábios. Antes destruí-lo a entregá-lo à multidão ignorante.

À medida que traduzia, o rosto de Meziane empalidecia e sua voz se tornava mais delicada. Terminou de ler a advertência do colofão com um filete de voz.

Sonia tomava nota apressadamente num caderno.

Quando Meziane concluiu, lançou um olhar inquieto em direção à porta e depois se virou para Sonia.

— O que significa esta brincadeira? Eu não brinco com religião. É *haram*.

Sem se alterar, Sonia replicou:

— É para um filme que Merheb está preparando. Ele mandou um membro do INALCO redigir o texto. Mas esse professor viajou para o exterior. Queríamos ter certeza de que o documento estava perfeito.

O homem que Sarfaty havia obrigado a se sentar levantou-se num salto.

— É isso mesmo, Meziane. Não se preocupe, é para um filme.

Mas o professor de berbere não via a coisa da mesma forma.

— Mas vocês não percebem? Estão fazendo um filme com o Profeta, falsificando a história. Ele não deixou testamento. Isto é grave.

O tal Merheb tentou ser diplomático:

— Sim, mas, veja, Musa, é uma ficção. Não queremos falsificar a história.

Musa Meziane se exaltou:

— Não, não, os ocidentais podem fazer isso, mas nós não. Já dizem que nas cidades cabilas se lê a Torá. E agora, se vocês se meterem a deformar o islã... Você, Sonia, é *chaoie*. Você, Merheb, é cabila. Não podem fazer isso, é nossa reputação que está em jogo, nossa honra. Os berberes são muçulmanos desde sempre. É o grande Ibn Khaldun quem diz isso.

Sarfaty sorriu daquela alteração grosseira da história. A maioria dos argelinos ignorava que, antes da conquista árabe, todas as cidades da África do Norte eram cristãs. Quando os muçulmanos transformaram, pelas armas, a *África* bizantina na *Ifriqiya* árabe, no século VII, a infraestrutura cristã, que já havia sido quebrada pelos vândalos, estava tão destruída que até sua existência tinha sido esquecida. Além disso, Musa Meziane não parecia duvidar que, até o início do século XIX, a Cabília era ocupada por uma multidão de comunidades judias, mesmo nos vilarejos mais distantes.

Meziane se virava, alternadamente, para um para o outro. Em sua cólera, tinha esquecido Sarfaty. Sonia estava guardando suas anotações na bolsa e não dizia mais nada. Merheb o deixava falar.

— E depois, por que vocês não me disseram antes do que se tratava? Se eu soubesse, nunca teria traduzido este texto. Antes de envolver as pessoas em suas histórias ímpias, vocês devem avisá-las.

— E qual o problema de ler a Torá? — perguntou Sonia, irritando-se.

Musa Meziane, que estava arrumando suas coisas numa maleta, parou na hora. E balbuciou:

— Mas não somos judeus, nem cristãos. Você não entende isso. Se lermos a Torá, saímos da *Umma*. O Profeta proibiu. Vocês não conhecem os hadiths que dizem isso?

— Diga, Musa, quem lhe deu esse nome? — perguntou Sonia. O homem encarou-a, embaraçado.

— O que você quer dizer? Foram meus pais, claro.

— Musa, no Alcorão, é o mesmo que Moisés na Bíblia, não é?

— É o que dizem — disse ele, dando de ombros.

— Então, por que não se pode ler a Bíblia? Foi Moisés quem escreveu o *Pentateuco* que o Alcorão menciona.

— Isso não tem nada a ver. Os judeus e os nazarenos* caíram no *Tahrif*, a falsificação das Escrituras. Eles falsificaram a palavra divina. Já o Alcorão é puro, não tem uma linha sequer que não venha de Deus.

— Quem disse isto? — replicou Merheb.

— Está no Alcorão, claro — respondeu Meziane.

— Nunca li isso no Alcorão.

— Sim, está no Alcorão.

Sonia deu de ombros.

— Ele é estúpido, mas tem razão. Está no Alcorão.

E citou os versículos em árabe.

Mas isso era pouco para desmontar Merheb.

— Está vendo, ela conhece o Alcorão de cor. Você conhece o Alcorão de cor, Meziane?

Musa assumiu um ar embaraçado.

— Não...

— Então, como pode acusá-la de ser ímpia?

— Eu não disse que vocês são *kafirs*. Disse que o momento não é bom. Por toda parte, os fundamentalistas dizem que nós, berberes, somos maus muçulmanos. Colocam bombas em nossas cidades. Se nós fôssemos mais respeitosos com a religião, não poderiam dizer nada.

Sonia soltou uma risada sarcástica.

— Você acha que se fôssemos mais religiosos eles se acalmariam? Mas que coisa idiota! Eles querem nos reduzir a escravos. Quando nós, mulheres, usávamos o *haïk*, eles queriam que usássemos o *hidjeb*. Agora que usamos o *hidjeb*, vão nos mandar usar a burca.

Meziane se exaltou.

— Merheb, é a segunda vez que ela me trata como idiota. Esta mulher devia prestar mais atenção à linguagem. Sou mais velho do que ela.

— Agora ele vai dizer que sou mulher e que devo respeito a um homem.

---

*Termo que designa os cristãos no Alcorão.

— Bem, por que não? Estou vendo que as mulheres solteiras não têm mais senso de conveniência.

Merheb deteve o braço de Sonia, que esboçava um movimento para esbofetear o professor.

— Bem, vamos indo. Eu ligo para você, Meziane. *Salama*. Obrigado por tudo.

Mas, antes de sair, disse algo ao ouvido de Sonia. Sarfaty viu-a olhar em sua direção. Depois deu uma olhada pela janela, como para examinar a possibilidade de outra saída. A seguir abriu um grande sorriso para Sarfaty.

Agitando a mão em direção a Meziane, o comissário saiu para esperar do lado de fora.

61

O comissário ficou surpreso com a simplicidade com que ela decidiu acompanhá-lo até sua casa. Sonia não tentou fugir nem ganhar tempo. Acalmou o seu cineasta, depois disse a Sarfaty:

— Devo acompanhá-lo?

Ele confirmou com a cabeça e Sonia subiu na moto. Tinha escolha? Poderia ter exigido um advogado ou se recusado a entrar na casa dele, na Cité du Labyrinthe. Mas aquela privatização de uma investigação criminal não a aborrecia. Preferia colaborar com um homem do que com uma instituição, sem verificar se este obedecia à lei ou ao seu próprio interesse.

Durante o curto trajeto até sua casa, Sarfaty sorriu pensando nos esforços que seus colegas estavam fazendo para encontrar a única testemunha viva do assassinato de um inspetor da PJ.

Uma vez em casa, procurou primeiro conquistar a cooperação de Sonia.

Sentada na salinha da casa, com o poncho colorido a seu lado, ela o observava com seus grandes olhos negros, brilhantes como um mineral, sob as sobrancelhas arqueadas e pômulos muito altos. Só se viam seus olhos, eclipsando o busto bem proporcionado, os cabelos negros que caíam em torno de uma risca no meio da testa e o nariz vigoroso. Todo seu ser se organizava em volta daqueles dois quartzos cor de carvão, com um brilho metálico, que contrastavam com o esmalte luminoso dos seus dentes. Os lábios finos, pintados de rosa-claro e sombreados na linha superior, reforçavam ainda mais seu brilho. O perigo também vinha dela, advertia seu instinto; era preciso desconfiar.

— Tive dois colegas mortos por causa desse manuscrito antigo. A investigação foi confiada aos RG. Mas quero encontrar esse manuscrito. Não para vendê-lo. Simplesmente para entender o que aconteceu. Você pode me ajudar?

Sonia queria segurança, procurava por proteção. Explicou a Sarfaty a presença de seu ex-marido Abdallah em Paris. Sua voz era profunda e intensa.

— Eu tinha um acordo com Paul. Iríamos vender o manuscrito antes de nos entregarmos à polícia. O desaparecimento dele e, depois, a notícia de sua morte, me apavoraram. Também tenho que proteger meu filho e não confio na polícia.

— Você está envolvida em algum desses quatro assassinatos? Eu posso limpar sua ficha junto à PJ, mas você precisa me contar tudo.

Seus olhos lançaram faíscas.

— Não tenho nada a ver com os assassinatos!

Sarfaty concordou com todas as exigências que ela fez. Nenhuma delas era impraticável, uma vez que seu único delito tinha sido a fuga. Mas omitiu sua situação atual na polícia, a licença sem vencimentos.

Ela o encarou longamente com seus olhos hipnotizantes, como se estivesse avaliando o grau de confiabilidade da promessa. Depois tirou da bolsa uma grossa pasta de papel, dobrada em duas. Abriu a pasta e as fotocópias do testamento do Profeta surgiram sobre a mesa de vidro. Ele reconheceu o jogo de contatos fotográficos. Todos traziam a mesma legenda:

Nome do arquivo: manuscrito Tombuctu.
Tamanho da imagem: 2304 X 3072
Nome do dispositivo: Canon DIGITAL IXUS 700
Data/hora da foto: 13 novembro

Tempo de exposição: 1/60
Abertura: 0
Correção da exposição: 0
Foco (película 35 mm): 0
Flash: ativo

A princípio, Sarfaty não entendeu aquela manobra, toda aquela solenidade para apresentar uma cópia rasurada a tinta. Para ele, era impensável que a moça possuísse um exemplar completo do testamento. Como não havia mencionado que também tinha o texto rasurado, ela devia estar achando que ia selar o acordo com um trunfo importante.

Mas quando espalhou na mesa as dez folhas de contatos fotográficos, o coração do inspetor bateu mais forte, de forma quase insuportável. Nenhum daqueles contatos estava riscado com tinta preta. Era possível ler em cada um deles as finas linhas em siríaco que corriam pela página.

Uma versão integral do códice. Pessoas tinham matado e morrido por aquele texto, e os maiores soberanos do oriente o haviam possuído. Seu valor era inestimável, mesmo na forma de uma simples cópia. Todos os segredos do islã estavam guardados ali.

Sua mão direita tremeu ao se dirigir para as folhas tão cobiçadas.

Conseguiu controlar o impulso. Não avançou sobre as linhas do códice. De agora em diante, teria todo o tempo do mundo. Contentou-se apenas em contar as folhas para se certificar de que não faltava nenhuma.

Sonia se instalou no quarto de hóspedes e à noite, sem que ele pedisse, preparou uma refeição argelina. Com ela, Sarfaty falava um dialeto árabe que pensava ter esquecido, mas que rapidamente lhe voltava à lembrança. Como se o conhecesse há muito tempo, ela pôs uma música judaico-árabe.

Passaram a noite comentando o texto em *tifinah*.

Em nome de Deus, o Todo Misericordioso, o Muito Misericordioso.

Graça seja dada a Deus e a bênção seja dada à melhor das suas criaturas, Maomé e toda a sua família. Este é o Testamento de Maomé, comprado em Medina durante a grande peregrinação de Mansa Musa, que começou em 1324, e levado para Tombuctu em 1325, para glória maior daquela cidade. Esta compilação pertencia a Baybars, após ter pertencido a Salah ad-Din al-Ayyub [Saladin], depois de al-Ma'mûm [Mamun], que o obteve do pai, Harun al-Rashîd [Harun Rachid], depois de Abd al-Malik, que o obteve de Ali ibn Abi Taleb, que o adquiriu de Zaïd Ibn Thâbib. Só deve ser mostrado aos sábios. Antes destruí-lo que entregá-lo à multidão ignorante.

O colofão também tinha um problema de autenticidade, embora diferente do testamento. Para justificar sua posse, ou lhe conferir um valor maior, um escriba de Mansa Musa podia muito bem ter acrescentado aquela sequência prestigiosa de proprietários que começava com o califa Ali, filho adotivo de Maomé, e terminava com o sultão Baybars, que havia perseguido os francos do Oriente Médio.

Todos esses soberanos eram anteriores a 1324, portanto isso não tornava a lista impossível do ponto de vista histórico. Além disso, todos tinham feito a peregrinação a Meca e a Medina, cidade onde sem dúvida o testamento tinha sido escondido após a morte de Maomé, segundo a história de Jahiz.

Todos esses chefes de Estado tinham deixado um nome na história. Como conquistadores, claro, mas sobretudo como mecenas e protetores das ciências e das letras. Abd al-Malik, morto em 705, reformou a escrita árabe, tornando-a língua oficial dos omeiades, e construiu o Domo da Rocha em Jerusalém, o primeiro templo muçulmano. Haroun Rachid, morto em 809, tornou-se personagem das *Mil e uma noites*, tão grandioso era o seu amor pelas artes e pela poesia. Al-Mamun, morto em 833, mandou traduzir os filósofos gregos, favorecendo um movimento racionalista de teólogos que sustentava que o texto do verdadeiro Alcorão era perfeito. Saladin, morto em 1193, reconstruiu totalmente Jerusalém e foi celebrado por Dante como um monarca ideal por ter inventado a cortesia guerreira. Baybars, morto em 1277 salvou o mundo muçulmano do furacão mongol; foi um personagem lendário quando vivo, protagonista de um ciclo de romances de cavalaria que os contadores do Cairo ainda repetiam no século XIX. Todos esses monarcas encarnavam uma virtude ou uma ação maravilhosa. Não seria por isso que tinham sido reunidos no colofão?

A última frase — "Só deve ser mostrado aos sábios. Antes destruí-lo que entregá-lo à multidão ignorante" — era muito surpreendente para Sonia, porque ela conhecia o Alcorão melhor que os arcanos da Tradição muçulmana.

Era costume entre os juristas do islã condenar a difusão de escritos heterodoxos — como por exemplo a audaciosa literatura sufista — fora dos pequenos círculos de iniciados. Dessa maneira, a questão da unidade de todas as religiões, que podia se basear em certas passagens corânicas, era um tema de meditação permitido no círculo restrito de uma confraria sufista, mas proibido em locais públicos.

Historicamente, o islã era uma religião aristocrática, que concedia muita liberdade a suas elites, sob a condição de que as massas fossem excluídas.

A posse do testamento pelos maiores soberanos muçulmanos não tinha nada de impossível. Esses reis tinham uma paixão pelos manuscritos antigos, fossem eles ligados ao islã ou ao pensamento grego. Os pesquisadores vasculharam os vestígios dos impérios persa e bizantino à procura de livros raros. Havia um verdadeiro mercado de livros antigos, colecionados pelos califas e sultões, pela fina flor da administração e da aristocracia. Mais estranho era o fato de que um obscuro monarca africano tivesse conseguido arrancar do Oriente Médio um manuscrito de tal valor.

Junto com Sonia, Sarfaty fez uma busca na internet para saber mais sobre Mansa Musa, o soberano malinês que usava o nome de Moisés. A resposta era simples. Em sua época, na primeira metade do século XIV, esse rei era o homem mais rico da terra, proprietário das minas de ouro mais abundantes do planeta.

Quando fez sua peregrinação a Meca, a magnificência de Mansa Musa assombrou todos os seus contemporâneos. Sua interminável caravana compreendia vários milhares de pessoas, quinhentos escravos carregando os símbolos da sua realeza e cem camelos transportando o ouro necessário para as despesas. Os cronistas árabes contam que ele introduziu tanto metal dourado nos mercados financeiros que a cotação do *miqtal*, a moeda de ouro da época, despencou no Cairo. A presença das últimas vontades do Enviado em Tombuctu era explicada, portanto, por um dos mais antigos motores da humanidade: o ouro.

Todavia, as perguntas ainda eram muitas: como explicar que todos esses grandes soberanos jamais tivessem traído o segredo da existência desse testamento? Seu conteúdo devia ser particularmente perturbador. Mas até que ponto? O que será que o Profeta revelaria nesse escrito para exigir semelhante silêncio? Estaria pondo em dúvida a supremacia da religião muçulmana? O conteúdo do Alcorão? Seu papel de Mensageiro? A existência de Deus?

Também se podia fantasiar sobre o papel oculto desse escrito: teria sido seu *status* de homens ilustres e riquíssimos que permitira que esses monarcas se apropriassem desse escrito? Ou eles só se tornaram tão poderosos graças à posse do testamento, que podia funcionar como um sinal da graça divina para a elite aristocrática e militar da época?

Mas essas questões não preocupavam Sarfaty.

Ele estava realizado com a posse do documento.

Será que Sonia havia contado tudo? Teria narrado os acontecimentos exatamente como eles ocorreram? Era o que ele esperava, mas na verdade não tinha como verificar no momento. Era obrigado a confiar em Sonia.

Segundo ela, o original do papiro siríaco estava num cofre de banco e só restavam três cópias em circulação, contando aquela. O *marchand* de Paul ficara com uma antes de desaparecer. Merheb tinha confiado a última cópia, que ela mesma havia providenciado, a um especialista em siríaco.

Ela não sabia o nome desse especialista. Tinha acompanhado Merheb até a porta da loja, mas ficara esperando num café. Quando descreveu a fachada da loja "Aos companheiros de Al-Araf", Sarfaty percebeu que o amigo de Merheb e o arameu eram a mesma pessoa.

Decididamente, o mundo era muito pequeno. Mas como poderia ser diferente? Não devia haver muita gente que entendesse siríaco em Paris. Era lógico que o amigo de Sonia, um cineasta argelino instalado em Paris há trinta anos, conhecesse um libanês, ex-exilado como ele.

Sarfaty cortaria a mão se os dois compadres não tivessem se conhecido no movimento baasista* dos anos 1960, quando o pan-arabismo era a ideologia de todos os movimentos socialistas árabes. Que o arameu, a seguir, tenha retornado para a religião de seus ancestrais, a Igreja maronita, que continuava a utilizar o siríaco em sua liturgia, também não era de surpreender. Após a derrota do comunismo, inúmeros progressistas tinham-se voltado para suas raízes.

O que mais o surpreendia era que nem Sonia nem Merheb soubessem que Hankache Radî publicava literatura religiosa sobre o islã. Na verdade, Merheb não sabia nada da sua atividade editorial. Para ele, Hankache era um alfarrabista, especializado em obras árabes antigas, que conhecia o siríaco. Seu comércio de hadiths e *fatwas* era desconhecido para ele. Sarfaty riu muito consigo mesmo dessa "compartimentação" e, mais uma vez, teve que se inclinar diante do gênio da dissimulação que o arameu revelava ser

*Movimento socialista pan-árabe, fundado em 1953. O partido Baas ou Baath está no poder na Síria desde 1963; também estava no Iraque, de 1968 até a queda de Saddam Hussein.

62

No dia seguinte, sexta-feira 17 de fevereiro, Sonia decidiu ver seu filho Nadir e passar o dia com ele, assumindo o risco de fazê-lo faltar à escola. Sentia saudades, não aguentava mais ficar sem abraçá-lo.

Apesar de sua impaciência para começar a traduzir o papiro, Sarfaty, por sua vez, decidiu fazer uma visita ao arameu. Ainda não tinha levado a arma prometida, mas queria também subtrair sua fotocópia do testamento. Hankache Radî era venal demais para que se pudesse confiar totalmente nele e ignorava os riscos ligados à posse do texto. Além disso, era um bom teste para verificar o relato de Sonia.

De moto, em pouco tempo chegou à Rue Juliette-Dodu, no X distrito, ao lado da Place du Colonel-Fabien. Estacionou sua BMW na calçada, em frente a duas lojas separadas por um pórtico.

Nenhuma das duas tinha boa aparência. Ninguém podia imaginar que o alfarrabista que tinha na porta o letreiro "Aos companheiros d'Al-Araf" possuía alguns dos livros mais raros da França, até mesmo da Europa. Quanto ao *site* das edições *lelivredelislam.com*, ele era uma fachada anônima de vidro escuro. Como era sexta-feira, dia de descanso para os muçulmanos, Hankache devia estar na loja "Aos companheiros d'Al-Araf".

Não havia vitrine, mas mesas e arquivos na parte da frente, onde se acumulavam desordenadamente obras baratas, exemplares da coleção *Que sais-je?*, livros de bolso, revistas de história, fascículos. Era preciso ser um especialista para perceber que, naquela bagunça, todos os livros eram obras de referência.

No interior, era pior ainda. A loja era desprovida de prateleiras e estantes. Os livros estavam empilhados em mesas e às vezes no chão, em colunas imensas. Só Hankache e os frequentadores assíduos do lugar sabiam como os volumes estavam classificados, por séculos e, dentro de cada século, por gêneros. Quando um cliente novo entrava, era obrigado a conversar com o proprietário, que o avaliava com seus olhos de lince antes de guiá-lo para a zona que correspondia a suas necessidades. O cliente não podia procurar livremente: tinha que consultar os livros na presença do arameu, que resmungava quando uma pilha balançava ou uma obra caía no chão. Apesar de tudo, Hankache Radî ganhava muito dinheiro, pois seu acervo era dos mais completos, e sua classificação, rigorosa.

Quando Sarfaty entrou na loja escura, ficou surpreso por não ouvir a voz aguda de Hankache que sempre o recebia, graças ao sistema de vídeo que permitia ver quem entrava pelo monitor do pequeno escritório onde ficava o caixa e o sistema de informática. O comissário hesitou em entrar naquele antro todo empoeirado que cheirava a bolor. Em geral, o arameu o poupava desse incômodo. Não gostava do cheiro de papel velho, um odor que impregnava suas roupas. Para encobri-lo, aspirou a mão na esperança de sentir seu perfume, *Cuir mauresque*. Mas a fragrância tinha evaporado.

Enfiou-se entre as pilhas de livros velhos, impressos em árabe e em todas as línguas europeias. Atravessou os séculos VIII e IX, depois o X e o XI, que repousavam sobre as mesas mais imponentes. As épocas ulteriores estavam agrupadas juntas, pois para Hankache — o que deixava Sarfaty inconformado — o apogeu da cultura muçulmana se situava antes do século XII. Aquelas pirâmides de livros superpostos até o teto, onde se escondiam todas as riquezas do mundo árabe, sempre o impressionaram. Não sendo um bibliófilo, gostando mais do saber do que do livro, Sarfaty nunca remexia naquelas montanhas de papel, ao contrário dos conhecedores, que podiam ficar horas manuseando uma antiga edição das *Searas de ouro*, de Masudi, ou do *Livro dos reis*, de Ferdusi.

Bem ao fundo ficava o escritório de Hankache, separado por uma divisória parcialmente envidraçada. A luz estava acesa, mas não havia ninguém. Um aparelho de som tocava uma música oriental em volume baixo. Aquele silêncio espantou Sarfaty: o arameu não era homem de deixar o caixa abandonado. Sentiu um cheiro químico de desinfetante, como se alguém tivesse desinfetado o local um pouco antes. Misturado com esse odor, um outro cheiro mais insidioso, como um fedor nauseabundo de brochetes carbonizadas. Prudente, sacou o Sig Sauer e ajoelhou-se sob uma mesa para carregá-lo.

De arma na mão, entrou no escritório.

A cena o deixou transtornado.

Sem parar, correu para o banheiro. Apoiado na pia, devolveu seu café da manhã num único jato. Abriu a torneira e refrescou o rosto longamente antes de toma coragem de voltar à cena do crime.

Primeiro, teve que endireitar o corpo, que escorregara da cadeira onde havia sido amarrado. Hankache tinha sido torturado por um longo tempo. Agora não passava de um manequim desfigurado e obsceno.

Em seu tronco desnudo, suas costas, seus quadris, seu rosto, a pele tinha sido queimada em placas. Grandes áreas da epiderme estavam inchadas, escurecidas e endurecidas pelo fogo. Seu corpo só podia ter sido queimado com o auxílio de uma ferramenta muito poderosa, de tão profundas eram as placas de pele calcinada. Um ferro de soldar, pensou ele horrorizado.

Mas aquilo não era tudo. Antes de queimá-lo com maçarico, fizeram em sua pele incisões com aberturas largas e esses entalhes continham pedaços de metal endurecidos, como se o metal tivesse sido despejado ainda fumegante nos cortes escancarados. Um metal que brilhava como prata sobre as feridas dos quadris e das costas e como ouro nas incisões feitas na testa.

Dominando a náusea, Sarfaty pôs as luvas de borracha e se inclinou sobre os quadris do amigo. Parecia que o carrasco tinha procedido da seguinte forma: cortara a pele em profundidade introduzindo fragmentos metálicos, depois aquecera o metal para que derretesse na carne e preenchesse a ferida. Observou o rosto deformado pelas queimaduras, a boca fechada hermeticamente com fita adesiva. Hankache devia ter sofrido horrivelmente, era desumano, aquilo ultrapassava o entendimento.

Encontrou sobre a escrivaninha uma pinça e um saquinho de elásticos, que esvaziou. Começavam a correr lágrimas por sua face. Da testa do cadáver, retirou delicadamente uma amostra do metal que parecia ouro e depositou no saquinho. Sua mão tremia e corria o risco de contaminar a vítima. Insistiu. Da anca direita carbonizada, teve que erguer a pele de uma das feridas medonhas para encontrar um fragmento de metal prateado. Soluçando, retirou-o da ferida. A amostra foi para o saquinho plástico. Quando o guardou no bolso interno do paletó, chorava copiosamente. Ajoelhando-se no chão, fez o sinal da cruz pensando na religião do amigo, mesmo sem saber se isso era uma prática habitual entre os maronitas. Depois, segurando a mão inerte do libanês, beijou-lhe a testa.

Devia chamar imediatamente a PJ. Pegou o telefone, mas largou-o. Primeiro, o testamento. Temendo a chegada de um cliente, começou a remexer às pressas a velha escrivaninha estilo Louis-Philippe. As fotocópias não estavam em lugar algum. Um grande armário continha as pastas de contabilidade. Havia dezenas, arrumadas por ano. Hesitou em explorá-las, de tão numerosas e espessas que eram. Viu, então, o que a aflição o impedira de notar. Em cima da escrivaninha estava a mesma pasta vermelha que guardava o jogo de contatos fotográficos de Sonia. Mas esta estava vazia. As fotocópias tinham sido levadas. Seria para obtê-las que o haviam torturado até a morte? Era evidente.

Apoderando-se da pasta de papel, saiu rapidamente da loja. Telefonaria de uma cabine, era mais seguro; não queria se envolver com a descoberta do corpo. Mas teve que voltar ao local da tragédia para procurar sua pistola. Não tinha mais cabeça para nada, então perdeu um tempo absurdo, vasculhou o chão, examinou todos os lugares em volta da cadeira do arameu. Estava quase desistindo — uma declaração de roubo podia bastar para lhe dar cobertura —, mas a seguir a avistou. A Sig Sauer estava sobre uma das prateleiras da contabilidade.

Do lado de fora, a luz era esplêndida, quase branca. Com os olhos cheios de lágrimas, Sarfaty olhou o céu sem nuvens, indiferente àquele horror humano. Tirando as luvas, inspirou profundamente e demorou um pouco na porta, horrorizado com tanta crueldade. Fora do centro e sempre em obras, a Rue Juliette-Dodu era pouco frequentada. Um lugar ideal para torturar alguém. Vendo um passante se aproximar no início da rua, voltou para o pórtico e fingiu que saía do prédio. A seguir apertou o botão do acelerador da BMW 1150 GS.

Foi somente no caminho, quando fazia uma curva na Place du Colonel-Fabien, que o versículo "*Experimentai o que entesourastes*" veio à sua cabeça. Compreendeu então o sentido daquele castigo bárbaro. Nem absurdo, nem louco. No Alcorão, era a danação prometida aos rabinos e aos monges que comercializavam as Sagradas Escrituras. Havia alguém em Paris decidido a encarnar a cólera de Deus.

*"Ó Fiéis! muitos rabinos e monges consomem os bens dos outros por coisas vãs e desencaminham os homens da senda de Deus. Anunciai um doloroso castigo àqueles que entesouram o ouro e a prata e não os empregam na causa de Deus. No dia em que tudo for fundido no fogo infernal, e com isso forem estigmatizadas as suas frontes, os seus flancos e as suas espáduas, ser-lhes-á dito: Eis o que entesourastes. Experimentai o que entesourastes".**

---

*Alcorão, surata 9, versículos 30 e seguintes.

63

Retorno à Rue Ernest-Lefèvre, quinta-feira, fim de tarde

Escondidos num Mercedes classe S, Farouk e Benazir observavam a patrulha que vinha em sua direção. Os policiais rodavam tão lentamente que era inevitável que não fosse um controle. Mas o veículo não parou. Passou por eles e continuou em direção à Avenue Gambetta. Na passagem, porém, os três membros das forças de segurança, dois homens e uma mulher, tentaram observá-los com uma insistência que não indicava nada de bom.

Mas Farouk Bizenjo criou um obstáculo para aquela curiosidade: precipitando-se sobre a coronel, enfiou a cabeça pesada entre seus seios. De fora, deviam dar a impressão de um casal esquecido do mundo, envolvido pelo desejo. Tudo teria sido perfeito se ele tivesse parado por aí. Mas sua cabeça continuava a se esfregar com insistência contra o peito de Benazir e ela sentiu que havia uma complicação. O homem respirava muito forte e avaliava os seus seios através da camisa.

Aquele papel não exigia tanto realismo. Vindo de um grosseiro como ele, Benazir desconfiou que ele estivesse exagerando um pouco na representação. Mas nunca pensou que ousaria tratar uma oficial como uma moça fácil.

Enquanto o veículo inimigo se afastava devagar, um rubor súbito a invadiu. O canalha não estava fingindo, estava se masturbando. Enquanto seguia com a vista a movimentação dos policiais, repeliu energicamente aquelas mãos. Achou que esse protesto mudo bastaria, assim como a simulação que tinham oferecido aos policiais. Mas estes últimos deram meia-volta e estacionaram mais acima, na calçada oposta, a algumas dezenas de metros.

A cabeça de Benazir ultrapassava a de Bizenjo, o que lhe permitia vigiar a rua, mas a impedia de controlar as carícias cada vez mais audaciosas do boçal. Ele era pesado demais para que pudesse erguê-lo.

Agora, ele tinha aberto sua camisa e soltava pequenos grunhidos de animal, mordiscando o sutiã. A mulher tentou refreá-lo com cotoveladas, ao mesmo tempo que observava os policiais. Tinham anotado a chapa do Mercedes e estavam chamando a central. Era um carro de aluguel, contratado com um passaporte inglês. Seus documentos estavam em ordem. Benazir decidiu dar uma lição a Farouk Bizenjo.

Fingindo abandono, deslizou a mão sob a roupa do tarado e pegou a automática escondida. Era um Sarsilmaz turco, muito parecido com o CZ tcheco, uma arma pesada, longa, de uns 20 centímetros, toda de aço, com dois encaixes de segurança. Uma pistola de macho. Com toda a sua excitação, Farouk não sentiu nada. Ela levantou as travas de segurança e cravou-lhe o cano no quadril. O homem ficou imóvel, com o rosto enterrado em seu peito.

Com a mão livre, ela agarrou sua cabeça pelos cabelos, que eram muito longos.

— Vamos conversar, filho de Satã?

Ele não respondeu, mas Benazir sentiu seu braço passar como um tentáculo por trás dela e o contato de uma lâmina contra a pele dos seus rins. A lâmina curta, do tamanho de um canivete, subia por suas costas. Com um gesto seco, ele cortou as alças do sutiã, liberando seus peitos. Duas abóboras bem maduras brotaram do habitáculo (era assim que ela os via). Agora estava seminua, com os seios contra a boca dele. Descontrolada, bateu os braços de forma ridícula. Não sabia mais o que fazer. Mas ele sabia pelos dois. Tranquilamente, passava a língua sobre as duas esferas escuras. A mulher entendeu a mensagem: ambos estavam armados e ela não o assustava.

— O que você quer?

Os policiais não estavam prestando atenção, mas uma briga os atrairia imediatamente.

— Por que está me insultando? Por acaso sou uma cativa ou uma mulher de baixa condição? Uma infiel? Uma puta? Quem o autorizou a me acariciar como se fosse sua esposa?

— Só estou seguindo o plano — disse ele, afastando-se.

Com um golpe seco, ela bateu com o revólver na altura do sexo dele, que apresentava uma proeminência sob a calça, mas ele a agarrou pelo pulso e torceu-o brutalmente.

Todas as iniciativas se voltavam contra ela. Como iria se livrar daquela armadilha?

— Pare com essa falsidade! Você sabe muito bem o que quero dizer. Os atores não fazem isso.

— Como posso saber? O islã não permite atores, é *haram*.

Estaria falando sério? Embora não constasse de seu dossiê, talvez aquele agente fosse um estúpido, um fundamentalista primário e inculto. Os funcionários da ISI não tinham uma ficha com perfil psicológico como nas agências estrangeiras. Não seria a primeira vez que um erro fatal ocorreria por causa de um dossiê incompleto. Também era possível que seu plano tivesse sido entendido como um convite sexual. Ou então Farouk estava brincando com ela: recusava sua autoridade porque era mulher, e os mulás ignorantes tinham afirmado que a mulher foi feita para satisfazer as necessidades do homem e gerar filhos. Não conseguia decidir. Em geral, sua reputação já bastava para manter os homens a distância. Que besteira tê-lo mantido na equipe, devia tê-lo entregue aos franceses.

Seu olhar se dirigiu para fora. Dois policiais tinham saído do veículo para fumar. O motorista estava ocupado com o rádio. Ela estava presa àquela situação. Mesmo que conseguisse soltar o pulso, sua automática fazia um barulho medonho, era preciso um silenciador. Decidiu pegar o tarado pela religião. Pondo os braços em volta dos seus ombros, murmurou no seu ouvido:

— Talvez você ache que a mulher não foi feita para comandar.

— Foi o que aprendi desde criança — respondeu ele.

Seus lábios sorriram ao dizer isso, depois voltaram a sugar os seios. O filho da mãe se deleitava como um louco. Que bobagem utilizar viciados! Eles não têm medo de nada e não respeitam a hierarquia. Ela sempre foi contra quando estava na Agência.

— Você não sabe que um hadith conta que Oumn el Fadl feriu mortalmente Abou Saleh, o inimigo jurado do Enviado? Que Aïcha lutou com o Profeta na batalha de Houdr? Que a mesma Aïcha conduziu as tropas durante a Grande Discórdia entre os muçulmanos? Que os abássidas usavam as mulheres para fazer a guerra? A história dos árabes é cheia de rainhas, a começar pela grande Zenóbia, que deixou os romanos em apuros.

Ele não respondeu, mas sua boca se afastou dos seios. Benazir achou que havia conquistado uma vantagem. Com a cabeça virada em sua direção e o peito esmagando-lhe as pernas, ele cochichou:

— O Profeta também disse: *Um povo nunca prosperará se confiar a autoridade a uma mulher.*

Ele era mais esperto do que parecia. Não era um estúpido, estava usando a religião para zombar dela. Precisava saber por quê. Era apenas falta de mulher ou seria uma declaração de hostilidade?

— *A guerra é um ardil*, disse também o Enviado de Deus. Quem conhece os ardis melhor que a mulher? Aïcha disse que *a mulher era uma montaria viciosa.*

Ele riu com gosto, mergulhou novamente em seu peito e resmungou:

— O imame Ali disse: *A mulher é um escorpião cuja picada é doce.*

Benazir continuou.

— Meu comando é uma ordem do general Gurasi! Ali Khan foi demitido. Você o matou e, no entanto, eu o mantive. Você me deve obediência!

— Só estou fazendo meu trabalho!

Ele não tinha intenção de respeitar sua autoridade. Ao se vestir como cristã e propor aquela encenação, ela havia minado seu próprio poder. O homem queria humilhá-la. Era mais que uma atração sexual o que comandava seus gestos. Havia a vontade de colocá-la em seu devido lugar, de reduzir a pó sua influência sobre ele.

Agora cantarolava uma estrofe que ela imaginou ser do repertório balúchi tradicional:

Mas por que procurar mais?
Servil, tu dirás à tua amante que possuo
Jardins imensos, haréns luxuosos
E que meu maior desejo é de que nele entre
Zulma, cujas faces, lábios e seios
Deixarão com ciúme minhas flores e minhas mulheres preferidas?

Benazir reprimiu as lágrimas que lhe subiam aos olhos. Se não satisfizesse o desejo dele, a missão fracassaria. A menos que o denunciasse aos policiais. Tentou um último recurso.

— Você não sabe que o Profeta, a paz esteja com ele, condenou a fornicação fora do casamento?

— Case comigo — disse Farouk, beliscando alternadamente seus mamilos. Ela teve um sobressalto de raiva.

— Vou matá-lo — disse baixinho.

— E eu terei a recompensa. *Todo homem ferido pela causa de Deus chegará com sua ferida ensanguentada ao dia do julgamento: A cor da chaga será a do sangue, e o odor, de almíscar*, disse o Mensageiro, que a paz esteja com ele.

Era um hadith famoso. Ela nunca odiou tanto as prescrições arcaicas da religião. Por que Alá não vinha em seu auxílio? Por que estava sendo tratada como uma prostituta? E, no entanto, estava em uma missão pelo Senhor dos mundos.

A voz fingida do agente Farouk Bizenjo replicou:

— Estou pedindo apenas um casamento temporário, minha irmã. Seja boazinha e ninguém vai saber de nada.

Ela jurou que se livraria dele antes do amanhecer.

Para que ele não desconfiasse de nada, recolocou a automática no coldre, secou as lágrimas e sussurrou-lhe no ouvido uma obscenidade em urdu que servia de convite sexual.

Depois, docilmente, suas mãos desceram pelo ventre do homem e ela fez com a boca o que ele exigia de forma tão imperiosa.

Achava que, diante daquele atentado ao pudor, a força pública interviria e ela o denunciaria como assassino?

Era muito provável.

Mas, depois de um instante, satisfeitos com a verificação, os policiais subiram no carro e deixaram o local.

64

Na noite daquela grave insubordinação, Benazir Gurasi foi tomada de uma alegria incomum e pediu uma caixa de bons vinhos franceses e duas garrafas de uísques envelhecidos sob o pretexto de que eles tinham se saído bem numa ação difícil ao localizar o manuscrito.

Hussain foi o único a protestar em nome da religião. Junto com Selima, Benazir preparou a refeição, e a equipe saboreou um lauto arroz ao *curry* sindi regado com vinho Bordeaux.

Durante toda a noite, Farouk foi agradável e atencioso com as duas mulheres. Bebeu muito, mas abriu ele mesmo todas as garrafas e vigiou seu copo.

Muito tempo depois que a equipe se recolheu, Benazir se juntou a ele discretamente no quarto. Selima era a única que estava a par do segredo. Foi ela quem preparou o bálsamo mortal à base de acônito e o besuntou no preservativo feminino.

Quando o ruído abafado dos embates chegou a seus ouvidos, ela deu um sorriso feroz. Em 30 minutos, segundo seus cálculos, todos os músculos de Farouk estariam paralisados.

Na manhã seguinte, Benazir saiu cedo. Após algum tempo, como Farouk ainda não havia se levantado e toda a equipe já tomara café, foram acordá-lo.

Seu corpo grande e musculoso não reagia mais. Estava morto.

Alguns membros da equipe pensaram em *overdose*, outros, num consumo imprudente de uísque. Como a situação na França não permitia isso, ninguém pensou em pedir uma necropsia.

65

Depois de satisfeita a curiosidade mórbida de cada um, a equipe saiu e Selima foi até o quarto de Farouk. Uma coisa a intrigava. Ao mexer no corpo do balúchi, havia notado, sob a camiseta com que ele dormia, um colete coberto de inscrições. Na frente dos outros, tinha-se recusado a tocar o cadáver, mas agora que estava sozinha, a excentricidade daquela vestimenta fornecia um motivo razoável para observar mais longamente o corpo do defunto.

A cabeça imponente e cabeluda saía sozinha do lençol que alguém havia jogado sobre ele. Farouk tinha um estranho sorriso, como que descansado. Seu *sex appeal* estava intacto, assim como seu rosto bonito, apesar das cavidades escurecidas pelo abuso de droga.

Ela teve uma dificuldade incrível para tirar sua roupa. O corpo inerte era muito pesado em seus braços. Primeiro, teve que puxar uma camiseta larga, depois o colete era tão justo que ela acabou cortando-o de um lado para poder retirá-lo.

Examinou a superfície de algodão. As inscrições eram constituídas de palavras árabes pintadas à mão, formando ora linhas manuscritas, ora motivos figurativos semelhantes a signos mágicos. Na superfície externa da peça, a mesma fórmula era repetida incansavelmente com uma escrita muito fina, de maneira a formar um grande quadrado. Selima sabia muito pouco de árabe, mas se havia uma fórmula conhecida por todos os muçulmanos era justamente a *basmala*: "Em nome de Deus, o Clemente, o Misericordioso".

No interior do quadrado, a *basmala* era repetida, mas agora para formar uma cena desenhada. Habilmente utilizadas, jogando com o traçado das letras, as mesmas palavras representavam objetos concretos, o que era um meio de contornar a proibição da ilustração. Seguindo o conjunto de letras, via-se um personagem num trono, tendo a seus pés homens e animais em atitude de submissão. Acima do personagem real, de cada lado, dois anjos estavam suspensos, enquanto à direita havia um pássaro empoleirado no trono real.

Por causa do pássaro, ela pensou na ave de *Soliman* (Salomão) e se perguntou se o monarca não seria o próprio *Soliman*. A cena era certamente uma representação do poder mágico de *Soliman*, o poder sobre os elementos, os humanos e os animais de que fala o Alcorão. Virando o colete, Selima constatou que o tecido trazia o nome de *Maomé* escrito numa grande e bela caligrafia cursiva. Esse nome tocava, portanto, a pele do usuário, constituindo uma *baraka* suplementar.

Todos os talismãs oferecem proteção contra os djins e as doenças. Mas o caráter figurativo deste, a evocação de *Soliman*, o tornava mais forte que um simples amuleto. Selima ouvira falar de proteções excepcionais, que podiam salvar seu proprietário das balas e torná-lo invisível. Aquele era um objeto mágico desse tipo, o que explicava a coragem desse homem, que não tinha medo de nada. Mas, nesse caso, pensou ela, Farouk tinha esquecido uma regra primordial. Os talismãs só funcionam sob uma condição: os pensamentos do portador devem permanecer bons, pois, por mais forte que seja a proteção, ela será impotente para defender o autor de más ações.

Ela aspirou o tecido da roupa. Não cheirava a suor nem a cadáver, mas a perfume de âmbar. Era um sinal de que o objeto havia conservado sua força mágica. Precisava guardá-lo.

Mas não tinha ido até lá para isso; a túnica era apenas um pretexto para sua consciência. No momento, o peito do homem que ela havia desejado estava nu e entregue à sua frente. Um peito de gigante, com ombros fortes, peitorais salientes, um abdome bem definido apesar da barriga proeminente e ligeiramente peluda. Timidamente, passou a mão pela pele olivácea daquela força da natureza que a impressionava, embora sua própria estatura estivesse acima da média humana. Teve vontade de deitar sobre ele. Dizia-se que os mortos conservavam uma ereção durante dois ou três dias. Roçando sua pele, ela avançou a mão sob o lençol, mas um tabu muito antigo a impediu.

Se aquele imbecil tivesse dirigido seu desejo para ela, Selima o teria coberto de carícias que nem mesmo as huris do paraíso imaginavam. Teria preparado ela mesma suas refeições, cerzido suas roupas, preparado sua droga e limpado suas armas. Seu corpo teria servido de couraça contra as balas e ela o teria escondido dos olhos de seus inimigos. Em vez disso, ele havia estuprado Benazir, que ela respeitava mais que seus pais. Mas ao dar a sua patroa o veneno que o matou, não sabia se havia agido por fidelidade ou por despeito, por lealdade ou por causa do ciúme que a torturava.

TERCEIRA PARTE

66

Era uma segunda-feira, segunda-feira 20 de fevereiro, no começo da manhã, e uma garoa caía sobre Paris. O pequeno Smart creme que Benazir dirigia freou bruscamente a uma distância pequena da caminhonete que sua equipe chamava de "submarino", expressão que no jargão da polícia designa um veículo de observação. Estava feliz consigo mesma, pois só precisava de três minutos para sair do hotel, o Le Murano, situado no Boulevard du Temple, e chegar ao Boulevard Beaumarchais, onde ficava a agência bancária de Paul Mesure, colocada sob vigilância na semana anterior.

Deu uma olhada na avenida e entrou na caminhonete de vidros opacos, evitando as gotas que caíam do céu. No para-brisa, um bilhete escrito com grandes letras desajeitadas e dissolvidas pela água indicava "quebrado". Para afastar as suspeitas dos funcionários, instalaram até um falso calço amarelo sob uma das rodas traseiras. O veículo parecia destinado ao ferro-velho num futuro próximo.

Dentro do furgão, Ismaïl e Selima estavam no comando de três computadores, três telefones e periféricos ligados por uma tecnologia sem fio a câmeras que lhes permitiam vigiar o interior do banco, a rua e os cruzamentos adjacentes. Esse dispositivo, tecnicamente bem rudimentar, tinha exigido uma fortuna em subornos para sua instalação.

Empolgada, Selima lhe falou:

— Por Deus, não vimos quando entrou, mas Ismaïl notou movimentações na conta. Está pedindo a abertura do cofre.

Ismaïl concordava com a cabeça enquanto observava o computador. Na tela, via-se uma página contábil do Crédit Lyonnais e as movimentações operadas por um empregado invisível.

Fora a pedido de Benazir que Ismaïl instalara um *cavalo de Troia* na rede de informática da agência. A princípio, ele reclamou que invadir redes não era sua especialidade. Mas Benazir encontrou quem o treinasse e, em alguns dias, fez enormes progressos. Mais que isso, tomou gosto.

Naquela agência, o nível da segurança informática era ridículo, e a criação de um *trojan* não exigia noções de programação avançadas. Este foi mascarado sob a aparência de uma nova página de entrada, que foi enviada a todos os computadores da agência, passando pelo endereço do *site*.

Por falta de espaço, Benazir precisou se ajoelhar para falar com eles.

— Vocês viram como Mesure chegou? Com quem?

— Não, há dez minutos a câmera desligou por causa da chuva.

— Como vocês sabem que é ele?

— É preciso dar um número confidencial para abrir o cofre. Somente Paul Mesure tem esse número. Existem outros procedimentos em caso de morte. Mas eles não estão usando nenhum procedimento excepcional.

— Oficialmente, porém, ele está morto há quatro dias — disse Benazir.

— Bem que desconfiamos que não estava morto — disse Selima, dando de ombros.

— Sim, mas... normalmente, o banco não deveria abrir o cofre para ele. Oficialmente, está bem morto.

— Ele está sozinho?

— A câmera não funciona — repetiu Selima. — Não temos como saber.

Haviam tido muita dificuldade para instalar uma fibra ótica no estabelecimento bancário. Com a garoa, a ligação não estava boa e, na metade das vezes, a imagem pulava.

— Veja se instalaram um GPS nele. Se for o caso, é porque está sob vigilância.

Selima examinou um Ipod ligado a seu computador e fez uma varredura na área.

— Positivo.

— Sem dúvida é ele. Deve haver um carro dando voltas no quarteirão de casas enquanto ele pega *seu livro*. Quando sair, o carro o apanhará.

O rosto de Selima se iluminou.

— Você quer pegá-lo dentro da agência?

— Não, não, é muito perigoso. Corremos o risco de sermos bloqueados com ele lá dentro. Os bancos são muito vigiados, nada pode acontecer dentro da agência. Vou entrar e verificar se ele está sozinho. Nosso plano depende desse parâmetro. Vamos seguir nossas simulações. Se ele estiver sozinho, usaremos o plano *Alif*. Se houver gente com ele, o plano *Ba* ou *Ta*. Ismaïl, vá dizer a Hussain para se apressar e tirar o calço da roda. Tudo tem que estar pronto em cinco minutos. Selima, você está pronta?

Selima confirmou com a cabeça, pegando uma espécie de estojo comprido debaixo da mesa de *camping* onde estavam os monitores de controle. Tirou um lançador automático de agulhas que parecia um fuzil de assalto. Era uma arma difícil de obter, complicada para carregar, mas extremamente confiável a 60 metros de distância. Esse fuzil utilizava umas flechazinhas impulsionadas por cartuchos padrão e podia atirar 35 cartuchos ao mesmo tempo. Selima começou a instalar o grande carregador de quatrocentas munições.

Satisfeita, Benazir saiu do furgão, passou na frente de seu Smart e se dirigiu à agência. Olhou para o relógio. Não tinha ficado mais de dois minutos no veículo utilitário.

Como era segunda de manhã, a avenida não estava muito movimentada. Apesar de seus tênis de couro, ela caminhou com precaução, pois a calçada estava escorregadia.

Ao atravessar a rua, verificou se o seu Glock 17 estava bem disfarçado. O Glock era todo de plástico, passaria pelo controle sem chamar a atenção. Ela usava uma roupa esportiva, mas elegante, com um *top* de cetim apresentando um decote aberto até o umbigo. Para entrar discretamente, fechou a jaqueta de couro forrada, que escolhera bem larga para lhe dar liberdade de movimento.

Quando entrou no estabelecimento bancário, seus calçados não fizeram nenhum barulho no chão ladrilhado.

67

A agência não estava cheia, o que teria sido o ideal. Ela se dirigiu para o guichê, tirando seus dólares.

O caixa era um homem jovem, de uns 30 anos. Sua tarefa seria fácil. Apoiou os cotovelos no balcão para examinar o estabelecimento e entabulou uma discussão sobre a cotação do dólar. Enquanto falava, abriu bem a jaqueta. Fazia calor dentro da agência e aquilo parecia mais que natural.

Benazir viu os olhos do funcionário se arregalarem diante da profundidade do seu decote. Era impossível não notá-lo, até mesmo para uma mulher. A nudez magnetiza irresistivelmente o olhar. Seu *top* para sair de noite tinha mangas compridas, mas se abria como uma prega no nível do umbigo. A cada movimento, a pele escura de seu busto generoso aparecia. Ela sorriu para o funcionário a fim de deixá-lo à vontade.

O homem era um infiel, mas ela preferia seu olhar concupiscente ao de um correligionário como Farouk — que o Inferno o consuma —, que a consideraria uma fornicadora merecedora de menos olhares que um animal de carga. Nessa situação, em plena ação, ela não tinha mais problema com seu corpo, mesmo quando o usava como isca. Seu mal-estar desaparecia.

Tirou a jaqueta para indicar que tinha tempo. Os dois homens de terno sentados num canto lhe pareceram suspeitos logo de cara. Um africano e um asiático. Tinham um ar de tédio no rosto incompatível com a atenção que estavam prestando às questões de dinheiro. Ela viu que ambos usavam fones de ouvido.

Deviam ser agentes secretos. Gente graúda. Mais adiante viu o objetivo, Paul Mesure, cumprimentando um dos funcionários da agência. Era o mesmo que tinha visto nas fotos que encontrou no computador: pequeno mas robusto, de gestos vivos. Só que agora ele estava vestido formalmente, num terno preto, tal como seus guarda-costas. Isto, sem dúvida, é que havia confundido Selima. Mais adiante, um sexagenário de óculos falava a respeito de um problema de cheques roubados. Não havia mais que seis pessoas na agência.

Portanto, Paul estava acompanhado.

Perguntou ao funcionário se ele sabia onde poderia encontrar uma agência do Barclays. Ele ignorava, mas se dispôs a procurar para ela. Seu rosto fez uma expressão de agradecimento. Mas enquanto o homem efetuava a pesquisa, ela se aproximou dos dois estrangeiros e os abordou em inglês.

Surpresos, os dois homens esboçaram um gesto imperceptível em direção à parte interna de seus paletós. Estavam em alerta, não eram amadores. A operação não iria ser fácil.

Seu decote e seu sorriso, porém, fizeram milagres. Os dois se levantaram e responderam em inglês com sotaque americano. Mais exatamente, ela percebeu que o asiático se esforçava para manter os olhos em Paul Mesure, enquanto o outro se ocupava dela, pronto para socorrer uma anglófona necessitada. Sua pele era ainda mais escura que a dela. Um verdadeiro negro.

Benazir fez seu discurso sobre o Barclays, o único banco realmente seguro no mundo, depois engatou uma conversa sobre a tristeza de Paris no inverno.

No mesmo instante, Paul Mesure seguia o funcionário até o subsolo. O asiático se colocou no alto da escada para montar guarda, enquanto o afro-americano continuava a falar com ela. Benazir deixou passar um tempinho e retornou ao guichê. Assumiu o risco de ser notada, mas agora tinha certeza quanto ao modo como eles iriam agir.

Estava tudo de acordo: o GPS, a ausência de veículo lá fora, os fones de ouvido.

Quando Paul tivesse o manuscrito nas mãos e subisse da sala dos cofres, o homem da escada chamaria o carro. Então, o pequeno grupo sairia da agência lentamente, para dar tempo ao veículo de chegar, e este os pegaria na saída, numa sintonia perfeita.

A menos que um grão de areia viesse se infiltrar nessa exatidão. Vários grãos de areia, na verdade. Grãos de areia que separariam Paul dos dois homens e imobilizariam o veículo. A partir daí, bastaria pegar o pequeno Paul e seu inestimável manuscrito. Será que aquele imbecil sabia o que tinha nas mãos? Desconfiava do que representava esse testamento para um bilhão e meio de muçulmanos tementes a Deus nesta Terra? Para os quais Maomé era o Enviado? Para seu bem, ela esperava que ele não soubesse de nada. Se percebesse que ele havia vendido esse escrito santo com conhecimento de causa, seu pacifismo poderia muito bem se tornar agressivo. O Alcorão afirmava que os doutores judeus e cristãos tinham o costume de comercializar as Escrituras, de enriquecer com as palavras de Deus. Esse cristão fazia jus à fama.

Ela saiu da agência para executar o plano que tinha preparado. Os americanos iriam assistir a um grande espetáculo. Melhor que Bollywood.

68

Algumas horas antes da preparação dessa emboscada, Paul Mesure estava mergulhado na contemplação fascinada do par de sapatos que acompanhava seu terno, cortado por um grande alfaiate. Na mesma medida em que o terno de três peças era sóbrio e discreto, os sapatos manifestavam essa fantasia que os americanos são capazes de introduzir nos mais sérios rituais.

Era um modelo de lona bege com ponta de couro de crocodilo. A pele escamosa luzia em suas mãos enquanto ele seguia o relevo das escamas com o indicador. Espiou por dentro e leu, em letras cursivas, "Church's por El Sander, do grupo Prada". Esses sapatos eram os mais elegantes que já havia usado.

Bateram à porta para apressá-lo. Era o grande dia para os americanos. Finalmente ele decidira cooperar com a *National Security Agency*. Ao menos, até nova ordem, até uma nova oportunidade de escapar.

Na última sexta-feira, no cemitério Père-Lachaise, quase conseguira. Mas a tentativa acabou em fracasso e, como retaliação, os americanos lhe aplicaram uma nova terapia de sono, que durou o fim de semana inteiro. Era o segundo tratamento de sonoterapia que lhe infligiam desde que se tornara prisioneiro. Da outra vez foram sessões muito breves, mas David de La Bruyère o alertou. Eram só advertências. Se ele se recusasse a cooperar, a NSA poderia fazê-lo dormir por semanas, até meses. Uma vez fora de circulação, a Agência saberia recuperar o códice por seus próprios meios. O caminho seria mais longo para eles, mas o resultado final seria o mesmo.

Mas Paul não se arrependia da tentativa no Père-Lachaise. Ela lhe permitiu ligar para Eddy e avisar que ainda estava vivo. Para isso, deu a desculpa de que precisava visitar o túmulo de seus pais. Os americanos verificaram que a informação era correta.

Com uma expressão satisfeita, ele relembrou seu trajeto pelas alamedas desertas à procura de um celular. Quando entrou no cemitério, andou a passos lentos pelo caminho principal, como se estivesse meditando, enquanto seus dois anjos da guarda o seguiam alguns metros atrás. No cruzamento com a alameda circular, ganhou distância e se escondeu atrás do túmulo da escritora Colette. O dos seus pais ficava ao lado. Abraçou o mármore frio da lápide, pensando no antiamericanismo deles. Quantos debates apaixonados não tivera com os pais porque adorava a cultura americana, seus cantores e escritores!

Depois, enquanto os seus guardiões o procuravam nessa direção, precipitou-se no sentido inverso, atravessando a Avenue du Puis, a Avenue Casimir-Perier, para chegar a uma capela na 16ª divisão. A sepultura de Jim Morrison, líder do The Doors, ficava ali atrás. Como outros locais da margem direita do Sena, para ele o cemitério Père-Lachaise era um antigo terreno de brincadeiras. Sabia que o túmulo do roqueiro sempre era muito frequentado por fãs do mundo todo.

Enquanto corria, tinha na cabeça a apocalíptica música do The Doors, *Riders on the Storm*, antiga música de *rock* americana que ainda era uma obra-prima. Diante do túmulo, um adolescente de cabelos descoloridos, com uma camiseta Harley Davidson e o rosto em lágrimas, lhe emprestou o celular.

O telefone de Eddy estava na caixa postal, mas ele pôde dizer o que queria. Após a chamada, deixou um bilhete dobrado em quatro sobre a placa de granito bege que trazia a inscrição "*James Douglas Morrison, 1943-1971*", entre as rosas, cravos, fotos e colares de pérolas empilhados.

Os admiradores do artista tinham o costume de colocar mensagens para o ídolo, ninguém tocaria em seu bilhete. Era mais seguro do que deixar um longo recado telefônico para Eddy.

Afastou-se rapidamente do túmulo e, pouco tempo depois, seus seguranças caíram sobre ele.

Seu reflexo o observava pelo espelho. O terno preto lhe dava um ar de gângster, mas os sapatos eram sublimes. Talvez fosse por causa de sua altura. Ficou na ponta dos pés para crescer, mas ainda tinha um aspecto de gângster. Em geral, ele se vestia com roupas de liquidação ou de brechó, e era muito melhor. Quando se tem 20 e poucos anos, todas as roupas são elegantes.

Estranhamente, apesar de sua reclusão e das duas sessões de sono, ele se sentia bem. Seu nome agora era Denis Lehane e essa mudança de identidade o libertara do seu conflito interno. A culpa tinha desaparecido. Não se sentia mais responsável pelos assassinatos ligados ao códice. Era como um renascimento. Sua existência estava aberta para outra coisa mais poderosa. Estava renovado e livre.

Enfim, isso era uma forma de falar. Para muitos, aquela situação poderia parecer pouco invejável. Ele nunca tinha sido tão estreitamente vigiado, e nada garantia que os americanos manteriam a promessa uma vez que o códice estivesse com eles. Esse manuscrito siríaco representava um desafio que ultrapassava o preço de uma vida humana.

A situação o fazia lembrar de uma história de terror da sua infância, de um livro maldito, um objeto aparentemente maravilhoso que passava de mão em mão, matando seus diferentes proprietários e semeando a desolação a sua volta.

A desventura era uma bela história para um jornalista. Que ironia não poder contá-la!

La Bruyère lhe disse que o livro poderia solapar as bases do islã, desencadear uma "Hiroshima religiosa". Mas ele sabia muito pouco sobre a religião muçulmana para entender o que isso significava. Quando muito podia imaginar que o texto contradizia o Alcorão. Fatou jurava que o Alcorão era inteiramente divino, em cada um de seus exemplares. O testamento talvez dissesse o contrário. Se Sonia estivesse com ele, sem dúvida lhe daria uma explicação. O comissário Sarfaty também. Ele nunca se interessara por religiões, agora lamentava a sua ignorância.

Mas por que não poderia contar sua história? Talvez essa desventura tivesse que ser vivida assim. De lado, como um terceiro. Esse códice semeava a morte porque todos queriam possuí-lo. Se ele ficasse fora do caso, recusasse o dinheiro dos americanos, só aceitasse negociar para contar a inacreditável luta que ocorrera pela posse desse testamento, poderia se sair bem e até recuperar sua antiga identidade. Mas, para isso, precisava entender o que o documento continha. Recuperá-lo e traduzi-lo.

Terminou de amarrar os sapatos. Estava pronto e já podia pedir o café da manhã. Um carro viria buscá-los às 9 horas. Ele entraria com seus dois anjos da guarda e, trinta minutos depois, estariam em frente a sua agência. Os americanos tinham preparado o terreno com o gerente do banco. Conseguiram convencê-lo de que a notícia da sua morte era uma armadilha para apanhar os assassinos da Rue du Comte-Boulainvilliers. Portanto, o banco não lhe criaria dificuldade para permitir o acesso ao seu cofre.

Ele só esperava que Eddy estivesse com sua mensagem e suas instruções. Com sorte, seria com ele que Paul partiria quando saísse da agência. Afinal, ele era filiado aos *Libertários descrentes,* e essa organização já havia demonstrado sua capacidade de realizar as operações mais malucas.

69

Quando saiu da agência, Benazir pegou seu microfone e deu uma ordem a Selima, que iria comandar a equipe enquanto ela se ocuparia de Paul Mesure. Também verificou se Ismaïl estava ao volante do Smart, pronto para apanhá-la.

Selima havia atravessado a rua e estava na calçada da agência, preparada para bombardear os americanos com suas flechas hipodérmicas. Eles já estavam nos arredores do banco desde as 8 da manhã, quando Paul chegou, pouco depois da abertura, às 9h10. Tudo parecia sincronizado.

Só faltava Hussain.

Onde ele estaria?

Um Mercedes preto chegou lentamente e estacionou ao longo da calçada da agência. A placa do carro era verde, com a sigla do corpo diplomático. Seus vidros eram opacos, de forma que não dava para ver quantos homens estavam no interior. Benazir viu os dois agentes saírem da agência e inspecionarem a avenida. Paul estava atrás deles. Tinha na mão um grande envelope de papel *kraft*. O testamento do Profeta, comemorou ela.

Mas o que Hussain estaria fazendo?

Benazir precisava da caminhonete de Hussain para imobilizar os americanos. Sem o veículo, Selima não poderia adormecê-los, e Paul escaparia.

Confiava no seu plano. Mas precisava do utilitário de Hussain!

O que aquele idiota estaria fazendo, por Deus!

Finalmente, viu a caminhonete chegar e estacionar na calçada oposta. Benazir respirou fundo. Aquele imbecil quase estragara tudo.

Os inimigos não tinham percebido nada, o Mercedes tapava seu campo de visão. Caso contrário, teriam desconfiado de dois carros estacionados tão perto da agência. Selima não tardaria a puxar a arma.

Foi então que surgiu um táxi, um minúsculo Opel Zafira que subiu na larga calçada, beirou a fachada do banco e parou bem em frente à entrada da agência, paralelamente ao Mercedes.

Sua chegada movimentou o grupo formado por Paul e seus seguranças. Os americanos foram obrigados a fugir do Opel, mas o francês ficou bloqueado na porta do banco. Quando perceberam que aquele carrinho não os ameaçava, os dois agentes deram meia volta e sacaram as armas. Mas hesitaram em atirar, pois Paul Mesure estava bem atrás do Opel Zafira, cuja lataria não era espessa.

Sem poder agir, Benazir viu a porta do táxi ser aberta e o jornalista se jogar dentro dele.

Quem era esse terceiro ladrão? A polícia? Não, impossível. O veículo teria que ser bem mais potente. Na certa um amigo ou uma proteção. Isto significava, portanto, que ele era prisioneiro dos americanos. Aquele jornalista estava subindo em seu conceito.

Em todo caso, aquilo era totalmente imprevisto. Precisava retificar os planos.

Prontamente se ajoelhou para mirar nos pneus do Opel. No mesmo instante, Selima disparou seu tiro de flechas e liquidou os agentes, que caíram no chão. Felizmente, Hussain também entendeu que uma terceira equipe viria recolher o objetivo de todo o trabalho. Sua caminhonete atravessou bruscamente a rua e um fuzil de ação de bomba passou através da porta. Benazir fez cara feia: não eram flechas o que esse fuzil atirava. Nunca teria imaginado tanta coragem naquele homenzinho de pele curtida.

Sua caminhonete se aproximou a toda velocidade do Mercedes. Com a batida, o fuzil saltou para cima. O para-lama do carro alemão, porém, nem amassou. O Mercedes subiu na calçada e, impulsionado pela força da caminhonete, se encaixou no pequeno Opel, que foi empurrado contra a porta do banco. Hussain tinha conseguido um belo golpe. O Opel estava imobilizado.

Mas o Mercedes abriu as portas e três homens saíram. Estavam com coletes à prova de balas e pistolas-metralhadoras nas mãos. Agachados, foram se deslocando para os lados do bloco formado pelos três automóveis. Um deles apontou para Hussain. O imbecil ergueu as mãos para o alto.

Pensava que ia se salvar daquele jeito! Logo depois se confirmou sua apreensão. O americano atirava em Hussain à queima-roupa! Benazir teve um pensamento para aquele funcionário, sua devoção e o tique que lhe desfigurava a face.

Os puros irão direto para o Paraíso, Hussain!

O que ela temia estava acontecendo. Um tiroteio em plena rua, com balas de verdade. No momento a avenida estava deserta, mas por quanto tempo? Além disso, aquela cena transcorria perto da praça da Bastilha, onde havia uma grande delegacia. Ela nem mesmo sabia se Selima tinha outra arma além do fuzil com flechas. Não havia imaginado tamanha confusão.

Tinha que encontrar uma saída bem rápido, ou dar o sinal de retirada.

Apesar do frio, pingavam gotas de suor sobre seus lábios. Ela estava ensopada. Se não fosse o seu decote, já teria tirado a roupa.

Mas Hussain não estava morto, nem mesmo ferido. Tinha escapado milagrosamente pela traseira do carro. Agora, com seu fuzil apontado para a frente, caminhava em direção ao Mercedes e berrava frases alternando insultos em penjabi e gritos de guerra muçulmanos.

— *Alá Okbar. Vitorioso, mate! Mate!*

Indiferente aos tiros, avançava na direção dos americanos. A cada passo, soltava uma rajada de chumbo. O que esperava? Eles iriam atingi-lo como um alvo no treinamento.

Benazir ainda não tinha usado sua arma. Não queria ser notada. Falou com Ismaïl pelo microfone. Ele entendeu imediatamente, e o Smart deu meia-volta no meio da avenida para servir de escudo para Hussain. Ela também viu que Selima tinha abandonado o fuzil de flechas e sacado um bom e velho 45.

A pólvora ia falar mais alto.

Com duas passadas, colocou-se a uma curta distância do táxi. De seu posto de observação, tinha uma excelente visão da situação. O táxi Opel só estava parcialmente bloqueado pelo Mercedes; podia se desvencilhar. Mas o motorista estava afogando o motor na tentativa de fazê-lo pegar. O soldado que tentara matar Hussain tinha-se protegido atrás do capô da caminhonete.

Ela atarraxou um silenciador na sua automática. Depois, abateu o soldado americano por trás, com uma bala na nuca, sem dó. Pegou os cartuchos no chão e se aproximou mais do táxi.

Pelo para-brisa, viu duas cabeças deitadas sobre os bancos, uma delas com um início de calvície. Benazir apontou sua pistola com as duas mãos e mirou no lado do motorista. Esvaziou a munição no para-brisa.

Os tiros saíam com um som abafado por causa do silenciador. Logo depois, teve de trocar o carregador. Ela atirava dobrando o pulso, o que sempre irritava os instrutores. Mas era seu jeito. Com o impacto das balas, o para-brisa ficou salpicado de estilhaços. Esses estilhaços logo se uniram e formaram uma grande fenda no vidro. Depois o para-brisa ficou opaco de tantos estilhaços. Um empurrão, e ele ruiria.

Do outro lado do bloco formado pelos três carros, Selima e Hussain submetiam os americanos a um fogo intenso. Era perfeito, estavam retomando a vantagem.

Mas, contrariando qualquer expectativa, o motor do Opel Zafira pegou. O táxi deu uma marcha a ré, roncando, enquanto o braço de Paul se enfiava no para-brisa, que se soltou em milhares de cacos. A toda velocidade, o Opel recuou até Selima, que só teve tempo de pular para o lado.

Benazir atirou nos pneus, mas o Opel continuou seu percurso em marcha a ré até uma ruela perpendicular. Lá, deu meia-volta na rua e acelerou em direção à Bastilha.

Haviam cessado os tiros entre os americanos e a sua equipe.

Os dois grupos rivais ficaram observando aquele ridículo carrinho que fugia em direção a um destino desconhecido, levando o pivô daquele confronto.

Sem equipe, sem material sofisticado, sem arma de fogo, um simples motorista de táxi tinha levado Paul e seu tesouro siríaco.

Por um instante Benazir se perguntou se não valia a pena sequestrar um dos americanos para tentar saber alguma coisa. Mas com certeza eles eram soldados de base, assim como os membros de sua própria equipe. Paul só conseguira fugir tão rapidamente porque eles não sabiam nada sobre aquele táxi e seu motorista.

70

Desde o assassinato do policial, Ali passou a ter mais liberdade. Seu pai tinha entendido que ele precisava se distrair. Sem isso, ele voltaria a rondar a casa da mãe. A única condição que lhe impôs foi de circular por um pequeno perímetro em torno de onde estavam, com Saïf a poucos passos dele. Esse perímetro formava uma espécie de quadrado, constituído pela Rue de Ménilmontant ao sul, pela Avenue Gambetta ao norte, pelo Boulevard de Belleville a oeste e pela Rue Sorbier a leste.

Se Sarfaty soubesse que o principal responsável pela morte do inspetor Bessaih residia a dois passos de sua casa e passava regularmente diante de sua janela, certamente deixaria de lado sua curiosidade de historiador para pular em cima do criminoso. Mas ele não tinha como saber que toda manhã Abdou Soltani saía de um apartamento da Rue des Panoyaux para ir a uma mesquita de Aubervilliers, deixando o filho mais velho sob a guarda de um capanga.

O inspirado adolescente ainda não tinha entendido o motivo da eliminação do inspetor da PJ. Com lágrimas nos olhos e ajoelhado a sua frente, Saïf jurou que o policial tinha vindo prendê-los, que era um *hipócrita* que fingira ser um bom muçulmano para atenuar sua desconfiança. Seu pai confirmou essa história. Esperando um sinal do Senhor dos mundos, Ali decidira acreditar no pai. Mas evitava falar com Saïf.

Naquela manhã, Ali queria explorar o bairro para verificar como era a vitalidade do islã por ali. Vestiu sua *djellaba* mais bonita, passou *khol* nos olhos, conforme o Profeta recomendava, e pegou um Alcorão para ler algumas passagens, assim como seu tapete de orações.

Já embaixo, hesitou quanto ao itinerário a seguir. Saïf aguardava sem dizer nenhuma palavra, com o rosto marcado pelo tempo que estivera em quarentena. Ali perguntou às crianças que estavam brincando nos degraus se havia uma mesquita nos arredores. Pela resposta, percebeu que a mesquita mais próxima ficava fora de seu perímetro de segurança. Olhou para o jardim que ficava em frente ao edifício. Por que não começar por ali?

Foi então que viu a mãe. Parecendo uma garota, usando jeans, ela estava na garupa de uma moto grande que vinha em baixa velocidade, colocando o capacete. Foi tal sua surpresa que o rapaz levou um certo tempo antes de correr para lá, e a moto teve tempo de desaparecer na direção do Boulevard de Belleville.

Por pudor, ele se conteve para não gritar *Ouma, Ouma* (mamãe, mamãe) como seu instinto o impelia a fazer. Saïf também viu a moto e entendeu quem era aquela bela morena. Um menino disse que conhecia o proprietário da moto, cujo rosto não conseguiram ver.

Foi assim que eles souberam que a mãe de Ali vivia na casa de um *supertira, não racista*: o comissário Sarfaty da Polícia Judiciária de Paris. Ele morava na Cité du Labyrinthe, uma ruela que cruzava a Rue des Panoyaux, onde o trio estava escondido há dias.

71

Depois do luxo de sua prisão americana, o conjugado de Eddy Benoudiz fez com que Paul, que gostava de limpeza, fizesse uma careta. O refúgio de seu libertador era um verdadeiro chiqueiro, que cheirava a uma mistura inebriante de *pizza* fria e maconha.

Tendo como mobília apenas uma cama coberta com uma colcha suja, uma cômoda e uma mesa baixa de pinho, o cômodo estava nu, com exceção de uma TV e uma pia fixada à parede. Um monte de sacos de lixo se acumulava num canto, à espera de um voluntário. Em cima do carpete de cor indeterminada, da madeira do mobiliário usado e da lã opaca da colcha, viam-se pedacinhos de tabaco com minúsculos talos de cânhamo, lâminas de papel de seda, fragmentos de papel de alumínio, enquanto isqueiros, narguilés e *bongs* jaziam nos lugares mais inesperados.

Fumar um baseado parecia ser a ocupação principal de seu novo amigo, junto com a militância anticlerical. Os pôsteres nas paredes confirmavam esses dois grandes compromissos da sua existência. Face a face, dois pôsteres em simetria: o primeiro, com uma grande folha verde de maconha, reivindicava a legalização das drogas leves; o outro, sobre um fundo vermelho, exortava:

Esmaguemos o infame! A religião é a desgraça do homem! Nem Deus, nem Mestre. Una-se aos Libertários descrentes.

Na mesa baixa ao lado da cama, entre a louça suja e alguns gibis, estava o bilhete deixado no cemitério Père-Lachaise que havia permitido que Eddy organizasse sua fuga:

Não estou morto, fui feito prisioneiro por americanos fanáticos que querem me roubar um manuscrito raro. Estarei na agência do Crédit Lyonnais, Boulevard Beaumarchais, 62, 7501, na segunda-feira dia 20 de fevereiro, entre 9 e 12 horas. Preciso de sua ajuda para fugir. Não sei se é possível me comunicar com você antes dessa data. Avise Sonia, pelo número 0643051324. Seu amigo, Paul Mesure.

Eddy pensou que fosse uma brincadeira, mas Sonia lhe demonstrou o contrário. Junto com os *Libertários descrentes*, ele então planejou a fuga. Membros do seu grupo e dois automóveis, sempre em contato com Eddy por meio de um rádio CB, estavam prontos para atuar como reforço. Mas a ação de um terceiro grupo, não identificado, que Eddy chamava de indianos por causa de sua pele morena, neutralizou esses veículos. Uma vez livres, e após darem mil voltas por Paris, foram para o conjugado de Eddy Benoudiz.

O militante libertário não ficou ali por muito tempo. Muito empolgado com o sucesso da expedição, ele queria se submeter a um "balanço crítico" da sua organização. Mas precisava de dados para informá-la sobre aquela ação executada com tanto custo. Com esse objetivo, fez uma série de perguntas a Paul, que não tinha como respondê-las. Eram perguntas sobre a identidade do terceiro grupo e sobre a natureza do "livro raro" que eles queriam roubar. As respostas de Paul foram tão incertas quanto seu parco conhecimento desse caso, cujo centro era ele, a contragosto.

A identidade do terceiro grupo também intrigava Paul. Um dos homens correspondia à descrição de seus agressores feita por David de La Bruyère. Seriam membros daquele grupo paquistanês responsável pelos assassinatos de Krimo e Fairouz? Em caso positivo, como fazê-los pagar pelo crime? Eles estavam fortemente armados e eram muito audaciosos. Além disso pareciam bem informados, a ponto de saberem que o códice siríaco estava num cofre da sua agência.

Eles tiveram uma discussão difícil sobre o possível uso do manuscrito. Não sabendo, ele mesmo, de que maneira o códice poderia ser transgressivo, Paul se aventurou a dizer que aquela obra mostrava que o Alcorão não havia sido ditado por Deus e que, portanto, não era de origem sobrenatural, como afirmava o dogma muçulmano. Eddy teve dificuldade para entender a natureza da blasfêmia.

— Segundo você, os muçulmanos dizem que o Alcorão é a Palavra de Alá, mas os judeus devotos dizem a mesma coisa da Torá. Isso não é original. Minha avó jurava que a Torá existia antes da criação do mundo e que Deus a havia consultado para estabelecer o plano do universo! Mas nenhum rabino apedrejaria alguém sob o pretexto de que a *Tanakh** é uma fabricação humana, eles estão acostumados.

— Tem certeza? — perguntou Paul.

— Absoluta. Lembro que minha avó me implorava para que eu acreditasse que a Torá era divina, pois senão eu não participaria da ressurreição junto com minha família. Havia também uma oração que ela me obrigava a recitar: "Bênçãos da Torá". Ela afirmava que essa prece afastava todos os infortúnios, pois resumia o judaísmo. Acho que ainda me lembro dela, pois se esquecesse vovó daria minha mesada para a sinagoga.

E recitou maquinalmente.

Seja louvado, Eterno, nosso Deus, Rei do universo, que nos distinguiu entre todos os povos e nos confiou sua Torá. Seja louvado, Senhor, que dá a sua Torá.

De cultura cristã, Paul ignorava essa atribuição sagrada das Escrituras. Considera-se que o Novo Testamento é *inspirado* pelo Senhor, os Evangelhos não pretendem ser o receptáculo literal da palavra divina. Seu amigo era um descrente, tanto quanto ele mesmo, mas para Eddy um livro sagrado era forçosamente uma impostura, enquanto para Paul era, quando muito, uma lenda.

Paul foi obrigado a improvisar.

---

*A TaNaKh é o nome hebreu da Bíblia judaica. Ele é composto do acróstico de Torá, Névi'him e Khétouvim, que são as designações hebraicas do Pentateuco, dos livros proféticos e dos livros hagiográficos contidos no Antigo Testamento.

— Sim, mas para os judeus é menos relevante do que para os muçulmanos. Você já viu um judeu se lavar antes de tocar uma bíblia? Eu já vi uma muçulmana se recusar a manusear um Alcorão porque se sentia impura. Para os judeus, podemos dizer que é outro grau apenas, uma forma de venerar a Bíblia, não uma crença fundamental.

— Você está brincando? Há um monte de extremistas que pensam que os judeus têm direito divino sobre a Palestina por causa da Bíblia, na qual Deus teria prometido a terra de Canaã aos filhos de Israel.

Paul sentia que havia uma diferença, mas lhe faltava cultura religiosa para explicá-la.

— Olhe, se os americanos estão prontos a pagar uma fortuna por isso, é porque acham que a publicação desse texto pode prejudicar terrivelmente o islã. Eu não entendo do assunto, mas creio que podemos confiar nesse raciocínio.

— Tudo bem, vamos admitir isso. Neste caso, precisamos passar à frente deles, entregar o manuscrito à imprensa, alertar os meios de comunicação, o rádio, a TV.

— Mas o texto está em siríaco, eles não vão entender nada.

— Só precisam traduzi-lo! Mesmo assim é um grande furo — replicou Eddy, que ignorava a maneira como os meios de comunicação funcionavam.

— Os meios de comunicação nunca vão se dar ao trabalho. Não vão acreditar.

— Bem, então vamos procurar um tradutor. Basta consultar as Páginas Amarelas. Alguém traduz e nós entregamos. Imagine o escândalo se o texto demonstrar que o islã é um embuste, que o Alcorão não é bem o que se diz. Um furo é bem pago, não? Vamos ser compensados por nossas despesas.

— Faltaria provar a autenticidade do meu texto. Precisamos de uma personalidade indiscutível para avalizar a veracidade deste códice. Onde encontrar alguém?

— Não há problema, vamos conseguir. Os *Libertários descrentes* estão cheios de simpatizantes entre os intelectuais.

Paul não podia recusar isso a Eddy. Mas a ideia não o entusiasmava. Ele ainda esperava ganhar dinheiro com o manuscrito siríaco e só pensava na sua divulgação num segundo momento, depois de vendê-lo. Pressentia que, se entrasse na lógica militante de Eddy, não veria um tostão.

Observou o amigo, que usava a mesma roupa imunda de quando se conheceram, e passou os olhos pelo conjugado miserável onde seu salvador morava. Aquela mediocridade lhe pesava. No entanto, sentiu que estava errado e que a generosidade estava do lado de Eddy. Disse, então, que aceitava a sua proposta, mas que fazia questão de ficar com o original. Foram até a livraria ao lado e fizeram uma fotocópia do códice, como se fosse um artigo de jornal. Munido dessa cópia, Eddy foi se encontrar com os membros de seu grupo, que estavam em *assembleia extraordinária*.

Assim que ele saiu, Paul foi correndo telefonar para seu amigo inglês em Londres. Contava com Tom para que ele lhe indicasse um novo *marchand*. Também queria avisá-lo que estava livre. Mas, para sua surpresa, seu mentor inglês disse que ele tinha feito uma grande besteira, porque seria difícil achar um comprador tão rico quanto os americanos, e o mercado de manuscritos árabes era minúsculo, com muitos colecionadores sem escrúpulos. Além do mais, o anúncio de sua morte iria tornar impossível a sua reinserção social sem a ajuda da embaixada.

Paul repassava os argumentos que havia apresentado a Tom.

— Mas não vou voltar para as mãos dos gringos. Quando não obedeço, eles me botam para dormir. Até me obrigaram a mudar de identidade. Vários homens foram feridos ou mortos durante minha fuga. Você acha que eles vão ficar contentes em me rever?

— Faz parte do trabalho deles arriscar a vida. Se você voltar, não vão guardar rancor!

Tom Abernethy não insistiu, mas pediu que ele pensasse no assunto.

Paul se esticou na cama com a colcha suspeita. A pasta de couro vermelho com o manuscrito siríaco estava a seu lado, um objeto antigo desbotado pelos séculos. Quando o viu, Eddy ficou decepcionado com sua aparência. Devia estar esperando um volume luxuosamente encadernado, caligrafado com arte, ornado de letrinhas e iluminuras em ouro. Paul alisou o manuscrito com um sorriso. Ainda bem que La Bruyère tinha confirmado o seu valor.

Ao romper com os americanos, Paul havia perdido também seu *marchand* David de La Bruyère. Agora só lhe restava Sonia. Ela dizia que tinha os contatos necessários para negociar o texto. Segundo Eddy, Sonia agora estava com o comissário-filósofo Sarfaty. Por que se colocara sob sua proteção? Será que tinham um terceiro sócio, agora?

Isto, em si, não o aborrecia. Era até conveniente para ele. Se havia alguém que podia resolver seu problema de identidade, era justamente um comissário de polícia. Somente Sarfaty tinha condições de explorar a pista paquistanesa, origem da morte de seus amigos. O fato de que esse novo sócio fosse um policial irritava o seu caráter anarquista. Mas, fazer o quê? Não era calculista. Essa incapacidade de ver mais longe que a ação em curso era uma qualidade para ele, não um defeito.

A melhor coisa a fazer era, portanto, contar com Sonia, como havia decidido antes da intervenção dos americanos. Por que não consultá-la? De qualquer forma, sentia sua falta. Queria revê-la.

Tentou ligar, mas o telefone estava ocupado. Deixou uma mensagem. Depois, procurou uma roupa no apartamento para substituir o terno preto que estava usando. Após a fuga, Eddy o fizera se despir numa ruela e rasgou todas as costuras do seu terno até descobrir uma pequena pilha de GPS, que jogou numa boca de esgoto. Mas o taxista era muito grande; Paul não encontrou nenhuma roupa do seu tamanho. Apesar das aberturas, ficou com o terno.

72

Não nos tornaremos mestres numa matéria se não conhecermos a derrota

Sentada diante da penteadeira, enquanto tirava a maquiagem, Benazir se esforçava para repetir esta sábia máxima. Não tinha por que se culpar. Ela não podia prever que um rival iria enganá-los debaixo do seu nariz e levar o fruto do seu esforço. Deus não quis que ela conseguisse. Só quis que os americanos perdessem. Repetia isso para acalmar seu orgulho ferido.

Ela mesma pegara no volante do Smart para perseguir o táxi em fuga, mas o motorista conhecia Paris melhor do que ela, uma estrangeira, e conseguiu despistá-la. A princípio achou que poderia localizá-lo pelo número da placa do carro, mas esta era falsa. Seu contato na embaixada não pôde fazer nada. A única coisa certa era que os fugitivos não eram profissionais. O motorista não tinha arma. Só a audácia e a sorte permitiram que escapasse de duas equipes de agentes treinados.

Enquanto esperava para pôr uma nova estratégia em ação, Benazir decidiu ir morar com sua equipe. Mais tarde pretendia alugar um quarto no hotel Crillon, mas o mais urgente era criar um método para encontrar o Testamento de Maomé. Deu folga aos agentes, mas todos preferiram descansar em seus apartamentos na Rue de Chantilly. Selima dividia com Benazir o imóvel antes ocupado pelo tadjique; Hussain e Ismaïl estavam no que tinha sido de Ali Khan, mesmo com a sala inutilizável enquanto não fossem feitas algumas reformas. Por isso, os homens vinham ver TV no apartamento das mulheres e, diante da tolerância destas, adquiriram o hábito de circular por lá sem restrições.

Alguém abriu a porta sem bater. Benazir resmungou um insulto em sindi, pois estava de calcinha e sutiã. Pelo espelho da penteadeira, viu que a porta tinha sido fechada imediatamente, mas uma risadinha maliciosa lhe revelou que era o agente Zaman. Aquela insolência a irritava. A promiscuidade o estava deixando insolente. No seu país, essa mistura seria impensável. Mas não se preocupava, estavam em missão. Através da porta, perguntou o que Zaman queria. Ele insistiu em falar com ela. Benazir vestiu uma camisa longa e abriu a porta.

Com um sorriso de satisfação, sem pedir licença, o homem se sentou na cama e espalhou os cartuchos de flechas de Selima. Ainda diante da penteadeira, com as mãos ocupadas no cabelo, ela o observava pelo espelho.

— É assim que vamos conseguir?

— Não tenho permissão para matar — respondeu ela secamente.

— Mas os americanos, sim, tinham armas de verdade. Você acha que eles teriam hesitado em nos matar?

— Ismaïl, alguém da nossa equipe morreu?

— Não, mas fracassamos. E era a nossa última pista.

— Sob o comando de Ali Khan, vocês mataram três pessoas e também fracassaram. Prefiro minha forma de fracassar. Se os franceses pedirem explicações, não teremos nenhum cadáver nas costas.

Ismaïl fez um gesto de protesto.

— O matador da equipe não sou eu.

Ele queria dizer que era Farouk o assassino de inocentes. Aquela hipocrisia contrariou Benazir. Sem dúvida, não gostava daquele *mohajir** malicioso.

Bruscamente, virou-se para ele.

— Só porque Farouk está morto, você o está acusando dos crimes?

---

*Nome dos muçulmanos da Índia, refugiados na província paquistanesa do Sind após a divisão de 1947.

— O islã está em guerra, temos todo o direito. Os franceses mandaram tropas para o Afeganistão e o Iraque. Eles também mataram inocentes. De qualquer forma, aqueles americanos não eram civis — terminou, sorrindo.

— O que você quer dizer, Ismaïl Zaman?

— Nós precisamos ser mais agressivos, Srta. Gurasi. Jamais vamos cumprir nossa missão se formos *não violentos*.

Ressaltou esta última expressão.

Benazir sentiu a fúria lhe subir à cabeça. Quem aquele agentezinho miserável pensava que era para lhe dar lições? Além de ser irresponsável, o que mais sabia fazer? Observou-o pelo espelho. Ele a examinava com uma expressão jocosa, como se ainda guardasse outras revelações. Teria percebido o que havia ocorrido entre ela e Farouk? Sabia alguma coisa sobre sua morte? O imbecil lhe provocava péssimas recordações.

Benazir estendeu a mão em direção ao travesseiro, sob o qual se encontrava a sua Glock, mas não havia o risco de que ele se ferisse muito com a automática de plástico. Na bolsa, estava o Balkaï, uma arma leve também. Inclinando-se para o espelho como se estivesse verificando a maquiagem, ela abriu a gaveta da penteadeira onde guardava a pesada pistola de aço de Farouk.

— Quem disse que não sou violenta?

— Perguntei a Selima por que estava usando este tipo de projétil. Ela respondeu que era sua forma de trabalhar, que você não gostava de violência...

O homem não teve tempo de terminar a frase. Ela deu uma cotovelada no seu rosto. Com o choque, o peito dele foi empurrado para trás e a cabeça bateu na parede. Já em pé, Benazir o agarrou pelos cabelos e apontou o Sarsilmaz para sua têmpora.

Ela precisava descarregar. E aquele idiota vinha a calhar.

Ismaïl berrou, tentou empurrá-la, mas ela o atingiu com a mira da pistola de aço forjado. O ângulo agudo da mira abriu o couro cabeludo do homem e o sangue jorrou. Ele urrou. Benazir continuou a bater até vê-lo rolar a seus pés e implorar que parasse. Seu rosto estava banhado de sangue. Como um serviçal, ele beijava os seus pés, gemendo.

— Ela não lhe disse também que era melhor não me irritar depois de uma derrota?

De bruços, Zaman sacudiu vigorosamente a cabeça ensanguentada.

— Escute bem, seu verme. A chefe aqui sou eu. Guarde para si mesmo esses comentários de machinho.

Ela ia chamar Selima, mas mudou de ideia. Se quisesse saber quem havia ordenado que as testemunhas fossem eliminadas, a hora era aquela. Ouviu-se um ruído abafado. As duas travas de segurança do Sarsilmaz acabavam de saltar.

Mas será que realmente queria saber? Estava pronta para se ver como órfã?

No assoalho, com os braços protegendo a cabeça, Zaman a olhava aterrorizado.

— Sei de algumas coisas — disse ele, sem que Benazir perguntasse nada. Ela não podia mais recuar. Sua intransigência a estava condenando a saber a verdade sobre seu pai. Uma verdade que se recusava a ouvir há anos, apesar da imprensa, da oposição política, dos boatos.

— De onde veio a instrução de eliminar os zeladores? — perguntou, encostando o cano na cabeça do agente.

Como ele demorou a responder, seu indicador se apoiou no gatilho.

— Fo-foi... seu... pai... — gaguejou a voz apavorada. Seus braços tremiam nervosamente.

— Você tem alguma prova dessa grave acusação?

— Sim... os e-mails no computador de Ali Khan.

— Você está mentindo.

Ela já tinha verificado aquele computador. O homem só estava tentando ganhar tempo. Com a arma de aço, golpeou seu corpo ao acaso.

Ele gemeu de dor.

— As fotos! As fotos na pasta de imagens! Eu posso lhe mostrar, são mensagens codificadas.

Ela ficou confusa. Seus olhos se encheram de lágrimas ao pensar que seu pai tinha uma alma maculada.

No entanto, teve forças para falar.

— Muito bem, prepare isso para mim.

Aqueles homicídios sem dúvida eram apenas uma gota no oceano de seus crimes. Mas era a gota que faltava. Não ia interromper a missão logo agora que os americanos tinham entrado no campo de batalha. Mas, se conseguisse se apoderar do testamento, com certeza ela o daria ao Paquistão, e não ao pai. E não pararia por aí. Se tivesse provas de que o general tinha contas a prestar à justiça, ela mesma o impediria de fazer o mal novamente.

Chamou Selima.

Esta riu ao ver o estado de Ismaïl. Mas, diante do rosto sério de Benazir, prevendo uma possível censura, explicou bem depressa.

— Ele não parava de fazer perguntas. Quis me livrar dele.

— Você fez bem. Trate da ferida e lembre a ele quem manda aqui.

Atraído pelo barulho, Hussain pôs a cabeça para dentro do quarto.

— Temos mais algum rebelde aqui? Este é o momento de vocês reclamarem — disse Benazir, agitando o imponente Kilinc 2000 para que ele visse. — O cádi está recebendo os queixosos.

Ajudando Ismaïl a se levantar, Selima disse:

— Acho que Hussain também tem algo a dizer. Está preocupado com o objeto que estamos procurando.

Benazir o encarou com olhos firmes.

— Estou ouvindo.

O homenzinho raquítico entrou no quarto. Trazia seu Alcorão dourado na mão. Abaixando a cabeça, disse:

— Gostaria que fosse só entre nós dois.

Selima saiu com Ismaïl. Hussain permaneceu em pé. O tique habitual transformava o seu rosto.

— Tenho muito respeito por seu pai, Srta. coronel. Pela senhorita também. Sempre obedecerei sem discutir.

— Sei que você é fiel. Demonstrou sua coragem hoje.

— Mas ouvi dizer que estamos procurando o Testamento de Maomé.

Benazir de repente se inquietou. Ninguém sabia disso na equipe. Nem mesmo Selima. Como ele podia saber?

— Quem lhe contou isso? — rosnou ela.

— Estava no e-mail enviado por aquele islamólogo. Falava de um testamento do Profeta.

Pierre-Yves havia-lhe enviado um e-mail em inglês informando suas descobertas bibliográficas. O e-mail havia chegado no seu computador pessoal, que ela teve que emprestar para que vigiassem a agência bancária. Sua correspondência profissional, em geral, era codificada, mas como civil ela não pensou em tomar essa precaução. Benazir não pôde deixar de enrubescer, pois Pierre-Yves terminava a mensagem com uma frase lembrando a cumplicidade erótica entre eles de outrora.

— Quem mais está a par?

— Selima e eu.

— Ninguém mais deve saber. Jure sobre o *Livro cujas promessas não enganam*.

Ele jurou, mantendo o Alcorão sobre o peito. Benazir sabia que o homem era suficientemente devoto para se sentir preso ao juramento.

— Onde está o problema?

— O Testamento de Maomé já existe: é o Alcorão. O Profeta, que a paz esteja com ele, não podia ter deixado os muçulmanos sem um guia seguro. Como está escrito no Santo Livro, todo muçulmano deve deixar um testamento antes de morrer. Não é possível que o primeiro dos muçulmanos tenha transgredido essa regra.

Ele fingiu procurar a referência dessa prescrição em seu Alcorão de borda dourada.

— Eu sei disso. Diga o que tem a dizer.

— Se o Testamento do Profeta, que a graça esteja com ele, já existe, o outro só pode ser um falso testamento, inspirado pelo demônio. Só pode ser um Alcorão satânico!

Seus olhos brilhavam. Estava orgulhoso de sua descoberta. Orgulhoso também de impedir que o islã fosse desencaminhado por *Iblis* (o diabo).

— Quem lhe disse isso? Você nem leu o texto.

— Está escrito no *Santo Livro explicativo*, pois, como você sabe, Srta. coronel, a Palavra de Deus contém todos os mistérios. — Então abriu o livro sagrado e leu.

Antes de ti, jamais enviamos mensageiro ou profeta algum,
sem que Satanás o sugestionasse em sua predicação;
Porém, Deus anula o que aventa Satanás,
e então prescreve as Suas leis,
*porque Deus é Sapiente, Prudentíssimo.**

— Explique.

— Estes santos versículos afirmam que todo profeta conheceu um contraditor demoníaco e que o Demônio sempre procurou falsificar as Escrituras. O que a senhora está procurando é um Alcorão satânico que o Profeta rejeitou, mas os homens desenterraram.

— Não podemos saber, já que não encontramos o texto.

— Mas o Testamento de Maomé já existe! É este aqui — disse ele, em tom desesperado, apertando o livro de couro preto contra o coração. — Eu sei disso, eu sei, e sei também que Deus não tem sócio, e que Maomé é seu Profeta.

Benazir hesitou. O que responder? Num certo sentido, ele tinha razão. O mais devoto de todos eles era aquele pobre homem, com seu tique ridículo. A missão jogava com a fé; eles eram aprendizes de feiticeiros que iriam divulgar uma força sobre a qual nada sabiam. Será que esse *Testamento* era um escrito maléfico? Não seria preciso impedir a qualquer preço sua divulgação e publicidade? Mas não estavam tomando o caminho inverso?

---

*Alcorão, 22, 52.

— Você não acha que nosso dever como muçulmanos é encontrar esse escrito e destruí-lo se ele for demoníaco?

Descontrolado, ele se levantou e bramou:

— Mas o que nós, pobres humanos, podemos fazer contra o Demônio? Esse escrito vai nos destruir. Veja, a discórdia já se insinuou entre nós. Ali Khan está morto, Farouk está morto, Karima está hospitalizada. Hoje, Ismaïl quis se tornar *tenente*, califa, no seu lugar. Não é um sinal de que esse escrito tem efeitos maléficos? Só um anjo ou um Profeta poderia destruí-lo. Não é uma tarefa para nós, fracos humanos.

— Você quer que voltemos a Karachi para que eu diga isso ao general? Você me imagina explicando a ele que esta não é uma tarefa humana?

Hussain fez um ar preocupado. Andava pelo quarto, agitando seu livro santo.

— Não, eu pensei e sei como agir.

Benazir franziu as sobrancelhas. Começava a se cansar de todos aqueles subordinados que queriam ditar sua linha de conduta. Pôs a mão no Kilinc 2000 que havia guardado na cintura.

Mas Hussain se ajoelhou diante dela.

— Srta. coronel, geralmente eu ouço e obedeço. Mas permita-me uma sugestão. Até os grandes ouviram conselhos, a começar pelo Profeta.

Tranquila em relação às intenções dele, Benazir assumiu um ar de rainha.

— Estou ouvindo sua opinião, meu bom Hussain.

— Acho que precisamos alertar os muçulmanos deste país. Avisá-los de que um Alcorão satânico foi trazido da África e que os infiéis estão se preparando para divulgá-lo. Confie na *Umma* (comunidade dos muçulmanos). Fui orar numa sexta-feira em uma mesquita. O imame, em seu sermão, evocou as luzes de Hanbal e Ibn Taymiyya,* paz para suas almas. Há muitos muçulmanos verdadeiros neste país. Muçulmanos prontos para arriscar seus bens e suas vidas para combater no caminho de Deus. Eles

*Teólogos partidários de uma leitura literal do Alcorão.

não deixarão que se faça uma coisa dessa. Vão pressionar o governo, que jogará esse Alcorão demoníaco ao mar.

Com seus olhos muito negros, Benazir o observava com espanto. Uma estratégia audaciosa brotava dentro dela. Teve vontade de abraçar aquele homem e beijar seu tique ingrato. Hussain era um gênio. Um gênio ingênuo, mas ainda assim um gênio. Nada de grande é feito sem ilusão. Apesar da ingenuidade, aquele homenzinho acabava de propor um grande esquema, um plano sublime para recuperar o manuscrito do Profeta.

TRÊS DIAS DEPOIS

73

Camadas de água escorriam pelo vidro do furgão, que tinha um único limpador de para-brisa, felizmente do lado do motorista.

— Você podia ter roubado um carro em melhor estado — disse Abdou.

Com sua cara bexiguenta inclinada para a frente e as grandes mãos peludas no volante, Saïf não respondeu. Estava concentrado na direção. Apesar da chuva, os carros passavam em alta velocidade pelo Volvo, que ia pela pista do meio. Seu motor não era muito potente e, atrás, sinais de luz piscavam a todo momento.

— Chamamos isso, entre nós, de *trabalho árabe*.

Um grande riso nervoso sacudiu Saïf. Começou com uma caçoada leve, inchou de forma espasmódica, depois desatou numa louca risada compulsiva. Seu corpo se sacudia de hilaridade; ele soluçava.

— Repita, repita — disse ele, batendo com entusiasmo no volante.

— *Trabalho árabe* — repetiu Abdou, observando os perdigotos do seu capataz, surpreso que aquele clichê possuísse tanta força cômica. Saïf havia nascido na França, mas como podia desconhecer aquela expressão magrebina tão banal?

— *Trabalho árabe* — repetiu Saïf, secando uma lágrima, que reduzia ainda mais sua visibilidade.

Devia ser o nervosismo. Desde aquela manhã, embora ainda não tivesse falado nada, Abdou desconfiava que todas as suas ações desagradavam ao outro.

Primeiro, precisou trancar Ali no apartamento. Pensando que ele não concordaria em aprisionar um *wali* (santo), Abdou mandou que fosse dar uma volta enquanto trancava o abrigo da Rue des Panoyaux. Seu filho foi muito digno e não fez escândalo quando ele saiu, como acontecia quando era mais novo, quando Abdou o trancava num quarto vazio, apenas com um Alcorão, para que o decorasse mais depressa.

Saïf foi informado da reclusão de Ali somente no caminho, quando quis dar meia-volta porque achou que o rapaz tinha ficado trancado no apartamento por engano. Lágrimas silenciosas correram por seu rosto quando soube da medida tomada pelo emir. A seguir, ficou aborrecido com a notícia do rapto. Mais uma besteira que Ali lhe ensinara, de que a Guerra Santa não devia atingir mulheres e crianças. Neste caso, também, Abdou só o avisou no último momento. Todo o trabalho de vigilância e levantamento do local fora realizado por um *Companheiro de Al-Araf*,* membro da sociedade secreta à qual ele pertencia, o mesmo que tinha arranjado sua mudança de casa. Um trabalho muito bom, realizado em tempo recorde.

Dois dias foram suficientes para entender os hábitos de sua mulher, segui-la e localizar o endereço de sua colega Samia, que estava hospedando Nadir. É preciso dizer que há muitos bons muçulmanos como ele. Toda uma rede, cujos membros tinham contato diário. Esse mesmo *Companheiro de Al-Araf* tomou a iniciativa de grampear Samia Mokfi, graças a um contato na empresa telefônica; foi assim que Abdou soube que nesta quarta-feira chuvosa Nadir ficaria em casa para lanchar com um colega de classe.

O resto foi simples. Bater na casa da mulher. Golpeá-la no rosto. Apagá-la com clorofórmio. Anestesiar as duas crianças que estavam brincando na sala. Colocar o filho de Sonia no porta-malas. Cortar os fios do telefone e danificar o computador. Trancar o apartamento ao sair. A operação levou

---

*Palavra misteriosa do Alcorão, na surata 7, versículos 44 e 46. Alguns comentaristas a veem como um muro que separa o Paraíso do Inferno.

apenas meia hora. Estariam tranquilos até a noite, quando os pais viessem pegar o colega de Nadir.

Esse nome feriu seus lábios. Abdou odiava esse menino, que não era seu filho. Ele havia matado com as próprias mãos o porco responsável por essa paternidade, após torturá-lo longamente. Mas isso não apagou sua humilhação. O fruto do adultério ainda vivia. Enquanto Sonia não tinha outro filho, ele ainda mantinha a esperança de recuperá-la, pois o amor que ela sentia por Ali era imenso. A partir do dia em que Nadir nasceu, seu instinto maternal se voltou para o caçula e, progressivamente, foi se desligando do mais velho, cuja personalidade ele controlava.

Abdou afundou no banco desconfortável do velho Volvo com um sorriso presunçoso nos lábios. Tudo iria se resolver a seu favor. A *Shekhina*, a presença divina, descera sobre ele, como estava escrito na surata "O triunfo":

*Foi Ele quem infundiu o sossego nos corações dos fiéis, para acrescentar fé à sua fé. Em Alá as legiões dos céus e da Terra. Alá é onisciente e sábio.**

Tudo estava dando certo para ele naquele período propício. Cada combate era uma vitória. Sentia-se forte, preenchido com a cólera de Alá. Quando castigou o cristão que estava traficando as Santas Tradições, seguira ponto por ponto a punição anunciada no Santo Livro. Alá lhe enviara um Sinal para mostrar sua satisfação.

Na casa do cristão, descobriu o texto siríaco que tinham pedido que ele levasse para Argel. Não o original, mas uma cópia. De todo modo, aquele achado indicava que ele estava no caminho certo. Bastava seguir o Alcorão à risca, respeitar escrupulosamente suas advertências, para que *os exércitos invisíveis* do Céu viessem em seu auxílio. A localização daquele libanês que comercializava hadiths já era um prodígio. Se a loja não tivesse o mesmo nome que a sua sociedade secreta, se um motorista não tivesse ficado intrigado com o letreiro *Aos companheiros d'Al-Araf*, jamais aquele traidor seria desmascarado.

---

*Alcorão, 48, 4.

— Diga, emir, para que correr atrás de sua mulher quando poderíamos nos dirigir para o endereço onde o Testamento de Maomé se encontra?

— Não se preocupe, Saïf. Meu contato disse que esse comissário sabe de coisas sobre o Testamento. O menino vai fazê-los falar. Esta operação estará encerrada esta noite.

Abdou nunca contara a Saïf a situação exata das suas relações com Sonia, fazendo-o acreditar que ela ainda era sua esposa e que, após uma violenta discussão, tinha-se refugiado na casa de parentes na França.

Na Porte de Bagnolet, seu coração disparou. O carro estava se aproximando do objetivo. Sonia logo estaria em suas mãos, assim como aquele maldito comissário de polícia. Viver com um policial, dá para imaginar? Ainda por cima, um policial judeu! E esse judeu tinha a pretensão de explicar ao público francês o que era o islã sufi! Como se o sufismo não passasse de uma fraude, uma versão cristianizada do islã! Ah, esse homem ia pagar caro por ter acariciado uma muçulmana, roçado a pele na dela, introduzido o membro no seu ventre, misturado suas secreções às dela. Havia uma conspiração mundial do sionismo para roubar os bens dos muçulmanos! Só ele, esse judeu sujo, tinha conseguido se apoderar da mulher de um muçulmano e manchar a imagem do islã perante o público francês!

Pesquisando na internet, Abdou obteve muitos detalhes sobre o comissário Sarfaty, bem como sua foto. Foi a pretensa competência dele em islamologia que o fez decidir agir na sua casa, apesar do risco que isso envolvia. A descrição do livro sobre o sufismo o contrariou. Reconhecia na figura dele o público francês em geral, que não sabia nada sobre o Alcorão, os 30 mil hadiths autênticos, as quatro grandes escolas jurídicas do islã,* e festejava um judeu que elogiava o folclore sufi, seus excessos de haxixe e de desinteresse.

---

*A escola maliquita, no Magrebe, hanafita, no Oriente Médio e na Ásia, hanbalita, na Arábia, e chafita, na Indonésia.

Tudo nesses místicos o desagradava: seu amor, sua justiça, seu laxismo, sua tolerância, sua desenvoltura em relação à *Charia*, seu gosto por disciplinas diabólicas como a música e a dança.

Fora a raiva, a ideia de ir para casa de um comissário lhe pareceu excelente: nenhuma autoridade poderia imaginar que eles tivessem tanta audácia. Se havia um lugar onde ninguém iria procurá-los, era na casa de um comissário da PJ.

Para superar o ciúme, ele ia aplicar a esse judeu pervertido, pretensamente "doutor em ciências das religiões", o mesmo castigo exemplar que infligira ao libanês infiel. Uma tortura refinada, cuja ironia ele saberia apreciar, Abdou tinha certeza. Todo o material estava no porta-malas, dentro de uma sacola de couro: o ferro de soldar com o bujão de gás, algumas colheres de prata e até dois braceletes de ouro, que comprara em Barbes. Era ouro de 14 quilates, ouro africano, como o chamavam nos bazares, mas já era bom demais para ele. Já se imaginava no apartamento, com o comissário amarrado e amordaçado, o peito nu, o metal fumegante depositado nas incisões indicadas pelo *Santo Livro explicativo*, contorcendo-se de dor, humilhado aos olhos de Sonia.

Ao ver com que severidade ele punia os blasfemadores, aquela rebelde se inclinaria diante de seu poder e voltaria para ele. Não devia ter batido diariamente nela quando estavam casados; acreditava estar seguindo um ensinamento do Profeta de Deus, e só dava ouvidos a seu temperamento colérico.

*Quanto àquelas de quem suspeitais deslealdade, admoestai-as! Abandonai os seus leitos e castigai-as!**

Na verdade, estava errado e seu medo era infundado. Ela era submissa e ele não percebia. Mais tarde, soube pela mãe. E está escrito no mesmo versículo:

Se vos obedecerem, não procureis meios contra elas. Sabeis que Alá é grande magnânimo!

---

*Alcorão, 4, 34.

Ah, após a fuga de Sonia, ele conhecera o Inferno, a Fornalha sem descanso. Pensou que ia enlouquecer. A beleza de Sonia era tão necessária para ele quanto o pão ou a água. Caso não se tivesse voltado para o Alcorão, com a ajuda do filho Ali, teria perdido a razão. Mas hoje, graças a Deus, reencontrara seu espírito, a sabedoria neste mundo e a promessa de bem-aventurança na vida após morte.

74

A sala do apartamento do comissário Sarfaty, para onde os criminosos fanáticos estavam se dirigindo, havia se transformado em escritório de tradução. Por todo lado, no sofá, nas poltronas, em cima do baú oriental, havia dicionários e obras eruditas de onde despontavam fichas de cartolina colorida.

Deitado num pequeno divã que havia puxado de perto da vidraça, Paul estava lendo o Alcorão, na tradução de Régis Blachère publicada por Maisonneuve & Larose, com outras traduções à mão que lhe serviam para enriquecer a compreensão dos versículos. Estava na casa de Serge Sarfaty havia três dias e fora recebido como um nobre. Não muito longe, instalada na grande mesa de madeira diante de um *notebook*, Sonia digitava as folhas que Sarfaty tinha traduzido na véspera.

Para entender o manuscrito, Paul estava tentando adquirir uma verdadeira cultura islâmica. Serge o aconselhara a começar pelo Alcorão, lendo-o com o auxílio de várias traduções, para depois prosseguir com a *Sirâ* (biografia do Profeta) e terminar pela leitura do *Hadîth*, a *Suna*, numa das grandes antologias canônicas. Paul seguia esse programa à risca, mas tinha muita dificuldade em ler o Alcorão.

— Eu não entendo, é sempre a mesma coisa. Este texto conta as mesmas histórias o tempo todo. Olhe, acabei de ler a surata 28, "A narrativa". É a história de Moisés, de como matou um egípcio, sua fuga para Madian e seu casamento. Mas a surata 27 já falava de Moisés e sua visão de um fogo, assim como a 26. Como lembrar alguma coisa? Fica tudo embaralhado na minha cabeça. Não sei mais que surata relata o quê. E olhe que são 114!

— Pense em mim, que aprendi esse livro de cor. Já imaginou a dificuldade para uma criança? — replicou Sonia, em tom de brincadeira.

— Tudo isto de cor, não consigo acreditar.

— Sim! 6.236 versículos! Mas, sabe, essas repetições ajudam a memorizar. O Alcorão é como um motor a hélice. Ele avança girando em torno dos mesmos temas e das mesmas narrativas proféticas. É sempre parecido, porém diferente a cada vez. Pena que você não saiba árabe. Mas está lendo ao contrário, como Serge lhe disse?

— Não, não consigo. Prefiro ler na ordem, é mais lógico. Você por acaso começa um livro pelo final?

— Mas não se trata de um livro qualquer! As suratas mais chatas estão no início. Quando ensinamos as crianças a decorar, começamos pelo fim. Não é por acaso.

Bateram à porta.

— Deve ser Serge, ele me deixou a chave esta manhã. Você atende, Paul?

— Estou indo, estou indo — resmungou ele, que estava mais longe da entrada.

— Pergunte quem é antes de abrir, certo? — disse ela, sem erguer a cabeça da tela.

Mas ele já tinha desaparecido no corredor curvo que levava à porta.

Sonia estava de *short* e usava uma camiseta esquisita, com recortes na barriga e na base do pescoço, revelando sua pele nacarada. Mesmo assim sentia calor. Serge tinha regulado o aquecedor muito forte, pensando que a temperatura ainda fosse cair.

Ela se levantou e fez uns movimentos de alongamento. O testamento tinha exatamente 84 páginas. Era o tamanho de um livro, um livro pequeno, mas ainda assim um livro. Traduzi-lo era um trabalho de verdade. Serge fazia um primeiro rascunho, mas depois ela é que relia essa versão, verificava a coerência e corrigia os erros. Mais quarenta páginas, e a tradução estaria terminada. Quantos dias faltavam? Sarfaty conseguia transcrever dez páginas por dia no máximo, quando tinha o dia todo. Com sorte, seria, portanto, um trabalho de mais quatro dias.

Depois poderiam pensar em conseguir um editor. O texto iria vender centenas de milhares de exemplares, tão surpreendente era seu conteúdo. Milhões, contando as traduções estrangeiras. Quando a origem desse escrito secreto fosse conhecida, a publicidade midiática seria extraordinária.

A ideia dessa edição fora sua, e ela estava apaixonada pela empreitada. Quando o colofão berbere foi traduzido, Sonia logo se deu conta de que o manuscrito voltaria para Mali, e que nem Paul nem ela veriam um tostão proveniente da relíquia. Não ficou muito incomodada com isso. Mas Paul estava consternado. Ele contava muito com aquele dinheiro. Não só para sua prosperidade pessoal, como ela pensara, mas porque pretendia utilizá-lo para financiar a busca dos assassinos de Krimo e Fairouz. Ele lhe confessara o quanto este projeto era importante.

Foi então que ela se lembrou da proposta de Yves, seu patrão no *L'Ingénu*. Era evidente que o conteúdo do manuscrito, assim como a história de sua descoberta e da luta sangrenta que havia desencadeado, tinha um valor comercial. Ainda que a sua autenticidade fosse duramente discutida, sua publicação aguçaria a curiosidade dos muçulmanos e do público em geral.

Primeiramente, ela havia pensado apenas numa reportagem de várias páginas, muito bem negociadas com o *L'Ingénu* e talvez com outros jornais. Paul concordara em escrevê-la com ela. Depois veio a ideia de um livro contendo o original em *garchouni* e a tradução francesa, acompanhadas de um prefácio do jornalista Paul Mesure relatando sua descoberta e de um pequeno estudo histórico do comissário Sarfaty. Quando apresentou sua ideia a Serge, primeiro ele recusou, mas Sonia soube convencê-lo, mostrando a utilidade dessa obra, como poderia ajudar o islã a evoluir de forma positiva. Também usara a culpa dele em relação a ela, por causa da fuga no banho, um recurso lícito no jogo.

Sem dúvida, a história do testamento não estava encerrada. Os malineses não tinham recuperado o tesouro, a equipe de assassinos paquistaneses ainda estava à solta e os americanos não iriam desistir tão facilmente. Mas quem melhor que o comissário Sarfaty para resolver esses últimos detalhes? Ela percebeu que ele ainda não sabia direito como iria proceder, mas o relato de Paul esclareceu algumas coisas obscuras. Serge não estava mais navegando às cegas no meio da neblina, como no início da investigação. Sabia, agora, quais eram as partes envolvidas e como combatê-las. Os paquistaneses deviam ser presos por seus crimes; quanto aos americanos, seria preciso um encontro com eles para explicar que o manuscrito pertencia a Mali. Depois, Paul reassumiria sua verdadeira identidade.

E o ex-marido? Sarfaty havia lhe contado que não foi Abdallah quem colocara os versículos em sua caixa de correspondência, mas seu filho mais velho, Ali, na esperança de uma reconciliação entre os pais. Essa atitude a emocionou até as lágrimas, mas seu filho ignorava as maquinações paternas. Abdallah ainda era muito perigoso. Ela tinha esperança de que Sarfaty o prendesse pelo assassinato de Madjid Bessaih. Se não fosse ele o culpado, só esperava que seu ativismo o fizesse praticar algum outro ato passível de prisão. Defensor do terrorismo, aceitando todas as missões cujo objetivo fosse desestabilizar o ocidente, ele não viria à França por nada.

Paul estava demorando a voltar. Ela ouviu a porta se abrir, depois mais nada. Já estava se levantando, quando dois indivíduos saíram do corredor sinuoso que ficava na entrada do apartamento.

Um deles era um gigante, com a cabeça raspada e um rosto marcado por um enxame de pequenas cicatrizes. Em cima de seu ombro esquerdo trazia Paul, inanimado, e na mão direita segurava negligentemente uma pistola-metralhadora. O outro homem era de estatura média, muito moreno, vestindo um *jogging*. Quando começou a falar, ela o reconheceu. Era Abdallah Soltani, seu ex-marido. De repente, sentiu tanto medo que começou a tremer.

75

— Não está me reconhecendo? — perguntou Abdallah, orgulhoso de seu disfarce.

Sonia sempre o vira de bigode, e ele tinha raspado. Os anos haviam passado para ele: fazia quase oito anos que não o via. Tinha engordado um pouco. Seu rosto estava arredondado e o corte de cabelo era diferente.

— Sim, sim — respondeu, apavorada.

Seu coração vibrava como um gongo dentro do peito.

Ouviu-se um barulho surdo. O gigante tinha acabado de soltar Paul no chão.

Ela recuou ao longo da mesa. Serge tinha uma arma de fogo na casa. Também pensou na coleção de facas que havia na saleta. Mas o terror a deixara sem ação.

— O que você quer? — conseguiu articular.

— Vim para levá-la para a Argélia. O lugar de uma esposa é junto do marido.

— Não sou mais sua esposa — respondeu ela, corajosamente.

O homem deu um sorriso sedutor que a fez lembrar do Abdou que conhecera quando era estudante.

— Eu não a repudiei; você voltou para junto de sua família, depois partiu para a França, isso foi tudo. Você cometeu um erro. Que mulher nunca errou? Até Aïcha errou. O Profeta a perdoou, apesar da honra ultrajada. Ele a amava e não hesitava em mostrá-la em público.

Sonia tinha vontade de perguntar se o nascimento de Nadir fora um erro.

Ainda exibindo a expressão sedutora cuja crueldade ela levara um bom tempo para compreender, ele continuou.

— Então, vem comigo?

O gigante com cicatrizes estava amarrando as mãos e os pés de Paul. Quando terminou, deu uma volta pela vasta sala, até a janela. Na passagem, a saleta e a coleção de armas brancas chamaram sua atenção. Ele soltou um assobio.

— Prefiro morrer — respondeu Sonia, cerrando os dentes, que batiam.

Abdallah se aproximou, puxou uma poltrona adamascada e se sentou à sua frente.

— Sei que você não tem medo de morrer. Mas, e seu filho Nadir, quer que ele morra também?

O rosto de Sonia perdeu a cor. Estava aterrorizada pensando no que aquele homem era capaz de fazer. De repente teve náuseas, sentiu dor nas entranhas. Sua mão se apoiou na mesa.

— Onde ele está? O que você fez com ele?

— Está no meu carro. O *bambino* está dormindo. À espera da decisão da mãe.

Sonia caiu de joelhos diante dele.

— Abdallah, devolva o menino, eu suplico. Você já me tirou Ali.

As lágrimas umedeciam seu *khôl*. A maquiagem ia escorrer, desfigurar seu rosto, mas ela não se importava com isso. Seu filho era mais importante que seu orgulho.

Soltani congelou.

— Não me chame por esse nome. Ninguém tem o direito de usar o nome *Dele*. Ele é muito grande, muito poderoso, para escolher seus servidores entre os homens. Só os anjos ou os djinns podem servi-lo.

Sonia agora chorava entre soluços. Entre duas ondas de lágrimas, suplicou:

— Perdão, Abdou, perdão, Abdou. Mas deixe Nadir comigo. Tenha piedade de uma mãe.

O homem esticou o braço e o estendeu em sua direção. Sentindo os dedos na pele, seu corpo teve um sobressalto. Mas Sonia se refez e se aninhou contra as pernas dele. Se não visse seu rosto, ficaria menos assustada.

— Mas você não vai perdê-lo, *benti*. Assim que eu resolver o meu pequeno negócio em Paris, ele irá conosco. Olhe, se isso a deixa mais tranquila, vou telefonar e matriculá-lo numa escola em Argel. Ele vai ficar junto com o irmão, Ali. Será melhor para todo mundo, não acha?

Sonia queria acreditar nisso. Estava pronta para tudo.

O homem a obrigou a se virar. Atingiu o peito dela com o joelho. O golpe foi leve, ele não queria machucá-la.

Um ruído metálico veio da saleta de fora. O gigante estava tirando as facas do painel. Depois, ouviram-se rangidos. Devia estar colocando os punhais sobre a superfície de vidro da mesa.

— O que está fazendo, Saïf? — perguntou Abdallah.

— Venha ver, emir, está cheio de armas aqui. Estou pegando todas, podem ser úteis.

— Nós não somos ladrões, como os judeus. Deixe isso aí e vá vigiar a porta, Saïf. Pode chegar alguém.

Então dirigiu-se a ela novamente.

— Então, você vem comigo?

Ela fungava ruidosamente.

— Ouça, Abdou, eu tenho 35 anos. Estou velha. Você vai se cansar de mim. E terei que refazer minha vida mais uma vez.

Ele começou a rir.

— Tem medo de que eu a repudie?

— Sim — respondeu ela, com voz submissa.

Ele a rodeou com os braços. Sua boca beijou-lhe os cabelos. Aspirou seu perfume.

Com a voz fortalecida, Sonia continuou:

— Vamos primeiro fazer uma experiência na França. Se der certo, vou com você para a Argélia.

Ele soltou uma gargalhada.

— Você está querendo um casamento temporário. Isso serve para os xiitas. Mas nós somos sunitas.

— Abdou, tenho uma coisa que vai fazer você mudar de opinião — disse ela, levantando-se bruscamente. — Uma coisa que lhe dará fortuna e glória.

O homem fez uma expressão interessada.

Ela procurou alguma coisa na grande mesa de madeira. Por sorte, o manuscrito original estava ali, na pasta de couro vermelho. Em geral, Serge o guardava num cofre em seu quarto e trabalhava com uma fotocópia. Mas na véspera ele quis verificar uma página do original. O códice havia ficado na mesa. Ela o mostrou.

— É o *Testamento de Maomé*, eu juro. O Profeta o ditou a seu secretário, Zaid Ibn Thâbit.

Abdallah não disse nada, mas pegou a pasta e abriu-a com toda a delicadeza.

— Não está em árabe — disse.

— Está escrito em siríaco. Era o inglês da época.

Ele se levantou da poltrona e pôs o manuscrito em cima da mesa para poder estender as folhas espessas. Vendo com que precaução as manipulava, Sonia sentiu que estava acreditando nela. Por incrível que pudesse parecer, ele estava acreditando! Admitia que aquele velho texto, escrito numa língua indecifrável, era o Testamento de Maomé! Seu coração se encheu de esperança.

Ela estava entregando a um assassino fundamentalista uma anotação que salvaria o Alcorão. Uma anotação que iria revogar vários preceitos arcaicos, como a *jihad*. Mas só pensava no filho Nadir e na minúscula possibilidade de salvá-lo dando o códice como resgate por sua vida.

O homem se voltou para ela.

— Como este texto sagrado chegou às suas mãos?

Ela fez um movimento em direção a Paul.

— Foi ele quem o encontrou, em Tombuctu. Por acaso.

— Tentou vendê-lo?

— Sim, mas agora não pode mais vender, pois o texto pertence a Mali.

Correndo o risco de danificar alguma folha de papiro, ela se levantou precipitadamente e procurou a última página. Mostrou a ele a passagem em líbico-berbere. De memória, traduziu o essencial e explicou as consequências daquele colofão em termos de direito internacional.

76

Nunca se soube como Ali Soltani conseguiu escapar do apartamento onde fora trancado pelo pai. Para Saïf e outros fiéis, era evidente que o adolescente havia usado os dons excepcionais que os santos adquirem no momento em que são "aceitos" por Deus. Por exemplo, transformar-se em pássaro. Em seu estudo sobre os santos muçulmanos, o grande erudito Ignace Goldziher enumerou vinte poderes sobrenaturais que são atribuídos a eles:

"1. Ressurreição dos mortos.

2. Conversas com mortos, ou seja, diálogos que os santos mantêm com outros grandes santos mortos há muito tempo.

3. Com o mar endurecido, andar sobre as águas, milagre realizado por um número muito grande de santos.

4. Transformação de certos corpos: água transformada em mel, em gordura etc.

5. Eliminação das distâncias. Exemplo: um *wali* está na mesquita de Tarsus [Turquia]. Durante a sua prece, é tomado pelo desejo de fazer uma peregrinação à mesquita de Medina. O homem cobre a cabeça com sua capa; quando a retira está em Medina. Essa espécie de milagre é designada com a expressão "rodar ou dobrar a terra", emprestada de uma lenda judia.

6. Os santos conferem o dom da palavra a animais e árvores.

7. Curam doenças.

8. Os animais ferozes se acalmam com sua voz e se submetem à sua vontade. As biografias dos santos representam os seus heróis montando em leões, os cães de Deus, *Kilâb Allâh*.

9. Eliminação do tempo, como vimos acima, na eliminação do espaço.

10. Operação contrária: o tempo para de passar.

11. As preces dos santos são sempre atendidas.

12. Têm a faculdade de prever calamidades.

13. São capazes de ficar muito tempo sem comer nem beber.

14. Por outro lado, também possuem a maravilhosa faculdade de comer indefinidamente, o que outros homens não teriam condição de fazer.

15. Exercem um poder absoluto sobre os processos naturais e fazem deles o que bem entendem.

16. Deus preserva os santos de uma forma maravilhosa e os protege de tudo o que pode ser prejudicial aos seus corpos.

17. Os santos veem os lugares mais distantes como se estivessem próximos.

18. Alguns *welîs* possuem a virtude de serem assustadores (*hejbâ*), de modo que a pessoa que os encara fixamente é incapaz de suportar o seu olhar e morre imediatamente.

19. Deus aniquila aqueles que querem lesar os santos.

20. São capazes de adquirir as formas e aparências mais diversas. Esta propriedade maravilhosa se chama *tatawour*. Ela é concedida aos santos, com toda justiça, a fim de protegê-los dos aborrecimentos que o ritualismo estreito dos teólogos pode lhes causar. Exemplo: Kadîb al Bân, um *wali* de Mossul, foi acusado de nunca fazer suas orações. Imediatamente, ele assumiu as mais variadas formas diante de seu interlocutor, e lhe perguntou: "Sob quais destas formas você nunca me viu orar?".*

*"Le Culte des saints chez les Musulmans" ["O culto aos santos entre os muçulmanos"], *Revue de l'histoire des religions*, 2, 1888.

Mais tarde, Sonia Boudaoui perguntou várias vezes ao filho mais velho sobre essa fuga, que a intrigava. Mas, embora Ali evocasse naturalmente sua eleição divina, ele nunca falava dos prodígios que lhe eram atribuídos, dos sinais que recebia, de modo que não se podia saber se ele mesmo acreditava neles. Incapaz de explicar esse milagre, Ali recorreu a um hadith de Maomé, conhecido por todos os que tiveram uma formação sufi:

Deus possui sessenta mil véus de luzes e sombras.

Tudo o que conseguiu contar foi que havia projetado a alma do pai, numa espécie de tela, e que por ela percebera uma poça negra sobre a qual boiava o rosto em lágrimas da mãe. Não teve dúvidas de que ela estava em perigo e suplicou a Deus que o transportasse para o local onde se encontrava. Um hadith do Profeta diz que *o Paraíso se encontra aos pés das mães.* Deus deve ter atendido a sua prece.

Como não havia sinal de arrombamento e a porta estava fechada, Sarfaty imaginou diversas hipóteses que pudessem explicar racionalmente aquela fuga. Uma saída pela janela; uma chave esquecida no local; a participação de um terceiro. Nenhuma era satisfatória. Como era um ponto secundário, desistiu de entender.

Pois era inegável que Ali conseguira escapar, já que bateu na porta da casa de Serge Sarfaty no momento exato em que Sonia estava propondo um negócio a Abdallah: a liberdade de Nadir e a sua em troca de um texto que tinha 14 séculos de existência, o Profeta como autor e que questionava muitas ideias canônicas sobre o islã.

78

Os pensamentos são como os batedores e os espiões, rondam por todos os lados até encontrar o caminho das coisas desejadas, disse um velho filósofo inglês. Esta observação se aplicava bem a Sarfaty. Ignorando o que ocorria em seu apartamento, ele estava num café do VIIII distrito, devaneando enquanto se perguntava se Antonin Lancelot não teria lhe dado um bolo.

O motivo desse devaneio era ter constatado como estivera perto de ter uma relação sem futuro com Sonia. Estava arrependido? Ela procurava um pai para o seu filho, ele não tinha vocação paterna. Se estiveram prestes a transar no chuveiro, foi por fraqueza, por não conseguir resistir a seu charme perigoso. A imagem daquele corpo branco, verdadeiro motivo de seu devaneio, voltou a se insinuar em sua mente.

Era domingo de manhã, três dias depois de encontrá-la na sede do MRB. Paul Mesure ainda não se havia juntado a eles. Desde que se instalara na Cité du Labyrinthe, Sonia Boudaoui estava adorável. Seria sua cultura arabo-muçulmana, invisível para um francês, mas que se revelava para ele por meio de mil pequenos detalhes pudicos? Uma forma — e que forma! — sutil de se impor progressivamente em seu cotidiano, dando a impressão de se adaptar a ele?

O encontro no chuveiro não foi por acaso. Nem para ela, nem para ele. Mas quem era o mais culpado? Ela, que deixou a porta do banheiro aberta deliberadamente, ou ele, que entrou maquinalmente no chuveiro ocupado? De qualquer forma, esse teste tinha que acontecer.

Naquela manhã, distraído, ao entrar no banheiro após uma noite praticamente em claro, achou que já havia ligado o chuveiro, cujo vapor impedia de ver um metro adiante. Acostumado a viver sozinho, movendo-se como um sonâmbulo, ele não percebeu que alguém já estava ocupando o boxe de portas corrediças, onde a água corria reconfortante. A nuvem de vapor o impedia de distinguir o interior, mas apresentava um defeito: na altura do busto, uma faixa de vidro comum substituía o vidro fosco e permitia contemplar a banhista.

Apesar da condensação, dava para ver o movimento harmonioso de um belo braço coberto de espuma, um braço deslizando por uma perna também leitosa, com um instrumento que parecia ser um barbeador. Seus olhos embaçados não conseguiram, porém, ver os seios brancos perfeitos que o gesto do braço permitia adivinhar.

Sarfaty tirou o pijama e se esgueirou para o boxe.

Apesar da água que os encharcava, apesar do barbeador que ela estava segurando um instante antes, os braços da banhista o enlaçaram imediatamente, e uma língua deliciosa veio encher sua boca de frescor. Ele se entregou. Por viver num estoicismo desiludido, por pensar que a felicidade se resumia à ausência de dor, ele não sabia se ainda era capaz de uma ereção imprevista. Logo se tranquilizou, mas ainda hesitou em relação à resposta que deveria dar àquela acolhida inflamada.

Só se salvou graças à cueca que havia conservado. Sem aquela fina proteção, os dois corpos teriam-se unido instantaneamente. Pensando que estava agradando, ignorando o prazer da indecisão, a delícia de adiar o desfecho, a ninfa soltou sua cueca com um gesto brusco e despertou seu desejo sensual.

Transar com quem fora testemunha de um triplo assassinato sem a desculpa da paixão não era uma boa ideia, pensou de repente o comissário.

Apesar do espaço exíguo do boxe, de seu próprio apêndice cuja intumescência obscena atrapalhava seus movimentos, das formas arredondadas apetitosas coladas contra ele, do toque de uma pele aveludada, da pilosidade escura abaixo do ventre branco, ele pegou o barbeador e fugiu como um larápio.

Uma gargalhada nervosa acompanhou sua fuga inexplicável.

Eles nunca comentaram esse mal-entendido.

Após uma meia hora, estava esperando Lancelot, que ainda não passara do horário. Nessas ocasiões, ele pagava caro por se recusar a ter um telefone celular. Estava impaciente para voltar para casa e terminar a tradução. Seu tempo nunca fora tão contado.

Finalmente, Lancelot chegou. Como Sarfaty presumira, sua túnica maoista o chocou um pouco, mas ele não fez qualquer comentário. Deixou-o sentar e pedir alguma coisa. Ao contrário do seu hábito, não tinha nenhum discurso preparado para o número dois do RG. Agora os fatos estavam se encaixando muito rápido, seus dias não eram suficientes. Mas a morte do maronita trouxe uma série de trunfos decisivos para o seu jogo. Era como se, de repente, tivesse conseguido eliminar a rainha com um simples peão que chegara ao fim do tabuleiro de xadrez, apesar de perder suas peças mais fortes. A morte do arameu o entristecera, até mais do que demonstrava. No entanto, permitira todas as suas mentiras: ele atribuiu a Hankache as informações fornecidas por Paul, e a PJ e os RG não perceberam.

— O que há de novo? — perguntou Sarfaty.

— Você tinha razão quanto aos americanos. Depois de uma boa descompostura e algumas ameaças diplomáticas, eles acabaram reconhecendo os fatos. Não se trata da CIA, e sim da NSA, a National Security Agency.

— Não são a mesma coisa, todas elas? — perguntou Sarfaty.

— Não, quando você tem que negociar; não é a mesma cultura, nem são os mesmos homens no comando — corrigiu Antonin, que tinha uma alma de político. — Quando penso que criamos com eles uma estrutura conjunta para seguir as pistas dos jihadistas e mesmo assim eles transformam Paris numa zona de confronto, fico furioso. Não preciso nem dizer que mais cedo ou mais tarde eles vão pagar por isso.

— Eles estão com o testamento? — perguntou Sarfaty com avidez.

— Não — respondeu, secamente. — Paul Mesure escapou deles numa situação muito estranha.

— Ah, sim?

— Sim, numa emboscada, com um desconhecido que se intrometeu no último momento. Um veículo disfarçado de táxi. Um profissional. Foi quem raptou Paul. Eles não identificaram a que grupo o sujeito pertencia, mas, em compensação, reconheceram um agente da outra equipe. Uma mulher, a coronel Benazir Gurasi. Uma temível assassina da ISI, que achávamos que estava fora de circulação. Também não sabem se as duas equipes estavam juntas. O que você acha?

Lancelot o observava com atenção.

— Estão me faltando muitos elementos. Quem são esses paquistaneses da ISI? Para quem estão trabalhando? São aqueles jihadistas?

— Sim, a ISI, apesar de ser um estado dentro do Estado no Paquistão, está infiltrada por partidários do jihad. Os generais usaram os talibãs no Afeganistão e os deobandis na Caxemira a tal ponto que a nova geração de oficiais se viu arregimentada pelos mesmos que a antiga geração queria instrumentalizar. Mas Paul Mesure trabalhava muito com o islã, talvez tenha se convertido sem que ninguém soubesse. Você sabe que há mais de trezentos franceses convertidos ao islamismo radical.

Sarfaty não sabia se devia rir ou chorar. Era àquele tipo de incompetente que a França confiava sua segurança. Pobre França.

— Olhe, estudei o caso quando a investigação estava comigo — começou Sarfaty com um sorriso que pretendia ser amigável. — Paul é um libertário ateu. Na verdade, não sabe grande coisa sobre o islã. É um tema que está na moda, que gera uma demanda considerável de artigos. Ele explorou o filão como muitos outros jovens jornalistas, isso é tudo.

— Se você está dizendo! Então, é uma preocupação a menos, mas isso não nos ajuda a encontrá-lo.

— Estou pensando no cúmplice que o libertou. Deve ser um contato pessoal. Paul Mesure viajava muito. Pode ter feito amigos por toda parte. Talvez seja um mercenário.

Antonin o olhou com reconhecimento. Temia incidentes diplomáticos e tensões com outros países.

— Se eu fosse vocês, procuraria entre as relações de amizade. No computador deles, em seus papéis pessoais.

— Ora, já passamos um pente fino em tudo isso.

— Sim, mas não pensaram no banco! — disse Sarfaty, irritado com a autoconfiança de Lancelot.

O número dois dos RG encarou-o com surpresa, franzindo as sobrancelhas.

— O banco?

— Sim, vocês não pensaram que o manuscrito poderia estar num cofre de banco.

— É verdade — respondeu ele, fatalista.

— Veja, há também alguém que Paul Mesure mencionou para meus inspetores: Thomas Abernethy. Um jornalista inglês, especialista em África. Ele deve conhecer muita gente. Pode ter arrumado um soldado aventureiro para libertá-lo.

Ele tinha anotado esse nome quando interrogou Paul. Até segunda ordem, proibira o jornalista de fazer contato com seus amigos, em particular com esse Tom Abernethy, cuja atitude pró-americana achou suspeita. Considerou a localização de Paul em Milly-la-Forêt depois que ele ligou para Abernethy uma coincidência muito estranha. Seu comportamento parecia o de um espião americano. Os RG talvez tivessem uma ficha dele.

Antonin anotou o nome.

— Mais alguma coisa?

— Não, é tudo até o momento. Já esclareceu a encenação da morte de Paul Mesure? — perguntou Sarfaty.

— Foi uma ideia dos americanos. Para controlá-lo melhor.

— E a pista argelina do assassinato de Madjid Bessaih?

— Estamos em cima, estamos em cima. Não vou esquecer. Eu disse que vamos manter você informado.

Pagaram as contas e caminharam para a saída. Sarfaty estava contente com seu jogo. Havia representado o mesmo papel conciliador com Marina, para manter um contato com a PJ. De passagem, observou-se no espelho.

Hoje, ele se superara em audácia. Portava um traje "Shangai", um terno azul de algodão de origem chinesa que outrora causava furor entre os maoistas, mas também na Córsega. Ele o comprara durante umas férias na ilha. Quando Sonia o viu tirar o conjunto do armário, fez uma brincadeira. Não entendia o charme que ele via em usar uma roupa de proletário.

Antonin surpreendeu seu olhar furtivo no espelho.

— Sempre elegante, hein, comissário Sarfaty? Espero que você não use essa roupa excêntrica em serviço!

Serge não estava ligando para o julgamento dele em matéria de vestuário. Mas registrou que o comandante Antonin Lancelot dos RG observava todos os seus gestos. Estava comprometido numa trilha tão estreita quanto o *sirat* corânico, aquele ponto fino como uma navalha que os defuntos devem atravessar. Só esperava estar caminhando rumo aos jardins do Paraíso, para evitar a Fornalha fumegante que o esperava caso fracassasse naquele jogo duplo ou triplo.

79

A moto virou diante da entrada do cemitério Père-Lachaise e entrou no Boulevard de Ménilmontant. Sarfaty não estava longe de casa. Esperava que Sonia tivesse avançado bastante na sua revisão da tradução. Ele estava impaciente para ver a cara do seu editor quando lesse aquele texto inestimável; e mais ainda para ver a reação do público, muçulmano ou não.

Afinal, Sonia o convencera. Além do seu interesse intelectual, o documento tinha uma missão a cumprir. Era um recurso contra os desvios da cultura muçulmana, sua tendência ao imobilismo e sua incapacidade de se adaptar ao mundo moderno. Era também um antídoto ao islã das dinastias militares, dos talibãs aos guardiões da revolução, que haviam sujeitado a fé às suas ambições planetárias. A publicação desse escrito poderia tolher muitos costumes e usos retrógrados.

Mas, sem Sonia, tinha que reconhecer que jamais aceitaria lançar uma tradução pública. Ela o encurralara.

Na segunda-feira à noite, Sarfaty propôs que os dois lessem as primeiras páginas traduzidas. Não se tratava, nesse momento, de fazer daquilo um livro, nem mesmo de publicar alguns trechos nos jornais. A transcrição tinha um único objetivo: satisfazer a *libido sciendi* do professor Sarfaty. Seu orgulho também, pois esperava oferecer a tradução a algumas pessoas selecionadas.

Após o jantar, tornou a propor a leitura. Sonia já conhecia o início, mas Paul não conhecia aquelas páginas onde o Profeta da guerra mostrava uma face desconhecida.

Sonia o dissuadiu.

— Paul deve ouvir o relato todo, ou não vai entender nada. Este texto é como uma confissão, tem que ser lido de uma vez.

Estavam sentados na saleta mais afastada. Paul, Deus sabe como, havia recuperado um jeans e uma camiseta básicos. Andava mais bem vestido quando os americanos se ocupavam dele. Sonia usava um *top* preto e uma calça corsário branca. Estava sentada sobre uma das pernas.

— Mas, Serge, quero que você me explique sua posição. Por que quer reservar o texto somente para alguns iniciados? Isto é mais que uma descoberta arqueológica.

— O que você quer dizer?

— É uma revelação inacreditável para todos os muçulmanos, uma revolução nas mentalidades. Pense que mais de um bilhão de devotos estão convencidos de que o Alcorão é a última palavra do Profeta e que devem segui-lo palavra por palavra!

— Pensei que você fosse ateia — cortou Paul, que custava a aceitar que não tinha mais nenhum direito sobre o manuscrito.

— Isso não tem nada a ver. É um texto de grande importância, é isso o que eu quero dizer. Tem que ser publicado, e bem depressa. Não pode ser restrito aos orientalistas!

— Você acha que de repente os muçulmanos vão começar a acreditar neste testamento, esquecer do Alcorão? Eles vão dizer que é uma falsificação — disse Sarfaty.

— Em todo caso, vai fazer pensar! Este texto tem que ser divulgado ao máximo, em todos os países. Os americanos não correriam atrás dele se não fosse perigoso!

— Olhe, as mentalidades não mudam num piscar de olhos. Em 1872, um filólogo inglês provou que o relato do dilúvio vinha da Mesopotâmia e que era anterior à Bíblia. A partir dessa demonstração, é impossível acreditar que a Bíblia tenha sido ditada ou mesmo inspirada por Deus. No entanto, milhões de judeus e cristãos continuaram a conduzir suas vidas segundo os preceitos bíblicos. As mentalidades demoram muito a evoluir. Passam-se décadas, séculos, até que elas mudem.

— Principalmente se não ajudarmos! Hoje as coisas mudam mais rápido que antes. Vejo isso a minha volta. Na Europa, a fé dos muçulmanos é mais leve, mais tolerante.

— Isso me parece ilusório e talvez perigoso — retrucou Sarfaty.

— Mas você não é religiosa, que diferença isso faz para você? — Paul perguntou outra vez a Sonia.

— Os muçulmanos são meus irmãos e irmãs. Eu sofro por eles. Temos que fazer de tudo para que o texto seja divulgado — repetiu ela, obstinadamente. — Você vai me jurar que se ocupará disso, *comissário-filósofo*.

Enquanto ela falava, seu rosto ficou vermelho, sua voz se tornou mais alta. Habituado a controlar suas emoções, Sarfaty estava surpreso diante de um rosto tão indecifrável. Os dois se conheciam há pouco e ela já lhe dava uma ordem que contrariava sua prudência natural.

Sonia se levantou e ficou à sua frente, com a mão estendida e o indicador erguido. Olhava para ele com uma beleza tão grave que o deixou abalado.

— Você vai me jurar que dará o máximo de publicidade a este testamento.

Sem saber o que dizia, perturbado com aquela presença tão próxima e sua determinação feroz, ele jurou.

80

A BMW chegava em silêncio à ruela da Cité du Labyrinthe. Como de costume, Sarfaty desligara o motor para não incomodar os vizinhos. Tinha notado um velho furgão Volvo na entrada da rua, mas não ligou muito. Naquele bairro popular, sempre se viam carros parados por conta da idade, à espera de um hipotético conserto. Chegando em frente ao edifício, colocou a moto no suporte, dando uma olhada no terraço envidraçado de seu apartamento. Chovera durante toda a manhã, e ele achou normal que as janelas estivessem fechadas. Paul e Sonia deviam estar trabalhando.

Como um garoto, voou escada acima, depois bateu na porta: três vezes curtas, depois uma longa. Estava convencido de que Paul não iria deixar o apartamento sob qualquer pretexto. Ninguém respondeu. Eles tinham saído! Furioso, bateu novamente.

Pôs o ouvido na porta e ouviu um soluço abafado. Empunhou a arma. Chegara o dia decisivo. Uma experiência que tinha evitado durante nove anos de serviço. Conseguiria dominar os criminosos com seu físico inteiramente remendado pela medicina? Os únicos órgãos realmente operacionais no seu corpo eram os punhos, que ele fortalecia todo dia com os "dentes de tigre", um extensor para as mãos.

Apertou a coronha do seu Manurhin com um sentimento de gratidão.

Quando ia encostar o ombro na porta, esta abriu sem dificuldades. Não imaginava Paul ou Sonia se esquecendo de trancá-la. Cautelosamente, avançou pelo corredor sinuoso. Os soluços aumentaram, vindos de Sonia. Não ousava chamá-la. Tudo o que podia fazer era avançar centímetro por centímetro, em absoluto silêncio. Talvez ela estivesse nas mãos de agentes que queriam o testamento.

Quando chegou à entrada da sala de estar, arriscou um olhar. O espetáculo o aterrorizou, mas percebeu que o pior já havia passado.

Sem se esconder, avançou.

Do lado da cozinha, Sonia estava ajoelhada junto à figura de um adolescente, usando um albornoz, estendido no chão. O rosto do rapaz era muito bonito, tinha algo de radiante. Ela chorava com sua cabeça no colo e os longos cabelos castanhos espalhados em volta. O rapaz não tinha qualquer ferimento aparente. Sarfaty reconheceu Ali, o menino com jeito de profeta, o filho secreto de Sonia Boudaoui. Madjid fora assassinado quando o acompanhava à sua casa. Uma bolha de ódio substituiu as palpitações de seu peito. O menino era cúmplice daquela emboscada mortal, evidentemente. Mais adiante estava o corpo de Paul, amarrado e inconsciente, porém vivo. Via seu peito subir e descer.

No meio da sala, sobre a grande mesa de madeira, havia dois homens imóveis, um em cima do outro, num abraço macabro. Um gigante cobria um homem menor, caído na mesa, entre o computador e a impressora. Seu *jogging* estava sujo de sangue, assim como a mesa e o chão. O comissário Sarfaty se aproximou com cuidado. A compaixão deveria tê-lo levado até Sonia, mas seu instinto de preservação o fez verificar primeiro se aqueles homens estavam fora de combate. Ao se aproximar, sentiu o cheiro de pólvora e viu o .45 no chão, debaixo da mão oscilante do menor. Pegou a arma; o carregador estava vazio.

— Estão mortos — disse a voz chorosa de Sonia.

Ele se virou.

A mulher não tinha se mexido e o encarava com o rosto devastado. Estava tremendo.

Mas ele não correu para reconfortá-la.

Com uma voz dura, disse:

— Afaste-se de Ali. Nunca se sabe. Ele pode acordar e usar você como refém. Um dos meus homens morreu por causa dele.

Tirou do bolso as luvas de borracha. Dando uma olhada nos dois grupos, deixou a automática de lado e pôs as luvas.

— Não quer me ouvir? — perguntou mecanicamente.

Estava pensando num meio de separar os dois corpos.

Ela fez um sinal negativo com a cabeça, soluçando cada vez mais.

— Ali não matou o seu inspetor. O assassino é um destes dois — disse ela, estendendo o queixo em direção à dupla sinistra.

— Quem são eles?

— O menor é meu ex-marido, Abdallah. O outro é Saïf, seu guarda-costas. Um matou o outro.

— Por quê?

Enquanto falava, Sarfaty ergueu o gigante pelo colarinho. Reconheceu uma de suas adagas enfiada no peito do menor. Verificou os pulsos. Estavam mortos, sem dúvida. Um cheiro acre de sangue invadiu suas narinas. Entendeu o que havia ocorrido.

— Saïf não quis amarrar Ali.

De repente, Sarfaty se lembrou da existência do testamento. Ele tinha deixado em cima da mesa, de manhã.

Com voz angustiada, perguntou:

— Onde está o testamento?

— Aqui — disse Sonia.

Mexeu um pouco as pernas nuas e o manuscrito estava embaixo, simplesmente. O comissário não entendeu por quê, mas desistiu.

— O Volvo lá fora é deles?

Ao ouvir isso, Sonia se ergueu como uma flecha.

— Ah *yima*, minha mãe, Nadir Nadir! — gritou.

Pôs uma almofada sob a cabeça do filho mais velho e saiu correndo em direção à porta. Desapareceu em seguida.

Sarfaty caminhou até o jovem Ali e o apalpou. Não tinha nada, respirava normalmente. Devia ter perdido a consciência.

— Se você for inocente, seja bem-vindo à minha casa, Ali.

Foi até onde estava Paul e o desamarrou. Havia cheiro de clorofórmio em sua boca. Os agressores o tinham anestesiado.

Agora precisava pensar naqueles cadáveres. O que fazer? Se chamasse a PJ, seria o fim do segredo em relação ao manuscrito. Em contrapartida, se não dissesse nada, se tornaria cúmplice de dois assassinatos.

Ouviu passos no saguão e a porta foi empurrada bruscamente. Sonia reapareceu descontrolada.

— Reviste Saïf e Abdallah! Procure as chaves do Volvo! Nadir está no porta-malas. Ele falou comigo, está vivo!

Sarfaty encontrou a chave no bolso do gigante. Sonia tinha ficado na entrada, para forçá-lo a agir mais rápido. Saiu correndo após lhe jogar um beijo.

Ganhara não um, mas dois novos locatários hoje. Logo ele, que não gostava de crianças! Se agora não mudasse de opinião, nunca mais mudaria. Pressentia que o assassinato de Madjid tinha sido resolvido, segundo a antiga Lei de Moisés:

*Quem ferir mortalmente um homem, será morto.**

Adivinhava também que Sonia tinha reencontrado um filho após já ter perdido a esperança, e que nada no mundo poderia lhe dar mais prazer.

*Êxodo, 21,12.

81

Somente depois que terminou de traduzir o códice siríaco é que Serge Sarfaty compreendeu por que aquele escrito do Profeta do islã era testamentário, embora não tivesse a forma de um testamento.

Foi o que explicou a Paul, que esperava impacientemente essa leitura, sobretudo depois da experiência que havia vivido. Quanto a Sonia, ela tinha coisa melhor a fazer desde o retorno do filho mais velho.

— Assim como os Evangelhos e o Alcorão, que sempre falam através de parábolas, este escrito é uma parábola. O que quer dizer? Bem, é uma história um pouco obscura que pretende estimular a imaginação, ilustrar certezas que escapam à razão. Maomé usou o relato de suas últimas horas para colocar em imagens suas últimas ideias sobre o Deus que lhe enviou um Anjo, sobre a nação árabe e a Providência.

— Então ele inventou tudo? — perguntou Paul.

— Não, os fatos relatados por este testamento são reais. A história é coerente com a versão dada pela *Suna* e pelos cronistas antigos, como Tabari. O inesperado é o Profeta dizer que, antes de morrer, quis se purificar por causa das vítimas provocadas pela conquista militar da Arábia, da Pérsia e da Síria-Palestina.

— Um chefe militar que chora seus mortos não é sério — diz Paul, zombeteiro.

— Não, é muito sério, ele não precisava fazer isso. O testamento cita palavras de Jesus que somente a tradição muçulmana conservou. Elas explicam seu ato.

— O que Jesus vem fazer entre os muçulmanos?

— A falta de cultura ainda vai nos matar a todos. Jesus está muito presente no Alcorão, pequeno Paul. E mais ainda neste testamento.

— Desculpe, professor, eu tinha esquecido. Sonia já havia me explicado... Que palavras de Jesus são essas?

— *Deus revelou a Jesus: Oh, Jesus, repreenda-se. Uma vez que você se tenha repreendido, repreenda as pessoas. Senão, desapareça dos meus olhos.** Estas palavras resumem sozinhas todo o testamento. O Profeta pede perdão a Deus por todas as vítimas das Conquistas; e pelos assassinatos políticos que lhe permitiram impor o islã.

— Mas, afinal, isso é um testamento ou uma confissão?

— Você irá julgar por si mesmo. É apresentado como o relato do seu último dia, de seus atos desse dia fatal. Mas, sem dúvida, no espírito do Profeta, esses acontecimentos formavam uma espuma com um significado mais importante. É o que está explicado na surata *O trovão*, que determina o modo de se empregar o gênero, uma parábola sobre parábolas:

Deus faz descer uma água do céu e esta corre pelos vales segundo a medida de cada um; mas a corrente arrasta uma espuma flutuante;

E do metal que vós, homens, fundis com afã, no fogo, para fabricar uma joia ou um utensílio sai uma espuma semelhante;

*Assim Deus distingue, em parábola, o Verdadeiro e o Falso; a espuma se desvanece rapidamente; aquilo que beneficia o homem, porém, permanece na terra. Assim Deus propõe as parábolas.***

*Palavras transcritas por Ahmad ibn Hanbal em sua compilação Kitab al-Zuhl, nº 300.

**Alcorão, 13, 17. Tradução de Blachère revisada.

O testamento siríaco (I)

Em nome de Deus Clemente e Misericordioso, Senhor, contamos somente com Deus.*

Saibam que, a pedido de Amin Ibn Abdallah al-Ghazaui, chamado o Profeta *desejado de Deus* [Maomé], eis o que relata Zaïd Ibn Thâbit, escriba de Yathrib, como viático destinado aos Verdadeiros Fiéis, tratando de sua Profecia e de suas vontades antes da Vida Última.

Foi na segunda-feira, 8 de junho de 636,** que o Profeta se retirou para purificar-se e fazer um testamento.

Após dez dias de febres violentas, que atribuía a um envenenamento, o Apóstolo se sentiu melhor. Na concessão de Aïcha, de uma porta que dava para a Mesquita, ele seguiu a prece da manhã, conduzida por Abou Baker, encontrando forças para se dirigir aos Fiéis e alertá-los:

---

*Lembremos que o texto está traduzido do garchuni (escrito às vezes "karchuni" ou "karsûni"), o árabe anotado no alfabeto siríaco. Mas, para facilitar a leitura, os nomes próprios e as datas são dadas numa transcrição francesa corrente, após uma primeira menção à sua forma original. Quando a palavra era impossível de traduzir, deixamos sua tradução entre colchetes.

**No original: "12° do mês de rabia primeiro, 15° ano da Hégira". Lembremos que a Tradição muçulmana situa a morte do Profeta quatro anos antes, em junho de 632.

O fogo se inflamou. As dissensões e provações se aproximam como fragmentos de uma noite escura. Temo por vós neste mundo, onde podereis rivalizar na busca de bens terrestres.

No entanto, no oásis de Yathrib, renomeado por ele como Medina, só se falava da conquista de Jerusalém [*Iliyâs*], das terras e do butim que iriam ficar para os *Emigrantes* (*Muhadjirûn*). Como se estivesse agonizando, suas esposas, Aïcha e Hafsa, o pressionaram para nomear um chefe espiritual a fim de que a comunidade pudesse partir rumo à Síria-Palestina [*Cham*].

Para sucedê-lo, sua primeira esposa Aïcha imaginava um diplomata, que manteria a união da confederação que ele reunira sob o estandarte de Deus, um bom conhecedor da genealogia e dos territórios de todas as tribos árabes. Por sua vez, Hafsa, a segunda esposa, sugeria um grande guerreiro para substituir o Profeta da guerra que ele havia sido, um soldado capaz de perseguir a conquista da Terra prometida para os filhos de Ismael. Ambas tentavam alarmá-lo, relembrando a aparição de impostores, de pretensos profetas que pretendiam suplantá-lo: Aswad, no Iêmen, Mosailima, no Yemâma e até os limites do Hedjaz, com Tolai'ha, da tribo dos Benî-Asad.

Mas ele não era tolo: cada uma delas, na realidade, fazia campanha pelo próprio pai: Aïcha, para Abou Baker, e Hafsa, para Omar, chefes de clã que sempre haviam partilhado o poder, mas não tinham o dom profético.

Seu genro Ali estava em Jerusalém com Omar, mas havia confiado a mesma missão a sua filha Fátima. Todas as manhãs, ela o abraçava, com o rosto contrito, esperando um sinal da sua parte, a promessa de que o dom não sairia da família.

Ele pensou em ditar suas últimas recomendações, mas quando pediu um escriba houve tal agitação no quarto, com os diferentes partidos querendo ser representados, que desistiu.

Desde a entrada vitoriosa em Jerusalém da Facção de Deus, cujo comando ele teve que deixar nas mãos de Omar, o oásis farfalhava de rumores e reuniões, de negociações e regateios. Entre os *Emigrantes*, homens, mulheres, crianças, todos estavam reunindo as bagagens, preparando as montarias e pagando suas dívidas. Os *Emigrantes* só pensavam em voltar a sua terra ancestral e recuperar seus privilégios. Estavam esquecendo o ensinamento de Jesus (Issa), que dizia que os últimos seriam os primeiros.

Embora perturbado pela febre que minava suas forças, a morte não o assustava: sabia que um profeta não desconhecia a hora de partir, nem seu lugar no Paraíso, e que lhe era dada a escolha de partir ou de ficar com sua comunidade. Sabia também que não morreria antes de cumprir seus últimos deveres de fiel, entre eles o de fazer um testamento. Mais preocupantes eram as visões que o dominavam desde o seu retorno da peregrinação ao Templo Sagrado.

Na vigília ou durante o sono, não paravam de desfilar moribundos a sua frente, encarando-o com um ar de censura, como se fosse responsável por suas mortes. Alguns vestiam uma couraça, como os soldados, outros usavam o albornoz dos caravaneiros ou uma simples túnica. Entre eles, havia homens de todas as idades, mas também mulheres e crianças. Todos tinham ferimentos, onde se viam os sinais das armas. Muitos homens tinham o nariz e as orelhas cortados, como os cadáveres dos guerreiros que são mutilados depois da batalha. Alguns ostentavam um cotoco ou um abdômen estripado, e às vezes suas cabeças tinham sido grosseiramente costuradas ao pescoço.

O Apóstolo não conseguia distingui-los, pois quando seu olhar inquiria um deles, o rosto o ofuscava como um sol, e precisava desviar o olhar.

Às vezes julgava reconhecer a atitude de um chefe beduíno contra quem havia guerreado, ou a veste de franjas de um rabino morto durante um assalto a sua fortaleza. Reconheceu, claramente, a longa cabeleira do poeta Kab', cuja cabeça lhe fora trazida num cesto. Mas essas impressões fugidias não duravam.

Mais frequentemente, esses mortos ofuscantes se instalavam em pequenos grupos em seu quarto e brigavam entre si. Todas as mãos o apontavam, e as maldições giravam em torno de seu nome.

Como falar com esses fantasmas? A que comunidade pertenciam? Por que não estavam dormindo como os demais humanos enquanto aguardavam o

Dia da Grande Recompensa? Ele se torturava em vão tentando descobrir suas identidades e a reparação que pareciam estar exigindo dele.

Essas visões haviam começado no início do mês de *safar*, junto com suas febres. Durante todo o mês, os fantasmas o atormentaram sem se dar a conhecer. Mas, após 28 dias de terror, Deus permitiu que reconhecesse seus perseguidores. Foi durante uma visita ao cemitério de Baqî, com o jovem liberto Abou Muwayhibah.

Diante da multidão de túmulos, palavras inspiradas começaram a sair de sua boca. Pediu perdão aos devotos mortos em Badr, Uhud, Kaybar, Hunain, Tabuk, Yarmuk e Kâdisiya, e a todos aqueles que haviam sacrificado a vida para que ele pudesse impor o Reino dos Céus à terra do oriente.

Quando estava terminando o discurso, viu um tumulto em torno dos túmulos. A terra estava se revolvendo e os mortos saíam de seus sepulcros, soltando um clamor que lhe encheu os ouvidos. Seus ossos varavam as mortalhas esfarrapadas e seus rostos negros de argila gritavam insultos contra ele. Ameaçadores como espectros, ensurdecedores como demônios, caminhavam em sua direção. A luz ofuscante tinha desaparecido de suas faces, e afinal ele pôde distinguir seus rostos.

À frente se encontrava o poeta Ka'b, filho de Aschraf, que ele mandara decapitar por seu irmão de leite. À sua volta se espremiam outros poetas ou escribas que ele tinha matado com as próprias mãos ou cuja execução comandara: Abou 'Afak, o cego, Asmâ', filha de Marwân, a centenária, 'Abd Allâh, filho de Abou Sarh, que falsificava seus versículos, al-Nadr, filho de al-Hârit, que proclamava que as antigas lendas árabes eram superiores às suas inspirações divinas. Três dançarinas bamboleavam seus corpos grotescos ao toque de tamborins: Sara, Qariba e Fartana. Elas foram mortas por suas detestáveis canções, que ridicularizavam a Fé.

Mas o que lhe pareceu inacreditável foi que, atrás desse grupo, caminhavam seus melhores companheiros. Todos os mártires da batalha de Uhud! 72 fiéis, que avançavam em fileiras cerradas, segundo seu ensinamento. Os melhores Soldados de Deus, a elite da Nação Divina, aqueles que deveriam estar reunidos no Paraíso. Reconheceu o gigante Hamzah, com sua pluma de avestruz, Abd Allâh, filho de Jash, o chefe dos arqueiros, o belo Hanzalah, Usayrim, recém-convertido, Wahb e Hârith, que lhe haviam servido de escudo, Shammâs, membro da tribo dos makhzum que combatia como um iluminado, Mukhayrîq, o sábio rabino que quis honrar o juramento dos judeus em sua consideração. Estavam todos lá, e eram eles que tinham o nariz e as orelhas mutilados.

O Profeta tentou chamar Hamza, o Leão de Deus, que havia misturado seu sangue com o dele e se dizia seu tio. Viu o corpo do outro estremecer. Mas o guerreiro impetuoso não saiu das fileiras conduzidas por Ka'b. Será que aquele maldito poeta tinha encontrado na morte uma nova aliança? Uma aliança que substituía a que tinha com ele, porém mais poderosa que todos os laços tribais?

Assustado, a boca do Apóstolo não pronunciou nenhuma palavra mais. Ele retrocedeu, voltando-se para o jovem liberto, mas este não estava vendo nada, não estava ouvindo nada. Aquele quadro apavorante era só para ele. Recuando alguns passos, julgando que chegara a Hora da Cólera, caiu prosternado no chão, em direção a Jerusalém.

Mas, após um tempo, o jovem o ergueu e a visão tinha desaparecido. Diante de seu rosto pálido, o liberto pensou que era a lembrança de seus seguidores desaparecidos que marcava sua expressão.

— Mas não são mártires no Paraíso? A situação deles não é melhor que a nossa, Apóstolo?

Em vez de responder, ele apressou sua saída do cemitério. No caminho, para recuperar a confiança em si mesmo, revelou a oferta que um anjo lhe havia feito: os tesouros deste mundo, junto com a imortalidade, e depois o Paraíso, ou o encontro imediato com o Senhor. Era um sonho que tivera.

Abou Muwayhibah lhe suplicou que aceitasse as chaves dos tesouros deste mundo e a imortalidade, já que o Paraíso ele já adquirira. Mas ele optou pela visão imediata da Face do Senhor.

No entanto, bem dentro de si, estava aterrorizado: Deus o havia abandonado, entregando-o ao povo dos túmulos; seus companheiros mártires tinham-se unido aos piores inimigos. A nação dos mortos estava unida contra ele e exigia reparação.

Mas, por quê? Ele, que era chamado de Profeta do Arrependimento, estava perdido como um pecador, tão desvairado quanto um idólatra. Temia por sua recompensa eterna, e não entendia. Onde estava Waraqa, filho de Nawfal? Por que não estava com os mortos? Justo agora que precisava dele e do seu conhecimento das coisas divinas!

Não estava escrito, no Evangelho de Waraqa, que Deus zele por ele:

*Quem procura prosseguirá com sua busca até que encontre. E quem encontra se espantará. E quem se espanta reinará, e quem reina gozará o repouso?**

*Evangelho segundo os hebreus, fragmento de Clemente de Alexandria.

O testamento siríaco (II)

Após a oração da manhã, conduzida por Abou Baker, o Apóstolo repousava nos braços da sua Preferida e, pela centésima vez, se perguntava sobre o sentido a dar à cena do cemitério.

Sua perseverança foi recompensada. De repente, lembrou de uma frase relatada por Tiago (*Yaacoub*), o irmão do Filho de Maria:

*Deus revelou a Jesus: Oh, Jesus, repreenda-se. Uma vez que você se tenha repreendido, repreenda as pessoas. Senão, desapareça dos meus olhos.**

Ele, então, entendeu o que queriam os habitantes do cemitério de Baquî; e o terror o abandonou. Estava tudo claro, os mortos eram enviados de Deus. O Profeta queria a misericórdia no outro mundo, mas sua própria misericórdia havia faltado neste mundo. Sua alegria foi tamanha que relaxou totalmente e mergulhou num sono profundo. Aïcha, que estava enxugando sua testa, sacudiu-o com violência. Mas ele não sentia nada, e até a sua respiração parecia suspensa. Aïcha achou que ele estava morto e mobilizou seus próximos.

Embora aparentemente sem vida, o profeta via as pessoas entrarem no cômodo e chorarem, as mulheres gritando, Aïcha arranhando a pele acetinada da face. Alguém cobriu seu corpo com o manto. Um dos filhos de Omar, Zaïd, o mais velho, foi o único a duvidar de sua morte. Ele saiu e gritou para a multidão reunida diante da casa:

---

*Frase que foi conservada por Ahmad ibn Hanbal em seu Kitab al-Zuhl, nº 300.

— Eu afirmo a vocês que o Profeta não está morto, ele foi ao encontro do seu Deus, assim como Moisés [*Musa*] desapareceu diante dos olhos do seu povo durante quarenta noites e depois regressou, quando todos pensavam que já estava morto. O Enviado de Deus voltará, eu lhes garanto, assim como Moisés voltou.

Mas Abou Baker, após erguer o manto e contemplar seu rosto sereno, concluiu que o ser mais querido da comunidade tinha morrido. Mandou substituir o manto por um lençol de seda do Iêmen e depois também foi para a frente da casa de Aïcha.

Para acalmar a multidão em tumulto, recitou os versículos que remontavam a anos antes, após a batalha de Uhud, quando todos achavam que o Apóstolo estava morto. Esses versículos, que evocavam a natureza humana do Mensageiro, foram seguidos por uma frase em que a eloquência de Abou Baker revelou seu talento:

— Oh, povo, para aquele entre vós que adorava Maomé, em verdade Maomé está morto! E para aquele entre vós que adorava Deus, em verdade Deus está vivo e não morre.

Essa alocução acalmou a multidão, que se pôs a pensar num problema mais terreno: o retorno ao país natal dos *Emigrantes*. Todos se dispersaram à procura de seu chefe e de seus contríbulos,* para descobrir o seu lugar na caravana ou recuperar as terras e as casas que haviam sido colocadas à venda.

O corpo do Mensageiro ficou abandonado.

Somente o jovem liberto, Abu Muwayhibah, ficou a seu lado. Nascido numa tribo pobre da Hadramut, órfão, ele não tinha nenhum clã ao qual se reunir, nenhuma tribo a se juntar. Havia sido libertado, como reparação, por um habitante do oásis que tinha assassinado um *Emigrante* por engano. Embora livre, sua sorte estava ligada à casa do Profeta, pois não tinha produtos para comercializar, nem terra para cultivar, e era muito jovem para participar da guerra santa. O jovem também não acreditava

*Membros de um mesmo clã ou de uma mesma tribo.

na morte do Mensageiro. Havia erguido o lençol que cobria o seu corpo para que ele não se sufocasse e, de vez em quando, acariciava a cabeça do agonizante com um pano úmido, repetindo-lhe que daria sua vida para resgatar a dele.

Durante a noite, uma brisa fresca caiu sobre a cidade e o Apóstolo voltou a si totalmente. Abu Muwayhibah não teve muito o que lhe explicar. O barulho vindo das ruas ao redor valia por todos os discursos. Enquanto o Profeta pedia que esperassem sua ordem para partir em peregrinação a Jerusalém, o anúncio de sua morte havia precipitado o retorno à terra natal.

Seus discípulos aplicavam, em relação a ele, a palavra de Jesus que ele tanto repetira:

Deixai os mortos enterrarem os mortos. Todo aquele que olhar para trás será inapto para o reino dos Céus.

Na rua, os primeiros homens armados passavam a cavalo; atrás viriam as mulas transportando couraças e lanças, depois os camelos carregando as bagagens, com as mulheres e crianças ao final, fechando a marcha. Fazendo um barulho surdo, os passos e os cascos abalavam a terra. Esquecendo a *Carta de Medina*, que fazia iguais e irmãos todos os fiéis, abandonando a toalete mortuária do seu *Guia para os cuidados dos medinenses*, vários milhares de *Emigrantes* deixavam o oásis em fila.

Será que o Apóstolo devia anunciar que ainda estava vivo, restabelecer sua autoridade? Afinal, o que seria deles sem Amin de Gaza, que soubera reunir as tribos do Hedjaz em torno dos *sayyids* gassânidas e planejara sua conquista conforme o exemplo da rainha Zenóbia (*Zeineb*)?*

Fora ele quem levara os gassânidas a esquecer sua origem, a adotar o nome de Quraish,** a utilizar as tribos miseráveis dessas terras estéreis em

*Rainha (por volta de 266-272 d.C.) que levou Palmira ao seu apogeu. Com o apoio das tribos beduínas, ela impôs o seu domínio a todo o Oriente. Em 272, o Império Romano dispersou seu reino e obrigou Palmira a voltar a ser uma cidade sob tutela.

**Nome que significa "aquele que reúne", mas que designa também uma espécie de tubarão encontrado no Mar Vermelho.

vez de cair na melancolia da Síria-Palestina. Só ele percebeu que aquele deserto poderia ser um reservatório inesgotável de seguidores, desde que fossem agrupados em uma nação e se tornassem um exército digno de tal nome. Seguindo o caminho divino, ele submeteu os nômades à circuncisão segundo a Lei de Moisés e ao batismo pelo fogo segundo a Lei de Cristo. Os beduínos tiveram que aprender a combater em fileiras cerradas como os romanos, a obedecer a um único chefe, a executar o desertor e o fugitivo, a esperar sua parte do butim em vez de pilhar o campo de batalha no meio dos combates. A conselho seu, o arco e a lança foram substituídos por espadas de aço indiano, afiadas como navalhas. Os artesãos que seguiam os gassânidas teciam cotas de malha para os mais valentes, fabricavam selas com arção duplo para combater a lombo de camelo, e os beduínos mais poderosos tinham direito a um cavalo ou uma mula. Essa disciplina e esse armamento fizeram deles temíveis soldados de Deus e os encheram de espólios.

Em contrapartida, os árabes nômades do Hedjaz facilitaram a fortuna dos *Emigrantes* e lhes concederam mais territórios do que os que eles haviam perdido por causa da traição de Bizâncio e da felonia de seu primo Hârith, filho de Abou-Chammir — um verdadeiro império. Mas, desde que estava doente, os ingratos esqueceram os préstimos de seu Apóstolo.

Não mereciam um castigo? Não estariam traindo Deus através dele?

O mais urgente, porém, era se purificar das injustiças que tinha cometido. Pouco importava não rever Gaza, seu relógio e suas vinhas, seu afresco imenso, que contava a história de Hipólito e Fedra, tão parecida com aquela de José (*Youssef*) e da Matrona de Putifar. Pouco importava não entrar em Jerusalém como vencedor e que fosse Omar, filho de Khattâb, a receber a homenagem do Patriarca Sofrônio. Moisés não viu a Terra Prometida, e o Filho de Maria não soube da conversão do imperador Constantino.

Em seu sono, teve um sonho premonitório: a profecia estava se realizando, os filhos de Ismael e Abraão (*Ibrahim*) estavam fundando uma grande nação, que ia de Oxus ao país dos francos, e doze príncipes conduziam a nação dos árabes à dominação do mundo.* Sua missão estava cumprida, ele tinha unido a terra aos céus, colocado os últimos em primeiro lugar.

Sentia-se muito fraco, mas o jovem liberto era vigoroso e cheio de saúde. Isso bastaria para a última provação de sua vida. Mandou o rapaz separar duas camelas de corrida em sua estrebaria, pegou alguns víveres, o tapete de oração e o sabre. O peso de seu sabre preferido, que ele chamava de *Dhoul'-ficar*, o surpreendeu; teve que confiá-lo ao rapaz. Para não chamar atenção, pôs no rosto um véu de Aïcha antes de partir.

Quando já estavam perto da casa do seu escriba e leitor [*Qârî*] preferido, Zaid, filho de Thâbit, mandou chamá-lo. Ele era um judeu poliglota de Medina, convertido a sua Fé e estimado por todos, mas não tinha nenhum desejo de seguir os *Emigrantes* em sua marcha rumo a Jerusalém. Pois se dizia que, sob o domínio dos persas,** os judeus haviam matado milhares de seguidores de Cristo para vingar seus mártires. Verdadeiro ou falso, seriam necessários muitos anos até que cristãos e judeus pudessem viver juntos.

Desconfiado, Zaid seguiu o jovem liberto com suas armas, mas quando viu o Apóstolo teve que trocar a espada pelo estojo e uma boa provisão de papiro. Desde que o reconheceu, o escriba não parava de chorar. Ora de alegria, porque, dizia ele, o Apóstolo havia ressuscitado como o Filho de Maria, ora de desgosto, porque os *Emigrantes* estavam esquecendo a promessa de erigir Medina como capital, e ele sentia vergonha por eles. O Profeta o fez calar-se, deu-lhe um outro véu pertencente a Aïcha e lhe ordenou que montasse na segunda camela.

Na desordem geral, ninguém reparou neles: pensaram que era um menino levando suas tias para um subúrbio da cidade.

*Gênese, 17, 20: "Eu te ouvirei, também acerca de Ismael. Eu o abençoarei, torná-lo-ei fecundo e multiplicarei extraordinariamente sua descendência: ele será o pai de doze príncipes e farei sair dele uma grande nação."
**Entre 614 e 628, a Síria-Palestina foi tomada dos bizantinos pelos persas.

O testamento siríaco (III)

Com esse espírito do Profeta, seu pequeno grupo se dirigia para a gruta do Monte Hira, aonde Waraqa, a paz esteja com ele, costumara ir meditar sobre as Escrituras. Aquele santo homem dizia ter visto ali o Anjo Gabriel [*Djibril*] anunciando que Amin Ghazaui era o Profeta destinado aos árabes. Após a morte de Waraqa, para grande surpresa dos nômades, ele consagrou o vale e os montes em torno da gruta. Aquele vale não pertencia a ninguém, mas era um antigo centro de reunião tribal, abandonado e, antes, o lugar de um culto a Hubal.*

Mas, na sua febre, esqueceu que Hira ficava a muitos dias de caminhada de Medina. Quando saíram da cidade, a Presença Divina desceu sobre ele, seu espírito se libertou dos sentidos e ele mergulhou dentro de si mesmo como se estivesse observando uma paisagem antes da batalha.

Quando o oásis e seus subúrbios se distanciavam, chegou um cavaleiro a toda velocidade. Era Salmân, o Persa [*al-Fârisî*], vindo da Vila Santa de Jerusalém para contar pessoalmente a vitória ao Profeta. Ao vê-lo isolado do mundo, Salmân procurou não incomodá-lo. Contou aos dois jovens que tinha ouvido dizer que o Mensageiro estava morto, mas que, não encontrando seu corpo, ficou perambulando pelo oásis a sua procura.

*Deus do panteão pré-islâmico cuja identidade é controversa: avatar de Adonis para alguns; divinização do ancestral Abel (Hêbêl em hebraico, Hâbil em árabe) para outros.

Depois, sabendo que o jovem Abou Muwayhibah jamais saía da sombra do Apóstolo, passou a procurar o liberto. Pela graça de Deus, alguém o tinha visto deixar Medina com duas mulheres, e só precisou seguir a direção indicada. Perguntou a Abou Muwayhibah e a Zaid, filho de Thâbit, se os *Emigrantes* tinham enlouquecido abandonando Medina daquela forma, sob o pretexto de que Jerusalém fora conquistada. Mas os dois jovens não souberam o que responder. Ele então indagou onde o Enviado havia ido, mas o Profeta os mandara voltar para junto das camelas.

No estado de devaneio em que se encontrava, Amin de Gaza não conseguia falar, mas a presença de Salmân o alegrava. Era o primeiro sinal que Deus lhe enviava para confirmar que estava no caminho certo.

Não apenas tinha sido graças a Salmân que ele vencera a Guerra das Trincheiras contra uma vasta confederação de tribos que queriam expulsá-los do Hedjaz, mas este era seu confidente mais precioso. Seu conhecimento das Escrituras judaicas, cristãs e maniqueístas tinham sido de grande ajuda para a composição do Livro. Brincando, ele às vezes o chamava de Gabriel, pois muitas vezes não sabia mais a quem atribuir sua inspiração: ao Anjo que o visitava durante o sono, ou às conversas diárias com Salmân, o Puro?

A uns poucos quilômetros de Medina, na direção do deserto, seu pequeno grupo atravessou um lugar chamado *Vale dos Djins*, que os beduínos evitavam à noite. No mundo imaginário onde se encontrava, Maomé viu que um grupo de djins convertidos se encarregara das camelas como se já estivessem esperando sua chegada.

Como o pensamento, o Profeta indicou aos djins que estava procurando uma gruta que continha uma fonte de água escondida da vista dos homens. Zaid se preocupava por se afastar da cidade, pois desde a partida do Exército de Deus para Jerusalém dizia-se que, por toda parte, as tribos estavam desertando e recomeçando a lutar entre si. Mas quando viu que as camelas conheciam o caminho, recobrou a confiança.

Para surpresa do Mensageiro, os djins os conduziram a uma gruta no Monte Uhud, que ficava ao norte de Medina. Fora ali que os Fiéis tiveram seu único fracasso contra as tribos infiéis, 11 anos antes, em 23 de março de 625.* Os setenta mártires que caminhavam até ele no cemitério tinham todos sido mortos nesse dia fatídico. O próprio Profeta fora ferido no rosto, e alguém gritara no campo de batalha:

Maomé está morto! Maomé está morto!

O sacrifício de seus homens e o refúgio de um pequeno grupo numa plataforma em cima de um barranco impediram o massacre do Apóstolo. Mas, durante a sua fuga, ele sentiu o perfume do Paraíso, que embalsamava o ar da montanha.

Para os Fiéis, o Profeta tinha conseguido transformar aquela derrota em meia vitória, mas anos depois os sobreviventes ainda pensavam na batalha, procurando entender o que tinha ocorrido e se perguntando se eles não deviam ter esperado em Medina, em vez de se precipitar ao encontro dos infiéis. O Apóstolo soube que Deus os havia abandonado no meio do confronto, enquanto os pagãos estavam em desvantagem, quando os arqueiros muçulmanos foram vistos abandonando seus postos para pilhar os despojos dos cadáveres. Aquela avidez foi um grave erro tático, pois desguarneceu um desfiladeiro, permitindo que a cavalaria dos infiéis os surpreendesse pela retaguarda. Mas foi também um pecado contra Deus preferir os bens terrenos ao combate pela fé.

Estava começando a entender por que Deus o estava levando para aquele lugar funesto.

Quando chegaram diante da gruta, o Apóstolo viu que ela se encontrava nas proximidades da plataforma onde tinha se refugiado durante aquela derrota. Deus queria lhe dar uma ordem. Ele deveria se purificar no mesmo lugar onde conhecera a sua única derrota armada, ali onde seus discípulos haviam confundido o combate no caminho de Deus com a sede de riquezas.

---

*No original: "7 shawwal do ano III da Hégira".

Ele próprio permanecera pobre, distribuindo sua parte do butim aos indigentes e aos órfãos, mas não teria sido ganancioso em dominar sua nação e muito impetuoso em lhe conceder o poder? Defendeu a união dos filhos de Agar sob o estandarte de Deus, pois a união faz com que as nações mais fracas prosperem. Depois dos romanos, dos abissínios e dos persas, sua comunidade tinha o direito de conhecer a abundância e mostrar ao mundo sua excelência.

Mas, ao querer o poder dos árabes sob o reino de Deus, oferecendo a riqueza aos beduínos mais pobres do Hedjaz, não estaria visando seu próprio poder? Quando pregava a justiça em nome do Senhor, procurava a equidade ou a glória, a justiça ou o poder? Ele, que aceitava a designação de Profeta dado pelos árabes, seria diferente dos outros reis? Ele, que amava o título de *homem dos desejos de Deus* [*Muhammad*] que os judeus e os nazoreanos de Medina lhe haviam outorgado, estaria agindo diferentemente do Negus da Abissínia, do Rei dos Reis persa ou do Basileus de Bizâncio?

Será que, desde que o Todo-Poderoso enviara os apóstolos à Terra para lembrar sua aliança com Abraão, houve algum outro Profeta armado dos pés à cabeça, cujos discípulos tinham como grito de união *Vós que recebestes a vitória, matai, matai*? Um Profeta que teve prazer com uma cativa judia de Kaybar, cujo pai e cujos irmãos haviam sido mortos na sua frente naquele mesmo dia? Que mandara torturar diante de si o marido dessa cativa para descobrir o esconderijo de seu tesouro?* Um Profeta que deixava a elite da sua nação pensar que a vida dos infiéis valia menos que a dos cães, que tratava as gentes do Livro — judeus, cristãos, zoroastrianos, sabeus — como se Deus não lhes tivesse enviado seus sinais, a ciência do cálamo, revelações e mensageiros?

Não era o primeiro Enviado a encarnar a cólera do Onisciente. Moisés e Josué (*Yehoshua*) tinham matado os ímpios aos milhares. O próprio Messias, o mais doce dos profetas, não havia ensinado estas palavras irascíveis?

*Este episódio está também relatado no compêndio persa da Crônica de Tabari, tomo 3, p. 256, Sinbad, 1980.

*Talvez os homens pensem que vim trazer a paz ao mundo; não sabem que é a discórdia que vim espalhar sobre a terra: fogo, espada e disputa.**

Pois o Filho de Maria era um Profeta dúbio e astuto, assim como o comportamento que recomendava para seus discípulos:

*Eu vos envio como ovelhas no meio de lobos. Sede, pois, prudentes como as serpentes, mas simples como as pombas.***

Após se cercar de velhos zelotes e fazer o Império dos romanos tremer, Jesus escolheu ser supliciado como um ladrão. Ainda que essa morte ignominiosa fosse apenas aparente, seu fim não foi o de um rei e, como Moisés, não deixou um túmulo na Terra.

Poderia dizer o mesmo ele, o *desejado por Deus*? Como teria agido se uma judia de Kaybar não o tivesse envenenado? Não teria cedido demais aos costumes violentos dos árabes do deserto? Preocupado em agradar os *Emigrantes* e cumprir a promessa feita a Abraão, não teria permitido um grande número de atos odiosos? Quantos amputados, quantas viúvas e órfãos custaram a conquista da Síria-Palestina e a queda dos sassânidas?

---

*Evangelho segundo Tomé, palavra 16.

**Evangelho segundo Mateus, 10, 16.

82

Depois de interromper a narração várias vezes seguidas, para que lhe fossem explicados os detalhes, Paul não falava mais nada. Embora só entendesse em parte os segredos revelados pelo relato, o que entendia o deixava mudo.

O que mais o perturbava? Aquela confissão sem igual do fundador de uma civilização, tão surpreendente como se Alexandre ou Carlos Magno tivesse revelado por que caminhos tortuosos chegara ao poder? As pilhas de cadáveres sobre as quais construíram um império? Os crimes hediondos que cometeram se aproveitando do poder de sua posição?

A não ser que estivesse surpreso com o lado explosivo de Cristo que o texto recordava, tão bem escondido pela tradição cristã, dissimulado entre as linhas dos evangelhos? O assim chamado Jesus que, em nome da verdade, desmembra famílias, abandona os mortos, açoita os mercadores e ameaça até as forças elementares dos ventos e do mar? O Cristo armado de um gládio invisível, digna reencarnação de Elias e de Eliseu, que impõe pela astúcia o Reino de Deus e atira no Inferno os descrentes e os ricos?

O testamento siríaco (IV)

Uma vez na gruta, o Profeta pediu que lhe raspassem a cabeça, depois se afastou, deixando Salmân com Zaid e o jovem liberto arrumando o local. Envolto num manto, deitou-se no chão. Logo depois o liberto viu que o Apóstolo estava suando muito e que seu corpo estava agitado por convulsões. Pensou que a febre tinha voltado e quis socorrê-lo. Mais familiarizados com o dom profético, Salmân e Zaid lhe explicaram que o Mensageiro estava tendo uma revelação.

Após alguns momentos, o Profeta voltou a si e pediu a presença de Zaid com seu estojo. Disse que estava arrependido e que devia pedir perdão a todos os seres humanos mortos por sua culpa. Antecipando as objeções, lembrou a Zaid uma oração de Salomão em que o rei pede a misericórdia divina para todos os homens, incluindo os estrangeiros infiéis. E citou também um versículo de seu livro, onde Deus dizia:

*Quem mata um homem é assassino de toda a humanidade.**

Depois, com a ajuda do seu secretário, fez o recenseamento de todas as vítimas das suas expedições à Arábia e das campanhas que havia ordenado conquistar da Terra Prometida. Nas últimas expedições, das quais ele não

---

*Alcorão, 5, 32.

havia participado, Salmân, o persa, foi uma ajuda preciosa, pois lutou em todas as batalhas.

Zaid, que muitas vezes fizera inventários para calcular o butim e o sustento das viúvas, cumpriu essa tarefa com rapidez. No início, estava separando os fiéis dos infiéis mortos em combate, tomando o cuidado de distinguir as batalhas sem glória das vitórias memoráveis. Mas quando o Profeta percebeu isso, Zaid teve que recomeçar tudo, contando juntas todas as vítimas, fossem elas fiéis ou não, aliadas ou inimigas, sem distinguir as vitórias das derrotas.

Conquista da Arábia e expedições ao Cham do Profeta

— Raid de Nakhla	1 morto
— Batalha de Badr e seguintes	119 mortos
— Batalha de Uhud	90 mortos
— Campanhas após Uhud	48 mortos
— Expedição de Kaybar	1 morto
— Expedição ao poço de Moraysi	11 mortos
— Batalha das Trincheiras*	14 mortos
— Massacre dos Banu Qurayza	700 mortos
— Expedição de Dumat al-Jandal	nenhum morto
— Primeiras expedições na Síria	25 mortos
— 2ª Expedição a Kaybar	30 mortos
— Pacto de Hudaybiyya	nenhum morto
— 3ª Expedição a Kaybar	92 mortos
— Batalha de Muta**	12 mortos
— Tomada de Meca***	27 mortos
— Batalha de Hunyan	110 mortos
— Expedição de Tabuk****	1 morto
Total: cerca de 1.189 vítimas	

*Cerco de Medina em março de 627.

**Síria, setembro de 629.

***11 de janeiro de 630.

****Síria, outubro de 630.

Conquista do Iraque por Khalid*

— Tomada de Hira e Obolla	"um grande número"
— Combate de Madsâr	30.000 mortos
— Batalha de Waladja e de Lis	60.000 mortos
— Tomada de Anbâr	2.000 homens estripados
— Batalha de Aîn-at-Tamar	"um grande número"
— Tomada de Dumat-al-Djandal	"um grande número"
— Batalhas de 'Hacid, Khnâfis e Moudhayya'h	"o sangue corria como um rio"
— Batalhas de Thini, Zomaïl e Rodhâb	"o massacre durou a noite toda"
— Batalha de Firâdh	100.000 mortos

Total: mais de 190.000 vítimas

Conquista da Síria-Palestina por Khalid, Abou-'Obaïda e Omar

— Batalha de Yarmuk	123.000 mortos
— Tomada de Damas	"um grande número"
— Tomada de Fi'hl, Baïsan e Tabariyya	80.000 mortos
— Tomada de Emesse, Kinnesrin, Gassaria e Adjnâdin	2 exércitos e 80.000 homens
— Tomada de Jerusalém	sem vítimas

Total: mais de 283.000 mortos**

À medida que a lista se alongava, lágrimas escorriam pelo rosto do Apóstolo. Ele sabia que a vitória do Partido de Deus sobre a Arábia havia

*A conquista do Cham (Síria-Palestina) e da Mesopotâmia (Iraque) começa em 633 e, para alguns historiadores, uma fase importante culmina em 636, com a tomada de Jerusalém. Mas a cronologia dessas conquistas, muito imprecisa, é objeto de discussões intermináveis entre os especialistas. Outros historiadores sustentam que a tomada de Jerusalém foi em 638.

**Todos esses números são confirmados pelos de Tabari, na compilação persa da sua Crônica (Sindbad, 6 volumes, 1980).

sido sangrenta, mas não queria ver como a conquista da Palestina, da Síria e do Iraque fora edificada sobre um mar de sangue.

Zaid quis consolá-lo, lembrar que essas mortes eram necessárias para o estabelecimento e a grandeza da Fé, mas o Mensageiro lhe disse:

— Não há mais tempo para justificativas. Chegou minha hora, Deus vai me exigir justiça para cada um desses desaparecidos, vida por vida, pois todos eles são suas criaturas. Mas se alguns desses quisessem me perdoar antes de meu julgamento, a culpa seria menos pesada.

Nesse inventário, o Apóstolo fez uma lista à parte para o pequeno grupo de poetas, escribas e cantoras por cuja morte fora responsável. Ka'b, filho de Aschraf, era o maior entre eles e por isso era quem conduzia a nação dos mortos que exigia reparação.

O Onisciente sabia por que Ka'b devia morrer. O Profeta não se podia contentar com manchar sua honra, como havia feito, com sucesso, após seu desaparecimento. Pois se sua mãe era judia, Ka'b pertencia, por parte de pai, à grande tribo dos tayy, que vivia nas planícies entre a Síria e o Iraque. O nome dos tayy tornara-se ilustre por intermédio do poeta cristão Hâtim, cujos espírito cavalheiresco e fabulosa generosidade eram celebrados em toda a Arábia. Com sua longa cabeleira perfumada, Ka'b seguia os passos do ancestral, e a sua eloquência não ficava devendo nada a ninguém.

Antes de se encontrar com seu irmão de leite, que o levaria para uma emboscada, enquanto sua mulher implorava que ele ficasse na cama com ela, Ka'b formulou esta frase sublime, que se transformou num provérbio:

O homem nobre, quando o chamarem para a morte, sempre responderá ao chamado.

Rico e poderoso devido a sua família, ele recebera a beleza como graça suplementar. Cristão como seu ancestral, Ka'b libertava os cativos sem resgate, alimentava os que tinham fome e consolava os angustiados. Entretanto não parava de ridicularizar o gosto pelo poder do Apóstolo, e acabou por contrariar a nova Fé.

Para os beduínos, a poesia era a compilação de sua sabedoria e o arquivo de sua história, ou seja, a muralha que defendia suas tradições. Era por isso que, em seu livro, Deus condenava os versificadores, que *divagam em cada vale e falam o que não fazem.**

Em Hedjaz e Medina, Ka'b tinha muita influência, fazia a glória de um homem ou de uma tribo. Seus versos eram o argumento decisivo na hora do debate. Se um ato fosse ridicularizado num poema de Ka'b, qualquer que fosse o seu mérito ou seu caráter sagrado, o riso apagava esse ato e ela caía no esquecimento. O Apóstolo mandou mensageiros a Ka'b suplicando que ele se unisse à confederação de Deus ou, do contrário, que tomasse o caminho do exílio. Mas Ka'b era orgulhoso demais para aceitar, e ao contrário, incitava sua tribo contra ele. Mais cedo ou mais tarde, iria armar uma emboscada contra sua nação, e a cidade de Medina seria enfraquecida por uma nova guerra interna.

Por isso, Ka'b devia morrer.

A decisão não tinha sido fácil; o Profeta a adiou várias vezes. Tinha uma dívida com Ka'b; graças a ele, havia burilado seus primeiros versículos. Embora Amin de Gaza possuísse o dom da possessão extática e da improvisação, quem lhe havia transmitido a arte da prosa rimada praticada pelos adivinhos da fora da Arábia fora Ka'b. Antes disso, sua Fé já se espalhava livremente sob o ditado do Anjo, mas não tinha o vigor persuasivo proporcionado por um galope cadenciado.

Sem essa ciência da rima, teria ele convencido os árabes do deserto a abraçar sua Fé? Foi ouvindo os seus versículos mais bonitos, aqueles que acendiam uma fogueira em seus corações e os faziam chorar de prazer, que aqueles nômades intratáveis o haviam aceitado como Profeta. Os exilados gassânidas, prestes a massacrar todo o Oriente para recuperar seu pequeno reino roubado pela Pérsia e por Bizâncio, só acreditaram no seu poder ao vê-lo mobilizar os clãs beduínos com seus versículos arfantes. Versículos que anunciavam as recomendações do Senhor, o Dia da Cólera

*Alcorão, 36, 235.

e a grande Recompensa de Justiça para os desprovidos. Antes disso, Amin de Gaza não passava de um pregador, um escravo liberto, e as pessoas riam de seu sonho de repetir a proeza da rainha Zenóbia e libertar a Síria-Palestina e tomar a Pérsia sassânida, que se tornara ingovernável desde o assassinato do rei Parviz por seu filho Cosroe.

Ele precisava pedir perdão a Ka'b e rezar a Deus para que aceitasse todas as suas vítimas no Paraíso, pois todas eram mártires, testemunhas da Fé.

O testamento siríaco (V)

Mas isso não era suficiente. Ele também precisava deixar aos fiéis uma lei para refrear as matanças. Em seus versículos, sempre aceitou o animal selvagem que se esconde dentro do homem, assim como aceitou os desejos carnais e a crença nas forças sobrenaturais. Jamais tentara limitar a ferocidade humana.

Cristianizados há várias gerações, tendo esquecido as ações de graças de Isaac (*Ishak*) e Jacó (*Yakoub*), os gassânidas não entendiam a idolatria nativa dos beduínos, seu culto a pedras, árvores e animais monstruosos. Queriam forçar os árabes nômades a se converter à religião do Crucificado, e só ele percebeu que naquele deserto já havia um excesso de mistérios para receber os da Trindade.

Para conduzi-los na direção do Senhor dos Mundos, reuniu e fundiu os cultos tribais num culto a uma pedra sagrada muito antiga (bétilo). Em forma de cone, lembrando um membro viril, essa pedra era singular: negra e reluzente como o carbono, não se parecia com nada de terrestre e aparentava conter todas as forças astrais. Na escuridão, brilhava com uma luz pálida que se via a uma longa distância. A tradição beduína ora dizia que ela vinha do país dos arameus, e que o primeiro possuidor desse monólito celeste fora aquele que Deus denominou Israel (Jacó), ora que era o legado de Abraão e de seu filho Ismael. Pois, apesar de seus ídolos ridículos, os nômades se diziam filhos de Ismael e Agar.*

*Serva egípcia, depois concubina de Abraão, a quem deu seu primeiro filho, Ismael. Quando Sara deu à luz Isaac, ela pediu a seu marido Abraão que expulsasse os dois. Os árabes, no passado, eram chamados de agaritas ou hagaritas.

Mais rara que o ouro, mais preciosa que o topázio, essa pedra era uma escada para se atingir o mundo do Todo-Poderoso. Ninguém era indiferente a sua presença. Não se podia encará-la por muito tempo, tamanha era a potência que ela irradiava. Ao enlaçá-la, a pessoa de repente se sentia invencível. Os mais fracos podiam ficar loucos de pavor ao perceber uma força tão inumana em si.

Em vez de uma multidão de deuses anônimos, vagos e sem poder, ele havia levado às tribos do Hedjaz um Senhor forte e único, ao qual tinham um acesso direto. Rodando em torno da Pedra Sagrada, os beduínos podiam sentir o Poder divino descendo do reino celeste para penetrar em seus membros. Com o passar dos anos, um pequeno santuário cúbico (*Kaaba*) substituiu o círculo de cascalho em volta da pedra negra e, na peregrinação anual que ele havia instituído, reunia tanta gente e tanto gado que o vale recebeu o nome de *Mekka* [que espreme, exaure].

Mas ele não se limitou a aceitar as forças sobrenaturais em seu Evangelho. Ao contrário do Filho de Maria, abençoou também os prazeres entre o homem e a mulher, pois o amor sempre foi uma antiga paixão árabe, glorificado através da poesia e das lendas. O que seria dele sem o fervor de Khadidja, que o amou com loucura e o introduziu na igreja dos circuncidados? Sem uma iniciação nas tradições secretas de Jesus e Jacó, de Abraão e Melquisedeque, os antigos gassânidas exilados jamais o teriam adotado como um dos seus.

Mas, e a ferocidade? O que tinha feito da ferocidade humana, fonte de todas as crueldades? Assim como Moisés anteriormente, apenas a adaptou como guerra santa. Jesus havia, ao menos, exigido que alguém o destruísse! Seria ele como aqueles pequenos profetas, que se contentavam em repetir as leis de Moisés, esquecendo a mensagem divina do Messias?

Salmân veio a seu encontro enquanto ele estava mergulhado nesses pensamentos e lhe perguntou:

— O que está havendo, Profeta? Você parece perdido.

— Estou perdido porque Deus me abandonou. Será que vou morrer sem deixar um bom guia para meu povo?

— Sua religião é a melhor, Profeta, não se preocupe. Você adaptou Moisés e Jesus como ninguém antes [o fez]. Até os nazorianos de Medina seguiram sua reforma.

— Mas meu livro não está terminado, falta uma Lei que detenha os massacres entre os homens.

— Eu poderia ser seu fiador, guia dos árabes. Você restabeleceu o mandamento de Moisés, de não matar! Você disse, como Jesus, que era preciso tratar cada um como a si mesmo!

— Sim, mas também promulguei a guerra santa pela Terra Prometida. Será que essa guerra tem um fim?

— É preciso que seja cumprida a promessa feita a Abraão.

— Falta meus versículos um mandamento que conduza os povos sem espadas nem imposições.

— No seu Evangelho está escrito: *Não há imposição quanto à religião.** Para viabilizar na terra o reino dos céus, você mandou subjugar os outros povos do Livro, não fazê-los abandonar sua fé.

— Eu disse também, com o Anjo: *Aquele que almejar outra religião que não seja o islã jamais será aceito por Deus e, na outra vida, estará entre os desventurados.***

— O que você quis dizer com a palavra islã?

— Submissão e paz, você bem sabe.***

— Não é um belo nome para uma religião?

— Não, minha religião é a *Hanîfîya*,**** a primeira e a mais antiga. É a religião de Abraão, que consiste em adorar o Deus único, em marchar diante Dele, em querer a justiça e a bondade, apesar do tumulto dos povos.

*Alcorão, 2, 256; ver também 5, 43-48.

**Alcorão, 3, 85.

***Etimologia popular, muito antiga, que confere aos vocábulos submissão (islam) e paz (salam) a mesma raiz.

****Na tradição judaica e muçulmana, trata-se da religião de Abraão, que seria anterior a todas as outras religiões instituídas.

— Então, você não deve se culpar. O Anjo quis dizer que a boa religião é aquela que se resigna em Deus e que quer a paz. Que o Senhor lhe dê longa vida, oh Profeta, que ele o mantenha sempre junto à alegria e longe dos males.

— Eu disse também aos árabes que eles eram a melhor nação e a mais digna de Deus. E os enviei para tomar a *santa casa* [Jerusalém].

— Porque era a última das nações, e a mais atingida pela injustiça. Porque tinha o direito de se realizar e de tornar-se um grande povo. Eu sou persa e, no entanto, o segui.

— Mas, e se a nação dos fiéis vier a imaginar que o mundo é seu quintal? Se ela reduzir o islã ao submetimento dos outros povos?

— O futuro está nas mãos de Deus, ele é o Senhor dos mundos.

— Então, por que me enviar como Mensageiro?

— Os homens precisam ser interpelados. Cada comunidade tem direito a uma interpelação. Há vários séculos, Jesus veio com sua Mensagem, fonte da ciência e de relatos extraordinários. Depois de Salomão e Jeremias (*Irmia*), ele abriu para todos o pacto divino. Os homens o escutaram por um instante, depois passaram a disputar a Boa Nova entre si, se ele era um Deus ou um homem, se tinha uma ou duas vontades, dois ou três corpos. Você veio lembrar seus mandamentos contra a injustiça e dizer "paz" (*islã*) para os devotos de boa-fé.

— Salmân, esqueça quem sou, suplico em nome daquele que tem a minha alma nas mãos. Você foi masdeísta, maniqueísta, depois cristão. Alguns dizem que sua família era judia. Você deve saber. Diga-me, qual é a melhor religião? Esqueça os árabes e a miséria deste deserto.

— A melhor religião, aquela que Deus prefere, é a dos que sabem jejuar quando necessário, que distribuem esmolas, que procuram conhecer as Escrituras. É dos que se empenham e oferecem suas riquezas, a religião que os leva a derramar o próprio sangue em castigos de todo tipo, por devoção ao Senhor da justiça e por amor a ele.

— Então, por que Deus está me torturando? Por que está permitindo que Ka'b e os mortos me impeçam de encontrar o descanso?

— Porque ele é Deus de verdade!

— O que você quer dizer?

— Ele sabe que seu Alcorão será revogado e reescrito por Abou Baker, Omar, Othman, Ali, Abdallah Ibn Abbas, Mu'âwiyah.* Depois, um governante irá compilá-lo, um homem vindo do Inferno, coberto de sangue. A seguir, uma dinastia de reis deturpará sua vida para colocá-la a serviço da política.

— E eu sou responsável por essa descendência maldita?

— Ele sabe que seus "vigários"** vão se matar, mesmo sendo irmãos e primos, pelo poder e pelas riquezas deste mundo.

— Corja de víboras!

— Deus reservou um lugar para você junto dele. Mas antes de dar sua recompensa, ele queria que você fizesse penitência por suas vítimas e pelos membros da sua família que irão deturpar seu desejo de poder.

— O que devo fazer?

— Já fez o que era preciso. Agora, acabou, os mortos o deixarão em paz. Mas precisa prevenir seus discípulos das falsificações.

— Como?

— Diga claramente, em seu Livro, que Deus pode revogar o que quiser. De modo que, se os seus companheiros ou seguidores adicionarem versículos a ele, não poderão suprimir nada.

— Que seja feita a Sua vontade.

O jovem liberto anunciou que o chá estava pronto. Salmân se levantou para servir, mas Amin de Gaza o reteve pelo braço.

— Quem é você, Salmân, o persa, para saber de tudo isso?

O persa sorriu, e seu sorriso lembrava o sorriso de Ka'b. A seguir, disse bem baixo, para que o liberto não ouvisse.

---

*Todos são Companheiros do Profeta. Além disso, Omar, Othman, Ali e Mu'âwiyah se tornaram califas, mas Mu'âwiyah foi o único que não morreu assassinado.

**É a etimologia da palavra califa ou halifa.

— Sou o Espírito de santidade que soprava no mundo antes da criação, que desceu sobre os profetas e fecundou Maria* (*Myriam*). Sou o sopro de Javé, o visitante secreto da posteridade de Adão, a Inteligência auxiliar dos jônios, a Sabedoria e o Verbo de Alá, aquele que você chama de Espírito Fiel** (*Rûh al-Amr*). O Paracleto dos cristãos, o Bem dos gnósticos e o Bahman dos sábios persas. Sou a deusa Isis de mil nomes, mil formas e mil ritos que os egípcios e os núbios veneravam. Sou aquele que o olho nunca viu, que os ouvidos jamais ouviram, mas que nunca atingiu o coração do homem sem agir. Ele me escolheu como Sua luz nas trevas, o apoio dos Seus preceitos, Sua realização e Sua continuidade.

*A concepção virginal da mãe de Cristo é comum ao Alcorão e ao Evangelho.

**No Alcorão, a expressão designa o anjo Gabriel, mas também o Espírito Santo.

83

— Será que é possível um catálogo mórbido desses, um inventário dos mortos assassinados durante as conquistas? Parece estranho, mesmo num texto antigo. Parecem estatísticas! — disse Paul.

— É comum na literatura sagrada. A Bíblia está cheia de listas de reis assassinados e nações destruídas. Eles são enumerados e, no final, é dado o total, para mostrar o poder do Senhor.

Instalou-se um silêncio.

A cada leitura, Sarfaty descobria novos motivos de espanto no testamento. Agora, o que o fascinava não era sua elevação espiritual, o fato de que Maomé reunisse num mesmo ponto as mais altas figuras centrais da humanidade: Buda, Abraão, Lao-Tsé, Zoroastro, o Messias, al-Halladj, Gandhi. Era que a teoria aparentemente bizarra de Hankache fosse verdadeira!

O arameu sempre afirmou que a Tradição muçulmana tinha um duplo sentido, que ela guardava coisas escondidas desde a sua fundação. Seu conteúdo aparente era lendário, mas seus subentendidos eram verídicos.

Hankache repetia que os primeiros autores muçulmanos eram, de fato, indicados pelos califas, mas não pertenciam à elite originária da Arábia que dirigia o Império. Eram iemenitas, iraquianos, sírios, persas, de família cristã, judia, masdeísta ou de outro credo, cujos antepassados foram convertidos pela força ou pelo entusiasmo com as conquistas, através de um turbilhão de paixões que se repetia há muito tempo. Esses cronistas, biógrafos, compiladores de tradições sobre o islã antigo não tinham nenhum interesse em manter silêncio sobre os segredos que o público letrado estava prestes a ouvir. Confidências que as grandes famílias fiéis árabes transmitiam de geração em geração, sem consciência do poder imperial. Mas, ainda que tivessem o gosto pela verdade, esses cronistas não queriam desencadear a guerra entre os muçulmanos ou uma onda de apostasia que seria uma catástrofe para sua sociedade eclética. Por essa razão, eles codificavam suas descobertas.

O testamento do Profeta, cujos traços a Tradição muçulmana escondeu, já era uma confirmação notável dessa intuição. Mas Hankache tinha outros exemplos surpreendentes de sua teoria, como o personagem de Khadidja, a primeira mulher de Maomé. Segundo ele, por intermédio da esposa, os tradicionalistas tinham codificado a fonte cristã do culto muçulmano.

Sarfaty podia ver o arameu no escritório de sua loja. Ciscando num prato de papel cheio de makrutes* e bebendo uísque numa xícara de chá malva. Com a boca cheia e o mel pingando no canto dos lábios, ele explicava:

— É claro como a água que Khadidja pertencia à seita nazoreana dos judeus cristãos de Hedjaz, mas ela já era muito importante na vida do Profeta para que alguém pudesse escrever sobre isso. Ela o tornara rico, ela o tornara poderoso, ela o fazia feliz e não podia, ainda por cima, iniciá-lo no culto do filho de Maria e de Moisés. A imagem do Profeta teria diminuído muito. Os biógrafos, portanto, deixaram sua religião vaga, mas não esconderam que seu primo e tutor era Waraqa, filho de Nawfal. Você conhece este senhor de nome predestinado!**

Ele parou para deglutir um pedaço de bolo muito grande para sua garganta, depois retomou:

— Segundo a *Suna*, era o *chefe dos nazoreanos* de Meca; ele traduziu o Evangelho e a Torá em árabe. Só isso! Ora, naquela época, você bem sabe,

---

*Confeitaria oriental: bolo de sêmola e mel, recheado com uma massa de tâmaras.

**Waraqua significa "papel" em árabe.

a fé não era individual, mas sempre familiar e própria do clã. Quando um chefe de família se convertia, a casa toda o seguia, era obrigatório. A prova da fé cristã de Khadidja está na estranha monogamia que Maomé e Ali viveram enquanto ela era viva. Lembre-se de que a monogamia é um mandamento próprio dos *Evangelhos* cristãos que não encontramos em nenhum outro lugar, e, sobretudo, não entre os judeus. Se Khadidja tinha um tutor cristão e seguia as regras do casamento cristão para ela e sua filha Fátima, era simplesmente porque ela mesma era cristã, como o primo, é isso. Portanto, havia na Arábia, no Hedjaz, uma importante corrente judaico-cristã que foi uma das fontes do islã; isso pelo lado de Khadidja. Mas havia outros afluentes, pois são necessários muitos ribeirões para formar um grande rio. Se eu tivesse tempo, explicaria a você como o episódio etíope* da *Sîra* também é o relato mascarado de uma outra fonte da religião muçulmana.

Aqui, Sarfaty não pôde conter o riso, pois, enquanto falava, Hankache não parava de se empanturrar com as guloseimas gordurosas colocadas a sua frente.

— Você está me ouvindo? Por que os partidários de Maomé tiveram que se refugiar no reino do Negus onde não tinham nem família, nem aliados? Imagino que os idólatras tenham dificultado a vida deles, que eles não tiveram um protetor; mas por que atravessar o Mar Vermelho quando havia oásis seguros a poucos dias de camelo de Meca? Eles poderiam ter ido para Medina, como fariam mais tarde, para Assir ou outras regiões da península. Esse episódio não tem sentido, a não ser que eles tenham ido se juntar aos irmãos, ficando sob a proteção de uma comunidade que compartilhava as mesmas crenças que os adeptos de Maomé: é uma maneira de dizer que os primeiros muçulmanos tinham um elo originário com a Igreja cristã da Etiópia, que ainda pratica a circuncisão e o jejum, venera

*Segundo a Tradição, teria havido uma primeira hégira (emigração) em 615: um grande número de muçulmanos se exilou na Etiópia, no reino de Aksum. As razões dessa emigração são debatidas ainda hoje.

Abraão e Jerusalém, como o islã. Não preciso dizer a você que o Alcorão está cheio de palavras etíopes!

Aqui, Hankache soltou um arroto discreto, agradecendo a Deus. Tomou um gole de uísque e continuou:

— De qualquer forma, há tantas esquisitices no mundo omíada, que só poderiam ser explicadas se essa dinastia pertencesse a uma seita fiel a Jesus. Por que o fundador da dinastia dos omíadas, Moawiya, se fez eleger califa em Jerusalém e não em Meca, em 661? Por que seu primeiro gesto, após sua entronização, foi orar no Calvário, no Getsêmani e no túmulo de Maria, a mãe de Jesus?* Por que a primeira grande mesquita omíada, a de Damas, foi instalada numa igreja, a basílica de São João Batista? As crônicas dizem que os muçulmanos e os cristãos dividiam o edifício até que ele se tornou uma mesquita em 706! Como faziam? Os cristãos mantinham a nave e os muçulmanos acampavam na abside? A menos que eles ocupassem a basílica ora um, ora outro! Quem pode acreditar numa história dessas! É como a inscrição do Domo do Rochedo em Jerusalém. Explique-me, por que essa joia da arquitetura omíada só fala de Jesus? Explique-me por que era tão importante para o califa Abdel Malik impor Jesus como simples profeta e criticar a Trindade nas paredes de um monumento que comemorava o sacrifício de Abraão? Se o islã vinha somente de uma Revelação do Anjo Gabriel, qual a necessidade de reavivar essa polêmica cristã? Os omíadas eram cristãos, é isso. Cristãos singulares, fascinados pela mensagem de Cristo, mas muito judaizantes para aceitar que Jesus fosse uma encarnação divina, em elevação para aceitar que ele entrasse numa Trindade que compreendia o Pai, o Filho e o Espírito Santo. Reduzir o Messias a um profeta como Abraão, Isaac ou Jacó, fazer dele mais um homem do que um Deus tinha também uma imensa vantagem política: isso punha fim a todas as querelas ridículas, mas sangrentas, que afligiam o Oriente Médio

*O Calvário ou Golgotha é a colina onde Jesus foi crucificado; Getsêmani era o jardim onde Jesus encontrava seus discípulos e onde foi preso; o suposto túmulo de Maria ficava na entrada do vale do Getsêmani; um santuário foi construído ali no século VI.

há séculos. Fim do dilema de saber quem tinha razão entre os monofisistas, os duofisistas, os docetistas, os caldeus, os ortodoxos, etc. Jesus era um simples enviado de Deus, mas com uma origem sobrenatural, o filho de *Myriam* (Maria), fertilizada pelo Espírito Santo, como explica o Alcorão. Eis aí um acerto engenhoso! Assim, todo mundo ficava contente.

Hankache ergueu os olhos para o céu como se pegasse o Eterno como testemunha de uma brincadeira de mau gosto. A seguir, após tornar a se servir de uísque em sua xícara malva, explicou:

— Pessoalmente, não vejo diferença entre o Filho de Deus e uma criança cujo pai é o Espírito Santo, quero dizer, o Espírito de Deus. Para o islã, Jesus é *Seu Espírito e Seu Verbo, que Deus fez descer em Maria* e que será testemunha no dia do Juízo Final.*** Eu, católico maronita, poderia aderir a esse credo! O que isso muda? Mas é preciso ver que há uma grande diferença, visto que foi com esse credo que o islã ganhou os corações e que as querelas cristológicas cessaram no Oriente Médio. Você está vendo, é muito claro, a religião muçulmana não é filha de ninguém, conhecemos muito bem a mãe, que é de origem cristã, ou melhor, judaico-cristã.

Àquela altura, com os olhos embaçados de álcool, Hankache pegou em seu braço e o apertou com afeto:

— Então, Serge, quando iremos escrever esse livro sobre as origens do islã? Confie em mim, você está vendo que conheço o tema de cor, não vai lhe dar nenhum trabalho. Você só terá que escrever o que eu ditar, tenho esse livro na minha cabeça.

Revendo essa cena com todos os seus detalhes prosaicos, Sarfaty ficou muito emocionado. Quando esse encontro ocorreu, ele não acreditava nas improvisações alcoolizadas do libanês, que nem mesmo teve a bondade de colocar por escrito suas reflexões. E, no entanto, era o autodidata ávido de

---

*Cf. Alcorão, 3, 34 e 40.

** Cf. Alcorão, 4, 159.

doces orientais quem tinha razão, e não o antigo universitário cheio de títulos e publicações. Ele agora lamentava não ter escrito aquele livro com Hankache.

Por que tipo de milagre o islã teria conseguido escapar do *status* de enxerto que era comum a todas as grandes religiões em seus inícios? Por meio de que prodígio essa fé teria nascido do deserto, sem genealogia nem parentesco? Até os hebreus tinham-se alimentado da revolução religiosa do faraó Akhenaton e haviam bebido na fonte da sabedoria babilônica para elaborar as lendas dos Patriarcas, com fundamento na Bíblia judia.

Esse testamento fornecia a prova indiscutível de que o islã era um filho tardio do cristianismo mais antigo e mais autêntico, aquele da Igreja dos nazoreanos, chamada na Antiguidade de *Igreja dos circuncidados* ou *Igreja de Jacó*. Uma seita judaico-cristã refugiada na Arábia setentrional que evocava os *Atos dos Apóstolos*.*

Seus devotos eram hebreus e os árabes que seguiam o ensinamento de Cristo, mas permaneciam fiéis às obrigações mosaístas: circuncisão, sacrifício, sabá, jejum, culto do Templo de Jerusalém. Seu destino foi trágico, pois, com o tempo, eles foram rejeitados tanto pelos judeus quanto pelos cristãos. Seus traços se perdiam nas areias da Transjordânia no século IV, mas alusões esparsas faziam pensar que eles haviam subsistido em pequenos grupos na Arábia, na Síria e na Mesopotâmia. O próprio Alcorão mencionava misteriosos dissidentes muçulmanos que poderiam muito bem ser um grupo de nazoreanos se recusando a se juntar ao islã.**

A presciência de Hankache, a montanha de leituras que ela pressupunha, não estava perdida. Sarfaty decidiu dedicar-lhe a tradução do testamento. Mas para ser fiel ao amigo, havia uma outra obra a escrever, sobre o sentido secreto da *Suna*. Quantos outros segredos ela não estaria escondendo ainda, essa estranha tradição muçulmana que só falava por meias-palavras e através de relatos velados?

---

*Atos dos Apóstolos, 8, 1-4.
**Cf. A mesquita prejudicial aos fiéis, Alcorão, 9, 108-109.

UM MÊS DEPOIS

Para os muçulmanos, o Alcorão, que eles também chamam de Al Kitab (O Livro), não é só uma das obras de Deus, como a alma humana ou como o universo, mas um dos atributos de Deus, como Sua eternidade ou Sua ira. No capítulo XIII, lê-se que o texto original, ou a *mãe do livro*, é mantido no céu. Mohamed al-Ghazali, o Algazel dos escolásticos, declara: "O Alcorão é copiado em um livro, pronunciado com a língua, guardado no coração e, no entanto, continua perdurando no centro de Deus e não o altera Sua passagem pelas folhas escritas e pelos entendimentos humanos".

Jorge Luis Borges, *Do culto aos livros*, 1951.

"Deus impugna ou confirma o que quiser. O arquétipo do livro está em Suas mãos". Alcorão, surata 13, versículo 39.

84

Memorando RG
23-03/CS/13

Cronologia do caso do "Alcorão satânico"

6 de março às 9h30.

— Pela Rádio Oriental, um imame do *Tabligh* anuncia a tiragem de milhões de exemplares de um Alcorão falsificado na França. Ele atribui esse gesto sacrílego a um bilionário judeu francês e conclama os muçulmanos à desobediência civil e à rebelião para lutar contra o "Alcorão satânico".

(Conforme sua ficha: nascido em 1960 em Tours, nome civil Jean Delboire, ex-toxicômano, é um católico francês convertido na prisão; Omar Asud é seu nome muçulmano).

Primeira quinzena de março.

— Os meios de comunicação e as associações fundamentalistas se mobilizam nos subúrbios das cidades francesas onde a concentração muçulmana é mais significativa.

— Primeiras manifestações e atos de vandalismo, inspirados por dois grupos radicais muçulmanos conhecidos dos nossos serviços (cinco cemitérios cristãos, duas sinagogas e três igrejas destruídos).

Reação das outras religiões: dez mesquitas saqueadas; os responsáveis são desconhecidos.

— Criação da unidade de gerenciamento de crise em 10 de março.

— Coletiva de imprensa do governo, em 13 de março, para desmentir a existência de tal Alcorão.

— Representantes muçulmanos sublinham que nada no Código Civil proíbe essa ação. Eles reivindicam o restabelecimento do delito de blasfêmia.

....

— Os rumores dão sinais de arrefecimento.

— Mas em Lyon, Marselha, no Val-d'Oise, em Estrasburgo, autos de fé "espontâneos" são realizados e vários livros "ímpios" são queimados em público, sob o estímulo de um grupo muçulmano desconhecido, *Os Companheiros de al-Araf*.

(Investigações conjuntas de todos os serviços estão em curso para descobrir esse grupo, que não consta de nenhuma base de dados internacional.) No momento, sugerimos manter sua existência em segredo. Conforme a nota sobre o sentido de "al-Araf", termo corânico muito complexo.)

Cada uma dessas manifestações reúne somente algumas centenas de pessoas, sobretudo jovens. Três livros são visados: *Por que não sou muçulmano, Nunca lemos o Alcorão* e *Os versos satânicos*.

Durante um auto de fé em Lyon, um acidente ligado ao uso de gasolina deixou três mortos entre os jovens muçulmanos. Esse incidente, cujo anúncio foi mal administrado pela assessoria do primeiro-ministro, volta a impulsionar a crise.

— Nos dias que se seguiram, ocorreram manifestações violentas, um pouco por toda parte, reunindo desta vez milhares de muçulmanos de ambos os sexos: queimam-se símbolos do Estado (bandeira e retrato do Presidente); os Palácios do Eliseu e de Matignon e as prefeituras das metrópoles regionais são cercados; igrejas e sinagogas são novamente vandalizadas, com frases pichadas, como "Não falsifiquem nossas Escrituras como vocês falsificaram as suas", "Vingança para o Alcorão", "Daremos nossa vida pelo Livro de Alá". Símbolos do cristianismo (cruzes e bíblias) são destruídos por toda parte.

....

21 de março.

— Foi declarado estado de emergência, assim como um toque de recolher em todas as províncias francesas e de além-mar.

22 de março.

O Collège de France é acusado por causa de um ciclo de conferências sobre as fontes etíopes e siríacas do Alcorão.

....

— O governo propõe um referendo sobre a questão do respeito ao Alcorão. O episcopado francês, o grande consistório dos israelitas franceses, as organizações católicas, protestantes e judaicas se manifestam para obter o mesmo tratamento para a Bíblia (vários milhares de pessoas também, nas grandes cidades).

A esquerda plural e laica, a direita anticlerical, o sindicato majoritário dos professores, a CGT, a União Racionalista etc. vão às ruas para se manifestar em favor da liberdade de expressão e rejeitar o princípio desse referendo.

— Para acalmar os ânimos, o autor de *Nunca lemos o Alcorão* (Youssef Seddik, um pesquisador muçulmano tunisiano) aceita que seu livro seja retirado das livrarias.

....

— Os subúrbios estão agitados, numa situação insurrecional na maioria das cidades onde a população muçulmana é superior a 10%. Alguns raros bairros se declaram "terra do islã" e tentam aplicar a *Charia*.

Sentado em sua escrivaninha do gabinete de crise, no Boulevard Pereire, Antonin Lancelot relia o memorando que fora preparado para o Presidente, bebericando um café sem açúcar. Sob a mesa, seus dedos do pé, descalços, se retorciam com volúpia. Percebera que, quando tirava os sapatos e as meias, pensava com mais lucidez. O sangue subia mais rápido ao cérebro.

O memorando não lhe dizia nada de novo. Mas, graças a esse quadro geral, via melhor a sequência. A crise estava só no começo. Logo, graças aos canais árabes por satélite, o caso tomaria uma dimensão internacional. As embaixadas seriam saqueadas no exterior e os países muçulmanos ameaçariam a França de represálias. Quando a Federação das Organizações Islâmicas na Europa e a Liga Mundial dos Muçulmanos levassem o caso diante da Corte Europeia de Justiça, a França teria de prestar contas. Tudo isso era previsível.

A única coisa verdadeiramente desconhecida era aquela misteriosa associação clandestina, *Os Companheiros de Al-Araf*, que estava explorando a crise com panfletos incendiários, distribuídos às centenas de milhares. Essa organização possuía meios consideráveis em dinheiro e homens, sua rede cobria todas as grandes cidades francesas, com a Reunião, e segundo os paquistaneses era afiliada à Al-Qaeda. Era tudo o que se podia dizer.

Os RG não haviam encontrado nada, a não ser a hipótese de uma ligação com o *Tabligh*. Já era impossível penetrar no *Tabligh*; infiltrar-se numa associação secreta que recrutava dentro do *Tabligh*, então, nem se fala.

Por sorte, os meios de comunicação não tinham tomado conhecimento de sua existência. A ação desse grupo estava imersa numa miríade de agrupamentos que agiam sem nenhuma coordenação. Era preciso ser forte para não se perder entre as associações muçulmanas que chamavam à calma e denunciavam o caráter fantasmagórico desse rumor, as que acreditavam firmemente, mas também pediam calma, as que acreditavam e exigiam sanções penais, as que acreditavam e conclamavam à greve geral ou a ações violentas, as que não acreditavam mas afirmavam que os muçulmanos eram os novos colonizados e por isso tinham razão em se revoltar, as que não acreditavam, mas alimentavam o rumor para reforçar a crise. Ainda mais porque todas essas associações estavam disputando entre si, e as mais violentas não hesitavam em ameaçar fisicamente as mais moderadas.

Por sorte ainda, o grupo *Companheiros de Al-Araf* parecia querer permanecer discreto nessa algazarra. Mas, em meados de março, foram eles que relançaram os boatos, quando estes estavam esmorecendo. Os *Companheiros de Al-Araf* não eram responsáveis pelos rumores, seu nome surgiu somente quinze dias depois que tudo se desencadeou, mas no devido tempo seria preciso empregar meios efetivos para enfrentá-los.

Ele devia também ficar de olho nessas associações de muçulmanos republicanos que queriam administrar a crise no lugar do ministro do Interior; que se batiam para falar nas emissoras de TV e rádios públicas e não paravam de exigir meios para lutar contra a desordem. Como se o Estado não tivesse funcionários muçulmanos, informantes em todos os grupinhos radicais e seus próprios meios de agir nas mesquitas. Dinheiro, dinheiro, era tudo o que aqueles muçulmanos queriam!

Era preciso dinheiro para ir até a mesquita mais próxima e lá explicar o caráter ridículo dessa crença num Alcorão satânico? Para explicar que os três jovens tinham morrido por sua própria falta de habilidade? Com autorização do ministro, Lancelot deu ordens estritas para que todas essas associações republicanas fossem recebidas, mas para que fosse verificada a situação de cada uma, sua representatividade e situação junto ao erário. Não haveria negociação com pessoas que não respeitassem o fisco!

Essa crise, todavia, não podia durar muito tempo. Após um certo patamar, a reconstrução nacional seria impossível. A ilha de Mayotte, único território francês de maioria muçulmana, já estava escapando ao controle do Estado. Um conselho de imames estava reunido nesse momento para rever o estatuto da ilha! Felizmente, os RG haviam comprado alguns.

Quanto tempo o presidente da República ainda teria? O que aconteceria com a eleição presidencial prevista para maio? O presidente planejava concorrer novamente. Se não quisesse, a justiça o teria obrigado a esse compromisso, pois tinha de reserva alguns casos espinhosos para os quais sua recusa em testemunhar havia sido recebida como uma humilhação. Mas sua candidatura estava indo mal, a opinião pública achava que ele havia sido muito indulgente com os muçulmanos, que essa permissividade havia paralisado a vida econômica e social.

Em torno dele, os círculos de decisão estavam entorpecidos. Para eles, aquela desordem não deixava de ter fundamento. Toda a guarda próxima ao presidente sabia que existia um documento que correspondia à designação de "Alcorão satânico". Alguns achavam que o presidente havia sido desastrado na administração da crise. Resumindo, fora ele quem lançara os RG à procura desse códice maometano.

Antonin fora obrigado a revelar que o manuscrito, o original, havia desaparecido. O presidente ficou muito irritado mas, menos de um mês depois, Lancelot recebeu sua mais bela promoção. O presidente não era rancoroso. Não só detestava reconhecer a incompetência das pessoas que ele mesmo havia escolhido, mas a conjuntura internacional, a situação econômica, a oposição e os meios de comunicação sempre se encarregavam de ocupar o seu tempo, caso ele quisesse refletir sobre a pertinência de suas nomeações.

Endireitando os ombros, ele retomou a frase pronunciada pelo chefe de Estado durante o Conselho Ministerial:

"Antonin Lancelot, número dois dos RG, deverá dividir a direção do gabinete de crise com o número dois da DST, Jean-Hugues Lenoir; mas fica entendido que Lancelot é quem terá a última palavra em caso de arbitragem."

Lenoir tomou essa nomeação como um presente de grego, mas ele regozijava-se.

O trabalho do gabinete consistiu, primeiramente, em analisar as pistas estrangeiras, entre elas a paquistanesa e a americana. Mas essas hipóteses estavam num impasse: Benazir Gurasi tinha partido para Karachi, via Londres, eles tinham a prova; e a ISI havia clamado sua inocência, jurando ignorar qualquer atividade dela na França. A NSA americana, por sua vez, não tinha nenhum motivo para desestabilizar o Estado francês.

Após ter descartado a hipótese dos iranianos e dos sírios, os RG procuraram um responsável na França.

Como bom paranoico, o chefe de Estado pensava que o culpado se encontrava dentro de seu próprio governo. O presidente não confiava em ninguém e sonhava declarar estado de sítio no país. Quem quer que resolvesse esse caso teria seu eterno reconhecimento. Lancelot entendia aquela paranoia, mesmo assim era estranho que esse rumor tenha-se desencadeado algumas semanas antes do período eleitoral! Universitários especialistas em tradições orais haviam analisado a origem desse rumor. Foi assim que eles localizaram aquele imã *tablighi*. Antonin quis interrogá-lo ele mesmo: temia ter que se haver com um agente esperto. Qual não foi sua surpresa ao descobrir um francês de raiz, recentemente convertido ao islã, mais fanfarrão do que astuto, um imbecil que se autoproclamara imã na prisão, que pregava em locais insalubres de subúrbio, diante de três gatos-pingados e que toda a comunidade muçulmana temia por suas elucubrações. Omar Asad divulgava seu programa a quem quisesse ouvir, e repetiu para Lancelot: tratava-se de hastear a bandeira do islã em cima do Palácio do Eliseu. Sua estratégia se baseava numa frágil comparação:

— *O Profeta tinha setenta fiéis quando partiu para Medina. Há quatro milhões de muçulmanos na França. Se com esse número não formos capazes de fazer o islã reinar na França, então não somos verdadeiros devotos. Ser muçulmano não é fazer as orações, é lutar todo dia pelo triunfo do islã.*

Ele confessou sem dificuldade que o bilionário judeu era invenção sua, mas que o resto era tudo verdade, ainda que se recusasse a revelar sua fonte. O inexplicável era como aquele estabanado havia conseguido lançar um boato tão prejudicial e cuja erradicação se tornara prioritária para o Estado francês.

Após uma semana penosa, em que os rumores só fizeram crescer, as revoltas aumentaram, os partidos políticos e as comunidades religiosas exigiam medidas drásticas para restabelecer a ordem. Um conselheiro do governo sugeriu que o comissário Serge Sarfaty fosse integrado ao gabinete anticrise. O presidente achou que era uma boa ideia. Para não parecer que tinha sido passado para trás, Antonin aprovou calorosamente e deu um jeito de ser o primeiro a dar a notícia a Sarfaty.

85

Nos primeiros dias, o anarquismo de Paul Mesure não sabia como interpretar aquela revolta de muçulmanos radicais. O objeto dos rumores era ridículo e as associações republicanas muçulmanas lutavam contra eles. Mas os radicais haviam sido muito espertos para elevar o debate e explicar que uma população ofendida lutava por sua dignidade. Alguns intelectuais afirmavam até que os rumores eram secundários, que não passavam da expressão da discriminação religiosa que sempre atingira o islã na França. Segundo eles, quando os muçulmanos tivessem os meios para exercer seu culto, se acalmariam. O apoio dado ao movimento insurgente por personalidades da extrema-esquerda reforçava esta argumentação. Tais argumentos acabaram por tornar Paul favorável às revoltas.

No entanto, uma cena fez com que ele mudasse de opinião.

Ele se encontrava na Rue Saint-Blaise, próximo à mesquita Husein, quando presenciou o saque de uma livraria por uma pequena multidão. O pretexto era a fachada da loja, que expunha uma coleção de obras anticlericais e, entre elas, uma coletânea de desenhos de jornais do século XIX que caricaturavam as três grandes religiões monoteístas.

Um fracote num conjunto de moletom, de apenas 10 anos, primeiro se introduziu na vitrine e apanhou o livro incriminado. A seguir, encapuzado, com os olhos brilhando, pisoteou as obras expostas e gritou palavras inaudíveis. Diante dele, separado pela vitrine, um ajuntamento de homens vestindo *djelaba* e Nike avaliava com ar sombrio a capa ilustrada com uma caricatura de imã. Chocados com aquela heresia, eles sacudiam a cabeça e seus rostos hostis espantavam os passantes.

Parado na calçada em frente, Paul se admirava de ninguém intervir pois, a não ser pela capa do livro em formato grande, via-se que o islã era caricaturado da mesma forma que o judaísmo e o cristianismo. Ao olhar para o interior da loja, porém, ele viu que a livreira e seus ajudantes estavam imobilizados pelos *grandes irmãos*, jovens barbudos que usavam *qamis* por baixo dos blusões.

Dois outros meninos, portando barras de ferro, se juntaram ao jovem canalha. Os malandros fizeram sinal de recuar e quebraram o vidro com suas barras de metal. Quando o grande painel se despedaçou, uma furiosa ovação, o grito "Allah akbar", ergueu-se em direção ao céu. Junto com outras obras, o livro sacrílego foi jogado aos pés dos homens aglutinados, que improvisaram uma pequena fogueira. As chamas lambiam as páginas em meio a exclamações de júbilo e danças das crianças.

Depois, os garotos voltaram sua raiva para o mobiliário da livraria. Avançando no estabelecimento através da vitrine quebrada, os devotos ajudaram na sua depredação e pilharam os bens que poderiam ser negociados.

Um velho magrebino empurrou Paul para a primeira loja que encontrou. O jornalista, portanto, acompanhou a cena toda de dentro de uma padaria.

Atrás do balcão, o padeiro corado explicava às velhas senhoras apavoradas:

— Eu disse para a livreira não brincar com religião. Principalmente neste momento. Ela não quis me ouvir. Neste bairro, os muçulmanos são maioria. Um muçulmano não pode deixar que insultem o islã, é impossível. Notem que eles estão lutando por todos os fiéis. É bom para o cristianismo também, minhas senhoras. Agora, haverá respeito.

Paul Mesure, que até aquele instante não acreditava na utilidade do testamento, pensou de repente que a sua divulgação era vital para que a liberdade de expressão permanecesse efetiva na sociedade onde vivia.

86

Em Sonia, as depredações e violências urbanas produziram um efeito totalmente diferente.

Até seu encontro com Sarfaty, a religião muçulmana a assustava. Ela havia feito de tudo para se manter longe dela. Ao fazer pressão sobre Serge para que ele divulgasse o testamento, era a primeira vez que se intrometia no destino do islã.

Desde que os rumores atingiram seu ápice, ela entrou em contato com um conhecido que militava na associação *Para um novo islã, manifesto pelas liberdades*. Mas o fundador havia sido mandado para o hospital pelos fundamentalistas, muito bem informados sobre seus hábitos. Os membros mais ativos, ameaçados de morte, um por um, procuravam passar despercebidos. Esses fundamentalistas se intitulavam *Companheiros de Al-Araf*. Ao se informar, ela soube que muitas associações muçulmanas republicanas haviam sido convencidas pelo grupo. Seus argumentos principais eram a barra de ferro, a navalha e um litro de gasolina. Ela falou com o dono do *L'Ingénu*, que preferiu transmitir essa informação à polícia em vez de pedir um artigo sobre esse grupo desconhecido do público.

Mas seus amigos não paravam de ligar a fim de que ela utilizasse seu posto no *L'Ingénu* para apoiar o movimento dos insurgentes.

— Sonia, essa história de Alcorão satânico se trata de racismo! O Alcorão é secundário, mas por que eles estão zombando de nossa religião? Você acha que os cristãos ou os judeus deixariam publicar uma Bíblia satânica? É preciso fazer alguma coisa! Você sabe, os jovens estão agitando muito, mas vão parar. Você preferiria que eles se calassem como seus pais, imigrantes que foram escravos dos franceses? Você não acredita em Deus? Eu também não, mas sinto que estou voltando a acreditar diante desse desprezo!

Agora, ela lamentava seu ativismo. Por fraternidade ou reação epidérmica, seus amigos estavam reencontrando a fé do Profeta, e sua família em Argel a convidava a ir à mesquita para expressar sua solidariedade para com os que protestavam. Ela entendia que o islã endurecesse diante de um ataque frontal. Afinal, até agora, o culto muçulmano ia muito bem sozinho na França. Por que apressar seu amadurecimento? Quanto menos se ocupassem do islã, mais os muçulmanos se tornariam liberais e permissivos.

Os rumores sobre o Alcorão satânico parecia ser a prova que faltava para forçar o destino. De forma confusa, ela captava aquela verdade profunda de que uma religião aceita mudar mais facilmente se desconhecer sua mutação, se permanecer inconsciente de suas transformações.

Para ela, havia necessariamente uma ligação entre os rumores e o testamento. Mas qual? Apesar de seu ateísmo, não estava longe de ver aí um sinal de intervenção da Providência. A Providência lhe indicava que era melhor não divulgar as últimas vontades de Maomé. *Sabedoria demais leva à loucura*, dizia um provérbio da sua região.

Ela explicou a Sarfaty sua mudança de opinião. Este último teve chance de lhe responder que nenhum jornal, nenhum editor aceitaria divulgar a tradução deles no clima atual; e que o problema estava resolvido por bem uma década.

Tendo reencontrado seus dois filhos, Sonia só pensava em colocá-los num local seguro. Conhecera a Argélia no final da sua guerra civil, quando a população era assassinada sem razão em qualquer canto de rua, e sabia que a França se reergueria desse desastre. Mas seu filho mais velho Ali era muito iluminado para não se misturar às multidões em cólera. Ele não acreditava nos rumores, afirmava que, segundo a *Suna*, os falsos alcorões só chegariam com o Anticristo. Acreditava que poderia convencer os outros muçulmanos de sua certeza e isso inevitavelmente se voltaria contra ele.

Enquanto esperava que a calma fosse restabelecida, ela enviou os dois meninos para a casa da sua mãe em Argel e deu aviso prévio no *L'Ingénu*. Não queria mais se misturar com a atualidade, nem com artigos que questionassem o islã. Sentia-se em parte responsável pelo surgimento dos rumores. Agora, com a morte do ex-marido, havia reencontrado um filho que era um *wali* (santo) e cuidar desse adolescente ardoroso lhe parecia a tarefa mais útil para o futuro. Quem sabe Ali não se tornaria um grande reformador da fé muçulmana? O homem que faria da *preferência pelo outro* o sexto pilar do islã?

Para prover suas necessidades, pensava em se tornar uma *Mama-Benz* e se reorientar para a venda de artigos de beleza. Tinha em mente uma fórmula original que misturaria unguentos árabes e produtos de beleza ocidentais. Com a ecologia, os produtos tradicionais já tinham conhecido melhores dias diante deles.

Como em Paris muitos comerciantes magrebinos estavam fechando progressivamente suas lojas nos bairros não muçulmanos, ela vasculhou as ruas para descobrir um bom lugar para alugar. Ignorando as barricadas e os controles agressivos das milícias hostis a quem fosse moreno, confiante na pele nacarada que lhe servia de salvo-conduto, procurava uma loja suficientemente ampla para conter todos os seus sonhos de prosperidade, com um belo apartamento no andar de cima.

87

O prefeito de Paris saudou-os um por um, enquanto eles entravam na sala de reuniões às 9 horas em ponto. Sua estatura era proporcional a sua função. Era um gigante barrigudo, com um grande nariz de veias aparentes, bochechas enormes e um queixo triplo, partes que pareciam dotadas de vida própria. Como fora nomeado recentemente, o comissário Sarfaty não conhecia seu rosto. Notou que ele tinha a mão úmida e que seu *blazer* azul, com seus botões dourados, era de muito mau gosto. A reunião se limitava a umas poucas pessoas: o prefeito, Antonin Lancelot, dos RG, Jean-Hugues, da DST, e ele. Era quinta-feira, 23 de março, e Serge Sarfaty esperava que a reunião não durasse muito tempo, pois queria comprar vinho numa adega que ficava no quarteirão da prefeitura. Por medo de represálias, os comerciantes de Ménilmontant não vendiam mais nem carne de porco nem álcool no bairro. Os que teimaram tiveram suas lojas vandalizadas.

Antonin Lancelot havia lhe explicado o mínimo sobre o assunto da reunião. Sobretudo, o havia sondado para saber qual era a sua análise da situação. Mas Sarfaty decidira guardar suas ideias para quem elas pudessem ser úteis. Percebera que sua integração ao gabinete de crise não havia partido de Lancelot.

A convite do prefeito, todos se sentaram e este último abriu a reunião:

— Senhores, todos sabem que estamos aqui para refletir sobre a crise provocada pelo fantasma de um Alcorão satânico. O presidente nos advertiu que, caso não seja encontrada uma solução rapidamente, decretará estado de sítio e renunciará em favor dos militares. Se devemos falar desse documento que chamamos de *testamento de Maomé*, que talvez esteja ligado a esta crise, façam isso sem medo. O primeiro-ministro me colocou a par de tudo. Precisamos informar o comissário Sarfaty da existência desse texto?

Lancelot tomou a palavra:

— Ele sabe o essencial, senhor prefeito.

As bochechas do gigante mexeram sozinhas, sem que Sarfaty entendesse o que aquilo significava: satisfação ou surpresa?

— Sim, ele participou do início da investigação. Dos homicídios ligados ao manuscrito.

Sarfaty concordou.

— Bem, também previ alguns especialistas — retomou o prefeito. — Um jurista, um especialista em conflitos urbanos, um publicitário e um sociólogo. Para o *testamento*, há também vários especialistas no Alcorão... muçulmanos e cientistas. Devo preveni-los de que estes são os piores, não concordam em nada, por isso temos vários deles. Tivemos que separar os que vieram para impor sua teoria. Desisti de falar com eles. Meus conselheiros técnicos estão entrevistando-os.

Os presentes sorriram.

O prefeito prosseguiu.

— Devo dizer que é um grande prazer tê-lo entre nós, comissário Sarfaty, pois isso evitará que tenhamos que ter com eles.

— O senhor sabe, prefeito, que não sou um especialista no Alcorão.

O prefeito fez um gesto com a mão como se tudo isso fosse um detalhe. Suas bochechas seguiram o movimento. Sarfaty observava seu deslocamento com um pouquinho de ansiedade, temendo que elas ganhassem a liberdade. A seguir, decidiu contar as veiazinhas sobre o nariz de seu anfitrião.

O prefeito, sem dúvida, tomou seu olhar como um sinal de interesse ou de aprovação da sua autoridade. Seu rosto se iluminou e ele continuou.

— Gostaria, primeiro, de ter a opinião de vocês sobre o estado de sítio pedido pelo presidente. O que acham, senhores?

Lancelot interveio rapidamente:

— Seria um grave erro. Já decretamos estado de emergência, o que não é nada, e não utilizamos todos os recursos jurídicos ligados a esta medida. Estou pensando no controle dos meios de comunicação e na proibição de reuniões públicas. O estado de sítio seria uma terrível desautorização para todos nós! Seríamos motivo de riso para todos os países.

O prefeito replicou:

— Sim, mas a população está clamando e pequenas medidas não irão acalmá-la. Estamos a caminho da guerra civil. Afinal, seria apenas por 12 dias, já que para mais que isso seria necessária a autorização do Parlamento. Tempo de descobrirmos os cabeças e mandá-los para casa.

— O problema é que não identificamos os verdadeiros cabeças! O senhor pretende expulsar quatro ou seis milhões de muçulmanos, prefeito? Boa sorte.

— O que você propõe, Lancelot?

— Por que não proibimos uma lista de livros mais críticos sobre o islã? Anunciada pelo próprio presidente, na televisão, esta medida poderia acalmar a comunidade muçulmana — prosseguiu o número dois dos RG.

— Pensei que você fosse mais astuto. Já tentamos propor um referendo sobre essa questão. Você viu o resultado!

Jean-Hugues Lenoir interrompeu. Era um homem seco, de uns 50 anos, muito magro e quase careca, apesar dos esforços para espalhar os cabelos grisalhos. O terno trespassado e a gravata listrada davam-lhe a aparência de um *crooner*.

— O presidente poderia usar o artigo 16. Ele teria poderes excepcionais, mas isso seria menos evidente.

— Podemos tentar — disse o prefeito —, mas tenho medo que a oposição caia em cima da gente. Se bem que... com toda essa balbúrdia... Mas a essência do problema permanece, como vamos sair desse conflito? Sr. Sarfaty, falam muito bem do senhor no Palácio, o que acha?

— Será que não poderíamos utilizar as associações de republicanos muçulmanos, senhor prefeito? Se lhes dermos bons recursos, elas não poderiam convencer seus correligionários mais ingênuos?

Lancelot cortou-o bruscamente.

— O Ministério do Interior está em cima disso, senhor prefeito. Não é fácil, muito poucas são legítimas. Não podemos nos enganar.

Sarfaty estava espantado que esse ponto ainda não estivesse resolvido, mas não estava no lugar do prefeito, nem do governo. Felizmente, aliás.

— Então, senhor prefeito, acho que é preciso enviar os sociólogos e os etnólogos especialistas em árabe até as mesquitas para entender o que está acontecendo *de verdade*. Sei que os técnicos dos RG dizem que os rumores são acéfalos, que ninguém está liderando, mas eles não estão beneficiando todos os muçulmanos. Existem, na França, muitos devotos razoáveis e, na ausência de um Alcorão demoníaco concreto, esse boato infundado deveria ter arrefecido, depois parado. Se eles estão continuando é porque alguém o está mantendo. É preciso saber *como*; esse como nos levará a *quem* e ao *porquê*.

— Espere, espere — cortou Lancelot. — Já fizemos muitas investigações. Entre os fundamentalistas muçulmanos, temos espiões em todos os seus grupos. Também encomendamos um grande estudo sobre a formação desse boato. Ele nos custou várias dezenas de milhares de euros. Suas conclusões são claras: é um boato clássico; não existe autor, não existe manipulador, não existe administrador. Sarfaty, você não vai cair na teoria do complô?

— Temos informantes em quase todas as mesquitas — completou Jean-Hugues Lenoir, da DST. — Conhecemos os sermões que são feitos ali. Todos os nossos informantes dizem que é espontâneo. Segundo eles dizem, é a "rádio das ruas" que alimenta os boatos.

— Ainda que o rumor se alimente de si mesmo, é preciso entender por meio de que mecanismo. Você já pensou que, talvez, seja nossa resposta que o alimente? Os indicadores não são formados por meio dessa observação — continuou Sarfaty. — É preciso pessoas ao mesmo tempo falantes de árabe e especializadas em ciências sociais, não apenas a panóplia habitual do serviço de informações. Não me diga que vocês não têm sociólogos na DST ou na RG! Quanto ao estudo, eu o li. Ele não explica nada. Aliás, o instituto que fez os estudos aconselha fortemente que se vá ver os lugares de culto e lamenta não estar equipado para isso. É uma maneira de dizer que são incapazes de ir mais além. Se vocês quiserem, eu posso ir como voluntário para acompanhar os sociólogos que estariam prontos a ir às mesquitas parisienses. Esquadrinhando as maiores mesquitas do território francês, deveremos ter os resultados bem depressa. Em uma semana, acho.

— Bem, afinal uma ideia nova — disse o prefeito. — Você terá todos os sociólogos que quiser. Quando pode começar?

— Amanhã — respondeu Sarfaty.

Ele estava vendo que sua ideia não tinha agradado Lancelot. Sem dúvida porque teria preferido ser ele próprio a formulá-la.

— Os especialistas tendem a esmiuçar demais. Às vezes é preciso saber cortar o mal pela raiz para tomar decisões. Sua ideia me agrada — continuou o prefeito. — Sempre digo que não há nada pior que os especialistas. Veja, tenho uma história, se vocês permitirem. No meu aniversário, meu genro me deu um livro sobre a origem do islã. Foi escrito por alguém que não é universitário, nem muçulmano aliás, mas, bem, foi a primeira vez que entendi de onde vem o islã. O senhor deve conhecer, comissário, ele se chama *De Moisés a Maomé*, de um certo Hanna Zakarias. Dois grandes volumes, uma raridade, segundo meu genro. Um livro escrito nos anos 1950, mas que não envelheceu. O autor vai direto ao ponto. Para ele, o verdadeiro Alcorão desapareceu. O Alcorão atual é uma espécie de *Ato dos apóstolos*, mas não o original, que teria sido destruído. Surpreendente, não? Como se ele tivesse previsto a descoberta desse *testamento* que está acabando conosco.

O triplo queixo prefeitoral balançava ao ritmo do balanço de sua cabeça. Lancelot e Lenoir eram todo ouvidos. Sarfaty passou a mão na cabeça, aborrecido. Conhecia essa obra antissemita, que Hankache lhe havia emprestado. Zakarias era o pseudônimo de um padre católico que fora seriamente repreendido por seus superiores, mas apoiado em segredo por membros do clero. Em sua obra, publicada por conta própria, escrita num estilo desrespeitoso e provocador que lembrava os panfletos de Céline, ele defendia a ideia de que a religião muçulmana era uma manipulação dos judeus para pôr as mãos na Arábia. Sua tese não passava de mais uma das inúmeras reescrituras da lenda do monge de Bahîra, uma lenda medieval árabe segundo a qual um monge herege teria sido a origem da pregação de Maomé e o verdadeiro autor do Alcorão. Na Síria e no Líbano, muitos eclesiásticos ligados ao Vaticano acreditavam firmemente nessa lenda, mas o monge se chamava Sergius ou Nestor.

Orgulhoso de sua cultura, o prefeito continuava.

— Ele diz também que o Alcorão não passa de uma variação sobre temas bíblicos. Sem esses empréstimos, não restaria grande coisa de tipicamente árabe. Quase nada mesmo. Maomé seria um plagiador. Mas acho que ele exagera: Maomé ainda assim inventou a guerra santa, o véu, a lapidação da adúltera e outras pérolas islâmicas.

Sarfaty parou de contar em 15; sim, 15 pequenas serpentes sanguíneas disputavam o nariz do prefeito. Ele se mexeu na cadeira, incomodado. Precisaria intervir? Não se via trabalhando sob a direção de um prefeito antissemita. Mas talvez estivesse sendo paranoico. Afinal, era só ignorância. O prefeito nunca leu o Alcorão, era isso. Ademais, ele mesmo não havia tido prazer em ler certas passagens veementes de Zakarias? Como todos os escritos de iluminados, havia um certo brio em suas reconstruções e seu estilo descomedido servia para rir.

Ele observou Antonin Lancelot. Este alongava as pernas e saboreava o delírio do prefeito. Nunca escondera seu anticlericalismo. Insultar uma religião lhe parecia uma atitude muito saudável. Sarfaty decidiu intervir para ver se sua suspeita de antissemitismo tinha sentido. Havia engolido muitos sapos em sua carreira de policial. Ao aceitar entrar para a divisão de crise, impusera suas condições.

— Sr. prefeito, como o senhor sabe, todos os textos sagrados reciclam textos anteriores. É sem dúvida uma das condições do seu poder. O Deus monoteísta dos hebreus parece estranhamente com o deus de Akhenaton, e seu ciúme é o mesmo de Assour, um deus assírio que queria que sua autoridade fosse reconhecida por toda parte e que seus inimigos fossem aniquilados. Mas o cristianismo também tomou muita coisa do Antigo Testamento. Retire esses empréstimos e o cristianismo não existirá mais.

As bochechas prefeitorais se agitaram.

— Ah, vejo que o comissário Sarfaty também tem algumas opiniões pessoais sobre a questão — replicou. — Então fale, meu amigo, você tem a sua frente alguém que aprecia seus trabalhos.

O comissário fez uma pausa. Temia se lançar numa explicação intempestiva.

— Quanto às chacotas corânicas que você está evocando, elas estavam todas contidas na Bíblia. A ideia de Guerra Santa encontra-se nos primeiros livros bíblicos, e o próprio Moisés era a favor de intervenções mais enérgicas. O senhor conhece os livros do Êxodo ou o Deuteronômio, senhor prefeito?

As bochechas confirmaram. Mas Sarfaty não acreditava numa palavra. No máximo, o prefeito devia conhecer as passagens do Antigo Testamento lidas na missa durante as festas de Natal e da Páscoa.

— O senhor se lembra do episódio do Bezerro de Ouro? Os judeus conseguiram fugir do Egito. Estavam no deserto. Moisés desapareceu para consultar Yahvé no Monte Sinai; e deixou o poder para seu irmão Aaron. Depois de quarenta dias, os judeus, não acreditando mais em seu retorno e precisando de uma força protetora, mandaram fabricar um ídolo de ouro com suas joias. Mas Moisés voltou. Ele estava assustado, pois Yahvé é um Deus ciumento e colérico, um Deus que se vinga sobre quatro gerações. Para acalmar esse Deus terrível, ele reuniu sua tribo, os levitas, e disse-lhe: "Yahvé, o Deus de Israel, está clamando por vingança; coloquem o gládio na cintura, andem de tenda em tenda e matem os adoradores do Bezerro de Ouro, todos, sejam irmãos, amigos ou parentes." Moisés mandou matar três mil judeus tentados pela idolatria!* Sim, três mil judeus passaram pelo fio da espada!

— De fato, é uma história edificante. Deveríamos reler a Bíblia mais frequentemente. Continue.

*Êxodo, capítulos 32 e 34.

— O livro do Deuteronômio, como indica o seu título, é a "Segunda Lei", uma reformulação dos dez mandamentos de Moisés. Há um mandamento que se refere aos apóstatas que o senhor deve conhecer. Ele diz: "Se teu irmão, teu filho ou tua filha, tua mulher ou teu amigo quiser te seduzir com outros deuses, deverás matá-lo"* O senhor vê que a ideia de matar os descrentes não é própria ao islã. Mas também gostaria de lembrar que o *Contrato social* de Rousseau, que inventou a ideia de soberania popular, a base da República francesa, proíbe o ateísmo pelo banimento e pune sua divulgação com a pena de morte.** Devo continuar, senhor prefeito?

— Conclua.

— A lapidação da adúltera é uma lei judaica e não de origem corânica. A inferioridade da mulher está formulada tanto na Bíblia hebraica quanto nos Evangelhos. O Apóstolo Paulo recomenda o uso do véu à mulher e a proíbe de falar em público, mas também está cheio de ameaças veladas para os incrédulos. No final do Novo Testamento, essas ameaças estão explícitas. Na Epístola de Judas, o episódio do Bezerro de Ouro é evocado como um modelo e os fiéis são exortados a odiar até mesmo as vestes dos ímpios que não acreditarem na divindade de Jesus Cristo. Como vocês podem ver, até mesmo a caridade cristã tem seus limites.

— O que você está querendo demonstrar, meu amigo? — perguntou o prefeito, sem animosidade.

— Desculpem-me por ter me alongado um pouco e abusado de seu tempo, eu simplesmente queria lembrar que o Alcorão não era diferente dos textos sagrados que estão na base da nossa civilização ocidental. No decorrer dos séculos, com sabedoria, as tradições judias, cristãs e muçulmanas decidiram que era preciso procurar um sentido espiritual nas Escrituras, e não tomá-las ao pé da letra. Somente as correntes sectárias, como os caraítas, os wahbitas ou os pentecostalistas,*** se limitam ao sentido

---

*Deuteronômio, capítulo 13, versículos 7-10.

**Do contrato social, Livro IV, capítulo 8, "Da religião civil".

***Os caraítas representam uma tendência sectária e dogmática da religião hebraica, assim como o wahbismo para o islã ou o movimento pentecostista para o cristianismo. Todos esses movimentos tomam as Escrituras ao pé da letra.

aparente do texto. Quanto a Zakarias, senhor prefeito, concordo que seu tom é às vezes engraçado, mas sua proposição/fala equivale a dizer que Jesus tomou tudo dos judeus, sob pretexto de que sua doutrina já estava contida no Segundo Isaías ou em Jeremias, que militavam pela caridade universal e pelo amor ao próximo.

O prefeito suspirou, dizendo:

— É preciso ainda assim nos explicar por que a corrente sectária é tão poderosa entre os muçulmanos, comissário Sarfaty. Admita que, nesse quadro, o islã tem um lugar à parte.

— Concordo com o senhor, prefeito. Mas são o petróleo e as potências ocidentais os responsáveis por essa anomalia. A ironia da história é que Meca foi inventada para fixar os beduínos nômades na Arábia. Mas, ao deixar a família Saud se apoderar de Meca e de Medina, formar o reino da Arábia Saudita, salvando três ou quatro vezes a existência daquela monarquia xenófoba, a França, a Inglaterra, os EUA e a URSS permitiram aos Saud utilizar sua riqueza para difundir a doutrina wahbita por toda parte no mundo. Há um sabre na bandeira saudita, suas intenções eram claras desde o início. E essa benevolência continua: o senhor se lembra, Sr. prefeito, que em 1979 foi o GIGN francês que salvou a cidade de Meca, tomada de assalto pelos rebeldes. Na França, o Estado foi se preocupar com as mesquitas tarde demais, deixou que fossem construídas por particulares, que se voltaram para os países muçulmanos para obter financiamento. Por azar, esses países representavam o islã mais fanático. O Estado achava que estava fazendo economia e hoje está pagando muito caro.

— Bem, bem. É verdade que as coisas são sempre mais complexas do que se pensa. Aprendi muitas coisas hoje, coisas originais. Não mentiram a seu respeito, Sr. Sarfaty, o senhor merece a fama que tem. Agora, precisamos trabalhar. Se não encontrarmos nada, será preciso considerar fechar as mesquitas, proibir as associações e aumentar as penas para os vândalos e os responsáveis pelos autos de fé.

88

O *adhân*, o chamamento do muezim, ecoava nas ruas em torno da mesquita, imperioso e ameaçador, levado por um ventinho agreste. Naquele bairro, há semanas, as vozes de adolescentes clamavam contra o Estado francês, chamando a morrer por Alá e por seu Mensageiro. Mas o chamado sagrado havia dispersado sua manifestação. Sarfaty apressou o passo para encontrar um bom lugar, já estava muito atrasado.

> *Allâh akbar Allâh akbar Allâh akbar. Deus é grande, Deus é grande, Deus é grande. Ashahadou anna lâ ilâha illâllah. Eu afirmo que não há outra divindade além de Deus... Ashahadou ana muhammadan rasûlu llâh. Afirmo que Maomé é o enviado de Deus. Hayyât 'alâl salât. Venham para a oração. Hayyât 'alâl falât. Venham para a saudação.*

Era a oração comum da sexta-feira, feita ao meio-dia. Ele já havia perdido o sermão pronunciado pelo pregador da mesquita, um sermão que era sempre cheio de alusões aos acontecimentos em curso.

Desde que aceitara integrar a divisão de crise, a mania de fazer reuniões tomava o seu tempo cada vez mais. Aliás, circular em Paris tinha ficado problemático, mesmo de moto. A periferia estava fechada, muitas ruas haviam sido interditadas pelas companhias da CRS (Companhia

Republicana de Segurança); outras estavam obstruídas pelas milícias que tentavam se instalar conforme o bairro e o credo.

Quando chegou ao alto da rua que havia contornado, por uma Belleville atulhada de barricadas abandonadas e automóveis incendiados, ele foi surpreendido ao ver a quantidade de participantes. Os muçulmanos eram tão numerosos que precisaram se espalhar por várias ruas para poder orar em conjunto. Toda a parte de baixo da ruazinha, bem como outra ruela perpendicular, estava coberta de devotos prostrados, alinhados em várias fileiras, com o imame, o chefe da oração, no meio da primeira fila.

Os fiéis estavam instalados diretamente no asfalto, com os joelhos sobre tapetes improvisados. Tal afluência era excepcional, mesmo numa sexta-feira, o único dia em que a prece em comum era obrigatória, *27 vezes preferível à prece individual.* Embora acostumado com tal espetáculo, aquela massa de homens ajoelhados tinha algo de impressionante. Nenhuma palavra, nenhum ruído subia da multidão recolhida. A ideia de sagrado de repente se tornava tangível, dotada da força persuasiva do número. O boato sobre o Alcorão satânico tinha um poder de mobilização extraordinário.

Maquinalmente, ele passou a mão pela peruca para verificar sua colocação. Corria um sério risco vindo orar numa mesquita do seu bairro. Alguém poderia reconhecê-lo, depois de dez anos vivendo em Ménilmontant e, dadas as circunstâncias atuais, poderiam agredi-lo em plena rua sem nenhum problema. Além disso, fora naquela mesquita que, seis anos antes, com a divisão antiterrorista, ele havia prendido o chefe dos "islamitas do mundial". Sem o conhecimento da associação *Tabligh* que administrava a mesquita, o terrorista a transformara em seu quartel-general. Ali marcava seus encontros, escondia explosivos e recebia suas mensagens. Mas era uma vantagem para Sarfaty, pois ele conhecia bem o local, e se alguém o desmascarasse, o presidente seria obrigado a conceder sua aposentadoria favorecer sua retirada.

Não descuidou de seu disfarce de "imigrante ilegal" desocupado. Sob seu *jogging* barato, ele usava uma camiseta com as cores da Argélia e seu aspecto conservava um tanto de sujeira para se passar por um necessitado.

A fim de levantar a moral, ele pensou no califa Harun al-Rachid, que se disfarçava de comerciante à noite para observar a população de Bagdá, não menos cosmopolita, nem menos insurgente que a população de Paris. Apesar da coroa, Harun al-Rachis também deve ter levado alguns sustos. Sarfaty se lembrava de um relato em que ele quase perdeu a cabeça numa casa mantida por três irmãs. Foi essa história das *Mil e uma noites*, de cunho histórico comprovado, que lhe deu a ideia de espionar as mesquitas. Todavia, o califa nunca saía sem seu amigo Dja'far, o Barmecida, homem cheio de sabedoria, e seu carrasco, um temível espadachim. Já Sarfaty estava sozinho e sem proteção próxima.

Entrou na mesquita para fazer suas abluções. Como não era o único retardatário, ele as executou minuciosamente. O cuidado com que alguém fazia suas abluções indicava o bom muçulmano. Ele murmurou sua intenção (a *niya*) e a fórmula *Bismi-llahi r-Rahmani r-Rahîm* ("Em nome de Deus o Clemente e o Misericordioso"). A seguir, se prestou ao ritual das pequenas abluções. Três vezes seguidas, ele lavou as mãos até o cotovelo, lavou a boca, o nariz, o rosto, tomando cuidado com os cordões da adaga britânica amarrada sobre seu antebraço esquerdo. Depois, molhou os cabelos, limpou o interior das orelhas, os pés e os tornozelos, apesar da segunda adaga que trazia amarrada à tíbia direita. Saiu e se colocou nas últimas fileiras.

O imame já havia terminado a primeira *rak'a* e começava a segunda. Era o próprio presidente da associação quem dirigia a prece. Todos os fiéis haviam terminado sua prosternação e levantado.

Sarfaty se manteve em pé como seus vizinhos. Com as mãos erguidas até os ombros, ele anunciou sua intenção de fazer a oração e se pôs em estado de sacralização, pronunciando a fórmula ritual *Allâh akbar*. A seguir, procurou o lugar onde iria repousar sua testa, dado essencial para não se ferir.

Depois disso, seus gestos foram automáticos, o movimento coletivo o levava. A inclinação do busto com as mãos sobre os joelhos, repetindo *Allâh akbar* e *Soubhâna Rabbiya-l-'Adhim* ("Glória a meu Senhor, o Maior"); o endireitar do corpo e a resposta coletiva "Ó nosso Senhor, a Ti o louvor";

a primeira prosternação até o chão (era o momento penoso para o seu corpo), precedido do *Allâh akbar* e seguido da repetição, por três vezes, de *Soubhâna Rabbiya-l-'a'lâ* ("Glória a meu Senhor o Mais Alto"); a posição sentada sobre os calcanhares, com o pedido de perdão; uma segunda prosternação (ai, ai, ai, gemia!); o retorno à posição sentada, meditativa.

Sarfaty tinha aprendido todos esses gestos na confraria turca da Mawlawiya, fundada por Roumî, a fim de seguir o ensinamento de um famoso mestre sufi. Para se tornar sufi, era preciso se converter ao islã, operação muito simples que se limitava a recitar a *shahada** diante de duas testemunhas. Ele o fez sem problemas, assim como se curvou ao cerimonial do xintó quando praticava caratê.

O encadeamento que ele realizava naquele instante com a condução do imame chamava-se *rak'a*. Cada *rak'a* retomava a mesma sequência de palavras e de movimentos. Os versículos recitados além da *Fatiha* variavam segundo a conveniência do devoto e eram formulados em voz baixa. Sarfaty optou por frases que lhe pareciam de circunstância.

> *Se praticardes o bem, este se reverterá em vosso próprio benefício; se praticardes o mal, será em vosso prejuízo.***

A prece chegava ao final com a fórmula ritual *As salântou 'alaykoum wa rahmatou-l-lâh* ("que o Senhor vos dê a paz e a misericórdia"), dirigida ao vizinho da direita, depois ao vizinho da esquerda. E terminou com as preces que bendiziam as famílias de Ibrahim (Abraão) e Maomé.

Depois, a multidão de devotos se dispersou em pequenos grupos em torno da mesquita, para comentar os últimos incidentes. Era o momento esperado. Tendo participado da prece coletiva, Sarfaty poderia se misturar aos grupos, ouvir as conversas e até intervir sem levantar suspeitas.

---

*É uma profissão de fé que não consta no Alcorão. "Testemunho que não há outra divindade que não Deus e que Maomé é o Enviado de Deus." *Achhadu an lâ illâ-llah achhadu anna Muhammadane rasûlu-llah.*

**Alcorão, 17, 7.

Os grupos eram bem homogêneos, ligados pela idade, mas não eram estanques nem imutáveis. Eles se formavam e se desfaziam ao sabor das trocas entre os grupos. Por toda parte, o objeto da conversa era o famoso Alcorão satânico e as últimas manifestações dos muçulmanos. Ninguém havia visto o livro demoníaco, mas todos acreditavam firmemente em sua existência, o que não era de surpreender naquela mesquita fundamentalista.

Num grupo mais jovem, pretendiam queimar as livrarias que o vendessem; numa outra, dos homens mais maduros, falava-se em encontrar o endereço da gráfica para impedir a blasfêmia na fonte; outro, dos mais velhos, tratava de uma passeata pelo Eliseu e de abaixo-assinados. Sarfaty passava de um para o outro, ouvidos à espreita, à procura de um líder ou de um mais exaltado. Alguém capaz de alimentar o rumor com elementos inéditos.

Ele foi atraído por um velho *tablighi* cego, que uma criança trazia pela mão. O velho não falava alto, ao contrário de muito outros oradores, mas Sarfaty observou que eram muitos os que o saudavam ou vinham ouvi-lo por um momento. Ele falava uma língua estrangeira, o urdu ou o hindi, mas a criança traduzia para o árabe suas palavras.

Sua conversa era diferente das outras, mais repetitiva, como uma ladainha. Ele afirmava que esse Alcorão de *Iblis* (Satã) era um sinal do fim dos tempos e declamava incansavelmente hadiths anunciando que a vinda do Anticristo seria acompanhada por deformações da Revelação divina.

"No fim dos tempos, haverá falsários, mentirosos que lhes falarão de tradições das quais nem seus pais ouviram falar."

"Satã toma a forma de um homem e vem ao encontro dos povos com um Alcorão mentiroso."

"No mar, há diabos acorrentados que Salomão, filho de Davi, baniu para lá; é possível que eles escapem e apresentem aos povos um falso Alcorão."

Diferentemente dos outros fiéis, ele não acusava os franceses ou o Estado francês; não via a deturpação do Livro como uma trama. Para ele, era um fato objetivo, inegável, previsto desde sempre, cuja causa era mais sobrenatural do que humana. Em si, isso não tinha nada de extraordinário. O homem era alimentado pela Tradição, sabia que os falsos alcorões não passavam de um sinal do fim dos tempos. Mas nesse contexto apocalíptico, por que se deter neles? Por que escolher precisamente os hadiths que os evocavam? A chegada do Anticristo, o retorno de *Issa* (Jesus), o incrível combate que ocorreria entre Jesus e o Anticristo, a iminência do Julgamento de Deus, todos esses acontecimentos anunciados pela Tradição muçulmana não eram mais decisivos do que alguns alcorões pervertidos que ninguém havia visto? Se fosse coerente com seu discurso, ele deveria ter insistido sobre o fato de que cada um precisava se purificar de seus pecados! Que nada era mais urgente do que essa purificação antes de se apresentar diante do Senhor!

Portanto, não era o ultraje ou a blasfêmia que o mobilizavam. Sua ladainha vinha, antes, de uma outra fonte. Tudo se passava como se ele recitasse um texto escrito antecipadamente. Mas por quem? Quem o havia mandado recitar esses *hadiths* de forma ininterrupta? Talvez não passasse de uma pista falsa, mas na falta de coisa melhor, valia a pena investigá-la.

Progressivamente, a multidão de devotos se dispersava, as pessoas voltavam para casa ou para o trabalho. Sarfaty foi tomar um café na cafeteria em frente à mesquita para vigiar o velho. Quando o viu partir, sempre guiado pela criança, e subir a Rue Jean-Pierre-Timbaud, seguiu seus passos.

89

Chegando ao alto da Rue Jean-Pierre-Timbaud, o menino e o velho entraram num café que ficava na esquina, em frente à estação de metrô Couronnes. Era um café magrebino que não havia sido vandalizado. Um homem os esperava, instalado numa mesa.

Vestido com a roupa tradicional dos paquistaneses, pequeno, de cerca de 40 anos, ele tinha uma pele muito escura como o velho, um tique cômico no rosto e suas mãos brincavam nervosamente com um rosário. O bar estava cheio de magrebinos e africanos que também vinham da oração, mas de uma outra mesquita, aquela que se encontrava mais próxima, no Boulevard de Belleville. Ela tinha uma reputação melhor, pois dependia do superior da mesquita de Paris. Em geral, o público das duas mesquitas não se encontrava. Por que o velho iria àquele bistrô?

Sarfaty apoiou-se no balcão e pediu um café. Rezou para não ganhar uma úlcera com tanto *robusta* que andava tomando. Mas, naquela zona, do Père-Lachaise a Colonel-Fabien, mais nenhum muçulmano bebia álcool em público, a pressão era muito forte.

De onde estava, ele ouvia fragmentos da conversa do velho cego com o desconhecido, infelizmente naquela língua obscura e, desta vez, o menino não traduzia. Ele viu o homem com o tique falar longamente, depois dar dinheiro e uma folha com algo escrito ao velho. O menino leu a folha para o velho e este concordou com a cabeça, dando um sorriso. Aquilo podia ser instruções e um salário... ou simplesmente eram parentes que se ajudavam! Como saber? Mais adiante, do outro lado do balcão, dois consumidores, carregando consigo exemplares do *Monde* e do *Libération*, discutiam na mesma língua.

Sarfaty se instalou ao lado deles. Após um momento, cumprimentou-os em árabe e perguntou em que língua eles falavam. Como eles não entenderam a pergunta, Sarfaty recomeçou em francês, adotando um sotaque magrebino. Os dois homens explicaram que era o urdu. Sarfaty declarou que era uma bela língua. Estabeleceu-se uma conversa amistosa, fornecendo uma ótima cobertura para o comissário, que podia continuar a observar seu alvo sem ser notado.

Quinze minutos mais tarde, uma buzina chamou a atenção do homem com o tique. Ele foi até a calçada e fez sinal para um carro parado em fila dupla. Depois voltou ao café para pagar a conta. Sarfaty o seguiu até a rua e teve tempo de ver o paquistanês entrar num Mercedes, cuja placa ele conseguiu memorizar. O motorista era um homem magro, vestindo um terno; foi tudo o que ele conseguiu distinguir. Mas se a placa não fosse falsa, o número bastaria para encontrá-los.

Voltou para casa, na Rue de la Cité-du-Labyrinthe, dando uma longa volta e passando pela Belleville, a Rue Julien-Lacroix e a Rue Sorbier. Havia pouca gente nas ruas. Os bombeiros haviam desimpedido as principais barricadas, mas as calçadas ainda estavam cobertas de lixeiras viradas, de motos retorcidas e bancos arrancados, sem contar os inevitáveis automóveis incendiados. O prefeito havia explicado que a retirada de tudo estava em andamento. Apesar da mobilização do exército, isso ainda não havia terminado. Em direção à Rue des Pyrénées, uma espessa coluna de fumaça preta subia para o céu e ouvia-se o soar das sirenes.

90

Um mês antes, se alguém houvesse previsto para Sarfaty que um conflito religioso sacudiria a França laica e republicana e que os muçulmanos franceses iriam queimar as obras eruditas sobre o islã, ele não teria dado o menor crédito.

Ele não contou ao prefeito tudo que estava pensando. Por sua parte, estava pronto a devolver num voo *charter* todos os muçulmanos que não tivessem uma concepção esclarecida da própria religião. Assim como, aliás, os judeus ou os cristãos que militavam pela violência com o objetivo de estabelecer um Estado teocrático.

Para ele, Spinoza havia resolvido definitivamente a questão da liberdade de culto em seu *Tratado teológico-político*: o Estado devia garantir a seus cidadãos a liberdade de pensamento e de expressão em matéria espiritual. Mas, em contrapartida, os cidadãos deveriam aceitar que o Estado fosse o único juiz em matéria de interpretação das Escrituras, fossem elas corânicas. Ou seja, os cidadãos franceses muçulmanos não tinham nenhuma legitimidade para paralisar a sociedade sob o pretexto de que um Alcorão satânico circulava na França. Seu único direito era de deixar esse Estado e procurar asilo num país que reconhecesse seus preconceitos ridículos.

O lançamento desse boato era de uma inteligência diabólica. Agora, os espíritos estavam de tal forma acirrados que a divulgação do último escrito de Maomé só iria parecer uma materialização do Alcorão satânico. Mesmo acompanhado de todas as provas científicas de sua autenticidade, nenhum muçulmano fervoroso deixaria de associar o Testamento siríaco ao Alcorão maldito.

Tudo estava acontecendo como se o cérebro que havia lançado esse boato temesse a natureza desestabilizadora do testamento e tivesse tomado medidas preventivas para impedir a sua divulgação. E, no entanto, isso parecia impensável. Aquele texto não tivera nenhum leitor antes que Sarfaty o traduzisse; Paul era sincero e não tinha nenhuma razão de mentir. Sim, mas uma versão rasurada bastaria para adivinhar o seu conteúdo.

Mas o que o autor esperava com esse boato? Impedir a publicação do códice? Havia conseguido. Desestabilizar a França? Já começou. O que mais lhe faltava? Dinheiro? Sarfaty via que seu raciocínio estava pecando em alguma parte. Seu raciocínio era muito franco-francês; assim como quando quebrava a cabeça sobre os assassinatos da Rue du Comte-Boulainvilliers. Era sua atividade de policial que o isolava neste quadro franco-francês. Trabalhando nos RG, Lancelot tinha uma visão mais mundial dos problemas.

Raciocinemos de modo internacional, se dizia *in petto*. Após três ou quatro semanas de existência, o boato do Alcorão satânico não era apenas um fenômeno francês. Os países muçulmanos já estavam informados de sua existência e logo iriam intervir para que o governo francês o remediasse. Sim, mas muito poucos indivíduos no exterior sabiam exatamente em que pé estavam as coisas, além de imaginar uma ofensa feita ao islã. Nos países que não viveram esta crise, o testamento pode, portanto, ser exibido como uma relíquia inestimável, sem que seja necessário revelar seu conteúdo. Nenhum devoto faria a ligação com o boato francês. Bastaria informar que aquele documento raríssimo continha suratas corânicas e proibir o acesso aos pesquisadores, como já fora feito, sem causar agitações, com um pergaminho protocorânico encontrado em 1972 em Saana, no Iêmen. Não seria este o objetivo do boato: chantagear a França para obter o testamento do Profeta?

91

Desconfie do ignorante que cita as Escrituras

Sarfaty parou sua BMW 1150 na garagem do edifício onde estava instalada a divisão de crise. Teria sido imprudente deixar a moto do lado de fora, mesmo no Boulevard Pereire, no XVII distrito. Ali também estavam queimando veículos, às vezes em pleno dia.

Estava contente por estar vestindo uma roupa limpa. Seu disfarce de clandestino fedia a suor. Hoje, para se compensar, usava um terno Armani azul e muito perfume *Cuir mauresque.* Não era um dia banal: o automóvel devia ter sido identificado e pela primeira vez talvez a divisão tivesse um fato concreto com que se ocupar. Se não fosse a fonte do boato, certamente seria uma rede que o estava explorando. Talvez os relatórios feitos pela dezena de etnólogos e sociólogos enviados às grandes mesquitas da França mencionassem outros *tablighi.* O fato que essa informação viesse dele, e não de um outro, aumentava seu bom humor.

Na entrada, identificou-se colocando a palma da mão sobre um aparelho biométrico e a porta se abriu automaticamente. O guarda o cumprimentou. Eram 9 horas de um sábado, poucos membros da divisão estariam presentes hoje, ainda que os serviços técnicos funcionassem todos os dias, inclusive aos domingos. Dirigia-se diretamente a seu escritório, que ficava no fundo desse apartamento burguês transformado em QG, quando uma voz o chamou da sala das escutas.

Era um terminal no qual a divisão podia revirar todas as escutas telefônicas situadas na França, sem mandado. Coberta de computadores, gravadores, registradores e fones, em geral ocupada por um técnico de nome David, a sala não era prática para se trabalhar. Sarfaty pôs a cabeça para dentro. Ficou surpreso em ver Antonin Lancelot fazendo cópias de gravações em CDs. Teve um sopro de orgulho, pois se Antonin estava ali num sábado, era certamente porque sua descoberta era primordial.

— Parabéns pela placa do carro. As coisas estão ganhando um contorno.

Sarfaty sorriu, pois os RG tinham um informante naquela mesquita.

— Você quer saber quem era o motorista?

— Cheguei cedo só para isso. Imagino que você também.

— Sim, venha até o meu escritório, estaremos mais à vontade — disse Lancelot.

Ele o seguiu até o escritório presidencial que Lancelot havia reservado para si. Um lado da parede estava ocupado por telas de TV. Revistas e jornais se acumulavam num canto. Sobre a mesa longa, uma xícara de café fumegava ao lado de *croissants* sobre um pratinho.

O número dois dos RG estendeu-lhe um memorando.

— Foi uma equipe paquistanesa que alugou o automóvel. Eles estão com documentos indianos falsos, com a coronel Benazir Gurasi liderando-os.

— Eu pensei que vocês tinham certeza de que ela estava em Karachi!

— Ela enganou nosso agente de lá. Ele a confundiu com uma dublê que ela já utilizava quando ainda estava na ISI.

— Os paquistaneses estão na jogada!

— Não. Islamabad nos jurou que se trata de uma equipe independente. Eles suspeitam do pai dela, o general Gurasi, que teria maquinado tudo. Para demonstrar boa vontade, eles o convocaram para um julgamento. Prometeram nos informar sobre o processo. Mas diga-me, Serge, você não achou estranho conseguir segui-los tão facilmente?

Sarfaty se chateou. Os RG precisavam sempre minimizar o trabalho dos outros setores. Isso fazia parte da cultura da casa. Há duas semanas, a divisão não tinha nada nas mãos e agora alguém lhe dizia que seu achado tinha sido programado pelos adversários.

— Explique você. Acabei de saber que essa Benazir está em Paris! Apesar de tudo, foi ela quem atacou um banco em plena Bastilha.

— É possível que eles estejam procurando estabelecer um contato — disse Lancelot, pensativo.

Fazendo um esforço para reprimir seu amor-próprio, Sarfaty repassou a cena da véspera. O velho que falava em urdu, sua presença numa mesquita *Tabligh*, a dois passos do patrocinador, que o remunera dentro de um bar. Ele tinha que reconhecer que aquilo fora um pouco fácil.

— Se for o caso, não é tão mal, isso quer dizer que eles querem negociar.

— Ou nos pegar... — disse Lancelot, com ar preocupado. — Essa Benazir Gurasi é a personificação do pai, um verdadeiro demônio. Você vai ver no arquivo sobre ela... É preciso desconfiar... organizar o que sabemos... verificar se o *Tabligh* é mesmo o principal canal do boato. Antes de negociar com eles, precisamos ter certeza de que eles são de fato a origem desta crise.

— Mesmo assim tenho direito a um ponto a meu favor — disse Sarfaty, sentando-se no sofá. — Você lembra que esse boato começou com um imame *Tabligh*.

O rosto de Antonin ficou sério.

— É possível, mas eu gostaria de algumas explicações suas — disse ele, colocando um CD num aparelho situado num canto da sala.

Lancelot permaneceu de pé perto do aparelho, quando este começou a funcionar.

Ouvia-se a voz de Paul Mesure, com um fundo de música oriental.

— O testamento me faz pensar ora numa parábola, ora num romance histórico. A parábola, eu vejo bem o que ela implica. Mas a história dos gassânidas, vindos da Síria-Palestina para reunir as tribos beduínas da Arábia contra os bizantinos é verdadeira ou não?

— Segundo a Suna — era a voz de Sarfaty —, o islã nasceu no coração da Arábia profunda, em Meca, lugar antigo de peregrinação. A conquista teria sido apenas um efeito dessa nova religião, o entusiasmo dos novos convertidos, impacientes em divulgar sua fé. Graças a este documento, aprendemos que foi a conquista que permitiu o islã e não o inverso. Se os árabes cristãos da Síria-Palestina não tivessem sido lesados por Bizâncio, não teriam apoiado um pregador popular que, graças a sua rica imaginação, ouvia um Anjo ordenar-lhe uma guerra santa.

— Amin de Gaza?

— Sim, ele mesmo. Nas entrelinhas deste texto, vemos uma religião nascendo. Vemos que esse pregador era judeu-cristão, que ele pensava em sua missão segundo o modelo de Moisés, mas que ele também venerava Jesus. Compreendemos como e por que a Kaaba e sua Pedra negra irão lhe permitir convencer os beduínos pagãos. Essas tribos irão também acreditar nessa missão e em seu anúncio de uma Terra Prometida aos filhos de Ismail; promessa que já estava na Bíblia.* Essas tribos aceitarão combater para os gassânidas, que querem recuperar seu pequeno reino na Síria-Palestina, e lhes entregar um império. Em contrapartida, os gassânidas se converterão à nova religião de Amin de Gaza e torná-la culto oficial do seu Estado. A fé, um nacionalismo nascente e o interesse econômico são estreitamente ligados. É muito raro ver as coisas tão claramente. A Bíblia judaica, no século VII a.C, foi escrita por um processo similar, um impulso nacionalista do reino de Judas em plena expansão. Mas falta-nos um arquivo que o demonstre de forma tão clara quanto neste documento. Você tem certeza que é jornalista? Não acha que é um furo inacreditável?

— Mas ninguém nunca duvidou disso?

— Havia elementos disseminados na Tradição muçulmana, mas de forma muito figurada. A Tradição dizia que os coraixitas pertenciam

*Gênesis, 18, 20.

à grande tribo dos azd, como os gassânidas, o que era uma maneira de estabelecer um elo de parentesco entre eles. O teólogo Jean de Damas, que vivia à época dos omíadas, descreveu um Alcorão que ainda não estava unificado, onde os capítulos eram independentes; e apresentava o islã como uma heresia cristã. Na Síria, muitos nomes de lugar, topônimos, são idênticos aos que circundam Meca e Medina, é muito surpreendente. Os historiadores ocidentais especularam sobre essa ideia. Renan escreveu um artigo no qual explicava que, para criar o islã, Maomé havia-se inspirado nas seitas nazoreanas e ebionitas da Transjordânia. Hoje, alguns pesquisadores sérios pensam que o islã vem de um meio judaico-cristão, que recusava o dogma da Trindade. Portanto, havia uma intuição do que realmente havia ocorrido, mas não um quadro preciso; e, sobretudo, nenhuma prova arqueológica.

— E o que é essa história de Alcorão que teria sido revogado pelos sucessores do Profeta?

— É uma coisa realmente sutil, mas acho que entendi. É uma doutrina que se encontra no texto atual — retoma a voz de Sarfaty. — O testamento parece dizer que foi Maomé quem o estabeleceu, prevendo que os califas que viriam depois dele iriam reescrever seu Livro.

Uma terceira voz, de Sonia Boudaoui, interrompe-os pela primeira vez. Ela os cumprimenta como se acabasse de chegar e recita versículos em árabe. Depois dá a tradução.

"Se quiséssemos, poderíamos revogar tudo quanto te temos inspirado."*

Sarfaty retomou na gravação:

— É a questão do anulável e do anulado, *al-nâsikh wa'l mansûkh*, em árabe, uma questão fundamental que diz respeito à validade da *Charia*..

---

*Alcorão, 17, 86.

Antonin Lancelot pausou o aparelho e se deixou cair numa poltrona. Sarfaty permaneceu de pé, como um acusado diante das barras de um tribunal. Lancelot não tinha parado de observá-lo durante a reprodução da gravação. O comissário tinha enrubescido, apesar de todos os seus esforços para manter o controle.

Então, haviam colocado seu apartamento sob escuta. O som era excelente, a instalação devia ser expressiva. Ele se deixara apanhar como um recruta. Os RG sabiam de tudo. Da presença de Sonia e Paul em sua casa, da sua posse do testamento... Tentou calcular os indícios que poderiam ser alegados contra ele diante de um tribunal, mas logo desistiu de tantas e tão pesadas que eram. Isso ia da ocultação de provas ao suborno de testemunha, à obstrução da investigação, ao perjúrio, etc.

92

— Quando você começou a desconfiar?

— Ah, já tem um tempo.

Ele pensou por um instante, depois prosseguiu:

— Pedi que você fosse colocado sob escuta em 23 de fevereiro, após o nosso encontro num café. Achei estranho que você soubesse exatamente o que Paul Mesure tinha ido fazer naquele banco onde se desenrolou a batalha campal entre os americanos e a equipe de Gurasi. Era preciso estar bem informado para saber que ele pretendia pegar o original do testamento. Entre os RG, ninguém sabia disso. Nem na PJ.

— Eu poderia ter uma fonte nos RG, ou mesmo no palácio — retrucou Sarfaty.

Ele se lembrou da cara de surpresa de Lancelot diante de sua repreensão pelo fato do disco rígido do computador de Paul ter sido mal investigado. Imaginou então que fora a crítica que o havia surpreendido. Mas não, o orgulho o enganara.

— Você acertou em cheio. No início, não achei que você fosse esperto a ponto de encontrar Paul Mesure e o testamento, nem tão ousado a ponto de mantê-los em sua casa. Achava que você tinha um contato pessoal nos RG. Isso me deixou muito aborrecido e coloquei seu apartamento sob escuta para identificar o espião. E depois, descobri algo muito melhor.

Com um sorrisinho nos lábios, Antonin acrescentou:

— Aprendi muitas coisas sobre os primeiros tempos do islã e do conhecimento do anulador e do anulado. Confesso que achava o Alcorão contraditório e incoerente. Uma vez esclarecida essa questão, ele fica muito lógico.

Sarfaty não respondeu. Não tentou se defender. As provas contra ele eram muito fortes. Ao mesmo tempo, estava aliviado.

— Mas não sou tão ingênuo quanto você — continuou Antonin. — Não creio que a divulgação desse testamento faça tão bem ao islã quanto você pensa. Na minha opinião, essa descoberta corre o risco de fazê-lo implodir.

— Não tente esconder suas ambições medíocres atrás de uma opinião. A única coisa que o interessa é sua promoção. Por quê? A que preço? Você não liga. Não tem uma ideia, mas sim uma ambição desmedida. Você daria um bom nazista.

— Ninguém tem o monopólio das ideias, Sarfaty. Sem ter seu conhecimento, tenho minha própria visão das coisas. Graças a você, li Renan. Não tinha o testamento, precisava me ocupar. Sabe o que Renan dizia dos judeus?

Surpreso com essa referência, Sarfaty não soube o que responder, embora conhecesse bem a obra desse pioneiro da história das religiões.

Com um sorriso satisfeito no rosto, Antonin continuou:

— Está no volume intitulado *Estudos de história religiosa*. Eu estava procurando o texto sobre Maomé que você cita na gravação. Renan explica que a história do povo judeu sempre foi regida por uma lei, a luta entre uma tendência liberal e uma tendência conservadora. Ele afirma, vou citá-lo, que *para a felicidade do mundo, a tendência conservadora sempre triunfou.* O que ele sustenta é que, sem a obstinação estreita e reacionária de uma linhagem de profetas e rabinos, o monoteísmo nunca teria penetrado na humanidade. A cultura judaica teria se dissolvido no helenismo ou na romanidade.

— Não vejo relação.

— Acho você muito esperto para isso — replicou Antonin. — Existe no islã a mesma luta entre essas duas tendências: uma tendência belicosa e intolerante, uma tendência liberal e pacífica. Se o mundo muçulmano conservou sua identidade, se o islã ainda é ativo, muito além de sua origem, se conseguiu converter a Indonésia, que lhe trouxe centenas de milhões de fiéis, é graças a essa tendência conservadora. Aliás, acreditando nos especialistas, quando vivo, Maomé sempre favoreceu essa tendência.

— E esse testamento, o que você acha? Você acha que é falso?

Antonin deu de ombros.

— Se for verdadeiro, eu o vejo como o arrependimento de um velho doente, que teme o mito que ele mesmo criou para seus compatriotas. Poucas horas antes de morrer, o Juízo Final o assusta e ele se pergunta se não cedeu demais aos gassânidas e aos beduínos. Ele está consciente de que sua religião se tornou um instrumento de conquista. Teme o castigo de Deus. Afinal, é só um profeta, iluminado. Os verdadeiros homens de Estado são os califas que o sucederão. Está vendo, eu escutei bem sua gravação, hein? Bem, agora, me desculpe, mas preciso tomar algumas medidas em relação a você.

Ele saiu da sala, fechando a porta. Uma chave girou na fechadura. O comissário estava detido.

93

Cada um interpreta a música dos céus à sua maneira

Sarfaty se aproximou da única saída que a sala continha. A larga janela que dava para o Boulevard Pereire, no terceiro andar. Era inútil bancar o acrobata. Somente sua inteligência poderia tirá-lo dessa encrenca.

Sentou-se no sofá e, embora não fosse seu costume, pegou um dos charutos *premium* reservados aos visitantes ilustres.

O comentário de Lancelot o surpreendera extremamente. O Lancelot que ele havia conhecido na divisão antiterrorista da PJ era um anticlerical obtuso, sem nenhuma cultura religiosa, confundindo santo e profeta, Evangelho e Novo testamento, Alcorão e *Suna*. Mas para combater os jihadistas, ele havia se reciclado e agora possuía as bases para compreender o impacto desse testamento, o maremoto que ele podia provocar.

Tinha ele razão ao defender o conservadorismo muçulmano por isso? O conformismo seria mesmo um fator de perenidade cultural? Pego com a boca na botija, Sarfaty ficara surpreso demais para responder com propriedade. Mas nada podia ser menos correto do que a opinião de Renan, que só usara o senso comum para chegar a ela. Historicamente, era possível defender a opinião inversa, sustentar que foram os grandes sobressaltos de liberdade que permitiram que uma religião se perpetuasse. Sem Filon da Alexandria, sem Jesus, sem Maimônides, sem Mendelssohn, pensadores judeus que os rabinos haviam condenado e excomungado, o judaísmo não teria sido obrigado a se renovar e, semelhante ao politeísmo antigo, estaria morto, apegado a uma tradição do passado.

Por que o islã não teria direito a uma evolução semelhante?

Na História, Sarfaty sabia, nada era irrevogável e a unidade de medida não era o ano solar ou lunar. Era preciso contar em gerações, substituir os anos por décadas, e lembrar que as vitórias nunca eram definitivas.

Em 2001, com o assombroso atentado de Nova York, o ocidente tomava consciência da determinação inacreditável dos adeptos do fundamentalismo muçulmano armado. Um movimento aparentemente arcaico se tornava mais perigoso do que a primeira potência mundial. Em todo o planeta, os patifes dançavam em torno de imagens de torres babilônicas que desabavam, festejavam o retorno de sua honra perdida. Finalmente os levavam a sério, finalmente eram temidos.

Na semana que sucedeu esse assassinato coletivo, as compras de exemplares do Alcorão representaram, no ocidente, o volume dos dez anos precedentes. Al-Fârâbi, Averroès, Ibn Arabi, Avicenne ou Mollâ Sadrâ tornaram-se pensadores importantes. A partir de então, passava-se a dar atenção a essa religião capaz de inspirar tamanho desprezo pela morte, tamanha engenhosidade.

O que complicava o quadro era que o mundo muçulmano não era um bloco homogêneo, e somente uma forma de falar. Por toda parte, o islã era submetido a um processo de recomposição, mas as histórias, as culturas, os Estados conduziam essas reconstruções nas mais diferentes direções. Em alguns países, os muçulmanos ainda tinham um problema de reconhecimento mais significativo para que a religião fosse algo mais que uma arma política instrumentalizada por caudilhos audaciosos. Em tais locais, destruídos pela miséria e pelo desespero, quanto mais a religião era dura com os mais providos, intolerante com os renitentes, igualitária e vingativa, mais era popular. *Os religiosos jamais tiveram tanto domínio sobre os povos e jamais fizeram tantos reis temíveis como nas piores situações vividas pelo Estado*, notava Spinoza.

A História trazia em si muitos mundos possíveis. Uma causa inesperada — pressão demográfica muito violenta, fome ou epidemia fulminantes, guerra pela água ou por uma energia barata — podia suscitar um encadeamento imprevisível de conflitos militares. Atacando o Irã, os Estados Unidos provocaram o início de uma reação, e a França estava sofrendo as primeiras consequências. Sem essa agressão, será que o boato sobre o Alcorão satânico teria acontecido?

Porém, uma batalha entre o bloco ocidental e o bloco muçulmano não era fatal. Entre os mundos possíveis, um deles continha uma evolução inacreditavelmente fecunda do islã, capaz de potencializar a cultura mundial com a mesma riqueza que o judaísmo.

Mas quantos anos seriam necessários esperar por esse amadurecimento? O tempo que o calendário muçulmano compense o calendário gregoriano? Só se tem uma vida e, para um ateu como Sarfaty, a vida eterna não era uma possibilidade tão consistente a ponto de suportar décadas de besteiras, ódios e ferocidades absurdas.

Lancelot iria lhe pedir o testamento e talvez lhe oferecesse uma saída honrosa. Mas não devia satisfazer o sonho de Hankache que queria desvelar as origens do islã? Se Sarfaty tivesse sido mais atento, o arameu ainda estaria vivo. Ora, o sonho de Hankache se juntava ao de um morto ilustre, que os judeus de Medina apelidaram de *o homem do desejo de Deus*, como o profeta Daniel. Sarfaty, então, não deveria empreender todos os esforços para que o testamento de Maomé contasse com o máximo de publicidade? Amin de Gaza compreendeu que a religião não era uma questão de dogma e que a justiça não podia ser construída sobre a injustiça. Sua Revelação não terminou com a sua divulgação para os homens. Pouco importava para ele que Deus fosse uma noção problemática e que a fórmula "Allâh akbar" não o fizesse pular de entusiasmo. A justiça não tinha religião, assim como a verdade.

O fundamentalismo não era uma ameaça reservada aos muçulmanos. Cada indivíduo, cada nação, continha a história do universo inteiro, todos os deuses, todos os demônios que foram adorados, todos estavam contidos neles, sob forma de tentações ou de remorsos, de desejos ou de ódios.

94

Seu charuto já tinha acabado quando dois militares entraram na sala, precedendo o número dois dos RG. Eles o revistaram cuidadosamente, mas o comissário não estava portando nenhuma arma. Após um sinal de cabeça, os soldados se postaram diante da entrada, e Lancelot fechou a porta.

— O que faremos? — perguntou Sarfaty, saindo de sua reflexão.

— Você logo vai saber — disse o antigo colega enquanto fazia uma ligação telefônica.

— Você tem certeza de que não precisa mais de mim?

Antonin Lancelot manteve o fone no ar.

— No que você poderia me ser útil?

— Que perigo eu represento? Sabendo que eu estava fazendo jogo duplo, ainda assim você não hesitou em me aceitar em sua divisão de crise.

— Assim, não o perderíamos. Mas agora que o boato começa a ser explicado, não preciso mais de você.

— E o testamento?

— Seu apartamento foi revistado hoje de manhã. Paul Mesure e Sonia Boudaoui já estão em nossas mãos.

Sarfaty procurava desesperadamente um meio de continuar livre.

De ganhar tempo.

— Então você soube do rapto de Nadir?

— Claro. Mas como você não pediu ajuda, não quis me meter nos seus negócios. Confesso que estava até curioso para ver como você sairia desse caso com a saúde que tem.

Antonin era uma das poucas pessoas que conheciam a ficha médica de Sarfaty.

— Você poderia ter impedido duas mortes.

— De dois terroristas? Não me faça rir. Graças a você, a administração economizou tempo e dinheiro. Mas não se preocupe, não estávamos muito longe. Caso o tal Abdou conseguisse matar você, não o teríamos deixado escapar.

— Agradeço por essa atenção. Então, você sabe para quem ele trabalhava.

— Era um solitário. Trabalhava por conta própria, cumprindo contratos para financiadores argelinos. E você? Para quem você trabalha?

— Estou tentando dar uma chance a esse testamento.

— Você está brincando comigo ou é megalomaníaco o suficiente para imaginar que vai reformar o islã sozinho? Não percebe que estamos à beira de uma guerra civil?

— Há dois problemas diferentes. As revoltas e o testamento. Creio que fui de grande ajuda para deter as revoltas. Quanto ao testamento, é diferente, dê uma chance a ele.

— E você acha que vai se sair bem, apesar de todas as organizações interessadas nesse documento?

— Não estou sozinho. Pelo direito internacional, esse manuscrito pertence aos malineses — disse Sarfaty, tranquilamente.

— E daí? Você não acha que ele estaria mais bem guardado em Mali. Ou que os malineses vão lhe proteger!

— Quem sabe? De qualquer forma, preveni os malineses. Eles farão uma requisição oficial para recuperar o manuscrito.

Antonin pegou um charuto e o cortou brutalmente.

— E se esse manuscrito for uma falsificação?

— A datação por radiocarbono é formal, o papiro é do início do século VII, com uma margem de erro de cinquenta anos. A tinta foi verificada no microscópio eletrônico. É mesmo carbono negro, com goma servindo de liga.

— O papiro, sim, a tinta também, mas e a escritura? Seria preciso fazer testes mais complexos para se ter 100% de certeza. Os bons falsários sempre utilizam material de época. Com um estojo de tintas e um papiro do século VII, um pouco de envelhecimento atômico e um bom talento com a mão, pode-se fazer um manuscrito bem apresentável, quase autêntico.

— Isso custaria uma fortuna. Quem teria interesse em financiar uma falsificação dessa?

— Aquele Tom Abernethy, cuja existência você teve a gentileza de nos revelar. É um agente dos americanos. Estava presente em todos os momentos decisivos do surgimento do manuscrito. Ainda assim é muito estranho!

— Me dê um motivo.

— Por que os americanos não teriam tramado esse engenhoso truque? Semear a cizânia no mundo muçulmano, seria bom para eles nesse momento. Os xiitas e os sunitas estão se unindo contra eles. Se os EUA quisessem amansar os iranianos oferecendo-lhes esse manuscrito como moeda de troca, não agiriam de outra forma.

— Mas o Testamento não é favorável aos xiitas!

Ele sabia que estava errado. O testamento conferia um lugar considerável a Salmân, o persa, um dos companheiros do Profeta. Fazia dele seu principal inspirador. Ora, no Irã, Salmân, o persa era mais que um santo, uma espécie de divindade, como os imames alidas.* A tese de Lancelot não era absurda.

— Se o Testamento fosse no sentido das pretensões alidas, nenhum sunita acreditaria nele. Isso seria muito grosseiro e muito próximo das manipulações que ocorreram no passado. Em contrapartida, se esse Testamento evoca uma outra coisa, uma revisão do islã, por exemplo, é muito

*De Ali, o filho adotivo e genro do Profeta, que encarna a verdade do islã para o xiismo.

mais eficaz. Os iranianos vão gastar muita energia disputando entre eles para saber se é melhor divulgá-lo, enterrá-lo ou falsificá-lo. Ocorrerão fugas, favorecidas pelos americanos. Seus vizinhos e todo o mundo muçulmano irão entrar na polêmica, reclamar uma cópia do documento. Os iranianos vão tergiversar. Em vez do fronte unido que está sendo formado, haverá a cisão do mundo islâmico e a pressão sobre os EUA diminuirá.

— Se é uma falsificação, então me explique por que ele está se autodestruindo?

A atmosfera úmida de Paris era muito menos propícia às fibras vegetais secas do que o ar seco de Tombuctu. Desconhecendo esse fato, Paul não havia tomado qualquer precaução e após algum tempo a tinta do manuscrito estava desbotando perigosamente. Sarfaty estava pensando em passar esse dado a Lancelot, mas este o descartou.

— Sei que você confiou o original a um laboratório para uma avaliação. Eles prescreveram uma série de banhos químicos muito caros. Sonia Boudaoui sondou um colaborador do agá Khan para obter os fundos. Ele deve receber vocês em alguns dias, muito intrigado com o manuscrito corânico antigo que vocês possuem. Mas o mau estado de conservação de um documento nunca foi uma prova de autenticidade, você deveria saber.

Ele marcou uma pausa. Sarfaty sentia que o nó em volta do seu pescoço estava se fechando um pouco mais a cada frase de Lancelot. A hipótese dele merecia ser considerada.

— Na verdade, não ligo para esse manuscrito tanto quanto você o mitifica — retomou Lancelot. — O contexto de seu surgimento não é bom, tem tudo para ser uma farsa. Mas o que me importa é saber se, para evitar a prisão, você está disposto a trabalhar para mim.

— O que você propõe? — perguntou Sarfaty, que não esperava mais por uma oferta assim.

QUARTA PARTE

95

O salão luxuoso do hotel Crillon ficava à direita, próximo ao restaurante. Após ter subido alguns degraus, ele passou o olhar atentamente pela sala. Havia um grupo de orientais atrás do piano, homens em trajes sauditas e mulheres em *hidjab*, com crianças. Os seguranças na mesa ao lado indicavam que os médio-orientais também não estavam seguros com a situação de crise que a França atravessava.

Mas lhe falaram de uma mulher sozinha, uma mulher de cafetã.

Mais adiante, no corredor do *hall*, havia banquetas enfileiradas onde se podia sentar para tomar um drinque. Depois vinha o bar. Em que lugar exatamente ela se encontrava? Não podia demorar. Seu tempo era contado.

Para entrar, já precisara argumentar, sacar sua carteira da PJ. Somente os hóspedes tinham direito a entrar no hotel. O pessoal estava muito atarefado. Dois estabelecimentos de luxo parisienses tinham sido vandalizados desde o início dos conflitos. O hotel Crillon, que encarnava o luxo *à francesa*, tornara-se um santuário reservado aos abastados obrigados a permanecer em Paris a negócios. Os verdadeiros turistas não existiam mais.

Fora Antonin Lancelot quem negociara com a equipe paquistanesa. O número da placa do carro, descoberto por Sarfaty, levara os RG a uma agência de locação de automóveis do XVIII° distrito. Na pasta referente ao Mercedes classe S, um envelope os esperava. Dentro dele, um número de telefone celular. Foi esse número que permitiu o início da negociação.

O interlocutor era um homem que falava um inglês ruim. Apesar de toda a tecnologia da divisão anticrise, foi impossível localizar a fonte do aparelho. Após tomar conhecimento das exigências, Lancelot pediu um tempo para refletir.

Mas, paralelamente, os RG fizeram uma investigação sobre o proprietário da agência de locação. Seguindo uma cascata de testas de ferro, graças ao auxílio dos serviços secretos indianos, eles chegaram a um aposentado da ISI paquistanesa, muito próximo ao general Gurasi. Foi assim que a equipe paquistanesa foi identificada. A seguir, os indianos tiveram prazer em repassar todos os dados que possuíam sobre Benazir Gurasi.

Enquanto respondia aos agressores que o Estado francês aceitava suas condições, Lancelot havia preparado uma contraofensiva. Nem o presidente nem o governo estavam a par.

Benazir Gurasi foi quem exigiu o Crillon para o primeiro contato. O agente de ligação seria uma mulher vestindo um cafetã, sem dúvida a própria Benazir, senão por que enviar uma mulher? Lancelot queria que Sarfaty fosse ao encontro. O comissário percebeu que havia um sério risco em participar do encontro. E a sequência do plano confirmou essa intuição.

Eram 10h05. O roteiro fora planejado minuciosamente. O alarme de incêndio seria acionado às 10h30. Todos os hóspedes e o pessoal do hotel seriam evacuados para a calçada, enquanto os policiais uniformizados iriam solicitar suas identidades. Sob o pretexto de ajudá-la a evitar esse controle, Sarfaty deveria conduzir Benazir Gurasi para longe da entrada do Crillon, depois do Automóvel Clube da França, na esquina da Place de la Concorde com a Rue Royale. Então, um carro anônimo passaria e a metralharia com um silenciador. Sarfaty teria apenas que sair a pé, atravessando a avenida, e desaparecer pelo Jardim das Tulleries. Para que a crise não prosseguisse, era preciso que seu mecanismo escapasse a qualquer controle. Seu criador devia morrer.

Segundo o retrato esboçado pelos RG, a coronel Gurasi era ao mesmo tempo a responsável pela equipe paquistanesa e a mandante dos homicídios da Rue du Comte-Boulainvilliers. O relatório sobre ela era revelador. Uma série astuciosa de comparações demonstrava que Benazir Gurasi havia entrado várias vezes na França, alternando falsa identidade e passaporte diplomático verdadeiro, para dispersar as pistas. As datas e os nomes correspondiam. As informações dos indianos e dos americanos confirmavam que o punhal era uma de suas armas favoritas.

Sarfaty deu um sorriso amargo: era um ponto em comum entre eles.

O relatório insistia também no caráter maquiavélico dessa mulher. Lancelot alertou Sarfaty: ela juraria sua inocência nos homicídios, tentaria suborná-lo, era seu costume cooptar agentes estrangeiros. Já havia escapado dos americanos desse jeito. A coronel Gurasi era uma das melhores agentes muçulmanas do mundo, formada pelo MI6 britânico, tão competente no combate direto quanto na contrainformação psicológica.

Sarfaty queria acreditar nisso. Criar um conflito religioso num país secularizado há mais de um século não era coisa de principiante.

A forma de justiça programada era rápida, e como agir de outra forma? Ele não se opôs. Prendê-la significava correr o risco de que fosse libertada em troca de reféns ou de informações estratégicas. Aliás, ele preferia não pensar mais na transação que fora obrigado a aceitar para salvar sua liberdade. Quando se começa a resvalar para a ilegalidade, a ladeira é tão íngreme que a queda é certa, dizia seu pai.

Sarfaty chegou ao bar.

Em frente à entrada, duas banquetas estavam dispostas frente a frente, separadas por uma mesa baixa. Uma matrona imponente, usando um longo cafetã azul-claro, um veuzinho sobre o rosto e um lenço amarrando os cabelos, tomava chá. Estava sozinha. O local era de passagem; fora sem dúvida por essa razão que ela o havia escolhido. O cafetã permitia esconder uma pistola, se necessário. Só podia ser ela.

Ele se sentou sem olhar para ela, assumindo o ar desocupado de quem espera. A entrada do Crillon estava diante dele, e o corredor que levava aos andares, às suas costas. A mulher não olhava para ele, mas soprava a xícara fumegante. Parecia forte, mas era também grande e bem proporcional, com traços um pouco de boneca, pelo que dava para adivinhar por trás do véu. Ele não imaginava Benazir Gurasi tão vigorosa, mas sim uma Mata Hari sedutora No entanto, com o pé, ela empurrou na direção dele uma sacola que estampava a grife de um grande costureiro.

A seguir, levantou-se e deixou a banqueta com um passo mais masculino do que feminino, sem terminar o chá. Ele tinha a impressão de já ter visto aquele andar de marinheiro. Precisava se levantar para alcançá-la, pois aquilo não fora previsto. Eram 10h15. Como a levaria para fora?

A sacola! Ele a abriu rapidamente e viu uma caixa de sapatos. Teve tempo apenas de tirar da sacola um telefone com fone de ouvido, e o aparelho começou a tocar. Um garçom veio pegar seu pedido. Enquanto pedia um chocolate, uma voz quente de mulher, com sotaque, se dirigiu a ele. Sarfaty custou a acreditar que aquela voz sedutora pertencia à mulher forte de cafetã que acabara de desaparecer. Era um prejulgamento idiota, pois ele não tinha uma foto de Benazir Gurasi.

— Sr. Lancelot?

— Sim?

— O senhor não se parece com a foto que tenho do senhor.

Era uma explicação possível para sua saída repentina.

— Estou substituindo Lancelot.

— Por quê?

— Ele foi convocado pelo presidente. A senhora sabe da situação difícil que a França está atravessando, isso não tem nada de estranho.

— Pensei que vocês já tivessem entendido que a solução da crise sou eu

— Já que não dispomos de elementos concretos, o presidente é prioritário. Sou representante do Lancelot, tenho todo o poder.

Pensou, de passagem, naquele pobre presidente da República que ignorava que Antonin Lancelot o estava levando à demissão.

— Muito bem. O senhor entendeu que eu posso acabar com os conflitos.

— É o que a senhora diz.

— Fui eu quem lançou esse boato, então posso detê-lo.

— Nós entendemos que a senhora utilizou as pessoas do *Tabligh*. Identificamos os *Companheiros de Al-Araf*. Se prendermos seus membros, não haverá mais boato — blefou ele.

— São apenas comparsas. Tenho muitos outros intermediários no meio muçulmano.

— Então, o que a senhora quer?

— Vocês sabem. O testamento. Quero o *testamento de Maomé*.

— Nós não o temos. Ele desapareceu com seu proprietário, Paul Mesure.

Ela soltou uma risada cristalina. Ele não conseguia associar aquela voz com o dragão de cafetã.

— Precisamos entrar num acordo, pois o Sr. Lancelot me disse que o senhor o tem.

Maldito Lancelot. Entregava tudo de uma só vez, sem procurar ganhar tempo. A perda do manuscrito entristecia Sarfaty.

— Vamos supor que tenhamos o testamento. Que garantias temos de que a crise vai terminar?

— Após a entrega do manuscrito, ouçam a *Rádio Oriental*. O mesmo imã que desencadeou esse boato dirá que a França está perdoada, que existem provas de que o Alcorão satânico foi destruído. Outros religiosos dirão a mesma coisa, em diferentes meios de comunicação. Em uma semana, todo esse barulho terminará.

— Gostaria de acreditar, mas estamos correndo um risco maior.

Sarfaty esperava que Lancelot tivesse percebido que ela não se encontrava ao lado dele e que a armadilha havia sido abortada. Estava usando um microfone que permitia que a equipe de vigilância acompanhasse a negociação e adaptasse o plano de acordo. Se a contagem regressiva não parasse, o alerta de incêndio iria soar e a cilada se tornaria evidente. Ela havia demonstrado ter bastante habilidade para entender imediatamente o que significava esse alerta.

— Vocês não têm escolha.

Ela ignorava que Lancelot não queria que a crise parasse. Para que o presidente se demitisse, o candidato de Lancelot fosse aclamado como salvador e Lancelot obtivesse o cargo de ministro do Interior, era preciso que a situação insurrecional continuasse.

Ele improvisou.

— Queremos um refém em troca do testamento.

Ela riu de novo.

— Quem?

— A senhora!

— O senhor está brincando comigo, emissário.

— Não. O valor desse manuscrito é inestimável. Para entregá-lo, precisamos de uma boa garantia.

— Mas quem vai deter o boato?

— Imagino que a senhora não esteja sozinha. Se essa interrupção é tão mecânica quanto a senhora diz, sua equipe pode fazê-la no seu lugar.

— *Ele teria a pele dessa mulher. Jurara para a família de Kerriou.*

— Muito bem, tenho sua palavra?

— Tem.

— Qual o seu nome, senhor emissário?

— Sarfaty, Serge Sarfaty.

Ele deu seu nome porque ela era suficientemente organizada para descobrir rapidamente. Também para fazê-la confiar.

— Muito bem. Quando o senhor quer fazer a troca?

— Amanhã.

— Então, até amanhã, no Crillon, no mesmo horário.

— Como posso contatá-la se houver uma contraordem?

— Se não vier ninguém, eu entenderei. Mas, nesse caso, a crise dará uma nova guinada.

Ela desligou sem se explicar sobre essa ameaça.

96

Após uma longa preparação com Lancelot, que tornou a alertá-lo em relação a Benazir, foi Sarfaty quem novamente compareceu ao Crillon no dia seguinte.

O encontro seria no pequeno salão particular do hotel, o salão Marly. Nada a ver com as salas históricas que faziam a fama do hotel, com seus lustres de 6 metros de altura, ambientes do século XVIII trabalhados em folhas de ouro e sacadas que permitiam contemplar Paris inteira. Situado próximo aos toaletes, o salão Marly era uma pequena sala impessoal, alugada por hora para reuniões de trabalho que requeriam discrição. A sala estava nua, com apenas uma mesa baixa e poltronas em gôndola, no estilo da Restauração.

Ele reparou em uma porta de comunicação fechada. Duas câmeras discretas, instaladas nos ângulos do teto, vigiavam a sala. Seria um dispositivo do hotel ou um sistema de vídeo dos paquistaneses? Impossível saber, pareciam câmeras de vigilância comuns. Ele se sentou e esperou. A pasta que continha o testamento estava sobre seus joelhos.

Os RG queriam colocar atiradores de elite em torno do hotel. Sarfaty conseguiu dissuadi-los. Benazir Gurasi controlava completamente aquela zona, do contrário não marcaria seus encontros ali. Com certeza ela devia temer que um cenário possível fosse matar a responsável pelo intrincado conflito no qual a França se debatia.

Passaram-se dez minutos, então eles entraram no salão. Eram três. Um homem e duas mulheres de véu à magrebina, um grande tecido branco chamado *haïk*, que o *hidjab* médio-oriental havia substituído recentemente. Era bizarro, pois nenhuma mulher usava aquele tipo de véu na França. Mas ele tinha a vantagem de ser identificado de longe, de não imobilizar as pernas e permitir uma superposição de roupas.

Uma das mulheres era grande e massiva, a outra, mais fina, com a silhueta elegante. Ele reconheceu o homem magro, com um tique no rosto, que vira no Boulevard de Belleville. Enquanto este trancava a porta, as duas mulheres retiraram o véu.

Por falta de prática, a mulher forte se debatia com as abas do tecido, enquanto a outra, pegando com vigor seu véu branco, fez com que ele passasse bruscamente por cima de sua cabeça. Ele logo percebeu que a mulher forte, que usava um *jogging* cinza com faixas pretas, era aquela que dera uma surra no inspetor Albertini. Era também a mulher que usava um cafetã na véspera. A outra, com gestos bruscos e graciosos, era a coronel Benazir Gurasi.

Era de fato uma Mata Hari, como ele havia imaginado. Mas não era bonita. Era uma deusa. Tinha o tipo de plástica improvável que tanto homens quanto mulheres não podiam deixar de notar. Não era jovem, mas seus mais de 30 anos só faziam aumentar sua beleza. Era a manifestação virginal retocada, aperfeiçoada e completada pelo tempo.

Tinha o corpo musculoso de uma esportista, mas com seios firmes e quadris abundantes. Um macacão de couro preto a cobria da cabeça aos pés. Seu rosto estava sério, mas sua face indicava que ela podia ser travessa e cúmplice. Estaria ele influenciado pelo contexto perigoso do encontro, que teria tornado mais bonita qualquer mulher um pouco miúda? Não, ele era exigente em matéria de beleza feminina, os cânones contemporâneos não o agradavam. Gostava das mulheres sobre as quais se pudesse dizer, como um poeta anterior ao islã:

Sua cintura: um nada, e depois uma abundância a encher seus braços.

A pele muito escura do seu rosto e pescoço tinha reflexos infinitamente delicados, tons azulados que brincavam com a cor da sua roupa e resplandeciam como brilhantes. Ele pensou numa estrofe de outro velho poema árabe:

Só sinto desejo
Por moças de pele escura,
Sua cor evoca o brilho da juventude
O ardor do coração, do olhar

Não é por acaso que evito
As moças de pele branca:
Elas me lembram a fadiga do tempo,
Os lençóis pálidos.

O charme daquela mulher despertava em sua memória toda a poesia erótica árabe. A beleza o tornava poeta, não podia fazer nada. Aliás, as mulheres não detestavam esse lirismo. No mínimo, isso as fazia rir. Ele se perguntou se ela entendia árabe.

Mas não era um encontro amoroso. Estava ali porque aquela mulher conseguira semear a discórdia na França e porque conspiradores viram nisso uma ótima ocasião para impor seu candidato à presidência. Com uma arma branca, ela conseguira matar várias pessoas, dentre elas um homem que estava sob seu comando. O fato de não parecer uma assassina indicava o quanto ela era perigosa. Os dois outros tinham cara de profissionais, ele teria desconfiado deles imediatamente. Não dela, muito pelo contrário. Lancelot tinha razão, ela era diabólica!

Ninguém falava nada. As câmeras não os incomodavam, o que confirmava que era uma instalação paquistanesa que filmava a sala. O homem com o tique abriu uma sacola esportiva e tirou um detector de frequências de rádio. Ele escaneou todos os aparelhos que transmitiam em torno do hotel. Ouviam-se crepitações de vozes, *walkie-talkies* da embaixada americana, dois agentes da DST à paisana perseguindo um jovem fundamentalista algumas ruas mais adiante, patrulhas de polícia protegendo o quarteirão, uma frequência de rádio de caminhoneiros. Os RG tinham previsto esse controle; estavam se comunicando por *pagers*.

Enquanto tentava parecer o indiferente, Sarfaty sentiu o olhar de Benazir, que o envolvia. Não se arrependeu por ter caprichado no traje. A seguir, o homem o revistou. Sem dúvida, um pouco depressa demais, pois não encontrou o Manhurin MR-73 preso por um boldrié ao seu quadril esquerdo. Quando Sarfaty tirou, ele mesmo, a adaga britânica que trazia amarrada ao braço direito, os lábios da coronel esboçaram um sorriso. Mas talvez fosse um teste.

— *Salam alikoum*, comissário. Sua reputação o precedeu. Estou feliz de tratar com um policial sufi.

Sarfaty admirou sua habilidade. Todo autor tem um ego ultrassensível, e ela sabia disso.

Sentou-se diante da Mata Hari. Os outros permaneceram em pé.

— Onde está o manuscrito? — perguntou ela.

Com cuidado, ele tirou o códice da sacola, colocou-o na mesa, depois empurrou-o para ela.

— Ele é muito frágil. A luz está fazendo com que a tinta desapareça. Aconselho que a senhora mande tratá-lo. Eu coloquei junto as recomendações de um laboratório.

— Veremos — disse ela. — Se o senhor permitir, meus assistentes vão avaliá-lo. Não vai demorar.

Uma bomba?

Ela estendeu o códice para o homem com o tique, que deixou a sala, seguido pela mulher vigorosa. A sacola esportiva permaneceu no lugar.

O comissário se perguntou se não estavam tentando enrolá-lo. A roupa de Benazir parecia muito vistosa para um oficial do serviço de informação paquistanês. Talvez aquela mulher magnífica fosse somente uma outra dublê, uma garota de programa contratada para a ocasião. A verdadeira

Benazir Gurasi podia estar atrás de um monitor, observando-os. Ela notou essa preocupação.

— É uma questão de cinco minutos.

Ele achou-a bem peremptória. Como iriam verificar tão depressa a autenticidade do documento?

Um expert.

Não falavam nada enquanto esperavam. Ela também estava tensa, dava para sentir. Mas, no lugar dela, ele não sabia como se comportaria, nem em que estado se encontraria. Desafiar um país inteiro era uma aposta e tanto.

A seguir, ela falou com ele em árabe.

Sua voz era ainda mais quente do que em francês. Seu árabe era muito puro, como o de uma síria ou iraquiana. Ela contou que tinha um amigo especialista em islã que havia lido para ela as páginas do seu livro, que era um livro inspirado, um livro escrito por alguém que devia ser um muçulmano para ter compreendido tão bem o sufismo.

Apesar da recomendação de Lancelot, ele respondeu mordaz:

— Como pode alguém matar tão injustamente e ser encantada pelo sufismo?

Ela suspirou e explicou que não fora ela, mas uma primeira equipe que não estava sob suas ordens. Que nem mesmo estava em Paris quando aqueles assassinatos ocorreram. Apresentou suas desculpas em nome do povo paquistanês. Sua defesa era sóbria, não estava procurando se justificar com exagero. Ele apresentou alguns argumentos em favor da culpabilidade dela, extraídos do relatório dos RG, mas Benazir os desmontou facilmente. Ele não sabia mais o que pensar. Tudo estava acontecendo exatamente como Lancelot previra: ela estava semeando a dúvida nele.

O celular tocou. As feições dela se distenderam. Sim, haviam confirmado a autenticidade do testamento.

— Sou toda sua, Sr. Sarfaty. Para onde iremos?

— Para a minha casa — respondeu ele simplesmente.

Seus longos cílios se ergueram.

Ela tinha as sobrancelhas talhadas cuidadosamente, como os árabes. Era delicioso.

Ele se levantou.

Ela recolocou o véu e o seguiu, com sua sacola esportiva.

Lá fora, o manobrista trouxe a moto.

Ele estendeu um capacete para Benazir e colocou o outro.

O manobrista olhava com espanto aquela mulher que usava um *haïk* e juntava todos os panos de seu véu entre as pernas para montar na grande BMW.

Sarfaty sentiu o hálito da coronel em sua nuca.

— Bem, vocês franceses não fazem nada como os outros! Sem escolta, sem carro oficial. Eu me perguntava se o senhor me conduziria num furgão ou numa limusine. Mas de moto, nunca imaginei.

97

Quando chegaram à Cité du Labyrinthe, após darem muitas voltas por causa das ruas obstruídas, ele deixou a moto do lado de fora, pensando em voltar rapidamente.

Antes de subir até o apartamento, Sarfaty olhou para a janela envidraçada do seu andar. Teve tempo de ver um rosto encapuzado. Ela seguiu o olhar do comissário e, sem dúvida, também notou o homem, mas não disse nada. Ela confiava da mesma forma como se entregara a sua direção durante o trajeto. Será que era menos diabólica do que dizia sua reputação? Será que iria cair nessa armadilha porque tinha um fraco pelo sufismo?

Sonia e Paul estavam num apartamento emprestado pela divisão de crise, no Boulevard Pereire. Em uma hora, ele se juntaria a eles. Sua missão terminaria assim que a coronel Gurasi estivesse em sua casa. Devia fazê-la entrar e fechar a porta atrás dela. Os homens dos RG se encarregariam do resto.

Toda aquela encenação, a moto, seu apartamento, tinha sido elaborada para aplacar a desconfiança de Benazir. Foi quase fácil demais.

Mas, durante o trajeto, ela havia se colado com tal confiança contra ele que agora Sarfaty estava hesitando. E se ela não fosse responsável por todos aqueles assassinatos como havia declarado tão serenamente? E se os RG tivessem sido enganados?

Enquanto o elevador subia até o seu andar, ele pediu suas armas. Sem hesitação, ela tirou a adaga e o Manhurin MR-73 da sacola. Quando o elevador parou, ele tinha as duas armas e sua decisão estava tomada. Caminhando em direção à porta, empunhou o calibre 357 Magnum e o armou. Ela pousou a mão em seu braço.

— Por quê? — perguntou ela, estendendo o queixo para a arma.

— Supostamente, devo deixá-la sozinha no apartamento. Isso está me incomodando, pois tenho medo de que eles quebrem alguma coisa.

Sarfaty tentou ser engraçado, mas não conseguiu. Como explicar para uma mulher, com leveza, que a estava levando para uma armadilha mortal? Mas Benazir entendeu a situação.

Seus traços se fixaram numa expressão feroz e seu véu foi retirado de uma só vez, com o mesmo gesto brusco que fizera no hotel. Ela abriu secamente a sacola, que continha um material completo de alta precisão, cuidadosamente arrumado e amarrado por correias. A maioria daqueles aparelhos era desconhecida para o comissário. Ela pegou um instrumento bizarro, uma espécie de estetoscópio conectado a um contador. Fez sinal para que ele se calasse, colocou a ventosa sobre a porta, as pontas nos ouvidos, e fixou o contador do instrumento.

— Eles são sete aí dentro. Com armamento pesado, fuzis de assalto.

Era muito para dois.

Cochichando em árabe, ele respondeu:

— Vamos embora.

— Sigo você — murmurou ela.

Mas eles tinham ficado muito tempo no corredor. A porta do apartamento se abriu de repente, e dois militares encapuzados surgiram de dentro dele.

Ele se precipitou para o elevador. A porta deslizou atrás dela. A cabine deixou o andar, mas já se ouviam dois homens que resvalavam ruidosamente pela escada.

No *hall* de entrada, ela mandou que ele pusesse a moto em movimento e jogou-lhe o véu. Tinha trazido a sacola de alta tecnologia.

Sua ficha afirmava que ela era bem mais preparada do que a média dos agentes de informação. Verdade ou lenda? Era o que veriam.

Enquanto girava a chave no contato, Sarfaty ouviu o espelho da entrada, que se despedaçava. A cabeça da estátua em estuque foi projetada para a rua. Ele pensou nas plantas. Contanto que eles respeitem as plantas... Eram necessários anos para se obter plantas tão bonitas!

A porta do edifício era de vidro, protegida por espessos entrelaçados de ferro forjado. Ele só via o *hall* por fragmentos. Um homem despencou sob o impacto de uma pistola de choque, mas ele não conseguia distinguir os gestos do segundo.

A BMW 1150 roncava entre suas pernas. Com o capacete na mão, ele esperava com apreensão a chegada de Benazir. Será que ela conseguia deixar fora de combate dois profissionais dos RG ao mesmo tempo?

Apesar da paranoia com o contato físico, ele estava pondo a moto no suporte, decidido a usar sua arma contra um agente francês, quando ela se lançou do *hall* do edifício com a sacola sob o braço, pistola de choque numa das mãos e um cassetete telescópico na outra. Não tinha dado nenhum tiro.

Como era certo que uma viatura policial sem identificação se encontrava plantada na Rue des Panoyaux, ele pegou a Rue de la Cité du Labyrinthe na contramão, para chegar à Rue de Ménilmontant. Era arriscado, um carro estacionado poderia bloquear essa saída, mas, se tinham uma chance de fugir, era por essa via.

Cruzaram o pórtico sem impedimentos e chegaram à calçada da Rue de Ménilmontant, que estava livre de qualquer obstáculo. Ele berrou:

— Para onde vamos? Não tenho nenhum lugar para propor.

— Ao Crillon, tenho uma suíte lá.

Não era má ideia. Lancelot não pensaria em procurá-los naquele hotel. Não imediatamente.

Acelerou fundo.

No meio do caminho, se deu conta de que Paul e Sonia se tornariam reféns dos RG. Benazir colocou um fone em seu ouvido e ele ligou para Paul a fim de alertá-los para que deixassem imediatamente o apartamento do Boulevard Pereire. Qualquer pretexto bastaria. E pediu-lhe que pegasse somente uma coisa, a tradução do testamento.

98

A suíte do Crillon era magnífica, mas eles não podiam usufruir dela de imediato. Após todas aquelas emoções, não tinham nem tempo para se refrescar. Benazir tinha de dar as ordens para que os boatos fossem diminuindo discretamente. Serge Sarfaty devia deter os danos causados por Lancelot.

Cada um se instalou numa mesa da sala, com um telefone celular dotado de um transmissor. Ele não sabia como ela faria para conter o fantasma do Alcorão satânico. Benazir fez uma série de ligações, com a ajuda de uns números que constavam de uma agenda eletrônica; mas ele não conseguia avaliar sua eficácia, pois todas as conversas eram em línguas paquistanesas. Talvez ela estivesse bancando a aprendiz de feiticeira, e a espiral do boato continuaria.

De qualquer forma, o comissário sabia como deter os RG em plena atividade. Telefonou para o serviço de proteção das altas personalidades do Palácio do Eliseu e conseguiu falar com o chefe de serviço, Benjamin Askenazi. Seu amigo tinha acesso direto ao Presidente. Em algumas horas, Antonin Lancelot seria demitido e acusado, e outras cabeças rolariam.

Nunca planejara seguir de forma servil o papel que o número dois dos RG lhe havia imposto, mas para impedi-lo teve de seguir o roteiro até o desfecho. Não porque tivesse uma devoção particular pelo presidente em exercício, mas porque Sarfaty gostava que as regras constitucionais fossem respeitadas.

Paul e Sonia se refugiaram na casa de amigos por um tempo, até que a situação voltasse à ordem.

À tarde, quando tiveram tempo para um pequeno descanso, ele deu a tradução do testamento para Benazir. Ela leu lentamente, estendida de bruços sobre a cama de dossel da suíte. Tinha tomado uma ducha e trocado a roupa de combate por um longo vestido de malha, que moldava deliciosamente suas formas sobre o edredom.

Ela o hipnotizava. Ele tinha que pensar em outra coisa.

Não era ele, o desiludido, que teria direito ao amor! Desde a morte de Íris, vivia sem esperança.

Tornou a ligar para o Palácio para acompanhar diretamente a prisão de Lancelot. Este último não tentou resistir. Não havia previsto a possibilidade de um fracasso.

Quando terminou a leitura, Benazir não teve a reação de rejeição que ele temia. Seu rosto era indecifrável. Ela perguntou se podia dar o documento para que um islamólogo lesse. Após se oferecer como garantia, Sarfaty aceitou.

Ela desceu até o *cablit* do hotel para passar por fax a tradução e uma cópia do original siríaco.

Eles esperaram por mais de uma hora. Sarfaty lançava olhares para Benazir, que continuava a telefonar sem descanso. Teria ela compreendido o que o Testamento significava? Era possível que ele não tivesse causado nenhum efeito sobre ela?

Chamaram pelo telefone do quarto. Era Delmare, seu islamólogo. Ela ouviu longamente, sem fazer perguntas, depois agradeceu ao interlocutor prometendo passar para vê-lo em breve. Alguns risos compartilhados e a menção ao fato de que ela não estava sozinha cutucaram Sarfaty com o espinho do ciúme. Ela parecia conhecer muito bem aquele acadêmico. Devia contar a ela que também tinha doutorado em ciências religiosas?

Estava ficando idiota.

— O que o especialista disse? — perguntou Sarfaty negligentemente.

— Disse que não é especialista em siríaco, que é preciso estudar o vocabulário e a gramática do texto para verificar se ele não possui anacronismos. Mas o conteúdo pareceu muito gnóstico, o que considera estranho para um escrito contemporâneo ao Profeta. Segundo ele, o surgimento da gnose muçulmana é muito mais tardio.

— A gnose existia desde o século II nos meios cristãos e judeus; estava espalhada pela Síria-Palestina e pela Pérsia. Pessoas do século VII poderiam ter escrito esse texto — retrucou Sarfaty.

Ela não reparou em seu mau humor.

— Não me atrevi a perguntar para Delmare, mas o que é a gnose? Elucubrações sobre símbolos, do gênero da cabala e da alquimia?

Ele riu da sinceridade dela.

— Existe o pior e o melhor na gnose. Muito de esoterismo barato e um pensamento sublime. Todos os grandes monoteísmos têm uma tradição gnóstica. Há uma gnose judaica, cristã, muçulmana, etc.

— O que é o melhor?

— O melhor não é a numerologia ou os jogos de troca com as letras. É pensar que as antigas doutrinas ainda têm coisas a nos dizer. Que o mundo se esclarece se, à luz da nova fé, for conservado o prisma das antigas crenças, mesmo que elas sejam politeístas.

— O que isso nos oferece, mestre? — perguntou ela, fazendo-lhe uma reverência à maneira indiana, com as mãos juntas.

— O sentido do relativo e muitas riquezas. Não acreditar que o mundo começa conosco, sob o pretexto de que possuímos a última revelação. Enriquecer a fé com intuições vindas de outros lugares. Permitir que as tradições religiosas se mirem umas nas outras.

Ele se censurou por falar como professor. Queria que suas palavras fossem leves e sutis, como as dela.

— O senhor acha que foi mesmo o Enviado de Deus quem ditou esse testamento?

Sarfaty se lembrou de Tommy Abemethy, das conjecturas de Lancelot. O carbono 14 deixava uma margem de cinquenta anos, a margem da incerteza ligada à fabricação do papiro.

— Quem pode dizer? É preciso encontrar um especialista em *garchuni*, deve haver pelo menos um no mundo. Mas, para mim, se não foi o Profeta quem o ditou, certamente foi um de seus familiares, alguém que pertencia às "pessoas da casa".* Há muitos detalhes concretos que remontam às últimas descobertas sobre o islã.

— O que o senhor faria no meu lugar?

— Não sou muçulmano, não estou em seu lugar.

— Em que deus o senhor acredita? No deus dos judeus?

— Eu creio em Salmân, o Puro... e que o corpo divino é feito das diferentes línguas e discursos que elas permitem.

Ela riu, com um riso que o apaixonava. Eles se tratavam formalmente, mas seus olhos brilhantes diziam que eram tão próximos como amantes.

— Não está sendo um dia comum para uma muçulmana como eu. Acabo de aprender que o Profeta Maomé era cristão e vou dormir com um judeu.

*Ahl al Bayt. Expressão que designa o primeiro círculo do Profeta, os membros de sua família, seus servidores e seus íntimos.

99

Eles fizeram amor na água da ampla banheira. O brilho maduro do corpo de Benazir era tão expressivo quanto seu rosto.

Seus seios muito escuros se posicionaram contra o peito dele, seu ventre altivo e suavemente arredondado, contra sua pélvis afogueada, suas coxas torneadas contra as dele. As nádegas morenas e musculosas se curvaram sob suas mãos. Ela manteve os braceletes de prata, que tilintavam preguiçosamente com seus movimentos, como uma música longínqua da qual se ouviam algumas notas.

— Beba... beba em mim — disse ela.

Sua pele escura brilhava como a pelagem de uma pantera sob os brilhos do néon. Quando se uniram, após ela enlaçar seus quadris com as pernas, um encantamento o invadiu. A última coisa que ele viu foi um sorriso um tanto malicioso, a eterna indulgência distraída do princípio feminino diante da impetuosidade do princípio masculino.

Só havia uma resposta para aquela doçura insuportável. Um calor desvairado o arrebatava, rompia as coordenadas espaciais, ampliava o universo. Um vento seco e quente corria sobre as dunas, procurando o lençol freático. Um deslumbramento. Ele estava em levitação.

Com um movimento vigoroso porém, ela se afastou e, em meio a um feixe de pingos de água, puxou-o para a cama. Meio inconsciente, ela se ajoelhou sobre a colcha de bordas acetinadas. Ele sentiu a nuca sob sua boca e sua cabeleira perfumada, com um aroma de almíscar, que inundava seus olhos. Sua bacia evoluía contra ele de uma forma que parecia violar as leis da anatomia. Suas faces coraram, seus lábios foram esmagados contra o longo travesseiro.

Ele voltou para o espaço, girando muito alto, como um átomo ou um pequeno planeta. Estava perdido no mais profundo dela e, no entanto, via a cena como se fosse um olho imenso que absorvia cada detalhe, cada dobra de sua pele, cada vibração de seus órgãos emaranhados.

Quando chegou a conflagração tanto tempo adiada, ele conheceu a *pequena morte*.

Ela não o acordou.

Voltando a si, o primeiro pensamento de Serge foi para ela, que o havia deixado sozinho com um bilhete brincalhão, em inglês, deixado sobre a cama. A seguir, embora não acreditasse Nele há muito tempo, agradeceu ao Deus-Mundo que tanto prazer e beleza fossem possíveis. Que a alegria, em vez da tristeza, fosse o desenlace daquele êxtase.

Ficou de robe, circulando pela suíte, para saborear aquela plenitude. Suas cicatrizes não a assustaram, o que o surpreendeu. Ligou a TV, na Europe 1. Um jornal especial retransmitia em rede a declaração de um imã *Tabligh* anunciando que a França estava perdoada.

O boato iria diminuir como um suflê, acreditava nela.

Já estava tudo acertado? Serge bem que queria, mas não podia deixar de pensar nos homicídios da Rue du Comte-Boulainvilliers, cujos culpados ainda estavam em circulação. Tudo bem, ele acreditava na afirmação de Benazir de que não era responsável pela equipe que cometera aqueles homicídios, mas ainda assim eram agentes paquistaneses.

Ela contou-lhe a morte de Farouk e de Ali Khan. Eram membros da primeira equipe. Mas seriam eles os culpados? Ela havia afirmado que só trabalhava com mulheres. Ora, sua equipe atual contava com dois homens. Eram, portanto, vestígios da primeira equipe. O homem com o tique, Hussain, com certeza sabia quem eram os culpados — se é que não tinha participado. Ela também falou de um outro homem, Ismaïl, que queria enviar a Marselha para neutralizar o boato no sul da França. Uma testemunha a mais? Ou um assassino a quem ela estava dando cobertura? Iria deixá-los em liberdade sem interrogá-los?

Serge Sarfaty estava seriamente ligado a Benazir; era a primeira vez desde a morte de Íris. Mas não podia deixar que ela protegesse dois assassinos. Se fossem culpados, deveriam pagar. A menos que ele esquecesse esse aspecto do caso. Afinal, estava afastado da PJ e não era sempre que a felicidade surgia em seu caminho. Por que insistir em bancar o justiceiro?

Ele viu que a agenda eletrônica de Benazir estava na sacola. As coordenadas telefônicas dos dois homens deviam estar ali. Bastava dar esses números para a PJ e eles se encarregariam de encontrá-los onde quer que estivessem. A seguir, ele explicaria a ela que a consciência não lhe deixara alternativa. E veria se ela entenderia.

Ao contrário do que pensou, a sacola não estava fechada a chave. Ela não desconfiava dele. Abriu a caixa de pandora, cheia de bolsos e compartimentos internos. Uma verdadeira *nécessaire* de agente secreto.

O que mais o havia impressionado, ela havia feito uma demonstração, era a maneira como a sacola podia se transformar em escudo contra balas. Deixando de lado a parte central, com os detectores e as escutas em suas correias, abriu um a um os bolsos internos para encontrar a agenda. Junto com diversos outros aparelhos, dentre os quais uma pistola de choque e uma arma a *laser*, o que lhe chamou a atenção não foi a agenda, mas um longo punhal com a lâmina curva, como um iatagã. O colecionador teve um olhar de admiração.

Ele tirou a faca de seu estojo, um boldrié que se amarrava ao ombro. A lâmina tinha uns 30 centímetros. Mirou-a contra a luz: era de um acabamento perfeito. Não era uma lâmina manufaturada em fábrica, devia ter sido forjada por um artesão paquistanês, talvez em Peshawar, onde se dizia que os ferreiros eram capazes de fabricar kalachnikovs à mão. O guarda-mão espesso tinha o nome de Alá gravado no metal, em relevo. A caligrafia imitava o *cúfico*, um estilo espesso e anguloso que combinava bem com o poderio da arma.

Ele se lembrou, repentinamente, do esquema apresentado pelo médico legista. Ele o estudara tanto! Partido em dois, o nome de Deus não evocava uma palavra árabe, mas um motivo geométrico. Era a arma do crime, não havia dúvida. O que fazia ali, entre os apetrechos pessoais de Benazir?

Estava virando o punhal em todos os sentidos, quando reparou, sobre o cabo, um pequeno medalhão de cobre. Em letras latinas, podia-se ler o nome "Farouk". Aquela prova ia na direção do que ele acreditava. Talvez demais.

Enquanto inspecionava, não ouviu o ruído que deveria tê-lo alertado: um barulho discreto de fechadura que girava. Quando se deu conta de que alguém estava andando sobre o carpete da suíte, era tarde demais. Estava acuado no quarto de dormir. Sua adaga e seu Manurhin tinham ficado sobre a poltrona Voltaire da sala de estar. Não era Benazir, pois tinham combinado um código. Ele enfiou o boldrié da faca sob seu robe, escondeu-se atrás da porta do quarto e prendeu a respiração.

Um homem de porte médio, vestindo um terno de alpaca, entrou sem fazer barulho. Parecia paquistanês, mas Serge nunca o vira. Sua mão direita segurava uma pistola com uma coronha de ombro e um silenciador. Era uma arma militar. A arma devia possuir um seletor, que permitia que ela fosse usada tanto como pistola-metralhadora quanto como semiautomática. O homem estava ali para matar.

Serge Sarfaty não podia se jogar sobre ele. Mas não estava com medo, a arma branca lhe dava uma segurança que nenhuma pistola jamais dera.

A silhueta do intruso acabou entrando num ângulo favorável para um lançamento. Então ele ouviu uma voz pronunciar o nome Ismaïl. Era a voz de Hussain, o homem com o tique.

O que eles estariam procurando? Benazir ou ele? Teriam sido enviados por ela?

O homem de roupa de alpaca viu a sacola mágica aberta no chão. Com uma exclamação infantil, precipitou-se e começou a remexer dentro dela. Serge saiu de seu esconderijo. Na mão, o punhal pesava. Nunca havia praticado o lançamento com um iatagã, nem sabia se era possível. Mas a lâmina estava bem equilibrada.

Inspirou fundo e soltou só um pouco de ar para fazer um assobio. Embora de joelhos, Ismaïl rodopiou sobre os calcanhares, com a arma erguida. O quarto era grande, o agente paquistanês estava a vários metros, ao pé da cama suntuosa. O punhal rasgou o ar como um dardo e cravou Ismaïl em pleno peito, perto da região do coração. Debatendo-se, buscando recobrar o fôlego, o homem caiu de joelhos.

Hussain chegaria e o encontraria desarmado.

Em poucos passos, sem nenhum farfalhar do robe, Serge estava sobre o agonizante. Acompanhou a queda do homem ao chão. Depois virou-o e, com um gesto brusco, retirou o punhal, limpando-o no terno.

Um a menos.

Terminou de amarrar o boldrié em torno do ombro esquerdo e guardou o punhal. Também pegou uma pistola militar.

Devia esperar ou ir ao encontro do segundo homem? Enquanto hesitava, bateram à porta. Duas batidas curtas, duas batidas longas. Era Benazir. Sarfaty sentiu um grande alívio.

Hussain imediatamente soltou uma frase curta. Devia ser o sinal para a retirada.

Serge foi ao encontro de Benazir, que tinha aberto a porta da suíte com a chave, mas permanecera na entrada, desconfiada. Franzindo as sobrancelhas, ela olhou para o cano de aço inoxidável apontado para ela.

— Essa não é uma arma de policial — disse ela. — Parece a arma de Ismaïl. Você vai me matar, Serge?

Ela estava muito longe para reagir. Seu rosto estava resplandecente, mas Serge Sarfaty não sabia nada sobre ela. O Paquistão era muito longe para que ele soubesse que aquela mulher era o centro de uma polêmica dirigida contra a ISI a propósito da morte de civis inocentes na Caxemira. Não podia saber que o conceito que ela tinha da justiça era, no mínimo, tão absoluto quanto o dele. Achava que ela não era responsável por aqueles homens, mas obrigada a dar-lhes cobertura; era como uma dívida de honra. Pensou que, contra tudo o que lhe haviam ensinado, deveria fazer justiça. Mas já há alguns meses não se sentia mais policial. Pensou em Íris e nas pessoas que se outorgavam o direito de matar. Iria eliminar um ser humano. Sem dúvida, Benazir não pensou que ele pudesse reagir assim.

Serge apertou o seletor para que a arma atirasse três balas ao mesmo tempo. O alvo estava a menos de 10 metros. Atirou várias vezes. Os projéteis atravessaram a madeira, fazendo brotar estilhaços, com um som engraçado que vinha do silenciador. Era uma boa arma, uma 9 milímetros Parabellum.

Ouviu-se um grito, e a silhueta desabou, empurrando a porta a sua frente. Hussain era magro, portanto, recebeu os tiros na altura do peito.

Sem sobressalto, Benazir observou o homem cair a seus pés. Depois, deu de ombros.

— Eles tinham medo de que você os prendesse pelo assassinato do casal Belkheir. Eu soube por Selima. Voltei para impedi-los.

100 — Epílogo

Por causa da morte de Ismaïl e Hussain, Benazir não conseguiu parar o boato tão rápido quanto havia previsto. A Federação das Organizações Islâmicas da Europa e a Liga Mundial dos Muçulmanos tiveram tempo de levar o caso até a Corte Europeia de Justiça.

A França, todavia, reencontrou a calma em menos de dois meses, enquanto os países que haviam tentado isolá-la no plano internacional se retiraram do combate diplomático iniciado na época da desordem. Em pouco tempo a conjuntura internacional e o noticiário geral se encarregaram de dissipar a lembrança do Alcorão satânico no país. Mas a crise assombrou por muito tempo as memórias de diferentes credos religiosos e tornou-se o tema predileto entre os sociólogos.

Sonia Boudaoui vive agora, com seus dois filhos, entre Paris e Argel, enquanto Serge Sarfaty se demitiu da PJ para seguir com Benazir Gurasi para Londres. O general Gurasi passou por um tribunal militar paquistanês; sua fortuna foi confiscada e ele vive em prisão domiciliar. As sobreviventes da equipe de Benazir, Karima Jilani e Selima Syed, voltaram para a vida civil, com uma pequena renda fornecida pela ISI. Antonin Lancelot foi condenado a vinte anos de reclusão por atentado contra a segurança nacional. O presidente da República francesa foi reeleito, mas prometeu que seria seu último mandato. Paul Mesure vendeu bem caro a exclusividade de suas informações sobre o caso e escreveu uma série de três reportagens, publicada pelo *L'Ingénu*. Ele hoje é um jornalista cuja assinatura é disputada, ainda apaixonado por Sonia. Em contrapartida, Paul nunca mais procurou Tommy Abernethy, desde que soube da colaboração deste com a NSA.

Após mandar avaliar o códice siríaco, o Estado malinês renunciou a seu direito de propriedade em favor da fundação de Aga Khan por 99 anos. Essa fundação está financiando a restauração do original, mas proibiu formalmente qualquer publicação até nova ordem.

Não sabemos se Benazir Gurasi também abandonou o projeto de divulgar o testamento em seu país ou se está esperando o momento propício. Mas Sarfaty já publicou uma tradução apócrifa, mudando os nomes, pela *lelivredelislam.com*, cuja atividade foi retomada por um sobrinho de Hankache, apaixonado, como ele, pelo islã. O testamento siríaco foi apresentado como um tratado gnóstico muçulmano de autoria desconhecida. Sua publicação passou despercebida pelos meios de comunicação, mas está vendendo muito bem no boca a boca, particularmente entre o público muçulmano.

A autenticidade do testamento do Profeta continua a ser um ponto obscuro deste caso, e só isso já mereceria um novo livro, pois o último especialista em *garchuni* conhecido morreu recentemente, e a fundação de Aga Khan não permite mais o exame do manuscrito sob o pretexto de sua grande fragilidade. Essa recusa faz pensar que ele seja de fato verídico, mas a única pessoa que poderia confirmar se não se trata de uma falsificação da NSA americana é Tom Abernethy. Sua presença em Tombuctu, em novembro último, permanece um mistério. Apesar de ter havido uma investigação, ninguém foi capaz de dizer para que jornal, nem sobre que assunto, ele estava trabalhando durante aquela estadia em Mali que permitiu que Paul Mesure exumasse o testamento do Profeta do islã. De mais a mais, Tom Abernethy está desaparecido e parece pouco provável que reapareça.

O que se conclui disso tudo?

Como diz o narrador das *Mil e uma noites*, *Wallâhu A'lam*, só Deus sabe.

Posfácio

Raymond Chandler, o célebre criador do detetive Marlowe, escrevia, em janeiro de 1944, que a *a forma do romance policial ou de mistério, como arte, foi tão completamente explorada que o verdadeiro problema agora é evitar escrever um romance policial, ainda que parecendo fazê-lo.** Mais de meio século mais tarde, o desafio permanece, pois mesmo a fórmula aparentemente original do "policial histórico-teológico" se encontra agora comprometida, atulhada de templários pretensiosos, buscas do velho Graal e códigos indigestos de decifrar.

Como renovar essa fórmula?

Quando eu era criança, minha mãe me mandou para um madraçal, num verão, para aprender o árabe e rudimentos do Alcorão. A única desculpa era que seu pai havia feito a mesma coisa com ela, na cidade colonial onde eles moravam. Eu, em contrapartida, era o único menino cristão numa aldeia muçulmana rural, a centenas de quilômetros da capital, onde minha família residia, longe de tudo o que, para mim, representava a civilização: a televisão, os amigos, o *shopping* e os engarrafamentos. Não estava triste, pois a família que me acolheu me mimava, mas me sentia muito sozinho, com os garotos da aldeia

*Lettres, tr. fr. Michel Doury, 10/18, 1973, p. 49.

aplicando ao pé da letra a ordem de me deixar tranquilo. Em algumas semanas, conseguia com muito custo recitar, ler e escrever a primeira surata do Alcorão, a *Fatiha*, o que não era um grande feito, pois ela contém apenas sete pequenos versículos. Todavia, segundo os místicos, esse capítulo de abertura representa a totalidade do Alcorão, por meio de um procedimento esotérico que me escapa. É preciso acreditar que esses mestres sufis tinham razão, pois guardei um curioso sentimento de proximidade com o texto corânico. Lembro também de uma frase que me impressionou. Quando meus pais adotivos perguntaram ao *taleb* (mestre) se não era aborrecido ensinar o Alcorão a um pequeno *roumi* (cristão), ele respondeu, rindo:

— *Isso lhe fará bem, os verdadeiros cristãos são muçulmanos!*

Esquecida durante décadas, essa experiência ressurgiu de uma só vez para escrever este romance e me precipitou numa verdadeira fúria teológica. Enquanto urdia minha história romanesca, queria compreender tudo, saber tudo sobre a gênese dessas duas religiões e sobre a estranha cumplicidade que senti entre elas quando criança.

O projeto do Profeta do islã de escrever seu testamento é atestado em todas as grandes compilações das tradições muçulmanas. A passagem do historiador das heresias, al-Shahrastani, que abre o romance, é testemunha disso; ele se baseia no *Sahih* de Bokhâri (ou *Bukkâri*), a primeira das seis compilações canônicas de hadiths:

> *O primeiro conflito entre muçulmanos ocorreu então na cabeceira do Profeta agonizante. O imame Bukkâri narra assim: "Quando a doença da qual o Profeta viria a morrer mostrou toda a sua violência, ele se pôs a exclamar: 'Tragam-me um estojo e um pergaminho onde anotarei as palavras que vocês preservarão para sempre do erro.' Mas Omar se limitou a dizer: 'A dor está confundindo o Profeta; nós já temos o Livro*

*de Deus; do que mais precisamos?' Mas o tumulto só fez aumentar, até o momento em que o Profeta exclamou: 'Levantem-se e partam, não quero ver confusão à minha volta.' Ibn 'Abbas assim comentava esse incidente: 'Foi uma catástrofe sem igual que nos impediu de conhecer o que o Profeta queria pôr por escrito.'"***

Assim como a biografia do Profeta do islã, o testamento profético é um gênero literário antigo. Mas a biografia profética se tornou um gênero profano: de Lamartine a Salim Bachi, os exemplos são inúmeros. Todavia, pelo que sei, o "testamento do Profeta" permaneceu tanto como um gênero religioso, quanto como um gênero jurídico, antes de cair no esquecimento. Gênero jurídico: os testamentos eram forjados por monges cristãos instalados em território islâmico, como os religiosos do monastério do Monte Carmel, com o objetivo de evitar os impostos mamelucos ou otomanos (em todos esses testamentos, o Profeta isenta os monges cristãos da taxa imposta aos não muçulmanos). É preciso reconhecer nesses carmelitas, instalados ali desde o século XII, uma certa audácia, pois isso supunha um bom conhecimento de árabe corânico e das tradições muçulmanas, além de muito atrevimento para apresentar o documento às autoridades. Alguns desses pseudotestamentos foram publicados na Europa no século XVII, mas o orientalismo nascente parece ter pressentido bem depressa a mistificação, visto que no século seguinte sua existência não interessava mais aos eruditos.** Gênero religioso: vários testamentos apócrifos foram escritos por autores

*Kitâb al-Milal (o livro das religiões), tr. fr. J.-C. Vadet, Geuthner, 1998, p. 103. Esta tradição se encontra também na compilação de Mahmoud Hussein, Al-Sirâ, o profeta do islã contado por seus companheiros, Grasset, 2007, tomo 2, p. 707.

**O *Le Dictionnaire historique et critique* [Dicionário histórico e crítico] de Pierre Bayle, no verbete "Mahomet", menciona várias edições. Houve ao menos uma tentativa moderna de colocar essa falsificação jurídica ao gosto do dia e fazer crer na sua autenticidade: J. Aubert, *Le Serment du Prophète* [O sermão do Profeta], Paul Geuthner, 1938.

xiitas. Alguns foram publicados no século XIX, na Alemanha, mas sua notoriedade nunca ultrapassou o círculo dos eruditos.*

A tese de uma origem cristã do islã, abordada neste romance, é verdadeira; ou seja, é atualmente a mais plausível para explicar a gênese da religião muçulmana. Essa explicação é praticamente unânime na comunidade erudita internacional,** exceto na França, onde ainda encontra resistências. Um sociólogo ou um historiador explicaria melhor que eu essas reticências. Em todo caso, no resto da Europa, na Turquia, entre os islamólogos hebreus, árabes ou iranianos, no mundo eslavo ou anglo-saxão, essa hipótese foi sendo aceita pouco a pouco. Muitos elementos textuais, filológicos, sociais, epigráficos e arqueológicos vieram a confirmá-la. As mais antigas inscrições do Domo do Rochedo,

---

*Cf. Ignaz Goldziher, *Études sur la tradition islamique* [Estudos sobre a tradição islâmica] Adrien Maisonneuve, 1984.

**A bibliografia antiga e nova sobre a origem cristã do islã é vasta, geralmente em inglês ou em alemão. Em francês, o trabalho mais completo até hoje se encontra no *site* da Escola Normal Superior, que oferece registros filmados de cinco conferências realizadas no Collège de France por Manfred Kropp, de 6 a 24 de outubro de 2005, sobre "As origens do Alcorão". Do contrário, a escolha se limita à obra antiga de T. Andrae, *Les origines de l'islam et le christianisme* [*As origens do islã e o cristianismo*] (1921, tr. fr. Paris, 1955) ou a uma compilação de artigos especializados, de S. De Smet, G. de Callatays & J.M.F., Van Reef (eds.), *Al-Kitâb, la sacralisé du texte dans le monde de l'islam* [*Al-Kitâb, a sacralização do texto no mundo do islã*] (Bruxelas, 2004). A introdução de Muhammad Ali Amir-Moezzi ao seu *Dictionnaire du Coran* [*Dicionário do Alcorão*] (Paris, 2007) vai nesse sentido, mas trata rapidamente da questão, pois não é o seu objeto imediato. Os ensaios de Joseph Aziz, *Le Prêtre et le Prophète* [*O padre e o Profeta*] (tr. do árabe, Paris, 2001) e de E.-M. Gallez, *Le Messie et son prophète* [*O Messias e seu profeta*] (Paris, 2005), são abundantes para a origem cristã, mas menos sólidos. *L'Éclosion de l'islam* [*A eclosão do islã*] (Paris, 2004) de Rochdy Alili, em contrapartida, apresenta um quadro quase exaustivo e muito acessível sobre o estado das diferentes religiões do Oriente Médio nos séculos VI e VII. O estudo completo mais recente sob forma de livro, atualmente, está em inglês e é o de Y. D. Nevo e J. Koren, *Crossroads to islam, The Origins of the Arab Religion and the Arab State* (New York, 2003). Ele se baseia, entre outros, nos esclarecimentos de Suliman Bashear, cujos artigos, muito inovadores, estão recolhidos em *Studies in Early islam Tradition* (Jerusalém, 2004). Em alemão, o estudo mais espetacular e inovador, mas centrado unicamente no Alcorão, é o de Christoph Luxenberg, *Die syro-aramâische Lesart des Koran* (*Leitura sírio-aramaica do Alcorão*) (Berlim, 2000). Finalmente, para aqueles que não têm medo de obras árduas em inglês, acabam de ser reeditados os livros principais de John Wansbrough (1928-2002), origem da chamada escola hipercrítica, que derrubou muitos tabus quanto ao islã antigo: *Quranic Studies* (1ª ed. 1977), Prometheus Books, Nova York, 2004 et *The Sectarian Milieu* (1ª ed. 1978), Prometheus Books, Nova York, 2006.

em Jerusalém, os grafites do Néguev, os monastérios escondidos por todo o litoral da Arábia, a aparição tardia das mesquitas no Império árabe, o nome Maomé desconhecido antes de 690, fazem parte dessas provas diretas ou indiretas.

No momento, as pesquisas sobre o islã primitivo se dedicam a determinar essa filiação, a traçar novamente as grandes etapas da autonomização da religião muçulmana. Embora seja agora incontestável que o islã antigo foi, durante um século ou mais, uma doutrina cristã antitrinitária adotada pelo império árabe, ainda é difícil determinar o *status* dessa doutrina, sua área de difusão, seus livros santos e rituais, explicar as rupturas conjugadas que levaram ao surgimento de uma nova religião universal, o islã que conhecemos. É essa dificuldade que torna a história das religiões tão apaixonante quanto o gênero policial, pois toda grande religião tende a apagar os traços de sua gênese, sem nunca conseguir fazê-lo completamente. É também essa ausência provisória de um argumento alternativo que explica que os manuais escolares e as obras de vulgarização ocidentais nunca mencionem essa filiação cristã, contentando-se em reescrever os relatos maravilhosos da *Sunna*, com mais datas e verossimilhança histórica.

Não há dúvida de que esta tese chocará uma parte dos leitores, muçulmanos ou não. Lembramo-nos de que, há apenas uma década, somente os especialistas sabiam que o cristianismo fora uma seita judia durante 150 anos. Na França, essa tomada de consciência coincidiu com o lançamento de *Corpus christi*,* o primeiro dos documentários de Gérard Mordillas e Jérôme Prieur sobre a história do cristianismo, que teve uma repercussão excepcional no fim dos anos 1990. Esta ideia, porém, não tinha nada de revolucionária. Nas décadas 1900-1930, o padre Loisy desenvolveu-a amplamente em obras eruditas e no seu seminário no Collège de France, apesar da sua excomunhão pela Igreja (os católicos não tinham o direito de falar com ele). Do mesmo modo,

*Divulgado pela Arte durante a temporada 1997-1998, sendo a seguir lançado, num box, em DVD.

foi essencial o livro fundador de Jan Assman, nessa mesma década de 1990, *Moïse l'Égyptien* [*Moisés, o egípcio*],* para que o público cultivado aprendesse que a religião judaica descende do culto monoteísta de Aton, fundado pelo faraó Akhenaton; para admitir que o Êxodo e a Fuga do Egito dos hebreus fossem relatos lendários, um mito religioso. Essas proposições eram, porém, banais nos cenáculos eruditos dos anos 1920-1930: Marcel Mauss lembra-as em seu profundo artigo sobre "a lenda de Abraão" (1926) e Sigmund Freud, nesse livro admirável de intuições que é *L'Homme Moïse et le monothéisme* [*O homem Moisés e o monoteísmo*] (1938).

As resistências em aceitar a genealogia cristã do islã não são, claro, as mesmas entre muçulmanos e não muçulmanos. Para os cristãos, sobretudo os católicos romanos, a razão é tão profunda quanto obscura, e seu exame cuidadoso exigiria uma psicanálise cultural. Penso que ela está ligada ao que Karl Jaspers chamava de *a parte explosiva de Cristo.*** A pessoa de Jesus esconde, efetivamente, um potencial de violência e terror messiânicos, atenuados pelos Evangelhos canônicos, que no entanto transparece através das declarações ("Não vim trazer a paz, mas a guerra"), de alguns de seus atos (como a figueira, que ele mata porque não parece ter frutos) e em sua identificação, pelo povo judeu, com Eliseu e Elias, dois profetas partidários da violência. Estabelecer um elo entre o Cristo e o islã é reativar essa parte explosiva, fazer ressurgir uma violência sagrada que o catolicismo romano rechaçou por se apresentar como uma religião de amor. Os trabalhos de islamólogos antigos, de origem judaica, protestante ou caldeia, como Aloys Sprenger, Julius Wellhausen, Alphonse Mingana, Tor Andrae, Arthur Jeffery, que já detalhavam as fontes cristãs e siríacas da religião muçulmana, foram ora combatidos, ora ignorados pelo orientalismo francês, cujo

---

*Publicado em inglês em 1997, em alemão em 1998 e em francês em 2001.

**Cf. *Les Grands Philosophes* [*Os grandes filósofos*], 10/18, tomo 1. Esta leitura do Cristo é também a de Mircea Eliade (*Dictionnaire des religions* [*Dicionário das religiões*]) e de S.G.F. Brandon, *Jésus et les zélotes* [*Jesus e os zelotas*] (1967), tr. fr. Flammarion, 1975.

domínio de estudo foi em parte modelado pelo magistério romano.* Após os anos 1930 e até recentemente, os mais talentosos islamólogos franceses, de Louis Massignon a Jacques Berque, de Maxime Rodinson a Alfred-Louis de Prémare, continuaram a ignorar essa filiação. Se essa situação parece estar mudando, ainda estamos esperando a grande obra de síntese em francês, que faria o balanço sobre essa questão; e faria par com o livro de Nevo, *Crossroads to islam. The origins of the Arab Religion and the Arab State* (2003), que nunca foi traduzido, apesar de seu interesse maior.

Para os muçulmanos, este parentesco cristão do islã parece ir ao encontro do conteúdo literal da *Suna*, que explica a fonte das Escrituras muçulmanas pela revelação do anjo Gabriel ao profeta Maomé na gruta de Hira, acima de Meca. Mas esse relato sobrenatural é tomado ao pé da letra? Não seria uma alegoria para indicar a autonomia da revelação muçulmana? Observo que o Alcorão não diz nenhuma palavra sobre este episódio. Sem dúvida, a antiga tradição exegética muçulmana via Gabriel em toda parte em seu Santo Livro, por exemplo na surata 96, primeira surata que o Anjo teria ditado a Maomé. Mas essa leitura pós-corânica só repousa na extrapolação tardia de teólogos e tradicionalistas da época califal: no texto dessa surata 96, Gabriel nunca é mencionado. Se nos ativermos às aparições do nome *Djâbrâ'îl* [Gabriel], único critério indiscutível de sua presença, é forçoso notar que o Alcorão só consagra, em seu todo, duas ocorrências menores** a esse anjo e que nenhuma narração lhe é dedicada. No horizonte do Alcorão, não existe "descida" da Revelação pela graça de um anjo mensageiro, como, mais tarde, será desenvolvido pela *Tradição* em versões múltiplas e contraditórias.

*Cf. Dominique Avon, *Les Frères prêcheurs en Orient, les dominicains du Caire (années 1910 — années 1960)* [*Os freis pregadores no Oriente, os dominicanos no Cairo (anos 1910 — anos 1960)*], Cerf, 2005. Este estudo histórico fornece uma quantidade de argumentos para esta interpretação.

**Alcorão, 2:97 e 66:4. O versículo 2:97 só menciona a revelação de Gabriel por meio de uma ilusão retrospectiva que nos leva a "abandonar" os dados da tradição sobre uma passagem muito difícil e muito obscura. Cf. a tradução do Alcorão de Aldeeb Abu-Sahlieh, p. 385.

Se a transmissão da Palavra divina em relato não figurou no Alcorão, é porque ela não era problemática, ela é evidente. O Alcorão também não deixa de citar toda uma fileira de livros bíblicos que são sua fonte e na sequência dos quais ele se inscreve: "Torá" (*taourat*), "Salmos" (*Zabour*), "Evangelho" (*Ingile*) etc. Como ressalta Farid Esack, promotor de uma nova hermenêutica corânica: "Uma das doutrinas fundamentais do Alcorão é aquela da continuidade histórica da revelação, por meio da qual Deus enviou uma série de mensagens às diferentes nações para guiá-las no caminho da virtude".*

Assim, basta ler o Alcorão, e somente o Alcorão, esquecendo todo o resto, para distinguir a continuidade histórica do cristianismo no islã. De fato, Jesus é citado somente 24 vezes, menos que Abraão ou Moisés, mas, aproximando-o de sua mãe *Maryam* (Maria), obtemos 58 citações, o que o coloca no mesmo nível dessas grandes figuras bíblicas. É preciso lembrar, por contraste, que o Profeta Maomé só é mencionado pelo nome quatro vezes, enquanto, ao ouvir a profissão de fé muçulmana ("Não há Deus que não seja Alá, e Maomé é seu enviado"), esperaríamos vê-lo no centro do Alcorão.

Sobretudo, o personagem de *Issa* (Jesus) é dotado de atributos de tal forma incomensuráveis no panteão dos profetas corânicos que isso demonstra com evidência uma *cicatriz histórica*. Segundo esse conceito esclarecedor que Freud elaborou ao trabalhar sobre Moisés, a história santa de uma religião sempre encerra algumas pepitas de verdade factual, acontecimentos históricos enclausurados na lenda. O traço que permite identificar essas marcas é o seu caráter contraditório. O estatuto corânico de Jesus tem origem tipicamente nessas cicatrizes históricas, pois o filho de Maria é o único profeta muçulmano a ter um *status* tão antinômico, oscilando entre o humano e o sobre-humano.

**Coran, mode d'emploi* [*Alcorão, modo de usar*], Albin Michel, 2004, p. 220.

Cabe-nos decidir. No conjunto de mensageiros que o texto corânico menciona, Jesus é o único:

- a ter um nascimento sobrenatural (sua mãe, *Maryam*, não conheceu um homem, foi fecundada pelo Espírito Santo);
- a trazer em si o Espírito e o Verbo de Deus;
- a realizar milagre desde a infância e a praticar a ressurreição dos mortos;
- a ter sido elevado ao céu por Deus;
- a voltar à Terra para anunciar o Juízo Final e/ou a ser testemunha da humanidade nesse Julgamento.*

Esse *status* à parte erige a filiação de Cristo, na lógica interna do Alcorão, como sinal milagroso do poder criador de Deus.** Ele também confere, por força das coisas, um privilégio a Jesus, privilégio aliás reconhecido por todos os teólogos muçulmanos, mesmo por aqueles que, como Ghazali (morto em 1111), criticaram sua deificação no culto cristão.*** Os céticos de qualquer partido se inspirariam ao ler uma obra como *De la descente de Jésus et de l'apparition de l'Antéchrist* [*A descida de Jesus e a aparição do Anticristo*], de al-Suyûti (morto em 1505), para compreender o lugar inacreditável que Cristo ocupa não somente no Alcorão, mas também na Tradição posterior, que lhe outorga um papel crucial no fim dos tempos.****

*A integralidade dos versículos referentes a Jesus é citada, traduzida e analisada na obra de Maurice Gloton, *Jésus le fils de Marie dans le Coran et selon l'enseignement d'Ibn Arabi* [*Jesus, o filho de Maria, no Alcorão e segundo o ensinamento de Ibn Arabi*], Albouraq, 2006.

**A integralidade dos versículos referentes a Jesus é citada, traduzida e analisada na obra de Maurice Gloton, *Jésus le fils de Marie dans le Coran et selon l'enseignement d'Ibn Arabi* [*Jesus, o filho de Maria, no Alcorão e segundo o ensinamento de Ibn Arabi*], Albouraq, 2006.

***Cf. Michel Dousse, *Marie la musulmane* [*Maria a muçulmana*], Albin Michel, 2005. Capítulo 4.

****Adem Yakup, *Le Prophète Jésus (psl)* [*O profeta Jesus*], Essalam, 2004, p. 5, e El Ghazali, *La Réfutation excellente de la Divinité de Jésus Christ* [*A excelente refutação da divindade de Jesus Cristo*], Albouraq, sd., que convida a ler o Evangelho de João de forma metafórica sempre que o texto parece afirmar a divindade de Jesus.

Claro que esse Messias não é exatamente aquele do cristianismo dominante:

- ele não morreu na cruz para a redenção da humanidade;
- os milagres que realizou na infância não são canônicos;
- ele não é o Filho de Deus e sua participação na Trindade é explicitamente rejeitada pelo próprio Jesus no Alcorão.*

A crença fundamental dos cristãos majoritários, ortodoxos, melquitas, católicos ou protestantes, implica que Deus apresente o mistério de uma única *realidade divina* (também chamada natureza, substância ou essência divina), *dividida em três pessoas* (ou três hipóstases): o Pai, o Filho e o Espírito Santo. Nessa Trindade, Jesus Cristo forma *uma única pessoa, mas com duas naturezas*, uma divina e outra humana.**

Essa doutrina foi fixada muito tardiamente pelos padres da Igreja, durante os séculos IV e V, através de concílios que perseguiram, como heréticas, todas as outras correntes de pensamento. Dito de outra forma, desde o desaparecimento de Jesus, por volta do ano 33, até o concílio de 451, que fixa o dogma da Trindade de uma vez por todas, o pensamento cristão foi plural, inconstante e contraditório, como a existência. Os textos canônicos do Novo Testamento, eles mesmos de uma forma plural e contraditória, não permitiam formular uma doutrina única. A mensagem da divindade de Jesus e de sua missão salvadora, como bem demonstrou Ernest Loisy, não está nos primeiros evangelhos, de Mateus, Marcos e Lucas.

*Jesus não apareceu como homem de escola; era um pregador popular, ambulante, como havia sido João Batista antes. Ambos eram os profetas de um só oráculo: "Arrependam-se, porque o reino de Deus está próximo."****

---

*Alcorão, 5, 36; 116-117.

** Cf. *Lettre à Flavien* [*Carta a Flaviano*] (456), do papa Leão, o Grande. Essa epístola, famosa por sua condenação do monofisismo, tem a vantagem de resumir o credo cristão de forma concisa.

***E. Loisy, *Remarques sur la littérature épistolaire du Nouveau Testament* [*Notas sobre a literatura epistolar no Novo testamento*], Noury, 1935, p. 171.

Se o filho de Maria se projetava como o monarca (Cristo ou Messias) do reino de Deus que estava por vir, como o futuro "Rei dos judeus", era um título humano, e não divino, que ele estava reivindicando. Sua mensagem era messiânica, de justiça, espantosamente próxima das primeiras suratas corânicas; não uma mensagem de salvação ou de redenção do gênero humano por sua morte na cruz. É claro que sua crucificação e sua ressurreição serão os elementos fundadores, mas não para todos os seus discípulos, somente para uma parte deles, aqueles que a Igreja oficial manterá, assim como a História, que só conserva o relato dos vencedores.

Sabe-se, hoje, que existia, no Oriente Próximo e no Oriente Médio, antes da dogmatização das crenças, um grande número de grupos cristãos que defendiam uma *cristologia antitrindade*, recusando tanto essa imagem de Messias morto em sofrimento, quanto a de um Filho de Deus.

A vasta literatura judaico-cristã dos primeiros séculos, incluindo os evangelhos ditos apócrifos, revelou, assim, diferentes figuras do filho de Maria: realizando milagre ainda no berço nos *Evangelhos da infância*, tramando sua morte com Judas no *Evangelho de Judas*, partidário da violência messiânica no *Evangelho de Tomás*, explicando que Jesus não havia sofrido na cruz no *Evangelho de Pedro*, recusando a existência de vários evangelhos contraditórios com a *Harmonia dos Evangelhos* (de onde provém a quase totalidade das citações evangélicas do Alcorão), etc., todos esses escritos derivados dos livros canônicos, apanhados e destruídos, dos quais restam apenas fragmentos, mostram que as crenças em Jesus, o Messias, eram inacreditavelmente mais diversificadas que hoje.

Primeiramente, à época do surgimento do islã, ainda existia um movimento misturando judaísmo e cristianismo, ou seja, fiéis obedecendo, ao mesmo tempo, aos mandamentos de Moisés e aos de Jesus, como no cristianismo dos primeiros apóstolos. Para esse tronco judaico-cristão, autônomo e vigoroso, não se tratava de acreditar na divindade do Messias, com Jesus não passando de um Profeta ou, a rigor, um Anjo mensageiro (como Gabriel para o islã). Essas distinções prefiguravam todas as tensões internas ao movimento cristão, que se separou do tronco judaico em um cisma por volta do século II. No centro da cristandade, o problema da natureza do Cristo será sempre motivo de querelas violentas, frequentemente ligadas a questões territoriais, entre as igrejas locais e a ortodoxia romano-bizantina (estamos antes do cisma entre Roma e Bizâncio, em 1054). Jesus era homem ou Deus? Composto de uma ou duas pessoas? De uma ou duas naturezas? Quem iria impor a doutrina correta? Tomar a direção de todos os cristãos?

Em 431, no concílio de Éfeso, Nestorius, embora bispo de Constantinopla, é declarado herege por ter formulado uma *doutrina duofisista*, segundo a qual o Cristo *não é duas naturezas em uma pessoa, mas duas naturezas em duas pessoas*. Não há mais o Deus-homem, mas um homem que foi o "templo" do Cristo divino. Essa teoria tinha por consequência renegar o culto, muito popular em Constantinopla, de Maria, a *Théotokos* ("mãe de Deus"). Banida pelo imperador Teodósio II, a concepção duofisista será, porém, condenada uma segunda vez, em 553, de tanto que estava em voga entre os teólogos mais brilhantes da Síria, que liam os Evangelhos procurando neles as intenções dos redatores. Apesar desses anátemas, essa doutrina inspirará os cristãos da Pérsia, que formarão uma *Igreja nestoriana*; ela dará origem a um poderoso movimento missionário que fará concorrência na Índia, na Mongólia e até na China.

Em 451, no concílio da Calcedônia, Bizâncio declarou heterodoxa uma corrente inversa, a *doutrina monofisista* do padre Eutiques, que pretendia que a humanidade de Cristo tinha sido absorvida em sua divindade, "como uma gota de água no oceano". De modo que *Jesus não é mais uma pessoa reunindo duas naturezas, mas uma pessoa dotada de uma única natureza.* Uma vez mais o muçulmano da Encarnação era recusado: O Deus-homem torna-se um Deus que projeta sobre seus fiéis uma sombra de humanidade. Apesar de sua condenação, essa concepção será, porém, adotada pelas igrejas coptas do Egito e da Etiópia, pela igreja síria, que adotará o nome de *Igreja jacobita*.

Todas essas querelas cristológicas parecem tão incompreensíveis quanto risíveis hoje. Durante esses primeiros séculos, elas foram um poderoso fator de identidade cultural para as regiões que recusavam o imperialismo de Bizâncio; foram também a causa de destituições, de operações da polícia e prisões, exílios, autos de fé, batalhas renhidas entre monges e partidários de seitas opostas, de levantes populares, sedições, assassinatos de bispos e padres. Nenhuma região escapava, nem mesmo as mais distantes da Arábia ou do Iêmen. Para dar uma ideia da sua importância, basta se debruçar sobre a religião de dois pequenos reinos árabes situados no eixo do Eufrates e a fronteira dos desertos da Síria-Palestina; dois principados que serviam aos impérios bizantino e persa como escudos contra as incursões dos beduínos, às vésperas das conquistas islâmicas. O reino dos gassânidas, afiliado a Bizâncio, não era ortodoxo, mas monofisista; o reino dos lakhmidas, afiliado aos sassânidas, não seguia os magos persas, mas a Igreja nestoriana. No próprio coração da Arábia, na cidade de Najran, havia um bispo monofisista ligado à Igreja da Etiópia.

A *Suna* repercute essas controvérsias, pois relata o encontro do jovem Maomé com um monge nestoriano (portanto, duofisista) na Síria, que havia reconhecido entre seus ombros o sinal da profecia; e na sua maturidade, ela o mostra propondo um ordálio aos cristãos monofisistas de Najran. De fato, tudo se passa como se o Alcorão tivesse procurado uma síntese entre essas duas grandes tendências religiosas: aqui e ali, ele se aproxima do pensamento jacobita (assimilação de Jesus ao Espírito de Deus), enquanto em outras passagens compartilha do pensamento nestoriano (insistência na humanidade do Messias, obrigado, com sua mãe, a se alimentar como o resto da humanidade).

O Jesus muçulmano pode nos parecer muito distante do Jesus cristão; esse não é o caso na primeira metade do século VII, quando uma confederação de tribos árabes se apoderou da Síria-Palestina, da Pérsia e do Egito. Para muitos judeus-cristãos, os menos fanáticos dos nestorianos e dos jacobitas, sem contar todas as seitas gnósticas florescentes na Pérsia, é provável que a versão muçulmana do Messias pareça, ao mesmo tempo, mais completa e menos suscetível de reacender a guerra de seitas mantida pela ortodoxia rígida de Bizâncio e de Roma. Isso pode explicar em parte a rapidez das Conquistas (cidades como Jerusalém acolheram os conquistadores de braços abertos) e a capacidade dos árabes de se manter no poder nos países onde eram amplamente minoritários. "Nos arriscamos a não compreender a eclosão do islã e de seu verdadeiro espírito", escreveu o historiador contemporâneo Rochdy Alili, "se nos esquecermos, como em geral é o caso hoje em dia, da interpenetração dos horizontes religiosos da época, dos encontros, das diversas misturas, das sínteses complexas, e também das tensões, de onde procede, desde sua origem, a religião do Profeta Maomé e dos primeiros conquistadores do espaço que viria a se tornar muçulmano."*

Se o Alcorão é o testemunho mais seguro do islã primitivo, seus versículos sobre o Cristo são, por assim dizer, o umbigo de sua fé, a cicatriz do elo que o ligava ao meio cristianizado que o viu nascer.

— Essa cicatriz não reduz o alcance da mensagem muçulmana?

— Deus queira que não!

— O quê?

— Todas as religiões são costuradas de cicatrizes; todos os grandes cultos reciclaram escrituras anteriores: o monoteísmo de Akhenaton e os mitos babilônicos para a Bíblia hebraica, os Veda do bramanismo para o budismo, a Torá e os Profetas para o cristianismo. Isso não significa que o judaísmo seja uma heresia egípcia, o cristianismo uma heresia judia ou o islã uma heresia cristã.

— O que isso significa então?

**L'Éclosion de l'islam* [*A eclosão do islã*], p. 304.

— As grandes religiões são completas, autossuficientes... após um período de formação. Mas, sem essa integração dos cultos anteriores, seu poder de simbolização e sua capacidade de ser universal seriam imperfeitos. Foi por terem absorvido os quadros culturais e religiosos de seu espaço de origem que as três grandes religiões monoteístas foram capazes de ter uma difusão planetária, de atravessar as culturas e as eras.

No *Livre de l'épreuve* [*Livro da provação*], de Attar, encontra-se uma passagem onde o peregrino chega "diante de Jesus, o Espírito de Deus". Nesse capítulo, vários contos ilustram a moral do filho de Maria segundo o mestre sufi. Meu preferido é o seguinte:

*No decorrer de uma batalha, Mahmud, o rei justo, capturou uma multidão inumerável de prisioneiros. Ele perguntou a seu vizir: "Na sua opinião, o que fazer com essa gente?" O vizir respondeu: "Deus, muito justo, concedeu-te o que te é mais caro: a vitória. Por tua vez, concede o que é mais caro a Deus: a indulgência."**

*Tr. fr. Isabelle de Gastines, Fayard, 1981, p. 276.

Fontes

O sistema de transcrição dos nomes árabe foi ultrajantemente simplificado para ser acessível a todos; em alguns casos, a diferença de transcrição para um mesmo nome é explicada pela diferença de fontes.

A passagem do *Livre des religions* [*Livro das religiões*], de al-Shahrastâni, foi traduzida por Jean-Claude Vadet (Geuthner editor).

Para o Alcorão, utilizamos diferentes versões da *Vulgate arabe du Caire* [*Vulgata árabe do Cairo*] (1923), disponíveis no site lexilogos.com.

Os versículos corânicos são citados em diferentes traduções, segundo a sua pertinência, e às vezes revisados. Por ordem de importância:

Régis Blachère, éditions Maisonneuve & Larose
Albert de Biberstein Kasimirski, édition GF
Jean Grosjean, éditions Philippe Lebaud
Youssef Seddick, éditions de l'Aube
Denise Masson, éditions Gallimard-Folio
André Chouraqui, éditions Robert Laffont
Jacques Berque, éditions Albin Michel

Este romance estava no prelo quando a tradução cronológica do Alcorão de Sami Awad Aldeeb Abu-Salieh (éditions de l'Aire, 2008) foi publicada. Essa edição bilíngue tem a imensa vantagem de dar as variantes em árabe, o que a maioria das edições do texto original evita.

Os *logia* (ditos e palavras) muçulmanos de Jesus foram traduzidos por Tarif Khalidi (Alain Michel).

La Littérature du Hadith [*A literatura do Hadith*], por O. Houdas, W. Marçais et G.-H. Bousquet (Adrien Maisonneuve).

A Bíblia é citada tanto através da tradução da T. O. B. quanto da tradução de Emile Osty.

As passagens do *Evangelho segundo Tomás* e dos apócrifos cristãos foram extraídos das versões francesas da edição Pléiade, tomo I, ou da edição Dervy.

As traduções das poesias árabes vêm de René R. Khawan (Seghers, Phébus) e de Hamdane Hadjadji & André Miquel (Sinbad Actes Sud).

Apesar de sua utilização romanesca, os pontos de história das religiões ou relativos ao islã antigo foram todos verificados nas melhores obras, trabalhos, antologias ou compilações. Além dos que já foram citados, é preciso mencionar os de Attar, Ibn Battutâ, Richard Burton, al-Ghazali, Ibn Hichâm, al-Kalbi, Ibn Khaldoun, al-Kindi, Raymond Lulle, Al-Nawâwî, Plutarque, Porphyre, Ernest Renan, Ibn Sirîn, Saadi, Sohravardi, Tabari; de Tor Andrae, Jamel Eddine Bencheikh, Mohammed Ben Cheneb, Henri Corbin, Jean Danièlou, Mircea Elliade, Arthur Jeffery, David Flusser, Muhammad Hamidullah, Henri Lammens, Emmanuel Levinas, Ernst Loisy, Henri-Irénée Marrou, Alphonse Mingana, Louis Massignon, Yehuda D. Nevo, Shlomo Pinès, Maxime Rodinson, Christaan Snouck

Hurgronje, William Montgomery Watt; e de Nasr Abu Zayd, Roshdy Alili, Mohammad Ali Amir-Moezzi, Joseph Azzi, Mohammed Arkoun, Jan Assmann, Jean Bottéro, Fethi Benslama, Rachid Benzine, Philippe Borgeaud, Peter Brown, Malek Chebel, Patricia Crone, Alain Ducellier, François Deroche, Hichem Djaït, Maurice Gloton, Mahmoud Hussein, Mohamed Kacimi, Manfred Kropp, Christoph Luxenberg, Jean-Luc Monneret, André Miquel, Abdelwahab Meddeb, Ali Merad, Hamadi Redissi, Joseph Schacht, Mondher Sfar, Jeanine e Dominique Sourdel, Mohammed Tolbi, Dominique Urvoy, John Wansbrough, Slimane Zeghidour etc.

Sem esses homens e mulheres amantes do saber e das tradições, mais incansáveis que formigas, o passado seria apenas um buraco negro.

Obrigado também a todas as pessoas que apoiaram pacientemente, encorajaram, ajudaram e às vezes releram esta ficção, em particular os mais próximos, meus agentes, l'Étoile *phantasia* e seu satélite.

Este livro foi composto na tipologia Adobe Garamond Pro,
em corpo 11,5/16, e impresso em papel off-white
no Sistema Cameron da Divisão Gráfica
da Distribuidora Record.